Georg von Schnurbein

Der Salzsäumer

Impressum
Der Salzsäumer

Autor
Georg von Schnurbein
Herausgeber
Hans Schopf
Vertrieb
Ohetaler-Verlag, Kühbergweg 28, 94566 Riedlhütte
Tel. 08553/9788870, Fax 08553/9788873
E-Mail: info@ohetaler-verlag.de
Internet: www.ohetaler-verlag.de

ISBN 978-3-941457-28-7

Für Barbara
und meine Eltern.

Inhalt

I. Teil 992/993 — 5
Šumava — 5
Deggendorf — 27
Das Handelshaus — 42
Natternberg — 60
Klatovy — 86
Prag — 102

II. Teil 1002/1003 — 118
Comeatus — 118
Herbstfeuer — 129
Nordwald — 156
Niederaltaich — 169
Auf Reisen — 189
Bamberg — 211
Hassberge — 234
Burg Creußen — 252
Am Ende der Zeiten — 268

III. Teil 1006 - 1012 — 298
Hersfeld — 298
Prachatice — 319
Krankheit — 332
Familienbande — 346
Caput orbis — 370
Die Höhle des Löwen — 390
Einsamkeit — 406
Ostern — 417
In die Wildnis — 432
Zum Ranzinger Berg — 448
Neuland — 470
Die Suche — 485
Wiedersehen — 499
Entdeckungen — 517
Epilog — 533
Nachwort — 535
Der Autor — 536

I. Teil 992/993

Šumava

Die Blätter färbten sich in den schönsten Farben und der ganze Wald leuchtete in den Sonnenstrahlen. Dazwischen beruhigte das tiefe Dunkelgrün der Tannen und Fichten die Augen. Sanft und geschmeidig reihte sich eine Hügelkette an die nächste, dazwischen schlängelten sich endlose Täler. Die Gipfel der höchsten Berge waren schon mit Schnee bedeckt, der in der warmen Mittagssonne weiß schimmerte.

Hinter einem Haselstrauch duckte sich ein kleiner Junge und beobachtete die Umgebung. Im Schutz der hohen Bäume wucherte eine dichte Vegetation von Sträuchern, Jungfichten und Farnen, was zum einen guten Schutz bot, jedoch die Sicht erschwerte. Vorsichtig schlich der Knabe vorwärts, dann blieb er wieder hocken und lauschte. Das nahe Knacken eines morschen Astes brachte ihn auf die richtige Fährte. Hinter einem großen Findling legte er sich auf die Lauer und wartete, bis sein Opfer näher gekommen war.

„Bleib stehen, Säumer, sonst bekommst du meine Waffe zu spüren", schallte die dünne Knabenstimme durch den Wald.

Mit grimmiger Miene stellte sich der fünfjährige Junge seinem älteren Bruder in den Weg und hielt ihm sein kurzes Holzschwert entgegen.

„Ich habe keine Angst vor dir", antwortete der Ältere und zog ebenfalls ein Holzschwert aus seinem Gürtel. Mit wilden Schreien gingen die beiden Brüder aufeinander los. Dank seiner Größe und der drei Jahre Unterschied konnte Jan die Angriffe seines kleinen Bruders Karel ohne Schwierigkeiten abwehren, während er selbst nur das Nötigste tat, um den Kampf aufrecht zu erhalten. Mit einem siegessicheren Lächeln hielt er Karel auf Distanz, der immer verbissener versuchte, Jan zu treffen. Schließlich traf er ihn heftiger als gewollt am Arm, so dass Jan vor Schmerz aufschrie.

„Na warte, ich werde dir zeigen, was mit einem Räuber passiert, der sich mit uns Säumern anlegt!"

Mit wilder Entschlossenheit setzte er einige gezielte Schläge, worauf Karel ängstlich zurückwich. Doch Jan ließ nicht locker, bis er Karel so fest am Bein traf, dass der laut heulend sein Schwert fallen ließ und weglief. Verärgert schlug Jan mit seinem Holzschwert einen dünnen Zweig von einem Strauch ab und trottete dann in die gleiche Richtung wie sein Bruder. Noch bevor er die Lichtung erreicht hatte, konnte er bereits die strenge Stimme seines Vaters hören.

„Jan! Jan!" Sein Vater stand an dem kleinen Zaun neben dem Stall und stapelte Säcke neben das am Zaun angebundene Pferd.

„Wie oft habe ich dir schon gesagt, dass du deinen kleinen Bruder nicht so grob behandeln sollst", schimpft er, als sich Jan am Rand der Lichtung zeigte.

„Jetzt komm her und hilf mir, damit wir heute noch nach Klatovy kommen!"

Jan steckte das Holzschwert in den Gürtel, trat einmal wütend in einen Laubhaufen und rannte den Abhang hinunter, wo etwa auf halber Höhe zum Tal das Haus stand, das er mit seinen Eltern und den zwei kleinen Geschwistern bewohnte. Es war ein einfaches Holzhaus mit einem Stroh gedeckten Dach. Direkt daneben befand sich der kleine Stall, der Platz genug für ein Schwein, drei Hühner und das Pferd bot. Das Pferd war der wichtigste Besitz der Familie, denn sein Vater brauchte es für seine Arbeit. Er transportierte als Säumer wertvolle Gewürze, aber vor allem Salz durch die Šumava von Baiern hierher nach Böhmen.

Auf der anderen Seite der Šumava floss die Donau, auf der Schiffe das Salz von weither anlieferten. Sein Vater hatte Jan schon viel vom bairischen Land erzählt, so dass sich Jan schon seit Jahren wünschte, einmal mitziehen zu dürfen. Letzte Woche war es dann soweit gewesen. Der Vater hatte Jan beim Abendessen mitgeteilt, dass er noch ein letztes Mal in diesem Jahr aufbrechen würde und er dürfe ihn begleiten, da er inzwischen wohl alt genug sei. Dieser Überzeugung war Jan schon seit seinem achten Geburtstag im August gewesen. Nun war es also soweit und Jan wollte nicht gleich zu Beginn seinem Vater Ärger bereiten.

Deshalb rannte er den Berg so schnell hinunter, dass er fast den kleinen Bach übersehen hätte, der oberhalb ihres Hauses vorbei floss. Mit einem großen, überhasteten Sprung gelangte er auf die andere Seite, wo er aber den Schwung nicht mehr auffangen konnte und nach einigen Stolperschritten genau vor seinem Vater auf der Nase landete.

„Warum benutzt du nicht die Brücke wie jeder andere Mensch auch?", wunderte sich sein Vater lächelnd, während er den nächsten Sack auf dem Pferderücken verstaute. Jan antwortete nicht und versteckte sein blutendes Knie unter dem grünen, aus grober Wolle gefertigten Kittel, der ihn auf der Reise vor dem eisigen Wind auf den Berghöhen schützen sollte.

„Hier, verstau das auf der anderen Seite!"

Sein Vater reichte ihm einen Wollsack, der so voll war, dass die Schnur an der Öffnung gerade noch zugezogen werden konnte. „Und schnür es gut fest, damit wir unterwegs nichts verlieren", ergänzte der Vater mit der ihm eigenen gleichzeitig warnenden wie belehrenden Stimme. Auf den kleinen Zwischenfall mit Karel ging er nicht weiter ein und Jan war ihm dafür sehr dankbar.

„Jan, wo ist deine Wintermütze?", rief die Mutter vom Haus her. Jan hasste dieses kratzende und unbequeme Utensil, das seine Mutter jedes Jahr wieder fand, obwohl er es jeden Frühling an den unmöglichsten Stellen versteckte, um es im nächsten Winter nicht mehr tragen zu müssen.

„Ich weiß nicht", log Jan und betete in Gedanken schon mal ein Vaterunser zur Buße, obwohl er eine solche Notlüge als gerechtfertigt empfand. Was sollten die anderen Säumer von ihm denken, wenn er diese Mütze trug? Als hätte sein Vater seine Gedanken gelesen, schaute er ihn böse an, um dann in ein verschwörerisches Lächeln zu wechseln.

„So, alles ist verpackt."

Sein Vater zog ein letztes Mal prüfend alle Haltestricke nach und brummte nach jedem Gurt zufrieden. „In Klatovy ziehen wir alles noch einmal nach, damit wir bis nach Deggendorf nichts verlieren", erklärte der Vater dem Sohn, der einst die Familientradition fortsetzen sollte.

Im Haus wartete die Mutter schon mit einem wunderbaren Essen. Die beiden kleinen Geschwister Karel und Eliška saßen ungeduldig auf ihren Plätzen. Jedes Mal, wenn der Vater sich wieder auf den Weg machte, kochte die Mutter zum Abschied ein wahres Festessen. Man wusste ja nie, wann es das nächste Wiedersehen geben würde. Heißhungrig setzte sich Jan auf seinen Platz. Nachdem jeder bekommen hatte, schaute die Mutter Jan streng an.

„Ohne Wintermütze lasse ich dich nicht aus dem Haus."

Jan schluckte laut. Sie hatte das Thema also noch nicht abgehakt.

„Aber Mutter,..."

„Da gibt es kein Wenn und Aber; ohne die Wollmütze lasse ich dich nicht mit. Im Wald gibt es um diese Zeit schon Frost", fiel sie ihm ins Wort.

Jan rang mit sich selbst. Nur wegen der blöden Mütze hierbleiben wollte er auf keinen Fall. Er steckte sich noch einmal einen Bissen in den Mund, um Zeit zu gewinnen. Er könnte die Mütze ja mitnehmen, ohne sie aufzusetzen. Er wollte gerade seiner Mutter das Versteck hinter dem Holz für den Küchenherd nennen, als sein Vater mit ruhiger Stimme der Diskussion ein Ende setzte.

„Lass ihn, Martha. Ich kaufe ihm in Klatovy eine ordentliche neue Mütze, damit dem Jungen die Ohren nicht abfrieren. Dann hat er immer eine Erinnerung an seinen ersten Saumzug."

Jan atmete erleichtert auf, während sich seine Mutter verärgert in die Küche begab. Wieder hatte ihr Mann einen ihrer Versuche zunichte gemacht, die Kinder zu Ordnung und Sparsamkeit zu erziehen. Aber im Lauf der Jahre hatte sie akzeptiert, dass ihr Mann seine häufige Abwesenheit mit freundlichen Gesten auszugleichen versuchte. Es ärgerte sie nur, wenn es auf Kosten ihrer Autorität ging. Aber so kurz vor dem Abschied wollte sie nicht noch einen Streit anfangen.

Nach dem Essen ging die ganze Familie vor das Haus. Eliška weinte wie bei jedem Abschied und Karel hielt Vater an seinem Wams fest, so als wolle er ihn davon abhalten, aufzubrechen.

„Du bist jetzt hier der Mann im Haus. Halt alles schön in Ordnung und hilf deiner Mutter!" Karel nickte stolz und begab sich hinüber zu dem hellbraunen Wallach, um auch ihm auf Wiedersehen zu sagen.

„Pass gut auf dich auf und gehorche deinem Vater", ermahnte Martha Jan und gab ihm einen Kuss auf die Wange. Danach umarmte sie ihren Mann. „Lass den Jungen nicht aus den Augen und halt ihn von schlechten Einflüssen fern!"

Sie küssten sich, dann band Wenzel das Pferd los, und sie machten sich auf dem kleinen Hohlweg in Richtung Klatovy auf. Am Ende ihrer Lichtung schaute sich Jan noch einmal um. Seine Mutter stand noch immer an der Haustür und winkte ihnen nach. Jan verstand den ganzen Aufwand nicht so recht. Es war ja nur für knapp zwei Wochen, dann würden sie zurückkehren.

Klatovy war die größte Stadt, die Jan je gesehen hatte. Sie war auch die einzige, denn bisher war Jan nur zu besonderen Feiertagen von zu Hause weggekommen. Deshalb war er sehr gespannt, was er in den nächsten zwei Wochen alles erleben sollte.

Inzwischen hatten sie die große Straße erreicht, die nach Klatovy führte. Auf dieser Straße kamen jene Händler in die Stadt, die das Salz weiter nach Pilsen und Prag verkauften. Bald würden sie aber nicht mehr kommen können, denn im Winter wurde die Straße zu einem einzigen Morast. Schon jetzt im Oktober bildeten sich tiefe Schlammpfützen. Deswegen gingen Jan und sein Vater auch neben der eigentlichen Straße, wo ein kleiner Trampelpfad verlief. Sie überholten einige Fuhrwerke, die bereits eine Handspanne im Schlamm steckten und deren Besitzer laut fluchend die Pferde antrieben.

Nach zwei Stunden erblickte Jan in der Ferne den Kirchturm von Klatovy. Es war ein massiver, gedrungener Turm, dem man trotz des spitzen Daches immer noch ansah, dass er zu Verteidigungszwecken gebaut worden war. Vater hatte erzählt, dass noch zu Großvaters Lebzeiten die Magyaren regelmäßig auf Beutezügen hierher gekommen waren. Zum Schutz hat man damals Wehrtürme gebaut. Inzwischen waren die Magyaren missioniert und sesshaft geworden.

Rund um die Kirche waren die Häuser mehr oder weniger regelmäßig aneinander gereiht. Klatovy hatte einen Marktplatz, bei dem sich das Langhaus befand. Es war neben der Kirche das einzige Steinhaus der Stadt. Dort wurden wichtige Dokumente und wertvolle Gegenstände aufbewahrt, die man vor Feuersbrünsten schützen musste. Klatovy war zwar keine reiche Stadt, aber als Umschlagplatz für das Salz brauchte es sichere Speicherräume.

Langsam füllte sich die Straße, und Vater grüßte den einen oder anderen. Weitere Säumer waren jetzt zu sehen, die sich wie Wenzel zum letzten Mal in diesem Jahr auf die gefährliche Reise zur Donau machen wollten. In der Stadt selbst roch es widerlich nach Kot und abgestandenem Essen. Jan verstand nicht, wieso die Menschen hier eng zusammengepfercht lebten, wo doch so viel Platz rundherum war. Im Getümmel der Straße orientierte sich Jan an der weithin sichtbaren Kappe seines Vaters, der gut einen Kopf größer war als die anderen Menschen. Sein schulterlanges, blondes Haar fiel leicht gewellt auf die breiten Schultern herab, die in einem weiten Wams aus Leder steckten.

Jan war froh, als sie aus der engen Gasse auf den etwas weitläufigeren Platz in der Ortsmitte traten, wo das Gedränge nicht mehr ganz so schlimm war. An einzelnen Ständen boten Händler ihre Ware feil, riefen immer wieder neue Angebote aus oder machten ihren Kundinnen schmeichelnde Komplimente. Die Frauen stöberten mit schwer beladenen Körben von Marktstand zu Marktstand, kauften hier etwas, überprüften dort einen Stoff und waren eigentlich grundsätzlich unzufrieden, damit die Händler die Preise herabsetzten.

Sie gingen auf die Gruppe zu, die jetzt auf sie aufmerksam geworden war und zu ihnen herüber schaute. Ein alter, kleiner Mann mit schlohweißem Haar trat aus der Gruppe hervor. Er ging lachend auf sie zu.

„Wenzel, mein Junge, schön dich zu sehen", rief er schon aus einiger Entfernung, als sie noch einige Meter entfernt waren.

„Grüß dich, altes Wrack", scherzte Jans Vater zurück und schlug dem alten Mann auf die Schulter. Jetzt erst sah Jan, wie klein er wirklich war. Er selbst war vielleicht nur einen Kopf kleiner als dieser Mann.

Der Alte hatte ihn jetzt auch bemerkt und musterte ihn sorgfältig.

„Hast deinen Nachwuchs mitgebracht, he? Wie heißt du denn?"

„Jan."

„Ich bin starý Karel und anscheinend werden wir uns in der nächsten Zeit näher kennen lernen!"

„Ja", gab Jan leise von sich, immer noch sehr schüchtern, aber der alte Karel hatte sich schon längst wieder seinem Vater zugewandt. Jan folgte den beiden in gewissem Abstand.

„Findest du es nicht ein bisschen leichtsinnig, den Jungen um diese Jahreszeit mitzunehmen?", fragte Karel seinen Vater.

„Er kann nicht ewig zu Hause sitzen und spielen. Er muss langsam lernen, dass es mehr als das gibt. Außerdem ist er im Sommer acht geworden. Es ist Zeit", erwiderte Wenzel.

„Aber er ist doch noch ein Kind. Willst du nicht bis zum Frühling warten, wenn es nicht mehr so gefährlich ist", Karel schien sich Sorgen zu machen.

„Nein", Wenzel sagte das so betont, dass Karel keine Widerworte mehr hatte. Sie waren bei der Gruppe der anderen angekommen und Wenzel wurde freudig begrüßt. Jan hielt sich im Hintergrund auf und erst als ihn sein Vater vorgestellt hatte, ging er artig auf jeden zu und gab ihm die Hand. Die Männer lachten laut auf angesichts dieser höflichen Art und einer klopfte Jan freundlich auf die Schulter.

„Du benimmst dich ja schon wie ein großer Kaufmann. Aber wir werden dir schon einen echten Säumer aus dir machen", sagte er freundlich und nickte Wenzel vielsagend zu. Dieser schmunzelte nur und schaute Jan liebevoll an. Er war stolz auf seinen Sohn, der jetzt in den Kreis der Säumer aufgenommen werden würde.

Nachdem die letzten Neuigkeiten ausgetauscht worden waren, betraten sie zusammen das Steinhaus. Innen war es sehr dunkel und Jans Augen mussten sich erst an die Dunkelheit gewöhnen, um überhaupt etwas zu erkennen. Langsam zeichnete sich ein großer, hoher Raum ab, in dem auf der einen Längsseite lauter Säcke aufgestapelt waren und auf der anderen zwei Türen in andere Räume führten. Karel und Wenzel gingen auf die linke Tür zu und klopften. Von innen war ein dumpfes Brummen zu hören, worauf die beiden eintraten. Jan wartete mit den anderen in der Halle, die es sich bereits auf den Säcken gemütlich gemacht hatten. Er sah staunend zur Decke. Überall stapelten sich Säcke und Fässer.

„Eine wahre Schatzkammer", bemerkte eine raue Stimme hinter ihm. Jan schrak zusammen und blickte sich um. Links neben ihm hatte sich ein großer breitschultriger Mann niedergelassen. Er schaute Jan freundlich an.

„Was?", fragte Jan immer noch erschrocken.

„Ich sagte, eine wahre Schatzkammer", antwortete der Mann geduldig.

„Mm", stimmte Jan zu und blickte wieder zur Decke.

„Ich bin Vladimir, aber nenn mich Vladja, wie alle anderen auch."

Jan schaute den Mann jetzt genauer an. Er hatte kurz gelocktes, dunkelbraunes Haar und einen dicken Vollbart, der weit über das Kinn reichte. Vladja streckte ihm die Hand hin und Jans Hand verschwand völlig darin.

„Ich bin Jan."

„Na, das weiß doch schon jeder. Du hast dich vorhin so brav vorgestellt, das vergisst keiner von uns so schnell. Als ich das erste Mal mitgegangen bin zur Donau, war ich ungefähr so alt wie du und ich hatte damals ziemlich Angst vor den Bergen. Bei uns im Dorf lebte ein alter Mann, der hat uns Kindern immer Geschichten erzählt, dass in der Šumava böse Menschen und Tiere leben. In der Mitte sei die Hölle, da wohne der Teufel persönlich."

„Ich habe keine Angst."

Jan versuchte das mit bester Überzeugung zu sagen, aber Vladja schmunzelte nur.

„Brauchst du auch nicht, denn du bist mit den besten Säumern unterwegs, die du finden kannst. Karel und dein Vater haben in diesem Jahr die besten Gewinne von allen auf dem Böhmweg gemacht. Keine Gruppe hat so viel Salz durch die Šumava gebracht wie wir!" Vladja sagte das mit einer gehörigen Portion Stolz.

„Was macht ein guter Säumer besser?"

„Gute Frage, Jan. Ein guter Säumer weiß, wann er losziehen muss, um heil durch die Šumava zu kommen. Er versteht es, zu verhandeln, um den Händlern noch so manches Silberstück aus dem Geldsack zu ziehen. Das ist das Wichtigste."

Vladja hatte sich noch nie darüber Gedanken gemacht und dachte noch über die Frage nach, als Jan schon die nächste Frage hatte.

„Ist jetzt ein guter Zeitpunkt, um loszuziehen", fragte er und versuchte es möglichst beiläufig klingen zu lassen.

„Du stellst Fragen! Für einen guten Säumer ist es nie zu spät. Aber natürlich ist es zu dieser Jahreszeit schon nicht so einfach wie zum Beispiel im Sommer. Es kann jetzt jeden Tag der Schnee kommen und das mögen die Pferde nicht. Da hat schon mancher Säumer sein Pferd zurück gelassen, nur um sein eigenes Leben zu retten."

Jan starrte wieder an die Decke. Vorerst war sein Wissensdurst gestillt. Er mochte Vladja, aber das was er gesagt hatte, hatte ihm Angst gemacht. In diesem Augenblick traten Wenzel und Karel mit zufriedenen Mienen aus dem Zimmer heraus.

„Es sieht gut aus. Wenn wir eine ordentliche Ladung Salz und Gewürze hierher schaffen, dann können wir diesen Winter als reiche Männer leben. Also, der Haufen da drüben muss auf die Pferde", sagte Wenzel und deutete auf einen Haufen Felle von Bären, Wölfen und anderen Waldtieren. Daneben waren Eichenholzfässer von der Größe eines Wasserkübels und Säcke aus Leinen aufgestapelt.

„Verteilt die schweren Metfässer gleichmäßig auf die Pferde und schützt sie mit den Fellen. Auf dass wir unterwegs nichts verlieren", befahl Karel, während er selbst zu dem Haufen hinüberging, eines der Fässer aufhob und aus dem Haus trug.

Die anderen folgten seinem Beispiel und machten sich daran, ihre Pferde zu bepacken. Jan half seinem Vater, noch ein paar Felle aufzuschnallen. Anschließend half Jan auch Vladja, sein Pferd zu beladen. Es war ein falber Wallach, klein und gedrungen, wie alle Waldpferde. Dadurch waren sie in dem dichten Wald und den steilen Hängen in der Šumava beweglicher und leichter zu führen. Nach einer Stunde waren alle Pferde bepackt.

Es war jetzt Mittag. Nachdem sie alle im Gasthaus „Zum Torfgrund", das sich gegenüber auf der anderen Seite des Platzes befand, gegessen hatten, nahm Wenzel seinen Sohn mit zum Hutmacher.

Jan war begeistert von den verschiedenen Formen und hätte am liebsten einen breitkrempigen Hut wie ihn die Männer in der Stadt trugen genommen, aber sein Vater empfahl ihm eine der typischen Säumermützen. Diese hatten eine kleine geschwungene Krempe, in der sich das Regenwasser sammeln konnte und liefen nach vorne spitz zu, um das Gesicht bei schlechtem Wetter zu schützen. Jans Mütze war ein bisschen zu klein, aber sein Vater erklärte ihm, dass das sehr sinnvoll sei, weil sich das Leder zum einem noch weitete und ihm so die Mütze im Dickicht nicht so leicht verloren ging. Jan war sehr zufrieden und voller Stolz präsentierte er den anderen Säumern seine neue Mütze.

„Sagen Sie mal, junger Mann, wie oft haben Sie denn die Šumava schon durchkreuzt? Ihr seht wie ein erfahrener Säumer aus" scherzte Karel und die anderen lachten laut, als Jan, so geschmeichelt, vor Verlegenheit leicht rot wurde.

„So, jetzt müssen wir aber los, sonst schaffen wir es nicht, bis heute Abend die Ausläufer der Šumava zu erreichen", mahnte Wenzel, band Minze los und verließ den Platz in Richtung südliches Tor.

Die anderen folgten ihm, und so setzte sich die kleine Gruppe aus zwölf Mann und elf Pferden in Bewegung, um noch ein letztes Mal in diesem Jahr den gefährlichen Weg durch die Šumava zu bestreiten. Ihr Ziel am heutigen Tag war der kleine Weiler Nýrsko, der von einem alten Säumer gerodet worden war und jetzt als letzte Anlaufstelle vor den Bergen für Säumer diente, die in die Šumava wollten. Als sie schon eine Weile unterwegs waren, blickte sich Jan noch einmal um und betrachtete sich die Stadt aus der Entfernung. Bisher war es seine Grenze gewesen; jetzt würde er zum ersten Mal eine größere Reise machen. Er atmete einmal tief durch und meinte, den Duft der Ferne riechen zu können.

***

Der kalte Herbstwind blies durch das Tal, das sie gerade durchschritten. Jan führte Wenzels Pferd am Halfter und trottete hinter Vladja her. Sie hatten bald nach dem Abmarsch aus Klatovy Freundschaft geschlossen und Jan stellte laufend neue Fragen, die Vladja geduldig beantwortete. Im Augenblick war Jan jedoch nicht nach Fragen zu Mute, denn er fror fürchterlich. Er wünschte sich sogar seine alte hässliche Wintermütze zurück, denn die war wenigstens ein bisschen wärmer als die lederne Säumerkappe, die dafür pflegeleichter und im Unterholz angenehmer zu tragen war. Jan hatte schon Gelegenheit genug gehabt, diesen Vorteil der Säumerkappe zu erkennen, denn kurz nach ihrem Aufbruch aus Nýrsko waren sie in die Wälder der Šumava eingedrungen. Weite, lichte Buchenhaine und Mischwälder wechselten in dichte, fast undurchdringliche Nadelwälder über. Jan hatte bemerkt, dass die Häufigkeit der Nadelbäume zunahm, je höher sie in die Berge stiegen.

Gestern Abend hatten sie schließlich das Tal erreicht, in dem sie sich jetzt befanden. Sie hatten gerade noch genug Zeit gehabt, um vor dem Einbruch der Dunkelheit ihr Lager zu errichten. In der Nacht wurden Wachen zum Schutz vor wilden Tieren und auch Räubern aufgestellt. Jan hatte anfangs wegen der Räuber Angst gehabt, aber sein Vater hatte ihn beruhigt und erklärt, dass diese Gefahr nur in den Randgebieten der Wälder und nur im Sommer bestünde.

Jan schüttelte sich vor Kälte, zog einmal kurz am Führstrick, um das Pferd aufzumuntern und räusperte sich dann ungeschickt. Vladja drehte sich erwartungsvoll um.

„Du Vladja," begann Jan, „wie heißt eigentlich der Fluss, dem wir gerade folgen?"

„Das ist der Reganus, der mündet irgendwo in die Donau", antwortete Vladja sofort, als hätte er auf diese Frage nur gewartet.

„Das weißt du doch gar nicht, oder hast du es schon gesehen", rief einer der anderen von vorne.

„Du hast auch noch nicht das Gegenteil gesehen, oder", gab Vladja schlagfertig zurück und wandte sich dann wieder dem Jungen zu, „wenn Gott uns beisteht, und wir gut vorankommen, dann sind wir heute Abend am Fuß des Arbers, einem der höchsten Berge der Šumava."

„Arber, das ist aber ein komischer Name für einen Berg", lachte Jan und wäre dabei fast über eine herausragende Wurzel gestolpert.

„Das ist der bajuwarische Name dieses Berges im Nordwald."

„Wieso Nordwald? Ist das ein anderes Gebirge als die Šumava, oder warum hat es einen anderen Namen?"

„Nein, die Bajuwaren auf der anderen Seite nennen das, was bei uns die Šumava ist, Nordwald. Umgekehrt nennen wir den Berg dort Javor."

„Aber der liegt doch gar nicht im Norden!" protestierte Jan, denn er hatte in den letzten Tagen von seinem Vater die Himmelsrichtungen gelernt und wusste daher, dass die Šumava in Richtung der Mittagssonne gen Süden zu lag.

„Für uns nicht, aber von der anderen Seite aus liegt der Wald im Norden."

„Aber der dreht sich doch nicht! Ich verstehe das nicht", seufzte Jan traurig.

„Verwirre den armen Kerl doch nicht so, Vladimir! Er wird alles noch früh genug lernen", erklang jetzt die Stimme von Karel, der hinter Jan marschierte. Jan hatte die Zweifel nicht vergessen, die Karel seinem Vater gegenüber geäußert hatte. Deshalb war es ihm ganz recht, dass sich Karel darum bemühte, es ihm so einfach wie möglich zu machen. Außerdem hatte Karel ein scharfes Auge darauf, dass keiner der anderen ihm dummes Zeug oder erfundene Sachen erzählte.

Gegen Mittag erreichte der Händlertross eine Bachmündung. Der Bach führte klares Bergwasser und hatte sich über Jahrtausende hinweg seinen Weg durch den harten Stein gesucht. Neben der kleinen Schlucht ragte ein Fels empor, dessen Spitze nur von der Bergseite her zu erreichen war. Diesen steuerte Wenzel an. Jan tat es den anderen gleich und band das Pferd an einem Baum unterhalb des Felsens fest. Dann lief er seinem Vater nach, der inzwischen schon auf dem Felsvorsprung war. Oben angekommen erkannte Jan, was für ein praktischer Lagerplatz das war. Das Plateau war ungefähr achtzehn Fuß breit, fünfundzwanzig Fuß lang und eine große Buche etwas oberhalb gab Schutz gegen die Witterung. Die Nachtwache musste so nur die Hangseite im Auge behalten, da die drei anderen Seiten steil hinabfielen. Der Platz war wohl vielen bekannt, denn in der Mitte hatte sich eine Feuerstelle in den Boden gefressen und rundherum war das Gras platt getreten.

Jan folgte seinem Vater zum Ende der Platte. Von dort hatte man einen wunderbaren Blick auf den weiteren Verlauf des Flusses, bis er sich schließlich mit einer scharfen Linkskurve verabschiedete. Rauschend tanzte das Wasser um die vielen Steine, die im Flussbett lagen. Vom Ufer ragten die Weiden weit über das Wasser, und die Kronen berührten sich an manchen Stellen.

„Das ist schön", sagte Jan entzückt.

„Ja, das ist es", bestätigte sein Vater, um dann gleich hinzuzufügen, „und so bleibt es hoffentlich bis zur Donau."

„Wie meinst du das?"

„Gestern Nacht war es doch sehr kalt, nicht wahr..."

Jan nickte zustimmend.

„Der Wind hat gedreht. Er kommt jetzt von Böhmen her. Zu dieser Jahreszeit bedeutet Ostwind, dass es kälter wird. Womöglich kann es auch Schnee geben", erklärte Wenzel und runzelte die Stirn. Jan schaute ihn sorgenvoll an.

„Kommen wir nicht bis nach Deggendorf, Vater?"

Wenzel wusste, dass sein Sohn ihn nur dann mit Vater ansprach, wenn er Angst hatte und ihm fiel auf, dass er den Jungen von Problemen erzählt hatte, die ihn nur beunruhigten. Deshalb wechselte er schnell das Thema.

„Nein, wie kommst du denn darauf? Wir kommen genauso zur Donau, wie dieser kleine Bach hier auch. Weißt du, wo das Wasser herkommt?"

„Nein", schüttelte Jan den Kopf.

„Es fließt ganz oben aus einem See unterhalb des Arbers ab und bahnt sich seinen Weg bis hierher ins Tal. Ich war erst einmal dort oben. Wenn wir im Frühjahr wieder unterwegs sind, dann führe ich dich einmal hinauf. Dort oben ist das Dach der Šumava. Du kannst den ganzen Wald überblicken bis hin zu großen weißen Bergen, die weit hinter dem Donautal liegen."

Gedankenverloren blickte Jan Richtung Süden. Irgendwo hinter diesen waldbewachsenen Hängen floss die Donau. Er sog die kalte Luft ein und schloss die Augen.

Vladja riss ihn aus seinen Tagträumereien.

„He, kleiner Mann, hilf mir mal, ein Dach aufzustellen", rief er ihm vom anderen Ende des Felsplateaus zu.

Jan wagte noch einen abschließenden Blick in die Ferne, wandte sich um und machte sich daran, lange feste Stangen aus kleineren Bäumen zu fertigen. Oft fand man in der Nähe solcher Lagerplätze wie diesem fertige Stangen von früheren Benutzern und so war Jan bald mit seiner Arbeit fertig.

Jeder der zwölf Männer hatte eine feste Aufgabe, wenn sie Rast machten. Neben Vladja und Jan, die die Schlafstelle errichteten, sorgte einer für frisches Wasser, zwei für Brennholz, drei versorgten die Pferde mit Futter, zwei bereiteten ein spärliches Abendmahl und zwei gingen auf Jagd nach Hasen oder Flugwild wie Rebhühnern, Enten oder Auerhähnen. Die Jäger waren Wenzel und Karel; ein Privileg, das ihnen niemand streitig machte. Mit gutem Grund, denn die zwei waren ausgezeichnete Jäger, die es verstanden, mit Pfeil und Bogen umzugehen. Es verging kaum ein Tag, an dem es nicht zum Abendessen oder Frühstück eine Portion Fleisch für jeden gab.

Auch jetzt machten sich die beiden Anführer wieder auf den Weg, um in der Dämmerung noch ein Wild zu erlegen, während die anderen die Nachtwache unter sich aufteilten. Jan wurde stets mit eingeteilt. Meistens wachte er zusammen mit Vladja, doch manchmal teilte er sich die Nachtwache auch mit seinem Vater. Dies waren immer ganz besondere Stunden, denn dann hatte Jan seinen Vater ganz für sich allein und konnte ihm alle möglichen Fragen stellen.

Am Abend fragte Jan seinen Vater, nachdem die anderen am Lagerfeuer gruselige Märchen über die Šumava erzählt hatten: „Warum erzählen die Menschen sich solch grausame Geschichten?"

„Weißt du...", Wenzel machte eine Pause, um die richtigen Worte zu finden, „...damit erklären sie Dinge, die sie nicht verstehen. Wenn ein Blitz in ein Haus einschlägt, dann sagen sie, das ist der Teufel, weil sie keine andere Antwort haben."

„Sagst du das auch?"

„Nein, aber ich kann es mir auch nicht erklären. Du musst akzeptieren, dass es Dinge gibt, die wir Menschen nicht verstehen können, weil unser Verstand dafür nicht ausreicht."

„Vater, liegt die Hölle wirklich in der Šumava?"

Wenzel schmunzelte. „Natürlich nicht, oder meinst du, dass die Hölle so schön ist wie hier? Wer das behauptet, der war noch nie hier. Das ist nur die Angst, die die Menschen vor dem Unbekannten haben. Ich denke, dass es die Hölle nicht hier gibt, sondern ganz weit weg. So weit weg, dass wir uns diese Entfernung gar nicht vorstellen können." Dann lachte er und fügte hinzu: „Die, die dort hinkommen, brauchen dazu ein ganzes Leben!"

Da musste Jan auch lachen und er war beruhigt, dass er von der Hölle so weit weg war.

Durch die abendlichen Gespräche waren sich Vater und Sohn sehr nahe gekommen. Für Jan war es inzwischen unvorstellbar, nicht in der Nähe seines Vaters zu sein. Jedes Mal, wenn Karel und Wenzel auf der Jagd waren, merkte Jan, wie sehr ihn die Abwesenheit seines Vaters berührte.

Am nächsten Tag verbesserte sich die Stimmung in der Gruppe zusehends. Ein Grund war, dass das Wetter gewechselt hatte und der Wind jetzt wieder aus Westen kam, was aber häufigeren Regen bedeutete.

Sie hatten die erste große Bergkette hinter sich gelassen, das Tal des Reganus war inzwischen zu einer breiten Talsohle geworden, die nur durch leicht geschwungene Hügel durchzogen wurde. Auch der Pfad, dem sie die ganze Zeit folgten, wurde breiter und ausgetretener, sodass Vladja und Jan die Pferde nebeneinander führen konnten.

Am späten Nachmittag des dritten Tages ihrer Reise erreichten sie eine weitläufige Anhöhe oberhalb des Flusses. Wie jeden Tag machten sich sofort alle an die ihnen zugewiesenen Aufgaben. Jan war gerade wieder im Wald unterwegs, um Stangen für das Gerüst zu suchen, als unerwartet sein Vater vor ihm auftauchte.

„Jan, du darfst heute mit uns auf die Jagd gehen. Sonst machst du sowieso nur wieder Dummheiten mit Vladja. Ich habe Vladja schon Bescheid gesagt, dass er das Nachtlager alleine aufbauen muss."

Jans Augen leuchteten. Er jauchzte, rammte die Stange, die er gerade bearbeitet hatte in den Boden, steckte sein Messer in die Scheide am Gürtel und sprang seinem Vater hinterher.

Sie durchstöberten den Wald nach Fährten. Jan folgte seinem Vater in einigem Abstand, während sich Karel etwa zwanzig Schritt seitwärts einen Weg durch das Unterholz bahnte. Sie waren schon seit einer Stunde unterwegs, hatten aber bisher noch keine Spuren gefunden, die frisch genug waren. Jan spürte, wie er innerlich angespannt war. Zuhause hatte er oft mit einem selbstgemachten Bogen kleine Vögel gejagt und jedes Mal ein unbeschreibliches Triumphgefühl empfunden, wenn er getroffen hatte. Seltsamerweise hatte er seine Tat immer bereut, sobald er dann den toten Vogel in der Hand hielt.

Ein Ast, der ihm ins Gesicht schnellte, holte ihn wieder zurück in die Realität. Jan unterdrückte einen Schmerzensschrei, als sein Vater schlagartig stehen blieb und sich hinter einem Findling duckte. Karel folgte seinem Beispiel und auch Jan machte sich hinter einer Eberesche klein. Mit einem Handzeichen bedeutete ihm sein Vater, zu ihm zu kommen. Auf allen Vieren, sorgfältig die kleinen Äste aus dem Weg räumend, erreichte er seinen Vater. Langsam richtete er sich auf. Als er über den Steinrand blickte, glaubte er einen kapitalen Hirschen zu sehen. Aber nach genauerem Betrachten traute er seinen Augen kaum. Das Tier, das dort auf der Lichtung graste war kein Hirsch, sondern ein schwarzes Säumerpferd. Um seinen Hals war ein Strick gebunden, der am anderen Ende ausgefranst war.

„Das Pferd muss seinem Besitzer entwischt sein", raunte Karel, der inzwischen auch zu ihnen gekrochen war.

„Könnte sein, aber siehst du die roten Striemen um den Hals", erwiderte Wenzel, „das hat ziemlich gekämpft, um sich zu befreien. Jeder Säumer, der etwas von Pferden versteht, würde das nicht zulassen!"

„Da hast du recht. Wollen wir mal sehen, ob es bei uns gefügiger ist", fragte Karel, in seinen Augen funkelte der Jagdtrieb.

„Einverstanden. Versuch auf die andere Seite zu kommen. Aber pass auf den Wind auf, damit das Pferd dich nicht zu früh bemerkt!"

Karel nickte und machte sich auf den Weg. Wenzel wandte sich an Jan, während er den Bogen zur Seite legte.

„Du musst jetzt ganz ruhig sein. Karel und ich werden versuchen, das Pferd zu fangen. Bleib immer hier hinter dem Stein und pass auf den Bogen auf, damit dir nichts passiert", flüsterte Wenzel, schlich nun noch näher an den Lichtungsrand heran, wobei er immer wieder auf die Gegenseite hinüber spähte. Nach wenigen Minuten bewegte sich dort ein Ast kaum merklich und wie auf ein Zeichen traten Wenzel und Karel auf die Lichtung heraus. Das Pferd hob den Kopf und spitzte die Ohren. Der warme Atem dampfte aus seinen Nüstern und bei jedem Schritt, den die beiden Männer näher kamen, neigte es den Kopf misstrauisch niedriger.

Wenzel streckte vorsichtig die Hand aus und redete behutsam auf das Pferd ein. Langsam griff er nach dem abgerissenen Strick, aber im letzten Augenblick warf das Pferd den Kopf nach hinten und schnaubte ängstlich. Wenzel ging wieder einen Schritt zurück, ohne dabei sein besänftigendes Reden einzustellen. Nach ein paar Minuten – Jan waren sie wie eine Ewigkeit vorgekommen – wagte er einen zweiten Versuch. Er blickte dem Pferd direkt in die Augen, streckte noch einmal die Hand aus. Diesmal griff er nicht nach dem Strick, sondern streichelte das Pferd vorsichtig am Hals, fuhr ihm durch die zerzauste Mähne, was dem Pferd besonders zu gefallen schien. Karel, der sich inzwischen zurückgezogen hatte und zu Jan gekommen war, starrte verträumt auf die Lichtung.

„Die anderen werden Augen machen", flüsterte er Jan zu. Jan nickte zustimmend und schüttelte sich leicht. Vor lauter Aufregung hatte er nicht bemerkt, wie sich der Tag langsam dem Ende geneigt hatte und es nun deutlich kälter war. Er blickte wieder hinüber zur Lichtung. Wenzel nahm den alten Strick in die Hand und nun ließ das Pferd es geduldig zu und folgte seinem neuen Herrn in Richtung der zwei anderen Säumer.

Sie machten sich in ausgelassener Stimmung auf den Rückweg. Als sie fast am Rastplatz angekommen waren, lief Jan voraus und kündigte den außergewöhnlichen Fang an. Mit großen Jubel wurden die beiden stolzen Jäger empfangen und jeder machte sich daran, das Pferd fachmännisch zu begutachten.

„Das Pferd hat noch nicht viele Jahre auf seinem Buckel", schloss Vladja, nachdem er das Gebiss eingehend betrachtet hatte, „der Gaul ist vielleicht zwei oder drei Jahre alt."

„Es ist fast schon ein bisschen groß für den Wald", warf ein anderer ein. Es war wirklich gut eine halbe Elle größer als die anderen Pferde.

„Was meint ihr, wie ist es hier in den Wald gekommen?", fragte Jan ungehemmt, doch an der Reaktion der Anderen bemerkte er schnell, dass er wieder einmal zu vorlaut gewesen war.

Die restliche Konversation war augenblicklich verstummt und alle schauten Jan schweigend an. Der wurde dadurch völlig unsicher und blickte Hilfe suchend zu seinem Vater.

Wie schon so manches andere Mal, atmete Wenzel einmal tief ein und bedeutete seinem Sohn, ihm zu folgen.

„Komm, wir wollen das Pferd zu den anderen bringen. Inzwischen erkläre ich dir alles."

Sie brachten das Pferd zu den anderen Tieren, die den Neuankömmling vorsichtig beäugten. Dann schlenderten sie nebeneinander die Lichtung abwärts Richtung Fluss.

„Was wird jetzt aus dem Pferd?", fragte Jan nach einer Weile.

„Hm, wir werden es wohl bis zur Donau mitnehmen und dann sehen wir weiter."

Jan schwieg dazu. Insgeheim hatte er gehofft, dass ihm sein Vater das Pferd schenken würde, da alle anderen in der Gruppe schon ein Pferd besaßen. Wortlos bahnten sie sich ihren Weg durch das hohe Gras.

„Dir sind sicher die Striemen am Hals des Tieres aufgefallen", unterbrach Wenzel das Schweigen.

Jan nickte.

„War der Besitzer böse zu dem Pferd?"

„Nein, das denke ich nicht. Es ist vielmehr so, dass..."

„...es ausgerissen ist", ergänzte Jan voreilig, als sein Vater eine Gedankenpause eingelegt hatte.

„Vielleicht hast Du recht, aber die anderen und ich auch denken eher, dass sein alter Besitzer auch ein Säumer war. Er war so wie wir unterwegs und ist in Schwierigkeiten geraten."

„Was für Schwierigkeiten?"

„Weißt du, die Šumava steckt voller Gefahren. Dass mir und den anderen bisher noch nichts passiert ist, ist einfach nur Glück oder vielleicht die Gnade des himmlischen Gottes. Hier im Wald musst du immer darauf gefasst sein, dass etwas Unvorhersehbares passiert. Karel wollte einmal einen kürzeren Weg suchen. Dabei ist er in eine Moorlandschaft geraten und beinahe versunken, wenn nicht sein Pferd die Gefahr gespürt und sich gesträubt hätte. Deshalb hat er immer noch den alten Gaul; aus Anhänglichkeit und Aberglauben."

„Willst du damit sagen, dass der andere Säumer jetzt tot ist?"

Jan hasste es, wenn sein Vater versuchte, mit alten Geschichten vom Thema abzulenken.

„Es ist durchaus möglich. Er könnte in eine Schlucht gestürzt sein oder ein wildes Tier hat ihn angegriffen. Zu dieser Jahreszeit finden die Bären und Wölfe nicht mehr soviel Fressen und greifen schon mal einen Menschen an. Oder er ist krank geworden und hat keine Hilfe gefunden. Weil solche Sachen immer passieren und nur Gott das bestimmen kann, geht man immer in Gruppen, damit der eine dem anderen helfen kann. Merke dir das! Versuche nie, alleine die Šumava zu bezwingen. Sie wird sich an dir rächen, wenn du ihr nicht genügend Respekt entgegen bringst."

Jan nickte zustimmend. Diese Antwort stimmte ihn nachdenklich. Bis jetzt hatte er immer geglaubt, sein Vater hätte keine Angst vor dem Gebirge und sei ein furchtloser Mensch. Und jetzt musste er feststellen, dass genau das Gegenteil der Fall war. Sein

Vater hatte eine große Ehrfurcht vor den Bergen und dem Wald. Er wusste von den Gefahren, zollte ihnen Respekt und achtete die Gesetze der Natur. Deshalb war ihm noch kein Unheil zugestoßen. Jan verstand, dass es viel schwieriger war, die Gefahr zu kennen und zu überwinden, als überhaupt keine Furcht zu haben.

Als sie am nächsten Tag aufwachten, wehte ein kalter Ostwind. Jan fröstelte, als er unter dem provisorischen Dach hervor kroch. Die anderen wärmten sich schon ihre müden Glieder am Feuer, das mit der Glut des Vorabends entzündet worden war. Jan gesellte sich zu der wortkargen Runde und schaute verschlafen ins Feuer.

„Was steht ihr hier so nutzlos herum?"

Vom Waldrand ertönte Wenzels tiefe Stimme. Er klang verärgert und unzufrieden. Das lag aber weniger an der Untätigkeit der Männer, als vielmehr an dem unerwarteten Wetterumschwung. Irgendeinem entfuhr leise ein Fluch, als sie sich trennten, um ihren Aufgaben nachzugehen. Ab und zu warf Jan einen Blick zu seinem Vater, der zusammen mit Karel etwas abseits auf der Lichtung stand, immer wieder den Himmel betrachtend.

Von Osten her zog eine graue Wolkenwand auf, die sich rasch näherte. Seit sie aufgestanden waren, hatte der kalte Ostwind an Stärke zugenommen und jeder der Säumer hatte sich seinen Mantel bis zum Hals zugeschnürt und die Mütze tief ins Gesicht gezogen. Es wurde kein Wort gesprochen; jeder war gereizt. Bevor sie aufbrachen, wurde als letztes das Feuer gelöscht und die Feuerstelle mit Steinen abgedeckt. Dadurch war sie vor zu starker Feuchtigkeit geschützt und konnte immer wieder schnell benutzt werden. Dann gab Wenzel den Befehl zum Aufbruch. Wortlos trat die Gruppe ihren Weg an.

Um die Mittagsstunde hatte die Wolkenfront sie endgültig eingeholt und es fing an, feine Flocken zu schneien. Noch nie war Jan so betrübt gewesen, wenn der erste Schnee fiel. Zu Hause hatte er immer alles stehen und liegen gelassen, um im Schneefall zu tanzen, die Flocken mit dem Mund aufzufangen und minutenlang einfach nur dem beschaulichen Treiben zuzusehen. Jetzt aber schnürte ihm der Wintereinbruch den Atem ab und er blickte beängstigt zum Horizont, um festzustellen, ob das nur ein vorübergehender Schauer war. Aber wohin er sich auch wandte war der Himmel tiefgrau und Wolken verhangen. Er griff den Führstrick kürzer, um sich an dem dampfenden Pferdekörper zu wärmen. Der Schneesturm nahm am Nachmittag noch zu und verwandelte sich in eine undurchsichtige Flockenwand. Jan achtete genau auf Vladjas Schritte vor ihm, um nicht abzurutschen oder über einen quer liegenden Baum zu stürzen.

Auch die Pferde scheuten die Arbeit bei diesem Wetter. Besonders das gefundene Pferd gehorchte den ständigen Aufmunterungen Wenzels nur widerwillig und störrisch, weshalb der Treck des Öfteren zum Stehen kam. Nach einem weiteren Halt zog Karel sein Pferd an die Spitze und setzte sich vor Wenzel, denn das alte Tier war derartiges Wetter gewöhnt und trottete friedlich seinem Herrn nach. Das Findelpferd folgte nun ohne weitere Proteste dem anderen Tier.

Am Abend rasteten sie auf einer Anhöhe, wo vor ein paar Jahren die meisten Bäume unter der schweren Schneelast umgefallen waren. Auch hier hatten die verschiedenen Säumergruppen aufgeräumt und so eine brauchbare Lagerstätte geschaffen. Vier ineinander gefallene Bäume bildeten einen Pferch für die Pferde. Auch war schon ein Unterschlupf vorhanden, der nur noch mit einer neuen Schicht Zweige und Moos wasserdicht gemacht werden musste. Die Nacht war furchtbar kalt und Jan rollte sich dicht an seinen Vater heran.

Morgens bahnten sie sich zuerst einen Weg durch den Schnee, denn es hatte die ganze Nacht durch geschneit und es war kein Ende abzusehen. Vier Ellen hoch hatte sich der Schnee über Nacht aufgetürmt.

Karel schaute zum Himmel.

„Da werden wir heute nicht weit kommen, Wenzel!"

„Das sehe ich auch so, aber zumindest bis zur Quelle müssen wir kommen!"

„Unter normalen Umständen ist das ein halber Tagesmarsch! Aber bei so viel Schnee sind die Pferde auf der Hälfte der Strecke tot!"

„Jetzt habe dich doch nicht so,..."

Wenzel unterbrach sich, als er bemerkte, dass Jan zuhörte und zog Karel ein wenig auf die Seite. Jan wandte sich ab und begab sich zu den anderen, die inzwischen ein Feuer angezündet hatten, um in einem Topf Schnee zu schmelzen, damit sie etwas Warmes zu trinken hatten. Zwischen Wenzel und Karel entfachte eine hitzige Diskussion, jedoch konnte man kein Wort verstehen.

Auch am Feuer begann man nun zu diskutieren.

„Die wollen ja wohl bei diesen Schneemassen nicht weiterziehen!"

„Sicher nicht. Es war eben doch zu riskant, um diese Zeit noch einmal loszuziehen."

„Ach was! Außerdem können wir das jetzt auch nicht mehr rückgängig machen. Wieso habt ihr eigentlich so Angst vor dem Weiterziehen?"

„Welches Pferd soll sich hier einen Weg bahnen, ohne dabei zu sterben?"

„Wir wechseln ab. Jeder geht mit seinem Pferd eine Zeitlang voran und dann wird er von einem anderen abgelöst. Auf diese Weise kommen wir gut vorwärts."

„Warst du schon einmal bei solch einem Wetter draußen?", mischte sich jetzt ein älterer Säumer ein, der Miroslav genannt wurde und bisher seelenruhig dabeigesessen hatte.

„Nein, ich war aber mal im Winter auf einer Jagd bei Nýrsko, und da haben wir das so gemacht", entgegnete der junge Mann.

„Jungchen, hier ist das aber was anderes. Wir haben noch eineinhalb Tagesmärsche vor uns und das meiste davon geht steil bergab. Auf die Art und Weise, wie du es machen willst, brauchen wir dafür eine Ewigkeit."

„Wie denkst du es dir denn?"

„Ich denke nicht, ich fühle. Mein Gefühl sagt mir, dass wir alle jämmerlich verrecken werden", dabei grinste er hämisch, so dass Jan unwillkürlich zusammenzuckte, als sich ihre Blicke trafen.

„Hör auf, solchen Quatsch zu reden, Miroslav! Sonst kannst du gleich bei lebendigen Leibe hier begraben werden, wenn du schon sterben willst!"

Wenzel war ohne bemerkt zu werden zum Feuer gekommen und sorgte mit seinem bestimmten Auftreten für Ruhe. Alle blickten ihn an und Jan fühlte, wie sie alle ihre Hoffnungen auf seinem Vater setzten.

„Wir bleiben heute noch hier und warten mal ab, was der Wettergott noch für uns auf Lager hat, denn es lohnt sich nicht, heute noch weiter zu ziehen. Sechs Leute sollen sich auf die Suche machen, um ein paar Tiere zu erlegen, denn wir brauchen neues Fleisch."

Er wählte neben Karel und sich noch vier weitere Männer aus, die sofort aufstanden, um ihre Jagdwaffen zu holen.

„Der Rest wird hier Wache halten und den Platz für die zweite Nacht ordentlich herrichten", fuhr er fort, „schafft mehr Raum um das Feuer herum! Danach sucht ihr unter dem Schnee nach Futter für die Pferde. Die sollen morgen ausgeruht und kräftig sein. Miroslav, du passt auf, dass hier alles ordentlich gemacht wird und erzähl keine Schauermärchen mehr!"

Alle waren froh der Ungewissheit entkommen zu sein und machten sich trotz des andauernden Schneefalls sofort ans Werk. Gegen Mittag war der Feuerplatz groß genug, dass alle nebeneinander Platz hatten. Das Feuer brannte die ganze Zeit weiter und hatte um sich herum die Erde vom Schnee befreit. Dort sammelten nun Jan und Vladja das Gras ein und brachten es zu den Pferden. Inzwischen hatte es aufgehört zu schneien, was alle neue Hoffnung schöpfen ließ. Als nächstes schafften sie auf Miroslavs Geheiß hin an einer Stelle in der Mitte der Schneebruchlichtung den Schnee beiseite, um dort Futter für die Pferde zu sammeln. Ein paar andere der am Lagerplatz Verbliebenen sammelten dünne Zweige, die sie in kleine Stücke brachen und unter das Heu mischten, damit es länger reichte. Als alle wieder versammelt waren, hatte man eine für die Verhältnisse üppige Beute von zwei Hasen und zwei Rebhühnern zu verzeichnen. Nach dem Nachtmahl legten sich alle bald nieder, um für den nächsten Tag erholt zu sein. Jan fiel todmüde auf seine Matte, wo er trotz Kälte und Nässe sofort einschlief.

Als Jan von seinem Vater geweckt wurde, war es noch stockdunkel und eiskalt. Aber es hatte nicht mehr geschneit, was eine wichtige Voraussetzung für ihr Weiterkommen war.

Die anderen waren schon wach und hatten die Pferde bepackt. Wenzel wollte Jan schonen und hatte ihn deshalb erst etwas später geweckt. Nach einem Schluck heißen Wassers machten sie sich auf den Weg. Der Vorschlag des jungen Säumers, das Führungspferd immer durchzuwechseln, war nochmals diskutiert worden und von allen, auch von Miroslav akzeptiert worden. Wenzel machte aber zur Bedingung, dass er jeweils das erste Pferd führen wollte, da er den Weg am besten kannte. Die anderen stimmten zu und so setzte man sich in Bewegung.

***

Es war Mittag und die Sonne hatte im Lauf des Vormittages die Wolken durchbrochen. Sie kamen nur sehr langsam voran, doch mit dem aufkommenden Licht tat sich Wenzel leichter, die wenigen Hinweise für den richtigen Pfad zu erkennen. Trotzdem brach er immer wieder bis zur Hüfte im Schnee ein und musste sich dann mühsam wieder herauskämpfen. Schweißperlen standen auf seiner Stirn. Um besser atmen zu können, hatte er seinen Mantel am Kragen geöffnet. Wohltuend spürte er den Ostwind am Hals. Er blickte nach vorne und sah in einiger Entfernung eine Bergkuppe. Wenn er keinen Fehler gemacht hatte, dann war das die letzte Sattelhöhe vor der Donau und sie würden es auch bis zur Quelle schaffen. Innerlich jubelte er, aber äußerlich wollte er seine Freude erst dann zeigen, wenn er sich sicher war. Er wusste, wie sehr sich die anderen nach ihm richteten und ihn als Maßstab nahmen. Seit dem Wintereinbruch hatte er keinen Augenblick daran Zweifel lassen dürfen, dass er die Lage im Griff hatte, sonst wären die anderen in ihrer Furcht eingegangen.

Er drehte sich um, um die Pferde wieder zu wechseln. Ohne ein Wort zu verlieren nahm er das Pferd Karel hinter sich ab und trieb es an. Nach einer halben Stunde und einem weiteren Wechsel war die Bergkuppe endlich erreicht. Erleichtert stellte Wenzel fest, dass sie auf dem richtigen Weg waren und als er sich umdrehte, nickte ihm Karel sowohl zustimmend wie anerkennend zu.

„So jetzt sind es nur noch zehn Steinwürfe bis zur Quelle, dann haben wir es für heute geschafft", rief er den anderen zu. Dankbare Blicke waren die kurzen Antworten der müden Männer.

Doch die zehn Steinwürfe zogen sich endlos hin, und Wenzel dachte des Öfteren daran, vorher schon zu rasten. Aber irgendetwas trieb ihn voran und wenn es nur der Drang war, das Gesicht vor seinem Sohn zu wahren. Er hatte Schuldgefühle, weil er seinen Sohn auf diese Reise mitgenommen hatte, ohne die Gefahren richtig einzuschätzen. War er zu überheblich gewesen? Hatte er die Natur unterschätzt und nicht ernst genommen? Diese Fragen beschäftigten ihn so sehr, dass er beinahe an der Quelle vorbeigestapft wäre. Nur ein Räuspern Karels machte ihn darauf aufmerksam.

Sie mussten den Lagerplatz erst vom Schnee befreien, bevor sie eilig die Vorbereitungen für die Nacht trafen und Feuerholz sammelten. Nach einem kurzen Essen legten sich alle erschöpft zur Ruhe.

Als sie am nächsten Morgen wieder aufbrachen, wehte ihnen ein eisiger Wind ins Gesicht, aber sie kamen besser vorwärts. Es hatte nicht mehr geschneit und der nächtliche Frost hatte den schweren Neuschnee zu Pulverschnee gemacht, in den die Pferde nicht so tief einsackten. Wenzel schöpfte daraus neuen Mut, seine Gruppe doch noch wohlbehalten nach Deggendorf zu bringen. An den Rückweg wollte er noch nicht denken.

„Gebt den Pferden Gras zu fressen und nehmt euch selbst etwas von dem Fleisch, das wir noch haben. Danach ruht euch aus", ordnete Wenzel an, als sie mittags eine Rast einlegten.

Am Nachmittag war der Himmel immer noch Wolken verhangen, aber Jan hatte das Gefühl, dass es wärmer geworden war. Die Strapazen der letzten Tage zehrten an seinen Kräften und er spürte jeden einzelnen Knochen seines Körpers. Seine Hose war durch und durch nass. An seinen Händen hatte er inzwischen feste Schwielen von dem andauernden Ziehen der Pferde, die sich immer störrischer gegen ein Weitergehen wehrten.

Jan hatte auch keinen Blick mehr für die Landschaft um sie herum. Der Wald hatte sich verändert und war lichter geworden durch die vielen Laubbäume, die jetzt im Winter alle kahl waren. Es ging nun dauernd bergab. Hie und da rutschte eins der Pferde auf einem schneeverdeckten Ast aus.

Die Dämmerung setze schon ein, als sie endlich den angestrebten Rastplatz erreichten. Es war der letzte vor Deggendorf. Jan war glücklich, aber er hatte keine Zeit sich darüber Gedanken zu machen, denn nachdem er dem Pferd die Last vom Rücken genommen und mit Vladja ein einfaches Dach als Witterungsschutz erbaut hatte, nahm er sich noch etwas zu essen und legte sich danach sofort hin. Er legte sich so nah ans Feuer wie nur möglich und schlief ein.

Am nächsten Morgen herrschte eine gelöste Stimmung. Alle wussten, wie nah ihr Ziel war, erledigten mit Eifer ihre Aufgaben und überwanden ihre Schmerzen sowie die Erschöpfung. Es war noch wärmer geworden, weshalb wie Vladja gesagt hatte, der Schnee schwer und nass geworden war. Aber es störte niemanden besonders. Der alte Miroslav war so guter Stimmung, dass er ein altes Säumerlied anstimmte, in das die anderen einsetzten, als sie sich wieder auf den Weg machten.

Gegen Mittag kamen sie an einen steilen Abhang. Wenzel hielt an und ermahnte alle, noch einmal die Riemen fest zu ziehen, damit keine Last verloren ginge. Dann begann er vorsichtig und langsam, mit einem Pferd den Hang seitlich hinab zu steigen. Die anderen folgten in großen Abständen, damit niemand den anderen behindere. Wenzel nutzte die ganze Länge des Abhangs, um nicht zu steil hinabsteigen zu müssen. Er hatte gerade die zweite Gerade beendet und blickte nach oben, um zu sehen, wie die anderen zurecht kamen, als kurz vor ihm ein Hase aufsprang. Vor Schreck hielt das Pferd abrupt an, warf den Kopf nach hinten und machte einen Satz zurück. Wenzel wollte das Pferd beruhigen. Aber es stieg erschrocken hoch, bäumte sich und schlug aus.

Wenzel musste aufpassen, dass er nicht von den Hufen getroffen wurde. Wieder versuchte er, das Pferd zu beruhigen. Doch seine Bemühungen waren vergebens. Er wollte gerade Karel zu Hilfe rufen, als er einen Augenblick unachtsam war. Mit voller Wucht wurde er von einem Vorderhuf an der Schulter getroffen. Wenzel verlor den Halt an dem steilen Abhang und stürzte zu Boden.

Er stolperte über einen Stein und rutschte jetzt unkontrolliert bergab. Verzweifelt versuchte er, sich festzuhalten, aber er wurde hin und her geschleudert, stieß hier an einem Stein, dort an eine Wurzel und verfing sich in einem Bodengestrüpp. Er spürte starke Schmerzen in den Beinen, mit denen er bisher die meisten Aufpralle abgeschwächt hatte, aber es ging immer weiter hinab. Er hatte sich gerade wieder von einem Stein weggestoßen, um nicht dagegen zu prallen, als er direkt vor sich einen armdicken Baum auf sich zukommen sah. Aber es war zu spät zu ausweichen und er schlug mit dem Kopf gegen das Holz.

Jetzt schleuderte der Körper unkontrolliert zu Tal. Der Rest der Gruppe starrte entsetzt den Hang hinunter und nur Jan stieß einen lauten Schrei aus, ließ sein Pferd los und stürmte den Berg hinunter seinem Vater nach. Aber Miroslav erfasste seine Schulter und zog ihn fest an sich.

„Du kannst ihm jetzt nicht helfen - noch nicht", sagte der alte Mann mit zitternder Stimme.

Schließlich blieb Wenzel am Fuß des Abhangs reglos liegen. Den Hang hinunter zog sich eine Spur von abgebrochenen Zweigen, aufgeworfener Erde und verlorenen Fellen. Es war totenstill.

Als erster fand Karel wieder seine Stimme.

„Los! Zwei Mann schauen sofort nach Wenzel! Der Rest bringt langsam und vorsichtig die Pferde hinunter, bindet die oberen fest, damit sie nicht abrutschen."

Jan wurde immer noch von Miroslav festgehalten. Er zitterte am ganzen Leib und starrte fassungslos auf den reglosen Körper seines Vaters.

Als die zwei Männer vorbeiliefen, riss er sich los und rannte ihnen nach. Unterwegs stolperte er und schlug sich das Knie auf, aber er spürte es nicht. Schließlich war er als erster unten angekommen.

„Vater! Vater", rief er immer wieder aus und beugte sich über seinen Vater. Wenzel hatte ein zerschürftes Gesicht und aus einer Wunde an der Stirn floss etwas Blut. Sein Fellmantel war an verschiedenen Stellen aufgerissen und rot gefärbt.

Inzwischen hatten die beiden anderen den Verletzten erreicht. Während der eine den Strick von der Hand löste, wusch der andere das Gesicht mit einem nassen Stofffetzen ab. Die Hand war übel zugerichtet. Völlig blutunterlaufen konnte man genau die Abdrücke des Strickes erkennen. Dann beugte sich einer der Männer über Wenzel und ging mit seinem Ohr nah an den Mund heran. Jan stand weinend dabei.

„Er atmet noch, aber nur sehr schwach.", sagte der Säumer, als er sich wieder aufrichtete.

Karel war der erste, der ein Pferd unten an einem Baum anband. Er ging zu Jan, legte einen Arm um seine Schulter und sprach mit ruhiger Stimme: „Komm, Junge, beruhige dich! Dein Vater ist ein starker Mann. Der übersteht das, aber du musst uns jetzt helfen, denn nur heulen macht deinen Vater nicht gesund! Sei so gut und mach ein Feuer!"

Jan wischte sich die Tränen aus den Augen und nickte kurz. Schnell hatte er genug Holz gesammelt und ein Feuer entzündet. Nun legten sie seinen Vater in die Nähe des

Feuers und versuchten, ihm Wasser einzuflößen. Langsam kam er wieder zu sich. Immer wieder wuschen sie ihm seine Wunden, die über den ganzen Körper verteilt waren. Jan wich nicht von seiner Seite. Er hatte die Aufgabe übernommen, ihm in regelmäßigen Abständen zu trinken zu geben und ihm die Stirn zu kühlen, um das einsetzende Fieber zu dämpfen.

* * *

Es war bereits Nacht, als sie endlich Deggendorf erreichten. Wenzel war benommen und vor Schmerzen stöhnend auf einem Pferd transportiert worden. Als ihn der Nachtwächter sah, ließ er sofort den Arzt benachrichtigen und wies der Säumergruppe den Weg.

Sie fanden das Haus dank der Beschreibung des Wächters sehr rasch, wo sie bereits von zwei kräftigen Knechten erwartet wurden, die Wenzel in die Arztstube trugen.

Karel schickte die anderen los, eine Unterkunft für die Nacht ausfindig zu machen und blieb mit Jan bei Wenzel zurück.

„Es sieht nicht zu schlecht aus", erklärte der Arzt nach der Untersuchung, „aber euer Freund hat sehr viel Blut verloren und sich zwei Rippen gebrochen. Er braucht einige Tage Ruhe. Aber so kräftig wie er ist, steht er das schon durch. Seid froh, dass er sich außer den Rippen keine weiteren Knochen gebrochen hat!"

Nach einer kurzen Pause, in der er sich die Hände gründlich an einem Tuch säuberte, fuhr er fort: „Aber die Hand ist dagegen sehr verletzt! Es wird lange dauern, bis er sie wieder voll benutzen kann, wenn es überhaupt wieder ganz verheilt!"

Karel seufzte und Jan schluchzte laut.

„Wie heißt ihr", fragte der Arzt dann.

„Man nennt mich starý Karel, der Verletzte heißt Wenzel und das ist Jan."

„Freut mich euere Bekanntschaft zu machen. Ich bin Amshel. Ist das sein Sohn?"

Karel nickte.

„Habt ihr schon eine Bleibe für heute Nacht?", fuhr der Arzt fort.

„Ich habe die anderen in eine Gastwirtschaft geschickt, wo wir dann auch hingehen werden", antwortete Karel.

„Ich mache dir einen Vorschlag: Bleib doch mit dem Sohn heute Nacht in meinem Haus und sei mein Gast. Morgen ist ein neuer Tag und ihr habt mehr Zeit eine Unterkunft zu finden!"

„Wir nehmen deine Gastfreundschaft dankend an", erwiderte Karel höflich, und sie folgten dem Arzt in die Wohnstube. Jan blickte immer wieder erstaunt umher. Es war ein geräumiges und großzügiges Haus.

Sie setzten sich an den Tisch in der Stube und ein kleines Mädchen, das etwa so alt war wie Jan, brachte das Essen herein und einen Krug mit Met. Jan trank aus vollen Zügen. Seit mehr als einer Woche hatte er nichts anderes als Wasser zu trinken gehabt.

„Wo kommt ihr her?", fragte der Arzt.

„Klatovy", antwortete Karel mit vollem Mund. Er benutzte mit Absicht den slawischen Namen, da er testen wollte, ob der Arzt den slawischen Säumern wohl gesonnen war, was hier seit den Einfällen der Ungarn nicht selbstverständlich war.

„Wie wollt ihr in diesem Jahr noch zurückkommen? Es hat doch mächtig viel geschneit und der Weg ist nicht einfach!"

„Pah! Wir warten, bis Wenzel wieder gesund ist und dann ziehen wir wieder heim. Wir kennen den Wald gut genug, um auch jetzt noch nach Hause zu finden", brüstete sich Karel.

Nach einer weiteren Stunde Unterhaltung gingen alle zu Bett. Für Karel und Jan war eine Knechtskammer hergerichtet und mit frischem Stroh ausgelegt worden. Jan legte sich hin und deckte sich mit der Wolldecke zu. Er war überglücklich, endlich wieder ein festes Dach über dem Kopf zu haben. Aber der Zustand seines Vaters bedrückte ihn. Die schrecklichen Bilder des Sturzes ließen ihn nicht los, und er wälzte sich lange hin und her, bis ihn schließlich doch die Müdigkeit übermannte.

Deggendorf

Als Jan am nächsten Tag erwachte, herrschte draußen schon reges Treiben. Er setzte sich auf und fuhr sich durch das zerzauste Haar, um es vom Stroh zu befreien. Dann trat er hinaus in den Hof und versuchte, sich zu orientieren. Langsam wurde er wach. Zielstrebig ging er in die Stube, um etwas gegen seinen knurrenden Magen zu unternehmen. Aber weder dort, noch in der Küche war jemand zu finden. Deshalb ging Jan hinüber zum Behandlungszimmer, wo er den Arzt fand, der ihn freundlich begrüßte.

„Guten Morgen, Junge! Hast du ausgeschlafen?"

Jan nickte.

„Heute Morgen war schon eure ganze Gruppe hier, aber ich dachte mir, es wäre besser, wenn du mal wieder richtig ausschlafen kannst! Karel und die anderen haben deinen Vater mitgenommen. Ich soll dir ausrichten, dass sie in der ‚Goldenen Linde' zu finden sind. Das liegt einfach die Straße hinab die zweite Gasse links rein. Möchtest du..."

Aber der Arzt konnte nicht mehr zu Ende sprechen, denn Jan war schon hinaus gerannt auf die Straße und wäre dabei fast in ein Fuhrwerk hinein gelaufen. Der Fuhrmann schimpfte fürchterlich, aber Jan achtete nicht darauf. Er rannte so schnell er konnte die Straße entlang und bog in die zweite Gasse ein. Von weitem konnte er schon die goldene Linde erkennen, die außen an dem Haus angebracht war.

Er riss das Tor auf und rannte direkt in Vladjas Arme.

„Hoppla, mein kleiner Freund! Wohin so schnell? Ich wollte dich gerade abholen und..."

„Wo ist mein Vater", fragte Jan ungeduldig.

„Der ist oben in einem Zimmer, wo wir alle wohnen. Ich bringe dich hin."

Sie gingen in das stattliche Haus und Vladja führte Jan in den ersten Stock in einen langen und finsteren Raum, der außer Betten und ein paar Stühlen keine weiteren Möbel enthielt.

Jan musste sich erst an die Dunkelheit im Raum gewöhnen, dann erkannte er seinen Vater, der nahe am Fenster in einem Bett lag.

Jan trat vorsichtig näher ans Bett heran. Die Dunkelheit des Raumes und die mufflige Luft bildeten eine unsichtbare Mauer zwischen ihm und seinem Vater.

„Vater!"

„Guten Tag, mein Sohn, mein mutiger, großer Sohn! Karel hat mir erzählt wie tapfer du gestern warst."

„Wie geht es dir?"

„Ich lebe und dafür danke ich Gott im Himmel. Es hätte viel schlimmer kommen können! In ein paar Tagen können wir wieder aufbrechen. Mach dir keine Sorgen und jetzt geh nach draußen und lass dir von Vladja den Hafen zeigen."

„Vater, ich möchte aber bei dir bleiben. Wer passt auf dich auf?"

„Keine Angst, für mich wird hier gut gesorgt. Jetzt geh nur!"

Nur widerwillig schloss sich Jan den anderen Säumern an. Nach einem kurzen Fußmarsch erreichten sie den Hafen.

In unmittelbarer Nähe der Anlegestelle stand ein Haus, dessen Erdgeschoß aus Stein gebaut war und darüber einen hohen Dachstuhl aus Holz hatte, der noch einmal gut zwei Stockwerke umfasste. Davor standen einige Fuhrwerke, auf die Waren verladen wurden.

Gerade hatte ein Schiff angelegt und ein paar Männer trugen über eine schmale Planke Leinensäcke und Kisten von Bord. Das Schiff war kurz und dickbäuchig und hatte einen kurzen Mast, an dem bei günstigem Wetter ein Segel gehisst werden konnte.

Jan war fasziniert von der Szenerie.

„Für was ist die Leine über den Fluss gespannt?", fragte er wissbegierig.

„Daran ist die Fähre befestigt, die über den Fluss führt. Damit sie nicht von der Strömung mitgerissen wird, hangelt sich der Fährmann an der Leine entlang. Schau mal, dort drüben kommt ein Schiff an!"

Vladja zeigte mit dem Finger flussabwärts, wo gerade ein Schiff in der Biegung auftauchte.

„Siehst du die Pferde am Ufer?"

Jan nickte und Vladja fuhr mit seinen Erklärungen fort.

„Die ziehen das Schiff an einer Leine hinter sich her, da es sonst niemals gegen die Strömung ankommen würde! Die Leute hier nennen das treideln."

„Aber zwei Pferde können doch nie solch ein Schiff ziehen! Du willst mich auf den Arm nehmen", antwortete Jan trotzig. „Stell dir vor, zwei Saumtiere sollten dieses Schiff ziehen! Die kommen damit nicht einen Steinwurf weit!"

„Da hast du recht! Unsere Pferde schaffen das nicht. Aber das sind andere Rassen! Ich verspreche dir, dass du noch nie so große und so starke Tiere gesehen hast!"

„Ich glaube dir nicht! Aber wir können ja auf die Pferde warten!"

Herausfordernd setzte sich Jan auf ein Fass, neben dem sie gerade gestanden hatten.

„Du kleiner Dickschädel! Aber ich nehme dein Angebot gerne an."

Es folgte ein kurzes Schweigen und Jan blies seinen Atem aus, der in der kalten Luft dampfte, bevor er zögernd fragte:

„Vladja, kommen wir vor Weihnachten wieder nach Hause?"

„Weißt du, das kommt ganz darauf an, wie schnell wir hier unsere Geschäfte abwickeln und dein Vater wieder gesund wird. Denn ohne ihn werden wir nicht gehen!"

„Ach so", Jan nickte verständig, „und was wird aus dem Pferd, dass wir im Wald gefangen haben?"

„Das werden Karel und ich heute Nachmittag wohl verkaufen müssen, um die Arztkosten für deinen Vater zu bezahlen!"

„Ist der Arzt teuer?"

„Er sagt uns heute Nachmittag den Preis für die Behandlung und die weitere Betreuung in den nächsten Tagen!"

Jan blickte wieder zum Fluss und sah das Schiff nur knapp zwei Steinwürfe entfernt. Sofort sprang er auf und rannte über den matschigen Platz zum Ufer hin. Ungläubig blieb er stehen, als er die beiden Pferde aus der Nähe sah, die das Schiff zogen. Inzwischen war Vladja ihm gefolgt und blickte Jan siegessicher an.

„Na, zuviel versprochen? Dagegen sind unsere Waldpferde Fohlen!"

Jan war immer noch völlig sprachlos. Die beiden Pferde waren so stämmig wie ein Stier und der Treidler, der neben ihnen lief und sie immer wieder antrieb, reichte ihnen gerade mal bis knapp über die Schultern. Der Mann bemerkte die beiden Bewunderer, von denen er den kleinen Jungen auf eines der beiden Arbeitstiere aufsitzen ließ, nachdem ihn der Mann – den er für dessen Vater hielt – darum gebeten hatte.

Wie der Wind die letzten Blätter von den Uferbäumen wehte, so bliesen auch die Pferde und das geschäftige Treiben Jans trübe Gedanken hinweg. Auf Vladjas Vorschlag hin stimmte er nur zu gern einer kleinen Stadtführung zu.

Deggendorf eine Stadt zu nennen, war vielleicht etwas übertrieben, es war vielmehr ein kleiner, aber aufstrebender Marktflecken. Auf dem Weg zum Marktplatz begann Vladja zu erzählen, was er über Deggendorf wusste.

„Die Stadt ist noch gar nicht so alt." – für die Säumer, die die Einsamkeit des Waldes liebten, war Deggendorf eine Stadt – „Eigentlich war das alles Kaiserland, das heißt, es gehörte zu den kaiserlichen Ländereien. Aber in der Zeit, als die Magyaren hier wüteten, hat Herzogin Judith diesen Teil dem Kloster Niedermünster zu Regensburg geschenkt. Vor 15 Jahren gründete dann das Nonnenstift hier eine Siedlung, die Geld von den durchziehenden Händlern einbringen sollte."

„Wieso schenkt man Grund und Boden an ein Kloster?", fragte Jan ungläubig.

„Nun, dafür gibt es mehrere Gründe. Erstens hat der Kaiser so viel Land, dass er gar nicht alles selbst verwalten kann. Zweitens schenken die Menschen den Klöstern etwas, um ihr Seelenheil zu retten. Drittens war Judith die Äbtissin des Klosters und wollte mit einer persönlichen Beigabe ihren Einfluss stärken."

Vladja blickte heimlichtuerisch nach allen Seiten und fügte dann flüsternd hinzu: „Es kann sein, dass sie nur deshalb Äbtissin geworden ist!"

Als Jan ihn verständnislos ansah, raunte er, damit es niemand anderes hören konnte: „Die Klöster denken oft sehr menschlich!"

Inzwischen hatten sie den Marktplatz erreicht, der von einem zweistöckigen Gebäude aus heimischem Granit beherrscht wurde. Vladja deutete auf das Haus.

„Das ist die Propstei. Als Deggendorf gegründet wurde, war es das erste Haus, welches man errichtet hat. Die Propstei wird von einem Mann, dem Propst, geleitet, den das Kloster bestimmt. Zu seinen Aufgaben gehört das Eintreiben von Abgaben bei den Kaufleuten, Fuhrmännern und Bauern, aber er darf auch Gericht halten bei Nachbarkeitsstreitigkeiten oder Diebstahl. Die Welt ist so groß", sinnierte er „doch trotzdem rotten sich die Menschen zu kleinen Haufen eng zusammen, nur um sich dann in die Haare zu kriegen".

„Warum hat man die Stadt genau hier gebaut?", fragte Jan, um wieder zu interessanten Themen zu kommen, denn er konnte Vladjas Weisheiten nur wenig abgewinnen.

„Das ist eine sehr gute Frage! Zuerst einmal ist der Platz hier der Knotenpunkt zwischen der Donau und der Handelsstraße von den Alpen entlang der Isar bis nach Böhmen! Wir sind ein Grund, warum es die Stadt gibt!", stolz reckte Vladja seine Brust raus, während Jan ihm belustigt anschaute, „Das Kloster Niedermünster wollte auch von dem Salzhandel profitieren und nicht alles den Herren zu Straubing und Passau überlassen. Deswegen hat es sich hier mitten hineingepflanzt. Der alte Karel ist noch nach Straubing gezogen, was ein weiterer und beschwerlicherer Weg ist. Einen weiteren Grund kannst du erkennen, wenn du mal zu den Bergen der Šumava blickst."

Jan drehte sich um und betrachtete die schneebedeckten, bewaldeten Berge, die wie aus dem Nichts aufragten. Etwa einen halben Kilometer flussabwärts durchschnitt ein schmaler Bergrücken der Šumava die Ebene bis hin zum Ufer des Flusses. Ebenso streckte sich ein Hügelzug etwas flussaufwärts zur Donau hin.

Die beiden Ausläufer liefen trichterförmig vom Fluss weg, verengten sich zu einem schmalen Tal, bis sie von den Bergen vollends verschluckt wurden.

„Von Passau bis nach Regensburg gibt es keinen zweiten Platz wie diesen", setzte Vladja seine Erklärung fort, nachdem sich Jan wieder umgedreht hatte, „um eine Stadt links der Donau zu bauen!"

Jan hörte nur noch mit einem Ohr zu, denn auf der anderen Seite des Marktplatzes hatte er Karel entdeckt, der gerade das Findelpferd aus einem Stall führte. Er rannte auf ihn zu, während Vladja gemäßigten Schrittes folgte.

„Hallo, kleiner Mann", begrüßte Karel den Jungen, „wo treibst du dich denn herum?"

„Wir waren am Fluss und haben Pferde gesehen, die so groß waren wie – wie Drachen", antwortete Jan überschwänglich.

Karel lachte angesichts des Vergleichs. „Aber hoffentlich haben sie kein Feuer gespuckt."

„Haha", beleidigt verschränkte Jan die Hände vor der Brust.

Karel suchte verzweifelt nach einer Möglichkeit, seinen Fehler wieder gut zu machen, doch Vladja stand ihm hilfreich zur Seite.

„Karel, du erfahrenster aller Säumer zwischen Klatovy und hier, hättest den Unterschied zwischen den Pferden und einem Drachen auch nur erkannt, wenn sie dir das Hirn verbrannt hätten", erklärte er und verneigte sich theatralisch wie ein Gaukler.

Jan fühlte sich bestätigt, doch Karel warf einen bösen Blick zu Vladja, der sich schelmisch lachend dem Pferd zuwandte.

„Was habt ihr beiden Drachentöter mit dem Tier hier vor", fragte Vladja die beiden anderen, während er es am Kopf kraulte.

„Wir werden es verkaufen, aber ohne dich Märchenerzähler, sonst bindest du dem Käufer noch auf, es sei ein Schaf", gab Karel mit einem Lächeln zurück. Bevor Vladja noch einen draufsetzen konnte, bemerkte Jan ernst und trocken: „Du spinnst doch, dafür ist es viel zu groß!"

Verdutzt schauten die beiden Männer sich an und blickten dann auf den Jungen, der sich jetzt nicht mehr halten konnte und alle drei fingen gleichzeitig an zu lachen.

„Kommt, jetzt gehen wir zum Schmied und handeln einen guten Preis aus", schlug Karel schließlich vor.

„Weißt du schon, wie viel der Arzt verlangt?" fragte jetzt Jan, dem nach diesen heiteren Minuten wieder sein Vater eingefallen war.

„Nein", antwortete Karel, „aber billig wird es nicht, denn er ist fast jede Stunde bei deinem Vater!"

„Und er ist Jude", fügte Vladja gedankenlos hinzu.

„Ist das schlimm", drehte sich Jan zu Vladja um, während sie den Marktplatz verließen und in eine der engen Gassen einbogen, die sternförmig vom Marktplatz aus den Markt durchzogen.

„Nein", sagte Karel bestimmt, bevor Vladja mehr Unheil anrichten konnte.

**

Sie waren fast bei der Schmiede angekommen, als vor ihnen eine Tür aufgestoßen wurde und ein gut gekleideter Mann mit zwei Bewaffneten auf die Straße trat. Ihnen folgte schluchzend eine Frau, an deren Rockzipfel zwei Bälger hingen. Um den seltsamen Zug bildete sich sofort eine Menschentraube, in die sich auch Vladja und Jan neugierig zwängten, während Karel abseits mit dem Pferd wartete.

„So habt doch ein Einsehen", rief die Frau den Männern nach. „Mein Mann ist als Säumer ins Böhmische gezogen! Er kommt bald zurück und wird dann alles bezahlen!"

Da drehte sich der feine Mann ruckartig um und ging scharfen Schrittes auf die Frau zu. Seine blauen Augen waren leicht unterlaufen und lagen tief in den Höhlen, was ihm etwas Dämonisches verlieh. Seine strohblonden Haare lugten strähnig unter einer Mütze aus schwarzem Filz hervor. Auf seiner rechten Wange reichte eine schlecht verheilte Narbe vom Kiefer bis zum Ohransatz. Sie war jetzt noch grässlicher, da sein Gesicht rot vor Zorn war, so dass die Menschen in der nächsten Umgebung angstvoll einen Schritt zurückgingen. Jan musterte den Mann genau und ihn schauderte. Seine knapp zwei Meter große Statur hatte etwas schlaksiges, obwohl seine großen Hände und die breiten Schultern, die unter einem schwarzen Mantel verdeckt waren, sicherlich schon so manchen harten Schlag ausgeteilt hatten! Der Rest des Körpers steckte in schwarzem Leder, das kunstvoll mit Silber verziert war und hochgeschlossen selbst den Hals bedeckte. Unter dem Mantel war ein Schwert zu erkennen, das bis zum Boden ragte.

Der Mann trat der Frau, die er um mehr als zwei Köpfe überragte, näher, als es sich geziemte.

Die Menge hielt wie in Erwartung eines aufregenden Schauspiels den Atem an.

„Hör zu, Weib", zischte der schwarz Gekleidete, „falls dein Mann wirklich so tollkühn ist und den Nordwald zweimal erfolgreich durchwandern sollte, so zweifle ich daran, dass dieser Nichtsnutz ein gutes Geschäft machen wird! Außerdem kommt bei diesem Wetter keiner lebend durch den Nordwald! Wenn du also bis morgen nicht die Pacht für das Zimmer bezahlen kannst, schmeiße ich dich vor die Mauern! Dort kannst du dann dein eigenes Kapital veredeln, wobei ich gern dein erster Kunde wäre!"

Bei diesen Worten griff er so grob mit seiner Pranke nach ihrem Arm, dass die Frau vor Schmerz zusammenzuckte.

Vladja schoß wütend aus der Menge, aber die beiden Wächter waren schon zur Stelle. Das blanke Eisen ihrer Waffen ließ Vladja zur Räson kommen. Verstohlen verschwand er im Nichts der Menge und gesellte sich wieder zu den anderen beiden.

Der vernarbte Mann ließ jetzt von der Frau ab, gab seinen Schergen ein Zeichen und schritt durch die Menge, die ihm ehrfurchtsvoll Platz machte. Die Frau brach schluchzend zusammen.

Betreten setzten nun auch die drei Säumer den Weg fort.

„Könnte es sein..." setzte Jan an, „dass das Pferd..."

„Schweig", fuhr Karel ihn wütend an. „Wir haben genug eigene Sorgen, als dass wir Almosen verteilen könnten. Also denke erst gar nicht darüber nach!"

Erschrocken blickte Jan den alten Mann an, aber er schwieg gehorsam und trotzig. Er blieb auch stumm, als ihnen der Schmied das Pferd zum stolzen Preis von dreißig Silberlingen abkaufte.

Aber nachdem sie die Schmiede verlassen hatten und kurz vor dem Wirtshaus waren, siegte seine Neugierde über seinen Entschluss, zu schweigen und er rannte zurück zur Schmiede.

„Wer ist der große, schwarze Mann, der vorhin hier in der Gasse war", fragte er den Schmied atemlos.

Der legte das heiße Eisen, das er gerade bearbeitet hatte zurück in die Glut, machte die Tür der Schmiede zu und forderte Jan auf, sich zu setzen.

„Du meinst den Wikinger. Er nennt sich Francis d'Arlemanche", wobei er die Lippen spitzte, um dem Namen einen französischen Klang zu geben, „dabei weiß jeder hier, dass er ein Bastard des alten Grafen von Künzing ist, der einst zwei Jahre lang am Hof des westfränkischen Königs war. Hat sich damals an den Normannenfrauen vergriffen!"

„Und wieso ist er hier", unterbrach Jan ungeduldig die Ausführungen des Schmiedes, die ihn herzlich wenig interessierten.

„Nun, vor einem Jahr tauchte der Wikinger in Künzing auf. Der Erbe des Grafen wollte den Bastard möglichst schnell und galant wieder loswerden. Deshalb pries er ihn dem Propst von Deggendorf als erfahrenen, klugen und braven Landknecht an, der eine Stelle als Stadtwachtmeister sucht. Der gutgläubige Propst ist den beiden auf den Leim gegangen und hat seitdem diesen Wolf an der Leine. Der treibt ihm genug Geld ein, was die Leine immer länger werden lässt. Wir kleinen Leute haben jetzt darunter zu leiden, dass dieser Bastard über viele Eigenschaften verfügt, nur nicht über die, die sein adeliger Halbbruder angepriesen hat: erfahren, klug und brav!"

„Vielen Dank für die Auskunft", bedankte sich Jan höflich, denn statt seinem Wissensdurst plagte ihn auf einmal ein echter Heißhunger. Er hatte seit gestern Abend nichts mehr gegessen. Außerdem hatte er einen Entschluss gefasst, von dem er nicht gewillt war abzurücken. Komme was wolle!

***

In dem Zimmer im ersten Stock der ‚Goldenen Linde' lag Wenzel in seinem Bett, das gerade noch von dem schwachen Lichtkegel des kleinen Fensters erhellt wurde. Wie gern würde er jetzt seinem Sohn den Markt zeigen! Stattdessen war er hier an das Bett gefesselt – noch mindestens eine Woche, hatte der Arzt gesagt.

Da ging die Tür auf und der gesamte Säumerzug – sein Säumerzug – trat ein. Alle bis auf Jan, aber das fiel bei dem diffusen Licht und den starken Körpern der anderen nicht auf.

Karel trat auf Wenzel zu.

„Wenzel, du Glücksritter", begann er, ohne seine Freude verstecken zu können, „du kannst mir und Vladja danken!"

„Was ist?", fragte Wenzel verstört.

„Wir haben das Pferd verkauft, das wir der Šumava abgeluchst haben."

„Der Schmied war von dem Tier so begeistert", setzte Vladja fort, „dass er seinen kaufmännischen Verstand, so er überhaupt einen hat, gänzlich verlor und uns dreißig Silberlinge zahlte."

Dabei warf er Wenzel einen Beutel zu, dessen Inhalt fröhlich klimperte, als er auf der Bettdecke landete.

„Also, genieß den Arzt und in einer Woche geht es heimwärts", übernahm wieder Karel das Wort. „Wir kümmern uns um den Rest."

Damit verließen die Säumer wieder den Raum. Sicher wartete bereits ein großer Humpen Bier auf jeden in der Gaststube. Wenzel war wieder allein. Zufrieden ließ er den Geldbeutel wie über Kaskaden von einer Hand in die andere fließen.

Unbemerkt öffnete sich die Tür einen Spalt, Jan schlüpfte hindurch und erst als die Tür mit einem Knacken ins Schloss fiel, blickte Wenzel überrascht auf.

„Jan, mein Sohn", rief er erfreut aus, als er den Jungen in der Dunkelheit erkannt hatte.

„Guten Tag, Vater", kam die knappe Antwort.

Wenzel war noch immer zu sehr von dem Geld gefangen, als dass er die trübe Laune seines Sohnes sofort bemerkt hätte.

„Sieh her! Karel und Vladja haben das Pferd zu einem guten Preis verkauft. Jetzt können wir alle Rechnungen sowie den Arzt bezahlen. Selbst dann bleibt noch genug, um noch etwas mehr Salz zu kaufen oder ein schönes Geschenk für deine Mutter!"

Er sah seinen Sohn an.

„Ja sag mal! Freust du dich nicht?"

„Doch schon."

Jan zögerte.

„Darf ich dir eine Geschichte erzählen?", fragte er schließlich.

„Gerne. Ich langweile mich schon den ganzen Vormittag, so alleine hier im Zimmer."

Wenzel ließ seinen Sohn sich an der Bettkante hinsetzen und schaute ihn erwartungsvoll an.

„Zwei Familien wohnen in einer Gasse nebeneinander", begann Jan zu erzählen, „eines Tages geht die eine Frau einkaufen. Unter anderem kauft sie einen kleinen Beutel Salz. Auf dem weg nach Hause verliert sie gerade diesen wertvollen Beutel. Zufällig findet ihn ihre Nachbarin. Sie weiß natürlich nicht, wem er gehört und nimmt ihn mit nach Hause. Ein paar Tage später will die erste Frau ein gutes Essen kochen, aber sie kann ihr Salz nicht mehr finden. Also geht sie zu ihrer Nachbarin, der sie ihr Missgeschick erzählt: ‚Ich habe vor kurzem einen Beutel Salz gekauft, aber ich finde es nicht mehr, könntest du mir etwas leihen?' Was denkst du, hat die Nachbarin getan?"

Wenzel überlegte nicht lange, obwohl er nicht nachvollziehen konnte, warum Jan diese Geschichte erzählt hatte.

„Nun, wenn sie eine redliche und anständige Frau war, dann hätte sie ihr von ihrem Fund erzählt und ihr den Beutel ganz überlassen."

„Das denke ich auch."

Jan war froh, dass er seinen Vater richtig eingeschätzt hatte.

„Ja und", sah Wenzel seinen Sohn ungeduldig an.

„Weißt du", begann Jan vorsichtig, „da war so eine Frau, die auf ihren Mann wartet..."

„Wo", unterbrach ihn Wenzel, der noch immer nicht die Worte seines Sohnes nachvollziehen konnte.

„Heute, als wir das Pferd zum Schmied gebracht haben."

Jan holte tief Luft, um seine Gedanken zu sammeln.

„Also,...", fing Jan noch einmal an und erzählte dann seine Erlebnisse des Vormittags.

„...ich bin mir sicher", setzte er am Ende seines Berichtes fort, „dass das Pferd diesem Mann gehört hat..."

„...der jetzt höchstwahrscheinlich tot in der Šumava liegt", ergänzte Wenzel. Er hatte inzwischen verstanden, was sein Sohn im Schilde führte.

Jan schaute seinem Vater fest in die Augen.

„Es war wohl ziemlich dumm von ihm, zu dieser Jahreszeit alleine nach Böhmen zu ziehen. Aber das ist kein Grund, dass seine Familie zu Bettlern wird. Außerdem hast du selbst einmal gesagt: wenn man Unheil verhindern kann, dann soll man es machen."

„Das mag wohl stimmen", pflichtete ihm Wenzel bei.

„Hast du denn auch daran gedacht, was wir dann machen? Ich kann den Arzt nicht von den Waren bezahlen, denn sonst überleben wir den Winter in Böhmen nicht!"

„Ja ich weiß. Vater, was ist eine Sicherheit?"

„Wie kommst du denn auf so etwas?"

„Ich habe mir überlegt, dass wir uns das Geld leihen könnten. Deshalb habe ich mich in der Stadt erkundigt und einen Kaufmann ausfindig gemacht, der Geld verleiht. Es ist ein Jude. Er war grundsätzlich einverstanden dir Geld zu leihen, aber er hat gesagt, er brauche eine Sicherheit."

Wenzel war überrascht, auf was für Ideen sein Sohn kam, um so zu handeln, wie er es ihm immer beigebracht hatte. Doch in der jetzigen Situation war sich Wenzel seiner eigenen Prinzipien nicht sicher. Sollte er wirklich der Frau das Geld geben und damit die alten Probleme von neuem haben? Zunächst aber musste er sich seinem Sohn widmen und nahm deshalb das Gespräch wieder auf.

„So. Du wolltest wissen, was eine Sicherheit ist. Wenn man Geld leiht, dann hinterlegt man bei dem Kaufmann einen wertvollen Gegenstand, damit er die Gewissheit hat, dass man es auch zurückzahlt. Wenn nicht, verkauft er den hinterlegten Besitz. Das nennt man Sicherheit."

„Wie wertvoll muss der Gegenstand sein", fragte Jan vorsichtig.

„Teuer genug, um den geliehenen Geldbetrag zu decken."

„Hast du so etwas?"

„Nein. Deshalb wird es auch schwer werden, Geld zu leihen."

„Man könnte es doch trotzdem versuchen."

„Ich werde darüber nachdenken. Jetzt geh erst mal hinunter zu den anderen und iss etwas. Du schaust ziemlich ausgehungert aus!"

Wenzel strich ihm noch einmal über die Wange, bevor sich Jan aufraffte, um in die Gaststube zu gehen. Durch den dunklen Korridor ging er zur Treppe, wo ihm schon ein übler Geruch aus Alkohol, Schweiß und gebratenem Fett aus der Gaststube entgegen stieg.

Wenzel hatte gewartet, bis Jan die Türe ganz geschlossen hatte, um dann wieder mit einem tiefen Seufzer in seine Gedanken zu versinken.

Er stand vor einer schweren Entscheidung. Sicher, es war das Klügste, mit dem Geld die eigenen Schulden zu begleichen, um der Familie keine Sorgen zu bereiten. Aber könnte er jemals in seinem Leben die Frau mit ihren Kindern vergessen, von der ihm Jan erzählt hatte? Sollte er, der seine eigene Freiheit und Selbständigkeit über alles andere schätzte, aus purer Selbstsucht eine andere Familie in Abhängigkeit und Armut stürzen?

Vor allem aber bedrückte ihn der Gedanke an seinen Sohn. Jan würde es ihm nie verzeihen, wenn er das Geld nicht der Frau geben würde. Was sollte ein Junge von seinem Vater halten, der seine Prinzipien über Bord wirft, sobald es um die eigene Person geht?

Er musste einen anderen Weg finden, den Arzt zu bezahlen. Der jüdische Kaufmann war eine Möglichkeit, wenn er doch nur eine Sicherheit fand.

Er war mit seinen Gedanken noch nicht zu Ende, als die Tür aufging und ein sichtlich erboster Karel mit Jan eintrat.

„Der Bengel hat mir schon gebeichtet", brauste Karel los, „welche Flausen er dir in den Kopf gesetzt hat!"

Wenzel achtete nicht auf die Wut seines alten Begleiters.

„Karel", fragte er ruhig, „du hast die Frau gesehen. Besteht die Möglichkeit, dass das Pferd ihrem Mann gehört hat?"

„Nein", entgegnete Karel forsch.

„Warum nicht?"

Karel stutzte. Er war wütend auf Wenzel, der ihn wieder einmal mit seinen Fragen festgenagelt hatte. Er wusste, dass er den Streit verloren hatte, aber so leicht wollte er sich nicht geschlagen geben.

„Du ruinierst dir deine Zukunft und stürzt deine Familie ins Verderben wegen einer dummen Wohltätigkeit!"

„Verfluch mich ruhig, wenn es dir dann besser geht!"

Wenzel war in seinem Bett aufgefahren, rot vor Zorn, dass Jan froh war seinen Vater noch nie wirklich erbost zu haben. „Aber das hilft uns nicht weiter. Du weißt genauso gut wie ich, dass es der richtige Weg ist. Verleugne dich nicht selbst, Karel!"

Dann beruhigte sich Wenzel rasch, denn die Aufregung kostete ihn zuviel Kraft.

„Hilf mir lieber, einen Ausweg zu finden."

Dabei sank er erschöpft zurück in sein Strohlager. Karel war sich nicht sicher, ob es Wenzel ernst meinte oder ob er gerade Zeuge eines perfekten Schauspiels geworden war. Aber im Grunde hatte Wenzel ja recht und sie waren schon zu lange zusammen, um sich von einem dummen Streit entzweien zulassen.

„Gut. Lass uns nachdenken", brach Karel das Schweigen.

Wenzel nickte ihm dankbar zu.

„Wir brauchen eine Sicherheit."

„Eine Sicherheit? Etwa deine Waren, oder dein Pferd? Am Ende versteigerst du deinen Sohn", sagte Karel zynisch und biss sich sofort auf die Zunge. Wie alt musste er werden, um endlich darauf zu achten, was er sagte.

„Entschuldigung", stammelte er wie ein kleiner Junge.

Ein Aufschrei beendete die peinliche Situation. Jan, der die ganze Zeit ungewohnt leise gewesen war, hüpfte freudig durch den Raum.

„Das ist es! Das ist es", rief er immer wieder.

Genervt hielt ihn Karel fest.

„Was ist es?"

„Ich bin die Sicherheit!"

„Wie bitte? Weißt du, was du da sagst?", entgegnete Wenzel, dem diese Idee mehr wie ein Hirngespinst erschien.

„Aber sicher! Ich bleibe hier als Sicherheit und verdiene mir Bett und Essen beim Kaufmann. Das erspart mir die beschwerliche winterliche Reise durch die Šumava und welche bessere Sicherheit als seinen eigenen Sohn kann ein Mann bieten?"

Wenzel war nicht wohl bei dem Gedanken, seinen Sohn alleine in der Fremde zu lassen. Auch Karel schwieg. Er erkannte die Tragweite seines unüberlegten Ausspruchs. Jan war begeistert, und wenn er sich etwas in den Kopf gesetzt hatte, wollte er das auch machen. Das war Karel in den letzten Tagen immer klarer geworden. Dieser Junge hatte einen Schädel so dick wie eine Stadtmauer.

Wenzel war unschlüssig. Es war etwas Sinnvolles an der ganzen Idee, aber wie sollte er seiner Frau erklären, dass er Jan verliehen hatte? Wie würde der Kaufmann den Jungen behandeln?

Sein Blick wanderte hin und her zwischen Karel, der ihn sorgenvoll anschaute, und Jan, der keine Zweifel an seinem Plan hatte, dann zum Fenster, durch das die Sonne ihre letzten Strahlen schickte; doch Wenzel erschien es wie das Ende allen Handelns. Innerlich zerbrochen, doch nach außen hin fest, wandte er sich an Karel.

„Mach den Händler ausfindig und frage ihn, ob er uns Geld leiht – mit meinem Sohn als Sicherheit."

Er holte tief Luft und es schien, als sei er in den letzten Minuten um Jahre gealtert.

Karel schüttelte kurz den Kopf und verließ den Raum.

Jan setzte sich zu seinem Vater, der sich aufrichtete, um ihn zu umarmen. Wenzel spürte, wie ihm die Tränen kamen, aber er unterdrückte sie. Was war er doch für ein Vater!

Jan war es wie eine Ewigkeit vorgekommen, bis Karel zurückkehrte. Der hatte sich zu Jakob, dem Kaufmann durchgefragt und mit diesem einen Termin Ende der Woche ausgemacht. Bis dahin, so hoffte er, würde Wenzel seine Meinung noch ändern.

Aber Wenzel war fest entschlossen. Ganz früh am nächsten Morgen schickte er Vladja mit dem Geld zu der Frau, damit er ihr von dem wahrscheinlichen Tod ihres Mannes erzählte und sie ihre Schulden begleichen konnte.

Vladja wusste später nicht, ob die Frau Tränen der Freude oder der Trauer geweint hatte, aber sie hatte sich viele Male bedankt und erkundigte sich nach seinem Aufenthaltsort. In der Gasse hatte er dann gewartet, um zu erleben, wie der Wikinger samt seiner Stadtwache unverrichteter Dinge wieder abzog und zum Gespött der Leute wurde. Wütend schwor er demjenigen, der der Frau das Geld geliehen hatte, seine ewige Rache.

Die Frau zeigte sich wirklich dankbar, denn nun brachte sie täglich ein gutes Essen für die Säumer, womit auch Karel recht schnell besänftigt wurde. Wenzel erholte sich dank der Heilkunst des Arztes rasch und konnte nach vier Tagen wieder das Bett verlassen. Nur seine Hand würde er wohl nie wieder richtig schließen können, denn der Führstrick hatte sich beim Sturz zu fest zusammen gezogen.

Karel und er kümmerten sich um ihre Handelsgeschäfte. Da es schon spät im Jahr war, konnten sie gute Preise erzielen, denn zum einen brauchten die Donauhändler noch Vorräte für den Winter, andererseits wollten sie noch unbedingt ihr Salz los werden, damit es über den Winter nicht feucht und damit unverkäuflich werden würde. Beide waren sie zufrieden, aber freuen konnten sie sich darüber trotzdem nicht. Die Schulden beim Arzt und beim Wirt würden noch einen ordentlichen Batzen verschlingen.

***

„...deshalb bitte ich Euch, ehrenwerte Äbtissin Reinhild, Euch dafür einzusetzen, dass wir von der Pflicht befreit werden, für die Furt durch die Donau Wegezoll an den Landvogt Formbach zu Künzing zahlen zu müssen. Bedenkt, dass es nur zu Eurem Besten ist, denn dieser Wegezoll schmälert Euren Gewinn an diesem schönen Ort. In tiefster Ergebenheit..."

Ein kalter Luftzug durch das offene Fenster holte den Schreiber aus seiner Konzentration. Fröstelnd legte er die lange Feder auf das Stehpult und verriegelte das Fenster. Dann ging er zu dem kleinen Kamin, der nur einen Teil des Raumes erwärmte, um das Feuer zu schüren. Gedankenversunken schichtete er das Holz auf.

Wie sehnte er sich doch nach der Wärme Italiens, wo er bis vor zwei Jahren in dem Kloster Santo Flavio bei Padua ein einfacher Mönch gewesen war. Er hätte sein ganzes Leben in dieser von Gott so reich gesegneten Gegend bleiben können. Aber die Wege des Herrn sind unergründlich und so kam es, das eines Tages die Äbtissin Reinhild des Klosters Niedermünster zu Regensburg, Gott segne sie, zu Besuch in das Kloster kam. Sie hatte gerade eine Pilgerfahrt zum Heiligen Stuhl nach Rom unternommen, wodurch sie großes Ansehen sowohl bei weltlichen, als auch bei kirchlichen Würdenträgern gewonnen hatte. Dies war wohl auch der Grund, weshalb Abt Ignatius, Gott segne auch ihn, bereitwillig der Pilgerin einen Schreiber seiner glänzenden Schule versprach. Kurzum, er, Giovanni Ventino, Sohn eines Freibauern aus der Po-Ebene, erhielt die gottgegebene Aufgabe, der Äbtissin nach Regensburg zu folgen. Kaum hatte er Regensburg nach einem beschwerlichen Fußmarsch über die Alpen erreicht – die ehrenwerte Pilgerin wurde in einer Sänfte getragen – übertrug ihm die Äbtissin die Stelle als Propst in dem Marktflecken Deggendorf. Was hatte er getan, dass Gott ihn mit solch einer Aufgabe strafte? Gewiss, er hatte jetzt mehr Verantwortung als in Santo Flavio; aber wen interessierte die Verantwortung über einen Ort, der nur durch einen undurchdringlichen Wald von den Barbaren getrennt war!

Das Feuer fraß sich an den trockenen Scheiten entlang. Giovanni, der sich hier Johannes nannte, rieb seine kalten Hände darüber, die schon ganz blau waren.

Nach einigen Minuten erhob er sich, um sich wieder dem Brief an die Äbtissin zu widmen. Er hatte die Feder gerade wieder angesetzt, als die Tür mit solch einer Wucht aufgestoßen wurde, dass der Luftstoß die Pergamentrolle vom Stehpult blies.

„Strafe dich Gott, Francis! Warst du an dem Tag, als man dir gute Manieren beigebracht hat, mit Blindheit und Taubheit zugleich geschlagen", erregte sich Johannes, als er den aufdringlichen Gast sah.

Francis d'Arlemanche betrat in arroganter Haltung den Raum, die rechte Hand fest am Knauf seines Schwertes.

„Schaff dir doch einen Diener an, der die Tür öffnet, wenn ich komme, dann muss ich es nicht selbst tun", gab der Wikinger barsch zurück.

„Du hast heute wohl deinen heiteren Tag! Was gibt es? Ich habe dich angestellt, um für Ordnung im Markt zu sorgen und nicht für Unordnung in meiner Schreibstube!"

„Das ist der Grund, warum ich zu dir komme. Ich habe gute Leute ausgebildet, mit denen ich für Ruhe und Ordnung sorgen kann, aber mir scheint es, als würden deine Untertanen..."

„Sie sind nicht meine Untertanen, sondern mir von Gott zum Schutz Befohlene", fiel ihm Johannes verärgert ins Wort.

„Was auch immer sie sind! Jedenfalls scheint dieser Pöbel mich nicht ernst zu nehmen!"

„Wie kommst du darauf?"

„Sie verbünden sich, um mich bloßzustellen. Letzte Woche wollte ich bei einer Frau die fehlende Miete von drei Monaten einfordern. Natürlich konnte sie nicht zahlen. Da habe ich ihr einen Tag Zeit gegeben, um zu packen. Aber was macht dieses Weib? Es borgt sich das Geld und als ich am nächsten Tag komme, zahlt sie mir die ausstehende Schuld."

„Ich sehe daran nichts Verwerfliches", entgegnete Johannes gleichgültig. Ihn langweilten die ewigen Beschwerden seines Söldners.

„Du verstehst das nicht. Zum einen lachen die Leute jetzt schon seit einer Woche über die Wache, die von einem Weib düpiert wurde und" – Francis suchte nach einem schlagenden Argument, um diesen weltfremden italienischen Mönch dazu zu bewegen, ihm mehr Vollmachten zu übertragen, – „und du musst auch an dich denken!"

Johannes schaute ihn fragend an.

„Verstehst du nicht", redete sich Francis in Rage, „diese Frau schuldete dir, besser gesagt dem Kloster, die Miete für drei Monate. Sie kann sie nicht zahlen, leiht sie aber von jemand anderen, vielleicht auch von verschiedenen Personen. Bei einem Geldverleiher oder Juden war sie nicht, denn das habe ich überprüfen lassen. Sie kann das Geld also nur von einem anderen deiner ‚Schutzbefohlenen' haben!"

„Was willst du sagen? Ich verstehe deinen Punkt nicht", bremste Johannes den Wortschwall des Wikingers.

„Beim Allmächtigen! Siehst du nicht, dass du die Kontrolle verlierst? Die Schulden bleiben im Markt Deggendorf bestehen, aber du weißt nicht wo oder bei wem. Wenn es so weiter geht, werden die Menschen mehr Schulden untereinander haben, als beim Kloster und du wirst dich gegen die Macht des Geldes nicht mehr durchsetzen können!"

Johannes runzelte die Stirn. Die Gründe seines Gegenübers waren alles andere als stichhaltig, aber er wollte sehen, worauf dieser Haudegen hinauswollte.

Francis fasste den Gesichtsausdruck des Propstes als einsichtig auf und fuhr fort.

„Du solltest klar zeigen, wer der Herr dieses Marktfleckens ist und dass mit ihm nicht zu spaßen ist."

Nach einer kurzen Pause fügte er an: „Solltest du das nicht machen, dann werde ich meinen Dienst quittieren!"

Diese Drohung kam so überraschend für Johannes, dass er seine ruhige Haltung für kurze Zeit verlor, sich aber schnell wieder fasste. Trotzdem hatte der Wikinger bemerkt, dass dieses Argument seinen Arbeitgeber aus der Gleichgültigkeit ihm gegenüber geweckt hatte.

Johannes mochte den Wikinger wegen seiner groben und respektlosen Art nicht besonders, aber dieser hielt ihm eine Menge Arbeit vom Hals. Arbeit, mit der er nichts zu tun haben wollte. Dazu gehörte das Eintreiben von Schulden oder die Vollstreckung von Strafen. Wollte er weiterhin ein ruhiges Leben hinter den Mauern der Propstei führen, braucht er den Wikinger. Aber er wollte sich auch nicht erpressen lassen.

„Dir scheint ja viel an den Einkünften für das Kloster zu liegen, wenn Du dafür Deine eigenen aufgeben würdest", lobte ihn Johannes, aber er wollte die wahren Gründe erfahren.

„Ich habe hier eine Aufgabe übernommen, die ich gewissenhaft ausführe. Wenn ich aber sehe, dass meine Ratschläge missachtet werden, dann muss ich mir eine andere Arbeit suchen", konterte Francis.

„Nun denn, was schlägst du vor?"

„Bisher musste ich dich wegen jedem Vergehen, war es auch noch so klein gewesen, behelligen. Ich schlage vor, dass du mir die Vollmacht gibst, bei kleinen Straftaten wie Diebstahl, Wucher oder Hehlerei frei handeln zu dürfen!"

Johannes stutzte. Wegen dieser Kleinigkeit wurde so ein großer Aufstand gemacht? Über diesen Vorschlag war er sogar froh, denn damit würde er noch weniger mit diesen weltlichen Angelegenheiten während seiner Studien gestört werden. Aber er musste vorsichtig sein.

„Das ist viel, was Du verlangst. Wenn ich dir diese Vollmacht erteile, wirst du dich im Gegenzug dazu verpflichten, deinen Dienst hier in Deggendorf für weitere fünf Jahre zu verrichten!"

„Ich stehe zu deinen Diensten, Propst Johannes!"

Der Wikinger streckte Johannes seine Hand entgegen, der sofort einschlug.

Mit einem schmeichelnden Kompliment verabschiedete sich Francis und verließ den Raum, der ihn wegen der vielen Bücher jedes Mal fast erdrückte.

Francis triumphierte innerlich. Endlich hatte er freie Hand, um seinen Willen durchzusetzen. Als erstes würde er den Unglücklichen finden, der der Frau das Geld geliehen hatte, um an ihm ein Exempel zu statuieren. Sollte es noch einmal einer wagen, seine Pläne zu durchkreuzen!

Das Handelshaus

Jan nutzte seine Freiheiten, um den Markt zu erkunden, aber je näher der Tag des Abschieds kam, desto mehr Zeit verbrachte er mit seinem Vater. Langsam wurde ihm bewusst, auf was er sich eingelassen hatte, und es beunruhigte ihn immer mehr. Nachts lag er lange wach und überlegte sich, was er ohne seinen Vater machen würde.

Viel zu schnell, war der Tag, es war ein Donnerstag, gekommen. Zusammen mit seinem Vater, Karel und Vladja ging er zu dem Kontor des jüdischen Kaufmanns Jakob.

Das Haus stand in einer schmalen Gasse in der Nähe des Hafens. Es war eines der schönsten Häuser im Markt, fand Jan. Das gedrungene Erdgeschoß war aus unbehauenen Granitsteinen gemauert, in welche Fensterrahmen aus fester Eiche eingelassen waren. Darauf erhob sich ein zweites Stockwerk aus Holzbalken, deren Fugen mit Pech bestrichen waren. Der Dachstuhl war unverhältnismäßig hoch und diente als Warenlager, denn über einer Klappe zur Straße ragte ein stabiler Flaschenzug aus dem Haus heraus.

„Der Mann muss Geld wie Heu haben", staunte Wenzel, nachdem er das Haus eingehend betrachtet hatte. Vladja pfiff zustimmend durch die Zähne.

Sie klopften an die Tür. Ein Knecht öffnete ihnen und ließ sie eintreten. Als sie in dem kleinen Eingangsraum standen, stahl sich Jan vorsichtig neben seinen Vater und fasste dessen Hand. Wenzel traute sich nicht, seinen Sohn anzuschauen, denn er hatte Angst, dann in Tränen auszubrechen. Sie mussten kurz warten, bis die Tür wieder aufging, aber statt des Knechts trat jetzt ein kleiner, etwa vierzigjähriger Mann auf sie zu.

Mit einer freundlichen Geste bat er sie, ihm zu folgen. Sie betraten einen hellen Raum, dessen Gerüche Jan völlig unbekannt waren. An mehreren Pulten standen Männer und schrieben auf große Bögen Pergament. Staunend blieb er stehen, doch sein Vater zog ihn weiter in den nächsten Raum. Es war eine kleine Kammer, die von einem schweren Tisch dominiert wurde. Der Kaufmann setzte sich auf den Stuhl dahinter, während die Säumer stehen mussten, da es keine weiteren Sitzgelegenheiten gab. Zu Jans Erleichterung begann der Mann endlich zu sprechen.

„Guten Tag, mein Name ist Jakob und ihr seid Händler aus Böhmen, nicht wahr", wandte er sich an Karel, mit dem er ja schon einmal gesprochen hatte.

Bevor dieser etwas sagen konnte, antwortete Wenzel genauso ruhig und gelassen wie der Kaufmann.

„Wir sind Säumer aus Klatovy. Mein Name ist Wenzel, ich bin der Anführer der Gruppe."

„Ich freue mich, deine Bekanntschaft zu machen. Wie liefen die Geschäfte?"

„Wir sind zufrieden. So spät im Jahr kommen nicht mehr so viele Säumer an die Donau. Da müssen dann gute Preise gemacht werden."

„Ich weiß, ich weiß. Zum Glück habe ich mein Salz schon letzten Monat nach Böhmen schicken können. Die Gefahren eines Transportes zu dieser Jahreszeit waren mir zu riskant."

Bei diesen Worten schaute der Kaufmann Wenzel vielsagend an, als ein Zeichen, dass er nun bereit wäre über das Wesentliche zu sprechen.

„Manchmal macht einem die Natur einen Strich durch die Rechnung", antwortete Wenzel zustimmend.

„So wie es euch wohl geschehen ist."

„Man kann es sehen wie man will", sagte Wenzel trotzig, um dann aber gleich wieder in dieselbe ruhige Verhandlungssprache zurückzukommen, die der Jude meisterlich beherrschte. „Aber es ist wahr, dass wir uns in Schwierigkeiten befinden..."

„... die man mit Geld beheben könnte", beendete der Kaufmann den Satz lächelnd.

„So ist es. Aber wie dir mein alter Freund Karel schon mitgeteilt hat, habe ich keinen wertvollen Gegenstand bei mir, den ich bei dir als Sicherheit hinterlegen könnte."

„Das ist natürlich ein Problem, denn ich kenne dich kaum und Klatovy ist für mich nur schwer zu erreichen."

Wenzel antwortete nicht sofort, sondern blickte noch einmal mit einem wehmütigen Blick auf Jan.

„Ich würde dir meinen Sohn überlassen. Er könnte als Laufbursche sich Brot und Bett verdienen und im Frühjahr komme ich zurück und zahle ihn aus."

Wenzels Stimme bebte leicht und er konnte nicht verbergen, wie schwer ihm diese Worte von den Lippen gingen. Falls Jakob diese Gemütsregung bemerkte, liess er sich nichts anmerken.

„Eine schwere Entscheidung für einen Vater, sich von seinem Sohn zu trennen."

Da Wenzel nicht antwortete, fuhr Jakob fort.

„Unser Stammvater Abraham stand auch vor dieser Entscheidung. Jahwe verlangte von ihm seinen Sohn Isaak als Opfergabe. In seiner Ergebenheit zu Gott gehorchte er."

Jakob blickte Wenzel einen Augenblick lang in die Augen und fuhr dann fort: „Bist du dem Geld hörig?"

„Nein", antwortete Wenzel bestimmt, „aber ich muss auch an meine Frau und die anderen zwei Kinder denken."

„Abraham wurde von Gott verschont, es war nur eine Prüfung. Aber für dich scheint es keine andere Möglichkeit zu geben."

„Wenn du selbst Kinder hast, dann kannst du dir sicher vorstellen, dass ich nicht hier wäre, wenn es einen anderen Ausweg gäbe." Wenzel Stimme nahm an Schärfe zu, denn es ärgerte ihn, ausgefragt zu werden.

„Keine Angst, ich werde dir keinen Vorwurf machen", beschwichtigte Jakob, der den Unterton verstanden hatte. Er erhob sich und ging auf eine Truhe im hinteren Bereich des Zimmers zu.

„Wie viel brauchst du", fragte er, während er unter seinem Kittel einen schön verzierten Schlüssel hervorholte.

„Zwanzig Silberlinge müssten genügen. Diese Summe kann ich dir dann im Frühjahr gleich wieder zurückzahlen." Dabei blickte Wenzel flüchtig auf Jan. Er konnte immer noch nicht fassen, dass er gerade seinen Sohn verlieh.

„Das ist eine glaubhafte Aussage. Wenn ich mir deinen Sohn so betrachte, dann denke ich, dass er sich neben Bett und was zu Essen auch mal einen kleinen Obolus verdienen kann."

Mit diesen Worten beachtete er Jan zum ersten Mal, während der instinktiv die Hand seines Vaters fester umfasste.

„Mein Sohn wird dir sicher keinen Ärger bereiten. Er kann zupacken und wird mit wenig zufrieden sein."

„Das denke ich auch. Wann wollt ihr aufbrechen?" fragte jetzt Jakob, während er mit einer langen Feder auf ein Stück Pergament den Vertrag schrieb.

„Morgen früh mit dem Morgengrauen verlassen wir den Markt."

„Gut. Dann bringt vorher den Jungen vorbei."

Jakob drehte jetzt das Schriftstück um und schob es Wenzel zu.

„Ich brauche noch eine Unterschrift von dir. Mach einfach ein Zeichen."

„Ich weiß meinen Namen zu schreiben", empörte sich Wenzel, unterschrieb und gab Jakob den Vertrag zurück.

„Hier hast du das Geld. Du siehst, ich vertraue dir, denn ich sehe es Menschen an, ob sie ehrlich sind. Bring den Jungen morgen vorbei und genieß bis dahin die Zeit mit ihm."

„Du kannst dich auf mich verlassen. Einen schönen Tag noch, Jakob", dabei reichte Wenzel dem Juden die Hand, um dann zusammen mit Jan den anderen auf die Straße zu folgen.

Draußen angekommen sog er die kalte Luft ein. Er hatte es also wirklich getan.

Karel klopfte ihm auf die Schulter und wollte ihn aufmuntern.

„Komm, wir trinken jetzt zusammen ein Bier. Nutzen wir den Tag hier in der Stadt noch ordentlich!"

Wenzel schien ihn überhaupt nicht zu hören. Gleichgültig folgte er den anderen, seinen Sohn hatte er dabei fest an der Hand. Den ganzen Nachmittag wich Jan nicht mehr von der Seite seines Vaters. Auch Wenzel spürte den Abschiedsschmerz und legte fürsorglich den Arm um seinen Sohn. Jan war überrascht, dass sein Vater solche Gefühlsregungen öffentlich zeigte. Der Nachmittag verging wie im Flug und zum letzten

Mal begab sich die gesamte Gruppe zum Gasthaus ‚Goldene Linde', um Kräfte für den nächsten Tag zu sammeln.

Aber weder Jan noch Wenzel konnten schlafen. Unruhig wälzte sich Jan in seinem Bett. Er dachte an seine Mutter, die er nun lange nicht mehr sehen würde. Hatte sie so etwas geahnt, als sie sich von ihm verabschiedete? Plötzlich kamen ihm die Tränen, ohne dass er etwas dagegen machen konnte. Er schluchzte leise, als sich sanft eine Hand auf seine Schulter legte.

„Willst du mit mir reden", flüsterte Wenzel.

Jan nickte, setzte sich auf und legte sich schnell seinen Mantel um, denn die Temperatur im Raum unterschied sich jetzt, da das Feuer verloschen war, nicht mehr besonders von der Kälte draußen.

Vater und Sohn schlichen aus dem Raum, um niemand zu wecken. Ohne die lärmenden Menschen wirkte die Gaststube gespenstisch, denn die Größe des Raumes war sonst durch undurchsichtigen Dunst eingeschränkt. Sie setzten sich an einen Tisch, der in der Mitte des Raumes stand. Wenzel nahm Jan auf seinen Schoß und drückte ihn an sich.

„Hast du Angst", fragte Wenzel vorsichtig.

„Ja. Ich habe an Mutter gedacht. Ich glaube, sie hat geahnt, dass mir etwas passieren würde."

„So etwas darfst du nicht sagen. Jede Mutter ist besorgt, wenn ihr Sohn das Haus verlässt. Außerdem wird dir nichts passieren. Der Jude scheint sehr nett zu sein."

„Mm. Aber ich bin hier so alleine. Ich möchte nicht ohne dich hier bleiben."

Wieder rollte eine Träne über Jans Wange, die Wenzel mit seinem Schal auffing.

„Das verstehe ich. Du kannst mir glauben, dass ich auch lieber hier bei dir bleiben würde. Aber ich muss nach Hause, denn sonst verhungern deine Mutter und Geschwister. Du hast in den letzten Wochen mehr erlebt, als mancher Mensch in seinem ganzen Leben. Irgendwie wird es dir etwas nutzen, auch wenn du das jetzt noch nicht verstehst. Auch ich verstehe es nicht. Gott im Himmel hat oft sonderbare Ideen. Ein Wandermönch, den ich mitten in der Šumava fand, hat mir mal gesagt, dass Gott uns immer begleitet, ob wir es wollen oder nicht. Er ist immer da, um uns zu schützen. Ich habe hier ein kleines Geschenk, dass ich dir eigentlich erst morgen geben wollte."

Wenzel griff in seine Manteltasche und zog einen fein bestickten Beutel aus Leinen heraus. Die Stickerei war eine exzellente Arbeit. Gleichmäßig reihte sich Faden an Faden und verwob sich so zu verschiedenen Mustern, die fließend ineinander übergingen. Jan hatte diese Stickkunst nur einmal bei einem flämischen Händler gesehen, der sie als eine heimische Spezialität anpries.

„In diesem Beutel ist Salz. Jedes Mal, wenn du Heimweh hast, dich nach mir oder deiner Mutter sehnst, dann steckst du deinen Finger in das Salz und leckst ihn ab. Schließe deine Augen und erinnere dich an uns, wenn du denn intensiven würzigen Geschmack auf der Zunge spürst. Das Salz ist die Verbindung zwischen den Slawen und Bajuwaren über die Šumava hinweg. Solange Salz gebraucht wird, werden Menschen durch die Šumava ziehen und diese Verbindung nie abbrechen. Deshalb muss auch ich wieder zurück. Eines Tages wirst auch du durch die Šumava ziehen, um Salz zu transportieren. Versprich mir, immer dafür einzustehen, dass Salz zu den Menschen nach Böhmen kommt."

Jan nickte wortlos. Er war fasziniert von dem Beutel, der mit einer dünnen Schnur verschlossen war. Nachdem Wenzel ihm den Beutel gegeben hatte, öffnete er ihn vorsichtig und steckte seinen Zeigefinger hinein. Er fühlte die kleinen Körner, die jetzt an seinem Finger klebten, nachdem er ihn wieder herausgezogen hatte. Mit geschlossenen Augen leckte er vorsichtig den Finger ab. Ein säuerlicher Geschmack verbreitete sich in seinem Mund. Aber der Geschmack war nicht abstoßend, sondern fühlte sich wohlig an. Jan versank in Gedanken an das kleine Haus seiner Eltern, wo die Familie auf Wenzel wartete, an seine erste Reise durch die Šumava, die so lehrreich und voller Ereignisse war. Seine Gedanken hatten ihn so gefesselt, dass er nicht merkte, wie Wenzel ihn die Treppe hinauftrug und in sein Bett legte. Sanft schlief er ein, das Salz schmeckend, das für ihn zur Verbindung nach Hause geworden war.

**

„Wo hast du denn nur wieder deine Gedanken", schimpfte Jakob.

Jan fuhr auf und stellte mit Erschrecken fest, dass dort, wo sich eigentlich eine Zahl auf seinem Pergament befinden sollte ein großer Tintenfleck seine Arme in alle Richtungen streckte. Mit einem Seufzer dachte er an die mühselige Arbeit, den Fleck wieder abzukratzen, um das teure Pergament weiter benutzen zu können.

„Manchmal verstehe ich dich nicht", setzte Jakob jetzt etwas milder an, „du bist eigentlich ein schlauer Kerl, der gut und sauber arbeitet. Aber manchmal gehen deine Phantasien mit dir durch! - Also, jetzt mach eine kurze Pause, damit die Tinte trocknen kann und dann kratzt du den Fleck sauber weg."

Damit verließ Jakob den Raum, in dem jetzt nur noch Jan und Levi, der Sohn Jakobs, zusammen waren, um ihre Schreibstunde zu beenden. Jan war jetzt schon fast einen Monat im Haus des Händlers, aber die Zeit kam ihm noch viel länger vor. Anfangs hatte er als Laufbursche Erledigungen auf dem Markt gemacht und beim Beladen der Karren geholfen, mit denen die Waren zum Fluss gebracht wurden. Jan machte seine Arbeit gewissenhaft und zufriedenstellend, aber in jeder freien Minute stahl er sich in die Schreibstube, in der die Verhandlungen geführt und aufgezeichnet wurden. Bald bemerkte Jakob das Interesse Jans an den Vorgängen im Kontor. Es war wohl eine Mischung aus Mitleid für den armen Jungen und Anerkennung für die gute Arbeit, die den Händler bewogen, Jan zu erlauben, an den Lernstunden seines eigenen Sohnes teilzunehmen. Dass es aber auch der treffsichere Instinkt eines guten Händlers war, der Fähigkeiten in Menschen und Geschäften entdeckt, zeigte sich nach den ersten Resultaten von Jans Lerneifer. Obwohl er ein gutes Jahr jünger war als Levi, machte er viel größere Fortschritte und hatte bald seinen Mitschüler überholt.

Das trübte aber keineswegs die Freundschaft zwischen den Jungen, die in der kurzen Zeit entstanden war. Levi machte sich nicht viel aus der Lernerei. Viel lieber war er draußen am Hafen, feilschte am Markt mit den Händlern, die dann meistens ein schlechtes Geschäft machten und streunte durch die Straßen. Sein schallendes Lachen konnte man schon von Weitem hören, und es musste schon etwas sehr tragisches passiert sein, damit man ihm nicht von einem Ohr zum anderen grinsend begegnete. Sein tiefschwarzes Haar war stets ungekämmt und bildete einen Kontrast zu den klaren, hellblauen Augen, die eng beieinander über der spitzen Nase saßen. Er war etwas kleiner und zierlicher als Jan, was dieser immer auf die mangelnde körperliche Arbeit zurückführte. Faulheit war Levis bevorzugte Tätigkeit, weshalb es nicht selten vorkam, dass er Jan gekonnt davon überzeugte, mit ihm auf den Marktplatz zu gehen, anstatt noch weitere Aufgaben zu verrichten.

Die Quittung folgte dann beim Abendessen, wenn Jakob die beiden Flegel vor dem versammelten Haushalt zur Rechenschaft zog. Zum Abendessen versammelten sich immer alle Schreiber, Arbeiter und deren Familien in der großen Eingangshalle. Am Kopf des Tisches saß Jakob mit seiner Familie, dann folgten die Schreiber, dann die Arbeiter und zuletzt die Frauen, Kinder und Tagelöhner. Jan durfte bei Levi sitzen, seit er mit ihm zusammen Unterricht hatte. Die Stimmung war immer sehr ausgelassen und heiter, denn jeder war froh, bei einem so gütigen Herren zu arbeiten, wie Jakob es war - auch wenn er ein Jude war.

Auch an diesem Abend erwartete Jan und Levi eine Strafpredigt. Am Nachmittag waren der etwas trägen, aber schreckhaften Magd Gerlinde aus ihrem Waschzuber zwei Frösche entgegen gesprungen. Obwohl man die Täter nicht erwischt hatte, so bestand doch kein Zweifel, wer hinter solchen Streichen stand.

„Euer Verhalten war äußerst dumm", schalt sie Jakob, „nachher werdet ihr euch bei Gerlinde entschuldigen und euch danach bei mir melden, um euch eure Strafe abzuholen!"

Jakob erwähnte nie die Höhe der Strafe vor dem versammelten Haushalt, denn es handelte sich dabei stets um eine Art von Strafe, welche die Leute nicht erwarteten. Jan und Levi mussten entweder Abschriften verfassen oder lateinische Verse auswendig lernen. Die Bücher lieh sich Jakob aus der Bibliothek der Propstei, wofür er viel Geld zahlen musste.

Nach dem Essen gingen die beiden Jungen in ihr Zimmer. Dort angekommen warf sich Levi aufs Bett.

„Morgen wieder irgendein langweiliges Kapitel auswendig lernen", stöhnte er, „aber wenn ich an das Gesicht von Gerlinde denke, als sie die beiden Frösche gesehen hat!"

Jan prustete los.

„Erst totenbleich und dann feuerrot vor Aufregung! So rot wird sie nicht einmal, wenn Bertram ihr schöne Augen macht!"

„Und was machen wir morgen", schelmisch sah Levi zu Jan.

Aber der winkte ab.

„Ich denke wir dürfen es nicht übertreiben. Dein Vater könnte sonst noch wirklich böse werden! Aber was hältst du davon, morgen nach dem Lernen zu Wolfram zu gehen? Morgen ist Donnerstag und da kommt immer die neue Fuhre Met. Vielleicht bekommen wir einen Humpen, wenn wir etwas mithelfen, die Fässer vom Wagen zu heben!"

„Gute Idee - bis auf das Arbeiten!"

„Du Weib", neckte Jan.

„Pass auf, du alter Barbar!"

Levi war blitzschnell vom Bett aufgesprungen und schon rollten beide über den Boden. Aber so sehr sich Levi auch mühte, gegen den stärkeren und wendigeren Jan hatte er keine Chance.

Nach ein paar Minuten saß Jan triumphierend auf Levis Brust.

„Gibst du auf?"

„Gerne. Du weißt ja: Gott ist mit den Schwachen!"

„Dass du immer eine Ausrede hast!"

„Irgendwie muss ich mich ja wehren. Komm, ab ins Bett, sonst sind wir morgen nicht ausgeruht zum Fässer rollen!"

Die beiden Kapitel aus Augustinus' De civitate Dei waren schnell auswendig gelernt.

Sobald sie Jakob die Kapitel aufgesagt hatten, liefen die beiden Jungen die Gasse zum oberen Wirt hinauf, wie man das Gasthaus ‚Bärenwald' im Volksmund nannte, denn es lag an der Anhöhe, die zur Siedlung auf der Ringelwies führte. Es war in dieser Richtung das letzte Gasthaus vor der Šumava. Jan hielt den Namen Bärenwald für etwas übertrieben, denn die Vorstellung, dass der Wald voller Bären war, konnte er nicht bestätigen. Er musste an den alten Karel denken, der ihm von der Angst der Menschen vor dem Wald erzählt hatte. Doch der Wirt war ihnen sehr gewogen, weshalb sie jedes Mal etwas bekamen, auch wenn sie nur wenig halfen. Das hing wohl auch damit zusammen, dass Jan und Levi Wolfram, den Sohn des Wirts, ihren Freund nennen durften. Als sie völlig außer Atem das halb baufällige Haus erreichten, war Wolfram gerade dabei, ein schweres Eichenfass vorsichtig über eine Planke vom Wagen zu lassen.

„Warte! Wir helfen dir!", rief Levi ihm zu und stemmte sich von unten gegen das Fass. Gemeinsam rollten sie das Fass in den Eiskeller. Der Eiskeller war eine in den Stein gehauene Höhle, die im Winter mit Eis gefüllt wurde, das dann bis in den Herbst hinein das Bier kühl hielt.

„Ihr kommt mal wieder zu spät! Das war das letzte Fass!", stöhnte Wolfram nach getaner Arbeit. „Aber es war zum Glück die letzte Fuhre in diesem Jahr."

Jan grinste.

„Das tut uns aber leid! Aber du siehst es falsch herum. Sei dankbar, dass wir so früh gekommen sind, um dir noch beim letzten Fass zu helfen!"

Wolfram starrte ihn fragend an, schüttelte dann den Kopf und stieg die paar Stufen ins Helle hinauf. Levi konnte sich das Lachen nicht verkneifen, als sie ihrem Freund folgten.

In der Gaststube angekommen, setzten sich die beiden an ihren gewohnten Tisch, von dem aus man einen schönen Blick über Deggendorf hinweg in die Donauebene hatte.

„Ich muss jetzt erst einmal etwas trinken," stöhnte Wolfram, noch immer Schweiß überströmt, „wollt ihr zwei Faulpelze auch was?"

„Gerne, aber nur, wenn du dich jetzt erst mal zu uns setzt und dich erholst! Wo ist dein Vater eigentlich?"

„Nicht da, wie ihr seht", Wolfram kam mit drei Humpen frischen Met zum Tisch, „er musste zum Propst."

„Warum das", mischte sich Levi ein.

„Es ist der ewig alte Streit. Der Propst verlangt eine Ausschanksteuer von uns und Vater weigert sich, weil er sagt, dass das Wirtshaus außerhalb der Klostergrenzen liegt. Und das stimmt auch!" Dabei haute Wolfram so fest auf den Tisch, dass der Met auf den Tisch schwappte. Hier kam nur ein Bruchteil der Kraft, die in seinem drahtigen Körper steckte, zum Vorschein. Er überragte die beiden anderen Jungen um einen Kopf, seine Arme hingen schlaksig an den Seiten und sein immer ungepflegtes, pechschwarzes Haar reichte bis zu den Schultern. Sein einfacher Überwurf aus grobem Leinen, der schon mehrfach geflickt worden war, trug noch zu dem verwahrlosten Eindruck bei, den Wolfram auf die Leute machte, weshalb ihm viele aus dem Weg gingen. Aber seine Augen verrieten den wahren Charakter. Diese dunkelbraunen tiefliegenden Augen ließen in einen Menschen sehen, der in seiner Einfachheit einen ausgeprägten Gerechtigkeitssinn und ein treues Herz hatte.

Wolfram war Jans „Entdeckung" gewesen. Bei einem seiner Aufträge als Laufbursche kam er auf dem Weg nach Ringelwies, einer kleinen Siedlung einen halben Tagesmarsch von Deggendorf entfernt, an der alten Schenke vorbei. Er setzte sich auf die Bank vor dem Haus, um sich auszuruhen, als er von innen eine Frau auf Slawisch schimpfen hörte. Kurze Zeit später stürmte der Wikinger wütend aus der Gaststube geradewegs Richtung Deggendorf, ohne Jan zu bemerken. Jan erschrak, als er den Ritter sah, denn er fürchtete noch immer, dass dieser irgendwann herausfand, wer der armen Frau damals das Geld gegeben hatte. Obwohl seitdem mehr als ein Monat vergangen war, war es noch immer eine beliebte Geschichte in den Gaststuben - was auch dem Wikinger nicht verborgen bleiben konnte.

Kurz nach dem Ritter erschien eine Frau zwischen den Türpfosten, hochrot vor Wut schrie sie noch ein paar slawische Schimpfwörter, bevor sie wieder in der Gaststube verschwand. Auch sie hatte Jan nicht gesehen. Der aber folgte ihr nach einer Weile ins Haus. Nachdem er die Gaststube betreten hatte, sah er sich ruhig um. Obwohl kein Gast im Raum saß, stach Jan ein unbeschreiblicher Gestank in die Nase, der noch vom Vorabend in der Luft hing. Aber die wenigen Fenster ließen kaum frische Luft in den niedrigen Raum. Die Tische und Stühle waren sehr einfach gefertigt und schon mehrfach repariert worden. An der hinteren Seite des Zimmers war ein kleiner Tresen eingerichtet, hinter dem jetzt die Frau stand. Ihr Gesicht hatte zwar die Zornesröte wieder verloren, aber die Backen leuchteten trotzdem tiefrot, so dass die Lippen dazwischen verblassten. Die Haare waren streng nach hinten geflochten und unter einer Haube versteckt, damit sie während der Arbeit nicht störten. Die rehbraunen Augen erfassten jetzt den neuen Gast.

„Was möchtest du, Junge", fragte sie schroff, nachdem sie Jan betrachtet hatte. Aber ihre abweisende Haltung änderte sich schlagartig, als Jan auf slawisch einen Humpen Met bestellte. Die Frau wurde sofort leutselig, wie man es von einer guten Wirtin erwartete. Jan musste ihr seine Geschichte erzählen, worauf sie erzählte, wie ihr jetziger Mann sie stromabwärts im Land der Babenberger freigekauft hatte, da sie als Sklavin aus ihrem Heimatdorf verschleppt worden war. Über den vielen weiteren Geschichten, die noch folgten, vergaß Jan die Zeit und kam erst am späten Nachmittag in den Kontor. Es war das einzige Mal, dass er Jakob richtig wütend gesehen hatte und diese Standpauke hatte er auch nicht vergessen.

Irgendwann hatte er auch Levi mitgenommen, obwohl der sich lange gesträubt hatte, zu ‚solchen Leuten' zu gehen, wie er sie nannte. Aber seine Vorurteile wurden bald zerstreut und die drei Jungen bildeten zusammen ein vertrautes Bild. Sie spielten anderen Leuten Streiche, machten Streifzüge durch den Wald oder saßen wie an diesem Tag bei einem Humpen Met in der Gaststube.

„Was will dein Vater jetzt beim Propst erreichen?", griff Jan das Thema wieder auf, nachdem sie alle einen kräftigen Schluck genommen hatten.

„Gestern war der Wikinger hier und hat gedroht, die Gaststube zu schließen, falls Vater nicht bald die Steuer zahlt. Aber für das ganze vergangene Jahr! Erstens können wir das nicht zahlen, weil wir nicht so viel besitzen und zweitens ist es nicht rechtens!" Wolfram hatte nicht nur die Augen seiner Mutter, er wurde auch ebenso rot wie sie, wenn er zornig war. Jan musste sich anstrengen, wegen der Feststellung nicht zu grinsen.

„Habt ihr nicht eine Urkunde, die euer Recht beweist?" fragte jetzt Levi, der wie sein Vater die Dinge meist sehr nüchtern sah.

„Woher denn? Keiner von meiner Familie kann lesen und schreiben, was bringt es uns dann? Nicht jeder ist so ein gebildeter Bock wie du!"

„Das nimmst du sofort zurück, du…" Levi suchte noch nach dem richtigen Ausdruck, als die Tür aufging und Wolframs Vater mit hängendem Kopf geradewegs die Treppe in den ersten Stock hinaufging.

„Oh, oh, das sieht nicht nach guten Nachrichten aus", stöhnte Jan, „Wolfram, ich glaube wir gehen jetzt besser. Wir kommen ein anderes Mal wieder vorbei!"

Die drei verabschiedeten sich kurz, bevor Jan und Levi aus der Tür schlüpften. Wortlos trotteten die zwei den steinigen Weg in den Markt hinab.

„Wenn Wolframs Vater die Steuern bezahlen muss, dann werden sie den Winter nicht überleben", brach Jan das Schweigen.

„Wir müssen ihnen helfen …", dachte Levi laut, ohne auf Jan zu achten. Er lief zwei Schritte vor Jan.

„Wir könnten deinen Vater fragen…"

„Nein!"

Levi drehte sich ruckartig um, so dass Jan mit ihm zusammenstieß. „Meinen Vater lassen wir aus dem Spiel. Der kann es sich nicht leisten, sich mit dem Propst anzulegen! Nein, ich habe einen viel besseren Plan. Einen Plan, der deinem alten Freund, dem Wikinger, besonders gut gefallen wird!" Verschwörerisch legte Levi seinen Arm auf Jans Schulter und grinste ihn frech an. Jan zögerte.

„Hör zu, das ist kein Spaß oder Schabernack! Es geht um die Existenz von Wolframs Familie!"

„Keine Angst", beruhigte Levi seinen Freund, „ich werde nicht mehr Risiko eingehen als Gewinn erreicht werden kann. Das ist eine alte Regel meines Vaters!"

„So?"

Jan war noch nicht überzeugt. Aber Levi zog ihn in eine kleine Hausnische und sah ihn eindringlich an.

„Versprich mir, dass du kein Wort zu meinem Vater sagst!"

„Ja, mach ich!"

„Schwöre es bei Jahwe!"

„Ich dachte, ihr Juden dürft nicht schwören!"

„Egal, bist du Jude? Also, schwöre bei Jahwe!"

„Ich schwöre!"

„Gut so! Komm, ich habe Hunger, und du?"

„Mein Magen hängt mir in den Knien!"

Mit unschuldigen Gesichtern betraten sie die Eingangshalle, wo schon die Vorbereitungen für das Abendessen vorgenommen wurden. Niemand bemerkte die innere Anspannung der beiden Jungen.

Die ersten Strahlen der klaren Wintersonne fielen durch die hohen Fenster der kleinen Kirche neben der Propstei, als die Eichentür aufgestoßen wurde und Francis d'Arlemanche, Vorsteher der Stadtwache, eintrat. Johannes schreckte aus seiner Gebetshaltung auf. Schroff begrüßte er den ungebetenen Besuch.

„Guten Morgen, Francis! Und ich dachte, es würde ein schöner Vormittag werden."

„Spar dir deine Worte, ich muss dich sprechen!"

„Bitte, du bist bereits dabei!"

„Nein, nicht hier, gehen wir in die Schreibstube!"

„So wichtig! Nun denn, werde ich meine Unterhaltung mit Gott beenden und deinen adeligen Worten lauschen. Geh vor!"

In der Schreibstube angekommen, fing Francis sofort an zu reden.

„Was willst du in der Angelegenheit des oberen Wirtes unternehmen?"

„Hatten wir etwas bei dem bestellt?"

„Lass deine Späße!"

„Gut, gut, aber mäßige du deine Sprache! Immerhin bin ich dein Brotgeber! Also, du willst etwas unternehmen. Nun, dann mach mir einen Vorschlag!"

„Zuerst machen wir eine Auflistung der wenigen Besitztümer des Wirtes. Darauf berechnest du die Steuer für ein Jahr. Diese kann der Schuft nicht bezahlen, womit wir das Recht haben, die Schenke der Propstei zuzuschlagen."

Genüsslich biss Francis in einen Apfel, der in einer silbernen Schale gelegen hatte.

„Ach, Francis, belästige mich nicht mit Einzelheiten. Denk immer daran, es sind nur einfache Menschen und keine Raubritter! Aber wir sollten uns mögliche Einnahmen nicht entgehen lassen. Warte, bis Weihnachten vorüber ist, denn wir sind nicht herzlos. Danach treibe die Steuer ein. So, und jetzt störe mich bitte nicht länger in meiner Andacht!"

„Ich danke dir, Johannes!" Francis musste sich zurückhalten, um nicht den hochnäsigen Propst anzufahren. Wie er den Kerl doch hasste. Aber was sollte er sich beschweren. Im Grunde bekam er doch immer, was er wollte. Auf dem Rückweg begegnete er Rolf im Hof, einem seiner treuesten Männer.

„Guten Morgen, Rolf, wie war die Nacht?"

„Gott zum Gruss, Herr, die Nacht war wie immer zu kurz!"

„Pass nur auf, dass ich dir nicht einmal dein Maul zunähen lasse, damit du nicht mehr soviel säufst!"

„Nein Herr, es ist nicht das Bier, es sind die Frauen", grinste Rolf und seine wenigen ihm noch erhalten gebliebenen Zähne kamen zum Vorschein.

„Du bist mir so einer. Vergiss aber nicht, ab und zu mal zu beichten! Immerhin arbeitest du für ein Kloster", Francis lachte lauthals los und Rolf stimmte ein, nachdem er sich sicher war, dass sein Herr einen Spaß gemacht hatte. Francis wollte schon weitergehen, als Rolf ihn zurückhielt.

„Übrigens, du hattest mir doch einmal aufgetragen, Nachforschungen anzustellen wegen dieser Geschichte mit dem Weib!"

„Welchem Weib?"

„Hast du es schon vergessen? Das Luder, das plötzlich zahlen konnte!"

„Ach ja. Was ist mit ihr?"

Francis' Miene verfinsterte sich in der Erinnerung an die erlebte Schmach.

„Nun, gestern habe ich ein paar Humpen mit einem Schmied gehoben. Gegen Ende wurde er redselig und hat erzählt, dass eine Gruppe slawischer Säumer ihm am Tag davor ein Pferd verkauft hat."

„Ja und?"

„Warte, es geht noch weiter. Außerdem hat sich einer von denen, ein kleiner Junge, sehr genau nach dir erkundigt, da du kurz davor der Frau die Meinung gesagt hattest!"

„Noch mehr?"

„Nein, dann ist er unter den Tisch gefallen", antwortete Rolf grinsend.

„Grins nicht so blöd, sondern bring mir noch mehr Informationen über diese slawischen Lumpen, damit ich sie mir im Frühling vornehmen kann!"

***

Jakob saß gerade an seinem großen Schreibtisch in das Jahresbuch vertieft, um die Erträge des vergangenen Jahres zusammen zu tragen, als sich Levi vorsichtig durch die Tür schob. Jakob blickte auf.

„Guten Tag, mein Sohn. Du bist allein. Wo ist denn Jan?"

„Der schmökert noch in den Büchern der Bibliothek. Kann gar nicht genug bekommen."

„Ja, an dem solltest du dir manchmal ein Beispiel nehmen. Nicht jeder hier im Ort hat die Möglichkeit, in der Bibliothek des Propstes zu lesen, aber dir scheint sie keinen Anreiz zu bieten."

„Vater, du weißt doch, dass mein Interesse an Büchern dort aufhört, wo sie nichts mehr mit dem Handeln zu tun haben. Die Bibliothek ist eindrucksvoll, aber die Bücher sind alle in Latein und von alten römischen Philosophen und christlichen Aposteln geschrieben. Ich bin Jude!" sagte Levi trotzig.

„Aber wir leben unter lauter Christen. Um sie zu verstehen und mit ihnen richtig handeln zu können, musst du ihre Hintergründe kennen."

„Aber sie interessieren sich doch auch nicht für uns!" protestierte Levi.

„Das macht mir auch Sorgen. Ich habe von anderen Händlern gehört, dass die Kirche in Westfranken die Leute gegen die Juden hetzt, weil wir Jesus Christus gekreuzigt haben." Er machte eine Gedankenpause. „Aber wollen wir hoffen, dass es hier ruhig bleibt. Weshalb wolltest du mich eigentlich sprechen?"

„Ach ja, kannst du mir sagen, wem eigentlich das Land um Deggendorf herum gehört?"

„Diese Frage ist nicht so leicht zu beantworten. Entlang der Donau gehört es zum Kloster Niedermünster in Regensburg und damit zur Propstei, aber gen Süden und in den Nordwald hinein ist es Kaiserland."

„Wer verwaltet das Kaiserland?"

„Nun, das macht der Landvogt Formbach zu Künzing, aber der ist soviel unterwegs, dass er die Verwaltung auf verschiedene Männer verteilt hat. Jenseits der Donau macht dies der Natternberger und diesseits ist soviel ich weiß dieser Franzose, der ein Halbbruder des Landvogts ist, zuständig."

„Du meinst den Wikinger?"

„Ja, so wird er auch genannt. Warum willst du das denn so genau wissen?" wunderte sich Jakob.

„Ach, nur so", log Levi, „ich hatte einen Streit mit Jan, weil er meinte, es würde alles dem Kloster gehören."

„So, so." Jakob widmete sich wieder seinen Handelsabschlüssen, während Levi das Zimmer verließ, heilfroh, dass ihm sein Vater die Notlüge geglaubt hatte.

***

Jan saß auf einem kleinen Schemel nah am Fenster, um das wenige Tageslicht zu nutzen, das es in den Dezembertagen noch gab. Er hatte eine Abschrift des Sallust gefunden, die davon handelte, dass ein römischer Patrizier das ihm entgegengebrachte Vertrauen einflussreicher Männer missbraucht und eine Verschwörung anstiftet. Jan war so sehr in seine Lektüre vertieft, dass er nicht bemerkte, wie jemand die Bibliothek betrat. Erst als die Tür ins Schloss fiel, schreckte er auf.

Sein Platz am Fenster war im hinteren Bereich der kleinen Bibliothek, versteckt zwischen zwei hohen Regalen, so dass er vom Eingang aus nicht zu sehen war.

Eine raue Stimme fing leise an zu sprechen.

„Ich habe dir schon vor einigen Tagen das Wichtigste berichtet."

„Red nur lauter. Hier hört dich keiner", unterbrach ihn ungeduldig eine zweite tiefe Stimme.

„Ja, Herr", der Erste sprach jetzt laut und deutlich, so dass Jan von seinem Versteck aus gut zuhören konnte. Sein Buch hielt er noch immer offen auf seinem Schoß. Der Mann mit der rauen Stimme berichtete.

„Meine Vermutungen waren richtig. Ich habe mir gestern die Nachbarin der Frau vorgenommen. Sie hat erzählt, dass dieses Miststück von den Säumern das Geld bekommen hat, weil diese angeblich das Pferd ihres Mannes gefunden haben und es dann dem Schmied verkauft haben, der ihnen dreißig Silbertaler dafür gegeben hat."

Jan ließ vor Schreck fast das Buch fallen, als er erkannte, dass die beiden Männer über ihn und die anderen Säumer sprachen. Ihm war jetzt auch sofort klar, warum ihm die zweite Stimme bekannt vorgekommen war: es war der Wikinger.

„Also gehörte das Pferd gar nicht ihnen?"

„Anscheinend nicht. Vielleicht waren es Strauchdiebe aus dem Nordwald!"

„Wie kommst du auf so etwas?"

„Die Frau hat den Kerlen aus Dankbarkeit dann jeden Tag Essen ins Gasthaus gebracht, hat die Nachbarin erzählt. Ich habe auch das Gasthaus herausgefunden. Was denkst du, was mir der Wirt dort erzählt hat?"

„Fahr schon fort!"

„Einer von denen war schwer verletzt und hütete eine Woche lang das Bett. Salz hatten sie wirklich dabei und benahmen sich auch wie Säumer, sagte er. Aber wenn du mich fragst, dann war das nur eine gute Täuschung. Die haben einen Saumzug überfallen. Warum verkauft man sonst ein Pferd?"

„Woher waren die Slawen?"

„Sie stammen aus Klatovy!"

„So, so. Ich werde sie mir genauer vornehmen, wenn sie im Frühjahr wiederkommen, wenn ich dann überhaupt noch in diesem gottverlassenen Ort sein werde."

„Wie meinst du das?"

„Hör zu, Rolf. Du bist ein tapferer und treuer Mann, deshalb weihe ich dich in meine Pläne ein. Verschweige sie aber gegenüber jedem anderen!"

„Du weißt", gelobte Rolf dienstfertig, „dass mein Mundwerk das eines Taubstummen sein kann, wenn es sein muss."

„Genau das schätze ich an dir", bestätigte ihn der Wikinger und klopfte ihm auf die Schulter, „du hast doch die Probleme mit dem oberen Wirt mitbekommen."

„Wir sitzen alle schon auf heißen Kohlen, wann wir den Mann mit seinem slawischen Sklavenweib aus seiner Hütte treiben können", freute sich Rolf und klang so überzeugend euphorisch, dass Jan das Blut in den Adern stockte.

„Damit müsst ihr euch bis nach Weihnachten gedulden. Vorher will der Propst nichts unternehmen, weil er erst noch die rechtliche Lage überprüfen muss."

In Francis d'Arlemanches Stimme schwang Hohn mit, als er über den Propst sprach. „Aber ich werde ihn schon noch überzeugen, dass alles zum Besten des Höchsten ist."

„Wie meinst du das?"

„Unterbrich mich nicht! Also, wo war ich stehengeblieben? Genau, wenn wir nun den Wirt vertrieben haben, werde ich den Propst höflich darauf hinweisen, dass er sich doch geirrt hat, denn das Gasthaus gehört tatsächlich nicht zu Deggendorf. Er wird seinen Schaden wieder gutmachen wollen, um nicht bei der Äbtissin im entfernten Regensburg in Ungnade zu fallen, was ich zukünftig als Druckmittel gegen ihn einsetzen werde. Ich werde ihm anbieten, das Gelände persönlich zu verwalten, in meiner Befugnis als Verwalter des Landvogts zu Künzing!"

Der Wikinger lachte rauh, bevor er seinen Gedanken weiterführte.

„Langsam werde ich mir Stück für Stück Land aneignen, während der Propst in seinem Markt festsitzt und mein Halbbruder irgendwo im Auftrag des Kaisers unterwegs ist. Bis er zurückkommt, werde ich in Künzing sitzen!"

Er machte eine kurze Pause.

„Zuerst musst du mir helfen..." In diesem Moment stockte der Wikinger, denn die Tür der Bibliothek war unvermittelt geöffnet worden.

„Oh Francis, bringst du deinen Haudegen seit neuestem das Lesen bei?"

Jan hörte die vertraute Stimme des Propstes.

„Sind die beiden Jungen nicht mehr hier?"

Jan hielt den Atem an.

„Welche beiden Jungen", fragte der Wikinger überrascht.

„Na, der Sohn des Händlers Jakob und sein Gefährte. Ich habe ihnen erlaubt, einmal pro Woche hier zu lesen. Aber wie es scheint sind sie schon weg."

Damit verließ der Propst wieder den Raum.

Kurze Zeit herrschte Stille, bis der Wikinger sich fasste.

„Ich muss noch zum Hafenmeister. Sieh nach, ob hier jemand im Raum ist und geh dann wieder an deine Arbeit!"

Jan schauderte. Vorsichtig sah er sich nach einem Versteck um, als er auch schon Schritte in seine Richtung kommen hörte. Schnell zwängte er sich zwischen zwei Regale an die Wand und hielt die Luft an. Die Schritte wurden lauter und deutlicher, jetzt musste der Mann auf der Höhe seines Seitenganges sein. Jan hoffte schon, dass alles vorbei wäre, als der Mann den Gang entlang kam und direkt auf das Fenster zuging. Jan hätte nur seinen Arm ausstrecken müssen, um den Soldaten zu berühren. Er überlegte, schnell los zu rennen und dem Kerl zu entkommen, aber er verwarf diesen Plan wieder und klammerte sich noch fester an das Buch. Der Soldat hatte einen gut gebauten, zähen Körper und starke Oberarme, gegen die er als Junge nichts ausrichten könnte, falls er erst einmal gefangen war. Der Soldat verweilte einige Zeit am Fenster, drehte sich dann ruckartig um - Jan schreckte zusammen - aber er hatte ihm den Rücken zugewandt und verließ geradewegs den Raum. Jan wartete noch etwas, bis er wieder anfing, normal zu atmen. Langsam glitt er an der Wand hinunter und kauerte sich erschöpft und erleichtert zugleich auf den Boden. Die Gedanken rasten nur so durch seinen Kopf. Hielten die seinen Vater jetzt für einen Räuber? Wie lange würde es dauern, bis sie ihn bei Jakob finden würden? Welche Gefahr bestand für den Kaufmann und seine Familie? Wie sollte er jetzt Wolfram noch helfen, wo er doch selbst von dem Wikinger gesucht wurde! Was wusste der Propst davon? Jan hielt ihn für einen etwas weltfremden, aber verständigen Menschen. Sollte er ihm alles erzählen? Er hatte doch nichts Falsches getan! Oder doch?

Es war auf jeden Fall falsch gewesen, den Zorn des Wikingers auf sich zu ziehen.

Langsam fasste sich Jan wieder. Er musste mit Levi darüber reden. Doch dazu musste er zuerst ungesehen aus dem Zimmer und der Propstei kommen. Vorsichtig öffnete er die Tür der Bibliothek und vergewisserte sich, dass niemand auf dem schmalen Gang war. Er wollte gerade auf den Hof hinaustreten, als ihm einfiel, dass auf der gegenüberliegenden Seite das Quartier der Marktwache lag. Während er noch überlegte, stieg ihm der Duft von frisch gebratenem Fleisch und Gemüse ihn die Nase. ‚Die Küche', schoss es ihm durch den Kopf. Jede Küche hatte einen Ausgang nach draußen, meist zum Schweinestall hin. Er folgte dem Geruch. In der Küche angekommen, vergewisserte er sich, dass die Magd gerade am Feuer beschäftigt war und schlüpfte dann schnell nach draußen. Von dort kam er ungesehen auf den Marktplatz und lief schnellstens nach Hause, wo er die Tür hastig hinter sich verschloss.

Schwer atmend lehnte er sich gegen die Tür. Als er den Kopf hob, schreckte er zusammen. Vor ihm saß der gesamte Haushalt und starrte ihn an. Aber Jan fasste sich schnell.

„Verzeih meine Verspätung, Jakob," sagte er, während er sich zu seinem Platz neben Levi begab.

„Der Propst scheint gute Bücher zu haben. Aber vergiss nicht! Man kann nicht nur den Geist ernähren, manchmal braucht auch der Körper seine Nahrung!"

Alles lachte und Jan war froh, dass es Jakob war, der die Situation mit Humor überging.

Nach dem Essen verschwanden die beiden Jungen sofort in ihr Zimmer, um ihre neuesten Erkenntnisse auszutauschen, wobei Levi schnell einsehen musste, dass Jan eindeutig mehr herausgefunden hatte, wenn auch unfreiwillig.

„Bist du dir sicher, dass dich niemand gesehen hat?" erkundigte sich Levi noch einmal, nachdem Jan seinen Bericht abgeschlossen hatte.

„Ja, selbst die Magd in der Küche hat nichts bemerkt", versicherte ihm Jan.

„Die Sache ist komplizierter, als ich dachte. Vorerst sollten wir uns nicht mehr in der Propstei blicken lassen, denn…"

„Aber das würde Verdacht erwecken", unterbrach Jan die Gedanken seines Freundes.

„Auf der anderen Seite ist es nur eine Frage der Zeit, bis dieser Rolf herausgefunden hat, wer du bist. Danach kann dich nicht einmal mehr die Leibgarde König Davids vor der Rache des Wikingers schützen!"

„Wie soll er das denn herausfinden?"

„Vielleicht weiß der Gastwirt in der Goldenen Linde etwas von eurem Geschäft mit meinem Vater!"

„Nein, niemand weiß etwas, denn für meinen Vater war es eine so große Schande, dass er es völlig geheim gehalten hat!"

„Wollen wir nur hoffen, dass er das geschafft hat, denn andernfalls wärst nicht nur du in Gefahr, sondern auch mein Vater!"

„Ich werde ihm besser alles erzählen", konstatierte Jan.

„Nein! Denk an den Schwur, den du mir geleistet hast", drohte Levi.

„Wie sollen wir Wolfram helfen, wenn du beim ersten Lüftchen Gegenwind zu meinem Vater rennst! Vielmehr müssen wir das Wissen, das wir haben, nutzen."

„Aber wie? Der Propst kann uns nicht helfen, denn er ist gegenüber dem Wikinger zu schwach."

„Noch dazu würde er uns kaum glauben."

„Wir brauchen eine Urkunde, die bestätigt, dass die Gaststube auf Kaiserland steht!"

Jan suchte verzweifelt nach einer guten Idee.

„Klar, in Künzing! Auch wenn der Landvogt Thiemo von Formbach nicht dort ist, muss es einen Schreiber geben, der die wirtschaftlichen Geschäfte regelt, denn die wird der Landvogt Formbach kaum seinem Halbbruder übertragen haben!"

„Da hast du Recht. Vielleicht hat er sie aber auch dem Natternberger übertragen."

„Noch besser. Was hältst du von einem Ausflug am Sonntag zum anderen Ufer", fragte Levi verschwörerisch und gab Jan dabei einen Stoß in die Seite, dass dieser vom Bett fiel.

„Das bleibt nicht ungestraft!"

Jan sprang zurück aufs Bett, wo nach einem kurzen Gerangel Levi seine Tat bitter bereute, denn er lag klar geschlagen auf dem Bauch, während Jan seine Hände auf dem Rücken zusammenband.

„Angenehme Nachtruhe", verabschiedete sich Jan schnippisch und verließ das Zimmer.

„Du hast vergessen das Licht aus zu machen" konterte Levi, der wie immer körperlich unterlegen war, aber Jan mit Worten besiegte. Jan kam grinsend zurück in das Zimmer, löste die Fesseln und half Levi, aufzustehen. Dann fassten sie das alte Thema wieder auf.

„Wir müssen uns auf jeden Fall beeilen, denn nach Weihnachten ist es zu spät."

„Wann genau ist Weihnachten?" Levi kannte sich mit den christlichen Feiertagen nicht so genau aus.

„Am Dienstag!" kam die prompte Antwort von Jan, der dabei sein Wams auszog, um dann schnell unter seine Felldecke zu schlüpfen. Die Temperaturen im Haus unterschieden sich kaum von denen draußen, da nur die Küche und die Schreibstube geheizt wurden. Auch Levi zog sich aus und legte sich neben Jan. Die beiden teilten sich ein Bett, denn das sparte Platz und war wärmer.

Natternberg

Den beiden Freunden waren die Tage bis Sonntag wie eine Ewigkeit vorgekommen. Sie hatten von Jakob das Einverständnis für ihren Ausflug bekommen, da sie dabei gleich noch eine Nachricht an den Stallmeister der Burg überbringen konnten. Jetzt standen sie auf der Fähre über die Donau. Vor ihnen stieg aus dem Nebel der Natternberg auf, darauf die mächtige Burg, von der aus die gesamte Ebene beherrscht wurde. Die Donau war zu beiden Seiten teilweise zugefroren, weshalb die Fähre nur noch ein kurzes Stück überbrücken musste. Der Fährmann, eingehüllt in mehrere Lagen Fell, die mit Schüren um den Körper gebunden waren, brachte sie sicher über das eisfreie Stück und Levi bedankte sich mit einem guten Trinkgeld, das ihm sein Vater dafür gegeben hatte, wohl auch um die Rückfahrt zu gewährleisten, denn es kam besonders zur kalten Jahreszeit vor, dass der Fährmann nur einmal am Tag fuhr.

Jan und Levi ließen die armseligen Hütten der Fischer am Rand der Donau hinter sich, vor ihnen lag eine endlose mit Schnee bedeckte Ebene. Daraus erhob sich majestätisch der Natternberg. Ein fester Weg zur Burg war nicht mehr zu erkennen, dafür gab es einen schmalen Pfad, der sich wie ein Bachlauf durch den Schnee zog. Die beiden Jungen hatten als Schutz vor der Nässe die Lederschuhe noch zusätzlich mit alten Fellresten verstärkt, womit es sich aber schlechter laufen ließ. Auf dem Weg hinauf zur Burg rutschen die beiden ein ums andere Mal aus, so dass ihre Kleidung völlig durchnässt war, als sie endlich das Burgtor erreicht hatten. Der Wächter musterte sie nur flüchtig, denn wer verließ schon wegen zwei Jungen das wärmende Feuer der Wachstube?

Auch Jan und Levi sehnten sich nach einem Feuer. Der beißende Geruch von Rauch lag schwer im Burghof und machte ihnen Hoffnung. Eine vermummte Person mit einem Eimer in der Hand kam ihnen eilig entgegen.

„Gott zum Gruß! Wo finde ich den Stallmeister?"

Auf die höfliche Frage bekam Levi als Antwort nur einen Fingerzeig zu einer kleinen Tür neben dem großen Stalltor.

„Danke", rief Levi der Person nach, die aber schon weiter geeilt war.

Jan klopfte fest gegen die Tür, hinter der erst nach einigen bitterkalten Minuten Schritte zu vernehmen waren. Die Tür wurde einen Spalt geöffnet und ein alter Mann lugte hindurch.

„Was wollt ihr Bengel", fragte er unfreundlich.

„Ich bin Levi, der Sohn Jakob, dem Händler, aus Deggendorf und bin im Auftrag meines Vaters hier, um den Stallmeister zu sprechen", sagte Levi bestimmt und ohne dass es auswendig gelernt geklungen hätte.

Nachdem der Name Jakob gefallen war, wurde der alte Mann merklich freundlicher und bat die beiden Jungen herein. Jan vermutete, dass die Burg wohl Schulden bei Jakob hatte.

„Kommt herein. Ich bin Bertram, der Stallmeister. Entschuldigt den unfreundlichen Empfang, aber bei dem Wetter erwartet man nicht unbedingt Besuch."

Bertram wies ihnen den Weg in ein Zimmer, dessen wohlige Wärme die Lebensgeister der beiden Jungen zurückrief. Als sie dann auch noch einen Becher warmer Ziegenmilch gereicht bekamen, hätten sie ihren Auftrag sicher vergessen, wenn Bertram sie nicht daran erinnert hätte.

„Was will nun euer Vater, dass er euch zu so einer Jahreszeit hierher schickt? Ehrlich gesagt, hatte ich erst im Frühjahr mit eurem Besuch gerechnet!"

Levi überging diesen Wink mit dem Zaunpfahl und antwortete zwischen zwei Schlucken Ziegenmilch mit einem frechen Grinsen:

„Er möchte dir nur frohe Weihnachten wünschen!"

„Nur das? Dafür danke ich recht herzlich!"

Der alte Mann war sichtlich verwirrt, worüber Jan sich kaum das Lachen verkneifen konnte.

„Nein, natürlich nicht nur," fuhr Levi jetzt mit einem Lächeln fort, dessen Charme es Bertram unmöglich machte, dem frechen Jungen böse zu sein, „Ich habe auch noch eine Mitteilung an dich, die hoffentlich den Aufstieg trocken überstanden hat." Dabei zog er eine in Tücher fest eingewickelte Pergamentrolle hervor und übergab sie dem Stallmeister.

Der öffnete sie, warf einen kurzen Blick darauf, legte sie auf eine Kommode und widmete sich dem Feuer. Nach einer Weile nahm er das Gespräch wieder auf.

„Dein Vater ist ein sehr genauer Mensch. Er hat alles aufgeführt, was wir im letzten Jahr von ihm empfangen haben. Aber mit der Bezahlung muss er sich bis Maria Lichtmess gedulden, wenn der Landvogt Formbach wieder zurückgekehrt ist.

„Wer führt denn bis dahin die wirtschaftlichen Belange des Landvogts", fragte Jan beiläufig.

„Das macht der Burgherr Ulrich zu Pernegg, dessen Diener ich bin. Und er macht es gut, falls sich dein Vater sorgen sollte!"

„Bei uns im Markt vertritt ja Francis d'Arlemanche den Landvogt", setzte Levi hinzu.

„Ist der dann auch für die wirtschaftlichen Belange zuständig?"

„Nein, nein, der Landvogt wäre schlecht beraten, wenn er diesem, verzeiht den Ausdruck, Taugenichts so etwas antragen würde. Ulrich zu Pernegg ist für alle Ländereien zuständig."

„Wie viele sind das denn", wollte Jan mit gespieltem Interesse wissen.

„Kinder, ihr stellt Fragen! Aber gut, ich habe ja nichts zu tun in dieser trostlosen Zeit, und euch scheint mein Feuer gut zu gefallen."

Bertram machte es sich gemütlich und fing an, die Ländereien des Landvogts Formbach aufzuzählen.

„Außerdem", beendete er den Vortrag, „gehört noch das gesamte Kaiserland links der Donau dazu. Das reicht von Deggendorf bis tief in den Nordwald hinein, bis dahin, wo keine normale Menschenseele mehr hingeht."

Jan musste bei diesem Ausspruch unweigerlich lächeln, was dem alten Bertram sofort auffiel.

„Da lachst du kleiner Bengel, aber das ist nicht zum Spaßen. Dort oben kämpft man nicht nur mit der Natur und mit Räubern, sondern dort oben haust der Teufel persönlich, sagt man!"

„Aber die Säumer…", entgegnete Jan, ohne zu Ende reden zu können.

„Das sind ganz verruchte Gesellen, die einen Pakt mit dem Teufel geschlossen haben. Deswegen greift er sie nicht an." Er wandte sich an Levi. „Ich verstehe nicht, wie dein Vater mit diesen Männern handeln kann und trotzdem ein so rechtschaffener Mensch bleibt."

„Nun, er gleicht es mit Geschäften mit so guten Christenmenschen aus, wie du einer bist", schmeichelte Levi.

„Ich danke dir, mein Junge. Wenn ihr wollt, sehe ich in der Küche nach, ob nicht noch etwas zu essen für euch da ist!"

Das Leuchten in den Augen der beiden Jungen, die ihr Proviant schon lange gegessen hatten, genügte als Antwort und Bertram stand auf, um die Küche aufzusuchen.

Als er gegangen war, sprang Jan ungeduldig auf.

„Wir müssen noch zum Burgherrn kommen, bevor es zu spät ist, denn es wird bald dämmern!"

„Beruhige dich, erst essen wir etwas. Dann werde ich den alten Stallmeister so lange beschwatzen, bis er uns zum Burgherrn bringt."

Jan war zum Fenster gegangen, um nach draußen zu sehen. Unten in der Ebene sah er einen Zug dunkler Gestalten auf die Burg zukommen.

„Schau mal", sagte er nach einer Weile, „was da für ein großer Tross ankommt!"

Levi kam zum Fenster herüber und spähte auch durch das kleine Loch.

„Das sind Ritter."

„Ich habe noch nie so viele Ritter gesehen", drängte Jan wieder ans Fenster.

„Aber was machen die hier? Wenn die Burg Besuch erwarten würde, wäre der Stallmeister nicht in solch einer Ruhe hier mit uns gesessen."

In diesem Moment ertönte ein Horn. Jan konnte beobachten, wie der Tross zum Halten kam und ein einzelner Reiter auf die Burg zupreschte. In diesem Augenblick kam der Stallmeister zur Tür hereingestürzt.

„Gott im Himmel!"

„Da unten steht eine ganze Schar Reiter vor der Burg!" sagte Levi gelassen.

„Ja, ich weiß," hechelte der Stallmeister, „das ist der Landvogt Formbach!"

„Ist das schlimm?"

„Schlimm nicht, nur ist nichts vorbereitet! Deshalb muss ich mich entschuldigen, aber ich habe jetzt keine Zeit mehr für euch! Packt eure Sachen und geht nach Hause." Bertram schob die beiden Jungen nervös aus dem Zimmer.

„Und vergesst nicht, eurem Vater einen schönen Gruß auszurichten!" sagte er noch, bevor er, in ein Fell eingemummt, das Haus verließ.

Auch Jan und Levi zogen ihre Fellmäntel an.

„Das ist ein Geschenk Jahwes", jubelte Levi, als sie alleine waren. „da sind wir auf der Burg, und der Landvogt hat nichts anderes zu tun, als hierher zu kommen."

„Ja, aber noch haben wir nicht mit ihm geredet. Ich denke, er wird anderes im Sinn haben, als zwei kleinen Bengeln zuzuhören", gab sich Jan pessimistisch.

„Wir werden sehen. Komm, lass uns hinausgehen. Uns wird schon etwas einfallen!"

Der Burghof war nicht mehr wieder zu erkennen. Überall rannten, lärmten und arbeiteten Menschen, während auf der obersten Zinne das Banner des Landvogtes gehisst wurde.

Schließlich ertönte das Horn ein zweites Mal. Vom Burgfried her kam der Burgherr, ein Mann mittleren Alters mit feinen Gesichtszügen auf den Platz, ihm gegenüber ritten die ersten Reiter durch das Tor, allen voran die Standarte des Landvogtes. Gleich dahinter erschien der Landvogt Formbach selbst. Er hatte das Visier seines Helmes nach oben geklappt, so dass Jan die Gesichtszüge genau studieren konnte. Er schätzte den Mann nicht älter als vierzig, und seine Augen hatten eine freundliche, fast barmherzige Ausstrahlung. Seine Rüstung war prächtig, bedeckt von einem tief fallenden Fellmantel aus besten Bärenfellen. Man konnte kaum glauben, dass der Wikinger sein Halbbruder sein sollte.

Neben ihm ritt ein anderer, ebenso prächtig gekleideter Ritter, der sein Visier ebenso geöffnet hatte, aber weitaus verwegener aussah. Selbst im Sattel war er gut einen Kopf größer als der Landvogt. Er hatte einen mächtigen Vollbart, der seinen Helm ausfüllte, obwohl er nur etwas jünger sein konnte als der Burgherr. Seine Augen gingen ruhig über die angetretene Menge von Menschen hinweg, jedoch schien es, als würde er jeden einzeln fixieren. Jans Blicke kreuzten sich kurz mit denen des Ritters, aber er schaute schnell zu Boden, um nicht weiter aufzufallen.

Der Landvogt stieg vom Pferd, um den Burgherrn zu begrüßen, der in einiger Entfernung wartete und erst auf den Landvogt zuging, als auch dieser sich ihm zuwandte.

„Mein guter Kastellan Ulrich!" begrüßte ihn Thiemo von Formbach freundlich, „entschuldigt meinen Überfall, aber unsere Reise hat sich verzögert, weshalb wir nicht bis nach Künzing gekommen sind."

„Seid auf meiner Burg herzlich willkommen!" antwortete Ulrich zu Pernegg. „Hier sind Reisende immer willkommen, besonders in dieser trostlosen Jahreszeit!"

Noch während sich die beiden die Hände schüttelten, drehte sich der Landvogt zu seinem grimmigen Begleiter um.

„Nun, Gunther, wie ihr seht, hausen hier nicht nur Barbaren, wie ihr vermutet hattet", lachend stellte er Ulrich den Gast vor.

„Darf ich euch bekannt machen: Gunther von der Käfernburg, ein Reichsgraf aus Thüringen und hier Ulrich zu Pernegg, Kastellan der Natternberg."

„Ihr habt eine schöne Burg", brummte Gunther zufrieden, nachdem er von seinem Pferd gestiegen war und Ulrich begrüßt hatte.

„Das will ich wohl meinen! Diese Burg wird noch in Jahrhunderten nicht zu nehmen sein!"

„Woher diese Gewissheit?"

„Es fehlt uns hier an nichts, auch wenn die Tore einmal länger geschlossen bleiben sollten!" deutete Ulrich vielsagend an.

Ein Diener kam herbeigeeilt, der Ulrich etwas zuflüsterte, worauf dieser sich auf einen kleinen Holzstapel stellte, um besser gesehen zu werden.

„Hört, meine Herren! Gebt mir die Ehre, euch alle zu einem Nachtmahl in unseren bescheidenen Saal bitten zu dürfen. Hier draußen ist es kalt und ihr könnt sicherlich eine Stärkung gebrauchen."

Allgemeine Zustimmung erklang, während Ulrich zusammen mit Thiemo und Gunther die Stufen zum Burgfried hinaufging.

Jans Blick wanderte über den Burghof, bis er seinen Freund gefunden hatte. Er war gerade dabei, den feinen Herren in den Saal zu folgen. Hastig rannte Jan los und holte Levi noch vor den Stufen ein.

„Wir können da nicht mit hineingehen", zischte er leise, gleichsam zog er Levi weg von der Treppe, aber der schüttelte ihn ab.

„Natürlich, wir müssen uns nur dementsprechend verhalten." Dabei setzte er eine gelangweilte, leicht arrogante Miene auf, wie sie die Männer vor ihm auch zeigten.

In Jan sträubte sich alles gegen die Dreistigkeit seines Freundes, aber er konnte ihn auch nicht alleine dort hineingehen lassen. Sicherheitshalber sah er noch einmal auf den Burghof, um sich zu vergewissern, dass ihn niemand beobachtete, bevor er Levi folgte, der schon fast an der Tür angekommen war.

Als sie den Saal betraten, blieb Jan völlig erstaunt in der Tür stehen. So einen prunkvoll ausgestatteten Raum hatte er noch nie gesehen. An den Wänden hingen wertvolle Teppiche, dazwischen standen prachtvolle Rüstungen, die im Kerzenschein glänzten. Er war so überwältigt, dass er zuerst das Räuspern neben sich gar nicht hörte. Dann nahm er seine Umgebung wieder wahr und musste feststellen, dass ein Diener ungeduldig darauf wartete, die Türe schließen zu können.

Jan murmelte etwas wie ‚Entschuldigung' und bemühte sich, wieder in Levis Nähe zu kommen.

Der hielt gerade nach einem angenehmen Platz an der langen Tafel Ausschau. Schließlich winkte er Jan zu sich und sie nahmen nebeneinander am unteren Ende der Tafel Platz. Um sie herum saßen sowohl Männer aus dem Gefolge des Landvogts, als auch Angestellte der Burg, was ihnen zu Gute kam, denn niemand schöpfte bei ihrer Anwesenheit Verdacht, da man jeweils annahm, sie gehörten zur anderen Gruppe.

Am Kopf der Tafel saßen Ulrich, Thiemo und Gunther nebeneinander, sich angeregt unterhaltend, während sie auf das Essen warteten. Bald wurden große Töpfe hereingetragen, aus denen eine dickflüssige Suppe ausgeteilt wurde. Die Gäste machten sich dankbar über das einfache Essen her, denn sie waren den ganzen Tag im Sattel gesessen, was Jan aus den Gesprächen entnehmen konnte. Es fiel ihm schwer, manche der Männer zu verstehen, da sie einen anderen Dialekt sprachen, als den der Bajuwaren, den Jan inzwischen gelernt hatte. Levi neben ihm war dagegen schon tief in ein Gespräch mit seinem Nachbarn verwickelt.

„Ihr seid also von Regensburg auf dem Weg nach Mailand?" erkundigte er sich gerade bei seinem Gesprächspartner, der etwas älter war, kurze blonde Haare hatte und erste Anzeichen eines Bartes über den Lippen zeigte.

„Ja, dort treffen wir auf den Kaiser und ziehen mit ihm weiter nach Rom!"

„Ist der Weg jetzt im Winter nicht sehr anstrengend und gefährlich?"

„Sicherlich müssen wir mit einigen Hindernissen rechnen. Aber der Kaiser braucht ein ansehnliches Gefolge, wenn er dem Papst einen Besuch abstattet. Wegen der widrigen Verhältnisse sind wir schon drei ganze Tage verspätet, was wir aber durch solche Teufelsritte wie heute wett machen werden", gab sich der Junge zuversichtlich.

„Wann werdet ihr dann wieder zurückkehren, wenn ihr bis nach Rom reist?"

„Ich denke, dass wir im Herbst wieder hier vorbeiziehen werden, wenn nichts dazwischen kommt! So lange werdet ihr auf euren Landvogt verzichten müssen. Übrigens ein überaus galanter Herr, den ihr da habt! Er gilt uns allen als Vorbild, nicht so wie der Brummbär an seiner Seite", raunte er Levi zu und hatte sich dabei hinüber gelehnt, um es nicht zu laut sagen zu müssen.

„Was ist mit ihm", mischte sich jetzt Jan ein.

„Wir reiten jetzt schon seit Nürnberg mit ihm zusammen, wobei er noch an keinem Tag ein freundliches Gesicht gemacht hat. Er ist missmutig über den Befehl des Kaisers und schreckt nicht davor zurück, es auch zu zeigen."

„Wagemutig von ihm!"

„Nein, nicht wirklich. Er ist mit dem Kaiser verwandt", entgegnete der Junge abfällig.

Jan sah staunend zu Gunther hin. Er hatte noch nie einen Verwandten des Kaisers gesehen. Aber er fand nichts außergewöhnliches an dem Ritter, das seine Abstammung gezeigt hätte. Etwas enttäuscht aß er seinen Teller leer. Während sich Levi angeregt unterhielt, wurde Jan langsam ungeduldig, denn er sah keinen Zweck darin, noch länger hier tatenlos zu sitzen, während zum einen sich Jakob sicher schon Sorgen machte und zum anderen Wolfram noch immer nicht geholfen war. Aber Levi war keineswegs beunruhigt. Jan wollte gerade aufstehen, als Gunthers laute Stimme alle anderen übertönte.

„Mein lieber Thiemo, wenn es hier nicht nur Barbaren gibt, was bietet dein Land dann noch?"

Der Gefragte kaute fertig und antwortete dann ebenso laut, wobei das nicht mehr nötig war, denn die gesamte Tafel war verstummt, um dem Wortgefecht der beiden zu zuhören.

„Wir haben wie ihr Thüringer stark befestigte Burgen, blühende Weiden und schöne Städte."

„Von den Burgen habe ich bis jetzt nur diese eine hier gesehen, aber sie ist gut befestigt. Die blühenden Weiden kann ich jetzt nicht prüfen, genauso wenig wie die Städte. Von was wollen die hier leben?"

„Nun, wir sind hier vom Handel mit den Slawen begünstigt!" erklärte Thiemo ruhig, was seinen streitlustigen Nachbarn aber nicht zufrieden stellte.

„Der Handel allein macht noch keine Städte aus!"

„Da magst du recht haben, aber in diesem Fall ist das anders. Hier liegt genau der Engpass für den Salzhandel zwischen den Salzbergwerken im Süden und den reichen slawischen Städten wie Prag: der Nordwald."

„So?" Gunther wurde neugierig.

„Man kann den Nordwald nur mit geringen Mengen Salz auf kleinen Lastpferden durchdringen. Das macht das Salz teuer und bringt uns viele Einnahmen, denn wir verlangen für jedes Pferd eine Abgabe."

„Aber wenn es so ein gutes Geschäft ist, warum macht dir niemand das Geschäft streitig?"

„Ich bin keineswegs allein. Gerade hier auf der anderen Seite wurde vor wenigen Jahren von Regensburg aus ein Dorf gegründet, das inzwischen ein Markt ist, der mir viel des Salzhandels abzieht. Dann gibt es noch das Kloster Niederaltaich, von hier auf halben Weg nach Künzing, das einige Sudpfannen in Reichenhall besitzt und sein Salz wohl nicht mehr lange über Passau, dem eigentlichen Zentrum des Salzhandels, handeln wird, sondern eher einen eigenen Weg suchen wird."

Jan hörte erstaunt den Ausführungen des Landvogtes zu, der sich mit dem Salzhandel gut auskannte.

„Aber ich bin trotzdem sicher, denn ich habe gute Gefolgsleute", fuhr Thiemo fort, auf Ulrich deutend, „die meine Rechte sichern und vertreten."

„Es gibt nichts wichtigeres als getreue Männer", pflichtete ihm Gunther bei und hob den Becher. „Auf Gott, den Kaiser und alle getreuen Männer dieses Landes!"

Nachdem alle auf den Trinkspruch hin sich zugeprostet hatten, setzte Gunther das Gespräch fort. Jan bemerkte, dass dieser Graf aus Thüringen trotz seiner schroffen Art, sehr wissbegierig war. Gunther wandte sich an Ulrich:

„Du hast also die Aufgabe, die Wege durch den Wald zu sichern."

„So ist es. Wir werden diesen Sommer einige kleine Wachtürme einrichten, in denen Soldaten stationiert sind, solange kein Säumerzug kommt. Zieht einer vorbei, geleiten sie ihn bis zum nächsten Wachturm, wo eine zweite Gruppe ihn übernimmt."

„Diese Türme werden das ganze Jahr besetzt sein?"

„Natürlich. Wir schützen die Züge vor allem und jedem, denn sie sind viel zu wertvoll, um sie so wie bisher alleine den Weg bestreiten zu lassen. Das kann sehr gefährlich für sie sein."

Jan stimmte innerlich zu.

„Sehr gut durchdacht. Dadurch kontrolliert ihr zugleich die Menge an Salz, die gehandelt wird. Aber wieso könnt ihr diesen Markt, der euch die Rechte streitig macht, nicht einfach blockieren", hakte Gunther nach.

Thiemo mischte sich wieder ein, um den Burgherrn nicht in Verlegenheit zu bringen.

„Der Markt Deggendorf gehört zum Kloster Niedermünster in Regensburg und war eine Schenkung der Äbtissin Judith, der Mutter unseres Herzogs. Gegen eine solche Herkunft ist ein einfacher Landvogt wie ich machtlos! Aber natürlich versuche ich den Markt zu beeinflussen. Deswegen habe ich meinen Halbbruder…"

„Du hast einen Halbbruder", fragte Gunther überrascht.

„Ein Bastard aus der Zeit, als mein Vater in der Normandie diente! Ein Haudegen, mehr nicht, aber für diese Zwecke kann ich ihn dort gut gebrauchen. Er ist mein Ohr bei dem Propst, der dem Markt vorsteht!"

„Dein Ohr… wohl gesprochen, Thiemo! Aber sind Verwandschaftsbande, noch dazu so lose, nicht auch eine Gefahr?"

„Wie meinst du das", fragte Thiemo streng. Die Stille im Saal wurde beängstigend. Alle warteten gespannt auf die Argumente des thüringischen Ritters, der kein Blatt vor den Mund nahm.

„Nun, in deinem Halbbruder könnte das Verlangen nach Höherem aufsteigen. Vielleicht möchte er nicht mehr nur das Ohr sein, sondern Herz und Verstand zugleich!"

Thiemo stutzte, fing dann aber an zu lachen.

„Ihr habt eine blühende Phantasie! Francis ist zwar verwegen, aber soviel Hinterlist traue ich ihm nicht zu!"

Als ob er diesen Ausspruch besiegeln wollte, nahm er einen tiefen Schluck aus seinem Becher.

„Wenn er es aber bereits plant?"

Thiemo verschluckte sich, spuckte einen Teil des Mets auf seinen Teller und sah erschrocken auf. Ein Junge am unteren Ende der Tafel war aufgestanden.

Levi glaubte sich in einem Traum. Gerade war Jan aufgestanden, um Landvogt Thiemo von Formbach zu widersprechen. Was war in den Kerl gefahren, dass er all seine Vorsicht und Zurückhaltung, die ihn sonst auszeichnete, aufgegeben hatte, um sich mit den Mächtigen anzulegen? Was wollte er damit bezwecken? Ungläubig rieb er sich die Augen und sah zu Jan auf, der Thiemos Blick standhielt, während er gleichzeitig seine Hände krampfhaft im Wams vergraben hatte.

Jan schluckte, nachdem er den Satz gesagt hatte und aufgestanden war. Was hatte er getan? Er konnte sich selbst nicht erklären, warum er sich in ein Gespräch eingemischt hatte, das ihn nichts anging. Oder vielleicht doch? War es vielleicht kein Zufall, dass Gunther die Wahrheit ausgesprochen hatte, ohne sie zu kennen? War es seine eigene Angst vor dem Wikinger, dass er zu solch einer Verzweiflungstat griff, die bar jeglicher Vernunft war oder wollte er nur endlich etwas unternehmen? Aber es war zu spät, um nach Antworten zu suchen, denn Thiemo hatte sich wieder im Griff und winkte ihn zu sich her.

„Komm mal her, Junge!"

Jan ging unsicheren Schrittes die Tafel entlang nach oben, die ihm jetzt endlos lang erschien, während alle ihn anstarrten. Überrascht, erzürnt oder erheitert über den frechen Bengel, der gerade zum Rapport gebeten wurde. Oben angekommen kniete er sich ungelenk vor Thiemo auf den Boden.

„Steh auf und sag mir, wie du heißt", der Landvogt klang streng, aber doch freundlich.

„Mein Name ist Jan. Ich bin der Sohn eines Säumers aus Klatovy", antwortete Jan wahrheitsgemäß.

„Wie kommt es, dass du an dieser Tafel sitzt", kam erwartungsgemäß die nächste Frage, aber als Jan keine Antwort gab ging ein Raunen durch die Runde, das der Landvogt mit einem Wink beendete.

„Nun gut, wir werden das schon noch herausfinden. Du wirst mir aber sagen können, was du auf der Burg suchst!"

„Ja, Herr. Ich hatte eine Nachricht von Jakob dem Juden aus Deggendorf dem Stallmeister zu übergeben, was ich auch getan habe. Außerdem wollte ich den Burgherrn sprechen!"

Einige der Ritter fingen an, belustigt zu lachen.

„Warum wolltest du den Burgherrn sprechen", fragte Thiemo unbeirrt weiter ohne an Jans Aussage zu zweifeln.

„Es war wegen…", stockte Jan.

„Nun aber raus mit der Sprache. Es wird dir nichts passieren", ermutigte ihn jetzt Ulrich. „Warum wolltest du mich sprechen?"

„Es war eben wegen Francis d'Arlemanche, dem Halbbruder des Landvogtes", sagte Jan kaum vernehmbar. Er spürte, wie sein Mut langsam nachließ, ebenso wie die Kraft in seinen Beinen.

Es war totenstill geworden. Alle Blicke wanderten zwischen Thiemo und Jan hin und her. Schließlich erhob sich der Landvogt.

„Meine Herren, ich danke euch für die Gesellschaft. Morgen werden wir früh aufbrechen, weshalb es gut wäre, wenn dieser Abend nicht mehr zu lange dauert."

Dann wandte er sich wieder Jan zu.

„Du kommst mit mir, um mir zu sagen, was du weißt. Ulrich und Gunther, ihr begleitet mich."

Gemeinsam gingen sie in einen Raum, der sich direkt an den großen Saal anschloss. Thiemo verriegelte die Tür.

„Was gibt es so wichtiges über meinen Halbbruder zu berichten, dass du es wagst, meine Unterhaltung zu unterbrechen?"

Der Ton war jetzt weniger freundlich. Thiemo hatte also vor seinen Männern nur äußerlich den Schein gewahrt, dachte Jan bei sich über den Landvogt und bewunderte ihn dafür fast noch mehr. Ohne Umschweife berichtete Jan deshalb wahrheitsgetreu, was er in der Bibliothek gehört hatte und welche Absichten der Wikinger damit verfolgte. Thiemo war dazwischen immer wieder aufgestanden und unruhig durch den Raum gegangen. Nachdem Jan geendet hatte, war es minutenlang still, weder Gunther noch Ulrich trauten sich ein Wort zu sagen, während Thiemo wie zu einer Säule erstarrt am Fenster stand.

„Dieser Bastard", schrie er plötzlich erzürnt, so dass die anderen drei unweigerlich zusammenfuhren, „morgen werde ich dem Kerl das Fell über die Ohren ziehen!"

„Ohne Beweise, außer der Aussage eines slawischen Jungen?", fragte Gunther vorsichtig.

Für Jan war das ein weiterer Beweis, dass sich unter der rauhen Schale des Ritters ein feiner Geist befand.

„Da hast du recht", stimmte ihm Thiemo einsichtig zu.

„Du musst ihn auf frischer Tat und mit urkundlichen Beweisen zur Hand erwischen, wenn er versucht, sich dein Land unter den Nagel zu reißen", mischte sich Ulrich ein, der bis dahin still geschwiegen hatte. Ihm schien etwas daran zu liegen, den Verräter zu überführen, denn es war offensichtlich, wer dann dieses Gebiet zur Verwaltung bekam.

„Gut. Ich werde sorgsam und bedacht vorgehen. Wie geplant reiten wir morgen weiter, damit kein Verdacht aufkommt, obwohl uns dort drüben keiner gesehen haben kann. In Künzing werde ich dann alles prüfen und Maßnahmen ergreifen. Ich habe ja noch ein paar Tage Zeit."

Er erteilte Ulrich noch einige Befehle, bevor er sich Jan zuwandte.

„Such dir hier eine Schlafstätte, denn es ist jetzt zu spät, um noch nach Deggendorf zu kommen. Versprich mir, dass du, wenn du morgen heimkehrst, niemandem etwas von dieser Unterredung erzählst! Wenn es stimmt, was du erzählt hast, wird das Richtige zur rechten Zeit passieren. Also, unternimm keine unüberlegten Dinge, wie zum Beispiel heute Abend, denn nicht immer geht so etwas gut aus", warnte Thiemo eindringlich, bevor er ihn zur Tür hinausschickte.

Wie benommen blickte Jan sich im Saal um. Er wurde auf einmal müde. Der größte Teil der Männer hatte sich auf den Bänken an der Seite hingelegt. Verzweifelt suchte er Levi, den er aber nirgendwo finden konnte. Völlig erschöpft von den Geschehnissen setzte er sich an einen der langen Tische, legte seinen Kopf auf die Tischplatte und war sofort eingeschlafen.

Am nächsten Morgen herrschte schon reges Treiben, als Jan aufwachte. Sämtliche Glieder taten ihm aufgrund der unbequemen Schlafposition weh, sein linker Arm war eingeschlafen. Mühsam begab er sich auf den Hof hinaus, wo schon die Pferde gesattelt wurden. Er taumelte im Halbschlaf zum Brunnen hin, nahm die Hände voll mit dem eiskalten Wasser und fuhr sich durchs Gesicht. Seine Haut fing an zu brennen, aber es erfrischte ihn.

„Wie geht es unserem Spaßvogel?"

Ruckartig drehte Jan sich um. Vor ihm stand Levi mit zerzausten Haaren, in denen noch ein paar Strohhalme seines Nachtlagers steckten.

„Mein Kopf ist schwer vor Müdigkeit, dafür mein Gewissen umso leichter", reagierte Jan.

„Wenn du das nächste Mal so eine Aktion planst, weihst du mich vorher ein", beschwerte sich Levi, während er sich prustend das Gesicht mit dem kalten Wasser wusch.

„Ich hatte es nicht geplant, es kam über mich!"

„Hat es wenigstens geklappt?"

Als Antwort nickt Jan nur mit dem Kopf. „Ich erzähle dir später, was passiert ist. Jetzt müssen wir erst einmal sehen, dass wir nach Hause kommen."

„Das dauert mir zu lange. Jetzt erzähl schon!"

„Nein, deine Mutter wird vor Sorge nicht geschlafen haben und dein Vater wird schön wütend sein!"

„Das regle ich schon. Die werden das verstehen. Wenn wir erst mal wieder da sind, werden sie den Rest vergessen."

Levi fuhr sich ein paar Mal durchs Haar, um die wilde Pracht zu bändigen, was ihm mehr schlecht als recht gelang. Dann zogen sich beide ihre Mäntel an und schnürten wieder die Felle um die Schuhe, um auch auf dem Rückweg trockene Füße zu behalten.

Stumm machten sie sich auf den Weg hinab zur Donau. Sie waren schon wieder in der Talebene auf dem schmalen Pfad zu den Fischerhütten angelangt, als hinter ihnen der Reitertross Richtung Süden vorbeizog. Die beiden Jungen drehten sich um, aber weder Thiemo noch Gunther beachteten sie.

„Komm, jetzt erzähl mal, was in dem Raum passiert ist. Die Männer draußen haben noch eine ganze Weile lang gerätselt, was der Wikinger wohl angestellt haben wird, aber sind nicht drauf gekommen, während ich mich gehütet habe, etwas zu sagen. Ich war ja froh, dass mich niemand in Verbindung mit diesem Narren gebracht hat, der seinen Mund nicht halten konnte!"

Genervt drehte sich Jan um, packte Levi an den Schultern und warf ihn in den Schnee.

„Ich weiß, dass es nicht gerade schlau von mir war und dass wir jetzt mit genauso leeren Händen dastehen, wie vorher", fauchte er seinen Freund an, dann machte er eine Pause, um sich wieder zu beruhigen. „Aber wenn der Landvogt richtig handelt, könnten wir gewinnen. Uns bleibt nichts anderes übrig, als zu hoffen."

Er reichte Levi die Hand, um ihm auf die Beine zu helfen. Danach begann er zu erzählen, was in dem Raum geschehen war und auch, was der Landvogt ihm zuletzt gesagt hatte.

Auf diese Weise verging die Zeit bis zur Donau sehr schnell. Der Fährmann erinnerte sich an das saftige Trinkgeld und brachte sie gut auf die andere Seite, wo die beiden Jungen so vergnügt über den zugefrorenen Teil der Donau gingen, als hätten sie einen fröhlichen Ausflug hinter sich.

„Dieser thüringische Ritter, der Gunther, das ist ein Ritter, wie ich ihn mir vorstelle", schwärmte Levi, während er die herrschaftliche Gangart Gunthers imitierte.

„Der wird mal ein großer Ritter, vielleicht ein zweiter Roland", stimmte ihm Jan zu.

Von großen Rittertaten schwärmend erreichten sie das Handelshaus. Drinnen geriet alles in Aufruhr, als man sie sah. Zunächst stürzte sich Levis Mutter auf ihren Sohn, umarmte und küsste ihn, was ihm höchst peinlich war, als nächstes erschien Jakob mit nicht allzu freundlicher Miene, aber trotzdem gewogen.

„Euer Ausflug hat wohl mehr Zeit in Anspruch genommen, als geplant", war seine nüchterne Begrüßung.

„Die Burg war einfach zu interessant! Wir sollen einen Gruß von Bertram, dem Stallmeister sagen, der erst im Frühjahr zahlen kann, wenn der Landvogt zurückgekehrt ist", berichtete Levi, wobei er bei den letzten Worten Jan zuzwinkerte.

„Ich hatte nichts anderes erwartet," gab sich Jakob gleichgültig, „nachdem ihr jetzt auch da seid, können wir ja zu Mittag essen."

Während des Essens mussten Jan und Levi von der Burg erzählen. Beide versuchten, von allgemeinen Dingen zu reden, so dass Jan schon fast den Verdacht hatte, Jakob spürte ihr Geheimnis. Jedenfalls reagierte er mit übertriebenem Interesse und immer mehr Fragen. Schließlich wechselte Jakobs Mutter das Thema.

„Hört zu, ihr beiden. Habt ihr in letzter Zeit wieder etwas ausgefressen? Gestern kam nämlich ein Mann der Stadtwache und hat nach euch gefragt."

Jan verschluckte sich vor Schreck, aber Levi überspielte gekonnt seine eigene Überraschung mit Gelassenheit.

„Was wollte er denn?"

„Er hat sich erkundigt, ob bei uns ein Junge aus Klatovy wohnen würde, was ich ihm bejaht habe. Aber als ich gesagt habe, dass ihr nicht da seid, ist er wieder gegangen. Falls ihr wieder euren Schabernack mit anderen Leuten getrieben habt, sagt es lieber gleich, bevor noch ein öffentliches Ärgernis daraus wird!"

„Nein, Mutter", besänftigte sie Levi, „wir haben in letzter Zeit nichts angestellt. Vielleicht hat es ja was mit der Bibliothek zu tun, dass der Propst uns sehen wollte."

„Das ist gut möglich", meinte jetzt auch Jakob, dem aber Jans Reaktion durchaus nicht entgangen war.

Nach dem Essen bat er deshalb den Jungen zu sich in die Schreibstube.

„Levi hat vorhin eine schöne Ausrede gehabt, worin er eine Klasse für sich ist. Ich frage jetzt dich: Habt ihr euch irgendwie dumm angestellt oder seid ihr in Schwierigkeiten?"

„Nein, es ist alles in Ordnung", antwortete Jan prompt und ausdruckslos, um Levi und sich nicht zu verraten.

„Gut, dann noch etwas anderes. Morgen ist Weihnachten. Wir Juden kennen diesen Festtag nicht, aber ich möchte dir trotzdem die Möglichkeit geben, in die Kirche zu gehen."

„Vielen Dank für das Angebot, aber ich möchte gar nicht in die Kirche gehen", antwortete Jan schnell.

„Aber es ist Weihnachten, ein wichtiger Festtag für euch Christen! Da musst du in die Kirche gehen", ließ Jakob nicht locker.

Jan suchte einen Grund, wie er es vermeiden konnte, das Haus verlassen zu müssen.

„Wir Slawen nehmen es mit dem Christentum nicht so genau", war das Einzige, was ihm einfiel, aber überraschenderweise akzeptierte Jakob die Ausrede und entließ ihn.

* * *

In der kleinen Kirche in Deggendorf war kein Platz mehr frei. Wie jedes Jahr an Weihnachten hatten auch diesmal die Leute aus den umliegenden Dörfern, wo es meist noch keine Kirchen gab, den beschwerlichen Weg auf sich genommen, um an dem feierlichen Gottesdienst des Propstes teilzunehmen. Der hatte schon alle Bänke aus der Kirche entfernen lassen, so dass die Leute nur stehen konnten. Aber auf eine andere Art hätte die Kirche die vielen Menschen nicht fassen können. „Ich werde mich bei der Äbtissin für einen größeren Neubau einsetzen", dachte der Propst, als er den Altarraum betrat, der nur durch einen Balken vom Kirchenschiff getrennt war.

Für die Gestaltung des Gottesdienstes hatte der Propst alle ihm zur Verfügung stehenden Möglichkeiten genutzt, um die Gläubigen zu beeindrucken. Diese Leute gaben das ganze Jahr über Abgaben an die Kirche, da wollten sie dann auch etwas geboten bekommen. Deshalb war die Kirche mit doppelt so vielen Kerzen bestückt wie gewöhnlich. Der Geruch von Weihrauch, den der Propst für teures Geld aus dem Heiligen Land hatte kommen lassen, erfüllte die kalte Luft im Kirchenschiff.

Ganz vorne stand der Wikinger mit seinen Schergen. In den letzten Wochen war die Stadtwache zu jedermanns Schrecken geworden, da ihre drakonischen Strafen in keinem Verhältnis zu den Taten standen, ja oftmals sogar unberechtigt waren. So zerstörten drei der Soldaten einer alten Marktverkäuferin ihren Stand und beschlagnahmten ihre gesamte Ware, weil sie sich geweigert hatte, ein Stück Räucherfleisch, welches für eine Bäckersfrau zurückgelegt war, an die Küche des Propstes zu verkaufen. An einem anderen Tag ließ der Wikinger den Schmied auspeitschen, weil sich ein Hufeisen an seinem Pferd gelockert hatte. Der arme Mann lag zwei Wochen auf dem Krankenlager, bis er wieder genesen war. Eine Geschichte war auch noch nicht vergessen und hatte inzwischen immer neue Kapitel hinzu bekommen. Keiner der Einwohner Deggendorfs wusste inzwischen mehr genau, wer es eigentlich gewesen war, der einer Witwe mit ihren fünf Kindern das Geld gegeben hatte, damit sie ihre Miete bezahlen konnte. Mal war es ein Ritter, der den Wikinger dann in die Flucht geschlagen hatte, mal ein Wanderprediger, der den Wikinger verflucht hatte, ein drittes Mal ein reicher Kaufmann, bei dem der Wikinger selbst Schulden gehabt hatte. Immer wenn man auf diese Geschichte zu sprechen kam, wusste jemand ein neues Detail hinzuzufügen. Immer noch machten Spottlieder die Runde durch die Gasthäuser.

Der gesamte Gottesdienst dauerte gut zweieinhalb Stunden, während denen die Leute gespannt die Zeremonie verfolgten, von der sie kein Wort verstanden, da alles auf der göttlichen Sprache Latein gehalten wurde. Nur ein paar Bewohner Deggendorfs konnten am Ende das Paternoster mitbeten, das sie auswendig gelernt hatten, um den Dörflern, wie die Menschen aus den entlegenen Siedlungen genannt wurden, eins auszuwischen. Am Ende der Zeremonie strömten die Menschen nach Hause, um den Feiertag in Ruhe zu verbringen.

***

Jan blieb den ganzen Weihnachtstag über im Haus, meistens verkroch er sich in sein Zimmer. Er fürchtete sich. Wie hatte der Wikinger herausbekommen, wer er war? Woher konnte das jemand wissen, außer…Jan schauderte es bei dem Gedanken…außer er gehörte hier zum Haus! Hatte einer der Angestellten ihn bei der Stadtwache verraten? Nach seinen und Levis Streichen zu schließen, gab es genug Menschen hier im Haus, die ihm grollen könnten. Während er seine Streiche verfluchte, sehnte er sich zum ersten Mal seit langem wieder nach seinem Vater. Die letzte Zeit war so aufregend gewesen, dass er kein Heimweh mehr verspürte, wie am Anfang, als er fast jeden Abend an seine Familie denken musste. Erst nachdem er zu Levi ins Zimmer durfte und in ihm einen Freund fand, wurde es besser. Doch jetzt fühlte er sich wieder allein und verlassen. Er wollte sich eine Träne aus dem Gesicht wischen, als seine Hand zufällig den Beutel Salz berührte, der immer um seinen Hals hing. Er zog ihn unter seinem Wams hervor, öffnete ihn, wobei ihm schon der Geruch des Salzes entgegen kam. Vorsichtig berührte er das Salz mit einem Finger und steckte ihn in den Mund. Jan schloss die Augen. Der bittere Geschmack verteilte sich über den Gaumen, während er in Gedanken seinen Vater zusammen mit dem Rest der Familie sah, wie sie gerade Weihnachten feierten. Er blieb eine Weile regungslos auf seinem Bett liegen und spürte, wie ihn eine Geborgenheit umgab, die durch nichts erschüttert werden konnte. Morgen würde er früh Richtung Ringelwies aufbrechen, um ein gutes Versteck zu finden, von dem aus er die Geschehnisse beobachten wollte. Er konnte nur hoffen, aber er war zuversichtlich, dass der Landvogt etwas unternommen hatte.

Damit sie niemand an ihrem Plan hindern konnte, verschwanden Jan und Levi schon aus dem Haus, als noch nicht einmal die Küchenmagd aufgestanden war, um den Ofen zu schüren. Draußen herrschte noch finstere Nacht, was ihnen nur Recht war, denn so wurden sie nicht gesehen. Es herrschte wildes Schneetreiben. Die beiden Jungen kämpften sich voran, immer bemüht, den Weg nicht aus den Augen zu verlieren. Plötzlich bekam Jan einen Schrecken.

„Sind wir blöd! Wir verraten uns durch unsere Spur!"

„Hab keine Angst! Bei dem Wetter werden die Soldaten erst später losgehen. Bis dahin sind unsere Spuren schon wieder verschneit. Außerdem, wieso sollten die damit rechnen, dass jemand von ihrem Plan weiß. Ich finde es viel dümmer von uns, keine Waffe dabei zu haben, falls der Landvogt nicht kommt und wir selbst eingreifen müssen!"

„Du hältst dich wohl für David, der gegen Goliath gewonnen hat. Aber wenn du willst, ein paar Steine finden wir sicherlich noch", entgegnete Jan augenzwinkernd. Obwohl die Lage sehr ernst war und es keineswegs sicher war, dass alles glimpflich ausgehen würde, war er guter Dinge.

Endlich kamen sie an ein Waldstück, das nur einen Steinwurf vom Gasthaus entfernt war. Eilig verschwanden sie in dem dichten Wald. Nach einer Weile hatten sie einen Platz hinter einem Gestrüpp gefunden, von dem aus man sowohl das Haus, als auch den Weg von Deggendorf her sehen konnte, ohne dabei selbst gesehen zu werden. Nun mussten sie nur noch der Dinge harren, die da kommen würden. Zu Jans freudiger Überraschung packte Levi zwei dicke Scheiben Brot sowie für jeden ein Stück Räucherfleisch aus. Der Schneesturm hatte etwas nachgelassen.

***

Francis d'Arlemanche schnallte sich den dicken, schwarzen Gürtel um, woran sein Schwert befestigt war. Dann legte er sich seinen festen Fellmantel um, schlug die Kapuze über den Kopf und begab sich zu dem Treffpunkt, den er mit seinen Soldaten außerhalb Deggendorfs ausgemacht hatte.

Diese erwarteten ihn bereits. Nach einer knappen Begrüßung marschierten die dreizehn Männer hintereinander auf dem Weg nach Ringelwies, um Kräfte zu sparen. Jedoch rechnete keiner von ihnen damit, heute wirklich einer großen Anstrengung ausgesetzt zu sein. Vielmehr freuten sie sich nach getaner Arbeit auf das kostenlose Bier in der dann herrenlosen Gaststube. Aber zuerst musste der Wirt beseitigt werden.

***

Wolfram wachte an diesem Tag mit furchtbaren Kopfschmerzen auf. Am gestrigen Feiertag waren viele Leute auf dem Rückweg von der Kirche bei ihnen eingekehrt, um sich für den anstrengenden Heimweg zu stärken. Als guter Wirtssohn hatte er kräftig mitgebechert, um die Gäste möglichst lange am Gehen zu hindern und sie mehr tranken. Auch sein Vater war so angetrunken gewesen, dass seine Mutter ihn ins Bett schleifen musste. Aber sie hatten ein gutes Geschäft gemacht. Das hatten sie bitter nötig, denn in letzter Zeit hatten viele Menschen einen Bogen um ihr Haus gemacht, seit man tuschelte, dass es der Wikinger auf den Wirt abgesehen hatte. Obwohl er es nicht glauben wollte, erklärte er sich damit auch, dass seine beiden Freunde schon länger nicht mehr vorbeigeschaut hatten. Vielleicht verbot man ihnen von zu Hause aus den Kontakt.

Wolfram setzte sich auf, sein Kopf war schwer, alles schien sich zu drehen. Vorsichtig stieg er die Treppe hinunter in die Küche, um ein Feuer anzuzünden, bevor seine Eltern aufwachten. Er nahm einen Topf von der Kochstelle, mit dem er Schnee für heißes Wasser von draußen holen wollte.

Vor der Tür kniff er die Augen zusammen, denn der kalte Wind blies ihm die letzten Schneeflocken ins Gesicht. ‚Zum Glück', dachte Wolfram, ‚wenn es nicht schneit, kommen heute wieder ein paar Gäste. Er streckte sich und atmete tief ein, als ihm eine Bewegung auf dem Weg von Deggendorf her auffiel. Er rieb sich die Augen, schaute noch einmal: Da kam eine ganze Gruppe von Menschen angelaufen. Er freute sich schon auf weitere Heimkehrer, die vielleicht einen Tag länger im Markt geblieben waren. Doch dann bemerkte er die große Statur des einen Mannes. Auch wenn der einen Mantel übergeworfen und die Kapuze tief ins Gesicht gezogen hatte, so war es doch unverkennbar der Wikinger.

Hastig ließ Wolfram den Topf fallen und rannte in das Schlafgemach seiner Eltern.

„Vater! Vater", brüllte er schon auf dem Weg dorthin.

Dieser lag mit schwerem Kopf im Bett und brachte kaum die Augen auf.

„Was hast du, dass du so schreien musst", schimpfte er seinen Sohn.

„Der Wikinger, er kommt hierher, mit all seinen Soldaten!"

Sofort war der Vater aus dem Bett gesprungen, zog sich sein Wams über, schnallte seinen Gürtel um und schlupfte in seine Holzschuhe.

„Wolfram! Geh schnell nach unten in die Gaststube. Dort liegt hinter den Fässern versteckt mein Schwert. Bringe es mir, für dich selbst nimm den Spieß, an dem wir sonst das Fleisch braten", befahl er seinem Sohn, der sich sofort auf den Weg machte.

„Mach nichts Dummes", warnte die Mutter ihren Mann ängstlich, während sie sich hastig ihr Kleid schnürte.

„Ich werde vorsichtig sein, aber ich lasse mir mein Recht nicht nehmen", betonte er grimmig und als er schon fast zur Tür heraus war, drehte er sich noch einmal um. „Ich weiß, dass ich im Recht bin. Bleib du nur hier oben und bete für mich!"

Damit verließ er das Zimmer. Unten wurde er von seinem Sohn erwartet, der ihm sein Schwert reichte.

„Sie haben nur noch fünf Steinwürfe, dann sind sie hier!"

Wolframs Vater nickte. Er war sich bewusst, dass er gegen diese Schar Soldaten in einem Kampf keine Chance hatte, zumal sein Schwert zwar scharf, aber alt war. Aber auch er hatte das Kriegshandwerk gelernt, bevor er beschlossen hatte, Wirt zu werden. Sein Vorteil lag in der Überraschung. Deshalb wies er seinen Sohn an:

„Hör zu, mein Sohn, ich werde hinausgehen, aber du hältst dich hier versteckt. Sollte ich dich rufen, dann stürmst du heraus und rammst dem Erstbesten deinen Spieß in den Leib!"

„Ja, Vater", kam die gehorsame Antwort, obwohl sich Wolfram keineswegs sicher war, ob er dazu in der Lage war.

* * *

Levi war des langen Wartens überdrüssig geworden. Er hatte sich zur Seite gelegt und döste, als er von Jan heftig gestoßen wurde.

„He, der Winterschlaf ist vorbei! Da kommt der Wikinger mit seinen Haudegen", flüsterte Jan.

Levi drehte sich auf den Bauch, um bequemer zu liegen und betrachtete sich die Männer, die sich wie ein Rudel Wölfe einen Weg durch den Schnee bahnten.

„Sieh mal da drüben", raunte Levi, nachdem er auch zum Gasthaus geschaut hatte, „Wolfram steht gerade vor dem Haus. Hoffentlich sieht er die Männer."

Gespannt verfolgten die beiden die Szene. Die Deggendorfer Stadtwache hatte jetzt das Ende des steilen Anstiegs erreicht, der zu der Anhöhe führte, auf der das Gasthaus gebaut war. Jetzt müsste Wolfram die Männer doch sehen, dachte Jan, und als ob er es gehört hätte, streckte sich Wolfram in diesem Augenblick, sah die Männer und rannte zurück ins Haus.

Dann blieb es still um das Haus.

Der Wikinger hatte den Jungen nicht erblickt, jedenfalls zeigte er keine Reaktion. Er hatte seinen Kopf unter der großen Kapuze seines Mantels versteckt, während seine Soldaten nur einfache Hüte trugen. Der Weg führte nur zehn Schritte entfernt an dem Versteck der beiden Jungen vorbei. Sie hielten die Luft an und wagten sich nicht zu bewegen, aber die Soldaten hatten bereits das Haus ins Auge gefasst und blickten nicht zur Seite.

Jan atmete leise auf.

„Für uns ist die größte Gefahr vorüber, aber für Wolfram geht es jetzt erst richtig los. Wo stecken die nur", wunderte sich Jan und blickte angespannt zum Gasthaus hinüber, aber alles blieb völlig ruhig. Die Gruppe hatte das Gasthaus fast erreicht, als der Wikinger die Kapuze abzog.

***

Francis zog seine Kapuze nach hinten.

„Ihr wisst, Freibier gibt es erst, wenn der Mann tot ist! Sollte er sich also nicht wehren, dann reizt ihn, damit wir einen Grund haben. Ich will ihn tot sehen", schärfte er seinen Soldaten ein.

Die Haudegen grinsten hämisch. Jeder von ihnen hatte das Töten gelernt und war bereit, es für einen guten Betrag auszuführen. Bis jetzt hatte der Wikinger immer gut gezahlt, weshalb es sich auch diesmal sicherlich lohnen würde. Francis gab letzte Anweisungen.

„Stellt euch in einem Halbkreis um den Eingang auf. Otmar, du bewachst den Hinterausgang bei der Küche, damit nicht etwa jemand aus dem Haus flieht und Hilfe holt!"

Die Männer befolgten die Befehle, während Francis zur Tür trat und anklopfte.

„Aufmachen! Wir sind im Namen des Propstes von Deggendorf, Abgesandter des Klosters Niedermünster zu Regensburg und Diener Gottes, befehligt, bei euch die fälligen Steuern einzutreiben."

Von drinnen waren Schritte zu hören.

„Wartet, ich komme heraus, damit wir besprechen können, was ihr begehrt", erklang die Stimme des Wirts.

Francis ging einen Schritt zurück, als die Tür geöffnet wurde und der Wirt vor die Schwelle trat. Seine kräftigen Arme schauten aus dem Wams hervor, in der rechten Hand hielt er sein Schwert. Bei diesem Anblick wollten auch die Soldaten ihre Waffen ziehen, aber mit einem Wink gebot ihnen Francis Einhalt.

„Hältst du uns für Verbrecher, dass du dich in deinem Haus verschanzt und uns mit einem Schwert bewaffnet die Tür öffnest?"

Der Wirt ließ sich nicht auf die sarkastische Art des Wikingers ein.

„Mir steht es nicht zu, über euch zu richten."

„Ganz genau, denn wir sind das Recht."

Der Wikinger erwartete eine Antwort, aber als der Wirt stumm blieb, sprach er weiter.

„Ich vertrete hier das Gesetz. Das heißt, ich vollstrecke auch die Strafen. Wie du sicher weißt, gibt es schöne Strafen für den, der seinen Lehnsherrn hintergeht, indem er keine Steuern zahlt. Und wenn der Lehnsherr ein Kloster ist, dann ist das sogar eine Sünde, für die er auch noch im Fegefeuer leiden muss!"

„Ich bin mir keiner Schuld bewusst", antwortete der Wirt ruhig, obwohl es in ihm brodelte.

„Noch besser, denn für die Uneinsichtigen gibt es noch schönere Strafen, um sie wieder auf den tugendhaften Pfad zu bringen."

„Ein Pfad, den ich nicht verlassen habe!"

„Hört euch den einmal an! Hältst du dich für Gott, das du behauptest, ohne Laster zu sein! Wir werden dich gleich noch der Blasphemie bezichtigen!"

„Ihr könnt mir noch so viele Dinge anhängen, ich bin trotzdem im Recht" entfuhr es darauf dem Wirt, der aber seine Unbeherrschtheit sofort bereute, denn damit hatte er dem Wikinger das gegeben, worauf der gewartet hatte.

„Ich werde dir zeigen", brauste der Wikinger auf, „wer hier im Recht ist! Packt ihn!"

Darauf zogen die Soldaten ihre Waffen.

„Wolfram", rief jetzt der Vater, während er seine Gegner mit dem Schwert auf Abstand hielt.

Aber sein Sohn kam nicht.

„Wolfram!"

Der Kreis zog sich immer enger um den Wirt, der inzwischen mit dem Rücken an der Hauswand lehnte, vergebens auf seinen Sohn wartend.

Schon glaubte er, es auf einen Kampf ankommen zu lassen, als von der anderen Seite des Hauses ein tödlicher Schrei zu hören war, der rasch erstickte. Die Männer hielten inne. Francis gewann als Erster wieder seine Fassung zurück.

„Otmar", rief er laut, aber bekam keine Antwort. „Otmar! Rolf, geh und sieh nach!"

Es verging eine kurze Zeit, bis ein lauter Schrei die Luft durchzog. Nach wenigen Augenblicken kam Rolf zurück, er schliff Wolfram hinter sich her.

„Hiermit hat er Otmar getötet", zischte Rolf wütend, während er Francis den blutigen Drehspieß zeigte.

„So so, ein Mörder! Mein Junge, du weißt, auf Mord steht die Todesstrafe!"

Dabei lehnte er sich über den Jungen, schlug ihm ins Gesicht, dass Wolfram schmerzhaft zu Boden fiel. Dann wandte er sich wieder dem Wirt zu, der wie gebannt an der Wand stand, das Schwert immer noch kampfbereit erhoben.

„Du bist in einer ausweglosen Situation. Denn wer glaubt nicht, dass der Vater eines Mörders auch Steuern verweigert? Aber da du dich sicherlich immer noch im Recht glaubst, werde ich dir eine kleine Lehrstunde in Recht erteilen. Holt einen Klotz her!"

„Du Satan", brüllte der Wirt panisch und wollte auf den Wikinger losgehen, aber die Schwerter der Soldaten bildeten einen tödlichen Ring um ihn.

* * *

Jan war schlecht geworden, während Levi sich weg gedreht hatte, als Wolfram mit Wucht aus der Küchentür herausgestürmt war und dem verdutzten Soldaten den Spieß in den Leib gerammt hatte. Kurz darauf war ein zweiter Soldat gekommen, der Wolfram überwältigte. Mit ein paar gezielten Schlägen machte er ihn gefügig und brachte ihn dann zum Wikinger an der Eingangstür.

„Es wird eng", flüsterte Levi ängstlich, „wo bleibt der Landvogt?"

„Ich weiß nicht, aber sehen kann ich ihn noch nicht!"

Gespannt blickten sie zum Gasthaus hinüber, aber sie konnten nicht verstehen, was geredet wurde. Plötzlich lief einer der Soldaten zum Hackplatz hinterm Haus, suchte einen wuchtigen Holzklotz aus, den er zur Vorderseite rollte.

„Was haben die vor", wunderte sich Jan.

„Ich glaube, die wollen Wolfram köpfen", flüsterte Levi, denn er traute es sich kaum auszusprechen.

„Was! Das darf nicht passieren", fuhr Jan auf, um dann plötzlich aufzuschreien, „sieh mal, dort drüben kommen Reiter! Das muss der Landvogt sein!"

Levi blickte den Weg entlang.

„Die sind zu weit weg! Wenn sie nicht schneller reiten, ist Wolfram bis dahin tot!"

Jan schätze die Entfernung ein. Levi hatte recht, die Reiter würden es nicht rechtzeitig schaffen. Es waren fünf Reiter, denen zehn Mann zu Fuß im Laufschritt folgten.

„Wir müssen den Wikinger aufhalten", flüsterte Levi aufgeregt, denn gerade legte einer der Soldaten Wolframs Kopf auf den Holzklotz. Er konnte erkennen, wie Wolframs Vater nur mit Mühe von den anderen Soldaten in Schach gehalten werden konnte, während der Wikinger sein Schwert aus der Scheide zog.

„Ich habe eine Idee", raunte Jan Levi zu. „bleib du hier, was auch passiert!"

Damit sprang er auf und rannte auf die freie Wiese.

Levi war starr vor Schreck. Abwechselnd blickte er von den Geschehnissen am Gasthaus auf den Reitertrupp, der nicht näher zu kommen schien. Jan nahm seinen ganzen Mut zusammen, noch hatte ihn keiner der Soldaten entdeckt.

„Hallo, kann man helfen", rief er so laut es seine Stimme zuließ.

Sofort fuhr der Wikinger um, aber erst nach einer Weile entdeckte er den Jungen am Waldrand. Auch die anderen Soldaten blickten jetzt auf, ohne aber den Wirt aus den Augen zu lassen. Einer von ihnen trat einen Schritt vor.

„Das ist der Junge", rief er dem Wikinger zu.

„Ergreift ihn, den erledigen wir auch noch gleich!"

Daraufhin rannten drei Soldaten los, um Jan zu fangen. Der wartete einen Augenblick, bis die Soldaten auf knapp zwanzig Schritte herangekommen waren, um dann nach links über den Weg wegzurennen. Der Schnee reichte ihm bis über die Knie, so dass er nur schwer vorwärts kam, während sich die Männer seine Spur zu nutze machten und Stück für Stück aufholten. Kurz bevor sie ihn eingeholt hatten, warf er einen Blick auf den Weg, wobei er sah, dass sein Plan aufgegangen war. Er war knapp am Rand der Anhöhe entlang gelaufen, so dass die Reiter ihn und seine Verfolger bemerken mussten, woraufhin sie ihre Pferde antrieben. Trotzdem waren es immer noch gute fünf Minuten, bis sie die Anhöhe erreichen würden, dachte Jan, als ihn von hinten eine kräftige Hand packte und zu Boden riss.

„Haben wir dich, du kleiner Wicht!"

Als sich Jan nach seinem Fänger umdrehte, blickte ihn ein grobschlächtiger Mann mit fast zahnlosem Mund an. Es war der gleiche Mann, vor dem er sich vor wenigen Tagen in der Bibliothek versteckt hatte.

Der und noch ein weiterer Soldat schleiften ihn zwischen sich zum Gasthaus hin. Dort erwartete ihn bereits der Wikinger.

„Das scheint ja heute mein Glückstag zu sein", begrüßte er Jan. „Bist du der freche slawische Bengel, der es gewagt hat, mich zu blamieren?"

„Wie meint ihr das", versuchte Jan Zeit zu schinden. Gleichzeitig klopfte er sich den Schnee vom Gewand.

„Ich wusste nicht, dass bei euch Slawen so wenig Hirn vorhanden ist, dass dir das entfallen ist!"

Damit verpasste er Jan eine Ohrfeige, dass dieser das Gleichgewicht verlor und neben Wolfram landete.

„Warum machst du das", flüsterte der schwach.

„Um Zeit zu gewinnen", kam die knappe Antwort, denn Jan wurde schon wieder vor Francis auf die Beine gestellt.

„Na, ist es dir jetzt eingefallen?"

„Verzeiht, Herr, aber ich kann mich nicht entsinnen!"

Jan hatte den Satz noch nicht zu Ende gesprochen, als ihn die nächste Ohrfeige traf und er wieder zu Boden ging. Aus den Augenwinkeln sah er zu dem Waldeck, von wo die Reiter kommen müssten, aber sie waren noch nicht zu sehen.

Francis zerrte ihn wieder auf die Beine.

„Verdammter Lümmel, ich schlage dir dein nutzloses Gehirn raus, wenn du es nicht bald gebrauchst", brüllte ihn der Wikinger aus nächster Nähe an.

„Gegen einen Jungen traut ihr euch, aber nicht gegen einen Mann", forderte ihn jetzt der Wirt heraus, der immer noch an der Wand stand, bedroht von acht Schwertern, während ein Soldat Wolfram unverändert auf dem Holzklotz festhielt.

„Gut", drohte der Wikinger hochrot vor Zorn dem Wirt, „ich werde dich in deine Einzelteile zerlegen, wenn du darauf Wert legst."

In diesem Moment erblickte Jan die Spitze eines Banners an dem Waldeck und kurz darauf erschienen die Soldaten. Aber weder der Wikinger, noch die Soldaten bemerkten sie, denn sie hatten ihre Blicke auf den Wirt gerichtet, der sich nun dem Wikinger gegenüber sah.

Beide fixierten sich, aber bevor der erste Schlag ausgeführt werden konnte, rief einer der Reiter von Ferne.

„He, du da", er hatte sein Visier, wie die anderen vier Reiter auch, heruntergeklappt. Das Banner war aber nicht das des Landvogts, jedenfalls hatte der in Natternberg ein anderes gehabt, erinnerte sich Jan. Er war trotzdem froh, dass die Reiter - wer immer sie auch sein mochten - den Schauplatz rechtzeitig erreicht hatten. Jan blickte zu Francis d'Arlemanche, der auch verunsichert schien ob des wohl für ihn unbekannten Banners.

„Was wollt Ihr, edler Mann", fragte er vorsichtig, während seine Soldaten wieder den Wirt bewachten, einer hatte unterdessen Wolfram schnell aufgerichtet. Mit der anderen Hand hatte er Jan an den Hinterhaaren gepackt.

„Das wollte ich dich gerade fragen, denn ich wusste nicht, dass Krieg herrscht", antwortete der unbekannte Ritter, dessen Stimme durch das Visier nur schlecht zu verstehen war.

„Es herrscht auch kein Krieg, also reitet weiter, oder gebt Euch zu erkennen", herrschte ihn der Wikinger ungeduldig an.

„Holla, was gibt dir das Recht, sich einem Fremden gegenüber so forsch zu benehmen?"

„Ich bin Francis d'Arlemanche", stellte sich der Wikinger ungeduldig vor, „rechtmäßiger Verwalter des Landvogts Formbach zu Künzing, auf dessen Land Ihr Euch befindet. Ich habe mich vorgestellt, nun sagt, wer Ihr seid!"

„Nicht so schnell, guter Mann. Ich dachte, ich wäre hier auf den Ländereien des Klosters Niedermünster, zu dem der Markt dort unten gehört!"

„Da seid Ihr falsch informiert worden, mein Herr und jetzt sagt mir endlich, wer Ihr seid", rief Francis zornig und erhob sein Schwert gegen den Reiter, worauf sofort die anderen Reiter ihre Lanzen auf ihn richteten. Auch die zehn Soldaten hinter den Reitern machten sich kampfbereit. Angesichts der Übermacht, steckte Francis sein Schwert wieder in die Scheide.

„Da hast du es selbst gesagt", rief jetzt erregt der Wirt.

„Schweig, du Wurm", zischte Francis.

„Werter d'Arlemanche", setzte der Ritter sein Verhör fort, „wer ist dieser Mann, dass du ihn mit acht Mann bewachst?"

„Er verweigert, die Steuern zu zahlen, noch dazu ist sein Sohn ein Mörder!"

„Wen hat er denn gemordet?"

„Einen meiner Soldaten!"

„Eine wahrlich schlimme Tat, aber wem schuldet der Mann die Steuern?"

„Hört zu, ich habe keine Lust, weiterhin Eure Fragen zu beantworten und fordere Euch zum letzten Mal auf, Euch zu zeigen", brauste jetzt, in die Enge getrieben, der Wikinger auf.

„Nun, wenn du meinst. Ich habe auch keine Lust mehr, mir dein dummes Geschwätz weiterhin anzuhören", schimpfte der Ritter zurück und öffnete sein Visier, „vielmehr verweise ich dich und deinen Räuberhaufen meines Landes. Eigentlich hättest du Verräter den Tod verdient, aber da das Blut meines Vaters in deinen Adern fließt, erkläre ich dich für vogelfrei, denn solch ein widerliches Gewächs wie du es bist, hat unter den Menschen nichts verloren!"

Francis d'Arlemanche war erstarrt, als er seinen Halbbruder, den Landgraf Thiemo von Formbach, erkannte und fiel auf die Knie.

„Hab Erbarmen, Bruder", flehte er.

„Schweig und sieh zu, dass du fort kommst, denn ab heute Mittag wird dich ganz Deggendorf als vogelfrei kennen!" Dann wandte er sich an Jan. „Junge, ich bin stolz auf dich! Dein Einsatz muss belohnt werden."

„Du kleiner slawischer Hund! Ich schwöre dir bei Gott, dass ich nicht ruhen werde, bis ich mich an dir gerächt habe", drohte der Wikinger, als ihm bewusst wurde, wer an seinem Niedergang schuld war. Er zog sein Schwert und stürmte auf Jan los, aber bevor er ihn erreichen konnte, preschte ein Reiter dazwischen und schlug ihm mit einem gezielten Schlag die Hand ab.

Mit einem furchtbaren Schrei sank der Wikinger zu Boden, wo er wimmernd liegen blieb. Jan spürte aber den Hass in seinen Augen, als sich ihre Blicke noch einmal trafen, bevor er sich angewidert abwandte.

„Legt eure Waffen ab, packt euren Anführer und verschwindet", herrschte der Landvogt die ehemaligen Soldaten der Stadtwache Deggendorfs an, die immer noch um den Wirt standen und fassungslos auf den Wikinger starrten. Rolf ergriff das Kommando, herrschte die anderen an und kurz darauf zog der Haufen von dannen, Francis d'Arlemanche in ihrer Mitte tragend. Ein Haufen Vogelfreie, die aus der Gesellschaft ausgestoßen waren. Ihnen stand ein hartes Leben bevor, das von Hunger, Kälte und Kampf geprägt sein würde. Das Rudel Wölfe, als dass sie Levi am Morgen vorgekommen waren, war Wirklichkeit geworden.

So sah es auch einer der Begleiter des Landvogtes, die auch jetzt noch nicht ihr Visier geöffnet hatten.

„Ihr hättet ihn zum Tode verurteilen müssen, so habt Ihr gerade eine neue Räuberbande geschaffen, die die Gegend unsicher machen wird!"

„Ich weiß, aber ich kann nicht das Schwert gegen mein eigenes Blut erheben! So wird es jemand anders sein, der ihn umbringt", verteidigte sich Thiemo von Formbach.

„Nun aber zu dir, Wirt", wechselte er darauf das Thema.

„Ich habe gesehen, wie du und dein Sohn euer Recht tapfer gegen eine Übermacht verteidigt habt. Hier hast du eine Urkunde, die dir auf ewig das Schankrecht, frei von Steuer garantiert. Dafür bist du mir pro Jahr zwei Fass Met schuldig. Außerdem nimm dieses Geld an dich. Sieh es als Entschädigung für die Drangsale an, die dir dieser Bastard zugefügt hat!"

Dankbar nahm der Wirt die Geschenke an.

„Ihr seid zu gütig, mein Herr! Gott schütze euch!"

„Dank nicht mir, sondern diesem kleinen Jungen, der mir den Verrat meines Bruders berichtet hat. Ohne ihn wärt ihr beiden jetzt tot und ich um ein wichtiges Stück Land ärmer! Ich werde in Deggendorf bei dem Händler Jakob etwas für dich hinterlegen, Junge!"

Mit diesen Worten wendete der Landvogt sein Pferd, gab seinen Fußsoldaten ein Zeichen und kehrte mit seinen Begleitern nach Deggendorf zurück. Jan fragte sich immer noch, wer sie gewesen sein mochten, aber er glaubte, die Rüstung von Gunther erkannt zu haben. Kurz nachdem die Reiter verschwunden waren, tauchte Levi aus dem Wald auf.

„Kommt her ihr zwei", forderte der Wirt Jan und Levi auf, während er Wolfram in seine Arme schloss, „ich weiß nicht, wie ich euch danken kann!"

„Mit einer guten Brotzeit sind wir vorerst zufrieden", antwortete Levi prompt, und alle anderen stimmten zu, denn keiner von ihnen hatte am heutigen Tag schon eine anständige Mahlzeit gehabt. Aus dem Gasthaus kam jetzt Wolframs Mutter herausgelaufen, die schluchzend ihren Mann umarmte. Sie hatte die ganze Zeit im Haus um ihre beiden Männer gebangt, was man unschwer an den verweinten Augen erkennen konnte. Nachdem sie auch Wolfram vor Freude über den glücklichen Ausgang liebkost hatte, lud sie Jan und Levi ein, zum Essen zu bleiben. Sie zauberte innerhalb kürzester Zeit ein deftiges Mahl, während schon reichlich Met floss. Mit sichtlich schwachen Beinen machten sich die beiden Jungen Stunden später auf den Heimweg.

* * *

Die folgenden Wochen wurden für Jan die schönsten seines Lebens. In dem kleinen Ort sprach sich schnell herum, wem man das Verschwinden des Wikingers zu verdanken hatte. Überall, wo er hinkam, beglückwünschte man ihn, beschenkte ihn oder bat ihn zum hundertsten Mal, die Geschichte zu erzählen, was Jan dann immer Levi überließ, der die einzelnen Passagen ausschmückte und selbst dort Spannung erzeugte, wo eigentlich keine gewesen war. Der Propst war überrascht gewesen, als ihm der Landvogt noch am gleichen Tag von den Geschehnissen berichtete. Er fürchtete, sich nun selbst um die alltäglichen Dinge kümmern zu müssen, aber der Landvogt bot ihm an, ihm einen vertrauenswürdigen Mann zu schicken, worauf der Propst gerne einging, so dass beide Seiten zufrieden auseinander gingen.

Der Landvogt hatte wirklich etwas für Jan bei Jakob hinterlegt. Es war ein goldener Ring auf dem das Wappen des Landvogtes eingraviert war.

„Er zeichnet dich als einen Mann seines Vertrauens aus", war Jakobs einfacher Kommentar gewesen, als Jan die Bedeutung des Rings wissen wollte. Natürlich war der Ring noch viel zu groß, weshalb Jan Jakob bat, ihn zu verwahren, bis er erwachsen sein würde. Die Tage verbrachte Jan mit eifrigen Studien bei Jakob und in der Bibliothek des Propstes, worüber er die ersten Salzschiffe, welche die Donau heraufkamen, verpasste. Es gab dann immer ein großes Fest, denn für Deggendorf brachte das neue Salz nicht nur die lebendigste Zeit des Jahres, sondern auch neuen Reichtum. Levi berichtete ihm jeden Abend, was er alles verpasst hatte. Bald spürte man den warmen Frühlingswind, der die Bäume sprießen ließ und den letzten Schnee in der Ebene verwehte. Auch im Handelshaus wurden die Tage geschäftiger, so dass Jan die Lehrbücher gegen die Geschäftsbücher Jakobs tauschte, während Levi seinem Vater bei den Tauschverhandlungen half.

So hörte ihn Jan eines Tages besonders heftig feilschen. Es ging nur um Kleinstbeträge, aber Levi war ein gnadenloser Feilscher, schon allein deshalb, weil er Spaß daran fand. Grinsend nahm Jan Levis erfolgreichen Abschluss zur Kenntnis und widmete sich wieder seinen Büchern.

„He, da kannst du nicht rein", schimpfte plötzlich Levi, so dass Jan aufsah. Aber was er sah entlockte ihm einen Jubelschrei.

„Tatinko!" rief er auf slawisch und stürzte sich seinem Vater in die Arme.

„Mein Sohn!" Wenzel standen Tränen in den Augen, als er seinen Sohn umarmte.

„Wie geht es Mutter? Was machen Karel und Eliška? Wo ist Vladja? Sind die anderen auch alle da?" Jan hatte Fragen über Fragen.

„Später, wo ist denn der Jude? Wie ich sehe, bist du hier gut eingespannt", beruhigte ihn Wenzel und in seiner Stimme schwang Lob mit.

„Ja, das ist er. Er ist einer meiner besten Mitarbeiter geworden, Wenzel aus Klatovy." In der Tür stand Jakob, den angesichts der freudigen Begrüßung der beiden auch Rührung ergriffen hatte.

„Guter Mann, wie ich vor mehr als vier Monaten zu dir kam, war ich mittellos, aber ich möchte meine Schuld bei dir heute begleichen, um meinen Sohn auszulösen!"

„Dieses Geschäft würde ich gerne abschließen, aber ich fürchte, das geht nicht, da…"

„Was soll das heißen", brauste Wenzel auf und stellte sich schützend vor seinen Sohn.

Aber Jakob fuhr unbeirrt und Jan bemerkte das Schmunzeln in Jakobs Gesicht.

„Lass mich ausreden! Ich würde es also gerne abschließen, aber das geht nicht, weil," er machte eine kurze Pause, „weil es schon beendet ist. Dein Sohn hat deine Schuld schon um ein Vielfaches abbezahlt, was er dir aber sicher gerne selber erzählen wird. Also, Jan, verschwinde von hier, aber vergiss nicht, dich zu verabschieden, bevor du aufbrichst!"

Jetzt musste auch Wenzel lachen. Unbeholfen kratze er sich am Hinterkopf.

„Da hast du mir einen echten Schrecken eingejagt, du alter Fuchs. Aber ich nehme gerne an, dass mein Sohn tüchtig war", antwortete Wenzel in einer Mischung aus Erleichterung und Stolz.

Damit nahm er seinen Jungen unter den Arm und verließ mit ihm das Handelshaus, das Jans zweite Heimat geworden war. Vater und Sohn setzten sich in ein Gasthaus, wo Jan seine Erlebnisse schildern musste. In seiner Begeisterung bemerkte er nicht, dass sein Vater nur wenig von daheim erzählte. Stattdessen wähnte er sich in vollkommenem Glück. Das Wiedersehen mit Vladja und dem alten Karel war herzlich und von vielen Späßen begleitet.

Drei Tage später brachen sie auf. Unter Tränen wurde Jan verabschiedet, besonders Levi erwies sich als sehr nah am Wasser gebaut. Die beiden hatten sich am Tag zuvor noch mit Wolfram getroffen und zu dritt einen Freundschaftsbund geschlossen, der ‚über allen menschlichen Banden' stand, wie es Levi ausgedrückt hatte. Gleichzeitig mit Wenzels Saumzug machten sich auch die ersten Soldaten auf, die in Zukunft als Comeatus die Säumer in der Šumava beschützen sollten. Mit ihnen zogen auch einige Handwerker, um mit ihrer Hilfe einen ersten Wachtturm zu errichten.

Jan musste sich zwingen, nicht zurück zu schauen, denn er fürchtete, dann unweigerlich zu weinen. Vor ihm erstreckte sich die Šumava noch im Winterkleid, einladend und warnend zugleich.

Klatovy

In der Šumava war es noch viel kälter, als in der Donauebene, auch trugen die Bäume noch keine Blätter. Doch Jan störte sich nicht daran, wieder unter freiem Himmel zu schlafen und karge Mahlzeiten zu haben. Er war einfach überglücklich, bei seinem Vater zu sein und bald den Rest der Familie wieder zu sehen. Während einer Rast kamen die Säumer auf den Comeatus zu sprechen. Besonders Karel ließ seinem Ärger freien Lauf. Er konnte dem neuen Schutz nichts Positives abgewinnen.

„Man soll den Teufel nicht herausfordern", schimpfte er, „was wollen die mit den Türmen im Wald?"

„Irgendwo müssen sie ja wohnen, wenn sie uns beschützen wollen", entgegnete Vladja.

„Es gibt Höhlen und andere Schlupfwinkel. Wir haben ja auch nicht an jedem Lagerplatz eine Hütte stehen! Außerdem wollen sie nicht uns beschützen, sondern nur das Salz. Das macht mir Angst."

„Wieso?", fragte jetzt Jan, der den beiden zugehört hatte.

„Ganz einfach. Es ist egal, ob du oder ich oder der Teufel persönlich das Salz transportiert. Wichtig ist nur, dass das Salz ankommt", erklärte Karel aufgebracht.

„Aber das stimmt doch auch!" Jan verstand Karels Einwand nicht.

„Nicht ganz, mein Sohn", gesellte sich auch Wenzel dazu, „natürlich ist das Salz wichtig, aber dieser Comeatus dient nur unserer Sicherheit, solange wir Salz bei uns haben, sonst nicht, denn der Comeatus bleibt beim Salz. Das heißt, das Salz ist den Herrschern wichtiger als wir Menschen. So eine Haltung ist sicher nicht gottgewollt!"

„Du sagt es", stimmte ihm Karel zu, ohne seinen Ärger zurückzuhalten. „Obwohl du genau weißt, um was es geht, hilfst du denen auch noch und führst sie herauf! Dir scheint manches zu Kopf zu steigen!"

Die Runde erstarrte bei den letzten Worten. Ehe Karel sich versah, war Wenzel aufgesprungen, riss ihn hoch und presste ihn gegen einen Baum.

„Was meinst du damit?", fuhr Wenzel seinen alten Weggefährten an. „Wenn du meinst, ein besserer Mensch als ich zu sein, dann kannst du dir ja einen anderen Zug suchen. Wenn du aber bleiben willst, dann nimm das sofort zurück."

Karel war immer noch starr vor Schreck. Eine furchtbare Stille kehrte ein und Jan kam es so vor, als hätten selbst die Vögel aufgehört zu singen. Zum ersten Mal seit ihrem Wiedersehen, betrachtete Jan seinen Vater jetzt genauer. Dabei stellte er fest, dass dieser sehr gealtert war. Seine Gesichtszüge waren steif geworden, seine Haltung nicht mehr so aufrecht wie früher. Erst jetzt fiel Jan auf, wie wenig sein Vater ihm von zu Hause erzählt hatte. Wusste Karel etwas, was er selbst nicht wissen durfte?

Während Jan seine Gedanken zu ordnen versuchte, beruhigte sich Wenzel wieder. Er ließ Karel los und ging wortlos zu seinem Pferd, um ihm das Gepäck wieder aufzuladen.

Die anderen verstanden es als Zeichen des Aufbruchs und taten es ihm gleich. Jan war am Boden zerstört. Wieso hatte sein Vater so etwas getan, zumal Karels Worte nicht böse gemeint waren? Vladja klopfte ihm tröstend auf die Schulter. Er schien ihn zu verstehen, selbst wenn auch er kein Wort über den Vorfall verlor. Schweigend bahnten sie sich ihren Weg durch den Wald. Gegen Abend erreichten sie den Lagerplatz auf dem Felsvorsprung, den sie auch schon auf Jans erster Reise aufgesucht hatten. Alle schienen sich in ihre Arbeit zu vertiefen, um sich aus dem Weg zu gehen. Wenzel war kurz nach der Ankunft verschwunden, ohne wieder aufgetaucht zu sein. Schließlich kam er zurück, seine Augen waren müde und leer.

„Jan," rief er seinen Sohn, „geh mal hinunter zu Fluss und warte dort auf mich. Ich komme gleich nach!"

Am Flussufer stand Jan, verträumt auf das Wasser blickend. Er zuckte kurz zusammen, als er die Hand seines Vaters auf der Schulter spürte.

„Was gibt es, Vater?"

„Siehst du, wie das Wasser fließt", versuchte Wenzel ein ungezwungenes Gespräch zu beginnen und setzte sich auf einen großen Stein. Jan hüpfte auf seinen Schoß. „Es rauscht unaufhörlich weiter, ohne dass man es stoppen kann. Wenn du es aufhältst, dann sucht es sich einem neuen Weg, um wieder seinen Lauf zu nehmen." Nach einer kurzen Pause fuhr er fort: „Genauso wie das Wasser verläuft unser Leben. Es geht immer weiter, ob wir wollen oder nicht. Auch in unserem Leben tauchen Probleme auf, aber genauso wie das Wasser, findet auch unser Leben immer wieder einen Ausweg."

„Das verstehe ich, aber was hat es für mich zu bedeuten", fragte Jan vorsichtig.

Wenzel seufzte tief.

„Ich habe lange überlegt, wie ich es dir erklären soll, aber ich wusste nicht wie. Du kannst dir vorstellen, dass dieser Winter für uns zuhause besonders hart war. Ich konnte nicht richtig arbeiten und dein Bruder Karel ist noch zu klein für schwere Arbeiten. Deshalb waren wir sehr auf die Hilfe anderer Menschen angewiesen, was wiederum sehr viel gekostet hat. Kurz nach Weihnachten waren unsere Vorräte aufgebraucht und wir dachten schon, unser Haus verpfänden zu müssen, als uns unvermittelt ein entfernter Cousin von mir besucht hat. Er war aus Prag, wo er ein Handelsgeschäft hat, nach Klatovy gekommen und als er unsere miserable Lage erkannt hat, bot er uns genügend Geld an, um über den Winter zu kommen."

„Das ist doch prima", freute sich Jan, der beim ersten Teil des Berichts sehr nachdenklich und traurig geworden war, denn er dachte daran, wie gut es ihm in Deggendorf gegangen war, während seine Geschwister leiden mussten.

„Ja, wir hielten ihn auch für ein Geschenk des Himmels. Er blieb bei uns und wir hatten keine Schwierigkeiten mehr. Erst viel zu spät habe ich über die Situation nachgedacht und wie sehr ich in seine Abhängigkeit geraten war. Eines Tages hat er mir vorgeschlagen, mir die Schulden bei ihm zu erlassen, wenn ich ihn in den Säumerhandel einführe. Ich konnte kaum Nein sagen, außerdem hatte er auch anderen Säumern geholfen, die nun auch in seiner Schuld stehen. Jetzt müssen wir von jedem Handel einen Teil an ihn abtreten."

„Aber das ist doch Hehlerei!", fuhr Jan auf.

„Sagen wir so: Es ist legale Hehlerei. Ich habe mich an der Nase herumführen lassen."

„Sind wir jetzt nicht mehr frei?", fragte Jan plötzlich, sodass Wenzel ihn erstaunt ansah.

„Wie meinst du das?"

„Naja, wenn wir diesem Onkel – wie heißt er überhaupt?"

„Miloš."

„Also, wenn wir Onkel Miloš etwas bezahlen müssen, können wir nicht mehr frei entscheiden, was wir mit unserem Geld machen!"

„Da hast du recht", stimmte ihm Wenzel zu, „aber das trifft auf dich nicht zu. Du bist frei, zu tun, was du willst!"

„Nein", protestierte Jan, „ich werde immer Säumer sein und mit dir zusammen durch die Šumava ziehen!"

Bei diesen Worten schmiegte er sich an seinen Vater an, der ihn mit beiden Armen umschloss.

„Danke, Jan, du bist ein Sohn, auf den man stolz sein kann!"

Sie blieben noch eine Weile so sitzen. Jan wünschte sich, dass dieser Moment niemals vorbeigehen würde. Aber die kalte Nachtluft wurde unangenehm und so begaben sie sich zurück zum Lagerplatz, wo die Säumer noch um das kleine Feuer saßen. Vater und Sohn wurden von den anderen in den Kreis aufgenommen. Jeder war froh, dass die kritische Situation des Vormittages vergessen war. Mit Witzen und lustigen Liedern ließ man den Tag ausklingen. Am nächsten Morgen brachen die Säumer frühzeitig auf. Der Drang nach ihren Familien trieb die Männer an. Vorneweg lief Jan, der es kaum noch erwarten konnte, endlich wieder seine Mutter und die Geschwister zu sehen. Um die zweite Mittagsstunde erreichten sie schließlich Klatovy. Wenzel überließ es diesmal Karel, alleine den Handel abzuwickeln und begab sich sofort mit Jan auf den Heimweg. Auf diese Weise wollte er dem Jungen auch ersparen, gleich am ersten Tag mit Miloš zusammen zu treffen. Denn obwohl er Jan seine Freiheit zugestanden hatte, war er sich nicht sicher, ob Miloš nicht doch auch eine Arbeit für seinen Sohn finden würde.

Jan war unendlich aufgeregt. Nur noch zwei Stunden bis zu ihrem Haus auf der Lichtung! Er eilte so sehr, dass Wenzel Schwierigkeiten hatte ihm zu folgen. Auf diese Weise erreichten sie schon nach eineinhalb Stunden den Rand der Lichtung. Jetzt blieb Jan stehen. Er atmete einmal tief ein, schloss die Augen und sandte ein Dankgebet in den Himmel. Wie sehr hatte er sich auf diesen Augenblick gefreut. Dann rannte er, laut rufend, die Arme durch die Luft wirbelnd auf das Haus zu. Bald erschien seine Mutter in der Tür. Als sie Jan sah, entfuhr ihr ein Jubelruf und sie lief ihrem ältesten Sohn entgegen. Auch Karel und Eliška kamen aus dem Haus gerannt. Jan hätte Eliška kaum wieder erkannt, wäre sie ihm in Klatovy auf der Straße begegnet, so sehr war sie in den letzten Monaten gewachsen. Seine Mutter Martha küsste ihn immer wieder schluchzend vor Freude, während die beiden Geschwister ihn mit Fragen über Deggendorf überschütteten.

Wenzel war seinem Sohn langsam den Weg die Lichtung hinauf zum Haus gefolgt und betrachtete die Szene aus einiger Entfernung. Er freute sich, dass seine Familie nach all den Strapazen jetzt wieder zusammen war. Auch wenn es noch Probleme gab, gemeinsam würden sie diese bewältigen.

Die nächsten Tage mußte Jan seine Erlebnisse in Deggendorf bis in kleinste Detail schildern. Seinen beiden Geschwistern gefiel der Teil mit den Rittern auf der Burg so gut, dass Jan sie wieder und wieder erzählen mußte. Für die beiden klang es mehr nach einem Märchen, hatten sie doch noch nie einen Ritter zu Gesicht bekommen! Das fröhliche Wiedersehen hatte Jan die Schwierigkeiten mit dem Onkel, von denen ihm sein Vater erzählt hatte, vergessen lassen. Fast schien es so wie früher zu sein, doch irgendetwas hatte sich verändert. Jan war sich nicht sicher, ob er sich nur einbildete, dass seine Mutter weniger lachte, dass sein Vater strenger geworden war und dass Karel nicht mehr so viele Späße machte. Er erklärte es sich damit, dass das Leben in Jakobs Haus von Grund auf viel unbeschwerter war. Am dritten Tag nach seiner Rückkehr fand er seine Mutter draußen am Bach, als sie gerade die Wäsche schrubbte.

Er ging zu ihr und half, ein Kleidchen von Eliška auszuwringen.

„Ich kann es immer noch nicht glauben, dass du wieder hier bist", sagte seine Mutter schließlich, nachdem sie das Kleidchen auf einen Schemel neben sich gelegt hatte. „Ich hatte den ganzen Winter über furchtbare Angst um dich!"

Jan sah sie an und bemerkte, wie ihre Augen feucht wurden.

„Es tut mir leid, dass du hier solch ein schweres Leben wegen mir gehabt hast, während ich in Deggendorf wohlbehütet war", antwortete Jan schuldbewusst, da ihm klar wurde, wie selten er an seine Familie gedacht hatte.

„Nein, nein. Du brauchst kein schlechtes Gewissen zu haben. Unser Leben war nicht deinetwegen schwer. Im Grunde dürfen wir uns nicht beklagen. So viele Jahre ist uns nichts passiert, keine schlimme Krankheit hat uns getroffen, kein Sturm unser Haus beschädigt, kein Räuber deinen Vater überfallen, während um uns herum laufend von solchen Geschichten zu hören war! Irgendwann musste es uns auch einmal treffen!" Müde blickte sie den Hang zum Wald hinauf und machte eine Pause. „Aber warum dann gleich so hart?"

„Es werden auch wieder bessere Zeiten kommen, Maminko", versuchte Jan seine Mutter zu trösten.

„Da hast du recht. Bald wird es uns sicher wieder gut gehen", lächelte ihn seine Mutter an und schämte sich innerlich, dass sie ihren Pessimismus vor ihrem Sohn nicht hatte verstecken können. Wortlos verrichteten sie eine Zeit lang ihre Arbeit, bis Wenzel aus dem Stall zu ihnen herüber kam.

„Ich muss morgen nach Klatovy – einige Dinge erledigen und den nächsten Transport mit den anderen besprechen. Jan willst du mich nicht begleiten? Dann kannst du auch mal deinen Onkel Miloš kennen lernen."

„Gerne", sagte er artig, um dann verschmitzt hinzuzufügen, „fast kommt es mir so vor, als würde ich die Stadt vermissen!"

Während er von seiner Mutter einen bösen Blick erntete, klopfte ihm Wenzel väterlich auf die Schulter, hob den Zeigefinger und drohte im Spaß.

„Wie soll aus dir je ein Säumer werden, wenn du jetzt schon so sprichst, wie ein alter Städtler", besonders das letzte Wort betonte er verächtlich.

Martha schüttelte verständnislos den Kopf und widmete sich wieder ihrer Arbeit, während Vater und Sohn ins Haus gingen. Sie konnte nicht verstehen, wie ihr Mann sich so sorglos geben konnte.

Wenzel und Jan erreichten Klatovy gegen Mittag. Die Straßen waren ruhig, da alles zum Essen in die Häuser gegangen war. Nur vereinzelt begegneten ihnen Laufburschen oder Händler, welche die Stadt nach erfolgreichen Geschäften verließen. Statt wie sonst auf den Marktplatz zu zusteuern, wo das große Lagerhaus stand, bog Wenzel in eine Seitenstraße nahe des Marktplatzes ein. Vor einem großen Holzhaus machte er sein Pferd an einem Pflock fest.

„Hier wohnt Onkel Miloš", verkündete Wenzel und drehte sich zu seinem Sohn um, der ihm bisher wortlos gefolgt war

Jan staunte.

„Das Haus ist fast so groß wie das von Jakob in Deggendorf", sagte er bewundernd, nachdem er mit seinen Augen bis zum Dachgiebel an der Hauswand hoch gewandert war. „Aber nur aus Holz", fügte er mit einer abwertenden Handbewegung hinzu, worauf sein Vater lachen musste.

„Sag das nicht zu laut, denn so etwas hört Miloš nicht sehr gerne!"

„Aber es ist die Wahrheit", protestierte Jan.

„Das vielleicht; aber Miloš interessiert nur seine Ansicht, die oftmals von der Wahrheit abweicht. Halte dich also mit frechen Kommentaren zurück."

„Ich werde dir keine Probleme bereiten, Tatinko", antwortete Jan gehorsam.

Sie betraten das Haus und befanden sich sodann in der großen Halle, wo einige Waren gelagert waren und sich der Duft verschiedener Gewürze mit dem Rauch des Feuers verband. Ganz hinten im Raum, von dem mehrere Türen in andere Räume führten, stand ein großes Stehpult, hinter dem jetzt ein kleiner Kopf zum Vorschein kam. Gegen das Licht, das durch die geöffnete Haustüre einfiel, konnte die Person nicht erkennen, wer eingetreten war und frage deshalb schroff:

„Wer seid ihr?"

„Ich bin es, Wenzel", kam die freundliche Antwort.

Die Gestalt am anderen Ende nickte kurz, legte den Federkiel auf die Ablage und kam den Besuchern mit übertriebener Freundlichkeit entgegen.

„Mein lieber Vetter Wenzel! Schön dich zu sehen", begrüßte er den Säumer wortreich und wandte sich dann zu Jan. „Du hast deinen Sohn mitgebracht, wie ich sehe. Ich dachte schon, du wolltest mir diesen tapferen Kerl vorenthalten!"

Jan gab seinem Onkel artig die Hand, als dieser ihm seine reichte. Es war eine fleischige, weiche Hand, die anscheinend selten harte Arbeit verrichtete. Stattdessen waren Daumen und Mittelfinger voll blauer Tinte. Aus seiner eigenen Erfahrung wusste Jan, dass dies nur passieren konnte, wenn man nicht sparsam mit der kostbaren Tinte umging. Je blauer seine Finger gewesen waren desto mehr hatte Jakob ihn getadelt. Miloš bemerkte Jans Blicke, zog seine Hand zurück, versteckte sie sofort hinter dem Rücken und entschuldigte sich ungelenk.

„Mir ist das Tintenfass heute umgefallen. Dumm, was?"

Jan lächelte verlegen. Diese Ausrede war wirklich dumm.

„Jan, willst du nicht draußen auf mich warten", beendete Wenzel die peinliche Szene, „ich habe hier noch ein paar Dinge mit Onkel Miloš zu besprechen."

Jan nickt nur und verschwand nach draußen. Er war nicht sehr begeistert von seinem Onkel, der ihn anscheinend für einfältig hielt. Andererseits konnte er ja auch nicht wissen, dass Jan in Deggendorf schreiben gelernt hatte. Und Jan hatte nicht vor, es ihm zu sagen. Während er so vor sich hin dachte, hatte er sich an die Wand neben sein Pferd gelehnt, das ihm hungrig die Hand leckte.

„He, wer hat dir erlaubt, dich gegen diese Wand zu lehnen", sprach ihn plötzlich ein Junge von hinten an.

Jan zuckte zusammen. Noch in Gedanken versunken stammelte er etwas Unverständliches. Darauf lachte ihn der andere lauthals aus

„Habe ich dich wohl erschreckt. Wo kommst du überhaupt her?"

Jan hatte keine große Lust auf eine Unterhaltung und antwortete deshalb kurz angebunden:

„Nicht von hier."

„Was du nicht sagst! Das habe ich mir schon denken können. Sonst hättest du auch gewusst, wer ich bin."

Als Jan nicht antwortete, wurde der andere Junge ärgerlich. Er schubste Jan, so dass dieser kurz das Gleichgewicht verlor und sich nur mit Mühe fangen konnte. Wütend blickte Jan jetzt den Jungen zum ersten Mal richtig an. Er war etwas älter als er selbst, aber nicht unbedingt kräftiger gebaut. Er trug ein feines Wams aus Hirschleder, das an keiner Stelle geflickt war. Sein Gesicht war klein und rund, das Kinn stand etwas hervor und hatte ein tiefes Grübchen, die Lippen waren nur dünne Striche und gaben zusammen mit den zusammengekniffenen Augen dem Gesicht etwas Hinterhältiges. Die blonden Haare waren kurz geschoren und standen in alle Richtungen ab. Jan wusste nicht woher, aber das Gesicht kam ihm bekannt vor. Doch er hatte jetzt keine Zeit, darüber nachzudenken. Er wollte schon auf den Jungen losgehen, hielt sich aber dann zurück, um einen Spruch zu zitieren, den er von Levi in solchen Situationen oft gehört hatte.

„Zum Glück hat dir deine Mutter überhaupt einen Namen gegeben, sonst könnte man nicht einmal etwas auf deinen Grabstein schreiben!"

Der andere war so freche Antworten wohl nicht gewöhnt, denn er brauchte einige Sekunden, bis er sich wieder gefangen hatte. Aber Jan hatte seinen Gegner unterschätzt.

„Immerhin", gab er schlagfertig zurück, während er Jan mit einem abschätzigen Blick musterte, „deine Eltern haben ja nicht einmal das Geld, um dir einen Grabstein zu kaufen, so wie du aussiehst!"

Jan schluckte. Er wünschte sich Levi an seine Seite, der sicher eine ebenbürtige Antwort parat gehabt hätte, aber er selbst wusste nicht weiter. Stattdessen drohte er:

„Wage es nicht, meine Eltern zu beleidigen!"

Sein Gegenüber lachte nur und stichelte weiter.

„Keine Angst, ich werde ihnen nichts tun!", lachte er hämisch, „ja, ich werde sie nicht einmal beachten!"

Das war zuviel für Jan. Wie von Sinnen warf er sich seinem Gegner entgegen. Die Wucht ließ den überraschten Jungen umfallen und Jan landete direkt auf ihm. Bevor der Junge wusste, wie ihm geschah, hatte er Jans Faust im Gesicht gespürt. Er schrie schmerzvoll auf, versuchte sich zu befreien, aber Jan war weitaus stärker, drückte ihn zu Boden, wo er ihm einen zweiten Hieb versetzte.

Er hätte noch viel öfter zugeschlagen, wie in einem besinnungslosen Zustand, aber eine kräftige Hand riss ihn von seinem Opfer runter, schüttelte ihn heftig und verpasste ihm eine schallende Ohrfeige. Die brachte Jan wieder zu Verstand.

Als er wieder klar sehen konnte, blickte er in das zornrote Gesicht seines Vaters.

„Jan, bist du des Wahnsinns", schrie er ihn an.

Auch Miloš war aus dem Haus gekommen. Als Jan ihn ansah, erkannte er auch, woher er das Gesicht des Jungen gekannt hatte. Er war seinem Vater wie aus dem Gesicht geschnitten. Miloš half seinem geschundenen Sohn auf die Beine, mit bösen Blicken Richtung Jan gewandt.

„Dein Sohn scheint mir ein rechter Raufbold zu sein", schimpfte er Wenzel, bevor er sich seinen Sohn zuwandte. „Was ist passiert, Marek?"

Dieser schluchzte jetzt laut auf.

„Der Kerl hat mich geschlagen, als ich mit ihm reden wollte!"

„Stimmt das, Jan", hakte Wenzel sofort nach.

Aber Jan antwortete nicht. Er hatte nicht nur den Fehler gemacht, eine Schlägerei wegen eines dummen Spruches anzufangen. Nein, er hatte noch dazu den Fehler gemacht, seinen Kontrahenten zu wenig zu kennen. Egal, was er jetzt sagen würde, Onkel Miloš würde nur seinem Sohn glauben und sein eigener Vater würde kaum Widerworte geben, wenn er nicht sicher war, wer recht hatte. Deshalb schwieg Jan; auch nachdem ihm sein Vater noch eine Ohrfeige verpasste. Selbst der Aufforderung zur Entschuldigung kam er nicht nach, womit er sich eine weitere Ohrfeige einhandelte.

„Wie kommst du nur dazu, dich so schlecht zu verhalten und deinen eigenen Vetter zu schlagen", schimpfte er ihn immer wieder. Auch Onkel Miloš setzte zu Maßregelungen an, was ihm sichtlich zu gefallen schien.

„Das halbe Jahr in Deggendorf scheint einen Barbaren aus dir gemacht zu haben, denn ich möchte deinem Vater glauben, dass du früher ein anständiger Junge warst!" Jan blickte ihn gar nicht an, aber er fuhr trotzdem fort. „Dir werden wir schon beibringen, dass man andere Jungen nicht einfach schlagen kann!"

So ging es noch eine ganze Weile. Einmal erblickte Jan kurz zwischen den beiden Männern hindurch Marek auf der anderen Seite des Raumes, wie er auf einer Bank saß und sich vorsichtig sein Gesicht abtastete. Ein Auge war schon leicht blau geworden. Als Marek Jans Blicke bemerkte, grinste er ihn hämisch an und schnitt Grimassen.

So ein Feigling ist nicht mein Vetter, dachte Jan bei sich, während die Strafreden der Väter weitergingen. Jan hörte sie nicht. In Gedanken stellte er sich vor, wie er Marek ins Gesicht schlug und dieser heulend zu seinem Vater lief. Er verachtete den Feigling Marek, er verachtete seinen Onkel Miloš, der ihn genüßlich beschimpfte - und er verachtete seinen Vater, der ihn über Gebühr bestrafte.

Bevor sie endlich aufbrachen, um die anderen Dinge zu erledigen, entschuldigte sich Wenzel noch viele Male bei Miloš und Marek. Den Rest des Tages sprach er kein Wort mit Jan, der schweigend hinter seinem Vater herlief und versuchte, seine Gedanken zu ordnen. Nein, er war heute ganz sicher keine Hilfe für seinen Vater gewesen, der doch versuchte, ein normales Verhältnis zu Onkel Miloš aufzubauen. Selbst Jakob hätte ihn für seine Tat geohrfeigt. Aber weniger den Schlägen wegen, sondern vielmehr, weil er sich auf ein so niedriges Niveau herab gelassen hatte. Noch niedriger, als sein Vetter es gewesen war. Es war einer von Jakobs Leitsprüchen gewesen, in Verhandlungen immer ein höheres Niveau zu halten als der Gegner, denn sonst konnte man nicht gewinnen. Er hatte heute auf schändliche Art verloren. Trotzdem wollte er sich nicht entschuldigen, zu hochnäsig war Mareks Spott gewesen. Außerdem hatte er, Jan, seine Strafe schon bekommen. Seine Wangen schmerzten noch immer von den Schlägen seines Vaters, die sicherlich genau so heftig gewesen waren, wie seine eigenen Fausthiebe gegen Marek.

Am späten Nachmittag verließen sie die Stadt, um noch vor Anbruch der Dunkelheit ihr Haus zu erreichen. Zuerst trottete Jan einige Schritte hinter seinem Vater her, doch dann gab er sich einen Ruck, schloß auf und räusperte sich.

„Entschuldigung, Tatinko", sagte er leise, den Kopf immer noch gesenkt.

„Das kommt aber reichlich spät", entgegnete sein Vater immer noch böse, „dein dummes Verhalten gibt Miloš nur einen Grund mehr, mich zu bevormunden!"

Schweigend gingen sie wieder ein Stück nebeneinander her. Nach einiger Zeit machte Wenzel einen weiteren Versuch, seinen Sohn zum Reden zu bringen.

„Jetzt sag mir doch endlich einmal, warum du ihn geschlagen hast", bohrte er.

„Ach, weißt du," Jan atmete tief durch, „erst hat er mich mit einem dummen Spruch gereizt und dann-", Jan machte noch eine Pause und senkte wieder den Kopf, „hat er euch beleidigt."

„Wen meinst du mit ‚euch'?"

„Meine Eltern", antwortete Jan kurz.

„Was hat er gesagt?", fragte Wenzel, jetzt aber milder als bei den letzten Fragen.

„Er hat sich darüber lustig gemacht, dass meine Eltern nicht so reich sind wie seine und dass er meine Eltern nicht beachten würde!"

Jan sagte mit Absicht ‚meine Eltern', um es bei der Wahrheit zu belassen, denn Marek hatte ja auch nicht gewusst, mit wem er sich da gezankt hatte. Wenzel schwieg eine Weile, denn er erkannte mit einem Mal, dass seine Bestrafung zu hart ausgefallen war, weil er sich auf die Schilderungen seines Neffen verlassen hatte.

„Aber wieso hast du denn nichts gesagt, als Marek seine Lüge erzählt hat?"

„Miloš hätte mir sicher nicht geglaubt und du wärst in einen Zwiespalt gekommen", erklärte Jan sein Schweigen, „du hattest doch vorher gesagt, dass Miloš' Ansicht nicht immer unbedingt der Wahrheit entspricht und er nur seine Meinung zählen lässt. Wenn ich alles erzählt und du mir geglaubt hättest, dann wäre nicht nur ich, sondern auch du bei Onkel Miloš in Ungnade gefallen. Auf diese Weise hat es nur einen getroffen."

Verwundert blickte Wenzel seinen Sohn an.

„Soll das heißen, ich habe dich geschlagen, und du hast es für mich eingesteckt?"

„Na, Onkel Miloš hat es jedenfalls gefallen – und Marek auch!"

„Mein Sohn, ich muss mich bei dir entschuldigen, denn ich habe dich ganz und gar falsch eingeschätzt", antwortete Wenzel bestürzt. Jan war froh, seinen Vater wieder besänftigt zu haben.

„Ehrlich gesagt, reut es mich nicht, diesem Feigling ein paar gelangt zu haben", sagte er trotzig.

„Dafür hättest du jetzt schon wieder eine Ohrfeige verdient, aber ich glaube, für heute ist das Maß schon voll", tadelte ihn sein Vater mit einem Augenzwinkern. Selbst ein Grinsen konnte er sich nicht verkneifen, denn im Grunde stimmte er seinem Sohn zu. Sie hatten gerade den Wald erreicht, in dem die Lichtung mit ihrem Haus stand. Im Wald war es inzwischen so dunkel, dass man kaum noch seine eigene Hand sah, als Wenzel wieder auf das Thema zurückkam.

„Du solltest dich bei Marek entschuldigen, auch wenn du dich im Recht wähnst", sagte er ernst, „während du ihm die wahrscheinlich erste Tracht Prügel seines Lebens verpasst hast, habe ich Onkel Miloš versprochen, Marek beim nächsten Mal mit nach Deggendorf zu nehmen, damit er das Säumer-Handwerk lernt und außerdem dachte ich, dass ihr euch gut verstehen würdet. In diesem Punkt habe ich mich wohl getäuscht!"

Wenzel konnte nur die Umrisse von Jans Gesicht erkennen, aber er spürte die wütend überraschten Blicke seines Sohnes.

„Das wirst du nicht tun", rief der bloß.

„Doch, ich habe mein Wort gegeben", antwortete Wenzel ruhig, obwohl er seinen Sohn eigentlich wegen der Widerworte in die Schranken hätte weisen müssen.

„Wenn dieser Feigling mitzieht, dann werde ich nicht mitgehen! Ich hasse ihn", blieb Jan trotzig.

„Hör mal zu, mein Sohn", entgegnete Wenzel mit scharfer Stimme, „du kannst dich gerne wie ein altes Huhn aufplustern, aber ich werde meine Entscheidung nicht rückgängig machen – schon gar nicht wegen eines kleinen frechen Jungen!"

„Dann werde ich auch bei meinem Wort bleiben und nicht mitziehen!"

„Schluss damit", schrie Wenzel seinen Sohn an, „ich habe deine Widerworte satt. Du wirst das machen, was ich sage!"

Widerwillig und verärgert blieb Jan diesmal still, obwohl er den Entschluss seines Vaters nicht annehmen wollte. Wortlos betraten sie das Haus. Jan legte sich sofort ins Bett zu seinen Geschwistern, die beide schon schliefen, während sich Wenzel missmutig an den Tisch setzte und die Reste vom Abendessen aß. Martha neben ihm war damit beschäftigt, die Sommerkleidung zu flicken, welche die Mäuse über den Winter angenagt hatten. Mit sorgenvollem Gesicht sah sie ihren Mann an, der ihr leise von den Geschehnissen des Tages berichtete.

In den nächsten Tagen sprach Jan kaum ein Wort mit seinem Vater. Sobald es ihm möglich war, nahm er seinen Bogen und verschwand in den Wald, um mit der Waffe zu üben. Er fühlte sich von seinem Vater im Stich gelassen, der ihn zwingen wollte, mit Marek zusammen nach Deggendorf zu ziehen. Er dachte oft an Levi und wie gerne er ihn wiedersehen würde. ‚Aber nicht um diesen Preis. Nein, er würde standhaft bei seiner Meinung bleiben', dachte er bei sich und ließ wieder einen Pfeil durch die Luft schwirren, mitten in einen alten Eichenstamm hinein.

Auch Wenzel hatte kein großes Bedürfnis, mit seinem Sohn zu reden, obwohl ihn seine Frau drängte.

„Du musst ihn verstehen", verteidigte Martha ihren Sohn, „er fühlt sich gedemütigt."

„Das sehe ich auch, aber er braucht nicht meinen, dass er immer seinen Willen bekommt!" erklärte Wenzel, von der Richtigkeit seiner Haltung überzeugt.

Sie führten endlose Diskussionen ohne einen Ausweg zu finden. Wenzel erkannte zu einem gewissen Teil sich selbst in seinem Sohn und konnte nur zu gut verstehen, was er fühlte. Aber er wusste aus seiner eigenen Erfahrung, dass Jan damit nicht weit kommen würde und wollte ihn deshalb nur vor einer Niederlage beschützen, wie er sie selbst oft erlebt hatte. Gleichfalls war ihm auch bewusst, dass Jan diese Erfahrung selbst machen musste. Je eher, desto besser. Er selbst konnte nur dafür sorgen, dass Jan, wenn er fiel, nicht so hart fallen würde. Deshalb beschloss er, noch einmal mit Miloš zu reden.

Beim Abendessen erklärte er Jan, dass sie beide am nächsten Tag nach Klatovy gehen würden, um die Reise nach Deggendorf vorzubereiten. Ohne Widerworte stimmte Jan zu und legte sich bald ins Bett, um am nächsten Tag bei Kräften zu sein.

***

Es war ein milder Märztag. Doch in den Schattenecken lag immer noch Schnee und von Blumen oder Blättern an den Bäumen konnte keine Rede sein. Wie sehr er diesen Ort doch hasste! Martini hatten sie noch in Prag verbracht, der großen Herzogstadt an der Moldau, wo jetzt sicher schon der Frühling Einzug gehalten hatte. Aber kurz nach den Festtagen kam sein Vater ziemlich aufgeregt nach Hause und verkündete, dass die ganze Familie aus Prag wegziehen würde. Gewiß, sein Vater war Händler und als solcher musste er immer dorthin ziehen, wo es etwas zu handeln gab, aber das gab es in Prag doch genug! Außerdem wusste sein Vater zuerst auch gar nicht, wohin sie ziehen würden, bis er sich am nächsten Tag an einen Verwandten erinnerte. Und so zogen sie bei Nacht und Nebel aus Prag weg, hierher nach Klatovy an die Grenze, wo es kalt und unwirtlich war. Auch seine Mutter sagte das täglich, aber sein Vater war auf diesem Ohr taub.

Marek drehte sich noch einmal in seinem Bett um. Er wollte noch nicht aufstehen. Seine Gedanken wanderten immer wieder zurück nach Prag, wo er Freunde gehabt hatte, während hier alle Jungen entweder einfältig waren oder grob, so wie sein Vetter Jan. Bei diesem Namen war es ihm, als würde er die Schmerzen an seinem Kiefer wieder spüren. Dieser Kerl war fast zwei Jahre jünger als er, aber er war viel kräftiger. Gestern hatte ihm dann auch noch sein Vater erklärt, dass er mit Wenzels Gruppe nach Deggendorf ziehen sollte, um das Säumerhandwerk zu erlernen. Er konnte sich nicht vorstellen, mehr als ein paar Augenblicke mit Jan zusammensein. Außerdem hatte der schon eine Reise hinter sich und würde ihn sicher immer bloß stellen. Marek hasste nichts so sehr, als anderen unterlegen zu sein. Vom Erdgeschoss drang die laute, herrische Stimme seines Vaters in seine Kammer.

Auf der einen Seite bewunderte er seinen Vater, weil er ein erfolgreiches Geschäft führte und auch hier in Klatovy innerhalb kurzer Zeit zu einem der einflussreichsten Männer geworden war. Auf der anderen Seite fürchtete er seine Strenge. Miloš ließ keine Ausreden gelten, gönnte ihm keine Pausen und behandelte ihn meist härter als den geringsten Stallknecht.

Marek war noch in Gedanken versunken, als die Tür aufging und seine Mutter ihn endgültig aufzustehen hieß. Er zog sich an und ging hinunter zum Brunnen, um sich zu waschen. Dazu nahm er den Weg durch die Küche, um die Halle zu umgehen, wo sein

Vater sicher mit einer Aufgabe wartete. Im Vorbeigehen schnappte er sich ein Stück Brot und nahm es mit zum Brunnen. Genüsslich biss er in das weiche Brot aus feinem Roggenmehl, ein Luxus, den sich kaum jemand in dieser armseligen Stadt leisten konnte. Als er wieder aufblickte, traute er seinen Augen kaum. Im Hof am Brunnen stand sein verhasster Vetter Jan und trank aus dem Schöpfeimer. Jetzt hatte auch er Marek erblickt und richtete sich sofort feindselig auf.

Aber Marek war auf der Hut. Aus sicherer Entfernung fing er das Gespräch an.

„Willst du mich daran hindern, mich zu waschen?"

„Sicher nicht, aber ich bin froh getrunken zu haben, bevor das Wasser trübe wird", antwortete Jan frech. Als er bemerkte, dass Marek zögerte, zum Brunnen zu kommen, fügte er hinzu: „Traust dich wohl nicht mehr in meine Nähe! Aber keine Angst, ich bin heute nicht zu Schlägen aufgelegt!"

Dabei ging er zwei Schritte zurück. Marek nahm allen seinen Mut zusammen, um dann so locker wie möglich zum Brunnen zu gehen.

„Denk du ruhig, dass ich Angst vor dir habe. Das wird dir schon noch vergehen! Ich bin mal gespannt, wie du dich im Wald anstellst!"

„Wie meinst du das", stellte sich Jan dumm.

„Na, ich werde euch beim nächsten Mal mit nach Deggendorf begleiten", antwortete Marek so triumphal, dass Jan schon spürte, wie sich in ihm die Wut sammelte.

„Schön für dich, aber ich werde nicht mitgehen", noch bevor Jan den Satz zu Ende gesprochen hatte, bereute er ihn schon. Marek hatte sich in dem Moment die Haare nass gemacht. Jetzt schüttelte er sich so, dass es in alle Richtungen spritzte, auch Jan bekam unweigerlich einige Tropfen ab, die kaum dazu betrugen, seine innere Wut abzukühlen.

„So, der Kleine geht nicht mit! Warst den anderen beim letzten Mal nur eine Last, was?"

Die Art, wie Marek diesen Satz aussprach, offenbarte Jan seinen ganzen Charakter. Es war eine Mischung aus Hinterhältigkeit, Scharfsinn, Wettbewerb und Eifersucht.

Jan verschränkte die Arme hinter dem Rücken, um seine geballten Fäuste unter Kontrolle zu halten. Fieberhaft überlegte er, wie Levi in einer solchen Situation handeln würde. Wie ein Geistesblitz kam ihm ein Einfall.

Er schaute sich ruhig im Hof um und sagte dann fachmännisch:

„Wenn dein Vater wirklich einen großen Handelshof hieraus machen will, dann hat er noch einiges zu tun!"

„Wieso", wunderte sich Marek, denn er verstand den Satz nicht.

„Na, der ist doch viel zu kein. In Deggendorf haben sie viel größere Häuser. Hier passen ja gerade mal vier Pferde in den Stall!"

Auch wenn Jan etwas übertrieben hatte, so hatte er doch seinen Zweck erreicht. Marek fühlte sich jetzt in seiner Ehre verletzt.

„Du hast doch keine Ahnung", keifte er, „der Stall hier ist groß genug für zehn Pferde und in der Scheune ist reichlich Platz um Waren zu lagern, wenn das Haus voll sein sollte."

„Aber in der Scheune ist es für Salz zu nass", entgegnete Jan, der Marek jetzt mit Fragen verunsicherte, die dieser kaum beantworten konnte, weil er nichts vom Säumern wusste. Mareks Versuche, den bohrenden Fragen auszuweichen wurden immer verzweifelter, als er seinen Vater mit Wenzel aus dem Haus kommen sah. Selten war er glücklicher gewesen, seinen Vater zu sehen. Jan hingegen war hoch zufrieden. Diesmal war er nicht als Verlierer aus der Konfrontation hervorgegangen. Vielmehr hatte er Marek wieder in einem Bereich geschlagen. Stolz sah er seinen Vater an, der überraschenderweise auch sehr zufrieden aussah. Jan hoffte schon, dass Marek zu Hause bleiben müsste, doch es sollte anders kommen.

Während sich die beiden Jungen am Brunnen stritten, hatte Wenzel drinnen in der Halle ein Gespräch mit Miloš begonnen, bei dem er sich fest vorgenommen hatte, dafür zu sorgen, dass die Situation nicht weiter eskalierte. Schließlich hatten Miloš und er denselben Großvater, weshalb ein Streit untereinander doch zu vermeiden sein musste.

„Guten Morgen, Miloš", begrüßte er den Händler, der gerade dabei war, Waren für einen neuen Transport zu ordnen.

„Gott mit dir, Wenzel", erwiderte er den Gruß, „kommst du wegen dem Transport in zwei Tagen? Ich bin gerade dabei, die Waren herzurichten."

„Deswegen bin ich auch gekommen. Vor allem habe ich meinen Sohn mitgebracht, damit er sich mit Marek ausspricht. Wenn sie sich nicht vertragen, kann ich unmöglich beide mitnehmen, denn es ist lebensgefährlich, im Streit durch die Šumava zu ziehen."

Miloš richte sich auf und blickte Wenzel aus den Augenwinkeln an. Sein Blick hatte etwas Gefährliches.

„Wenn du damit sagen willst, dass mein Sohn nicht mitgehen kann, dann hast du dich getäuscht!" Es war mehr eine Drohung, als eine schlichte Bemerkung.

„Nein, so nicht. Aber wir sollten uns eine Lösung überlegen, mit der alle leben können. Es gibt noch mehr Säumer, mit denen dein Sohn ziehen kann."

„Halt ein", Miloš wurde energisch, „ich wollte dir meinen Sohn anvertrauen, damit er etwas lernt und du lehnst das ab. Ist das deine Art der Dankbarkeit dafür, dass ich dir über den Winter geholfen habe?"

„Das eine hat nichts mit dem anderen zu tun", antwortete Wenzel, darum bemüht, nicht in den gleichen scharfen Ton zu verfallen, „ich halte es nur für zu gefährlich, zwei Streithähne auf so eine anstrengende Reise mitzunehmen."

Miloš überlegte kurz. Schließlich trat er noch einen Schritt näher an Wenzel heran und schaute ihm direkt in die Augen.

„Mein Sohn soll die Säumerei von Dir lernen, denn du bist der beste Säumer hier in Klatovy!" Miloš machte Pause, wandte sich von Wenzel ab und sprach laut in den Raum, als wäre eine Ratsversammlung im Raum: „Du wirst doch jetzt nicht wortbrüchig werden?"

Wenzel rang innerlich mit sich selbst. Einerseits wollte er Jan unbedingt mitnehmen, andererseits hatte er sein Wort gegeben, Marek das Handwerk beizubringen. Jan würde ihn hassen, sollte er ihn wegen Marek zu Hause lassen. Er sah keinen Ausweg aus der Situation, als Miloš mit einem überlegenen Lächeln in seinem Gesicht auf ihn zutrat.

„Mir kommt da gerade eine Idee, wie ich dir aus der Klemme helfen kann", raunte er in scheinfreundschaftlichem Ton.

„So?" Wenzel schaute ihn ungläubig an, aufs Schlimmste gefasst.

„Weißt du, mir ist da gerade eingefallen, dass ich in der nächsten Zeit nach Prag reise und..."

„...und da nimmst du deinen Sohn mit", beendete Wenzel den Satz.

„Falsch, mein lieber Wenzel", schlug Miloš den Vorschlag aus, „ich habe dir meinen Sohn für die nächste Reise versprochen und ich breche mein Wort nicht!"

Das letzte ‚ich' betonte er besonders, während er sich auf ein Eichenfass setzte.

„Ich werde nicht meinen Sohn mitnehmen, sondern deinen Sohn!"

Er stand auf und ging im Raum auf und ab, wobei er Wenzel seinen Plan erläuterte.

„Auf diese Weise entkommst du deinem Zwiespalt, ohne dein Gesicht vor deinem Sohn zu verlieren. Denn was kann es aufregenderes für einen Jungen geben, als in die Herzogsstadt zu kommen?"

„Ich weiß nicht, er soll doch Säumer werden."

Nachdenklich graulte sich Wenzel das Kinn.

„Was willst du nur? Ich biete dir das rettende Seil, aber du meinst, dein Sohn würde die Säumerei nicht lernen, wenn er eine einzige Reise verpasst!"

„Nein, das ist es nicht."

„Na, also", stöhnte Miloš ungeduldig, er wollte zu einem Abschluss kommen.

„Weißt du, ich habe Martha versprochen, ihn nicht mehr alleine zu lassen", versuchte Wenzel zu erklären.

„Ach, die Frauen haben laufend Angst um ihre Küken! Meine Frau möchte auch nicht, dass Marek nach Deggendorf zieht. Was soll's? Wenn er nur zu Hause bleibt, dann lernt er nichts!"

„Vielleicht hast du recht", raffte sich Wenzel schweren Herzens zu einer Entscheidung auf, „es ist eine gute Möglichkeit für Jan. Wenn ich es ihm zur richtigen Stunde sage, wird es ihm sogar gefallen."

Miloš lachte auf.

„Du bist unverbesserlich. Was interessiert es dich, ob es ihm gefällt? Er hat zu gehorchen!"

Er nahm ihn brüderlich in den Arm, um ihn nach draußen zu führen.

„Komm, wir wollen mal sehen, wo dein Junge steckt."

Als sie auf den Hof traten, sahen sie die beiden Jungen am Brunnen schon wieder heftig argumentieren. Wenzel war aber froh, dass es noch nicht zu Schlägen geführt hatte, außerdem bemerkte er sofort die hilfesuchenden Blicke Mareks. Mit innerer Zufriedenheit stellte er fest, dass sich sein Sohn diesmal besser aus der Affäre gezogen hatte.

Kaum hatten Wenzel und Jan das Händlerhaus verlassen, weihte Miloš seinen Sohn in die neuen Gegebenheiten ein. Als er zuerst erklärte, dass Jan nicht mit nach Deggendorf gehen würde, konnte Marek seine Freude kaum zurückhalten und nur mit Mühe hielt er ein schadenfrohes Grinsen zurück. Dann aber erfuhr er den zweiten Teil, nämlich das Jan dafür mit nach Prag reisen würde. Seine Schadenfreude blieb ihm wie ein Klos im Hals stecken und er meinte keine Luft mehr zu bekommen.

Wie ungerecht war doch die Welt! Während er sich durch die Wildnis schlagen musste, nur weil es sein Vater so wollte, durfte dieser billige Säumersohn mit in die große Stadt, nach der er sich so sehnte. Je mehr Marek an diesem Tag über den Lauf der Dinge nachdachte, desto mehr hasste er seinen Cousin, der plötzlich in sein Leben gestolpert war und nur Pech für ihn gebracht hatte. Wie gern hätte er doch mit jemanden darüber geredet, oder seine Traurigkeit offen gezeigt, aber es gab niemanden. Von seinem Vater hatte er nichts als Tadel zu erwarten, wenn er seine Probleme und Ängste geoffenbart hätte. Seine Mutter hatte sich seit dem Umzug in ihre eigenen Probleme eingehüllt und versteckte sich in ihrem Zimmer.

Als er in dieser Nacht in seinem Bett lag, schwor er sich, mit der Reise nach Deggendorf seinem Vater zu beweisen, dass er ein Sohn war, auf den er stolz sein könnte. Er wollte nur etwas Anerkennung ernten. Jan würde die Härte von Miloš schon zu spüren bekommen und dabei den Tag verfluchen, an dem er auf die Reise nach Prag geschickt worden war. Mit einem bitteren Geschmack auf der Zunge schlief er ein.

＊＊

Wenzel teilte Jan die neue Abmachung zwischen ihm und Miloš erst mit, als sie mit dem Rest der Familie zu Abend aßen. Jan konnte vor Schreck nichts sagen, denn er hatte fest damit gerechnet, dass sich sein Vater diesmal gegen Miloš durchsetzen würde. Dafür tadelte Martha ihren Mann mit harten Worten, da er wieder sein Wort gebrochen hatte. Je mehr Wenzel versuchte, seine Familie davon zu überzeugen, dass es die einzige Möglichkeit war, um nicht in einen dauerhaften Streit mit Miloš zu geraten, wurde der Ärger und die Enttäuschung bei Jan größer. Er fühlte sich von seinem Vater im Stich gelassen. Wo war der starke, fest überzeugte Vater geblieben, mit dem er letzten Herbst nach Deggendorf aufgebrochen war? Warum war ihm plötzlich die Gunst eines entfernten Verwandten wichtiger als der Zusammenhalt seiner engsten Familie? War die Unterstützung von Miloš, wie Wenzel es nannte, mehr gewesen, als sein Vater ihm erzählt hatte? Jan fand keine Antwort auf all die Fragen, aber er traute sich auch nicht, seine Mutter - und noch weniger seinen Vater - zu fragen.

Prag

Obwohl die Frühlingssonne schon längst ihren Tagesmarsch über den Himmel begonnen hatte, lag Jan noch immer auf seinem Bett. Ihm taten alle Knochen von der langen Reise weh. Fünf Tage hatten sie gebraucht, um von Klatovy nach Prag zu gelangen. Jan war es nicht gewohnt den ganzen Tag im Sattel zu sitzen, da ein Säumer stets neben dem Pferd lief. Schon am Ende des ersten Tages war sein Gesäß rot wie ein neugeborenes Ferkel gewesen. Aber wenn er Onkel Miloš um eine Pause bat, kam als Antwort nur die Ermahnung, sich zusammenzureißen. Schließlich hatte er die Tortur überstanden und sie erreichten ein Dorf vor Prag.

„Wir wohnen hier draußen, weil es billiger ist", hatte Onkel Miloš kurz angebunden erklärt, als Jan nach dem Grund fragte, warum sie nicht in die Stadt geritten waren. Das war am Vorabend gewesen und Jan war nur zu gerne früh zu Bett gegangen.

Jetzt lag er hier, in einem einfachen Gasthaus ausserhalb von Prag und dachte noch einmal an den Abschied von seinem Vater in Klatovy. Der war am gleichen Tag mit seiner Gruppe und natürlich Marek nach Deggendorf aufgebrochen, als Jan nach Prag losritt. Schweren Herzens hatte er seinem Vater Lebewohl gesagt, der auch sichtlich mit seinen Gefühlen zu kämpfen hatte. Es versöhnte Jan innerlich mit seinem Vater, als er sah, wie schwer ihm doch der Abschied fiel.

Zum Schluss gab er ihm noch einen Brief für Levi mit, den er – sehr zum Erschrecken seiner Mutter – mit einem Gemisch aus Honig und Kohle auf einem alten Leintuch geschrieben hatte. In schwer lesbaren Buchstaben stand darin geschrieben:

Mein lieber Levi,

ich bin auf dem Weg nach Prag. Mit meinem Vater ist mein Vetter Marek gekommen. Er ist daran schuld, dass ich nicht in Deggendorf bin. Ich bitte Dich, bei unserem Schwur, dass Du nicht nett zu ihm bist!

Ich komme bald, Jan.

Obwohl sein Vater nicht lesen konnte, schien er zu ahnen, was in dem Brief stand, denn er fragte Jan vorwurfsvoll:

„Hast du dir auch gut überlegt, was du da geschrieben hast?"

Jan grinste nur als Antwort, schwang sich auf sein Pferd und trabte hinter Onkel Miloš her. Dessen Abschied von seinem Sohn war viel kürzer ausgefallen und er war deshalb schon einige Meter voraus geritten.

Jan rieb sich das Gesicht, als könne er damit die Gedanken verdrängen. Ächzend kroch er aus dem Bett. Er fühlte sich wie ein alter Mann, dessen Glieder zu schwach waren, um den Körper noch länger aufrecht zu halten. Er zog sich langsam an und ging dann ans Fenster, um etwas frische Luft zu atmen. Draußen sah er, was ihn am Vorabend alles nicht interessiert hatte.

Vom Fenster aus konnte man die Stadt Prag sehen, die nur etwa eine halbe Meile entfernt lag. Mächtig thronte die neue Herzogsburg auf dem Bergrücken, der bis an das Flussufer reichte. Sie war erst vor wenigen Jahren von Herzog Boleslav fertiggestellt worden und trug ihren Namen Vyšehrad mit Stolz. Onkel Miloš hatte Jan auf der Reise die Grundzüge der Burgen erklärt, an denen sie vorbei geritten waren. Jan betrachtete sich jetzt die Burg oberhalb der Stadt genauer und versuchte, die einzelnen Gebäude zu erkennen. Es war nicht schwer, den zweigeschossigen Burgfried auszumachen, der in der Mitte der Burg als letzter Zufluchtsort stand. Gleich im Anschluss war eine kleine Kapelle zu erkennen, an die sich ein Wohnhaus anschloss. Neben dem Burgtor lagen die Stallungen, die nur aus Holz gefertigt waren. Mehr konnte Jan wegen der hohen Verteidigungswälle nicht erkennen. Auf der anderen Seite des Flusses stand wuchtig eine zweite Burg, deren Mauern schon mehrere Jahrhunderte standen, aber in Form und Größe reichte sie nicht an die Herzogsburg heran. Nach dieser Burg hatte die Stadt ihren Namen: Praha. Die Stadt selbst lag eingezwängt zwischen Herzogsburg und Fluss, die Häuser waren wie die Perlen einer Kette an der Moldau aufgereiht, die gemächlich und würdevoll die Stadt passierte. Fast schien es so, als wollte sie auf ihrer langen Reise in die Unendlichkeit der Meere innehalten, um Burg und Stadt genauer zu betrachten.

Eine feste Holzbrücke führte zum anderen Ufer, wo aber nur vereinzelt Häuser standen, denn der Fluss bildete eine natürliche Barriere für die noch kleine Stadt. Zwischen den Häuserzeilen erhoben sich mehrere Kirchtürme, zumeist aus Holz, manche aber aus hellem Sandstein. Die Bekehrung der Slawen zum Christentum war etwas mehr als hundert Jahre her. Aber sie waren bemüht, den skeptischen Franken zu beweisen, dass sie es ernst meinten mit der Konversion. Die Stadtmauer umschloss die Häuser wie ein Hufeisen zum Fluss hin. Zwischen ihr und der Burg gab es eine schmale Verbindungsmauer, auf der Jan mit zusammengekniffenen Augen Wachmänner erkennen konnte.

Jan hätte noch ewig am Fenster stehen und die Stadt betrachten können, so gut gefiel sie ihm, aber sein Magen verlangte knurrend nach einer Mahlzeit. Von Onkel Miloš war nichts zu sehen, als er die Gaststube betrat. Aber im Grunde störte ihn das nicht, er war vielmehr froh, in Ruhe essen zu können. Die Wirtin brachte ihm einen Teller Hirsebrei an den Tisch. Heißhungrig schaufelte Jan den dickflüssigen Brei in sich hinein und war dankbar, als er noch einen zweiten Teller bekam. Er hatte seit gestern mittag nichts mehr zu essen gehabt! Nachdem er seinen Hunger ausgiebig gestillt hatte, lehnte er sich gemütlich zurück.

Er nahm die Wirtsstube in Augenschein. Es war ein einfaches Gasthaus, welches Onkel Miloš ausgewählt hatte, in dem nur wenige Menschen verkehrten. Jan waren trotz seiner Müdigkeit die wenigen Gäste aufgefallen, die gestern bei ihrer Ankunft in der Wirtsstube gesessen und sie misstrauisch beäugt hatten. Die Tische und Bänke hatten auch schon bessere Tage erlebt, waren aber noch besser in Schuss als bei Wolframs Eltern.

Wie allgemein üblich befand sich die Theke im hinteren Bereich des Raumes, um die Fässer aus dem Keller nicht so weit tragen zu müssen. Hinter dem Tresen stand die Wirtin und säuberte lustlos einige Becher vom Vorabend. Sie war eine stämmige Frau mittleren Alters, mit einem unvorteilhaften, faltenreichen Gesicht, dessen große Nase nicht zu den zierlichen, kleinen Augen passte, die unruhig durch den Raum blickten. Dazu hatte sie ihr dünnes Haar unordentlich hochgesteckt, sodass sich einige widerspenstige Strähnen wieder aus dem Knäuel gelöst hatten und sie jetzt im Gesicht störten. Nach jedem zweiten Becher stopfte sie die Strähnen wieder in das Knäuel, wo diese aber nicht lange blieben und die Frau sie wieder hochsteckte. Belustigt schaute Jan dem Schauspiel zu, bis die Wirtin ihm einen bösen Blick zuwarf, worauf er sich überlegte, besser den Raum zu verlassen und sich die Gegend draußen etwas genauer zu betrachten.

Nachdem er von der hohen Bank gerutscht war, bedankte er sich flüchtig für das Frühstück und lief hinaus auf die Straße. Enttäuscht musste er feststellen, dass das Wirtshaus völlig allein an der Straße stand, ein Umstand, der ihm in der Müdigkeit des letzten Abends nicht aufgefallen war. Das einzige Gebäude, das es neben dem Wirtshaus gab, war der Stall, in dem sie ihre Tiere untergebracht hatten. Jan betrat die Scheune und stellte sofort fest, dass ein Pferd fehlte. Onkel Miloš war wohl ohne ihn in die Stadt geritten. Enttäuscht kehrte er in die Wirtsstube zurück.

„Na, hast wohl in die Stadt mitwollen?", fragte die Wirtin mitleidig, nachdem sich Jan wieder an seinen Platz gesetzt hatte.

Er nickte nur kurz.

Daraufhin beendete die Wirtin ihre Arbeit, füllte zwei Becher mit Met und setzte sich neben Jan. Von ihr ging ein beissender Schweißgeruch aus, der sich mit Alkohol und Rauch vermischte. Jan musste sich zusammenreißen, um nicht unwillkürlich etwas mehr zur Seite zu rutschen.

„Dein Onkel ist heute Morgen schon früh weg. Er hat gemeint, es wäre besser für dich, wenn du dich erst einmal von den Strapazen der Reise ausruhst", versuchte sie ihn zu trösten.

„Warst gestern ganz schön ermüdet. Kaum auf den Beinen hast du dich halten können", belustigt griff sie nach ihrem Becher, leerte ihn und stand auf, um ihn am Tresen wieder zu füllen. Dabei redete sie unentwegt weiter.

Diese Frau musste nur selten einen Gesprächspartner haben, dachte Jan bei sich.

„Wann kommt mein Onkel wieder?", fragte er, um ihren Redeschwall zu unterbrechen.

„Ach, bestimmt nicht vor Einbruch der Dunkelheit!"

„Was macht er denn so lange in der Stadt?"

„Er treibt Handel, wie die meisten Männer von außerhalb, die in die Stadt kommen!"

„Kennst du meinen Onkel schon länger?", fragte Jan schließlich. Aber die Frau wich ihm aus.

„Hier kennt jeder jeden. So groß ist die Stadt nicht."

Jan fiel auf, dass sie auf einmal ihre Redseligkeit verloren hatte und wieder emsig Becher säuberte. Hatte er eine falsche Frage gestellt?

Der Mantel der Nacht hatte sich schon über die Landschaft gelegt, als Onkel Miloš endlich die Gaststube betrat. Jan saß an einem Tisch in der Nähe der Theke, von wo aus er die wenigen Gäste den Abend über beobachtet hatte. Keiner der Besucher schien zufällig vorbeigekommen zu sein und es herrschte auch nicht die für Gasthäuser übliche Ausgelassenheit. Vielmehr steckten die Männer an ihren Tischen die Köpfe zusammen, so dass Jan kaum ein Wort verstehen oder gar den Zusammenhang der Gespräche erfassen konnte. Deshalb war er froh, als Onkel Miloš endlich in der Tür erschien. Kaum hatte sich die Tür geöffnet, drehten sich die Männer mit misstrauischem Blick zum Eingang, einige fassten sich instinktiv an den Gürtel.

„Ich habe es nicht gerne, wenn meine Gäste so spät aus der Stadt heimkehren", rügte die Wirtin, weniger um den Ankömmling zu begrüßen, als vielmehr den anderen Gästen Entwarnung zu geben.

Miloš nickte ihr nur kurz zu, forderte Jan auf, ihm zu folgen und sie begaben sich in ihr Zimmer.

„Wo warst du den ganzen Tag?", fragte Jan neugierig, als er die Tür geschlossen hatte.

„Ich denke nicht, dass ich dir das sagen muss, du neugieriger Bengel", erwiderte Onkel Miloš schroff, „hilf mir lieber, meine Schuhe auszuziehen!"

Jan kniete sich auf den Boden und zog fest an den Lederstiefeln, die sich - wie es schien - über den Tag hinweg an den Füßen fest gesaugt hatten.

„Falls du morgen wieder in die Stadt gehst, darf ich dich dann begleiten?"

„Das glaube ich nicht, du würdest mich nur behindern!"

Onkel Miloš machte eine kurze Pause, um dann etwas lustlos hinzuzufügen: „Wir sind noch lange genug hier, dass ich dich noch einmal mitnehmen kann. Was hältst du davon, wenn wir am Sonntag zusammen in die Messe gehen?"

Jan schaute seinen Onkel ungläubig an.

„Aber das ist erst in fünf Tagen! Was soll ich denn bis dahin machen?"

„Du wirst schon eine Beschäftigung finden!"

„Wie denn das, wo es hier weit und breit nichts gibt?", fragte Jan vorwurfsvoll.

Als Antwort erhielt er zuerst eine kräftige Ohrfeige, bevor ihn Onkel Miloš wütend anschrie:

„Du verzogener Bengel wirst nicht noch einmal wagen, mir zu widersprechen! Dein Vater hat dich bisher wohl mit Samthandschuhen angefasst, aber so funktioniert das bei mir nicht!"

Er ging wütend an die Tür, drehte den Schlüssel um und setzte dann von neuem an.

„Ich dulde keine Widerworte!" Die folgende Standpauke schien kein Ende nehmen zu wollen. Artig hörte Jan zu, ohne auf die einzelnen Worte zu achten. Schließlich wurde er ins Bett entlassen, wo er vergeblich einzuschlafen versuchte.

Als er schliesslich neben sich ein regelmäßiges Schnarchen hörte, setzte er sich auf und griff in der Dunkelheit nach dem kleinen Salzbeutel, den er noch immer um den Hals trug. Er steckte seinen Zeigefinger in den Beutel, bis er die feinen Salzkörner an der Fingerkuppe spürte. Nachdem er den Finger einige Male im Salz gedreht hatte, zog er ihn zurück und leckte ihn mit der Zunge ab. Der bittere Geschmack wanderte an seinem Gaumen entlang. Wohlige Ruhe machte sich in ihm breit. In einem innerlichen Bild sah er die Šumava, seine Heimat, in ihrer ganzen Pracht. Er dachte an seine Familie, die er bald wiedersehen würde, wenn er diese Reise überstanden hätte. Noch in den schönen Gedanken versunken, verschloss er wieder den Beutel und legte sich zurück. Er solle sich eine Beschäftigung suchen, hatte Onkel Miloš gesagt.

* * *

Am nächsten Morgen stand Miloš wieder frühzeitig auf und verließ leise das Zimmer, den Jungen schlafend wähnend. Er hatte gestern Abend vielleicht etwas überreagiert, dachte er bei sich, als er das Frühstück zu sich nahm, aber der Junge musste Gehorsam lernen. Sein Vetter Wenzel war da viel zu nachlässig gewesen. Er bedankte sich kurz bei der Wirtin für das Essen und trug ihr nochmals auf, den Jungen nicht aus den Augen zu lassen, bevor er sein Pferd aus dem Stall holte, um wieder in die Stadt zu reiten.

Er erreichte das Stadttor mit vielen anderen Händlern, Marktleuten, Bauern und Bettlern, die die Nacht außerhalb verbracht hatten. Es war ihm nur Recht, auf diese Weise in der Menge untergehen zu können, denn er hatte nicht die Absicht, von den Wächtern bemerkt zu werden. Sein Vorhaben war sehr riskant, aber es war ihm beim besten Willen keine Alternative eingefallen. Diese eine Woche noch musste er sich der Vergangenheit stellen. Als er die Wachen passierte, hielt er sich hustend die Hand vors Gesicht.

Er war in der Stadt. Aber ihn interessierte weder die Pracht der Kirchen, noch das Treiben auf den Märkten. Auf direktem Weg begab er sich in eine kleine Gasse in der Nähe des Hafens. Vor einem niedrigen Haus band er sein Pferd fest. Die Balken des Hauses hatten sich im Lauf der Jahre verschoben, wodurch es windschief auf eine Seite hing. In einigen Fenstern des ersten Stocks fehlten die Leinenvorhänge. Ein heruntergekommenes Schild über dem Türrahmen zeigte ein weißes, sich aufbäumendes Pferd.

Miloš kontrollierte kurz die Umgebung, bevor er durch die kleine Tür ins Innere des Hauses verschwand. Dort erwartete ihn eine kräftige Männergestalt argwöhnend und erwartungsvoll zugleich.

* * *

In der Zwischenzeit war Jan tatenfreudig aufgestanden. Er hopste die wenigen Stufen zur Gaststube hinunter, wo ihn die Wirtin mit dem Teller Hirsebrei als Frühstück erwartete. Sie staunte über seine Überschwänglichkeit, denn ihr war trotz der geschlossenen Türe die abendliche Standpauke nicht entgangen. Nachdem er den Teller aufgegessen hatte, eilte er aus dem Haus hinaus in den Stall.

Er wollte seinem Pferd gerade den Sattel überwerfen, als die Wirtin im Stalleingang erschien.

„Wo willst du denn hin", fragte sie streng.

„Ach, nur ein bisschen ausreiten", antwortete Jan scheinheilig.

„Kommt nicht in Frage. Das hat dein Onkel nicht erlaubt!"

„Das hat er mir aber nicht gesagt!"

„Aber mir und du kannst dir sicher sein, dass du nicht an mir vorbeikommen wirst", blieb sie hartnäckig und stellte sie sich breitbeinig in das Tor.

Jan sah ein, dass sie damit wohl Recht hatte und zog den Sattel widerwillig vom Pferd, um ihn wieder auf die Stange neben dem Tier zu legen.

„Aber ich kann doch nicht den ganzen Tag nur hier herumsitzen", jammerte er, als sie zusammen wieder in der Gaststube waren.

„Davon war ja auch nicht die Rede", beruhigte ihn die Wirtin, „Dein Onkel hat nur gesagt, dass du nicht mit dem Pferd reiten sollst!"

Bei den letzten Worten zwinkerte sie ihm vielsagend zu. Jan schaute sie einen Augenblick rätselnd an, bis er ihren Fingerzeig verstand.

„Du meinst ich darf nur nicht mit dem Pferd reiten, aber ich darf zu Fuß weg gehen?"

„Ich sehe darin keinen Verstoß", deutete die Wirtin an, um aber gleich warnend den Finger zu erheben, „du musst nur vor deinem Onkel wieder hier in der Gaststube sitzen, sonst bekomme ich Ärger!"

„Verstanden", rief Jan freudig auf, als er schon halb aus der Tür herausgelaufen war. Er rannte den Hang hinab, auf direktem Weg in die Stadt.

***

Prag war für Jan wie eine neue Welt. Eine enge Gasse folgte der nächsten, bis sich auf einem der vielen kleinen Plätze die Möglichkeit bot, sich anhand der Kirchtürme und Burgen neu zu orientieren. Letztendlich erreichte Jan sein Ziel: den Fluss. Auch wenn die Moldau nicht viel größer war als die Donau in Deggendorf, sie war sogar etwas flacher, so war Jan doch auf unerklärliche Weise beeindruckt. Lange stand er am Ufer und beobachtete den Strom.

Jan musste an seinen Vater denken und ihm fiel ein, dass er seiner Mutter ein Geschenk aus Prag mitbringen wollte und dafür von seinem Vater extra Geld bekommen hatte. Kauffreudig schlenderte er auf den großen Marktplatz zu, der den Mittelpunkt der Stadt darstellte.

Jan hatte noch nie so viele verschiedene Dinge auf einem Platz gesehen. Vor einem Stand mit Töpferware blieb er stehen und betrachtete sich ausgiebig die vielen kleinen Gefäße, die reich verziert in verschiedenen Farben bemalt nebeneinander aufgereiht waren. Eine kleine Schale mit einem Deckel hatte es ihm besonders angetan. Der Händler bemerkte das und sprach Jan freundlich an.

„Na, Junge, willst du deinem Mädchen ein Geschenk machen?"

Jan zuckte kurz zusammen, als er angesprochen wurde und schüttelte nur schüchtern den Kopf. Der Händler lachte.

„Du bist wohl nicht aus der Stadt, dass du so zurückhaltend bist!"

Wieder schüttelte Jan den Kopf, aber Händler gab das Gespräch noch nicht verloren.

„Dann solltest du die Zeit hier nutzen. So schöne Sachen wie in Prag findest du nur noch im Frankenreich, aber das ist für dich zu weit weg. Meine Schalen sind die besten, die du finden kannst."

„Solange man sie nicht anfasst schon", witzelte plötzlich ein Mann hinter Jan, den er nicht bemerkt hatte. Der Händler schaute den Fremden grimmig an.

„Was verstehst du schon von Töpferkunst", fuhr er den ungebetenen Gast an.

„Vielleicht nicht viel, aber dafür verstehe ich umso mehr von Betrügereien", setzte der andere die Diskussion fort.

„Was willst du mir da unterstellen? Betrügereien?" Der Kopf des Händlers lief rot an.

„Nun, ich unterstelle dir nichts, vielleicht bist du ja selbst von jemand anderen geleimt worden!"

Zwischen den beiden Männern brach ein heftiger Streit aus, wobei der Händler vor Wut immer röter wurde.

Jan hatte nach einer Weile genug von dem Schauspiel und schlenderte gemütlich weiter. Er verbrachte den ganzen Tag auf dem Markt, betrachtete sich Schmuck aus Holz oder Edelsteinen, bewunderte fein gearbeitete Waffen und sog den Duft hunderter verschiedener Gerichte ein, vom Ochsen am Spieß über gekochtes Gemüse bis hin zu frisch gebackenem Brot. Ein passendes Geschenk für seine Mutter fand er aber nicht. Entweder waren die Dinge nicht schön oder viel zu teuer.

Über all dem vergaß er vollkommen die Zeit. Plötzlich bemerkte er, wie es langsam zu dämmern begann. So schnell er konnte rannte er durch die Straßen zum Stadttor. Mehrmals stieß er mit entgegenkommenden Menschen zusammen, die ihm böse Schimpfwörter nachriefen, aber er hatte nicht einmal Zeit, sich zu entschuldigen. Aus der Stadt draußen, lief er weiter den Berg hinan ohne sich eine Verschnaufpause zu gönnen. Wenn bloß Onkel Miloš nicht vor ihm im Gasthaus war.

Völlig außer Atem erreichte er das alleinstehende Haus. Vor dem Eingang schnaufte er einige Male tief durch, um seinen Körper zur Ruhe kommen zu lassen, dann trat er vorsichtig auf das Schlimmste gefasst ein. Kaum hatte er den Raum betreten, wurde es totenstill, alle Blicke richteten sich ruckartig auf ihn zu. Die wenigen Gäste musterten ihn genau, was bei manchen etwas länger dauerte, denn sie hatten schon einige Humpen Bier getrunken.

Jan schaute in die Runde, aber erleichtert stellte er fest, dass sein Onkel noch nicht anwesend war. Dafür blitzten ihn zwei böse Augen hinter der Theke an. Mit beiden Armen stemmte die Wirtin ihren massigen Körper auf der Theke ab und beugte sich bebend nach vorne.

„Wo hast du so lange gesteckt", fuhr sie ihn an, während sich die Männer wieder ihren Gesprächen widmeten und dem Jungen keine weitere Aufmerksamkeit schenkten.

„Entschuldigung", stammelte Jan.

„Du leichtsinniger Bengel", schimpfte die Wirtin, „ich wäre in Teufels Küche gekommen, wenn dein Onkel vor dir zurück gewesen wäre! Mach das nicht noch mal!"

Schuldbewusst senkte Jan den Kopf, weitere Zurechtweisungen erwartend. Aber stattdessen erklang nach einer kurzen Pause wieder der normale, monotone Sprachfluss der Wirtin.

„So, und jetzt geh raus an den Brunnen und wasch dich! Du bist ja ganz verschwitzt!"

Gerne gehorchte Jan der Aufforderung, denn wegen der Anstrengung floss ihm der Schweiß in Strömen den Oberkörper hinab.

Als er sich mit dem Wasser abgekühlt hatte und sein Wams wieder angezogen hatte, sah er in einiger Entfernung ein Pferd auf das Gasthaus zukommen – Onkel Miloš. Aber der kam nicht auf der Straße von Prag her, sondern war durch den nahegelegenen Wald geritten.

Verwundert ging Jan in das Gasthaus zurück und legte sich schnell in sein Bett. Als Onkel Miloš nach einer Weile das Zimmer betrat, stellte er sich schlafend. Er hatte keine Lust, sich mit seinem Onkel zu unterhalten.

Die nächsten Tage liefen alle nach dem gleichen Muster ab. Onkel Miloš verschwand schon vor Tagesanbruch in Richtung Prag, wobei er nie den gleichen Weg zweimal benutzte, wie Jan bemerkte, denn er beobachtete seinen Onkel immer vom Fenster aus. Kurz darauf ging Jan in die Gaststube, aß seinen Hirsebrei, den er nach drei Tagen nicht mehr sehen konnte und machte sich dann selbst auf den Weg in die Stadt. Nach der Erfahrung des ersten Tages achtete er immer auf die Zeit und verließ die Stadt schon am frühen Nachmittag. Abends setzte er sich in die Gaststube und versuchte, den Gesprächen der Männer an den anderen Tischen zu lauschen. Das klappte noch besser, als er anfing, für die Wirtin die Bierkrüge an die Tische zu bringen. Wenn Onkel Miloš dann nach Einbruch der Dunkelheit heimkehrte, gingen sie beide bald zu Bett. Obwohl sich Jan die Reise anders vorgestellt hatte, fing er an, Gefallen daran zu finden.

Tagsüber in der Stadt versuchte er, soviel wie möglich zu sehen. Einmal schaffte er es sogar, den Wachposten am Eingang der Vyšehrad zu überzeugen, ihn hineinzulassen. Staunend war er in dem Burghof gestanden. Natternberg, die einzige Burg, die er bis dahin von innen gesehen hatte, passte in ihrem ganzen Umfang in Vyšehrad hinein.

Es herrschte reges Treiben auf dem Burggelände. Eine Schar von Rittern machte sich gerade zum Aufbruch zurecht. Ihre gezäumten Pferde warteten ungeduldig und wurden jeweils von einem Knappen gehalten, während die Ritter noch einzelne Beutel und Taschen am Sattel befestigten. Mit einer wehenden Standarte voraus ritten sie aus dem Tor in die Stadt hinab. Von den Gesindehäusern stieg ihm ein appetitlicher Duft in die Nase, der ihn unwiderstehlich anzog. Eine alte Magd bemerkte den streunenden Jungen mit seinem heißhungrigen Blick und reichte ihm lächelnd eine Schale mit köstlicher Gemüsesuppe.

Er wollte die Burg gerade wieder verlassen, als eine Gruppe von Jungen, die alle in seinem Alter waren, auf einem erhöhten Platz des Burghofs Aufstellung nahm. Sie waren ausgerüstet mit Schilden und Schwertern aus Holz. Ein älterer Mann gab laute Anweisungen, denen die Jungen gehorsam Folge leisteten. Ein Waffengang nach dem anderen wurde unter den strengen Blicken des Lehrmeisters durchgeführt. Jan versuchte, sich einige der Schlagarten einzuprägen und machte dabei die Schläge in der Luft nach, ohne es selbst zu bemerken. Wohl aber wurde der Lehrmeister auf den aktiven Zuschauer aufmerksam.

„He, Junge", rief er ihm zu, „mach, dass du weiterkommst. Mit deinem Gefuchtel verwirrst du mir meine Schüler!"

Jan hatte ruckartig mit den Bewegungen aufgehört, und versteckte beschämt seine Arme hinter dem Rücken, aber er bewegte sich nicht von der Stelle. Der Lehrmeister beachtete ihn nicht weiter, denn er musste gerade einen seiner Schüler zurechtweisen. Nach einer guten Stunde wurden die Waffen gewechselt, wodurch es für Jan noch interessanter wurde. Denn statt der Schwerter erhielt nun jeder Junge einen Bogen, während der Lehrmeister am anderen Ende des Übungsplatzes Zielscheiben aufstellen ließ. Aufmerksam beobachtete Jan die Schüsse der Jungen. Er selbst hatte schon viel mit seinem Bogen zu Hause geübt und erkannte daher manche Fehler der Schützen. Ohne dass er es wollte, spiegelten sich seine Gedanken nach jedem Schuss auf seinem Gesicht weder, denn entweder nickte er zustimmend oder er runzelte die Stirn. Dem Lehrmeister fiel das auf. Nachdem er Jan eine Weile beobachtet hatte, rief er ihn zu sich.

„Du gibst ja nicht so leicht auf", sagte er zu Jan, nachdem der zu ihm gekommen war.

„Wie heißt du?"

„Jan."

„So, Jan", wiederholte der Lehrmeister kritisch, „verstehst du etwas vom Bogenschießen?"

„Ich habe einen eigenen Bogen", gab Jan stolz zur Antwort.

„Nun, dann wollen wir mal sehen, ob du auch damit umgehen kannst!"

Er wandte sich zu einem der Jungen.

„Bretislav, du hast heute noch keinen guten Schuss getan. Gib dem Jungen deinen Bogen. Wir wollen mal sehen, ob es an dir oder an dem Bogen liegt."

Mürrisch ob der Rüge übergab der Junge namens Bretislav seinen Bogen. Dabei musterte Jan seinen Gegenüber kurz. Er hatte dunkelbraunes Haar, das glänzend bis auf die Schultern herabfiel. Sein Gesicht hatte noch kindliche Rundungen, aber man konnte die spätere Schönheit erahnen, wie überhaupt die gesamte Gestalt eine edle Ausstrahlung hatte. Dazu trug sicherlich auch die feine Kleidung bei, die sich in ihrer Verarbeitung und Pracht etwas von den Kleidern der anderen Jungen abhob, die aber auch edel gekleidet waren. Jan nahm den Bogen mit einem freundlichen ‚Děkuji' entgegen, worauf Bretislav zwar missmutig, aber höflich mit „Bitte" auf Deutsch antwortete.

Jan musterte kurz den Bogen. Er war etwas größer als sein eigener zu Hause und die Sehne viel straffer. Sie gab einen hellen Summton von sich, als Jan sie zupfte.

„Hör zu, Jan", erklärte der Lehrmeister, „von der Linie hier bis zur Zielscheibe sind es fünfzig Fuß. Such dir einen Pfeil aus und versuch, die Scheibe zu treffen."

Jan trat zu dem Köcher, in dem die Pfeile steckten. Sie hatten alle an ihren Enden vier kurze Federn, während er zu Hause nur immer zwei hatte. Er nahm ohne lange Suche einen Pfeil, riss zum Erstaunen der anderen Jungen zwei der Federn an und begab sich zu der Linie.

Die anderen Jungen bildeten einen Halbkreis hinter ihm.

Jan versuchte, seinen Atem zu beruhigen. Dann legte er den Pfeil in den Bogen ein.

Mit aller Kraft zog er die Sehne bis hinters Ohr. Er spürte, wie sein Muskel unter der Anspannung zu zittern anfing.

‚Ruhig atmen', mahnte er sich in Gedanken.

Er sammelte alle seine Kräfte, konzentrierte sich auf seinen Arm und spürte, wie er langsam ruhiger wurde. Weit entfernt hörte er die anderen Jungen tuscheln.

Die Anstrengung trieb ihm den Schweiß auf die Stirn. Er nahm sein Ziel ins Visier. Er korrigierte noch einmal seine Haltung. Dann atmete er tief ein und hielt die Luft an. In diesem Augenblick vollkommener Ruhe ließ er die Sehne nach vorne schnellen. Jan schloß die Augen, er hörte ein kurzes Surren und dann – Ruhe. Hinter ihm sagte niemand etwas, nicht einmal der Lehrmeister.

Vorsichtig öffnete er wieder die Augen. Er wollte seinen Augen nicht glauben, als sein Blick auf die Zielscheibe fiel. Sein Pfeil hatte sich genau in die Mitte der Scheibe gebohrt.

„Potztausend", entfuhr es dem Lehrmeister überrascht, „solch ein Meisterschuss in so jungen Jahren. Woher kommst du denn, mein Junge?"

„Aus Klatovy", antwortete Jan kurz, immer noch von seinem Schuss überwältigt.

„Kein Wunder. In so einer wilden Gegend muss man sich wehren können. Meine Herren, für heute machen wir Schluss. So einen Meisterschuss möchte ich nicht durch eurer Stümpereien zerstören!" Dabei legte er seinen Arm auf Jans Schulter. „Komm, ich lade dich zu einer kleinen Stärkung ein!"

Nach einer ausgiebigen Mahlzeit in der Kammer des Lehrmeisters, verließ Jan die Burg, um wieder rechtzeitig im Gasthaus zu sein. Der Lehrmeister hieß Borivoj, nach dem Begründer von Prag und hatte für den Herzog in vielen Schlachten gekämpft.

Obwohl ihm die einsame Lage des Gasthauses zuerst sehr langweilig erschien, entdeckte Jan mit Interesse an jedem Abend mehr, dass die Gäste nicht nur misstrauisch waren, sondern auch zwielichtige Geschäfte betrieben. Es dämmerte ihm, dass dieses Gasthaus ein Treffpunkt für die Menschen war, die sich nicht gerne in der Stadt aufhielten, da sie dort nichts Gutes erwarten würde. Jan hatte einmal versucht, mit der Wirtin darüber zu sprechen, aber die hatte schnell ein anderes Thema angesprochen und schroff seine Nachfragen zurückgewiesen.

Jeden Abend, wenn er in der Gaststube auf Onkel Milošs Rückkehr wartete, versuchte er, sich einen Reim aus den Gesprächsfetzen zu machen, die er aufschnappte.

Es war von Halsabschneidern, Henkern und Schöffen die Rede, es wurde um „gute Geschäfte", lohnenswerte Informationen und sichere Wege gestritten oder aber über Verräter, Taugenichtse und Herrscher geschimpft.

An einem Abend konnte Jan ein Gespräch sehr genau verfolgen, das an seinem Nebentisch geführt wurde. Dort saßen drei Männer zusammen, von denen zwei jeden Abend in das Gasthaus kamen, der dritte aber noch nie von Jan gesehen worden war. Alle drei hatten verkommene Frisuren, dichte Bärte und ihre Kleidung war schon mehrfach geflickt worden. Der Unbekannte versuchte, möglichst leise zu sprechen, aber Jan konnte seine tiefe, sonore Stimme trotzdem noch gut verstehen. Kurz zuvor hatten sie noch über die Härte der herzöglichen Wachen geschimpft, als der Unbekannte das Thema wechselte.

„Umso erstaunlicher ist die Geschichte, die ich heute im Hafen gehört habe", sagte er.

Die fragenden Blicke seiner beiden Gegenüber forderten ihn auf, zu erzählen.

„Ihr könnt euch doch sicher noch an die Falschmünzerbande erinnern, die letzten Oktober aufgeflogen ist", flüsterte er.

„Natürlich, die haben sich reichlich bedient am Münzrecht des Herzogs", erinnerte sich der eine, „aber dann haben die Wachen sie alle geschnappt!"

„Alle bis auf einen", setzte der Erzähler fort.

„Stimmt genau", wusste jetzt auch der Dritte etwas beizutragen, „der soll der Anführer gewesen sein. Es ist eben immer das Gleiche: Die kleinen Handlanger erwischen sie und die mächtigen Hintermänner entkommen, obwohl es für die das größte Lösegeld gibt. Den Falschmünzer hat der Richter für vogelfrei erklärt und fünfzig Silbertaler auf seinen Kopf ausgesetzt!"

„Diesmal entkommt er vielleicht nicht", setzte der Erzähler wieder an. Geheimnisvoll forderte er die beiden anderen mit der Hand auf, näher zu kommen, dass nur noch wenige Zentimeter zwischen ihren Köpfen waren.

Aber trotz des Flüstertons konnte Jan noch etwas verstehen.

„Heute war ich im Hafen unten an der Moldau, wo ich den alten Jiří getroffen habe. In unserem kurzen Gespräch hat er mir erzählt, dass er den Falschmünzer im Hafenviertel gesehen hat!"

Die beiden anderen rissen die Augen auf vor Erstaunen, während der Unbekannte leise weiter sprach.

„Was sucht der Falschmünzer denn dort?"

„Keine Ahnung, aber darum geht es ja auch nicht. Hattest du nicht vorhin gesagt, dass sie fünfzig Silbertaler auf den Falschmünzer ausgesetzt haben?"

„Das weiß ich ganz sicher."

„Gut, wir drei können doch das Geld gut gebrauchen", deutete der Erzähler mit vielsagendem Blick an.

In diesem Augenblick bemerkte er Jans neugierige Blicke und brach das Gespräch abrupt ab. Jan schauderte und entfernte sich schleunigst aus der Nähe des Tisches. Die Geschichte machte ihm Angst. Jan spürte, wie ihm die Gedanken den Atem nahmen und er ging vor das Haus, um frische Luft zu bekommen. Es war schon dunkel, aber von Onkel Miloš war noch nichts zu sehen. Die kühle Abendluft war angenehm. Jan atmete einige Male tief ein, um dann seine Gedanken zu ordnen.

In Deggendorf hatte Jakob einmal von einem Falschmünzer erzählt, der erwischt worden war. Er wurde zum Tode verurteilt, aber bevor man ihn an den Galgen hängte, hatte man ihm beide Hände abgehackt und die Augen geblendet. Jan fröstelte es bei den furchtbaren Gedanken.

Falschmünzerei war eines der schlimmsten Verbrechen, denn der Herrscher erlitt dadurch hohe Einbußen, die unwiederbringlich verloren waren. Deshalb war es Recht und Sitte, einen Falschmünzer für vogelfrei zu erklären und ein Kopfgeld auf ihn auszusetzen.

Jan sog die kalte Nachtluft ein. Je länger er nachdachte, desto mehr setzte sich aus den einzelnen Teilen ein vollständiges Mosaik zusammen. Der Mann im Gasthaus hatte gesagt, dass die Bande im Oktober aufgeflogen war. Kurz darauf war Onkel Miloš in Klatovy angekommen. Sie hatten sich nicht in einem Gasthaus in Prag einquartiert, sondern hier draußen, wo sie von niemandem bemerkt wurden. Außerdem ging Onkel

Miloš regelmäßig vor Sonnenaufgang los und kam nach der Dämmerung erst zurück und, wie Jan beobachtet hatte, benutzte er jeden Tag einen anderen Weg. Jetzt war Jan auch klar, warum Onkel Miloš ihn nie dabei haben wollte. Auch der Besuch in der Kirche passte ins Bild. Sollte Onkel Miloš dort erkannt werden, so würde ihn der Schutz der Kirche vor seinen Häschern bewahren. Es konnte nicht anders sein: Onkel Miloš war ein gesuchter Falschmünzer, der sich im böhmischen Grenzgebiet versteckt hielt, weil der herzögliche Einfluss dort sehr gering war. Im gleichen Augenblick schimpfte sich Jan einen furchtsamen Bengel, der Gespenster sah.

Ein Hufklappern aus der Ferne riss Jan aus seinen Gedanken. Onkel Miloš kam zurück. Jan begrüßte ihn kurz und half ihm, das Pferd in den Stall zu bringen. Dabei versuchte er, sich nichts anmerken zu lassen, denn er fürchtete seinen Onkel jetzt noch mehr als zuvor, verabscheute ihn aber auch gleichzeitig.

Als sie die Gaststube betraten, bemerkte Jan, dass die drei Männer verschwunden waren. Wie immer ging Miloš sofort in ihr Zimmer und legte sich zu Bett. Jan tat es ihm gleich, aber während er neben sich bald das inzwischen schon gewohnte gleichmäßige Schnarchen hörte, hielten ihn seine Gedanken lange wach.

Am nächsten Morgen schlief er deshalb länger als sonst und erwachte erst, nachdem Onkel Miloš aufgebrochen war, ohne dass Jan es bemerkt hatte. Beim Frühstück hatte er es an diesem Morgen nicht so eilig wie sonst, denn er war sich unschlüssig. Sollte er in die Stadt gehen und seinen Onkel anzeigen oder sollte er besser seinen Onkel warnen? Vielleicht hatte Jan sich das ja nur alles zusammengereimt und sein Onkel war kein Falschmünzer?

Jan beschloss, an diesem Tag nicht in die Stadt zu gehen.

Sein Entschluss sollte sich als Segen herausstellen, denn um die Mittagszeit, als Jan gerade hinter dem Gashaus saß und mit seinem Messer ein Tier aus einem Stück Holz schnitzte, hörte er Pferdeschritte vom Hof her. Neugierig lief er um das Haus herum. Dort entdeckte er zu seiner Überraschung Onkel Miloš, der gerade von seinem Pferd gesprungen war.

„Jan, pack schnell deine Sachen! Wir reisen ab, denn ich muss dringend nach Hause", rief er Jan zu, als er ihn entdeckte.

Schnell hatte Jan oben im Zimmer seine wenigen Dinge gepackt und diese in seinem Sattel verstaut, während Onkel Miloš lang und eindringlich mit der Wirtin gesprochen hatte. Schließlich gab er ihr einen dicken Beutel mit Geld.

Dann schwang er sich auf sein Pferd.

„Brechen wir auf", sagte er ohne auf eine Antwort zu warten und preschte im scharfen Galopp die Straße in südlicher Richtung davon, von der sie nach kurzem Ritt auf eine andere Straße nach Osten abbogen. Sie ritten heim.

* * *

Die Wirtin verstaute den Beutel Geld in einer Tasche, in der sich noch andere Wertstücke befanden, die sie im Lauf der Jahre für ihre guten Dienste bekommen hatte. So viel wie dieses Mal war es aber noch nie gewesen. Dann ging sie in den Stall und fütterte ihr Pferd. Darauf kehrte sie wieder in die Gaststube zurück.

Sie brauchte nicht lang zu warten, bis eine Schar Reiter vor dem Gasthaus Halt machte. Ein Offizier der herzöglichen Wache betrat scharfen Schrittes die Gaststube.

„Wo sind der Mann und der Junge, die bei dir genächtigt haben", fragte er ohne Begrüßung.

„Die sind heute abgereist", antwortete die Wirtin wahrheitsgemäß.

„Weißt du auch in welche Richtung", verhörte sie der Offizier weiter, während seine Soldaten die Gästezimmer und den Stall durchsuchten.

„Wenn ich mich recht erinnere wollten sie nach Süden Richtung Brno reiten und von dort weiter nach Konstantinopel. Das müssen Pilger sein."

„Das glaube ich weniger, aber ich danke dir für deine Auskunft."

Damit rief er seine Soldaten zusammen, ließ aufsitzen und sie verließen das Gasthaus auf der Straße nach Süden. An der nächsten Kreuzung schlugen sie den westlichen Weg ein.

Kaum waren die Soldaten verschwunden, nahm die Wirtin die Tasche mit dem wertvollen Inhalt, verriegelte die Tür und sattelte ihr Pferd. Einen reumütigen Blick schenkte sie ihrem Gasthaus noch, bevor sie ihr Pferd in Trab in Richtung Norden setzte. Sie hatte ihre Pflicht getan.

***

Onkel Miloš hatte es wirklich eilig. Ohne eine Pause ritten sie ständig im Galopp. Die Nächte verbrachten sie nicht wie auf der Hinreise in Wirtshäusern, sondern im Wald oder bei entlegenen Bauernhöfen. Jan konnte sich vor Erschöpfung kaum im Sattel halten, aber Miloš kannten keine Gnade. Wofür sie auf der Hinreise fünf Tage gebraucht hatten, schafften sie jetzt in drei und erreichten am Abend des dritten Tages Klatovy.

Dort angekommen, musste Jan in ein Bett getragen werden und schlief bis zum nächsten Nachmittag. Aber trotz der Müdigkeit hatte er einen schlechten Schlaf. In seinen Träumen wurde Onkel Miloš zu einem skrupellosen Mörder, der ihn und seine Familie ermordete, während Marek genüsslich zusah. Als er endlich ausgeschlafen hatte, überlegte er lange, ob er seinem Vater davon erzählen sollte. Doch er kam zu der Überzeugung, dass Wenzel auch nichts unternehmen konnte.

Nein, er würde warten, bis er alt genug wäre, um selbst Anklage gegen seinen Onkel zu erheben, auch wenn es noch gut zehn Jahre dauern würde. Bis dahin sollte sich Onkel Miloš in Sicherheit wähnen, wobei er sicherlich mit der Angst lebte, jederzeit entdeckt werden zu können. Vogelfrei war man sein Leben lang, ein Makel, den man auch nicht durch Verstecken ungeschehen machen konnte. Jan wusste, die Zeit arbeitete für ihn.

Zwei Tage später kam auch der Säumerzug aus Deggendorf zurück. Ohne große Umstände wurden die Waren in Milošs Haus gelagert und die Söhne getauscht. Ein Blick in Mareks Gesicht reichte Jan, um zu wissen, dass die Reise für ihn kein Spaß gewesen war.

Obwohl ihm sein Vater viele Fragen über seine eigene Reise, Prag und Onkel Miloš stellte, erzählte Jan nur das Nötigste. Als Grund für seine Wortkargheit gab er die beschwerliche Reise an. Wenzel akzeptierte die Ausrede, doch er ahnte, dass die Verschlossenheit seines Sohnes andere Gründe hatte. Es war wohl aussichtslos, auf eine Verbesserung der Beziehung der beiden Familien zu hoffen!

Auf Jans Frage, wie die Reise nach Deggendorf gewesen war, berichtete Wenzel im Gegenzug besonders ausführlich, wobei er es vermied, Marek auch nur mit einem Wort zu erwähnen, um Jan auf die Folter zu spannen. Schließlich hielt Jan es nicht mehr aus.

„Wie war es eigentlich mit Marek", fragte er so beiläufig wie möglich.

Wenzel lachte.

„Das ist das einzige, was dich interessiert, oder?"

Mit unschuldigem Blick schaute Jan seinen Vater an, den er wieder einmal vergeblich zu täuschen versucht hatte. Wenzel strich ihm sanft über die Haare und fing an zu erzählen.

„Auf dem Hinweg hat er sich sehr wacker gehalten. In Deggendorf wurde er von Levi in Empfang genommen, von dem ich dich grüßen soll. Er hat mir auch einen Brief an dich mitgegeben. Nachdem Levi deinen Brief gelesen hatte, wurde er auffällig abweisend gegenüber Marek und die eine oder andere Panne Mareks geht wohl eher auf das Konto deines jüdischen Freundes!"

Dabei schaute Wenzel seinen Sohn strafend an, bevor er weitersprach.

„Auf dem Rückweg war er bald erschöpft und wir mussten öfters als geplant rasten. Insgesamt glaube ich nicht, dass er so bald wieder mit uns zieht!"

„Kann ich den Brief von Levi haben", fragte Jan nach diesem ihn zufriedenstellenden Bericht.

„Hier nicht. Ich gebe ihn dir zu Hause."

Kaum hatte Jan den Brief nach einer nicht enden wollenden Begrüßungszeremonie durch die restliche Familie erhalten, rannte er in den Wald zu seinem Lieblingsplatz unter einer alten Eiche. Hastig rollte er das Pergament auf und las den Brief laut vor:

Lieber Jan,

ich habe mich sehr über deinen Brief gefreut. Du glaubst gar nicht, wie enttäuscht ich war, als Du nicht mit Deinem Vater erschienen bist. Stattdessen musste ich mich um Deinen Vetter kümmern, der so wehleidig ist wie ein Mädchen. Aber glaub' mir, ich habe meinen Spaß mit ihm gehabt– nur nicht er mit mir!

Ich hoffe, Dich bald wiederzusehen,
Dein Levi.

Jan lehnte sich zurück und blickte in die Baumkrone über ihn. Die vergangenen Monate waren wie im Flug vergangen. Noch vor einem haben Jahr war er ein Kind gewesen. Doch jetzt hatte er so viele Dinge erlebt und erfahren, dass er nicht mehr in die Kinderwelt zurückgehen konnte.

II. Teil 1002/1003

Comeatus

Der Soldat ließ seinen Blick aufmerksam über die nahen Büsche schweifen. Sein Schwert steckte locker in der Scheide, ständig griffbereit, falls er etwas Auffälliges bemerkte. In den vergangenen Monaten, seit er seinen Dienst als Comeatus im tiefen Grenzwald zu Böhmen versah, hatte er bereits einige brenzlige Situationen erlebt. Der Saumzug, den er zusammen mit fünf weiteren Soldaten begleitete, setzte sich aus zwölf Säumern zusammen, von denen drei aus Klatovy und neun aus Sušice stammten. Winfried führte den bunten Zug aus Säumern und Soldaten an.

Das Verhältnis zwischen den beiden Gruppen war seit langem gestört. Einerseits hielten die Säumer nicht viel von ihren Beschützern, da ihre Anwesenheit die Überfälle von Räubern nicht verringert hatte, aber die Säumer viel von ihrer Freiheit verloren hatten. Andererseits war der Dienst im Nordwald bei den Soldaten gefürchtet und kam einer Strafversetzung gleich. Auch Winfried hatte seine Versetzung in das unwirtliche Grenzgebiet einem unzufriedenen Ortskommandanten zu verdanken.

Sie waren am frühen Vormittag von dem Turm aufgebrochen, der wegen der weißen Quarzfelsen Weißenstein genannt wurde. Der Weg folgte einem Hügelkamm unweit des Flusses, der an manchen Stellen in Sichtweite floss, an anderen Stellen nur durch das entfernte Rauschen zu erahnen war. Winfried kannte den Weg inzwischen ebenso gut wie die Säumer, obwohl er erst seit Anfang des Jahres den Comeatus erfüllte.

Sie hatten ungefähr die Hälfte der Tagesstrecke zurückgelegt, als sich vor ihnen eine Wand aus umgefallenen Bäumen aufbaute. Winfried war sofort hellwach. Misstrauisch zog er sein Schwert, den Zug ließ er in sicherer Entfernung zu den aufgeschichteten Bäumen halten. Auch die anderen Soldaten hatten ihre Waffen gezogen und sich um die Säumer herum postiert. Das Hindernis war so perfekt zusammengefallen, dass es kaum ein Werk der Natur sein konnte.

„Thomas, Urban, Ronald, Christian", rief er die anderen Soldaten, „schaut mal nach, ob wir da vor uns nur Bäume haben oder auch ein paar missratene Männer dazwischen hocken!"

Die vier Männer teilten sich auf und gingen mit gezogenen Schwertern von zwei Seiten auf das Hindernis zu. Kurz darauf waren die vier im spätsommerlichen Blätterwald verschwunden. Lange tat sich nichts. Winfried wurde ungeduldig, da man nie sicher sein konnte, was für eine neue Art von Falle sich die Schurken diesmal ausgedacht hatten. Der Einfallsreichtum dieser Galgenvögel war grenzenlos, weshalb die Soldaten des Grafen häufig Verluste zu beklagen hatten.

Schließlich kam doch der erlösende Ruf:

„Hier ist niemand! Das scheint eine alte Falle zu sein!"

Nun näherten sich auch Winfried und die Säumer, die alle aufmerksam die umliegenden Büsche begutachteten, eine Hand am Schwertknauf, mit der anderen das Pferd führend.

Als Winfried die Bäume nun selbst in Augenschein nahm, taten es ihm auch einige der Säumer gleich, was ihn innerlich wütend machte, da er diesen einfachen Pferdetreibern kein militärisches Verständnis zutraute, sondern nur neunmalkluges Geschwätz. Seiner Meinung nach sollten sie einfach nur still und dankbar den Soldaten folgen, bis man sie sicher durch den Wald gebracht hatte.

„Lass das besser liegen und pass auf dein Pferd auf", fuhr er deshalb einen der Säumer an, der sich daran machte, die Bäume aus dem Weg zu räumen. Es war einer der drei Säumer aus Klatovy, dessen schwacher Bartwuchs sein junges Alter verriet. Winfried schätzte, dass er das zwanzigste Lebensjahr noch nicht erreicht hatte.

„Wieso", entgegnete dieser ebenso unfreundlich, „wir müssen das Zeug hier wegschaffen, damit wir weiterziehen können!"

„Wobei wir so viel Lärm machen werden, dass die Schurken uns als Mittagsmahl verspeisen!"

Winfried lachte kurz abschätzig, wurde aber sofort wieder ernst: „Wir machen hier gar nichts. Morgen schicken wir einen Trupp vom Turm aus hierher, die dann auch Werkzeug dabei haben, um die Stämme zu verräumen! So, jetzt geh zu deinem Pferd zurück!"

Widerwillig gehorchte der Säumer, während Winfried und die anderen Soldaten die nähere Umgebung nach einem Ausweg absuchten.

„Da ist ein kleiner Trampelpfad", meldete schließlich einer.

Kurz entschlossen Winfried folgte dem kleinen Pfad, der vom Weg abzweigte, ein Stück in den Wald hinein.

„Der Weg führt direkt hinunter zum Ufer", berichtete er, als er wieder zu der Gruppe zurückgekehrt war, „und folgt dann dem Fluss! Verlaufen können wir uns also nicht."

Er überhörte die Misstöne aus Reihen der Säumer und gab seinen Soldaten eilig Befehle. Die ganze Situation war unangenehm.

„Thomas, Urban! Ihr geht voraus. Achtet auf alles, was sich bewegt. Wenn es größer als ein Hase ist, dann schießt einen Pfeil drauf!"

Dann wandte er sich zu den beiden anderen: „Christian und Ronald! Bleibt hinter den Säumern und achtet auf das, was hinter uns passiert. Ich bleibe in der Mitte."

Zuletzt wandte er sich an die Säumer, die ihn mit ablehnenden Blicken ansahen.

‚Die machen es mir nicht gerade einfach', dachte Winfried bei diesem Anblick, fasste sich aber gleich wieder.

„Hört zu! Es scheint so, als ob die Burschen vor ein paar Tagen hier waren und nicht aufgeräumt haben. Trotzdem wollen wir vorsichtig sein. Wir gehen einen kleinen Umweg am Fluss entlang, dort gibt es einen kleinen Pfad."

„Von wem stammt der Weg?", fragte jetzt einer der Säumer. Winfried blickte überrascht auf, denn er hatte mit so einer Frage nicht gerechnet. Es war wieder der junge Säumer aus Klatovy.

„Bin ich der heilige Bonifatius, dass ich in die Vergangenheit blicken kann", fragte Winfried nicht ohne Häme.

Aber der junge Böhme ließ sich nicht beirren.

„Ich meine nur, es könnte ja sein, dass die Räuber den Pfad gemacht haben, um uns in eine Falle zu locken!"

„So, ich meine nur, es könnte ja sein, dass du ja einer von denen bist und uns in ihre Arme treiben sollst", äffte Winfried den Burschen nach.

„Denk was du willst", antwortete der Säumer, ohne sich von der Haltung des Soldaten beirren zu lassen, „wir drei werden jedenfalls nicht am Fluss entlang gehen!"

Damit zeigte er auf die anderen beiden Säumer aus Klatovy, die sich daraufhin hinter ihren Anführer stellten.

„Wunderbar", brauste Winfried auf, „die Herren wissen es besser! Was stört euch an dem Pfad?"

„Falls uns Räuber angreifen sollten, haben wir keinen Fluchtweg und sie können uns in den Fluss treiben, wo wir eine leichte Beute für sie sind!"

Winfried stutzte kurz. Dieser junge Säumer hatte sich tatsächlich Gedanken gemacht. Aber er würde ihm nicht zustimmen, das war sicher.

„Wenn wir angegriffen werden, dann treiben wir die Bande in den Wald zurück, wo sie hingehören!"

Mit diesen Worten wandte er sich von den Säumern ab, er hatte schon viel zu lange mit diesen Männern diskutiert.

„So, jetzt gehen wir los. Und zwar so, wie ich es vorher gesagt hatte", dabei zog er sein Schwert und betrat den schmalen Pfad.

„Ohne uns", rief ihm der Säumer laut nach, den die arrogante Haltung des Soldaten sichtlich ärgerte.

Winfried blieb wie erstarrt stehen, jeder Muskel spannte sich in ihm. Mit hochrotem Kopf rannte er zu dem widerspenstigen Säumer zurück.

„Na schön", schrie er ihn aus nächster Nähe an, „wenn ihr unbedingt meint, mir nicht gehorchen zu müssen, dann tut doch was ihr wollt und wenn ihr beim Teufel zum Mittag einkehrt! Aber glaubt nicht, dass ihr noch einmal den Comeatus in Anspruch nehmen könnt! Dafür werde ich sorgen!"

Damit ließ er die drei Männer stehen und verschwand im Wald. Die restliche Gruppe folgte ihm. Die drei Säumer aus Klatovy blieben vor dem Stangenverhau stehen, bis der letzte Soldat zwischen den Büschen verschwunden war.

„Kommt, wir suchen auf der anderen Seite des Kamms einen Weg. Seid aber leise!"

***

Der Pfad am Ufer entlang erwies sich als sehr beschwerlich, da die Pferde auf den feuchten, moosbewachsenen Felsbrocken ständig abrutschten. Immer wieder versuchten die Säumer, ihre Tiere mit lauten Zurufen zum Weitergehen zu ermuntern. Anfangs hatte Winfried noch versucht, den Säumern klar zu machen, dass sie so die Räuber anlocken würden, aber ohne Erfolg. Inzwischen versuchte er, seine Wut zu unterdrücken und umso aufmerksamer die Umgebung zu beobachten.

Aus dem Nichts zischte plötzlich ein Pfeil durch die Luft und verfehlte nur knapp seinen Kopf. Vor ihnen tauchten jetzt fünf verwahrloste Gestalten auf, die sich brüllend auf die beiden Soldaten vor Winfried warfen.

Bevor er weitere Befehle erteilen konnte, stürmten weitere sechs Räuber aus dem Gebüsch neben ihnen auf die Säumer zu. Die neun Säumer hatten schnell die Waffen gezogen und sich schützend vor ihren Tieren positioniert.

Er selbst eilte den Soldaten vor ihm zur Hilfe. Die hatten alle Mühe, gegen die fünf Angreifer zu bestehen. Mit einem entschlossenen Schrei ließ Winfried sein Schwert auf einen der Angreifer niederfahren. Der Mann reagierte zu spät und das Schwert schlug eine tiefe Wunde in den Arm des Räubers. Der Mann brach mit einem entsetzlichen Schmerzensschrei zusammen.

Aber statt sie in die Flucht zu schlagen, ermutigte die Verletzung ihres Gefährten die Räuber zu einem noch ungestümeren Vorgehen. Winfried kämpfte gegen zwei von ihnen. Gerade hatte er wieder einen Schlag pariert, als der zweite Mann schon mit seinem Spieß versuchte, ihn zu verletzen. Winfried täuschte eine Seitwärtsbewegung nach rechts an, um dann blitzschnell das Gewicht nach links zu verlagern. Der Angreifer verfehlte sein Ziel, wobei er einen Wimpernschlag lang die Balance verlor. Winfried nutzte diesen kurzen Augenblick, um dem Mann den Schwertknauf ins Gesicht zu stoßen. Der Mann taumelte benommen nach hinten und Winfried konnte sich wieder dem zweiten Räuber zuwenden.

Dieser war mit einer schweren Streitaxt bewaffnet, die er kraftvoll einzusetzen wusste. Mit aller Wucht schleuderte der Mann die Waffe auf Winfried zu, der im letzten Moment sein Schwert hochheben konnte. Der feste Aufprall lähmte Winfrieds Arme kurzzeitig, lange genug, um seinem Gegner Zeit zu geben, von Neuem die Axt zu schwingen. Diesmal war Winfried aufmerksamer. Er fixierte den Kämpfer, der jetzt kraftvoll Schwung holte, die wuchtige Waffe weit hinter dem Kopf. Winfried wich etwas zurück, machte aber sofort wieder einen großen Schritt nach vorne, wobei er sich tief hinunter beugte. So nahm er dem Angreifer die Chance, seine gefährliche Waffe einzusetzen, ohne dabei selbst auf einen Schlag verzichten zu müssen. Kurz bevor ihre Körper zusammentrafen, schob Winfried sein Schwert dazwischen. Ächzend brach der Mann über ihm zusammen.

Er hatte sich gerade von der schweren Last befreit, als hinter ihm ein schmerzvoller Schrei zu hören war. Ein kurzer Blick über die Schulter verriet ihm, dass einer der Säumer mit einer tiefen Beinwunde am Boden lag. Er wandte sich wieder dem Räuber zu, den er vorher mit dem Schwertknauf getroffen hatte. Dessen rechte Backe war blutunterlaufen und geschwollen. Grimmig stürmte er auf Winfried zu, der wieder einen Ausfallschritt machen wollte. Dabei rutsche er auf einer feuchten Wurzel aus und konnte den Stoß gerade noch mit dem Schwert parieren. Bis er wieder einen sicheren Stand gefunden hatte, war sein Gegner schon zurückgewichen, um erneut anzugreifen. Winfried konzentrierte sich auf den Räuber, als er hinter sich den jämmerlichen Schrei eines Sterbenden hörte. Instinktiv drehte er sich um, wo ein weiterer Säumer zusammengebrochen war. Diesen Fehler nutze sein Gegner aus.

In letzter Sekunde sah Winfried die Spitze des Speeres, wich schnell nach links aus, aber der Speer bohrte sich schon durch das feste Leder in seine rechte Brust. Winfried unterdrückte den Schrei, als der Schmerz seinen Körper durchzog. Der Angreifer grinste ihn hämisch an, während er die Speerspitze in der Wunde drehte, um sie zu vergrößern. Wie benommen brach Winfried unter dem Schmerz zusammen, wobei der Speer aus der Wunde glitt. Mit verschwommenen Blick sah Winfried, wie sich der Mann über ihn stellte, mit seinem Spieß ausholend.

**

Als Winfried wieder zu sich kam, war es dunkel um ihn herum. Er wähnte sich schon im tiefsten Höllenschlund, da seine letzte Beichte mehr als ein Jahr zurückgelegen hatte. Aber als er sich aufrichten wollte, bescheinigte ihm ein beißender Schmerz, dass er noch in seiner sterblichen Hülle steckte. Froh, dem Teufel von der Schippe gesprungen zu sein, versuchte er herauszufinden, wo er sich befand. Doch die Anstrengung, klar zu denken, war zu groß und sofort übermannte ihn wieder die Müdigkeit.

Er hatte jegliches Zeitgefühl verloren als er zum zweiten Mal aufwachte. Blinzelnd nahm er seine Umgebung wahr, die von einem matten Lichtstrahl erhellt wurde. Er befand sich in einer kleinen Kammer, in der außer seiner Pritsche noch ein kleiner Tisch stand, auf dem sich gebrauchte Verbände häuften, daneben ein Eimer Wasser.

Seine Zunge klebte am trockenen Gaumen und sein gesamter Mund fühlte sich taub an. Mühsam richtete er sich auf, unterdrückte den aufkommenden Schmerz und versuchte den Eimer Wasser zu erreichen. Mit den Händen am Boden aufgestützt schob er langsam den Oberkörper aus der Pritsche, doch der Eimer stand immer noch zu weit weg. Der Schmerz wurde unerträglich.

Er atmete einmal tief durch, um noch einen Versuch zu unternehmen. Er streckte seinen Körper, bis er den eisernen Griff des Eimers an seinen Fingern spürte. Sein Speichel bestand nur noch aus einer klebrigen Masse. Winfried nahm alle Kräfte zusammen, um den Eimer hochzuheben. Dabei verlor er das Gleichgewicht und fiel von seiner Pritsche auf den Boden. Er schrie laut auf und der Schmerz trieb ihm die Tränen in die Augen.

Binnen einer Minute kamen zwei Männer in die Kammer gelaufen, die ihn vorsichtig auf die Pritsche zurücklegten.

„Wasser", stöhnte Winfried, während er die beiden Männer anschaute. Schließlich erkannte er Urban, der ihm jetzt eine Kelle an den Mund hielt.

Erfrischend floss das Wasser den Gaumen hinab. Während Winfried mühevoll versuchte, zu schlucken, betrachtete er den zweiten Mann, der in der Nähe der Tür stehen geblieben war.

Er kam ihm bekannt vor, ohne dass er ihn einordnen konnte. Bevor er eine Frage stellen konnte, hatte Urban seine Gedanken erraten.

„Du fragst dich, wer der Kerl ist?"

Winfried nickte schwach, ohne seine Lippen von der Kelle abzusetzen.

„Dich scheint es ja schwer erwischt zu haben", setzte der Soldat fort, „das ist der junge Säumer, den du vorgestern noch zum Teufel gewünscht hast, weil er dir nicht folgen wollte."

Winfrieds Gesicht verfinsterte sich und er musterte den jungen Mann eingehender. Dabei kehrte die Erinnerung zurück, denn aus seinen Augen war pure Wut zu lesen.

„Beruhige dich! Du bist ja gar nicht in der Lage aufzustehen, wie willst du es dann mit einem jungen Kerl aufnehmen. Außerdem solltest du ihm dankbar sein!"

„Was…", fuhr Winfried auf, aber weiter kam er nicht, denn der Schmerz warf ihn zurück auf sein Lager.

„Na, wenn der nicht gewesen wäre, dann könntest du dich jetzt von den Engeln Gottes pflegen lassen. Er und die beiden anderen sind genau zur rechten Zeit erschienen und haben die Räuber das Fürchten gelehrt. Ruckzuck hatten sie drei von denen mit ihren Pfeilen niedergestreckt. Da sind die anderen lieber abgehauen, nachdem auch Christian noch einen von ihnen erledigt hatte."

Winfried blieb einen Augenblick regungslos liegen. Mit schmerzverzerrtem Gesicht richtete er sich schließlich auf.

„Wie heißt du", flüsterte er mit schwerem Atem und blickte dem Säumer in die Augen

„Jan."

„Danke", sagte Winfried schwach und ließ sich wieder fallen.

Urban legte noch eine Decke auf ihn und stand dann auf.

„Komm, Jan, wir wollen ihn jetzt wieder in Ruhe lassen, damit er sich erholt. Außerdem müsst ihr ja auch weiter. In Klatovy wartet man sicherlich auf euch!"

„Sicherlich", pflichtete Jan dem Soldaten bei, obwohl er sich gar nicht nach Klatovy sehnte. Vielmehr genoss er es jedesmal, wenn er nicht in Klatovy und damit in der Nähe von Onkel Miloš war.

Jan war gerade achtzehn Jahre alt geworden. Seine blonden Haare trug er wie sein Vater offen bis zu den Schultern, jedoch glich er ihm nicht in der Statur. Jan war nicht sonderlich groß gewachsen, doch sein Körper war drahtig und durchtrainiert. In den vergangenen zehn Jahren seit seinem ersten Säumerzug nach Deggendorf hatte er das Handwerk bis ins letzte Detail gelernt. Durch seine Verwegenheit und Erfahrung wurde er inzwischen schon von den anderen Säumern als Führer anerkannt, wobei sich Jan nicht immer sicher war, ob sie das nur taten, weil er mit Miloš verwandt war. Denn trotz seiner Erfahrung, seiner Fertigkeit im Umgang mit dem Bogen und seinem ausgeprägten Gespür für die Natur, war er für die meisten nur der Neffe des „Grafen von Klatovy", wie Onkel Miloš hinter vorgehaltener Hand genannt wurde.

Seit seiner Ankunft in der Stadt hatte Onkel Miloš es perfekt verstanden, seinen Einfluss mehr und mehr auszuweiten. Mit viel Geschick und etwas Gewalt hatte er es geschafft, den Salzhandel in Klatovy zu beherrschen. Vor zwei Jahren hatte er, nachdem er den Rat der Stadt mit teuren Geschenken auf seine Seite gebracht hatte, das Steinhaus übernommen und damit musste jeder Säumer in Klatovy sein Salz an Miloš verkaufen, womit er nach Belieben über den Preis bestimmen konnte. Die meisten Säumer waren inzwischen vollkommen von Onkel Miloš abhängig. Jan hatte das immer umgangen so gut es ging. Er besaß zwar sein eigenes Pferd, aber das Geld für den Kauf hatte er von seinem Onkel leihen müssen und zahlte es in Raten ab. Diese Regelung war ihm lieber gewesen, als vollkommen in die Dienste seines Onkels zu treten, wie es die meisten der anderen Säumer in Klatovy nach und nach getan hatten. Von den Waren, die sie transportierten, gehörte ein Drittel ihnen, der Rest floss in Milošs Tasche. Jans Raten für das Pferd waren so bemessen, dass auch sie ungefähr zwei Drittel des Ertrages eines Transports betrugen, aber er hatte immerhin die Aussicht, in zwei Jahren sein eigenes Pferd zu haben. So lange war er noch abhängig von seinem Onkel.

Neben seinem kaufmännischen Geschick nutze Miloš aber auch Fähigkeiten, die weder Gesetz noch Kirche gut hießen. Das war nach Jans Meinung der Grund dafür, dass Überfälle auf Säumerzüge nur auf der bairischen Seite passierten und es immer nur Säumer aus Sušice oder aber ‚freie' Säumer wie Jan aus Klatovy traf, selten aber die Züge von Miloš. Denn auf böhmischer Seite machte Onkel Miloš mit den Räubern gemeinsame Sache, indem er ihnen Schutz gewährte, und sie dafür ihre Beute mit ihm teilten. Aber da Miloš stets vorsichtig agierte, hatte Jan noch keine handfesten Beweise, um etwas gegen seinen Onkel zu unternehmen. Über all die Jahre hinweg hatte er seine Vermutungen aus Prag für sich behalten. Er wusste, dass er derzeit nichts gegen den „Grafen von Klatovy" ausrichten konnte.

Doch Klatovy war noch weit weg. Wie immer blühte Jans Gemüt auf, wenn er durch die Šumava zog. Er sah nicht die Gefahren - die Bären, die Räuber oder was es auch sein mochte - sondern empfand vor allem Ruhe und Ausgeglichenheit. Die Gleichmäßigkeit der Baumwipfel, die sich wie ein grünes Banner im Wind wiegten, die sanften Hügel, die ineinander und hintereinander verschlungen dieses Banner lebendig machten, und das Rauschen des Flusses, der sich über Jahrhunderte hin seinen Weg durch diese Hügellandschaft erkämpft hatte, ließen Jan alle Sorgen vergessen. Die traten sowieso nur dort auf, wo zu viele Menschen am gleichen Ort waren. Hier in der Šumava, wo sich - glaubte man den Geschichten der Alten - Dämonen und Elfen heftige Kämpfe lieferten, galten noch die Gesetze der Natur, die sich aber unbarmherzig an dem rächte, der sie missachtete.

Nach drei Tagen kamen sie in Klatovy an. Wie üblich brachten sie zuerst ihre Waren zum Steinhaus, um sich dann von dem verdienten Geld ein üppiges Essen zu leisten. In der Arbeitskammer saß diesmal nicht Onkel Miloš, sondern Marek, der sich nach einigen Versuchen als Säumer lieber darauf beschränkt hatte, seinen Vater beim Handeln zu unterstützen und dessen Fähigkeiten zu erwerben - die guten und die schlechten.

„Guten Tag, Vetter", begrüßte er Jan zurückhaltend, als dieser eingetreten war.

„Guten Tag, Marek", erwiderte dieser den Gruß höflich.

Ihr Verhältnis war nie besser geworden, als es begonnen hatte. Dutzende von Auseinandersetzungen hatten die Feindschaft zwischen den beiden ungleichen Verwandten stadtbekannt gemacht. Wenzel hatte Jan oft ermahnt, seine Einstellung zu ändern, aber die Wut auf Marek war so groß, dass sie sich immer nur für kurze Zeit unterdrücken ließ. Mit den Jahren hatten jedoch beide gelernt, sich so gut es ging aus dem Weg zu gehen und wenn man aufeinander traf, dann höflich die Angelegenheiten zu regeln, was aber nicht immer gelang.

„Wie war das Geschäft", fragte Marek monoton.

„Es geht so", antwortete Jan wahrheitsgemäß, „in Deggendorf wundert man sich über die schlechten Preise, die in Böhmen für Salz gezahlt werden."

„Jeder hat sein Leid selbst zu tragen", philosophierte Marek, während er geschäftig die Papiere auf dem Tisch ordnete.

„Gut möglich, aber nicht jeder produziert des anderen Leid", erwiderte Jan trotzig. Dann machte er eine kurze Pause und wechselte das Thema. „Wir sind auf dem Rückweg wieder von Räubern überfallen worden und…"

„Wo ist das passiert?", unterbrach ihn Marek und wirkte plötzlich sehr interessiert.

Verschmitzt blickte Jan ihn an.

„Was liegt dir denn so an dem genauen Ort? Ist es nicht viel wichtiger, dass uns nichts passiert ist", fragte er herausfordernd.

Aber sein Vetter roch die Falle.

„Sicherlich, aber ich frage nur, um andere Saumzüge zu warnen."

„Oh, wie aufmerksam von dir", spottete Jan, „nur ist das nicht nötig. Wir haben diese Schurken um die Hälfte dezimiert, so dass die vorerst keinen Saumzug überfallen werden!"

„Lass deinen Zynismus", schimpfte Marek, „und sag mir, wo sich der Überfall ereignet hat!"

„Nicht in hundert Jahren!"

„Schon gut. Ich werde es auch so herausfinden! Schließlich waren ja auch andere dabei!"

„Nur zwei: Vladja und Pavel. Von denen wirst du soviel erfahren, wie von mir!"

„Ihr seid nur zu dritt gewesen?", starrte ihn Marek ungläubig an.

Jan zuckte nur mit den Achseln.

Daraufhin verlor Marek die Geduld.

„Du hältst dich wohl für besonders schlau!"

„Beruhige dich, Vetter. Du solltest öfter an die frische Luft, damit sich dein Gemüt abkühlt! Wie wäre es mit einem Ausflug in die Šumava zu deinen Freunden? Sie können Hilfe gebrauchen!"

Damit verließ Jan den Raum, ohne die wütenden Worte seines Verwandten weiter zu beachten. Selbst draußen auf der Straße konnte man die erregte Stimme hören. Dort warteten Vladja und Pavel.

„Tut mir leid, Jungs, aber das Geld für unser Abendessen müssen wir uns wohl borgen."

Die beiden Säumer grinsten frech und Jan fügte übermütig hinzu:

„Es war eine schlechte Zeit zum Geschäfte machen. Der junge „Graf" leidet an Atemnot!"

Lachend kehrten die drei wie nach jedem erfolgreichen Zug in das Gasthaus „Zum Torfgrund" ein.

Am nächsten Morgen kehrte Jan nach Hause zurück. Die Zeiten, die er bei seinen Eltern verbrachte, waren selten geworden, denn seit sein Vater vor einem Jahr aufgehört hatte, Säumer zu sein, sah er sie nur immer für wenige Tage zwischen zwei Transporten.

Onkel Miloš hatte Wenzel gebeten, das Wandern aufzugeben und ihm bei der Organisation des Steinhauses zu helfen, nachdem er es gekauft hatte. Wenzel hatte sich lange geweigert, doch schließlich stimmte er zu, nachdem er einen weiteren schweren Überfall in der Šumava mit viel Glück überlebt hatte. Jan war sich sicher, dass dieser Überfall von Onkel Miloš veranlasst worden war, aber wie so oft fehlten ihm die Beweise. Nicht einmal sein Vater wollte ihm glauben, der seine Entscheidung seither täglich bereute, denn ihm fehlte das unstete Leben der Säumer. Aus dieser Unzufriedenheit heraus wurde Wenzel immer mürrischer und jähzorniger, was die ganze Familie zu spüren bekam.

Karel, Jans kleiner Bruder war vor zwei Jahren dem Ganzen entflohen, indem er beschloss, gegen den Willen des Vaters ein ordentliches Handwerk zu erlernen. Er verdingte sich als Lehrling bei einem Zimmermann in Sušice und nahm von dort aus nur noch selten den beschwerlichen Weg nach Klatovy auf sich.

Trotz allem waren die Wiedersehen immer von großer Freude erfüllt. Besonders dieses Mal, denn auch Karel wollte kommen, womit die Familie seit langem wieder einmal vollständig versammelt sein würde. Eliška war inzwischen ein hübsches Mädchen von zwölf Jahren, das zwar noch bei den Eltern lebte, doch so mancher Handwerksbursche hatte schon ein Auge auf sie geworfen.

Grund für dieses ungeplante Familientreffen war das große Erntedankfest in Klatovy. Aus der ganzen Gegend strömten die Leute zu diesem Fest, zum Teil eher widerwillig, denn jeder musste den Zehnten der Ernte der Kirche bringen. Als Entschädigung gab es einen großen Markt, auf dem Händler und Gaukler für Kurzweil sorgten. Abends feierte die Jugend nach altem Brauch mit einem großen Feuer, Musik und Tanz die gelungene Ernte. Bis spät in die Nacht wurden alle Sorgen vergessen und nicht selten wurden auf dem Fest erste Liebesbande geknüpft.

Als Jan die Lichtung erreichte, auf der das kleine Haus wie eh und je stand, kamen in ihm Erinnerungen an seine Kindheit hoch. Damals hatte er oft gespielt, er sei König und die Lichtung sein Königreich. Der Wald außen herum waren feindliche Königreiche gewesen, in die er mit seinem Heer Feldzüge unternommen hatte. Immer wenn sein Vater wieder ein paar Bäume gefällt hatte, um Ausbesserungen am Haus vorzunehmen, war sein Feldzug erfolgreich gewesen und er hatte ein Stück Land erobert.

Jan schmunzelte bei dem Gedanken. Alle schienen drinnen zu arbeiten, denn er kam unbemerkt bis zum Haus in der Mitte der Lichtung, wo er sein Pferd an einem Pfahl festband.

Als er eintrat bekam er ein eigenartiges Schauspiel zu sehen: seine ganze Familie hockte im Kreis auf dem Boden und war so beschäftigt mit einem kleinen Rehkitz, dass sie Jan gar nicht beachteten.

Jan räusperte sich.

„Ist das die Art, wie man willkommen geheißen wird, wenn man nach zwei Wochen wieder nach Hause kommt", fragte er mit gespielter Beleidigung.

Als erstes blickte sich Wenzel um und stand sofort auf, um seinen Sohn zu umarmen.

„Da hat das älteste Kind auch wieder ins Nest der Rabeneltern gefunden! Ich freue mich dich gesund zu sehen!"

„Jetzt sind wir wieder einmal alle beieinander! Das war hoffentlich deine letzte Reise in diesem Jahr", begrüßte ihn seine Mutter, denn sie fürchtete die Spätjahreszüge sehr, seit ihr Mann damals so schwer verletzt wurde.

Als Jan auch noch seine beiden Geschwister gebührend begrüßen wollte, unterbrach sie ein klagendes Fiepen. Das Kitz war wegen der verlorenen Aufmerksamkeit eifersüchtig geworden und schaute mit traurigem Blick Eliška an.

Die begann es wieder zu streicheln, während sie Jan die dazugehörende Geschichte erzählte.

„Karel hat das Kitz auf dem Weg von Sušice hierher entdeckt. Es steckte mit einem Bein in einer Schlinge fest. Siehst du", erklärte sie, während sie das rechte Vorderbein anhob, „hier hat die Schlinge die Haut eingerissen, weil sie sich immer fester zugezogen hat, je mehr sich das Kitz versucht hat zu wehren."

„Derjenige, der das gemacht hat, sollte sich nicht erwischen lassen", schaltete sich Karel in das Gespräch ein und setzte sich zu seinen beiden Geschwistern um das Kitz herum.

„Wo hast du es denn gefunden", fragte Jan.

„Nicht einmal so weit weg von hier!"

„Also schon im Gebiet von Klatovy?"

„Ja, auf jeden Fall. Wieso fragst du?"

„Ach das ist nur so eine Vermutung. Aber ich könnte mir vorstellen, dass die Falle von den Räubern stammt, die die Šumava unsicher machen. Meiner Meinung nach stehen sie unter Onkel Miloš' Schutz und daher droht ihnen in Klatovy keine Gefahr."

„Aber das fällt doch dann nicht nur dir auf!"

„Sicher, aber die meisten verhalten sich aus Angst ruhig und der Rest nimmt des Onkels Geschenke dankend an und schweigt!"

Jan wollte die gute Stimmung nicht noch mehr verderben und änderte bald das Thema. Er erzählte von lustigen Erlebnissen auf seiner Reise und verteilte Geschenke, die ihm Levi in Deggendorf gegeben hatte.

Wenzel saß in einiger Entfernung auf der Bank am Kamin und beobachtete seine drei Kinder, wie sie zusammen auf dem Fußboden saßen. Väterlich blickte er auf Jan, den er zu seinem Nachfolger erzogen hatte. Er war sich nicht mehr sicher, ob das richtig gewesen war oder ob er nicht so wie Karel ein ordentliches Handwerk hätte lernen sollen. Jan schien die Säumerei zu gefallen und es machte Wenzel Freude, zu sehen, wie sein Sohn auf die anderen Säumer wirkte. Aber er wusste auch, dass Jan über kurz oder lang aus Klatovy weggehen musste, falls er sich nicht bald mit seinem Vetter Marek aussöhnte. Der Streit zwischen den beiden war wie ein schiefer Baum, der nur noch auf den entscheidenden Windhauch wartete, um entwurzelt zu werden. Er hatte schon oft versucht, mit Jan darüber zu sprechen, aber der ließ sich nicht beeindrucken. Bei solchen Gelegenheiten erkannte Wenzel, dass Jan nicht sein Nachfolger war, sondern sich einen eigenen Weg gesucht hatte, mit den Problemen fertig zu werden. Das beruhigte seine väterliche Fürsorge.

Herbstfeuer

Früh am nächsten Morgen machte sich die ganze Familie auf den Weg nach Klatovy. Jan hatte sich sein bestes Lederwams angezogen und trug stolz die Säumerkappe auf dem Kopf. Außerdem hatte er seinen Bogen über die Schulter gehängt, denn er wollte an dem großen Schützenwettbewerb teilnehmen, der als besondere Attraktion in diesem Jahr stattfinden sollte. Seine Treffsicherheit war weit bekannt und er rechnete sich gute Chancen aus, Sieger zu werden. An seinem Gürtel baumelte ein kleiner Lederbeutel, in dem ein paar Münzen klimperten. Zwar war seine Börse nie prall gefüllt, aber Jan hatte immer etwas zu leben und da er sich ein wenig Geld zur Seite gelegt hatte, wollte er es sich heute richtig gut gehen lassen. Außerdem hoffte er, auf dem Markt ein neues Paar Schuhe für den Winter zu finden. Auch der Rest der Familie war festlich angezogen, Wenzel führte noch ein Pferd mit, auf dem die Gaben für die Kirche festgezurrt waren.

Außerhalb von Klatovy waren bereits die Buden und Schauplätze für den großen Markt aufgestellt, ebenso wie der Schießplatz für das Bogenschießen schon abgesteckt war. Aber noch hatten die Händler ihre Ware nicht ausgebreitet. Die Kirche erlaubte den Markt erst nach der Messe, damit er die Menschen nicht vom Kirchgang ablenkte.

Erwartungsgemäß war die Kirche überfüllt. Dicht gedrängt standen die Gläubigen im Kirchenraum hintereinander und versuchten, eine möglichst gute Sicht auf den Altar zu bekommen. Da die meisten Menschen den lateinischen Texten nicht folgen konnten, war der Gottesdienst ein Spektakel, dem man aufmerksam beiwohnte. Jan hatte nur noch einen Platz hinter einer der schmalen Säulen ergattern können, was ihn aber nicht weiter störte, denn so konnte er sich zwischendurch anlehnen, falls der Gottesdienst zu lange dauern würde. Außerdem verstand er ja, was der Priester predigte. Dessen Latein war aber keineswegs fließend. Jan ließ gelangweilt seinen Blick durch die Zuhörermenge schweifen. In einer der ersten Reihen entdeckte er Marek mit seinen Eltern. Jan wusste nicht, ob Marek Latein beherrschte, aber auf jeden Fall machte er keinen ehrfurchtsvollen Eindruck. Jan fragte sich, ob sein Cousin überhaupt zur Beichte ging oder was er dort an Sünden bekannte. Sicherlich nicht seine gemeinsamen Machenschaften mit den Räubern, dachte sich Jan und musste sich aber zugleich beschämt eingestehen, dass auch für ihn selbst schon längst wieder die Beichte fällig war.

Mit einem Anflug von schlechtem Gewissen schaute sich Jan weiter um. In der Nähe von Onkel Miloš standen – was wäre anderes zu erwarten gewesen – der Bürgermeister mit seiner Familie und auch einige der Handwerker. Für sie waren die Aktivitäten von Miloš durchaus von Nutzen: Wegen der niedrigen Preise, die Miloš den Säumern für ihre Arbeit zahlte, konnte er das Salz billiger als in anderen Grenzstädten an die Händler weiterverkaufen, ohne deshalb selbst geringere Einkünfte zu haben. Deshalb kamen immer mehr Händler nach Klatovy, die dann natürlich nicht nur das Salz kauften, sondern auch Verpflegung, Wagenräder oder Hufeisen. Die Ungerechtigkeit gegenüber den Säumern schien die Handwerkszünfte dabei nicht zu stören.

Hinter diesen Männern standen die Gottesdienstbesucher nach einer strengen Hirarchie geordnet. Zuerst kamen die weiteren Bürger der Stadt, die als Händler und Handwerker arbeiteten. Dahinter drängten sich die Bewohner der umliegenden Dörfer. Daran schlossen sich die Waldbauern an, die auf ihren Einsiedlerhöfen lebten und zuletzt die Säumer, die wegen ihrer unsteten und gefährlichen Arbeit zwar Respekt, aber wenig Ansehen genossen. Ganz hinten in der Nähe der Tür trafen sich Jans Blicke mit denen von Vladja, der dort zusammen mit dem alten Karel stand. Der Arme hatte vor zwei Jahren sein Augenlicht verloren und fristete nun ein elendes Dasein in seinem Heimatdorf. Vladja kümmerte sich rührend um den alten Mann, von dem er das Säumerhandwerk gelernt hatte, aber auch Jan zweigte ab und an etwas von seinem kargen Lohn für Karel ab.

Unbewusst betrachtete Jan bei seinen Beobachtungen auch die anwesenden Mädchen. Einige kannte er, andere hatte er noch nie gesehen. Er war jetzt im heiratsfähigen Alter, doch bekam er immer wieder zu spüren, dass die Mädchen kein Interesse an ihm hatten. Er war nicht etwa hässlich oder wenig umgänglich – nein, als Säumer war er schlicht und einfach eine schlechte Partie. Zum einen war er nie zu Hause und zum anderen war er bei jeder Reise tödlichen Gefahren ausgesetzt. Kein Mädchen wollte gerne als junge Witwe enden.

Sosehr es ihn immer ärgerte, wenn er in der Stadt erfuhr, welche Eroberungen sein Vetter wieder gemacht hatte, der von allen Mädchen umgarnt wurde, sosehr genoss er seine eigene Freiheit und Unabhängigkeit.

Jan kehrte aus seiner Gedankenwelt wieder in die Wirklichkeit zurück. Der Priester warnte gerade in einer Predigt über das Gleichnis vom Sämann vor den Gefahren und Versuchungen des Satans. Jeder Mensch, so der Priester, sollte sein Werk auf Gott richten. Dass dies am besten getan sei, wenn man seine Gaben der Kirche gab, das verstand sich ganz von selbst. Jan trat während der ganzen Predigt gelangweilt von einem Bein auf das andere und war hoch erfreut, als der Priester endlich in einem Kauderwelsch aus Latein und Slawisch den Schlusssegen sprach.

Danach drängte alles aus der Kirche und machte sich auf den Weg zum Markt vor der Stadt. Jans Mutter ging mit Eliška zusammen los, um Einkäufe für den Winter zu tätigen, Wenzel wollte zuerst seinen Zehnten registrieren lassen und sich später mit einigen alten Bekannten im Gasthaus treffen. Die beiden Brüder gingen geradewegs zum Schießplatz, wo sich Jan in die Liste der Schützen eintragen ließ. Der Wettkampf wurde vom Landvogt von Horažďovice veranstaltet, der die Gerichtsbarkeit über Klatovy ausübte. Dem Sieger winkten ein reich verzierter Zinnbecher und fünf Silberlinge. Für den Burgvogt war vor allem von Interesse, die Waffenfertigkeit der Männer seines Herrschaftsgebietes zu prüfen, um in Kriegszeiten darauf zurückgreifen können. Deshalb war neben dem Herold eine Abordnung von fünf Reitern aus Horažďovice vor Ort, die gleichzeitig für die Sicherheit des Marktes sorgten.

Nachdem Jan sich für das Wettschießen eingeschrieben hatte, ging er zusammen mit Karel zu einem Bäcker, und sie kauften sich ein Schmalzbrot als Mittagessen. Kaum hatten sie sich auf einem Heuballen am Rand des Marktes niedergelassen, als Marek mit einem hübschen Mädchen im Schlepptau auf sie zukam.

„Einen schön Tag wünsche ich", begrüßte er seine Vettern freundlich.

„Gott zum Gruß", erwiderte Jan mit vollem Mund.

„Das sind meine beiden Vettern aus dem Wald", erklärte Marek seiner Begleitung, „es sind Säumer!"

„Pass auf, was du sagst", fuhr Karel auf, der sich gekränkt fühlte, „ich bin Lehrling eines Zimmermanns in Sušice."

„Was macht das schon", entgegnete Marek abschätzig, während seine Begleitung kicherte, „einmal Säumer, immer Säumer!"

„Aber ein ehrenwerteres Dasein als…", Karel stockte in seinem Satz.

„Als was", provozierte ihn Marek und ging einen Schritt auf Karel zu.

Unsicher blickte Karel seinen Vetter an, dessen Begleitung immer noch nichts von der Ernsthaftigkeit der Situation bemerkt hatte.

„Lass dir das nicht gefallen", ermunterte sie Marek kichernd.

Der ging noch einen Schritt auf Karel zu, der jetzt über den Heuballen zu kippen drohte. „Also, sprich deine Gedanken aus", forderte Marek noch einmal und fasste Karel dabei am Wams.

In diesem Augenblick sprang Jan auf, der bisher ruhig daneben gesessen hatte und stellte sich zwischen die beiden. Sein ganzer Körper war angespannt vor Zorn. Grimmig blickte er seinem Vetter in die Augen, der Abstand zwischen ihnen betrug nur wenige Zentimeter.

„Er wollte sagen, dass es anständiger ist, Säumer zu sein, als ein widerlicher, schmieriger Halsabschneider", fauchte Jan.

Mareks Freundin hört erschrocken auf zu kichern und versuchte Marek weg zu ziehen. Aber der beachtete sie nicht.

„Pass auf was du sagst, du kleiner Viehtreiber! Mein Vater hat nach deinem Auftritt von vorgestern ein Auge auf dich geworfen, denn irgendwann reißen auch Verwandtschaftsbande!"

„Ich träume manchmal davon, wie schön es wäre, wenn kein Tropfen gleichen Bluts in uns wäre und ich dich nicht schonen müsste!"

„Genau, ein Träumer, der bist du! Denn in der Wirklichkeit bist du ein Nichts!"

„Ich freue mich auf den Tag, wenn du mich um Nachsicht anbetteln wirst!"

Marek stutze kurz, denn das siegesgewisse Lächeln Jans kannte er nur zu gut. Er hatte es bei ihren Raufereien immer zu sehen bekommen, wenn seine Lage aussichtslos geworden war.

„Das will ich sehen", sagte er noch, bevor er sich umdrehte und mit dem Mädchen zügig wegging, das sich ängstlich bei ihm einhakte. Aus sicherer Entfernung blickte sie sich noch einmal skeptisch um und ihr schauderte, als sie Jan in die Augen sah, der sich noch nicht von der Stelle bewegt hatte.

Erst langsam entspannte sich Jan wieder. Diesmal war er eindeutig als Sieger aus ihrem Streitgespräch hervorgegangen.

„Dem hast du es aber gezeigt", klopfte ihm Karel stolz auf die Schulter.

„Hör zu, lass dich nie wieder von ihm provozieren", warnte Jan ihn statt eines Dankes, „der ist schlimmer als die Schlange im Paradies!"

„Schon verstanden", nickte Karel betroffen und fügte hinzu: „Vielen Dank, dass du mir geholfen hast!"

„Keine Ursache, ich habe Übung darin!"

Mit einem breiten Grinsen stupste Jan seinen Bruder an, der den Schock immer noch nicht ganz überwunden hatte.

„Komm, jetzt wollen wir zum Bogenschießen gehen!"

Um den Schießplatz herum hatte sich schon eine große Zuschauermenge angesammelt, die alle einen spannenden Wettkampf erwarteten. Neben Jan und ein paar anderen Säumern hatten sich auch noch einige Bauern der Umgebung als Schützen gemeldet, dazu kam noch ein Bajuware, der sich zufällig in der Stadt aufhielt, und als Maßstab für die anderen trat ein Bogenschütze des Landvogtes an.

Zu Beginn las der Herold die Regeln vor. In der ersten Runde hatte jeder Schütze zwei Pfeile auf die hundert Fuß entfernten Zielscheiben zu schießen. Die besten fünf würden dann in einer zweiten Runde mit nur einem Schuss auf einer Entfernung von hundertfünfzig Fuß die zwei Finalisten unter sich ausmachen, die dann im Finale um den ersten Preis gegeneinander antreten würden.

Neben den reinen Trefferergebnissen war das Publikum ein gnadenloser Richter. Hatte einer seine Bogenkenntnisse überschätzt und traf nicht einmal die Scheibe, so wurde er hämisch ausgelacht oder mit Dreck und kleinen Steinen beworfen. Andererseits wurde ein gelungener Schuss mit herzlichem Beifall honoriert.

Wie zu erwarten, erreichte der Bogenschütze aus Horažďovice die zweite Runde mit Leichtigkeit. Dazu gesellten sich neben Jan, der mit seinen Schüssen zufrieden war, auch noch zwei weitere Säumer und der fremde Bajuware, dessen Gesicht unter einem weiten Krempfhut und einem dichten Bart kaum zu erkennen war. Der Herold rief zuerst einen der beiden Säumer auf, zur zweiten Runde anzutreten. Knapp verfehlte er mit seinem Pfeil den schwarzen Mittelkreis. Der zweite Säumer traf zwar ins Schwarze, aber dem Pfeil fehlte es an Geschwindigkeit und so prallte er an der eng gebundenen Strohscheibe ab, womit der Treffer ungültig war. Einige enttäuschte Ausrufe begleiteten den Schützen auf seinem Weg zurück zum Wartebereich.

Nun war der Bajuware, der sich mit dem Namen Otto gemeldet hatte, an der Reihe. Er hatte in der ersten Runde das Publikum mit einem perfekten Schuss ins Staunen versetzt, weshalb es jetzt gebannt dem nächsten Schuss entgegen fieberte. Mit großer Gelassenheit legte der Mann den Pfeil in die Sehne ein und zielte. Aus einer inneren Intuition heraus beobachtete Jan aber nicht den Schützen, sondern schaute nach links ins Publikum, wo er Marek erblickte, der mit großer Spannung den Schuss des Bajuwaren erwartete. Das war nichts besonders auffälliges, denn alle um ihn herum waren ebenso gespannt, und Jan wollte sich schon wieder abwenden. In diesem Augenblick schwirrte der Pfeil durch die Luft und traf die Scheibe ins Schwarze. Während aber das Publikum abgesehen von kurzen Überraschungsrufen ruhig blieb, nickte Marek zufrieden.

Jan betrachtete jetzt den Bajuwaren genauer und er schimpfte sich innerlich einen dummen Ochsen, dass ihm das nicht früher aufgefallen war.

Aber ihm blieb keine Zeit, weiter über seine Entdeckung nachzudenken, da der Herold seinen Namen aufrief und er in den Schießstand treten musste. Im Publikum wurde es laut, denn es erwartete von ihm nun einen ordentlichen Konter.

Ruhig und konzentriert legte Jan den Pfeil in den Bogen ein. Er durfte sich jetzt nicht von seinen Gedanken ablenken lassen. Hundertfünfzig Fuß waren auch für einen guten Schützen eine große Herausforderung. Noch einmal atmete Jan tief ein und entließ die Luft durch die beinahe geschlossenen Lippen. Langsam hob Jan den Bogen, suchte einen festen Stand und spannte die Sehne zur Hälfte. Das Publikum verstummte gespannt. Jan nahm die Scheibe ins Visier, bedachte die Flugbahn des Pfeils und hob den Bogen noch etwas höher. Jetzt spannte er die Sehne vollkommen, sein Muskel schmerzte ein wenig, aber Jan achtete nicht darauf. Er hielt die Luft an und ließ die Sehne los. Dann schloss er die Augen und wartete…

Nach ein paar Sekunden, die Jan wie eine Ewigkeit vorkamen, jubelten die Zuschauer los. Jan suchte seinen Pfeil auf der Scheibe und fand ihn knapp über dem des Bajuwaren, noch näher am Zentrum der Schweibe!

Zufrieden verließ er den Schießstand, nicht ohne aber einen flüchtigen Blick zu Marek zu wagen, der nun nicht mehr so glücklich aussah.

Jetzt kam der vogtliche Bogenschütze als letzter in dieser Runde an die Reihe. Aber Jan achtete nicht auf den Schützen. Seine Aufmerksamkeit galt allein dem Bajuwaren, der sich im Wartebereich befand. Jan ging auf ihn zu und sprach ihn an.

„Da haben wir uns beide dasselbe Stückchen Scheibe ausgesucht, was!"

Otto brummte zustimmend etwas Undeutliches.

„Sag, wo hast du so gut schießen gelernt?"

„Ich verrate meine Erfolgsrezepte nicht, Kleiner" antwortete Otto wirsch, ohne den Kopf zu heben.

„Wie du gesehen hast, habe ich deine Rezepte nicht nötig! Ich bin einfach daran interessiert, wer mein Gegner ist", bohrte Jan weiter.

Otto dagegen war die Unterhaltung unangenehm, weshalb er Jan unfreundlich anraunzte:

„Mir sind meine Gegner egal, denn ich besiege sie auf jeden Fall. Deshalb werde ich auch dich besiegen!"

Damit wandte er sich ab und ging in Richtung des Heroldpodestes. Dort war gerade der Herold erschienen, um die Ergebnisse der zweiten Runde auszurufen. Der vogtliche Bogenschütze hatte es nicht geschafft, die beiden anderen zu übertreffen und so stand das Finale zwischen Jan und Otto fest. Aber vor der Entscheidung traten zur allgemeinen Unterhaltung ein paar Gaukler auf, um den Schützen eine Pause zu gönnen.

Jan gesellte sich wieder zu Otto.

„Wenn dir dein Leben lieb ist, dann mach dich aus dem Staub, bevor es zu spät ist", raunte er ihm von hinten ins Ohr.

Otto drehte sich rasch um und konnte die Überraschung in seinem Gesicht nicht verbergen.

„Du hast wohl Angst, ein weiteres Mal gegen mich anzutreten", antworte er mit gespielter Überlegenheit und entfernte sich, um endlich von Jan in Ruhe gelassen zu werden. Aber Jan hatte ohnehin kein weiteres Interesse an ihm. Er war sich in seiner Vermutung sicher. Während alle Augen auf die Gaukler gerichtet waren, die mit komischen Verrenkungen das Publikum zum Lachen brachten, ging Jan zu einem der Reiter des Vogtes. Ohne dass jemand etwas bemerkt hätte, war ihre Unterredung nach wenigen Minuten beendet und Jan kehrte auf den Schießplatz zurück.

Zehn Minuten später rief der Herold die beiden Schützen auf, gemeinsam anzutreten. Noch einmal wurden die Regeln verschärft.

„Die Scheiben werden in hundertfünfundsiebzig Fuß Entfernung aufgestellt", verkündete der Herold, „jeder Schütze hat einen Pfeil den er nach dem Kommando ohne langes Zögern auf seine Scheibe abschießen muss!"

Die Regel eines gleichzeitigen Schießens war ungewöhnlich, weshalb ein erstauntes Raunen durch das Publikum ging. Auf der einen Seite verkürzte das die Entscheidung, auf der anderen Seite war es gerechter für die Schützen. Bis auf wenige Ausnahmen unterstützte das Publikum den Säumer Jan gegen den Fremden und rief ihm immer neue Aufmunterungen zu.

Dann gebot der Herold mit seiner Trommel Ruhe.

„Schützen, nehmt Aufstellung", rief er laut.

„Den Pfeil in den Bogen einlegen!"

Jan und Otto gehorchten. Drei Schritte von einander entfernt machten sie ihre Waffe bereit. Jan ließ sich bei jedem Schritt etwas mehr Zeit als Otto, was dieser mit Unbehagen registrierte.

„Legt an!"

Gespannt schwieg das Publikum. Gleichzeitig hoben die beiden Schützen ihren Bogen.

„Zielt und schießt!"

Nach diesem Kommando mussten die Schützen nun zügig ihren Schuss abgeben, um nicht vom Wettkampf ausgeschlossen zu werden.

Jan spannte, aber bevor er zielte, raunte er seinem Gegner zu:

„Viel Glück, Walther!"

Danach zielte er rasch und ließ die Sehne vorschnellen. Fast zeitgleich hatte auch der Bajuware seinen Pfeil abgeschickt, aber nicht kontrolliert, sondern aus Überraschung. Gespannt verfolgten alle anwesenden die Pfeile, die kurz darauf in die Scheiben trafen. Während Jan wieder ins Schwarze getroffen hatte, traf der Bajuware nur den Rand der Scheibe. Der Jubel und Applaus schwoll unaufhörlich an, aber Jan achtete nicht darauf, denn er konzentrierte sich auf seinen Gegner, der ihn mit feindlichen Blicken ansah.

„Ich bringe dich um, wenn du mich verrätst", zischte er drohend.

„Du wirst kaum noch eine Möglichkeit dazu haben!"

In diesem Augenblick ertönte wieder die Trommel des Herolds und die Zuschauer wurden ruhiger.

„Ich, Herold von Horažd'ovice, erkläre im Auftrag meines Herrn, dem Landvogt von Horažd'ovice, den Säumer Jan zum Sieger des Bogenschießens."

Wieder lebte der Applaus auf, als Jan vortrat und den Preis vom Herold entgegennahm. Jan blieb in der Nähe des Herolds stehen, der nun wieder auf seine Trommel schlug.

Auf dem Schießplatz blieb der Bajuware alleine zurück. Der Herold begann wieder zu sprechen.

„Den zweiten Platz hat der Bajuware, der sich Otto nennt, gemacht!"

Der Herold machte eine kleine Pause, um den vereinzelten Unmutsäußerungen Raum zu geben.

„Aber hier in Böhmen haben wir Betrüger nicht sehr gern!"

Dabei schlug er einmal auf seine Trommel und kurze Zeit später galoppierten die Reiter auf den Schießplatz und kreisten den völlig überraschten Mann ein. Zwei Ritter stiegen vom Pferd und zerrten den Mann zum Herold. Dort zogen sie ihm die Kapuze ab und rissen ihm den falschen Bart aus dem Gesicht.

Die Schaulustigen, die ob der raschen Ereignisse völlig verstummt waren, schimpften und buhten den Betrüger aus. Aber die Trommel des Herolds ließ bald wieder Ruhe einkehren, und der Herold setzte seine Verkündung fort.

„Hier steht Walther, einer der gefürchtetsten Vogelfreien der Šumava! Führt ihn ab!"

Jetzt brach der Tumult im Publikum erst recht los. Zwar war man in der Stadt von den Vogelfreien der Šumava nicht betroffen, doch die Geschichten der Säumer und die Wut der Menschen über Gesetzlose hatten die Vogelfreien zu einem Feindbild der Stadt werden lassen. Dreck und Steine flogen, die nicht selten auch die Bewacher trafen.

Jan hatte sich die ganze Zeit nur auf seinen Vetter Marek konzentriert. Der war erschrocken aufgesprungen, als der Herold die wahre Identität des Bajuwaren verkündete. Ungläubig hatte er dann die Ereignisse verfolgt. Als die Reiter Walther abführten, trafen sich die Blicke der beiden verfeindeten Vettern. Jan zwinkerte verschwörerisch Marek zu, worauf sich dieser ängstlich umsah und dann schnell aus der Zuschauermenge verschwand.

„Du ärgerst mich heute nicht mehr", sprach Jan zufrieden zu sich selbst.

Zum ersten Mal betrachtete er jetzt seinen Preis. Nachdem er die Silberlinge in seinen Lederbeutel geschüttet hatte, bewunderte er die Verzierungen auf dem Zinnbecher, der sich nach oben trichterförmig öffnete. Es waren schön geschwungene Bögen, die immer wieder in einer Raute endeten.

„Herzlichen Glückwunsch!"

Jan blickte überrascht auf. Es war sein Vater Wenzel.

„Danke", entgegnete er kurz und zeigte ihm den Becher.

„Nein, nicht dazu. Das hatte ich ohnehin erwartet. Ich meine die Festnahme von Walther."

„Was habe ich damit zu tun?", fragte Jan scheinheilig.

„Mir kannst du nichts vormachen! Ich habe es in den Augen des Vogelfreien gesehen, wie er dich angesehen hat!"

„Ach so?"

„Ein Feind mehr, wie?", fragte Wenzel, nicht ohne Vorwurf.

„So sehe ich das nicht, Vater. Er war schon vorher mein Gegner, nur das wir uns nicht persönlich gekannt haben."

„Wo ist eigentlich Marek? Ich muss noch mit ihm reden!"

„Der versteckt sich wahrscheinlich zu Hause."

Vorwurfsvoll schaute ihn Wenzel an.

„Was ist schon wieder passiert. Karel hat vorhin so eine Anspielung gemacht…"

„Nichts, wir haben uns wie gewohnt unterhalten."

„Das heißt bei euch, dass ihr aneinander geraten seid!"

Jan nickte zustimmend.

„So geht das nicht", fuhr Wenzel auf, beruhigte sich aber gleich wieder, „diesmal muss es aber besonders schlimm gewesen sein, wenn sich Marek jetzt deiner Meinung nach versteckt!"

„Nicht anders als sonst. Außerdem hat das nichts damit zu tun, dass er sich versteckt!"

„So?"

„Was würdest du machen, wenn dein Komplize auffliegt?"

Ungläubig schaute Wenzel seinen Sohn an.

„Willst du etwa sagen, dass Marek ..."

Weiter kam er nicht, denn in einiger Entfernung erschien Miloš mit strammem Schritt, der auf weiteres Ungemach schließen ließ.

„Wir sprechen uns noch", bemerkte Wenzel kurz und ging auf Miloš zu.

„Gut, das ich euch beide treffe", schnaufte Miloš, der einen fülligen Körper und eine knappe Kondition besaß.

Über Jans Gesicht huschte ein Lächeln, denn von treffen konnte keine Rede sein, eher von finden. Aber er unterdrückte seinem Vater zuliebe eine freche Bemerkung. Miloš nahm Jans Regung nicht wahr, sondern fuhr nach einer kurzen Verschnaufpause fort:

„Ich wollte eigentlich zuerst mit dir alleine sprechen", wandte er sich an Wenzel, „aber so ist es auch gut."

Wieder musste er eine Pause einlegen, denn er war mehr erregt, als es sein körperlicher Zustand erlaubte. Auf seiner Stirn standen Schweißperlen, obwohl es Anfang Oktober war.

„Marek hat sich bei mir beschwert, dass sich Jan heute wieder ungebührlich benommen hat und das auf öffentlicher Straße!"

„Ich habe schon mit Jan darüber gesprochen", versuchte Wenzel dem Gespräch an Schärfe zu nehmen.

„Das glaube ich dir, aber dein Sohn scheint sich deinen Tadel nicht zu Herzen zu nehmen, denn in letzter Zeit haben sich die Vorfälle gehäuft! Er muss endlich lernen, sich unterzuordnen!"

„Gib ihm etwas Zeit, er ist noch jung. Hast du schon von der Verhaftung gehört?", wechselte Wenzel jetzt das Thema, da ihm der Sinn nicht nach einer Diskussion stand.

„Natürlich! Ganz schön blöd von dem Kerl, sich hier zu zeigen und noch dazu, wenn Soldaten in der Stadt sind!"

„Bist du denn nicht froh darüber, Onkel Miloš", mischte sich jetzt Jan ein, „einer weniger, der deine Saumzüge überfallen kann!"

„Wie? Ach so... natürlich, natürlich", stotterte Miloš, wobei aber sein linker Augenwinkel verräterisch zuckte.

„Ich weiß nicht, wie es euch geht", überging Jan die Schwäche seines Onkels, „aber ich habe Hunger. Vater, wollten wir uns nicht mit der ganzen Familie im ‚Torfgrund' treffen?"

Wenzel verstand sofort, dass Jan keine Lust mehr auf diese Diskussion hatte und liess sich auf das Schauspiel ein.

„Ach ja, genau. Ich denke, es ist wirklich Zeit zu gehen!"

Sie ließen Miloš keine andere Wahl, als sich zu verabschieden, und der Verwandte blieb alleine auf dem inzwischen menschenleeren Schießplatz zurück. Während sie nebeneinander liefen, legte Wenzel seinen Arm auf Jans Schulter. Jan spürte etwas von der väterlichen Liebe, die er schon für erloschen geglaubt hatte.

„Du hattest recht", sagte Wenzel nach einer Weile.

„Womit?"

„Er ist ein ‚widerlicher, schmieriger Halsabschneider'!"

Jan war überrascht.

„Ich muss Karel wohl noch beibringen, nicht alles zu erzählen, was ich sage!"

Lachend gingen sie auf den Marktplatz zu, wo sie bald auch Karel und die beiden Frauen trafen, die voll beladen waren mit Stoffrollen und kleinen Beuteln.

Zusammen gingen sie in den ‚Torfgrund', das Stammlokal der Säumer, und feierten Jans Sieg im Bogenschießen.

Am späten Nachmittag machten sich Wenzel und Martha zusammen mit Eliška auf den Heimweg, die sich aber heftig wehrte. Denn am Abend war das große Lagerfeuer, bei dem sich die Jugend zum Feiern und Tanzen traf. Aber Martha hielt nichts von dem ‚Heidenspuk', wie sie es nannte, und fürchtete um die Unversehrtheit ihrer Tochter. Da halfen auch keine Versprechen der beiden Brüder, auf die kleine Schwester aufzupassen.

***

Das Lagerfeuer brannte in der Mitte der Wiese, wo sich eine große Traube junger Burschen und Mädchen bereits eingefunden hatte. Etwas abseits lagen Holzstämme, die als Sitzbänke genutzt wurden. Daneben stand ein alter Karren, auf dem ein Fass Bier darauf wartete, angestochen zu werden.

Jan und Karel begaben sich zu den anderen Säumern. Dort wurde Jan mit Applaus begrüßt und jeder wollte einmal den Zinnbecher in den Händen halten. Natürlich war der verkleidete Vogelfreie das bestimmende Gesprächsthema.

„Ich wundere mich, wie der Herold den Vogelfreien erkannt hat", bemerkte einer der Säumer.

„Der kann diese Räuber auch nicht besser kennen als wir, weil die sich ja eigentlich nie blicken lassen", wandte ein anderer ein.

„Nein, eher hat einer von uns ihn vorher mal gesehen, aber hinter Büschen versteckt und mit fünf anderen Galgenvögeln zusammen!"

„Stimmt", schimpfte ein anderer, „die Kerle trauen sich nur hervor, wenn sie sich ihrer Sache ganz sicher sind! In einem offenen Kampf hätten die keine Chance gegen die Soldaten!"

„Ich habe gehört", begann ein anderer zu erzählen, „dass unser Saumpfad der einzige ist, bei dem der Begleitschutz nicht funktioniert. All die anderen Wege durch die Šumava, sei es aus Passau, aus Straubing oder gar aus Regensburg berichten über weniger Überfälle!"

„Außerdem", stimmte ein anderer zu, „kommen immer neue Orte an der Donau auf die Idee, einen Saumpfad einzurichten. Im Kloster Niederaltaich soll man auch schon geplant haben, durch einen eigenen Salzhandel die Einkünfte zu sichern. Vor einigen Jahren ist aber ein neuer Abt eingesetzt worden, der mehr an geistlichen Dingen interessiert sein soll, als an Reichtum."

Jan hatte auch schon von dem neuen Abt von Niederaltaich gehört, einem großen Kloster zwischen Passau und Deggendorf.

„Aber trotzdem finde ich es gut, dass es den Comeatus gibt", kehrte ein anderer Säumer, dem das Geschwätz auf die Nerven ging, wieder zu dem ursprünglichen Thema zurück.

„Ach, vergiss doch diese Burschen", wandte sofort ein junger Säumer hitzig ein, während eine weitere Runde Bier verteilt wurde, „die Soldaten haben doch die Hose genauso voll wie wir. Ich würde viel lieber wieder alleine und ohne Aufpasser durch die Šumava ziehen!"

„Dann wäre es noch gefährlicher", entgegnete ein dritter Säumer, „früher gab es kaum einen Saumzug, dem nicht etwas zugestoßen ist in der Šumava. Das ist heute viel besser. Außerdem ist es doch ein gutes Zeichen, wenn die Vogelfreien sich schon in die Städte wagen müssen, um genug Auskommen zu haben! Bedenkt, vielleicht ist dieser Walther nur deshalb hierher gegangen, weil es keinen Comeatus auf dieser Seite der Šumava gibt!"

Zustimmend nickten einige der anderen.

„Der hat sicherlich nicht damit gerechnet, hier gefangengenommen zu werden", freute sich Vladja, der neben Jan einen Platz gefunden hatte, „soll es den anderen eine Lehre sein!"

Er nahm einen kräftigen Schluck aus seinem Humpen und sagte dann mit einem verschmitzten Lächeln zu Jan:

„Außerdem glaube ich kaum, dass der Herold den Vogelfreien erkannt hat. Dazu muss man schon etwas näher an dem Kerl herangekommen sein, um das zu bemerken!"

Plötzlich richteten sich alle Augen auf Jan.

„Wie hast du das denn bemerkt", wollte schließlich einer wissen.

Jan ließ sich mit der Antwort etwas Zeit.

„Nun, er hat sich auffällig unauffällig benommen", sagte er dann mit einem Grinsen, „ich habe angefangen, mit ihm zu reden, aber er wollte mich nicht einmal anschauen! Also habe ich ihn so lange gereizt, bis er seinen Kopf zu mir gedreht hat und ich gesehen habe, das sein Bart blond war, seine Kopfhaare aber braun."

Die Männer um Jan herum schwiegen gespannt, in der Nähe des Feuers fingen nun drei der Gaukler an, lustige Tanzmusik zu spielen. Jan schaute kurz auf und fuhr dann mit seinem Bericht fort.

„Ich habe dann ein wenig nachgedacht und mir ist eingefallen, dass mir ein Säumer aus Sušice einmal von einem Vogelfreien erzählt hat, der mit dem Bogen umzugehen weiß, wie der Teufel persönlich."

Einige der Säumer erinnerten sich auch an eine solche Geschichte und nickten zustimmend.

„Nun, dann habe ich eins und eins zusammengezählt und habe einem der Reiter meine Entdeckung gesagt. Den Rest haben die dann erledigt."

Als wäre es ein gemeinsamer Sieg gewesen, prosteten sich die Männer jubelnd zu. Jan war es unangenehm, im Mittelpunkt zu stehen, weshalb er sich von den Säumern verabschiedete und zum Feuer ging, wo man in einem großen Kreis zur Musik tanzte.

Gedankenversunken schaute Jan dem fröhlichen Treiben zu. Die Tänzer kamen Jan im hellen Feuerschein, der ihre Schatten bis zum Waldrand fließen ließ, wie Berggeister und Elfen vor, die die Menschen in die ewige Verdammnis lockten. Jan lehnte sich gegen einen Baum und ließ seine Gedanken schweifen.

Plötzlich stand sie da. Er hatte nicht bemerkt, wie sie sich ihm genähert hatte, aber plötzlich stand sie vor ihm und schaute ihn mit einem kecken Lächeln an.

„Hätte der Meisterschütze Lust auf einen Tanz?", fragte sie und zog ihn, ohne auf seine Antwort zu warten zum Feuer.

Bevor Jan sich versah, waren sie durch den Tänzerkreis hindurch zum Feuer geschlüpft, wo das Mädchen sogleich anfing, sich mit ihm im Kreis zu drehen. Jan war kein guter Tänzer und bewegte sich deshalb etwas zaghaft, aber nach ein, zwei Runden um das Feuer fiel es ihm wesentlich leichter und er begann Spass am Tanz zu haben. Jetzt betrachtete er auch zum ersten Mal eingehend seine Tänzerin. Sie reichte ihm bis zur Schulter und trug ein himmelblaues Kleid, zu dem passend dünne Bändchen ins dunkelbraune Haar, das offen über die Schultern fiel, eingeflochten waren. Zwischen ihren strahlenden, rehbraunen Augen unterstrich die schmale Nase ihre feinen Züge. Die geröteten Wangen führte Jan auf das Feuer und den Tanz zurück, denn auf ihrer hohen Stirn bildeten sich schon kleine Schweißperlen wie Tautropfen. Auch wenn das Kleid sehr weit geschnitten war, so konnte man doch erahnen, das sich darunter ein wohlgeformter Körper befand und Jan war sich nicht sicher, ob ihm nur von dem nahen Feuer warm wurde. Sie tanzten eine Ewigkeit, immer im Kreis, versuchten die ausgefallensten Figuren, bis Jan keuchend anhielt, als die Musiker gerade eine Pause zwischen zwei Stücken machten.

„Erlaubt die Meistertänzerin eine Pause?"

„Ungern, aber bevor du hier vor allen zusammenbrichst", neckte sie ihn und rannte aus dem Kreis hinaus in die Dunkelheit. Jan musste sich, nachdem er ihr gefolgt war, erst wieder an die Nacht gewöhnen, da der Feuerschein von den anderen Tänzern aufgehalten wurde. Das Mädchen hatte sich in der Nähe auf einem Baumstamm neben einer Hecke niedergelassen. Dort saß sie und beachtete ihn nicht, sondern schaute demonstrativ an ihm vorbei zu den Tänzern. Ihre langen dunkelbraunen Haare glänzten im Feuerschein.

Jan ging auf sie zu.

„Guten Abend", grüßte er galant und machte eine ungelenke Verbeugung, „ist bei dir noch ein Platz frei?"

„Ja, bitte sehr", bot sie ihm mit einer Handbewegung einen Platz neben ihr an.

Schweigend saßen sie nebeneinander, bis Jan das Spiel fortsetzte:

„Darf ich mich vorstellen: Mein Name ist Jan."

„Angenehm", antwortete sie, „nenn mich Božena."

Dann herrschte wieder Ruhe, bis schließlich beide losprusteten und über ihre eigene Komödie lachen mussten.

„Du bist zwar ein Meisterschütze, aber ein schlechter Schauspieler!"

„Du hast mich heute Nachmittag gesehen?", fragte Jan, nicht ohne Stolz.

„Wie jeder andere hier auch", lächelte sie, „das war wirklich ein außergewöhnlicher Schuss!"

„Danke", antwortete er verschmitzt, „ich habe diesen Schuss schließlich hunderte Male geübt!"

„Man kann so einen Schuss üben?", fragte Božena überrascht, aber als sie Jans breites Grinsen sah, gab sie ihm empört einen Schlag auf den Arm.

„Oh, du denkst also, dass du mich zum Narren halten kannst! Na warte!"

Ehe Jan reagieren konnte, prasselten ein paar gezielte Schläge auf seinem Arm.

„Gnade!", flehte er, immer noch grinsend.

„Den guten Glauben eines anständigen Mädchens so zu hintergehen", gab sich Božena beleidigt, „dafür gibt es keine Gnade!"

Wieder wollte sie ihm einen Hieb versetzten, aber diesmal war Jan schneller und fasste ihren Arm am Handgelenk.

„Normalerweise wird in solch einem Fall ein Gnadengesuch akzeptiert", mahnte er.

„Aber nur, wenn es ernst gemeint ist", erwiderte Božena trotzig und versuchte vergeblich, ihren Arm aus Jans Hand zu befreien.

„Werte Božena", bat Jan, während er sich vor ihr hinkniete, „ich bitte dich um Gnade!"

„Na gut", antwortete sie affektiert, „nur dieses eine Mal!"

Jan ließ ihre Hand los, setzte sich wieder neben sie und als sie sich anschauten, grinsten wieder beide über ihr Schauspiel.

***

Für Božena war dieses Erntedankfest nicht sehr vielversprechend gewesen. Denn jedes Jahr kamen zu dem Fest die Verwandten ihrer Mutter, die aus Chladkovice stammte, einem kleinen Dorf Richtung Horažďovice. Nicht dass sie ihre Verwandten nicht leiden konnte, aber der Besuch bedeutete für sie immer viel Arbeit, denn natürlich musste alles perfekt sein, wenn die Großmutter kam. Die war zwar damals froh gewesen, als der reiche Händler aus der Stadt um die Hand ihrer Tochter gebeten hatte, obwohl sie keine große Mitgift in die Ehe einbringen konnte. Aber jetzt vermisste sie ihre Tochter immer sehr, wenn sie sah, wie die anderen Familien im Dorf alle zusammen wohnten. Die seltenen Besuche konnten das kaum aufwiegen. Umso schöner sollten sie dann aber auch sein. Schon früh am Morgen hatte Božena aufstehen müssen, noch einmal die Wohnstube fegen und mit neuem Stroh auslegen müssen, über das frische Fichtennadeln gestreut wurden, um den Raum mit einem angenehmen Duft zu erfüllen. Danach hatte sie ihrer Mutter in der Küche helfen müssen, damit das Mittagsmahl nach der Kirche schnell zubereitet werden konnte. Normalerweise hatten sie dafür eine Magd, aber die hatte an diesem Feiertag frei. Anschließend musste sich Božena für die Kirche zurecht machen, wobei ihre Mutter ein strenges Auge darauf hatte, dass die Haare ordentlich geflochten waren. Die Kirche war der erste Lichtblick an diesem Tag gewesen. Obwohl Božena kein Wort des Gottesdienstes verstand, war sie fasziniert von dem Glanz und der Schönheit der Dinge, die sie dort sah. Sie liebte das Funkeln der silbernen Becher im Kerzenschein und den wohligen Duft des Weihrauches. Da ihr Vater einer der reichsten Händler der Stadt war, stand sie in der Kirche in den vordersten Reihen, von wo aus sie alles gut sehen konnte. Sie hatte sich schon des Öfteren gefragt, ob die Menschen im hinteren Teil des Kirchenraumes überhaupt etwas sahen, aber letztendlich wollte sie die Antwort nie erfahren.

Nach der Kirche traf sich die ganze Familie bei ihren Eltern zuhause zum Mittagessen. Božena saß am Tischende zusammen mit ihren Vettern und Cousinen, die bis auf zwei alle viel jünger waren. Voller Ungeduld wartete sie darauf, bis man endlich aufbrach, um sich den großen Markt vor der Stadt und natürlich das Bogenschießen anzuschauen. Auf dem Markt konnte sie ihre Mutter davon überzeugen, ihr eine hübsche Fellmütze für den Winter zu kaufen und sie bekam außerdem noch ein paar feste Schuhe mit je zwei Holzklötzen unter der Ledersohle, die vor Schlamm und Nässe schützen sollten.

Als sie auf den Schießplatz kamen, war schon eine große Menschenmenge versammelt und nur dank der Stellung ihres Vaters bekamen sie noch einen Platz auf der kleinen Tribüne, die man errichtet hatte.

Von dort aus hatten sie einen ausgezeichneten Blick auf die Zielscheiben. Gespannt verfolgte sie den Wettkampf. Als Jan zum ersten Schuss aufgerufen wurde schlug ihr Herz höher. Sie hatte zwar noch nie ein Wort mit ihm gesprochen, aber ihr gefielen seine stattliche Figur und die schulterlangen blonden Haare, die frei und unbändig herab fielen. Auch wenn er noch sehr jung war, genoss er bei den Säumern ein hohes Ansehen und man erzählte sich erstaunliche Geschichten über ihn. Einige Male hatte ihr Vater von ihm beim Essen gesprochen, meistens wenn es wieder einmal zu einer Auseinandersetzung zwischen Jan und seinem Vetter Marek gekommen war. Boženas Vater ergriff dann meistens die Position Mareks, der diesen Heißsporn bändigen müsse. In solchen Fällen war sie immer geneigt, Jan zu verteidigen, was sie aber wohlweislich vermied. Immerhin hatte ihr Vater sehr von Mareks Vater Miloš profitiert und die beiden Familien kannten sich. Es war ihr auch nicht entgangen, dass ihr Vater sie nur zu gern mit Marek verheiraten würde. Aber der hatte bisher nicht das geringste Interesse an ihr gezeigt, ebenso wenig wie sie an ihm.

Deshalb hatte sie ihre Zuneigung zu Jan immer geheim gehalten und ihn nur von der Ferne auf dem Marktplatz beobachtet – oder eben jetzt beim Bogenschießen.

Nach dem Wettkampf wurde bald darauf die Verwandtschaft verabschiedet und nur die beiden älteren Vettern blieben, um am Abend zu dem Herbstfeuer zu gehen. Božena ging zusammen mit ihnen hin, nur trennten sich dort ihre Wege bald und während die Jungen ein paar andere Bewohner ihres Dorfes zum gemeinsamen Bier trinken gefunden hatte, gesellte sich Božena zu den anderen Mädchen aus der Stadt. Es wurde viel getuschelt und der neueste Klatsch besprochen. Božena verfolgte das Gespräch nur halb und suchte dabei die versammelten Menschen nach Jan ab. Schließlich fand sie ihn mit dem Rücken ihr zugewandt in einer Gruppe von Säumern sitzen, die sich lauthals unterhielten. Wie immer saßen sie ein wenig abseits, um ihre Besonderheit zu demonstrieren. Božena teilte die Abneigung der Stadtbewohner gegen diese Männer, deren Leben einen so unsteten und inhaltslosen Anschein machte. Ihrer Meinung nach brauchte es keine große Fertigkeit, um ein Pferd zu führen und nicht selten wurde aus einem Taugenichts ein Säumer, was aber keine große Veränderung darstellte. Bei Jan war das etwas anderes. Seine Ausstrahlung war nicht die eines Taugenichts und sein Vater bewirtschaftete ja zudem einen kleinen Hof. Für Božena passte er nicht zu den anderen Säumern, auch wenn man ihn nur selten in anderer Begleitung sah.

Sie hatte sich nicht vorgenommen, an diesem Abend mit Jan zu reden, war bald von einem jungen Handwerksgesellen zum Tanz aufgefordert worden und unterhielt sich mit einem der anderen Mädchen. Als aber Jan aufstand und verträumt dem Tanz zusah, hielt sie es für eine willkommene Gelegenheit. Sie vergaß alle Scheu, alle Vorurteile gegenüber Säumern sowie alle Bedenken darüber, was ihr Vater wohl dazu sagen würde und ging zu ihm hinüber.

***

Nun saßen sie schon eine ganze Weile hier unter der Hecke und unterhielten sich wie zwei alte Freunde, die sich lange nicht gesehen hatten. Božena fragte Jan über das Säumerleben aus, wohingegen er wissen wollte, wie sie ihre Tage verbrachte. Sie sprachen über Pferde, und Jan musste feststellen, dass Božena darüber ausgezeichnet Bescheid wusste. Sie waren so sehr in ihr Gespräch vertieft, dass sie erst gar nicht bemerkten, wie die Musik aufhörte zu spielen und sich die Leute auf den Heimweg machten.

„Oh", erschrak Božena, „ich glaube ich muss gehen und meine Vettern suchen!"

„Sind die so klein, das man auf sie aufpassen muss?"

„Nein, aber sie haben meiner Mutter versprochen, auf mich aufzupassen!"

„Sie haben ihren Auftrag wirklich gut erfüllt", grinste Jan ironisch.

Sie musste auch lachen, wurde dann aber plötzlich ernst.

„Jan", fragte sie, „werden wir uns wiedersehen?"

Es war das erste Mal das sie seinen Namen gesagte hatte und nie hatte er schöner geklungen.

„Ja", antwortete er sanft, „aber geh jetzt besser zu deinen Vettern, nicht dass die ohne dich nach Hause zurückkehren!"

„Bis bald!"

Damit drehte sie sich um und lief zum Feuer hin. Jan beobachtete sie noch, bis sie hinter dem Feuerschein in der Dunkelheit verschwand. Dann hob er den Zinnbecher in die Luft, der vor ihm auf den Boden stand und warf ihn vergnügt in die Höhe. Als er Karel nirgendwo finden konnte, machte er sich auch auf den Weg in die Stadt, um in irgendeinem Stall ein freies Plätzchen mit Stroh zu finden.

***

„Halt mal diesen Balken hier fest", stöhnte Wenzel.

Jan ließ das Büschel Moos fallen, das er gerade auf das Dach ihres Hauses getragen hatte und half seinem Vater. Sie waren dabei, das Dach vor dem Winter noch einmal auszubessern. Zur besseren Isolierung stopften sie Moos zwischen die Balken. Darüber kam in die Ritzen eine Schicht aus Lehm und Harz, um die Feuchtigkeit abzuhalten.

„Denkst du, dass es in Deggendorf einmal kein Salz mehr zu transportieren gibt", fragte Jan, während er die Ritzen fest mit Moos füllte. Das Erntedankfest war schon zwei Tage her, aber das Gespräch der Säumer war ihm nicht aus dem Kopf gegangen, genauso wenig wie Božena, aber von ihr hatte er zuhause nichts erzählt.

„Wie kommst du denn auf so etwas", wunderte sich Wenzel.

„Die anderen Säumer haben darüber geredet! Wegen der Überfälle soll der Deggendorfer Saumpfad unsicherer sein als die anderen Saumpfade. Deshalb lassen die Händler ihr Salz lieber woanders transportieren." Jan machte eine kurze Pause. „Oder über neue Wege."

Sein Vater schaute auf.

„Neue Wege? Wer erzählt denn so etwas?"

„Man sagt, dass das Kloster Niederaltaich einen Saumpfad plant!"

„So ein Blödsinn! Seit ich denken kann wurde kein neuer Saumpfad geschaffen!"

„Warum eigentlich nicht?"

Wenzel legte sein Werkzeug aus der Hand und setzte sich auf einen der Dachbalken. Jan konnte die Erschöpfung im Gesicht seines Vaters sehen.

„Da gibt es mehrere Gründe. Zum einen sind die jetzigen Wege uralte Handelswege, die seit Generationen benützt werden. Außerdem gibt es nur wenige Möglichkeiten, in die Šumava vorzudringen und die besten sind die bestehenden Wege. Aber vor allem gibt es keine Menschen, die solch einen Blödsinn wagen. Es dauert Jahre, bis man den neuen Weg benutzen kann!"

„Aber denkst du denn, dass es nicht wirklich Probleme geben kann, wenn die Überfälle nicht aufhören?"

Wenzel dachte kurz nach, wobei sich seine Stirn kräuselte.

„Onkel Miloš verfolgt einen festen Plan, der allen helfen kann, wenn er gelingt. Bis dahin gibt es aber noch einige Probleme!"

„Ja, sein Plan hilft vor allem ihm selbst und den Räubern", fuhr Jan wütend auf. „Merkst du denn nicht, dass er uns alle nur gebraucht, um selbst immer reicher zu werden?"

„Sprich nicht in solch einem Ton mit mir! Du kennst Milošs Plan nicht und willst ihn auch gar nicht kennen!"

„Erinnerst du dich nicht, was ich dir in Klatovy erzählt habe", drängte Jan, der gedacht hatte, seinen Vater überzeugt zu haben.

„Dass Marek den Vogelfreien kannte? Das kann Zufall gewesen sein. Vielleicht ist er ja auch nur auf ihn hereingefallen oder er hatte auf ihn gewettet!"

Ihre Diskussion ging noch ebenso heftig weiter, wobei Jan immer neue Vorwürfe gegen Miloš und Marek vorbrachte, die aber Wenzel alle wieder abstritt oder verharmloste.

Schließlich kam Martha aus dem Haus gerannt und verbot beiden, noch ein Wort zu sagen. Sie beendeten daraufhin wortlos ihre Arbeit. Jan hatte sich selten so heftig mit seinem Vater gestritten. Ihm war dabei bewusst geworden, dass er seinen Vater nie von seiner Meinung überzeugen könnte, selbst dann nicht, wenn er ihm von seinem Wissen über Milošs Vergangenheit erzählen würde.

Am nächsten Morgen zäumte Jan sein Pferd früh auf und verschwand mit einem gefühllosen ‚Auf Wiedersehen' Richtung Klatovy, da er sich nicht wieder mit seinem Vater streiten wollte und ihn die Sehnsucht nach Božena antrieb.

* * *

Božena schwelgte seit zwei Tagen im Glück. Endlich hatte sie sich getraut, Jan anzusprechen und es war fast noch schöner gewesen, als sie es sich erträumt hatte. Fröhlich pfeifend hüpfte sie die Straße vom Markt hinunter und schwang den vollen Einkaufskorb im Takt. Als sie in ihre Straße einbog, lief sie geradewegs in Marek hinein, stolperte und der gesamte Inhalt des Korbes rollte auf die dreckige Straße.

„Entschuldigung", stammelte Božena, während sie das Gemüse wieder einsammelte.

„Eine schöne Frau braucht sich nicht zu entschuldigen, wenn ihr ein Missgeschick passiert", antwortete Marek charmant und las eine auf die Straße gerollte Zwiebel auf.

„Danke für das Kompliment", antwortete sie, als sie alles aufgesammelt hatte und ihr Kleid glattstrich.

„Oh", lachte Marek, „ich kann noch viel schönere machen, wenn sich die Gelegenheit dazu bietet!"

Božena stutzte und verschränkte ihre Arme:

„Was muss das denn für eine Gelegenheit sein?"

„Das kann ich nicht so genau vorhersagen! Nur eins: ich bevorzuge dafür etwas weniger öffentliche Orte!"

Dabei glitten seine Blicke an ihrem Körper hinab.

„Solche Komplimente brauche ich nicht", antwortete Božena abweisend und hob ihren Korb auf, um zu gehen. Aber Marek hinderte sie daran, indem er seinen Arm sanft um ihre Schultern legte.

„Du darfst das nicht falsch verstehen", versuchte er, die Situation zu retten, „aber manche Komplimente sind eben nur für die Ohren einer Person bestimmt!"

„Nenne mir einen Grund, warum gerade ich diese eine Person bin", forderte ihn Božena barsch auf und löste sich aus seiner Umarmung. Marek gab noch nicht auf.

„Du gibst mir Sicherheit und Kraft", antwortete er mit honigsüßer Stimme, „in deiner Anwesenheit bin ich ein zahmes Lämmchen."

„Auch wenn Jan dabei ist", fragte Božena linkisch und verschränkte entschlossen die Arme.

„Ach, was kümmert mich der Säumer. Ich will lieber über dich reden", lenkte Marek mit einem unschuldigen Lächeln ab, doch in seinen Augen blitzte für einen Moment der tief sitzende Groll gegen seinen Vetter auf.

Božena hatte endgültig genug von Marek und seinen Schalmeiengesängen.

„Hör zu", erklärte sie bestimmt, „ich will nicht über mich reden, schon gar nicht mit dir. Ich bin nicht eine deiner Dirnen, die du wie ein balzender Gockel umschwärmst!"

Damit drehte sie sich um und ging eiligen Schrittes die Gasse hinab. Marek blieb verdutzt stehen. So etwas war ihm noch nie passiert. Er wollte die Sache bereits vergessen, aber dann obsiegte sein Stolz und er rannte ihr hinterher. Nachdem er sie eingeholt hatte, stellte er sich hier in den Weg und hielt sie am Arm fest.

„Du hältst dich für besonders klug", fuhr er sie zornig an, „aber es ist noch niemandem gut bekommen, sich mir zu widersetzen!"

Mit einer ruckartigen Bewegung befreite sie sich und lief eilends davon.

„Wenn du mich noch einmal berührst", drohte sie ihm aus sicherer Entfernung, „dann kratz ich dir die Augen aus."

Marek lächelte selbstbewusst und sah ihr noch eine Weile nach. Dieses Mädchen war eine Herausforderung!

* * *

Die Nachricht verbreitete sich wie ein Lauffeuer im Kloster. Ein Reiter hatte am Vormittag an der Klosterpforte geklopft und dem Sakristan, der den Abt in seiner Abwesenheit vertreten hatte, mitgeteilt, dass Abt Godehard innerhalb der nächsten Woche zurückkehren werde.

Daraufhin war ein geschäftiges Treiben eingesetzt, um dem Abt einen würdigen Empfang zu bereiten. Der Bruder Cellarus ließ sich breitschlagen, eines der kostbaren Fässer Wein aus dem Keller zu holen, während in der Bäckerei etwas feinere Zutaten für das Brot verwendet wurden als üblich. Gewiss, man hatte sich den Regeln des heiligen Benedikt verpflichtet, aber für besondere Anlässe durfte man eine Ausnahme machen. Dieser Anlass war ein besonderer: Abt Godehard war nun für ein knappes Jahr nicht im Kloster gewesen, da er auf Wunsch des baierischen Herzogs Heinrich, der inzwischen zum König gewählt worden war, im Kloster Tegernsee die gleichen Reformen anstoßen sollte, die er hier in Niederaltaich so erfolgreich durchgeführt hatte.

In den sechs Jahren, seit Godehard Abt geworden war, hatte sich Niederaltaich von einem unbedeutenden Missionskloster zu einem der modernsten und erfolgreichsten Klöster im Reich gewandelt.

Die entscheidende Reform, die Abt Godehard durchgeführt hatte, und auf der alle weiteren Schritte aufgebaut hatten, war die Umkehr des klösterlichen Lebens zur bedingungslosen Einhaltung der strengen Regeln des heiligen Benedikt. Der Abt hatte diese Idee, die von dem Kloster Cluny in Westfranken ausgegangen war, auf seiner Reise nach Italien kennengelernt, die er als Schüler des Erzbischofs Friedrich von Salzburg gemacht hatte.

Eine der wichtigsten Vorhaben dieser Reform war es, das klösterliche Leben vollkommen von externen Einflüssen zu befreien, um dadurch eine stärkere Bindung zu Gott aufbauen zu können. Deshalb wurde den Mönchen der Kontakt zu Laien verboten und nur dort erlaubt, wo er sich nicht vermeiden ließ. Dafür sollten die Mönche viel für die Seelen der Menschen beten, um ihnen auf diese Weise Beistand zu leisten.

Die Einführung der Reformen in Niederaltaich war für Godehard nicht sehr schwer gewesen, denn man kannte ihn dort, seit er ein kleiner Junge gewesen war. Sein Vater hatte als Verwalter für das Kloster Niederaltaich gearbeitet, weshalb Godehard die Klosterschule besuchen konnte, wo man bald seine großen Fähigkeiten entdeckt hatte.

Man sandte ihn zu weiteren Studien nach Salzburg in die Domschule. Nach Abschluss seiner Studien wurde er Sekretär des Erzbischofs, bevor er wieder nach Niederaltaich zurückkehrte und in die Kongregation der Mönche eintrat. Man wählte ihn zum Prior und nicht viel später zum Abt.

Wegen seines Erfolges war er schnell über die Grenzen des Erzbistums bekannt geworden und so auch König Heinrich aufgefallen, dem die Reform der Klöster ein Herzensanliegen war. Das Kloster Tegernsee war ein verwahrlostes und vernachlässigtes Kloster, das aber wegen seiner Lage nahe der Berge als Rodungskloster von Bedeutung war. Nach langem Zögern war Abt Godehard schließlich der Aufforderung gefolgt und hatte nun ein Jahr lang in Tegernsee gewirkt. Aber die Bemühungen waren größtenteils erfolglos gewesen, wie die Mönche aus den Briefen ihres Abtes bereits erfahren hatten.

Umso mehr war man deshalb bemüht, dem Abt einen herzlichen Empfang zu bereiten, damit er diese schwierigen Monate bald vergaß.

Als Abt Godehard den Klosterhof betrat, knieten sich alle Mönche, die sich dort versammelt hatten, zu Boden und empfingen seinen Segen. Dann zog man gemeinsam in die Kirche, wo ein feierlicher Gottesdienst abgehalten wurde als Dank für die glückliche Rückkehr des Abtes. Danach gab es im Refektorium ein Festmahl, wie es die Mönche schon seit Jahren nicht mehr erlebt hatten und selbst Abt Godehard sah für dieses eine Mal über den verschwenderischen Stil hinweg. Er war froh, wieder in seinem Kloster zu sein.

***

Božena legte den Umhang ab, als sie den Innenhof des Hauses betrat. Sie hatte ihre wöchentliche Beichte abgelegt und fühlte sich erleichtert. Sie hatte dem Priester von ihrer Liebe zu Jan erzählt und war froh, endlich mit einem Menschen darüber gesprochen zu haben. Zufrieden schlenderte sie auf die Haustür zu, als sie einen kurzen, hellen Falkenschrei hörte. Sie hielt inne und sah in die Luft, ohne einen Falken sehen zu können. Sie wollte sich wieder der Tür zuwenden, als der Vogel zum zweiten Mal einen Laut von sich gab. Božena blickte erneut zum Himmel, aber sie konnte keinen Vogel sehen, obwohl der Laut so klar zu hören gewesen war. Dann aber hörte sie ein deutliches Zischen vom Stall her und drehte sich um. Kaum sichtbar wackelte eine gerupfte Hühnerfeder im Türschlitz. Božena ging unsicher auf die Tür zu und öffnete sie leise. Als sie eingetreten war, mussten sich ihre Augen erst an die Dunkelheit gewöhnen.

„Guten Tag, Meistertänzerin", begrüßte sie Jan aus dem Dunkeln.

Božena zuckte kurz zusammen.

„Jan", rief sie flüsternd aus, wobei Jan nicht erkennen konnte, ob es nur Überraschung oder auch Freude war, ihn wiederzusehen.

„In der Tat", antwortete Jan, der lässig auf einem Heuballen neben der Tür saß.

Sie setzte sich zu ihm, nahm ihm die Feder aus der Hand und hielt sie vor sein Gesicht.

„Also, wie ein Falke sieht das ja nicht aus", bemerkte sie trocken.

„Das stimmt, aber einen Gockel kann ich nicht imitieren", log Jan.

„Du siehst auch nicht wie einer aus", grinste Božena. Sie war überglücklich, Jan hier zu treffen. Andererseits erkannte sie bald die Gefahr ihres Treffens, denn sie wusste, dass ihr Vater einen Wutanfall bekommen würde, wenn er sie beide hier zusammen fand. Deshalb wurde sie auf einmal ernst.

„Weißt du", schalt sie Jan, „wie gefährlich es für dich ist, einfach am helllichten Tag hier in unseren Hof zu gehen?"

„Sicher nicht gefährlicher, als einem Bären in der Šumava zu begegnen!"

„Oh, Jan", ärgerte sich Božena, „ich meine das ernst!"

„Ich auch, ich auch", beteuerte Jan und nach einer Pause fuhr er fort, „ich wollte damit sagen: genauso, wie ein Bär mich nicht davon abhalten kann, Säumer zu sein, so kann dein Vater mich nicht davon abhalten, dich zu sehen!"

„Und wenn zwei Bären auftauchen", hakte sie nach.

„Dann stelle ich mich dem Kampf", antwortete Jan mit erhobener Stimme prompt, „und entweder sterbe ich dabei oder ich werde ein Held!"

„Was ungefähr das Gleiche wäre", konstatierte Božena, „denn Helden sterben meistens jung!"

„Stimmt, sonst hätten sie ja viel zu viel Zeit, um Dinge zu tun, die ihr Heldentum verringern würden!"

Jan grinste triumphal, als er bemerkte, dass Božena kein Gegenargument mehr einfiel.

„Mir scheint", flüsterte sie zärtlich, „dass du nicht nur ein Meister im Umgang mit dem Bogen bist, sondern auch das Wortgefecht meisterhaft beherrschst!"

„Das sind meine schlechtesten Eigenschaften", prahlte Jan daraufhin schnippisch.

„Ich glaube dir das ungesehen", hauchte Božena ihm ins Ohr und suchte seine Hand im Dunkeln.

„Dann schließ die Augen", flüsterte Jan zurück.

Vorsichtig, als hätte er Angst, etwas zu zerbrechen, fuhr Jan mit seiner Hand Božena über die Wange, während sie ihren Kopf auf seine Schulter legte.

Jan fühlte sich wie in einer anderen Welt. Trotz der kalten Temperatur spürte er eine angenehme Wärme, die sich in seinem ganzen Körper ausbreitete. Nach einiger Zeit hob Božena den Kopf und schaute ihn mit ihren rehbraunen Augen an. Jan zog sie behutsam an sich und ihre Lippen trafen sich zu einem kurzen Kuss. Jan zog ihren Körper fester zu sich und Božena überliess ihm die Führung. Sie blieben noch lange aneinander geschmiegt sitzen, bis draußen die Kirchenglocke zu hören war und Božena plötzlich hoch schreckte.

„Gott im Himmel", entfuhr es ihr, „das ist das Abendläuten! Meine Eltern warten sicher schon auf mich!"

Sie wollte hinaus stürmen, aber Jan hielt sie zurück:

„Wann können wir uns wiedersehen?"

„Morgen gerne", antwortete Božena hastig, „zur selben Zeit!"

Damit wollte sie verschwinden, aber Jan hielt sie nochmals zurück.

„Warte", sagte er mit bestimmtem Tonfall, „ich muss dir etwas sagen: ich werde morgen nach Deggendorf aufbrechen und erst in ein bis zwei Wochen wieder zurück sein!"

„Ach so", murmelte Božena und schaffte es nicht, ihre Enttäuschung zu verbergen.

„Können wir uns heute Nacht noch einmal sehen", versuchte Jan einen neuen Anlauf.

Božena legte die Stirn in Falten.

„Wo sollen wir uns treffen?"

„Am besten wieder hier" schlug Jan vor.

Božena machte wieder eine Pause, die nun Jan ungeduldig werden ließ, aber schließlich straffte sich ihr ganzer Körper, und sie blickte ihn mit durchdringendem Blick an:

„Abgemacht", strahlte sie ihn an, „wir treffen uns hier um Mitternacht. Aber schrei nicht wieder wie ein verkümmerter Falke!"

Jan wollte aufbrausen, doch Božena huschte mit einem siegessicheren Lächeln aus der Tür. Glücklich ließ sich Jan wieder auf den Heuballen fallen, von dem er aufgesprungen war.

„Ich bin verliebt", stellte er fest, so als könnte er es sonst nicht glauben.

***

„Wie konnte dieser Kerl nur so blöd sein", fuhr Miloš erregt auf. „Spaziert einfach zu einem Bogenwettkampf, wo es von Soldaten nur so wimmelt!" Er machte einige Schritte durch den Raum und wandte sich dann abrupt seinem Gegenüber zu. „Wenn du meinst, dass ich dein Gesinde vor den Soldaten beschütze, dann hast du dich geschnitten. Ich habe nicht vor, mich mit dem Landvogt von Horažd'ovice anzulegen!"

Der Mann räusperte sich verlegen, während Miloš ihm den Rücken zudrehte und aus dem Fenster in den Abendhimmel starrte.

„Es wäre nichts passiert, wenn dein Neffe ihn nicht erkannt hätte", verteidigte der Gast seinen gefangengenommenen Räuberkumpanen lustlos. Er sah nicht ein, warum er sich hier rechtfertigen musste, denn schließlich hatte er den größten Schaden davongetragen, indem er seinen besten Bogenschützen verloren hatte. Aber Miloš schien anderer Meinung zu sein.

„Soll ich meinen Neffen blenden lassen, damit deine Einfaltspinsel vor ihm sicher sind?"

Wieder ging er unruhig in seiner Kammer, aber er wurde nachdenklicher dabei.

„Ich weiß, dass Jan eine Gefahr bedeutet. Er ist schlau und genießt hohes Ansehen unter den Säumern, genauso wie früher sein Vater!"

„Den hast du auch aus dem Verkehr gezogen, dann mach es mit seinem Sohn ebenso", schlug der Räuber vor, während er sich an dem Stumpf kratzte, der der klägliche Überrest seiner rechten Hand war. Sein verwahrlostes Äußeres ließ kaum noch vermuten, dass er einst die Stadtwache von Deggendorf befehligt hatte, noch weniger, dass er der Halbbruder des mächtigen Landvogts von Künzing war. Francis d'Arlemanche war nur noch ein einfacher, heruntergekommener Räuber, der mit grausamer Hand einen Haufen Taugenichtse zusammenhielt.

„Soso", lachte Miloš höhnisch, „wieder einmal soll ich dich eines deiner Probleme entledigen! Warum bringst du ihn nicht einfach im Wald um?"

„Er hat es bisher immer geschafft, unsere Fallen zu erkennen oder sich im Kampf zu behaupten. Gerade letzte Woche hat er einen Überfall vereitelt und drei unserer Männer mit dem Bogen getötet!"

„Wenn man dich so reden hört, könnte man meinen, du redest von Herzog Boleslav und nicht von einem einfachen Säumer", bemerkte Miloš trocken. „Aber in diesem Fall kann ich dir nicht helfen. Er ist immer noch mein Blutsverwandter. Ich lege ihm hohe Kosten auf, um ihn an mich zu binden, aber ich werde ihn nicht daran hindern können, durch die Šumava zu ziehen. Wenn ihm dort etwas zustößt, wäre das höchst bedauerlich, aber der Lauf der Dinge, wie man so schön sagt!" Miloš sah seinen Gesprächspartner an und grinste dabei teuflisch.

„Ich verstehe, was du meinst."

„Aber mein werter Neffe sollte danach noch von Nutzen für mich sein!"

„Jaja", brummte der Räuber. „Ich werde mir nur holen, was er mir genommen hat." Dabei kratzte er sich wieder an seinem Armstumpf.

„Langweile mich nicht mit deinen Rachegedanken, sondern mach lieber, dass du verschwindest. Es wäre ungesund für uns beide, wenn man uns zusammen sieht", trieb Miloš seinen ungeliebten Gast an und wies ihm dabei den Weg zur Tür.

Widerwillig erhob sich der Räuber, sagte einen unverständlichen Gruß und verschwand aus dem Zimmer.

Miloš blieb nicht lange alleine. Denn kurz nachdem der Räuber das Haus verlassen hatte, trat Marek in die Kammer seines Vaters ein.

„Guten Abend, Vater."

„Guten Abend", antwortete Miloš müde.

„Ich möchte dich nicht lange stören", entschuldigte sich Marek verlegen.

„Schon gut", winkte sein Vater ab, „was hast du?"

„Ich möchte heiraten", platzte es aus Marek heraus.

„So? Endlich mal eine frohe Nachricht! Wer ist denn die Glückliche, die sich mit dem Sohn des reichsten Händlers der Stadt vermählen darf?"

„Sie heißt Božena."

„Božena? Etwa die Tochter von Wratislav, dem Händler?"

„Ja, genau die!"

„Vor zwei Tagen auf dem Schießplatz saß sie aber noch eine andere deiner vielen Geliebten neben dir."

„Ich habe mich erst heute dazu entschlossen", gestand Marek.

„Meinen Segen hast du, denn eine bessere hättest du dir nicht suchen können", rief Miloš zufrieden aus, der an die Vereinigung zweier bedeutender Handelshäuser dachte, da Božena das einzige Kind von Wratislav war. „Wann soll die Hochzeit stattfinden?"

„Nun, weißt du, Vater", druckste Marek herum, „Božena, ... sie weiß noch nichts von ihrem Glück!"

„Ach so!" Miloš wurde auf einmal ernst. „Jetzt hoffst du, dass ich sie für dich gewinne?"

„Nein", stieß Marek hastig hervor, „aber vielleicht könntest du einmal mit ihrem Vater sprechen."

Miloš stellte sich vor seinen Sohn und sah ihn ernst an.

„Du bist der Sohn des reichsten Händlers, du schaust nicht aus wie ein Kräuterweib und du verstehst dich im Umgang mit den Frauen, wie ich immer wieder zu hören bekomme. Das sind Vorzüge, denen keine Frau widerstehen kann. Warum brauchst du jetzt meine Hilfe? Wovor hast du Angst?"

„Es ist wegen Jan..."

„Jan, Jan, Jan", rief Miloš wütend aus und drehte sich verärgert ab. „Die ganze Zeit jammert mir jemand etwas vor und immer ist Jan daran schuld!"

Unruhig lief er im Raum auf und ab, bevor er sich wieder seinem Sohn zuwandte.

„Du bist ein Feigling", fauchte er ihn an, „aber weil ich in der Verbindung zwischen dir und Božena einen Gewinn sehe, verstehe ich sie als eine geschäftliche Angelegenheit. Und die sind immer noch mein Aufgabenbereich."

„Danke Vater", antwortete Marek erleichtert.

„Aber du musst sie trotzdem umwerben! Gegen einen einfachen Säumer wirst du doch wohl noch ankommen!"

Marek nickte schnell und verließ das Zimmer, bevor es sich sein Vater anders überlegte.

***

Es war kurz vor Mitternacht, als Jan behände über das Dach in die Scheune einstieg. So war er schon am Nachmittag ungesehen in das Gehöft von Wratislav gekommen. Jetzt kannte er den Weg auswendig und kam trotz der Dunkelheit rasch voran. Am Dachbalken entlang hangelte er sich bis über den Heuhaufen, der auf ein paar Bohlen vor der Kälte geschützt über den Tieren lag. Lautlos landete er im Heu, von wo aus er mit vorsichtigen Schritten die Leiter erreichte. Gekonnt tastete er sich Sprosse für Sprosse hinab. Unten angekommen schlich er zur Stalltür und öffnete sie einen Spalt weit, um einen Blick auf das Wohnhaus zu werfen.

„Wonach hältst du Ausschau", flüsterte da ihre sanfte Stimme von hinten in sein Ohr.

Überrascht drehte sich Jan um. Im schwachen Mondlicht, das durch den Türspalt fiel, glänzte die Haut ihres Gesichtes silberfarben.

„Nach meiner Liebe", antwortete Jan mit einem Lächeln.

Vorsichtig tastete er nach ihrer Hand, während er mit der anderen durch ihr dunkles Haar fuhr, das offen über ihre Schultern fiel.

Sie gab ihm einen sanften Kuss und führte ihn dann hinter eine einfache Wand aus Holz, wo es vollkommen finster war. Dort legte sie sich zu Boden. Zögerlich setzte sich Jan neben sie, ohne dabei ihre Hand frei zu geben. Er bemerkte, dass das Stroh auf dem Boden frisch und üppiger, als normal ausgestreut war, so dass sie den harten Boden darunter kaum spürten.

Jan beugte sich über ihren Kopf, von dem er in der Dunkelheit nur die Umrisse erkennen konnte. Als sich ihre Lippen berührten, hatte Jan alle Bedenken wegen des nächtlichen Treffens vergessen. Gefühlvoll und fordernd zugleich legte sie ihre Arme um seinen Körper und drückte ihn an sich. Während sie sich gegenseitig liebkosten, wuchs in Jan ein noch tieferes Verlangen. Als sie versuchte, mit ihren Händen unter sein Wams zu schlüpfen, zog er es kurzerhand aus, während sie geschickt ihr Kleid ein Stück weit öffnete. Ein betäubendes Wohlgefühl durchfuhr ihn, als sie mit ihren Händen seinen Rücken streichelte. Gleichzeitig fühlte sich ihre weiche Haut an seinen Händen wie ein dünner Wasserfilm an, der über einen glatten Stein floss. Eng aneinander liegend wärmten sie sich gegenseitig gegen die rauhe Nachtkälte. Jan konnte sein Glück kaum begreifen.

Als er einen Blick auf die noch immer leicht geöffnete Stalltür warf, hatte sich das Mondlicht schon in ein dumpfes Morgendunkel gewandelt.

„Ich muss gehen, denn es wird bald hell", flüsterte er Božena ins Ohr, die mit geschlossenen Augen neben ihm lag.

„Komm wieder, mein Geliebter", flüsterte sie zurück, wobei sie ihre Augen öffnete und ihn glücklich anlächelte.

„In zehn Tagen bin ich wieder hier!"

Dann zog sich Jan rasch an und verschwand auf dem selbem Weg, wie er gekommen war.

***

Jan hatte die Strecke nach Deggendorf und wieder zurück selten schneller hinter sich gebracht. Ständig hatte er seine Mitreisenden aufgefordert, weiterzuziehen. In Deggendorf selbst hatte er kaum Zeit gehabt für seinen alten Freund Levi, der inzwischen das Geschäft seines Vaters übernommen hatte. Nur Vladja kannte den Grund und staunte immer wieder grinsend darüber, wie sehr die Liebe einen Menschen veränderte. Aber er sprach Jan auch ins Gewissen und ermahnte ihn, vorsichtig zu sein. Immerhin sei Božena nicht irgendeine Dorfdirne, sondern aus einer wohl angesehenen Familie. Jan nickte dann immer nur. Er war sich trotzdem sicher, dass sie füreinander bestimmt waren.

Kaum zurück in Klatovy, musste er sich selbst bremsen, um nicht schon vor Anbruch der Nacht zu ihr zu gehen. Deshalb trank er im Gasthaus einige Bier, um sich die Zeit zu vertreiben.

Endlich wurde es Abend. Wie beim letzten Mal kletterte er über das Dach in die Scheune ein. Statt zur Tür zu gehen, begab er sich diesmal gleich zu ihrem Platz hinter der Holzwand, wo noch immer die dicke Schicht Stroh lag. In Vorfreude auf die kommende Nacht, setzte er sich bequem auf das Stroh.

In diesem Augenblick ergriff ihn plötzlich eine starke Hand an der Schulter und schleuderte ihn zur Seite, so dass sein Kopf gegen die Holzwand knallte. Jan rollte sich geistesgegenwärtig in die andere Richtung weg, aber dort wurde er bereits erwartet. Ein fester Schuhtritt traf ihn in den Bauch, so dass er vor Schmerzen aufstöhnte. Jan versuchte, seine Gegner zu erkennen, aber er konnte sie in der Dunkelheit nicht ausmachen. Stattdessen setzte es einen weiteren Fußtritt, diesmal in den Rücken. Jan schrie auf, was seine Gegner nur noch mehr anstachelte. Jemand griff ihm unter die Achseln und zog ihn hoch. Nur mit Mühe konnte sich Jan auf den Beinen halten. Wie auf ein Zeichen öffnete sich die Tür des Stalls und im Schein einer Fackel traten weitere Personen ein. Blinzelnd versuchte Jan zu erkennen, wer seine Peiniger waren. Direkt vor ihm stand der Stallknecht des Hauses, die Hände fest um einen dicken Eichenast gefasst. Aus seinem Gesichtsausdruck konnte Jan schließen, dass die Schmerzen noch kein Ende gefunden hatten. Dahinter stand der Hausdiener, den Jan schon öfters auf dem Markt getroffen hatte. Er hielt die Fackel in der einen Hand und in der zweiten ebenfalls einen Stock. Neben ihm stand der Hausherr, Wratislav. Langsam erkannte Jan, welches Spiel hier gespielt wurde und als er im Hintergrund Božena bemerkte, die beschämt versuchte, einen blauen Fleck auf der Wange zu verstecken, war ihm schlagartig bewusst, dass aus der erwarteten Liebesnacht eine schmerzhafte Erfahrung werden sollte. Schnell überlegte Jan, ob ihn heute Nachmittag vielleicht jemand beobachtet hatte, aber er konnte sich nicht erinnern. Vielmehr hatte es Wratislav wohl aus seiner Tochter heraus geprügelt.

„Da schau einer an", fing Wratislav bedächtig an zu sprechen, „ein seltenes Stück Vieh haben wir da in unserem Stall!" Langsam trat er näher, wobei ihm der Stallknecht bereitwillig Platz machte, ohne Jan aus den Augen zu lassen. Kurz vor Jan blieb er stehen.

„Ich weiß gar nicht, wie ich dich beim Stadtrat anzeigen soll! Als gemeinen Einbrecher, oder als Vergewaltiger?"

Jan wollte sich losreißen, aber der Knecht hinter ihm reagierte sofort und drehte ihm die Arme soweit zurück, dass er vor Schmerzen auf die Knie sank. Božena schrie entsetzt auf.

„Schweig", fuhr sie ihr Vater an, „der Kerl ist keine Träne wert!"

Dann machte er noch einen Schritt vorwärts auf Jan zu.

„Nun zu dir, Säumer. Ich werde dem Stadtrat sicherlich eine große Freude bereiten, wenn er einen ewigen Unruhestifter wie dich eine Zeit lang hinter Schloss und Riegel bringen kann. Besonders dein Onkel wird es mir danken! Aber vorher sollen dir meine Männer eine Lektion erteilen, damit du lernst, dass man sich nicht an Mädchen heranmacht, die unerreichbar sind für einen wie dich."

Damit wandte er sich zum Stallknecht: „Lasst ihn sein Vergehen ordentlich spüren! Morgen früh übergebt ihr ihn dann dem Stadtrat."

„Nichts lieber als das", kam die freudige Antwort und Jan schwor sich, dass er sich zukünftig mit dem Gesinde der Stadt besser stellen wollte.

Sein Wächter hinter ihm zog ihn wieder auf die Beine, als Wratislav gerade seine Tochter an einem Holzbalken festband.

„Du wirst hierbleiben und zuschauen, damit du lernst, deinen Vater nicht zu hintergehen!"

„Nein, Vater", schluchzte sie auf, „ich kann dabei nicht zusehen!"

Aber ihr Vater reagierte nicht darauf, sondern verließ wortlos den Stall.

Mitleidig sah Jan zu Božena, die kraftlos an dem Balken lehnte. Er überlegte noch, wie er ihr helfen konnte, aber ein kräftiger Stockschlag in die Magengegend erinnerte ihn schnell an seine eigene, weitaus schlechtere Situation. Schmerzverkrampft knickte er ein. Der dritte Mann ließ die Arme los, die Jan sofort schützend um seinen Kopf legte, und sich dabei einrollte. Aber es half nichts, denn die Schläge fanden trotzdem oft genug ihr Ziel. Anfangs hörte er noch bei jedem Schlag wie Božena aufschluchzte, aber bald war er nicht mehr fähig, sich darauf zu konzentrieren. Schlag um Schlag prasselte auf ihn nieder, ohne dass seine Peiniger müde wurden. Schließlich wurde ihm schwarz vor Augen.

Nordwald

Es war kurz nach Mitternacht, als Levi durch den dumpfen Schlag von zwei aufeinander treffenden Hölzern geweckt wurde. Dazu mischten sich die Schreie und Rufe einer aufgescheuchten Menschenmenge.

Sofort war sein Kopf klar und er wusste, was zu tun war. Mit eiligen Schritten rannte er in die Schreibstube, rollte die wichtigsten Urkunden und Schriften um seinen Körper und zog den Mantel darum fest. Währenddessen war seine Familie auch schon aufgestanden und hatte ihrerseits alles so gemacht, wie es abgesprochen war. Rahel, seine Frau, die er vor gut einem Jahr geheiratet hatte, trug ihre kleine Tochter auf dem Arm. In der Windel des Kindes waren die teuersten Schmuckstücke versteckt.

Schon seit Wochen schwelte in der kleinen Stadt eine Stimmung gegen die Juden. Das ganze Jahr über waren die Salzpreise schlecht gewesen und die Anzahl der nach Raubüberfällen zu beklagenden Soldaten und Säumer hatte zugenommen. Auch war insgesamt nicht mehr so viel Salz nach Deggendorf geliefert worden, wie in den Jahren zuvor. Was lag da näher, als den Juden die Schuld an dem Dilemma zu geben. Selbst Probst Johannes, den Levi trotz all seiner Schwächen für einen vernünftigen Mann gehalten hatte, war in den letzten Wochen dazu übergegangen, von der Kanzel herunter Stimmung gegen die Juden zu machen.

„Jakob, einer der Urväter aller Juden, hat sogar seinen eigenen Schwiegervater Laban hintergangen, um sich selbst zu bereichern", hatte er das erste Buch Mose interpretiert, „mit teuflischer Kraft sorgte er dafür, dass alle Schafe und Ziegen schwarz-weiß-gesprenkelt waren, sodass er sie zu seinem Viehbestand rechnen konnte!" Levi kannte die Geschichte und wusste, dass der Probst die Wahrheit verdreht hatte, aber die einfachen Männer konnten das nicht überprüfen. Vielmehr veranlasste sie diese Geschichte, neben den schlechten Preisen, den vielen Raubüberfällen auch jede Viehkrankheit den Juden anzukreiden. Als in der letzten Woche dann seine christlichen Angestellten nicht mehr zur Arbeit kamen, wusste er, dass er sich auf das Schlimmste vorbereiten musste. Sein Vater hatte ihn noch kurz vor seinem Tod daran erinnert, immer auf der Hut zu sein, falls sich eine Judenverfolgung anbahnte. Deshalb war Levi schon vor ein paar Wochen nach Passau geritten und hatte große Teile seines Geldvermögens dort bei einem Juden deponiert. Etwas ließ er nun in seinem Haus zurück, um den Volkszorn zu besänftigen. Denn sollten sie gar nichts finden, würde der Mob sich unweigerlich an den Menschen vergehen.

Als letztes holte er aus einer Schublade noch den Siegelring heraus, den er noch immer für Jan aufbewahrte und steckte ihn an einen Zeh, um ihn vor gierigen Blicken zu schützen. Mit scheinbar nichts am Leibe, außer ihren Kleidern schlüpften sie nun durch eine versteckte Pforte aus dem Haus und verließen es über den Misthaufen, während auf der Vorderseite der grölende Mob die eingebrochene Tür feierte und das Haus stürmte. Aus sicherer Entfernung sah Levi, wie das Haus seines Vaters und einige andere in Flammen aufgingen.

Obwohl er seinen Vater, der erst im letzten Sommer an einem Fieber gestorben war, oft vermisste, war er froh, dass der alte Mann diese Strapaze nicht mehr hatte mitmachen müssen und so gesehen war sein Tod eine Vorsehung Gottes gewesen.

Nach einiger Zeit erreichten sie das Gasthaus von Wolframs Eltern, wo Levi vor zwei Tagen ein Pferd mit einem Karren untergestellt hatte. Wolframs Familie wusste um das Los eines Ausgestoßenen und hatte bereitwillig ihre Hilfe angeboten.

„Hier, nehmt noch etwas Wegzehrung mit", sagte Wolframs Mutter, während sie Rahel einen Korb voller Lebensmittel gab. Als Levi ihr dafür ein Geldstück in die Hand drücken wollte, lehnte sie lächelnd ab: „Nein, ihr werdet euer Geld für andere Dinge brauchen. Außerdem helfe ich gerne jemandem, der in Not ist!"

Also dankte Levi herzlich, verabschiedete sich von seinem Jugendfreund und trieb das Pferd an. Er wollte noch vor dem richtigen Kälteeinbruch nach Passau gelangen, wo er sich eine neue Existenz aufbauen würde.

***

Alles war dunkel. Als Jan zu sich kam, öffnete er vorsichtig die Augen, aber er konnte nichts erkennen. Zunächst versuchte er, mit der Nase seine Umgebung wahrzunehmen, denn er fürchtete sich davor, seine Glieder zu bewegen. Er wusste nicht, wie lange er ohnmächtig gewesen war. Nach ein paar Atemzügen roch er den feucht-modrigen Gestank in der Luft. Daneben stieg ihm der Geruch des halbverfaulten Strohs in die Nase, auf dem er lag. Er musste in einem Raum ohne Fenster und unter der Erde sein, folgerte Jan. Er kannte nur einen solchen Raum in Klatovy und das war das Verließ unter dem Steinhaus. Wratislav hatte seine Drohung wahr gemacht, kam es Jan in den Sinn. Was hätte er auch anderes erwarten sollen!

Nach einiger Zeit versuchte er doch, sich zu bewegen. Vorsichtig tastete er mit der rechten Hand seinen Körper ab. An mehreren Stellen hatte er offene Wunden und einige Schwellungen zierten seinen Körper. Auch musste er sich einige Rippen gebrochen haben, denn er konnte kaum seinen Brustkorb berühren, ohne dass ihn ein stechender Schmerz durchfuhr. Sein Gesicht war durch die schützenden Hände weitgehend verschont geblieben, dafür dröhnte sein Kopf und drohte bei der kleinsten Bewegung zu zerspringen. Mutlos schloss Jan wieder die Augen. Wie sollte er dieser Situation heil entkommen? Sollte er als Einbrecher verurteilt werden, würde man ihm die rechte Hand abschlagen und er damit zum Krüppel werden. Bei der zweiten Möglichkeit, als Vergewaltiger verurteilt zu werden, würde man ihn kastrieren. Beide Möglichkeiten waren keine angenehme Aussicht. Vorerst aber musste er wieder gesund werden.

Trotz aller Schmerzen, zwang er sich, zum anderen Ende der Zelle zu kriechen, wo er die Tür vermutete. Er tastete die Wand ab, bis er die feuchten Holzbohlen gefunden hatte. Mit letzter Kraft schlug er dreimal dagegen und taumelte kraftlos zu Boden.

Nach kurzer Zeit hörte er Schritte im Gang draußen. Die Tür öffnete sich und Petr, der etwas schwachsinnige Wachsoldat lugte in die dunkle Zelle herein.

„Gib mir etwas Wasser, Petr", flüsterte Jan, denn er konnte nicht lauter sprechen.

Die Tür fiel ins Schloß und Jan verfluchte den einfältigen Kerl, aber kurz darauf öffnete sich die Tür wieder, und Petr stellte einen ganzen Eimer mit einer Schöpfkelle in die Mitte des Raumes. Dazu legte er eine Scheibe Brot auf die Eimerkante.

„Musst essen, auch wenn du nicht willst", stotterte Petr, „sonst verreckst du hier drin oder wirst wie ich!"

„Danke", hauchte Jan.

Kaum war die Tür geschlossen, kroch Jan langsam zu dem Eimer, ertastete die Schöpfkelle und setzte sie durstig an seinen Mund. Die Schmerzen in seinem Kopf fuhren bei jeder Bewegung wie ein Blitz den Rücken hinunter und die Hälfte des Wassers floss an seinem Mund vorbei den Hals hinunter. Beim zweiten Schöpfen stieß er die Brotscheibe vom Eimer, aber er achtete nicht darauf. Er hatte keinen Hunger, sondern nur Durst. Erst als er ein Rascheln im Stroh vernahm, wurde ihm bewusst, dass seine Mahlzeit auch andere Interessenten fand und er beeilte sich, die Scheibe wieder zu finden. Vorsichtig biss er hinein. Es war eine harte Scheibe Brot, die schon mehrere Tage alt war. Jan warf sie in den Eimer Wasser, um sie leichter essbar zu machen. Plötzlich spürte er einen neuen Schmerz an seinem Ellbogen, auf dem er sich aufgestützt hatte. So schnell er konnte, langte er mit der anderen Hand an den Ellbogen und bekam eine Ratte zu fassen. Da er sich nicht anders zu helfen wusste, nahm er das Tier mit beiden Händen, drehte ihm den Hals um und warf es in eine Ecke.

„Wenn, dann habe ich schon ein Recht auf Einzelhaft", knurrte er, während er von neuem zu trinken begann. Als er nicht mehr durstig war, fischte er die aufgeweichte Brotscheibe aus dem Eimer und aß sie bis auf den letzten Krumen auf. Daraufhin riss er sich einen Streifen von seinem Gewand und wusch sich seine Wunden, um zu vermeiden, dass sie eitrig wurden.

Nach einiger Zeit fühlte er sich schon viel besser und auch die Kopfschmerzen wurden schwächer. Er kroch über den Boden, suchte die trockensten Strohnester zusammen und sammelte sie an einer Seite, wo er sich dann niederließ.

Er war gerade in einen unruhigen Schlaf gefallen, als sich die Tür öffnete und Jan im Fackelschein seinen Onkel Miloš erkennen konnte.

„Guten Tag, Neffe", sagte er fast zu freundlich.

„Guten Tag, Gevatter", grüßte Jan zurück. Er hatte jegliches Zeitgefühl verloren und wusste nicht, wie lange er schon hier eingesperrt war.

„Du hast dich ja in eine ziemlich prekäre Lage gebracht", fuhr Miloš fort, nachdem er die Fackel an einem Haken befestigt hatte.

„Ich bin mir keiner Schuld bewusst", antwortete Jan trotzig.

Miloš lachte kurz auf. „Es geht hier nicht um die Frage der Schuld, sondern um die Frage der Anklage, falls du das noch nicht verstanden hast. Wratislav ist sich noch nicht sicher, wessen Vergehen er dich bezichtigen wird, aber das wird sich schon noch zeigen. Du musst also etwas Geduld haben!"

„Dann werde ich zu Unrecht hier festgehalten, wenn es noch keine Anklage gibt", protestierte Jan verzweifelt.

„Noch hat niemand ein gutes Wort für dich eingelegt. Wir wollen also die Entwicklung abwarten." Nach einer wohlüberlegten Gedankenpause fuhr Miloš fort: „Ich wäre schon in der Lage, dich hier herauszuholen, aber dafür erwarte ich natürlich eine Gegenleistung!"

„Niemals", schrie Jan, aber sein kraftloser Körper erlaubte nur ein Krächzen.

„Verausgabe dich nicht unnötig. Du wirst deine Kräfte noch brauchen. Überleg' dir mein Angebot!"

Damit nahm er die Fackel vom Haken und ging zur Tür, wo er sich noch einmal umdrehte.

„Ach ja, ich hätte es beinahe vergessen", sprach er mit geölter Stimme, „deine Božena hat tröstende Arme gefunden! Bei Marek!"

Ein verzweifelter Schrei war Jans Antwort, aber Miloš konnte das nicht beeindrucken. Wie von selbst hatten sich alle seine Probleme gelöst! Der einzige Mann in Klatovy, der immer wieder seine Pläne durchkreuzt hatte und gleichzeitig einer der wenigen Säumer war, die sich gegen die zunehmende Bevormundung gewehrt hatten, saß in einem sicheren Verlies, während Miloš durch die Verbindung seines Sohnes mit Božena noch einflussreicher werden würde. Zufrieden stieg Miloš die Treppen aus dem Keller hinauf und begab sich in sein Arbeitszimmer im ersten Stock.

***

Die Nachricht, dass Božena mit Marek verheiratet werden würde, hatte Jan die wenigen noch vorhandenen Kräfte geraubt. Lethargisch lag er auf dem Boden seines Verlieses. Wie er es auch anstellte und überlegte, jedesmal war am Ende er der Schuldige, weshalb er auch zu Recht hier in diesem nassen Loch saß. Aber dass Božena wegen seiner Ungeduld leiden musste, würde ihn auf ewig belasten. Diese Selbstzweifel zogen ihn immer tiefer in das schwarze Loch, das er vor seinem geistigen Auge sah. Hoffnungslosigkeit machte sich in Jans Gedanken breit.

Doch plötzlich tauchte am Ende dieses schwarzen Loches ein Licht auf, das immer heller wurde. Erst die inzwischen schon vertraute Stimme Petrs ließ ihn bewusst werden, dass dieses Licht Realität war und vom Schein einer Fackel rührte.

„Endlich bewegst dich", stammelte Petr, „dacht schon, wärst tot!"

„Nein, hier ist es viel zu unangenehm zum Sterben", flüsterte Jan, wobei es bei jedem Wort in seinem Kopf hämmerte wie in einer Schmiede.

„Hast Freunde draußen", redete Petr weiter, ohne das er Jans Sarkasmus verstanden hätte, während er ihm eine Decke reichte. Dann nahm er den Eimer Wasser mit und ging wieder hinaus. Kurze Zeit später kehrte er zurück und stellte den gefüllten Eimer wieder an dieselbe Stelle, oben drauf eine alte Scheibe Brot. Jan hatte die Decke noch nicht angerührt.

„Nimm's, sonst wirst wie ich!"

Mit der immer gleichen Warnung verabschiedete sich Petr und die Dunkelheit kehrte zurück.

Jan fragte sich, ob Petr sein Gewissen war, das sich immer dann meldete, wenn er es brauchte und ihm deutlich vor Augen führte, was passieren würde, wenn er sich nicht zusammenriss.

Deshalb griff er halb widerwillig nach der Decke und schlug sie auseinander. Bevor er es bemerken konnte, fiel etwas aus der Decke heraus. Vorsichtig ertastete der den Boden, bis er schließlich ein Stück Stoff fühlte. Bei näherer Untersuchung stellte er fest, dass es ein wollenes Hemd war. Schnell zog er sein eigenes durchnässtes und verdrecktes Wams aus, um es durch das Neue zu ersetzen. Beim weiteren Aufschlagen der Decke war er nun vorsichtiger, was auch belohnt wurde, denn es befand sich auch noch eine frische Hose darin, die er statt seiner zerlumpten Beinkleider anzog. Dafür brauchte er allerdings einige Zeit, da es ihm immer noch sehr schwer fiel, sich aufzurichten. Auch war das bloße Anheben der Beine eine anstrengende Prozedur. Letztendlich hatte er sich umgezogen und fiel erschöpft auf die frische Decke, die er auf dem zusammen geklaubten Stroh ausgebreitet hatte.

Äußerlich ein neuer Mensch, wachten in Jan die Lebensgeister wieder auf. Zuerst überlegte er, wer die Freunde sein konnten, die Petr meinte. Seine Familie? Vladja? Oder gar Božena? Er nahm sich vor, Petr das nächste Mal danach zu fragen.

* * *

Es musste nun schon gut eine Woche her sein, dass man ihn eingesperrt hatte, jedenfalls kam es Jan so vor. Trotzdem hatte er außer dem einen Besuch seines Onkels nur Petr zu sehen bekommen. Langsam breitete sich in ihm die Angst aus, dass man ihm gar keinen Prozess machen wollte oder zumindest nicht so bald. Aber von Petr konnte er nichts erfahren. Er war zwar zuvorkommend und brachte - sicherlich für ein gutes Handgeld - immer neue Dinge von den „Freunden draußen" zu Jan in die Zelle, aber er war äußerst wortkarg.

Jan hatte es sich zur Gewohnheit gemacht, nach dem Essen, das Petr immer gegen Mittag brachte, tausendmal in der kleinen Zelle auf und ab zu gehen, um nicht völlig kraftlos und starr zu werden. Außerdem half die Bewegung, sich von den Verletzungen zu erholen. Zum Zeitvertreib konjugierte er danach lateinische Verben durch, als eine kleine Gedächtnisschule, denn in dieser kalten Zelle konnte man schon verrückt werden. Anfangs hatte er nur zwanzig Verben konjugiert, aber mit der Zeit waren es immer mehr geworden, so dass er inzwischen auf über hundert Verben kam. Er war gerade bei vincere angelangt, als er zu seiner Überraschung Geräusche vor der Tür hörte. Petr konnte es nicht sein, denn der erschien nicht öfter als einmal am Tag. Jan spürte, wie sich Schweißperlen auf seiner Stirn bildeten. Er stand auf, als er den Schlüssel im Türschloss hörte. Sonderbarerweise fiel kein Licht in die Zelle, als die Tür geöffnet wurde. Ängstlich ging Jan einen Schritt zurück.

„Jan", flüsterte jetzt eine Stimme aufgeregt.

„Vladja", rief Jan begeistert aus.

„Genau", antwortete der Säumer, „wir holen dich hier raus!"

Jan folgte der Aufforderung nur zu gern, warf alles, was sich in der Zelle angesammelt hatte, in die Decke und warf sie sich über die Schulter. Auf dem Weg nach oben fragte er leise:

„Wer sind wir?"

„Dein Vater, ich und noch ein paar andere Säumer", erklärte Vladja ohne stehen zu bleiben.

Oben angekommen sah Jan den armen Petr, der mit verbundenen Armen in einer Ecke saß, aber er schien dabei kein trauriges Gesicht zu machen. Die Säumer mussten ihn also gekauft und nur zum Schein gefesselt haben, schloß Jan daraus.

Vladja führte ihn nicht zum Hauptausgang des Steinhauses, sondern sie gelangten durch einen niedrigen Gang auf der Hinterseite des Hauses ins Freie. Die plötzliche Helligkeit blendete Jan, der die Dunkelheit im Verlies gewöhnt war. Nachdem er blinzelnd seine Augen wieder öffnen konnte, bemerkte er, dass die Abenddämmerung bereits eingesetzt hatte. Noch immer verstört und überrumpelt von den Geschehnissen lehnte er sich erschöpft an eine Hauswand, aber Vladja zog ihn sofort weiter.

Nachdem sich die Augen an die veränderten Lichtverhältnisse angepasst hatten, fiel es ihm leichter, Vladja zu folgen, der ihn am Arm durch einige verwinkelte Gassen zu einer kleinen Pforte in der Stadtmauer führte. Die Stadtwache mussten sie also auch bestochen haben, denn sonst wäre diese Pforte nie offen und unbewacht gewesen, schon gar nicht zu dieser Tageszeit! Draußen warteten Wenzel und zwei weitere Säumer, von denen einer Jans Pferd am Halfter festhielt.

„Endlich kommt ihr", begrüßte sie Wenzel ungeduldig.

„Vater", fragte Jan, dessen Gehirn langsam anfing mit der Schnelle der Ereignisse Schritt zu halten, „was soll das Ganze? Muss ich fliehen?"

„Gut erkannt!" Wenzel schaute ihn an, als ob Jan eine überflüssige Frage gestellt hätte, wurde aber gleich wieder ernst.

„Wir haben gestern aus einer guten Quelle erfahren", begann er zu erklären, „dass dir der Prozess als Einbrecher gemacht werden soll. Dazu wurde heute Morgen schon nach dem Scharfrichter aus Horažďovice geschickt, um alles möglichst schnell über die Bühne zu bekommen. Die Herren der Stadt scheinen mächtig Respekt vor dir zu haben!" Im letzten Satz schwang eine gehörige Portion Vaterstolz mit, weswegen Jan verlegen grinste. Sein Vater beachtete es nicht, da er sich darauf konzentrierte, Jan den Fluchtplan zu erklären.

„Wir wollten jedenfalls nicht warten, bis eine offizielle Anklage hervorgebracht wurde, denn selbst bei den Säumern sind einige der Meinung, dass dir eine Abreibung zusteht!"

„Ich kann mir schon denken...", stimmte Jan zu, aber sein Vater ließ ihn nicht ausreden.

„Wir haben dein Pferd aus dem Stall geholt und die Taschen mit Proviant für eine Woche aufgefüllt! Das muss vorerst reichen. Am besten du fliehst nach Baiern, denn dorthin werden sie dich kaum verfolgen und du hast ein paar gute Freunde auf der anderen Seite der Šumava."

„Wenn sie mich hier verurteilen, dann gelte ich in Baiern auch als vogelfrei", wandte Jan ein, wobei ihm erst richtig bewusst wurde, in welcher Situation er sich befand.

„Bis die das erfahren bist du schon viel zu weit weg!"

„Aber ich will nicht weg", protestierte Jan kindlich.

„Falls dir deine rechte Hand lieb ist, dann mach' dich besser auf den Weg." Wenzel forderte ihn mit einer Handbewegung auf, das Pferd zu nehmen.

„Von was soll ich denn leben", machte Jan einen letzten Versuch, „ich habe nichts anderes gelernt, als Salz zu transportieren!"

„Du wirst dir schon etwas einfallen lassen", beruhigte ihn sein Vater, während er Jan auf sein Pferd half, „sieh her, Handel ist immer das gleiche: Ware gegen Geld. Ob es nun Salz, Hafer oder Stoff ist, das bleibt sich gleich. Vor allem aber musst du jetzt hier verschwinden. In ein paar Jahren wird Gras über die Sache gewachsen sein, und wenn Gott will, wirst du wieder hierher zurückkehren. Erinnerst du dich noch an den Beutel mit Salz, den ich dir einmal in Deggendorf geschenkt habe?"

Jan nickte und holte den inzwischen abgewetzten Beutel unter seinem Wams hervor. Wenzel lächelte Jan an, als er sah, wie eindrücklich dieses Geschenk doch gewesen war.

„Lass ihn eine stetige Erinnerung an deine Heimat sein! Auch wenn wir uns nicht wiedersehen sollten, so ist doch das Salz immer eine Verbindung zwischen uns!" Wenzel schluckte schwer. „So, jetzt reite fort mit Gottes Segen!"

Jan beugte sich zu seinem Vater herunter und umarmte ihn.

„Sag meiner Mutter und Eliška einen lieben Gruß und richte Karel aus, er soll ein anständiger Zimmermann werden! Ich werde wiederkommen, das verspreche ich!"

Dann wandte er sich noch kurz zu Vladja, der die ganze Zeit verlegen dabeigestanden hatte und dankte ihm.

Mit Schwung riss er das Pferd herum, das sich gegen die grobe Behandlung störrisch wehrte und ritt, ohne noch einmal zurückzusehen, in gestrecktem Galopp von Klatovy fort.

* * *

„Wenn du mir den Kerl lebend einfängst, dann wirst du mit deinen Männern den angenehmsten Winter erleben, seit ihr in der Šumava haust!"

Mit Grauen dachte er an den Tag, als er den gefesselten Petr am Morgen vorfand, der seelenruhig darauf gewartet hatte, entdeckt zu werden. Natürlich war er gekauft worden, aber wer konnte einem Geisteskranken einen Vorwurf machen! Als Miloš dann auch noch erfuhr, dass Wenzel in der Stadt gewesen war, wurde ihm sofort klar, wie leichtsinnig er sich seinen Trumpf hatte aus der Hand reißen lassen. Am Nachmittag tauchte auch noch der Scharfrichter auf und lachte lauthals, nachdem man ihm erklärt hatte, dass der Angeklagte geflohen sei. Er wollte nicht einmal sein Siegel unter das von dem eilends einberufenen Gericht verkündete Urteil setzen, da er behauptete, ohne die Anwesenheit des Angeklagten könne er sich kein Bild von dem Fall machen, und er unterzeichne deshalb auch kein Urteil. Miloš dagegen kam es vielmehr so vor, als sei man in Horažďovice nicht besonders daran interessiert gewesen, einem guten Bogenschützen die Hand abzuschlagen. Er hatte sich schon gewundert, warum der Scharfrichter ohne sein Werkzeug erschienen war.

Nun gut, er hätte auch damit leben können, wenn der Mann Jan mit auf die Burg genommen hätte, aber nun war Jan frei und Miloš hatte sich mit dem missglückten Prozess zum Gespött der Leute gemacht. Außerdem war die Lage jetzt noch schlechter, als vorher. Sollte Jan davon erfahren, dass er nicht verurteilt war, sondern der Landvogt und viele Bewohner der Stadt ihm wohlgesonnen waren, würde er noch aufsässiger werden.

Zum Glück waren die Säumer längst nicht mehr so eine eingeschworene Gemeinschaft wie früher, weshalb er mit wenig Geld in Erfahrung gebracht hatte, in welche Richtung Jan geflohen war. Mit seinen guten Verbindungen in der Šumava, dachte Miloš, musste es doch möglich sein, jemanden zu finden, der noch immer vor einem Prozess floh, der gar nicht stattgefunden hatte. Deshalb saß in Milošs Schreibstube wieder einmal der grobschlächtige Räuberhauptmann, der mit seiner rechten Hand die Erfahrung gemacht hatte, die sich Miloš für Jan vorstellte.

„Das ist ein großzügiges Versprechen, aber mir zu ungenau", erwiderte der Räuber nach einiger Zeit, „selbst wenn der Winter für uns angenehmer als die vorherigen werden sollte, kann er immer noch hart sein!"

„Soll ich dir ein Schloss bauen", entfuhr es Miloš wütend, aber er rief sich sogleich wieder zur Ordnung, denn ihm war bewusst wie sehr er in dieser Sache von seinem Gegenüber abhängig war. „Was willst du?", fragte er deshalb so freundlich wie möglich.

Der Räuber war um eine Antwort nicht verlegen.

„Jede Woche bekommen wir eine Pferdeladung Getreide, dazu alle vierzehn Tage ein halbes Fuder Dörrfleisch. Außerdem wirst du uns Werkzeug zur Verfügung stellen, damit wir uns Hütten bauen und einen Holzvorrat anlegen können."

Ungläubig starrte ihn Miloš an.

„Willst du mich arm machen?"

„Erstens wirst du dadurch nicht arm und zweitens scheint dir sehr viel an deinem Neffen zu liegen. Tot wäre er billiger zu haben, denn ich habe auch noch eine Rechnung mit ihm offen", entgegnete der Räuber ruhig.

Unentschlossen ging Miloš im Zimmer umher, bis er sich schließlich wieder dem Räuber zuwandte: „Gut, dann bring ihn mir meinetwegen auch tot. Dafür bekommst du dann eine Pferdeladung Getreide pro Woche, aber das ist alles!"

Die beiden Männer feilschten noch ein wenig um die Belohnung, aber letztendlich wurden sie sich einig und der Räuber verließ auf kleinen Wegen das offene Land, um in den sicheren Wald zurückzukehren, den er ab morgen auf der Suche nach einem flüchtigen Säumer durchkämmen wollte.

Es sollte keine allzu schwere Aufgabe werden, denn trotz aller Furchtlosigkeit blieben die Säumer immer auf bekannten Wegen, selbst wenn sie sich verstecken wollten. Dann nutzten sie die alten, verwachsenen Wege, die den Soldaten vorenthalten worden waren. Jedoch hatten die Räuber nach und nach alle entdeckt und für die eigenen Zwecke genutzt. Um Jan zu finden, musste er also nur Wachposten auf den kleinen Schleichwegen aufstellen. Jan war vor drei Tagen geflohen, was ihm einen nicht zu großen Vorsprung gab, denn er hatte sich tagsüber versteckt halten müssen und bei Nacht kam man selbst mit guter Ortskenntnis nur langsam voran. Die Chancen standen also gut, dass er seinen Männern zumindest einen hungerfreien Winter bescheren konnte.

***

Nachdem Jan nach zwei anstrengenden Nachtmärschen endlich die Šumava erreicht hatte, war er erschöpft hinter einem Strauchwerk eingeschlafen. Sein Körper war von den Verletzungen angeschlagener, als er zunächst angenommen hatte. Anfangs war er noch geritten und wesentlich schneller unterwegs gewesen, bis ihm einfiel, wie auffallend ein einzelner Reiter in dieser Gegend war, denn ein Säumer führte sein Pferd stets am Zügel hinter sich her. Deshalb hatte er die letzte Nacht den ganzen Weg zu Fuß zurückgelegt. Tagsüber versteckte er sich in den Wäldern.

Am Rand der Šumava hatte er zum ersten Mal darüber nachgedacht, wohin er sich eigentlich wenden sollte. Nach Deggendorf brauchte er sich nicht wagen, denn dort würde mit dem nächsten Säumerzug aus Klatovy seine Geschichte bekannt werden.

Zunächst waren die Räuber der Šumava sein größtes Problem. Einer Auseinandersetzung mit ihnen war er nicht gewachsen, weshalb er die alten Saumpfade, die zu deren Nachschubwegen verkommen waren, nicht benutzen durfte. Aber auch die gültigen Saumwege hieß es meiden, um nicht den Soldaten des Comeatus in die Hände zu laufen. Die machten mit Vogelfreien kurzen Prozess und knüpften sie am nächsten Baum auf. Die Räuber dagegen würden ihn vor die Wahl stellen, entweder ihnen beizutreten oder zu sterben. Letztendlich war Jan so weit, die Šumava als zu gefährlich zu erachten und er wollte lieber versuchen, in Sušice unterzutauchen. Die Stadt war größer als Klatovy und Karel konnte ihn vorläufig verstecken. Aber selbst dort war er auf Dauer nicht gefeit vor seinen Verfolgern, die nicht gerade wenige waren. Miloš ließ nach ihm suchen, auch der Landvogt war bei einer Verurteilung auf eine Verhaftung des Verbrechers aus und schließlich war auch Francis d'Arlemanche zuzutrauen, seine Rachsucht befriedigen zu wollen.

Mutlos saß Jan im feuchten Gras und kaute an einer Scheibe Brot, während er nach einem Ausweg suchte.

„Bei Gott, ist das vertrackt", stimmte er sich selbst zu. Doch nachdem er zwei weitere Bissen getan hatte, wurde ihm die Bedeutung seiner Worte bewusst.

„Bei Gott...", murmelte er mit vollem Mund.

Wenn ein Verbrecher heiligen Boden betrat, dann war er vor seinen Häschern in Sicherheit, solange bis er ihn wieder verließ oder ihm seine Schuld vergeben wurde. Letzteres kam nur selten vor, aber der Gedanke war immerhin ein Anfang! Jan überlegte, wo sich der nächste heilige Boden, dass heißt, eine Kirche befand. Ihm fielen auf Anhieb die umliegenden Städte auf beiden Seiten der Šumava ein: Deggendorf, Klatovy und Sušice. Damit war er wieder am Anfang seiner Überlegungen angelangt. Gewiss gab es noch andere Städte wie Straubing und Passau in der Donauebene, aber die erschienen ihm unerreichbar weit weg zu sein. Es musste noch eine andere Möglichkeit geben!

Schließlich fiel es ihm wie Schuppen von den Augen: ein Kloster hatte auch eine Kirche und war damit heiliger Boden; sogar mit etwas Auslauf, wie Jan sich innerlich zugestand. Hatte er selbst nicht an einen neuen Saumweg nach Niederaltaich gedacht, um den Handel neu zu beleben? Warum sollte er es jetzt nicht probieren, da ihn der Versuch aus seiner Zwangslage befreite. Begeistert fing Jan an, über den besten Weg nachzudenken, als sich auch schon seine Vernuft zu Wort meldete. Der Spätherbst war mit Sicherheit der schlechteste Zeitpunkt, um einen neuen Weg durch die Šumava zu suchen, noch dazu alleine.

Nach einigen weiteren Bissen Brot aber schob Jan die Einwände beiseite und war fest entschlossen, nach Niederaltaich zu gehen, um dort im Kloster Schutz zu suchen.

***

Immer weiter war Jan in den unbekannten Wald vorgedrungen. Wenige Meilen nach dem Wachturm am Zusammenfluß des Reganus, den er weiträumig und in den frühen Morgenstunden, als die Aufmerksamkeit am geringsten war, umgangen hatte, war er Richtung Süden in den dichten Wald abgebogen, denn Niederaltaich, soviel wusste er, lag südlich von Deggendorf. Anfangs gab es noch Jagdwege, die die Säumer von ihren Rastplätzen aus benutzten, doch diese reichten nur ein bis zwei Meilen in die Wildnis hinein. Danach war er auf sich selbst gestellt, vor allem auf seinen Orientierungssinn, denn in dem dichten Unterholz musste man oft Hindernisse umgehen, die Richtung ändern oder gar ein Stück zurück gehen, wenn es gar kein Vorankommen mehr gab.

Aber nachdem er eine Nacht lang immer Richtung Süden gelaufen war, beschloss er, ab jetzt tagsüber zu laufen, da er in dieser Abgeschiedenheit keinen Menschen mehr erwartete. Völlig erschöpft legte er sich unter einen Jungwuchs von kleinen Nadelbäumen – denn die Laubbäume hatten ihr Blattwerk schon abgeworfen – und rollte sich in die Decke ein. Dem Pferd hatte er nach alter Gewohnheit die Vorderbeine zusammengebunden, sowie den Führstrick an einem dicken Ast befestigt. Oben kündigte sich am Himmel gerade der neue Tag an, als Jan zufrieden und froh, diesen gefährlichen Teil seiner Flucht überstanden zu haben, in einen tiefen Schlaf fiel.

Ein brechender Ast weckte ihn. Er fuhr aus seinem einfachen Lager hoch und griff sofort nach seinem Bogen, der neben ihm lag. Aufmerksam lugte er durch die dichten Jungtannen, die ihn umgaben, ohne etwas erkennen zu können. Sein Pferd war auch unruhig, denn es stand aufrecht und spitzte die Ohren. Vorsichtig erhob sich Jan, wobei er einen Pfeil in die Sehne einlegte. Lautlos kroch er durch das dichte Unterholz, bis er ein besseres Blickfeld hatte. Wieder lauschte er. Seit dem ersten Knacken hatte er nichts mehr gehört und er wollte sich schon einen schreckhaften Narren nennen, als in einiger Entfernung ein Holunderbusch auffällig zitterte.

Jan war sich noch unschlüssig, was er unternehmen sollte, als unter dem Busch drei Gestalten auftauchten, bewaffnet mit Bögen und Schwertern. Sie liefen direkt auf sein Versteck zu.

Er war doch entdeckt worden!

Angriff ist die beste Verteidigung, dachte sich Jan, spannte sogleich den Bogen, nachdem er sich zwei weitere Pfeile zurechtgelegt hatte. Die drei Räuber waren sich ihrer Sache anscheinend sicher, denn sie machten keine großen Anstalten, sich lautlos vorwärts zu bewegen.

Diesen Leichtsinn nutzend, schoß Jan seinen ersten Pfeil ab, verfolgte ihn aber nicht weiter, sondern legte sofort einen zweiten Pfeil in die Sehne. Ein entsetzter Schmerzensschrei echote im Wald, nachdem der erste Pfeil sein Ziel gefunden hatte. Als Jan wieder aufsah, lag einer der drei Männer am Boden, während die anderen zwei starr vor Schreck und Verwunderung auf ihren Kumpan blickten. Einen Augenblick zu lang, denn schon surrte ein zweiter Pfeil durch die Luft, der den nächsten Räuber in die Brust traf. Der Mann schrie auf, torkelte zwei Schritt zurück, bevor er zu Boden sackte. Der letzte Räuber stellte sich etwas geschickter an und warf sich hinter einen umgestürzten Baumstamm. Jan konnte deshalb seinen Pfeil, den er schon im gespannten Bogen hatte, nicht abschießen. Er wollte aber die Unterbrechung des Kampfes nutzen, um den Räubern zu entkommen. Denn der letzte Mann würde sicherlich Hilfe holen, wenn nicht die Schmerzensschreie der beiden Verletzten schon weitere Räuber angelockt hatten.

Also sprang er auf, um sein Pferd loszubinden, als ein Pfeil dicht neben ihm sich im Unterholz verfing. Erstaunt sah er zurück, aber es war nicht der dritte Mann von vorhin, denn der war immer noch verschwunden. Stattdessen hatte sich eine Phalanx von mehr als zehn Räubern hinter ihren verwundeten Kameraden aufgebaut, die eifrig daran waren, ihre Pfeile in seine Richtung zu senden.

Jan wusste, dass sein Leben nun von den nächsten Entscheidungen abhing, aber er konnte keinen klaren Gedanken fassen. Immer wieder bohrte sich ein Pfeil durch das Unterholz und es war eine Frage der Zeit, bis der erste ihn treffen würde. An Verteidigung war bei der Übermacht nicht zu denken, zumal er außer einem Jagdmesser keine Waffe für einen Kampf Mann gegen Mann bei sich trug.

Nach drei weiteren Pfeilen, die nur knapp neben ihm durch die dichten Äste gedrungen waren, tat Jan das Nächstliegende: er rannte davon.

So schnell er konnte, bahnte er sich einen Weg zum anderen Ende des Jungwuchses, stolperte über einen vermoderten Baumstumpf, rappelte sich wieder auf und rannte den Abhang hinab.

Als man seine Flucht entdeckte, entstand hinter ihm ein lautes Geschrei. Der Pfeilhagel hörte auf, dafür nahmen die Räuber die Verfolgung auf.

Schließlich war er am Talgrund angekommen, wo der kleine Bach schnell über blanke Steine floss. Mit einem Satz war Jan auf der anderen Seite, wo er sofort wieder anfing, den Hang hinauf zu laufen. Seine Verfolger hatte er noch nicht abgehängt.

Vielmehr kamen sie ihm immer näher, denn besonders beim bergan laufen spürte Jan seine Verletzungen mehr, als es ihm lieb war. Zusätzlich zerkratzte er sich das Gesicht an den Ästen, die seine Hände vor lauter Hast nicht mehr beiseite drücken konnten.

Der Hang nahm kein Ende, dafür aber seine Kondition. Dagegen waren die Räuber das Hetzen durch den Wald gewöhnt, denn sie blieben ihm ohne Mühe auf den Fersen. Der erste Verfolger war nur noch einen Steinwurf weit entfernt, als Jan einen stechenden Schmerz in seinem rechten Oberschenkel spürte. Mit einem Mal konnte er nur noch humpeln, so dass die Meute noch schneller zu ihm aufschließen würde. In diesem Augenblick kam er an einem weiteren Jungwuchs von Nadelbäumen vorbei, der ihm eine, wenn auch verzweifelte Lösung bot. Mit letzter Kraft warf er sich zwischen die kleinen Bäume, kroch noch ein Stück tiefer hinein und blieb dann regungslos liegen.

In einem Anflug der Verzweiflung sandte er ein Stoßgebet in den Himmel.

„Herr Gott", flüsterte er leise, „bitte lass dies nicht das Ende sein!"

Mehr wollte er nicht sagen, denn schon waren die ersten Verfolger wenige Schritte von dem Jungwuchs entfernt angekommen. In Gedanken schloss Jan mit einem Amen, als der erste Mann schon vor dem Jungwuchs stehenblieb und suchend den Wald rundherum begutachtete. Eben wollte er sich skeptisch den kleinen Bäumen widmen, als bei den anderen Verfolgern, die sich inzwischen alle versammelt hatten, ein Tumult ausbrach.

„Ein Bär", schrie einer und alle rannten in die Richtung davon, aus der sie gekommen waren. Auch der erste Verfolger nahm Reißaus.

Jan versuchte, aus seinem Versteck heraus seinen Retter zu sehen, aber es war nicht möglich. Erst nach kurzer Zeit trottete ein brauner Fellberg an ihm vorbei, nicht sonderlich daran interessiert, die Ruhestörer wirklich zu verfolgen. Jan hielt die Luft an, um den Bären nicht auf dumme Gedanken zu bringen. Aber der hatte ganz andere Sorgen, denn er drehte sich um, stieß einen kurzen Laut aus und trottete dann weiter hinunter zum Bach. Bald darauf sah Jan den Grund und die Erklärung für das Verhalten des Bären, besser gesagt der Bärin: ein kleiner Bär trabte aufgeregt an Jans Versteck vorbei, bemüht, mit der Mutter Schritt zu halten.

Hätte er sich nicht in die Büsche geworfen, wäre er wohl direkt der Bärin in die Arme gelaufen und dann Gnade ihm Gott! So aber hatte die Bärin die vielen Menschen gesehen und nur wieder ihre Ruhe haben wollen, um ihr Kleines zu beschützen. Eine Bärin, die ein Junges hatte, kämpfte nur im Notfall, dann aber verbissen.

Erschöpft lag Jan am Boden und starrte in den durch Nadelzweige verdeckten Himmel. Sein Gebet war also erhört worden. Zwar hatte er außer seinem Bogen alles verloren, unter anderem das Pferd, aber er war mit dem Leben davon gekommen. Dafür wollte er Gott im Kloster einen besonderen Dienst erweisen, nahm sich Jan vor.

Niederaltaich

An die folgenden Tage konnte sich Jan später nur noch sehr dunkel erinnern. Die Schmerzen in seinem Bein waren immer schlimmer geworden, während er durch den Wald irrte, ohne genau zu wissen, ob er in die richtige Richtung lief. Ständig hatte er Angst, dass ihn die Räuber wieder entdeckten. Da er seinen Proviant auf der Flucht verloren hatte, musste er sich mit dem Wenigen begnügen, was er zu solch später Jahreszeit im Wald fand. Zwar hatte er noch seinen Bogen, um Wild zu erlegen, doch dazu hatte er keine Zeit. Nach einem scheinbar endlosen Marsch kam Jan auf eine Lichtung, in deren Mitte ein Haus stand, das ihn schmerzhaft an zuhause erinnerte. Er klopfte an die Türe und fiel der Frau, die geöffnet hatte, vor Erschöpfung buchstäblich in die Arme.

Es war ein ungeschriebenes Gesetz der Siedler in diesen Randgebieten, einen Wanderer aufzunehmen, selbst wenn man für das eigene Überleben nur wenig hatte. Aber jeder kannte die Gefahren des Waldes und der Berge, und hoffte, selbst auch einmal Aufnahme zu finden, wenn man in Not geraten war.

Jan schlief erst einmal zwei Nächte und einen Tag durch.

„So, du bist also wieder unter den Lebenden", wurde er von der gleichen Frau begrüßt, als er wieder aufwachte, „ich habe mich schon gefragt, ob du dich hier zum Winterschlaf einquartiert hast!"

„Verzeihung", entschuldigte sich Jan, „ich habe eine sehr anstrengende Zeit hinter mir."

„Das will ich gern glauben! Wie heißt du?"

„Jan."

„Ich heiße Gerhild. Woher kommst du?"

„Wo bin ich" fragte Jan zurück, aber an dem Gesichtsausdruck der Frau erkannte er, dass er unhöflich gewesen war. „Schon gut, ich werde zuerst antworten. Ich bin Säumer aus Klatovy in Böhmen."

„Das dachte ich mir fast, dass du aus Böhmen bist. Man hört es an der Sprache, auch wenn dein Deutsch ausgesprochen gut ist."

„Woraus ich schließen kann, dass ich in Baiern bin", kam Jan auf seine Frage zurück.

„Natürlich. Einen halben Tagesmarsch von hier findest du den Weiler Schwarzach, von dem es aus nicht weit ist bis zur Donau."

„Ich habe den Ort noch nie gehört", entgegnete Jan, während sie ihm einen Becher mit warmem Met auf den Tisch stellte. Jan trank gierig davon.

„Es ist ja auch nur ein Weiler", erklärte Gerhild, nachdem sie sich wieder hingesetzt hatte, „aber vielleicht hast du ja schon einmal von dem Kloster Niederaltaich gehört?"

Als sie das Kloster erwähnte, wäre Jan fast der Becher aus der Hand gefallen.

„Das Kloster Niederaltaich", wiederholte er aufgeregt, „es ist hier in der Nähe?"

„Sachte, sachte, du verschüttest sonst den ganzen Met!"

„Entschuldigung", sagte Jan und stellte den Becher schuldbewusst ab.

„Du möchtest ins Kloster?", fragte Gerhild mit unverhohlenem Interesse.

„Ja", antwortete Jan, aber als er ihren überraschten Blick sah, verbesserte er sich schnell, „nein, nicht so, wie du denkst. Ich möchte kein Mönch werden."

„So, was willst du dann im Kloster?"

Jan überlegte, bevor er antwortete.

„Sicherheit", sagte er schließlich wahrheitsgemäß. Er wusste nicht warum, aber er vertraute dieser Frau – vielleicht nur deshalb, weil sie wie seine Familie am Rand der Šumava wohnte.

„Deshalb auch der ungewöhnliche Weg durch den Nordwald", lächelte sie.

„Wie bitte?"

„Dein Weg durch den Nordwald", sie machte eine Pause, „ich meine durch den Schumaba, so nennt ihr Slawen glaube ich das Gebirge, nicht wahr?"

„Šumava", verbesserte sie Jan und nach einem weiteren Schluck Met fuhr er fort: „Ja, deshalb der ungewöhnliche Weg. Aber ich habe nichts Schlimmes verbrochen. Es ist vielmehr ein…", er suchte nach dem richtigen Wort, „… ein Missverständnis."

„Eine Liebesgeschichte?"

„Wie kommst du darauf?", fragte Jan überrascht.

„Du hast im Schlaf geredet und dabei mehrmals den Namen Božena genannt", erklärte Gerhild mit einem Lächeln im Gesicht.

„Aha", gab er, noch immer überrascht, von sich.

„Vielleicht willst du mir die Geschichte ja erzählen", bohrte sie weiter.

„Es ist keine aufregende Geschichte und nichts von Bedeutung", zierte sich Jan.

„Erzähl sie trotzdem", bat sie hartnäckig, „hier draußen hört man so selten Geschichten, besonders keine tragischen Liebesgeschichten!"

Sie diskutierten noch eine Weile so weiter, aber Gerhild ließ nicht mehr locker, bis Jan endlich seine Geschichte erzählte. Als er fertig war, herrschte einige Minuten Schweigen in dem Haus.

„Das Leben ist nicht einfach", sagte Gerhild schließlich bedeutungsschwer, dabei starrte sie auf den Tisch, der nur aus ein paar auf ein Gestell gelegten groben Holzbrettern bestand.

„Nun zu dir", nahm Jan das Gespräch wieder auf, „wo ist dein Mann?"

„Es gibt keinen", kam die prompte Antwort.

„Was?" Ungläubig schaute Jan seine Gastgeberin an. „Willst du etwas behaupten, du lebst in dieser Abgeschiedenheit ganz alleine?"

„Ja, wieso nicht", beschwerte sich Gerhild, „als Frau kann man auch gut alleine leben!"

Diese Antwort stellte Jan nicht zufrieden: „Ist dein Mann auch ein Vogelfreier?" Dabei wunderte er sich, wie leicht ihm das Wort „auch" über die Lippen gegangen war.

„Nein, es hat wirklich nie einen Mann gegeben", betonte Gerhild noch einmal.

„Aber wieso zieht eine Frau in diese Wildnis?"

„Sicher gibt es einen Grund", begann Gerhild zögernd, „ich stamme eigentlich von einem kleinen Pachthof des Klosters Niederaltaich. Seit meiner Kindheit habe ich mich für Kräuter und Pflanzen interessiert, sodass ich bald viele Kräuter und ihre heilende Wirkung kannte, weswegen man mich zu Hilfe rief, wenn jemand krank war. Anfangs war der Abt sehr angetan von meinen Fähigkeiten, aber dann habe ich den Fehler begangen, einen Kranken, der schon die Letzte Ölung erhalten hatte, wieder gesund zu machen. Damit besaß ich aus Sicht des Abtes dämonische Kräfte, denn ich hatte Gottes Willen vereitelt. Ich wurde exkommuniziert und vom Hof meines Vaters vertrieben. Dieses Haus und die Lichtung haben mir Menschen geschaffen, denen ich einmal geholfen habe, sonst müsste ich in einer Höhle im Wald wohnen."

Jan betrachtete jetzt seine Gastgeberin eindringlicher. Ihr langes blondes Haar fiel wild über die Schultern hinunter, einige Strähnen hingen über die Augen, die blau und klar über der unförmigen Nase standen. Ihr spitzes Kinn passte nicht zu der runden Gesichtsform, aber der Ausdruck war freundlich. Ihr schlanker Körper versteckte sich in einem warmen Wollkleid, das sie sicherlich auch von einem dankbaren Menschen geschenkt bekommen hatte. Sie wirkte jung, war aber sicher älter als Jan selbst.

„Du bist also eine Hexe" fragte Jan, wobei ihm seine einfältige Dummheit erst auffiel, als es schon zu spät war.

„Ja, manche Leute nennen mich so", antwortete sie beleidigt.

„Komisch", lächelte Jan, um die Situation zu retten, „ich habe mir Hexen immer anders vorgestellt, alt, zahnlos und krummbuckelig!"

Jetzt musste auch Gerhild lachen. „Und ich dachte immer, Slawen wären Männer, die ungepflegte, lange Bärte haben, nur einen Lendenschurz tragen und kaum richtig sprechen können!"

„Oh, ich glaube, ich komme dieser Beschreibung zur Zeit ziemlich nahe", lachte Jan, während er sich über seinen Bart rieb, in dem sich allerlei Dreck festgesetzt hatte in den letzten Tagen.

„Wenn du dich waschen willst: draußen vor dem Haus gibt es einen Eimer mit kaltem Wasser vom Bach. Ich bereite derweil ein Mittagessen für uns zu."

„Was, es ist schon Mittag?"

„Du bist schon den zweiten Tag hier", rief ihm Gerhild nach, als er schon aus der Tür war.

Am nächsten Morgen verabschiedete sich Jan von Gerhild, nachdem er dankbar ihr Angebot angenommen hatte, noch eine Nacht länger zu bleiben.

„Vielen Dank für die herzliche Aufnahme. Wenn ich die Möglichkeit haben sollte, werde ich im Kloster ein gutes Wort für dich einlegen."

„Nein, mach' das nicht. Ich bin hier in meiner Einsamkeit sehr zufrieden und glücklich. Außerdem kommen die Menschen auch heute noch zu mir, wenn sie krank sind, daran hat sich nichts geändert und davon lebe ich."

Gerhild lächelte und ihre klaren blauen Augen strahlten eine ungewohnte Wärme auf.

„Also gut, Gerhild", sagte Jan, während er ihr zum Abschied die Hand reichte, „aber falls ich einmal etwas für dich tun kann, lass es mich wissen."

„Keine Sorge, Jan, ich komme zurecht."

Damit ließ sie seine Hand los und Jan ging in die Richtung, die sie ihm gewiesen hatte. Am Ende der Lichtung drehte er sich noch einmal um und winkte ihr zum Abschied.

Kaum hatte er bei dem kleinen Weiler Schwarzach den Wald verlassen, als er in der Ferne das Kloster majestätisch aus der Ebene aufragen sah. Um die Kirche mit dem mächtigen Turm waren mehrere Gebäude gebaut und von einer Mauer umgeben, was Jan sehr beruhigte, denn dadurch bot ihm das Kloster wirklich Schutz. Neben dem ummauerten Bezirk drückten sich einige niedrige Holzbauten an die Mauer, welche die Höfe der Pachtbauern sein mussten.

Je näher er dem Kloster kam, desto größer und beeindruckender wurde es. Nicht einmal die Burg in Prag hatte in ihm soviel Ehrfurcht geweckt, wie diese Kirche auf der flachen Ebene. Der Turm stand sich wie ein Wächter gegen die Šumava, die noch vor knapp hundert Jahren die Grenze zwischen den Christen und den Heiden markiert hatte.

Er war nur noch fünfzig Schritt vom Eingangstor des Klosters entfernt, als jemand seinen Namen rief.

„Jan!"

Er zuckte zusammen, griff nach seinem versteckten Jagdmesser, und drehte sich ruckartig um.

„Levi", seufzte Jan erleichtert, als er seinen Jugendfreund erblickte, „hast du mich erschreckt!"

„Das habe ich bemerkt", antwortet Levi, nachdem sie sich herzlich begrüßt hatten, „du hast mich gerade angesehen, als sei ich der Teufel persönlich!"

„Entschuldige, aber was machst du hier? Ich hatte wirklich nicht damit gerechnet, an diesem Ort jemanden zu treffen, den ich kenne."

„Das ist eine längere Geschichte", dabei legte Levi seinen Arm um Jans Schulter, „aber warum wollen wir uns nicht zu einem Bier setzen. Hier gibt es eines der besten Biere, das ich kenne."

„Gute Idee", stimmte Jan zu.

Sie betraten den Klosterhof und Levi führte Jan zum Gästehaus, wo er zu seiner Überraschung auch Rahel und das Baby vorfand. Auch sie begrüßte Jan herzlich, und dann bestellte Levi ein Runde Bier, das von einem Laienbruder gebracht wurde.

„So, jetzt erzähl' mal, wie es dir ergangen ist, und was du hier machst, so ganz ohne Pferd", sagte Levi nach einem tiefen Zug.

Jan erzählte die ganze Geschichte, die er auch Gerhild schon erzählt hatte, nur dass er sie für Levi etwas ausführlicher machte, da dieser ja auch die Ausgangssituation besser kannte.

„Du bist also ins Kloster geflüchtet, um dich vor dem Gesetz zu schützen", folgerte Levi, nachdem Jan geschlossen hatte.

„Richtig, aber vergiss nicht: ich bin noch nicht verurteilt, jedenfalls weiß ich nichts davon."

„Das wird Abt Godehard aber wissen wollen, denn der ist ein sehr glaubensfrommer Mann."

„Ach so, was macht dann eine jüdische Familie auf dem Klostergelände", entgegnete Jan.

Da grinste Levi vielsagend: „Auch ein Abt hat Schulden, die er möglichst billig loswerden will."

„Der Abt hat Schulden bei dir", wunderte sich Jan, wobei er seine Stimme senkte, damit nicht etwa jemand anders ihr Gespräch hören würde.

„Jetzt nicht mehr", war Levis kurze Antwort.

„Aber was macht ihr hier überhaupt? Seit wann nimmst du deine Frau und das Kind mit auf deine Reisen?"

Auf diese Fragen hin begann Levi, Jan von dem Aufruhr in Deggendorf und ihrer Flucht zu erzählen. Danach war Levi mit seiner Familie ohne Probleme bis Niederaltaich gekommen, wo er eine Nachricht von seinem Geschäftspartner aus Passau erhielt, dass auch dort eine angespannte Stimmung herrschte und er besser bis zum Frühjahr damit warten sollte, in die Stadt zu kommen. Also war Levi kurzerhand zum Abt gegangen und hatte ihm vorgeschlagen, ihm alle Schulden zu erlassen, wenn er mit seiner Familie den Winter über bleiben durfte.

„Die Schulden des Abtes müssen beträchtlich gewesen sein, wenn er darauf eingegangen ist", lächelte Jan. Er wusste, dass Levi in den Jahren mehr mit Leihgeschäften verdient hatte, als durch den eigentlichen Handel mit Waren.

„Das Kloster ist in den letzten Jahren sehr gewachsen und Abt Godehard ist ein reiselustiger Mann", erklärte Levi verschmitzt. Er nahm wieder einen tiefen Schluck Bier und bestellte gleich noch ein Neues.

„Nun aber zurück zu dir", wurde er ernst, „wir müssen gleich Abt Godehard aufsuchen und ihm die Lage erklären."

„Nein danke", wehrte Jan höflich ab, „das möchte ich doch lieber alleine machen."

„Schämst du dich etwa für einen jüdischen Freund?"

„Nein, aber ich möchte nicht bei dem Abt den Eindruck erwecken, als könnte ich nicht für mich selbst sorgen!"

„Hm, da hast du mal wieder recht", nickte Levi versonnen, um dann schelmisch den Kopf zur Seite zu legen „wie in den guten alten Zeiten: der bedachte und voraus denkende Jan!"

„Wobei du immer das letzte Wort haben musst", gab Jan schlagfertig zurück.

„Genau", stimmte Levi zu, wobei er in seiner Tasche kramte, „wenn du schon nicht meine Hilfe haben willst, dann nimm wenigstens deinen Ring mit. Ich habe ihn nun lange genug für dich aufbewahrt."

„Der Ring", rief Jan begeistert aus, „ich hätte nie gedacht, dass du den mitgenommen hast!"

„Manchmal denke sogar ich voraus", erwiderte Levi neckisch.

Jan nahm den Ring entgegen und steckte ihn sich an die linke Hand. Er passte wie angegossen.

„Danke, Levi", freute sich Jan und umarmte ihn freundschaftlich.

„Gern geschehen. Jetzt solltest du dich aber beeilen, damit du Abt Godehard noch vor der Vesper erreichst."

„Wo liegt diese Vesper", fragte Jan verständnislos.

Daraufhin prustete Levi los, fing sich aber bald wieder, nachdem Jan ihm einen bösen Blick zugeworfen hatte.

„Entschuldige, es war einfach zu komisch. Die Vesper ist kein Raum, sondern das Abendgebet der Mönche, das in einer Stunde beginnt!"

„Ach so", Jan kratzte sich verlegen am Hinterkopf und musste selbst schmunzeln.

Dann verabschiedete er sich von Levi und Rahel und lief auf die Tür zu, die ihm der Laienbruder im Gästehaus beschrieben hatte.

***

Jan musste fünf verschiedenen Mönchen sein Begehren vortragen, bis man ihn endlich zum Abt brachte. Der Abt, ein Mann um die vierzig Jahre, saß hinter einem massiven Eichentisch, auf dem neben einigen Pergamentrollen auch verschiedene Instrumente lagen, die Jan noch nie, selbst nicht in Jakobs Haus, gesehen hatte. Zu Jans großer

Überraschung trug der Abt eine einfache braune Mönchskutte wie alle Mönche, die ihm bisher in diesem Kloster begegnet waren; auch seinen asketischen Gesichtszügen nach lebte er nicht im Überschwang, was Jan von einem Abt grundsätzlich erwartet hätte. Diese Verwunderung konnte er im ersten Augenblick nicht verbergen, was dem wachsamen Mann gleich auffiel.

„Was staunst du, mein Sohn", fragte er mit freundlicher Stimme, „hast du gedacht, du trittst Gott persönlich gegenüber?"

„Entschuldigt, ehrwürdiger Vater", Jan räusperte sich, „aber ich hatte mir einen Abt anders vorgestellt."

„Besser angezogen, in einem warmen Raum vielleicht?", fragte Abt Godehard, aber er wartete nicht, bis Jan etwas sagte, sondern gab die Antwort gleich selbst. „Dieses Bild eines Abtes konnte nur entstehen, weil zu viele meiner Mitbrüder die Regeln des Heiligen Benedikt missachtet haben und den weltlichen Verführungen erlegen sind."

Er hielt inne, betrachtete Jan, der ruhig zugehört hatte und als er wieder zu sprechen begann, hatte die Stimme wieder den freundlichen Klang wie am Anfang: „Nun aber zu dir, was willst du hier?"

„Ich heiße Jan, bin Säumer und komme aus Klatovy in Böhmen", begann Jan seinen Bericht. Er erklärte dem Abt wahrheitsgemäß von seiner Flucht, aber auch von dem Grund und seinem gespannten Verhältnis zu Miloš, wobei er nicht erwähnte, dass er sein Neffe war. Schließlich bat er den Abt, einige Zeit im Kloster bleiben zu können, bis er wusste, wie das Urteil ausgefallen sei.

Nachdem er fertig war, herrschte Schweigen. Jan blickte den Abt an, der ihn mit seinen dunklen Augen betrachtete. Jan laß darin Skepsis, Missbilligung, aber auch Verständnis.

„Das ist ja eine interessante Geschichte, die du mir da erzählt hast", sagte Abt Godehard schließlich, „wieso bist du aber nicht zu einem Kloster in Böhmen gegangen, sondern den beschwerlichen Weg durch den Nordwald?"

„Weil ich als Säumer die Šumava, äh… ich meine den Nordwald kenne und es für mich der bessere Weg war", antwortete Jan, der den tieferen Sinn der Frage sofort erkannt hatte, denn der Abt wollte ihm damit unterstellen, dass er sich dem Gesetz entzog, womit er ja auch nicht ganz Unrecht hatte.

„Ich habe schon von diesem Miloš gehört, der den gesamten Salzhandel kontrollieren will", wechselte der Abt das Thema, woraus Jan schloss, dass Abt Godehard mit seiner Antwort zufrieden war. „Dieser Mann schreckt wohl vor keinem Mittel zurück, wenn man den Berichten glaubt, die ab und zu im Kloster eintreffen." Wieder legte er eine Pause ein, während er sich mit einer Hand durch das spärliche Haar fuhr, denn Abt Godehard trug wie alle Mönche eine Tonsur. „Trotz allem", sagte er schließlich, „ich kann dir kein Bleiberecht gewähren, denn wahrscheinlich ist das Urteil bereits gefällt. Damit bist du verurteilt und nicht nur verdächtigt."

„Aber das wisst weder Ihr noch ich", protestierte Jan, der sich schon sicher gefühlt hatte.

„Aber Gott weiß es", antworte Abt Godehard mit einem warmherzigen Lächeln.

Jan wurde blaß. Jetzt war er so weit gekommen, und der Gott, der ihn vor den Räubern bewahrt hatte, sollte ihn nun nicht in das Kloster lassen!

Da fühlte Jan den Ring an seiner Hand, zog ihn ab und legte ihn vor dem Abt auf den Tisch.

„Wenn ich es recht verstehe, können wir beide unseren Standpunkt nicht erklären. In solch einem Fall ist es Brauch, einen unabhängigen Richter zu befragen. Dazu schlage ich den Landvogt von Künzing vor, denn er ist mir wohl gesonnen, wie dieser Ring beweist."

Jan hatte den Ring noch nie benutzt und auch noch nie die Wirkung überprüft, die dieser bei anderen Menschen auslöste. Was er jetzt sah, übertraf seine Erwartungen.

Der Abt legte den Ring nach eingehender Betrachtung wieder auf den Tisch, stand auf und ging um den Tisch herum auf Jan zu.

„Wenn du solch mächtigen Beistand hast, wieso nennst du ihn erst so spät", fragte er mit väterlicher Stimme, aus der alle Zweifel verschwunden waren.

„Nun", gestand Jan, „ich bleibe immer lieber unabhängig. Außerdem habe ich den Ring noch nie benutzt und wusste nicht, welche Wirkung er hat!"

„Wie du siehst, öffnet er Tor und Tür - zumindest hier auf Erden", scherzte Abt Godehard, aber dann wurde er gleich wieder ernst, als ob ihm diese Gemütsregung peinlich wäre. „Wieso bist du nicht gleich nach Künzing gegangen, es liegt nur einen Tagesmarsch die Donau hinunter?"

„Erstens bin ich in einem Kloster sicherer und zweitens wusste ich nicht, dass Künzing so nahe liegt!"

„Hier bist du auf jeden Fall sicher. Zunächst müssen wir aber eine Beschäftigung für dich im Kloster finden", sagte der Abt, wobei seine Stimme wieder jene Bestimmtheit einnahm, der man nicht widersprechen konnte, „denn hier wird keine Zeit mit Warten verschenkt. Was hast du gelernt?"

Jan, der keinerlei Ahnung davon hatte, welche Arbeiten außer beten in einem Kloster noch anfielen, antwortete schlicht: „Ich kann mit Tieren umgehen!"

„Gut, dann wirst du dem Bruder Josephus bei seiner Arbeit helfen. Er ist unser Stallmeister."

Dabei klatsche er in die Hände und ein junger Mönch in einer weißen Kutte trat ehrfurchtsvoll ein.

„Volker, bring' Jan bitte zu Josephus und sag ihm, dass der junge Mann ihm bei seiner Arbeit zur Hand gehen wird!"

Jan war schon fast aus dem Zimmer gegangen, als der Abt ihn zurückrief. Jan drehte sich um und schaute ihn fragend an.

„Wieso besitzt du diesen Ring?"

„Ihr meint, warum ich ihn bekommen habe?"

„Ja."

„Vor vielen Jahren habe ich dem Landvogt in Deggendorf einen Dienst erwiesen", antwortete Jan seelenruhig und schloß die Tür.

Die nächsten Tage waren für Jan gefüllt mit neuen Erfahrungen. Neben der beschwerlichen Stallarbeit musste er auch die Umgangsformen und den Tagesablauf des Klosters erlernen. Es gab eine feste Hierarchie, die bei den Novizen begann, über die Laienbrüder hin zu den Mönchen führte und an deren Spitze der Abt stand. Er selbst war als Stallknecht von dem normalen Klosterleben ausgeschlossen, denn er gehörte zum Gesinde. Sein Arbeitstag begann bei Sonnenaufgang, nachdem die Mönche ihr Morgengebet abgehalten hatten, und endete mit der Vesper, dem Abendgebet, denn danach galt für die Mönche eine Nachtruhe bis zum Nachtgebet in der zweiten Stunde. Bald lernte Jan, dass das Leben der Mönche nicht nur - wenn auch zum großen Teil - aus Gebet bestand. Zum Kloster gehörte eine Brauerei, eine Bäckerei, eine Schule für adelige Söhne und eine für die Novizen, zudem verfügte es über eine Bibliothek. Jan hätte zu gerne wieder einmal in einem Buch gelesen, aber die Bibliothek war den Mönchen vorbehalten. Der Konvent umfaßte sechzig Mönche, zwölf Novizen und fünfunddreißig Laienbrüder. Damit gehörte das Kloster zu den größten im ganzen Reich, wofür vor allem Abt Godehard verantwortlich war, der seit seiner Einsetzung im Jahre 996 große Reformen und Erweiterungen durchgeführt hatte. Jan vergaß anfangs immer wieder gewisse Regeln und Vorschriften, die auch für das Gesinde galten. Zum Glück hatte er in Bruder Josephus einen geduldigen Lehrer, der ihn auf Fehler aufmerksam machte.

„Mein Sohn, du befindest dich hier auf heiligem Boden, deshalb darfst du hier nicht fluchen", belehrte ihn Josephus ruhig, als Jan einen slawischen Fluch ausgestoßen hatte, weil ihm ein Pferd auf den Fuß gestiegen war.

„Ich dachte, Gott versteht nur Latein", gab Jan verschmitzt zurück, aber Josephus ließ sich nicht zu Scherzen hinreißen.

„Gott versteht uns immer, egal, welche Sprache wir sprechen!"

„Dann werde ich mich in Zukunft bessern, Pater", entschuldigte sich Jan.

„Gut, dann geh jetzt wieder an die Arbeit. Die Kühe müssen noch gemolken werden, damit unsere Gäste frische Milch haben!"

Jan nickte gehorsam und widmete sich wieder dem Pferd, um es in den Stall zu führen.

Als sich die Mönche zur Vesper versammelt hatten und somit den Arbeitstag beendeten, traf sich Jan mit Levi im Gästehaus, wo dieser ihn schon erwartete.

„Du glaubst gar nicht, wie sehr ich mich freue, dich zu sehen", rief er Jan entgegen, kaum dass dieser die Tür geschlossen hatte, „es ist so langweilig, den ganzen Tag nichts zu arbeiten!"

„Ich erlebe gerade das Gegenteil! Soviel habe ich in meinem Leben noch nicht gearbeitet", schimpfte Jan und bestellte sich ein Bier.

„Wieso hast du dich denn gerade auch zum Stalldienst gemeldet", fragte Levi verständnislos.

„Ich wusste doch gar nicht, was für Tätigkeiten es in einem Kloster gibt", echauffierte sich Jan, „wenn ich zum Beispiel gewusst hätte, dass es eine Bibliothek gibt, dann hätte ich dem Abt gesagt, dass ich lesen und schreiben kann."

„Ach ja, unser Feingeist", seufzte Levi, „da hat dir mein Vater einen großen Floh ins Ohr gesetzt. Die Bibliothek ist nur für die Mönche vorbehalten, wie du bestimmt weist."

„Josephus hat mir das erklärt", erzählte Jan enttäuscht, „wobei er doch etwas überrascht war, von einem Stallburschen nach der Bibliothek gefragt zu werden."

„Ich wüsste da eine Möglichkeit", überlegte Levi laut, während er seinen Freund eindringlich ansah, „bei der du zwar nicht in die Bibliothek kommst, aber zumindest manchmal etwas zu schreiben hast."

„Das klingt interessant", Jan hing förmlich an den Lippen Levis, der sich aber einen Spaß daraus machte, nicht darauf einzugehen.

„Naja, war nur so ein Gedanke. Habe ich dir eigentlich schon gesagt, dass der Abt mich heute nach dir ausgefragt hat?"

Jan stutzte, er hätte gerne noch etwas mehr über diese Arbeit gewußt, aber ihn interessierte genauso brennend, was der Abt über ihn wissen wollte. Bei seinem fragenden Gesicht brach Levi einmal mehr in lautes Gelächter aus.

„Du schaust so herrlich blöd, wenn man dich verwirrt!"

„Vielen Dank", gab Jan beleidigt zurück, „deine Kommentare kannst du dir sparen!"

„Komm schon", versuchte ihn Levi wieder aufzuheitern, „ich werde dir alles erzählen. Aber zuerst möchte ich noch ein Bier."

Nachdem sie ihr Bier bekommen hatten, begann Levi von seinem Treffen mit dem Abt zu erzählen.

„Ich war kaum in seinem Zimmer und hatte ‚Guten Tag, Ehrwürdiger Vater' gesagt, als er schon auf dich zu sprechen kam. Natürlich nicht geradeheraus, das ist nicht die Art des Abtes. Er fragte mich schlicht, was ich von der Verschwörung wusste, die es einmal in Deggendorf gegen den Landvogt gegeben habe. Anfangs habe ich gestutzt, denn das liegt ja schon einige Jahre zurück. Ich habe ihm dann alles so erzählt, wie es sich damals zugetragen hat und er war sichtlich beeindruckt von deiner Leistung."

Jan schaute ihn skeptisch an.

„Glaub mir, er war wirklich beeindruckt", bekräftigte Levi, „nun, ich konnte ihm aber auch nicht verheimlichen, dass wir beide uns damals schon gekannt haben, worüber er sich dann doch gewundert hat. Wie kommt es, dass ein jüdischer Händlersohn und ein slawischer Säumerjunge Freundschaft schließen, hat er als nächstes gefragt. Daraufhin habe ich die ganze Geschichte von dem Unfall deines Vaters geschildert."

„Nach allem, was du und ich ihm über mich berichtet haben, kennt er jetzt fast meine gesamte Lebensgeschichte", resümierte Jan.

„Was bei Abt Godehard nie falsch ist", beendete Levi den Satz. „Nachdem er jetzt alles über dich weiß, hat meine zweite Idee gute Chancen, Wirklichkeit zu werden."

„Welche zweite Idee?"

„Hast du es schon vergessen? Eine andere Arbeit für dich! Es gibt im Kloster auch eine Verwaltung, die sich um die Geschäfte des Klosters kümmert. Natürlich steht auch ihr ein Mönch vor, aber vielleicht können sie dort eine Hilfe gebrauchen, die lesen, schreiben und rechnen kann, sowie Erfahrungen als Händler hat!"

„Aber ich dachte, dass Abt Godehard keinen zivilen Einfluss im Kloster haben will, beziehungsweise ihn nur erlaubt, wenn es sich nicht vermeiden läßt."

„Wie zum Beispiel im Stall", fügte Levi grinsend hinzu. „Du hast natürlich recht, aber vielleicht kann man ihn ja doch überreden, denn sein Vater hat als Laie in der Verwaltung des Klosters gearbeitet und erst dadurch seinem Sohn ermöglicht, in die Klosterschule einzutreten."

„Das wusste ich nicht", staunte Jan.

„Du nicht, aber hier im Kloster weiß es jeder. Morgen früh gehen wir zusammen zu Abt Godehard und unterbreiten ihm den Vorschlag."

„Ich weiß nicht, sieht das nicht so aus, als ob ich mich vor der schweren Arbeit drücken will?"

„Du alter Zauberer, ist es denn nicht auch so? In eurer Bibel steht: Die einen hat er zu Aposteln berufen, die anderen zu Hirten, und wieder andere zu Lehrern. Dich hat Gott sicher nicht zum Stallknecht berufen!"

„Nein, ganz sicher nicht", stimmte Jan lachend zu.

„Dann wollen wir morgen einmal Gottes Willen auf die Sprünge helfen", schloss Levi das Thema.

„Gottes Wege sind nicht unsere Wege", dozierte Jan mit belehrender Miene.

„Du hast dich wirklich schnell angepasst", lachte Levi.

Nachdem Jan mit gewaltiger moralischer Unterstützung von Levi bei Abt Godehard sein Anliegen samt einer Schreibprobe unterbreitet hatte, ließ der Abt ihn über eine Woche lag im Stall schmoren, bis er ihm die Antwort zukommen ließ. Jan war nicht entgangen, dass diese Zeit eine Prüfung war, mit der Abt Godehard seine Zähigkeit testen wollte. Dann aber war er persönlich im Stall erschienen und hatte ihm mitgeteilt, dass er fortan in der Verwaltung dem Cellarus zur Hand gehen sollte. Jan dankte höflich und machte sich mit Fleiß an die neue Aufgabe. Auch hier galt es viel zu lernen, aber seine Erfahrungen bei Jakob erleichterten ihm den Einstieg. Jans Talent für Zahlen und sein gutes Gedächtnis bescherten ihm eine rasche Anerkennung von Seiten des stets kritischen Cellarus. Er war ein älterer Mönch, der bezeichnenderweise den Namen Matthäus trug, nach dem Jünger Jesu, der vor seiner Bekehrung ein Zöllner gewesen war. Nach zwei Monaten wurde Jan die Aufsicht über alle Geschäfte des Klosters mit Bauern und Händlern übertragen. Das war ein geschickter Schachzug des Abtes, denn nicht alle Mönche waren mit der Einstellung eines Laien in die Verwaltung einverstanden gewesen. Im Capitel, der Versammlung der Mönche, hatte es einigen Widerstand gegeben. Nun aber konnte Abt Godehard argumentieren, dass Jan die Geschäfte mit den Laien abwickelte und deshalb der Cellarus nicht mehr den weltlichen Einflüssen dieser Händler und Bauern ausgesetzt war.

Jeden Morgen von der Prim bis zur Terz, nach der Tageseinteilung der Mönche, empfing Jan Bauern und Händler, die Geschäfte mit dem Kloster machen wollten. Jetzt im Winter waren es nicht viele, denn die fahrenden Händler blieben in den Städten und die Bauern kamen eher, um Notwendiges zu kaufen, als zu verkaufen. Deshalb waren es an diesem Tag auch nur zwei Männer, die bereits vor der Klosterpforte warteten, als Jan sie öffnete.

„Gott zum Gruß", hieß er sie freundlich willkommen.

„Dir auch", entgegnete der erste. Es war einer der Pachtbauern, die um das Kloster angesiedelt waren und die Mönche bei der Bestellung der Felder unterstützten. Ein Feld durften sie zur eigenen Verwendung bearbeiten, dessen Ernte aber oft nicht ausreichte, um eine Familie den ganzen Winter über zu ernähren. Von Jan auf diesen Missstand angesprochen hatte Matthäus erklärt, dass man den Bauern mit Absicht zu wenig Land gäbe, um sie stärker vom Kloster abhängig zu machen. Dafür verdienten sie sich aber bereits auf Erden ihr Seelenheil. Da Jan sich bisher noch nicht sonderlich mit dem himmlischen Lohn befasst hatte, wusste er darauf kein Argument, obwohl ihm der Preis, den die Bauern dafür zu zahlen hatten, doch etwas hoch erschien. Deshalb hatte er immer Mitleid, wenn einer dieser Pachtbauern jetzt im Winter ins Kloster kam, um sich etwas Getreide zu kaufen.

„Nun, Friedbert, was benötigst du diesmal, um die Mäuler deiner Familie zu stopfen?", fragte er den Bauern, während sie zum Verwaltungshaus gingen.

„Wenn es nur darum ginge, die Mäuler zu stopfen", klagte Friedbert, „ich muss die Mäuler erst einmal trocken legen!"

„Wie soll ich das verstehen?", wunderte sich Jan. Inzwischen waren sie in der kleinen Halle des Verwaltungshauses angekommen, in der üblicherweise die Geschäfte abgeschlossen wurden.

„In mein Haus regnet es hinein", erklärte jetzt Friedbert, „der Sturm letzte Woche hat einen Teil des Daches abgedeckt. Ich habe versucht, mit dem vorhandenen Holz das Loch zu schließen, aber es reicht nicht aus!"

„Wie viel Klafter Holz stehen dir im Jahr zu?", fragte Jan, denn jedem Pachtbauern war es erlaubt, pro Jahr eine bestimmte Menge an Holz aus den Wäldern des Klosters zu schlagen.

„Es sind drei Klafter, die ich aber schon im Sommer verbraucht habe, weil ich mir einen neuen Stall gebaut habe."

„Das ist schlecht, denn wenn ich mich recht entsinne, dann hast du diesen Winter schon einiges Getreide bei mir geholt, das du mir im Frühjahr zurückzahlen willst", begann Jan zu feilschen.

„Das Jahr war nicht besonders gut für mich", klagte Friedbert. „Die Überschwemmung im Frühjahr hat einen Teil meines Feldes zerstört."

Obwohl Jan erst seit zwei Monaten im Kloster arbeitete, hatte er schon gemerkt, dass sich die Bauern aufs Greinen verstanden. Meistens jammerten sie ihre Lage schlechter, als sie wirklich war, um so den Preis zu drücken.

„Die Überschwemmung war ein Gericht Gottes, der dich für deine Schulden sühnen ließ, Friedbert!" Matthäus war unbemerkt eingetreten und hatte wie immer eine religiöse Erklärung parat. Jan fiel es bisher noch schwer, solche Antworten zu geben, aber sie waren die wirksamsten, um die Position des Klosters zu stärken.

„Aber ich kann nicht den ganzen Winter unter einem undichten Dach wohnen, sonst stirbt meine Familie", klagte Friedbert jetzt ängstlich.

„Das sollst du auch nicht", antwortete ihm Matthäus mit milder Stimme, „wieviel Holz brauchst du?"

„Ein halber Klafter wird genügen!"

„Gut, den sollst du haben. Dafür schuldest du dem Kloster zwei Arbeitstage zur Erntezeit", bestimmte Matthäus und wandte sich an Jan: „Schreib das auf!"

Friedbert hatte soviel Respekt vor dem Mönch, dass er sich nicht traute zu protestieren. Zwei Arbeitstage waren zwar ein gerechter Preis, aber er hatte sich doch weniger erhofft. Trotz der Enttäuschung verneigte er sich höflich.

„Ich danke euch, Pater, für eure Großzügigkeit!"

Auch Jan nickte er zum Abschied zu und trat hinaus auf den Klosterhof.

„Den zweiten musst du alleine machen, denn mich ruft das Gebet", wandte sich Matthäus an Jan und im Gehen rief er ihm zu: „Sei bloß nicht zu nachgiebig! Der Herr gibt's, der Herr nimmt's!"

Jan schmunzelte, bevor er sich umdrehte, um den zweiten Mann zu begrüßen, der sich bisher im Hintergrund gehalten hatte. Als er ihn ansah, vergaß er vor Staunen, den Mund zu schließen.

„Wolfram", rief er aus, „ich hätte dich beinahe nicht erkannt!"

Sein alter Freund aus Deggendorf zog jetzt die Kapuze vom Kopf und eine Schnittwunde am linken Ohr wurde sichtbar.

„Ich wollte niemanden erschrecken", sagte Wolfram dabei.

„Wie ist denn das passiert?", fragte Jan erschrocken.

„Sie haben das Gasthaus niedergebrannt."

„Wer war das? Wen meinst du mit ‚sie'?"

„Die Leute von Deggendorf, nachdem…", Wolfram sprach langsam und mit einigen Pausen. Es fiel ihm sichtlich schwer, sich die Ereignisse nochmals in Erinnerung zu rufen. „…Wir hatten Levi geholfen, zu entkommen,… wegen der schlechten Stimmung,… als sie es herausgefunden haben, sind sie zu uns gekommen,… mit Fackeln." Wolfram machte wieder eine längere Pause. Sein großer Körper wirkte kraftlos und schlaff, wie ein kleiner Junge stand er in der Halle. Schließlich raffte er sich auf und fuhr wieder in zusammenhanglosen Sätzen fort. „Vater hat sein altes Schwert geholt… ich habe auch gekämpft. Plötzlich brannte das Haus,…und Mutter war noch drin." Wolfram fing leise an zu weinen, während Jan auf ihn zu trat, um ihn zu trösten.

„Das tut mir leid", war das einzige, was er sagen konnte.

Jan kam es vor, wie eine Ewigkeit, dass sie so zusammenstanden, wobei sich Wolfram langsam wieder beruhigte. Schließlich wagte Jan wieder, eine Frage zu stellen.

„Wo ist dein Vater?", forschte er mit leiser Stimme.

„Auch tot. Sie haben ihn erschlagen. Mich hätten sie auch erschlagen, aber ich bin entkommen."

„Komm, lass uns hinüber ins Gästehaus gehen, damit du dort einen Verband etwas anständiges zu Essen und zu Trinken bekommst!"

„Gute Idee, ich habe seit drei Tagen nichts gegessen außer ein paar Wurzeln im Wald."

Auf dem Weg zum Gästehaus fiel Jan ein, dass auch Levi dort war, der ja indirekt der Grund für Wolframs Schicksal war.

„Bist du eigentlich jetzt böse auf Levi", fühlte er deshalb behutsam vor.

„Nein", antwortete Wolfram sofort, „er kann nichts dafür. Ich würde jederzeit wieder jemanden helfen, der in Not ist!"

„Das ehrt dich", bestätigte ihn Jan, „ich habe dich das vor allem gefragt, weil Levi nämlich auch hier ist, denn in Passau ist die Stimmung nicht besser gewesen als in Deggendorf."

„Schön, dann sind wir ja alle drei wieder zusammen", sagte Wolfram schon etwas fröhlicher, „wenigstens uns kann das Schicksal nicht trennen."

Levi hatte nicht wenig gestaunt, Wolfram im Gästehaus zu treffen, doch als er von dem traurigen Grund erfahren hatte, wurde er bestürzt und brach in Tränen aus. Er entschuldigte sich tausendmal bei Wolfram, der ihm immer wieder versicherte, dass er ihm keinen Vorwurf machte. Es dauerte lange, bis die drei Freunde ihre Trauer so weit im Griff hatte, um wieder klare Gedanken zu fassen. Schließlich ging man dazu über, konkrete Pläne zu fassen, um Wolfram Gerechtigkeit zu verschaffen.

Jan wollte den Abt darum bitten, dem Landvogt den Vorfall anzeigen zu dürfen, da das Gasthaus von Wolframs Eltern ja zu Künzing gehört hatte. Außerdem schlug Levi vor, dass Wolfram bis auf weiteres die Arbeit im Stall übernehmen könnte, die Jan anfangs erledigt hatte. Beide Ansinnen unterbreitete Jan dem Abt nach dem Mittagessen.

„Mir scheint, das Gott seine schützende Hand über euch drei hält", sagte Abt Godehard in seiner ruhigen Art, nachdem Jan zu Ende gesprochen hatte, „sonst hätte er euch nicht in so kurzer Zeit hier im Kloster versammelt, wo ihr euch nun gegenseitig beisteht."

Er machte eine kurze Pause. Jans Bericht hatte auch ihn betroffen gemacht.

„Deshalb bin ich einverstanden, dass dein Freund Wolfram bis auf weiteres im Stall arbeiten kann, bring ihn doch gleich selbst zu Josephus. Der wird sich freuen, wieder eine Hilfe zu bekommen", dabei lächelte er Jan vielsagend an. „Ich denke auch, dass es wichtig ist, den Landvogt in Künzing von dem Vorfall zu unterrichten. Schließlich sind Wolframs Eltern seine Untertanen gewesen, zu deren Schutz er verpflichtet ist. Am besten begibst du selbst dich nach Künzing, denn du kennst die ganze Geschichte und bist dort bekannt. Lass dir gleich ein Pferd satteln!"

„Vielen Dank, Ehrwürdiger Vater, aber ich kann gut zu Fuß laufen", gab sich Jan bescheiden, da er wusste, dass auch der Abt immer zu Fuß unterwegs war.

„Jan, das war kein Vorschlag, sondern ein Befehl", tadelte ihn der Abt milde.

„Wenn das so ist, dann gehorche ich gerne", entschuldigte sich Jan, aber er konnte sich ein verschmitztes Lächeln nicht verkneifen.

Jan verabschiedete sich von seinen Freunden, meldete sich bei Matthäus ab und machte sich sofort auf den Weg. Künzing lag einen halben Tagesmarsch von Niederaltaich entfernt, aber Jan trieb das Pferd ständig an, so dass es völlig verschwitzt war, als er Künzing nach nur einer Stunde Ritt am späten Nachmittag erreichte.

Das ehemals römische Kastell lag nicht wie Natternberg auf einem exponierten Berg, sondern war mitten auf die Ebene gebaut, dafür aber mit mächtigen Ringwällen umgeben. Trotzdem machte die Burg nicht den Eindruck einer Befestigungsanlage, sondern vielmehr den einer Wohnburg, die mehr der Repräsentation diente.

Am Tor ließ man ihn ungehindert durchreiten. Jan band das Pferd im Burghof fest und stieg die steile Treppe zur großen Halle hinauf. An der Tür stand eine Wache, die ihn nach seinem Begehr fragte.

„Ich heiße Jan und komme mit einer Nachricht für den Landvogt von Künzing aus Niederaltaich", antwortete Jan mit leicht arroganter Stimme, die seiner Wichtigkeit Ausdruck geben sollte.

„Warte einen Augenblick", wies ihn der Soldat an und verschwand im Gebäude.

Als er zurückkam, machte er Jan mit einer Handbewegung verständlich, ihm zu folgen. Er führte ihn zum anderen Ende der Halle, wo ein fein gekleideter Mann am Feuer saß, der nicht mehr als zehn Jahre älter war als Jan. Er trug ein reichbesticktes grünes Obergewand, das elegant bis zum Boden fiel. Unten bildete das etwas längere Unterkleid einen Rand in hellerem Grün. Sein schulterlanges Haar war bestens gepflegt. Aber all diese Schönheit konnte Jan nicht darüber hinwegtäuschen, dass das Gesicht des jungen Mannes etwas Einfältiges und Dümmliches an sich hatte. Bei ihm saßen einige Ritter, die sich mit ihm unterhielten.

Vor allem war es nicht der Landvogt persönlich. Für kurze Zeit war Jan unsicher, ob es ein Test sein sollte, und man prüfen wollte, ob er den Landvogt kenne oder ob der Landvogt wirklich nicht hier war und er vor seinem Stellvertreter stand.

„Ich habe eine Nachricht für Landvogt Thiemo, die ich ihm persönlich überreichen muss", sagte Jan, nachdem sein Gegenüber keine Anstalten machte, das Gespräch zu eröffnen.

„Da muss ich dich leider enttäuschen", antwortete der Mann müde lächelnd, „Thiemo ist nicht hier, deshalb wirst du dich mit mir begnügen müssen. Ich heiße Thietmar und bin der jüngere Bruder des Landvogts."

„Ich heiße Jan. Zur Zeit bin ich Verwalter im Kloster Niederaltaich, dessen Abt Godehard mich hierher geschickt hat, um den Landvogt von einem Vergehen gegen einen seiner Untertanen in Kenntnis zu setzten." Jan bemühte sich, so akzentfrei wie möglich deutsch zu sprechen, aber vollkommen konnte er seine wirkliche Herkunft nicht unterdrücken.

„Wie kommt es", wunderte sich Thietmar, dem der slawische Akzent nicht entgangen war, „dass ein Slawe Verwalter in Niederaltaich ist?"

‚Was spielt das jetzt für eine Rolle', dachte sich Jan, der schon bei der Art und Weise, wie Thietmar das Wort „Slawe" ausgesprochen hatte, merkte, dass es ein schwieriges Gespräch werden würde. Doch er unterdrückte seinen Ärger und antwortete höflich: „Abt Godehard hat mich dazu berufen, da ich die Fähigkeiten dazu besitze und mich mit Handel auskenne."

„Die Fähigkeiten, soso", lachte Thietmar, „welche Fähigkeiten braucht es wohl, um einen Abt zu überzeugen?" Dabei machte er eine obszöne Geste und die anwesenden Männer lachten mit.

Jan wurde langsam ungeduldig.

„Ich bitte darum, meine Nachricht überbringen zu dürfen", überstimmte er die Lacher.

Plötzlich stand Thietmar auf und es wurde schlagartig ruhig. Seine Augen funkelten wild, als er auf Jan zuging, während sich die anderen Soldaten wie auf Befehl um ihn herum postierten und ihm so den Fluchtweg versperrten. Jan fühlte sich unwohl.

„Selbst wenn du vom liebem Gott persönlich kommen solltest, deine Nachricht höre ich mir an, wann ich dazu Lust habe", zischte Thietmar ihn an.

Jan blieb stumm, aber er blickte seinem Kontrahenten entschlossen in die Augen.

„Antworte gefälligst mit ‚Ja, Herr', wenn ich mit dir rede", schrie daraufhin Thietmar, den die sichtliche Unerschrockenheit Jans ärgerte.

„Ja, Herr", tat Jan wie ihm geheißen, nicht ohne Spott. Innerlich tobte ein Sturm in ihm, der Vergeltung für diese Schmach forderte.

Ohne weitere Worte wandte sich Tiethmar wieder dem Feuer zu. Zehn Minuten ließ er Jan so unbeachtet, bis er sich schließlich umdrehte und in aller Freundlichkeit Jan ansprach: „Nun darfst du mir deine Nachricht vortragen, denn jetzt bin ich in der Stimmung dazu."

Also berichtete Jan von dem Vorfall, der Thietmar aber nicht im Geringsten beunruhigte, wie man an seinem gelangweiltem Gesichtsausdruck erkennen konnte.

„Was schlägt denn der Abt vor", fragte er als erstes, „was ich nun unternehmen soll?"

„Abt Godehard hat mir keine Ratschläge für den Landvogt mitgegeben", antwortete Jan wahrheitsgemäß, obwohl er nur zu gerne seine Meinung losgeworden wäre, was er bei Langvogt Thiemo auch sicherlich gemacht hätte.

„Wenn ich von Gott oder seinen Vertretern auf Erden keine Eingebung bekomme", spottete Thietmar, „dann werde ich auch nichts unternehmen!"

Wieder lachten seine Soldaten, die den Kreis um Jan herum noch nicht aufgelöst hatten. Nun aber machte Thietmar eine kleine Handbewegung, worauf sie eine Gasse öffneten.

„Du kannst gehen", befahl er Jan, der einen kurzen Augenblick zögerte. So leicht wollte er sich nicht abfertigen lassen! Doch er musste einsehen, dass er unterlegen war und ging langsam zur Tür. Als Jan an der Schwelle angekommen war, hörte er, wie ihm Thietmar nachrief: „Richte deinem Abt einen schönen Gruß aus, er soll sich um seine Angelegenheiten kümmern!"

Das Gelächter der Soldaten begleitete ihn nach draußen, wo er eilig auf sein Pferd aufsaß und die Burg verließ.

Inzwischen hatte die Dämmerung schon eingesetzt und Jan wusste, dass er es bis nach Niederaltaich nicht mehr vor Sonnenuntergang schaffen würde. Deshalb trieb er sein Pferd nicht mehr unnötig an, sondern ritt langsam den schmalen Weg parallel zur Donau entlang. Gleichzeitig versuchte er seinen Groll gegen Thietmar in den Griff zu bekommen, denn so viel Zeit hatte er bereits im Kloster verbracht, um zu wissen, dass der Hass gegen einen Menschen vor allem demjenigen schadete, der ihn in sich trug.

Bald war es dunkel geworden, aber Jan konnte den Weg dank des hellen Mondes gut erkennen. Es war eine klare Nacht und über ihm spannte sich der Sternenhimmel. Hier in der Ebene kam er Jan noch eindrucksvoller vor, als in der Šumava, wo der Blick oft durch Baumwipfel oder Berge eingeschränkt war. Bei dem einmaligen Anblick konnte Jan das Verlangen der Mönche nachvollziehen, dem Schöpfer dieses atemberaubenden Kunstwerks näher zu kommen. Innerlich breitete sich in ihm eine Ruhe aus, wie er sie schon lange nicht mehr gekannte hatte, und als er Niederaltaich erreicht hatte, hatte er seine Erlebnisse in Künzing schon fast vergessen.

Da die Klosterpforte von Sonnenuntergang bis Sonnenaufgang immer geschlossen blieb, klopfte Jan an der Tür eines Pachtbauern, der ihm bereitwillig einen Schlafplatz in seiner einfachen Behausung zur Verfügung stellte.

Am nächsten Morgen rief Abt Godehard Jan zu sich, um zu erfahren, wie der Landvogt auf die Nachricht reagiert hätte.

Da kam in Jan wieder der Ärger hoch, aber er versuchte, sich zu beherrschen und berichtete so objektiv wie möglich von seinem kurzen Aufenthalt in Künzing.

„Es war mein Fehler", entschuldigte sich Abt Godehard am Ende betroffen, „ich hätte dich vorwarnen müssen. Thietmar ist ein verzogener Taugenichts, der im Schatten seines großen Bruders das Leben der Reichen genießt. Der alte Landvogt hat alle seine eigenen Veranlagungen an seine Söhne vererbt: dem einen, Thiemo, die guten Eigenschaften, dem anderen, Francis d'Arlemanche, alle schlechten und dem dritten, Thietmar, keine einzige. So kommt es, dass einer Landvogt, einer Räuberhauptmann und einer ein Tunichtgut geworden ist, der von seinem großen Bruder durchgefüttert werden muss." Abt Godehard machte eine Pause und Jan konnte zusehen, wie sich die Zornesfalten auf Godehards Stirn formten. „Aber diesmal ist er zu weit gegangen", ärgerte er sich, wobei er forsch aus seinem Stuhl aufgestanden war. Zum ersten Mal erlebte Jan, dass Abt Godehard seine Verärgerung auch nach außen zeigte.

„Man kann nicht ungestraft den Gesandten eines Abtes einschüchtern", fuhr er nach einiger Zeit fort, dann wandte er sich wieder an Jan: „Herzlichen Dank für deinen Bericht, aber erzähl' niemandem davon, ausnahmsweise auch deinen beiden Freunden nicht. Ich möchte nicht, dass dieser Vorfall an die große Glocke gehängt wird, bevor ich nicht einige zusätzlichen Informationen eingeholt habe."

„Ich werde schweigen, auch wenn mich das zu der einen oder anderen Notlüge zwingen wird, denn Wolfram wird sicherlich wissen wollen, was passiert ist", antwortete Jan.

Abt Godehard schaute ihn streng an, ohne dass dabei der väterliche Ton aus seiner Stimme verschwand: „Wenn du meinst, dir bei mir eine Erlaubnis zum Lügen abzuholen, dann hast du die Rechnung ohne Gott gemacht. Mich stört es nicht, wenn du lügst, aber Gott wird dich dafür strafen!"

Jan schluckte. Er begann allmählich, die Drohungen der göttlichen Strafen ernst zu nehmen; nicht, weil er Angst vor Gott hatte, sondern weil er auch die göttlichen Segnungen an den Mönchen festgestellt hatte: Freude, Geduld, Ausgeglichenheit. Wenn Gott im Guten wirken konnte, wieso dann nicht auch im Schlechten?

„Dann werde ich wohl Wolfram sagen müssen, dass Ihr nicht wollt, dass er etwas erfährt", schloss Jan aus der Warnung Godehards.

„Schon besser", lobte Godehard und entließ Jan.

Am Abend traf sich Jan mit Wolfram und Levi im Gästehaus, was zu einem festen Ritual ihrer Tagesabläufe geworden war, auch wenn Wolfram inzwischen in einem Saal bei den anderen Knechten schlief und Jan in eine Kammer im Obergeschoss des Verwalterhauses umgezogen war. Im Kamin knisterte ein kleines Feuer, an dem sich die Freunde wärmten.

„Hast du den Landvogt getroffen?", wollte Wolfram wissen, kaum dass sich Jan zu ihnen gesellt hatte.

Jan dachte kurz nach.

„Nicht direkt", antwortete er schließlich, „der Landvogt war nicht in Künzing. Stattdessen habe ich mit seinem Bruder gesprochen."

„Was hat er gesagt?", drängte Wolfram weiter.

„Es tut mir leid, aber Abt Godehard hat mich gebeten, dir vom Ausgang noch nichts zu sagen!"

„Ich weiß schon, was das heißt", sagte Wolfram enttäuscht, „es gibt keine guten Nachrichten. Was hätte ich auch anderes erwarten sollen!"

„Sei mal nicht so pessimistisch", munterte ihn Jan auf, „niemand hat etwas von schlechten Nachrichten gesagt."

„Wenn du schon keine guten oder befriedigenden Nachrichten hast", wechselte Levi nun das Thema, „dann werde ich meine gute Nachricht loswerden."

Jan und Wolfram schauten ihn gespannt an.

„Ich habe heute einen Brief aus Passau bekommen", begann Levi, „darin schreibt mir mein Freund Mosche, dass sich die Stimmung beruhigt hat und ich bald nach Passau umziehen kann. Ich werde also nicht mehr allzu lange die Gastfreundschaft des Klosters strapazieren!"

„Das sind wirklich gute Nachrichten für dich", meinte Jan, konnte aber seine Enttäuschung nicht verbergen.

„Nun werde du nicht auch noch miesepetrig", beschwerte sich Levi, „Passau ist ja nicht aus der Welt!"

„Aber über Weihnachten bleibst du noch hier!"

Bis Weihnachten war es noch ein Monat, und im Kloster hatten die Vorbereitungen dafür bereits begonnen.

„Vorher werde ich es kaum noch schaffen", beruhigte Levi seine Freunde, „außerdem geht es unserer kleinen Tochter nicht so gut. Sie hat eine Erkältung bekommen, weshalb ich sie zur Zeit keiner Belastung aussetzen möchte. Rahel denkt genauso. Fast habe ich das Gefühl, als würde es ihr hier im Kloster langsam gefallen."

„Du übertreibst mal wieder maßlos", korrigierte ihn seine Frau, die unbemerkt zu den Männern hinzugetreten war. Sie warf ihrem Mann einen tadelnden Blick zu.

„Du weißt genau, wie gerne ich wieder in eine Stadt ziehen möchte!"

„Ich möchte nicht wieder in die Stadt oder in ihre Nähe", mischte sich Wolfram ein, ohne dass er seinen starren Blick vom Feuer abwandte.

„Aber vielleicht hilfst du uns beim Umzug?", fragte Rahel freundlich.

„Natürlich werde ich euch helfen", blickte Wolfram nun auf. Er mochte Rahel und konnte ihr keinen Wunsch ausschlagen.

„Wir werden deine Hilfe gut gebrauchen können", griff nun Levi wieder ins Gespräch ein, „auch wenn der Umzug frühestens nach dem Winter stattfindet. Ich werde aber in den nächsten Wochen einmal nach Passau reiten und das Haus in Augenschein nehmen, das mir Mosche vorgeschlagen hat."

Auf Reisen

Die Wochen bis Weihnachten vergingen für Jan wie im Flug. Obwohl er abends immer einfach nur ins Bett fallen wollte, weil er so müde war, hielt er an der Runde mit seinen Freunden fest. Doch fiel ihm auf, dass Wolfram immer zurückhaltender wurde, nachdem der Abt auch nach drei Wochen noch nichts verlauten ließ. Jan traute sich nicht, den Abt in einem ihrer Gespräche darauf anzusprechen, denn er fürchtete, ihn zu beleidigen. Seit einiger Zeit rief Abt Godehard Jan öfters zu sich und erörterte mit ihm die unterschiedlichsten Themen, nachdem er sich zuerst nach dem geschäftlichen Verlauf erkundigt hatte.

„Wieso hast du Salz gehandelt?", hatte er vor kurzem einmal gefragt.

Jan stutzte. Diese Frage hatte er sich noch nie gestellt.

„Zuerst einmal, weil mein Vater auch Säumer war", meinte er schließlich, „aber später auch, weil es mir Freude bereitet hat."

„Was genau hat dir daran Freude bereitet, beinahe ungeschützt durch einen Wald zu ziehen, der eine Wildnis mit Raubtieren, Räubern und unberechenbaren Wetterumschwüngen ist", hinterfragte Abt Godehard seine Antwort.

„Ehrwürdiger Vater, entschuldigt, wenn ich euch widerspreche", verteidigte sich Jan, „aber ich habe den Wald nie als Feind empfunden. Die Menschen auf beiden Seiten der Šumava fürchten das Gebiet, weil sie meinen, es steckt voller Tücken. Dabei gibt es mindestens ebenso viele Schönheiten zu bewundern. Mein Vater hat einmal gesagt, dass sich die Natur nur an dem rächt, der sie nicht achtet."

„Nun, wie achtet man die Natur?"

„Ich versuche nicht, die Natur herauszufordern oder ihre Gefahren zu unterschätzen. So achte ich die Natur. Trotzdem muss ich nicht ständig an die Risiken denken. Vielmehr fühle ich mich in der Šumava zuhause, was für jemanden aus der Ebene verrückt klingen mag!"

„Eher ungewöhnlich", präzisierte Abt Godehard, der Jans Worten aufmerksam gefolgt war. „Wie du sicherlich schon weißt, bin ich hier in der Nähe aufgewachsen. Bei uns zuhause haben die Alten immer Geschichten über Geister und Feen erzählt, die jeden in ihre verwunschenen Höhlen locken, um ihm die Seele zu rauben."

„Oh ja", stimmte Jan mit ernstem Gesichtsausdruck zu, „ich habe immer mit ihnen einen Festschmaus abgehalten…" Er wollte noch weiterreden, aber der verdutzte Gesichtsaudruck des Abtes brachte ihn zum Lachen. Godehard musste selbst über seine Einfalt lächeln, wurde aber gleich wieder ernst.

„Jetzt bist du schon so alt und immer noch ein Flegel", tadelte ihn Abt Godehard.

„Verzeiht mir, Vater", meinte Jan zerknirscht und nahm nach einer kurzen Pause das Thema wieder auf, „für mich gibt es zurzeit nur einen Teufel in der Šumava. Das ist Francis d'Arlemanche."

„Er ist gewiss ein schlechter Mensch" verbesserte Godehard, „aber noch lange kein Teufel. Du solltest mit der Wahl deiner Worte etwas vorsichtiger sein, mein Sohn."

„Aber ich muss doch meine Meinung sagen dürfen", protestierte Jan.

„Dagegen habe ich auch nichts gesagt", erklärte Godehard geduldig, „doch manchmal ist es angebracht, die Meinung etwas dezenter anzubringen und damit umso mehr zu erreichen, weil man nicht emotional argumentiert, sondern sachlich. Dies zu beherrschen ist eine Kunst, die man Rhetorik nennt."

„Rhetorik", wiederholte Jan nachdenklich. „Wenn ich es recht verstanden habe, dann wäre es besser gewesen, wenn ich vorhin gesagt hätte: ‚Das wahre Übel findet man in der Šumava nicht in der Natur oder den Waldgeistern, sondern in Menschengestalt' oder so ähnlich?"

„Richtig", sagte Godehard beeindruckt, „du lernst wirklich schnell!"

„Man muss nur einen guten Lehrer haben", antwortete Jan prompt und verneigte sich dabei leicht.

„Du brauchst es auch nicht übertreiben mit der Rhetorik", warnte ihn Godehard lächelnd.

Jan musste sich ein Grinsen verkneifen.

„Bevor du mir noch mehr auf der Nase herumtanzt, geh lieber wieder an die Arbeit", beendete Abt Godehard ihre Unterhaltung, dann sah er ihn ernst an, „und wie immer gilt, dass du niemandem etwas von unseren Gesprächen erzählst!"

Jan nickte und verschwand aus der Tür. Weshalb der Abt immer wieder betonte, niemandem etwas zu erzählen, konnte er nicht nachvollziehen, denn sie besprachen ja keine Geheimnisse. Aber vielleicht, überlegte Jan, war es der Ton und die Offenheit, mit der Abt Godehard ihm begegnete. Gegenüber den Mönchen verhielt er sich viel reservierter und distanzierter. Ganz zu schweigen von dem Gesinde wie Wolfram, welches in den Augen des Abtes nicht zu existieren schien.

Vielleicht war das ein zusätzlicher Grund, weshalb Wolfram in letzter Zeit den Kontakt mit ihm vermied. Jan sprach Wolfram nie direkt darauf an, weil er fürchtete, dass die Situation eskalierte, was er so kurz vor Weihnachten unbedingt vermeiden wollte, doch wurde ihre Freundschaft sehr angespannt.

Der Weihnachtstag selbst hatte ganz ruhig begonnen. Da alle Arbeit ruhen sollte, hatte Jan die Gelegenheit genutzt, um einmal etwas länger zu schlafen und dann einen Spaziergang an der Donau entlang zu machen. Auf einem alten zugefrorenen Seitenarm tummelten sich die Kinder der Pachtbauern, schlitterten um die Wette oder versuchten, sich gegenseitig aus dem Gleichgewicht zu bringen. Der Fluss dagegen war nicht von Eis bedeckt, aber er schien langsamer zu fließen als im Sommer. Jan beobachtete das fröhliche Treiben aus einiger Entfernung, bevor ihn die Kälte wieder auf den Heimweg trieb.

Als er den Klosterhof betrat, sah er überrascht ein Dutzend Streitrösser, deren verschwitzte Leiber in der Kälte dampften. Eilig begab sich Jan ins Gästehaus, wo eine große Gesellschaft um die Tafel versammelt war. Am Kopf des Tisches saß Abt Godehard, der sich angeregt mit seinem rechten Nachbarn unterhielt, den Jan aber nicht erkennen konnte, da er mit dem Rücken zur Tür saß. Es folgte eine Reihe von Rittern, die genüsslich dem Essen zusprachen. Am Ende der Tafel saß Levi mit seiner Frau und auch Wolfram, der einen sonderbar zufriedenen Eindruck machte, was aber vielleicht nur am Essen lag, denn im Gegensatz zu sonst bog sich der Tisch förmlich unter seiner köstlichen Last. Der kalte Luftzug, der bei Jans Eintritt den Raum durchzog, ließ Abt Godehard aufsehen.

„Da bist du ja endlich", begrüßte er ihn, „wir haben schon auf dich gewartet!"

Jetzt drehten sich alle nach ihm um und Jan erkannte nun auch den rechten Nachbarn Abt Godehards: es war Thiemo von Formbach, der Landvogt zu Künzing. Dieser stand sofort auf, ging auf Jan zu und reichte ihm die Hand.

„Abt Godehard hat mir in einem Brief geschrieben, was dir auf meiner Burg widerfahren ist", begann er ohne Begrüßung zu erklären, „ich bin heute gekommen, um mich für das Verhalten meines Bruders zu entschuldigen."

Jan wusste vor Staunen nicht, was er sagen sollte. Eine derartige Freundlichkeit und Offenheit dieses Mannes hatte er nicht erwartet.

„Dafür hättet ihr nicht den langen Weg auf euch nehmen müssen", antwortete er verlegen.

„Oh doch", widersprach ihm Thiemo, „aber nimm erst einmal Platz, dann werden wir alles Weitere besprechen."

Jan wollte sich zu Levi und Wolfram ans Ende des Tisches begeben, aber der Landvogt deutete ihm mit dem Arm auf den Platz links von Abt Godehard. Hilflos blickte Jan zum Abt, aber als der zustimmend nickte, folgte Jan der Aufforderung des Landvogts. Alles Weitere besprechen, hatte der Landvogt gesagt, überlegte Jan, während er sich setzte. Was sollte es zu besprechen geben? Da fiel Jan ein, dass wahrscheinlich die Nachricht über seine Verurteilung angekommen war und ihm lief es heiß-kalt den Rücken herunter.

„Nachdem wir nun alle versammelt sind", begann Abt Godehard, der sich dazu erhoben hatte, „möchte ich meinem Gast Landvogt Thiemo bitten, uns von den Erkundungen zu berichten, die er auf meine Bitte hin eingezogen hat."

Thiemo nickte dem Abt freundlich zu, stand ebenfalls auf und ging, während er zu sprechen begann, zum unteren Ende der Tafel.

„Ich habe schon von dem Brief berichtet, den mir Abt Godehard geschrieben hat. Er erreichte mich, als ich im Gefolge König Heinrichs während seines Huldigungsumrittes durch das Reich befand. Mit Bestürzung musste ich darin lesen, dass die Bewohner Deggendorfs meinen Untertanen Gewalt angetan haben. Da Deggendorf zum Kloster

Niedermünster gehört, sprach ich sofort die Äbtissin an, die ebenfalls im Gefolge des Königs war, um der Krönung Kunigundes beizuwohnen. Sie versprach mir, der Sache sogleich auf den Grund zu gehen und wollte mir eine Entschädigung für den entstandenen Schaden bezahlen. Nun trifft aber nicht nur die Bewohner Deggendorfs eine Schuld, sondern auch mich, der ich meine Untertanen nicht beschützt habe, wie es mir von Gott und König aufgetragen ist. Um die Sachlage noch zu verschlimmern hat mein gewissenloser Bruder als mein Stellvertreter kein Interesse daran gezeigt, meine Nachlässigkeit wieder gut zu machen." Nach dieser langen Erklärung, der alle mit Aufmerksamkeit gefolgt waren, machte Thiemo eine kurze Pause.

„Hier sitzt nun mein Untertan", dabei deutete er auf Wolfram, „der vergeblich auf meinen Schutz gehofft hat und deswegen seine Eltern verloren hat. Diese kann ich ihm nicht zurückgeben oder gar mit Geld aufwiegen, aber zumindest möchte ich ihm in Zukunft ein sicheres Leben ermöglichen. Aus diesem Grund gebe ich dir als Erbbesitz einen Hof von der Größe zweier Huben, der in der Nähe von Künzing liegt. Nimmst du dies als meine Entschuldigung an?"

Wolfram starrte mit aufgerissenem Mund den Landvogt an. Er hatte zwar auf eine Entschädigung gehofft, aber das überstieg all seine Erwartungen. Mit diesem Hof war er ein reicher Mann!

„Mein Herr, ich nehme euer Angebot dankend an", antwortete Wolfram höflich, „und werde euch das nie vergessen!"

„So seid mir stets ein treuer Diener!" Thiemo lächelte freundlich und begab sich wieder zu seinem Platz. Aber er war noch nicht fertig mit seiner Ansprache.

„Nun zu dir", sprach er Jan an, „denn auch du hast unter der Unfähigkeit meines Bruders leiden müssen. Noch dazu stehe ich aus früherer Zeit in deiner Schuld, ohne dass ich dir meinerseits einen Dienst erweisen konnte. Da mir Abt Godehard berichtet hat, wie geschickt und fleißig du arbeitest, werde ich dir eine bessere Ausbildung ermöglichen."

„Verzeiht", unterbrach ihn Jan abwehrend, „aber ich bekomme hier im Kloster eine sehr gute Ausbildung!"

„Ich möchte nicht daran zweifeln", erklärte Thiemo, „dass dieses Kloster eine gute Schule hat, nur ist sie darauf eingerichtet, Mönche zu unterrichten und das willst du doch nicht werden!"

„Nein", antwortete Jan bestimmt. Im Augenwinkel beobachtete er vorsichtig Abt Godehard, der aber keine andere Antwort erwartet hatte.

„Deswegen hat Abt Godehard vorgeschlagen, dich auf die Domschule nach Bamberg zu schicken, wo die besten Magistraten des Reiches ausgebildet werden!"

„Ich möchte aber…", wollte Jan protestieren, aber Abt Godehard fiel ihm ins Wort.

„Du kannst dich nicht ewig im Kloster verstecken, sondern du musst deinen Platz in der Welt finden. Dazu kann dir eine gute Ausbildung nur hilfreich sein!"

Jan wusste nicht, ob er sich freuen oder ungehalten darüber sein sollte, dass man einfach über seinen Kopf hinweg entschied! Aber Abt Godehard und Landvogt Thiemo waren beides Menschen, bei denen er sich sicher sein konnte, dass sie nur sein bestes im Sinn hatten.

„Da habt Ihr wohl recht", stimmte Jan leise zu, aber in seinem Inneren kam dennoch keine rechte Freude auf.

„Ich kann verstehen, dass dich diese plötzliche Entscheidung überfordert", beruhigte ihn Thiemo, „aber ich habe noch eine zweite Neuigkeit für dich!"

Jan sah den Landvogt fragend an.

„Du bist ja nicht zufällig hier im Kloster, wie man mir berichtet hat", fuhr Thiemo fort, „sondern du bist aus deiner Heimatstadt geflohen, um dem Richter zu entgehen!"

Jan nickte bloß, um seine innere Anspannung zu verbergen. Alle Augen waren gespannt auf Thiemo gerichtet, der wiederum Jan streng anblickte.

„Nun, dieses Urteil hat es nie gegeben", verkündete er schließlich, „denn die Beweise waren nicht eindeutig genug!"

„Es gibt kein Urteil?", fragte Jan nach, und dieser Gedanke bereitete ihm wirklich Freude.

„Nein, es wurde nie ein Richterspruch gefällt", wiederholte sich Thiemo und setzte sich daraufhin. „Nach so vielen Neuigkeiten will ich nun essen. Ansprachen machen mich immer besonders hungrig!" Damit griff Thiemo nach einer Schale mit Gemüse und bediente sich ordentlich. Alle anderen folgten seinem Beispiel und es herrschte eine ausgelassene Stimmung. Abt Godehard verabschiedete sich kurz darauf, um sich zusammen mit den Mönchen auf den Weihnachtsgottesdienst vorzubereiten.

Den Gottesdienst verfolgte Jan zusammen mit Wolfram, dem Landvogt und seinen Männern im hinteren Teil der Kirche, wie alle anderen Laien durch eine Absperrung von den Mönchen getrennt, damit deren Gemeinschaft heilig blieb. Jan lauschte dem feierlichen Gesang der oratores, der ihn stets beruhigte und mit Ehrfurcht erfüllte. Nach einem Gebet stand einer der Mönche auf, trat ans Pult und las die Weihnachtsgeschichte aus der Bibel vor. Jeder kannte die Ereignisse um Jesu Geburt, deswegen versuchte Jan, jedesmal ein neues Detail zu behalten. Diesmal blieb er bei den Hirten hängen, die erschraken, als ihnen der Engel erschien. Jan fragte sich, wie er reagieren würde, wenn plötzlich ein Engel vor ihm stände. In Gedanken malte er sich die Szene aus und vergaß dabei seine Umgebung. Als er sie wieder wahrnahm, war Abt Godehard schon auf die Kanzel gestiegen und begann mit seiner Predigt:

„Mit der wundersamen Geburt unseres Herrn Jesus Christus begann das Ende dieser Welt. In der Apokalypse des Johannes heißt es, dass eintausend Jahre nach Christi Geburt die Zeit vollendet ist, denn dann wird der Widersacher freigelassen, um uns Menschen zu verführen. Wir wissen nicht, wann genau unser Heiland geboren wurde, aber es war vor ungefähr eintausend Jahren. Demnach ist das Ende der Welt nahe und wir werden bald den Angriffen des Bösen ausgesetzt sein. Gott wird jeden einzelnen von uns prüfen, damit wir unseren festen Glauben beweisen können. In diesem Jahr hat Gott unseren Herzog Heinrich dazu berufen, als König in dieser letzten Zeit uns gegen den Widersacher zu führen. Mit der Heiligen Lanze in der Hand wird er vor uns her gehen und das Böse bekämpfen, um die Wiederkehr unseres Heilands vorzubereiten, der uns von allen Lasten befreien wird. Aber wie unser König muss jeder von uns bereit sein, seinen Teil beizutragen. Gott hat für jeden von uns einen festen Platz bestimmt, wo er sich bereithalten soll, wenn der Kampf beginnt. Deshalb müssen wir uns dem Plan Gottes fügen, den er für uns erwählt hat. Wenn wir diesem Auftrag folgen, werden wir nicht alleine sein, sondern Aufnahme finden in der Gemeinschaft aller Christen. An diesem Weihnachtsfest will Jesus Christus uns daran erinnern, sein Werk, dass er vor eintausend Jahren begonnen hat, nun zu vollenden!"

Jan spürte, dass Abt Godehard mit dieser Rede besonders ihn meinte. War es also Gottes Plan, dass er nach Bamberg gehen sollte? Er hatte bisher noch nie darüber nachgedacht, ob Gott einen Plan für ihn hatte und wie dieser wohl aussah. Gott hatte einen Plan für König Heinrich, sonst hätte er ihn nicht zum König gemacht, auch hatte Gott einen Plan für Abt Godehard und die anderen Mönche, denn schließlich hatten sie ihm ihr Leben gewidmet. Aber für ihn selbst, einem einfachen Säumer aus der Šumava? Vielleicht war es ihm deshalb noch nicht aufgefallen, weil er stets nur danach handelte, was er für richtig hielt! So hatte ihn Wenzel erzogen, der seine Mutter Martha jedesmal belächelt hatte, wenn sie vom göttlichen Einfluss auf das Leben gesprochen hatte. War Wenzel deshalb mit Onkel Miloš gestraft worden, weil er Gottes Plan ignorierte? Wenn ja, welche Strafe stand ihm, Jan, noch bevor? Gott musste einen Auftrag für ihn haben, warum saß er sonst hier und hörte diese Worte, fragte sich Jan. Wenn er weitere Schuld von sich abhalten wollte, dann wurde es Zeit, sich nach Gottes Plan zu richten und nach Bamberg zu gehen. Damit hatte Jan seinen Entschluss gefasst.

***

„Gott segne euch, ehrwürdiger Vater", begrüßte der Mönch Abt Godehard, wobei er eine Verneigung andeutete. „Wir wurden erst gestern von eurer Ankunft unterrichtet, weshalb wir keine großen Vorbereitungen treffen konnten."

„Ich bin sicher, dass ich dank deiner Gewissenhaftigkeit alles in bester Ordnung vorfinden werde, Odilo", beruhigte Abt Godehard den Mönch und legte ihm väterlich die Hand auf die Schulter.

In den letzten drei Tagen hatte Jan ausgiebig Gelegenheit gehabt, Godehard besser kennenzulernen. Vor zwei Wochen hatten sie in Niederaltaich noch Ostern gefeiert und nachdem in den letzten Tagen auch der restliche Schnee geschmolzen war, waren sie zusammen nach Regensburg aufgebrochen.

Überall, wo sie auf Menschen trafen wurde Godehard mit großer Ehrfurcht empfangen und Jan wurde erst jetzt bewusst, wie bekannt der Abt bei der Bevölkerung war. Nicht selten wurde er gebeten, einen Kranken zu besuchen oder ein Kind zu segnen.

Jan hielt sich dann immer im Hintergrund auf und nutzte die freie Zeit, um zu rasten, denn zu seiner großen Überraschung lief Godehard mit großer Geschwindigkeit und Ausdauer, sodass Jan, der auf dem Rücken all seine Habseligkeiten tragen musste, Mühe hatte, Schritt zu halten. Außerdem verwickelte ihn Godehard immer wieder in Diskussionen über den Glauben, das Wissen oder die Unterschiede zwischen Slawen und Bajuwaren. Besonders das letzte Thema schien dem Abt am Herzen zu liegen. Aber Jan hatte nicht auf alle Fragen eine Antwort, wobei er jedes Mal Angst hatte, Abt Godehard zu enttäuschen.

Deshalb war Jan froh, als sie am Nachmittag des dritten Tages die Stadt Regensburg erreichten, die der Mittelpunkt des Herzogtums Bayern war. Hier hatte König Heinrichs Vater, Heinrich III. als Herzog residiert, hier standen mit Niedermünster und St. Emmeram zwei der wichtigsten Klöster des Reiches und dank zweier sich kreuzenden Handelsstraßen war die Stadt auch ein bedeutender Handelspunkt. Dazu kam die geschützte Lage im Bogen der Donau, welche schon die Römer für ein Kastell genutzt hatten, dessen Mauerreste noch immer ein Teil der Stadtbefestigung waren.

Schon von weitem waren die Ausmaße von Regensburg für Jan unvorstellbar gewesen, aber nachdem sie die Stadt betreten hatten, verschlug es ihm die Sprache. Noch nie hatte er so viele Menschen an einem Ort, noch nie so viele Häuser und noch nie so viele Kirchen gesehen. Es gab allein vier Klöster, wie Godehard seinem jungen Begleiter erklärte.

Staunend passierte Jan die Herzogspfalz, den Dom mit angeschlossenem Bischofshof und die verschiedenen Klöster. Sie hatten fast schon das andere Ende der Stadt erreicht, als Godehard an ein Tor klopfte, das ihm eilig geöffnet wurde, nachdem er seinen Namen genannt hatte.

Das Anwesen gehörte zum Kloster Niederaltaich und diente dazu, den Beitrag des Klosters zur Unterbringung all der Gläubigen zu leisten, die nach Regensburg pilgerten. Fast alle Klöster des Herzogtums unterhielten in Regensburg solche Höfe.

Godehard wechselte noch ein paar Worte mit dem Mönch, bevor er sich an Jan wandte.

„Ich habe hier einige Aufgaben zu erledigen, die ich nicht aufschieben kann", erklärte er beinahe entschuldigend. „Falls du von der Reise nicht zu angestrengt bist, kannst du dir ja die Stadt ein wenig ansehen!"

„Ich muss zugeben, dass mich das ewige Marschieren etwas ermüdet hat", gestand Jan, „aber dieser Ameisenhaufen hier hat meine Neugierde geweckt."

„Ein passender Vergleich! Aber denke daran, dass wir hier das Tor vor dem Abendessen schließen. Danach kommst du nicht mehr herein", erinnerte ihn Godehard an die mönchischen Regeln, die aber in den Monaten in Niederaltaich Jan in Fleisch und Blut übergegangen waren.

Während er vom Niederaltaicher Hof wieder Richtung Dom lief, erinnerte er sich an die letzten Wochen im Kloster. Wieder einmal hatte er von einer lieb gewonnenen Umgebung Abschied nehmen müssen.

***

Wolfram war bald nach dem Jahreswechsel nach Künzing abgereist, wo er seinen Hof, den ihm der Landvogt als Entschädigung versprochen hatte, für die Arbeiten im Frühjahr herrichten wollte.

Dort besuchte ihn Jan drei Wochen, bevor er selbst aus Niederaltaich weggehen sollte. Als Jan den Hof sah, war er erstaunt, wie großzügig Thiemo gewesen war. Zwar war das Haus ein wenig verfallen, aber an manchen Stellen konnte man bereits den Erfolg von Wolframs Renovierungsarbeiten erkennen.

„Der Hof hat alle meine Erwartungen übertroffen", sagte Wolfram, als er Jan nicht ohne Stolz in das Haus führte.

„Du hast teuer dafür bezahlt", meinte Jan nachdenklich, während er sich interessiert in dem großen Wohnraum umsah. „Abt Godehard behauptet, Gott prüft die Menschen, bevor er sie belohnt!"

„Jan, alter Freund", lachte Wolfram, „wenn man dich so hört, könnte man fast glauben, dass du für den Rest deines Lebens im Kloster bleiben willst!"

„Du übertreibst", beschwerte sich Jan.

„Ein wenig vielleicht", beruhigte ihn Wolfram, „aber du kannst nicht leugnen, dass du einen Narren an diesem Abt gefressen hast!"

„Abt Godehard ist ein kluger und weiser Mann, der auf viele Fragen eine Antwort hat", verteidigte sich Jan, der sich ertappt fühlte, wie ein Kind, das vom Honig genascht hatte.

„Aber verrate mir bitte", fragte Wolfram, während er Jan einen Krug mit Met einschenkte, „was ein Säumer wie du mit all dem Wissen machen will?"

„Warum bist du dir so sicher, dass ich mein Leben lang als Säumer arbeiten werde?", fragte Jan, nachdem er einen kräftigen Schluck getrunken hatte und wischte sich mit dem Handrücken über den Mund.

„Wenn es einen Menschen auf der Welt gibt, der als Säumer geboren wurde, dann du", behauptete Wolfram mit fester Überzeugung. „Alle Händler in Deggendorf hielten dich für den besten und sichersten Säumer!"

„Säumer gibt es nicht nur in Deggendorf", erwiderte Jan ruhig, „warum sollte ich dann gerade der Beste sein. So wie du hier mit deinem Hof etwas Neues beginnst, so fängt für mich auch ein neues Leben an, wenn ich nach Bamberg gehe."

„Ich kann weder lesen, noch schreiben", gestand Wolfram, „aber ich habe in meinem kurzen Leben gelernt, dass es nichts bringt, wenn man vor seinen Problemen davon läuft. In Klatovy warten ein verärgerter Onkel, ein neidischer Vetter und eine unmögliche Liebe auf dich. Da ist es natürlich einfacher, zu neuen Ufern aufzubrechen!"

„Ich glaube, es war Gottes Plan, dass ich nach Niederaltaich gekommen bin und jetzt nach Bamberg gehen werde", behauptete Jan, obwohl er sich dessen innerlich gar nicht so sicher war. Jan hatte in den vergangenen Monaten oft an Božena denken müssen. Er liebte sie noch immer, obwohl er wusste, dass er sie so bald nicht wiedersehen würde.

„Trotzdem werden dich deine Probleme einholen", wiederholte Wolfram.

So stritten sie noch eine Weile, bis es für Jan wieder Zeit zum Aufbruch wurde. Trotz ihrer Kontroverse verabschiedeten sich die beiden Freunde herzlich und Wolfram dankte Jan noch einmal für alles, was er für ihn getan hatte.

„Ich weiß nicht, was der liebe Gott noch alles mit dir vor hat, aber bisher hat er dich immer dann geschickt, wenn ich in Schwierigkeiten war", sagte Wolfram zum Abschied und fügte mit einem scherzhaften Lachen hinzu, „vielleicht bist du mein persönlicher Schutzengel!"

Auf dem Rückweg dachte Jan über Wolframs Aussagen nach und war sich plötzlich seines Entschlusses, nach Bamberg zu gehen, nicht mehr so sicher.

Einige Tage lang war Jan völlig ungenießbar für seine Mitmenschen und nicht einmal Godehard konnte die Gründe für seine schlechte Laune herausfinden. Aber der bevorstehende Frühlingsanfang brachte viel Arbeit ins Kloster, das langsam aus seiner lethargischen Winterruhe erwachte. Jan stürzte sich mit Eifer in seine Aufgaben und vergaß darüber langsam das Gespräch mit Wolfram.

Erst als Levi zwei Wochen vor Ostern seinen baldigen Umzug nach Passau bekannt gab, kamen in Jan die alten Zweifel wieder auf. An einem Abend, als er wieder mit Levi im Gästehaus saß, erzählte er ihm von Wolframs Meinung.

„Der naive Wolfram", lachte Levi, nachdem Jan zu Ende gesprochen hatte. Jan war immer wieder von Levis unbekümmerter Art überrascht.

„Du musst das anders sehen", erklärte Levi jetzt ernst, „auch wenn du der beste Säumer der Welt bist - worin ich mit Wolfram übrigens übereinstimme, heißt das noch lange nicht, dass du damit glücklich wirst. Klatovy ist zu klein für dich und deinen Onkel samt seiner Brut, da ihr beide große Dickschädel seid. Das wird nie gut gehen. Du als der Jüngere und vor allem Klügere musst dir eine andere Lebensgrundlage suchen."

„Ich bin mir nicht sicher", zauderte Jan, „vielleicht sollte ich vor Bamberg noch einmal nach Klatovy gehen. Ich würde auch gerne Božena noch einmal sehen."

Levi schaute einen Freund ernst an.

„Ich habe lange überlegt, wie ich es dir sagen soll", zögerte er, „kurz nachdem der Landvogt an Weihnachten die Nachricht überbracht hat, dass du nicht verurteilt worden warst, habe ich Informationen über die Situation in Klatovy eingeholt."

„Ja und", drängte Jan neugierig.

„Dein Onkel hat inzwischen alle Säumer für sich verpflichtet, so dass nun alles Salz, das von Deggendorf nach Klatovy geht, an ihn verkauft werden muss. Dein Beispiel hat den letzten Widerstandsfähigen die Kraft geraubt!"

„Auch Vladja?", fragte Jan ungläubig.

„Der war der Letzte", antwortete Levi und fügte hinzu, „nachdem sein Haus auf mysteriöse Weise niedergebrannt ist."

„Für meinen Onkel wird selbst die Hölle noch zu gut sein", schimpfte Jan, aber dann schaute er Levi misstrauisch an. „Das war noch nicht alles, du hast mir gar nichts über meine Familie gesagt!"

„Deiner Familie geht es den Umständen entsprechend gut", beruhigte ihn Levi, „dein Vater lässt sich kaum noch in der Stadt sehen und zieht sich auf seinen Hof zurück. Dafür sieht man deine Schwester öfter, denn sie hat einen Handwerksburschen zum Freund."

„Hoffentlich wird sie glücklich", sagte Jan und er musste schmunzeln, als er sich seine Schwester in Gedanken vorstellte. Inzwischen musste sie ein sehr ansehnliches Mädchen geworden sein. „Immerhin eine gute Nachricht", wandte er sich wieder an Levi, „aber was verheimlichst du mir?"

„Ich verheimliche dir gar nichts", verteidigte sich Levi und hob die Hände, „aber du unterbrichst mich andauernd, so dass ich gar nichts erzählen kann."

„Entschuldigung, ich werde versuchen, mich zu beherrschen."

„Dann können wir uns ja den schwierigen Themen zuwenden", sagte Levi erleichtert. „Keiner rechnet in Klatovy wirklich mit deiner Rückkehr, denn es hält sich nachhaltig das Gerücht, dass du in der Šumava den Räubern zum Opfer gefallen bist."

„Was ja auch nicht ganz falsch ist", unterbrach Jan trotzig und erntete dafür einen vorwurfsvollen Blick von Levi. „Schon gut", wehrte Jan ab, „ich werde nichts mehr sagen."

Levi schmunzelte, bevor er wieder mit seinem Bericht ansetzte. „Zufällig wurde dein Pferd im Wald gefunden. Nur Vladja ist aufgefallen, dass es das erste Pferd war, das die Räuber wieder freigelassen haben." Levi nahm zwischendurch einen Schluck Bier, um seine raue Kehle anzufeuchten. „Aber ich komme vom Thema ab", fuhr er danach fort, „denn statt einem Trauergottesdienst für dich, organisierte Miloš ein Freudenfest, das in der Trauung seines Sohnes einen Höhepunkt fand."

Jan fuhr hoch, riss den Mund auf, aber es kam kein Ton heraus.

Levi versuchte, ihn zu beruhigen und drückte ihn wieder auf die Bank.

„Es tut mir leid für dich", tröstete er dann seinen Freund, „aber ich glaube, in Klatovy ist zurzeit kein Platz für dich!"

Jan hatte zwar im Verließ von Miloš erfahren, dass Marek Božena heiratete, aber er hatte es die ganze Zeit verdrängt. Doch nun war es Wirklichkeit geworden und traf ihn völlig unvorbereitet. Er konnte sich nicht vorstellen, wie sehr Miloš ihn hassen musste, damit er all das unternahm, nur um ihm zu schaden.

Als Levi ein paar Tage später abgereist war, bat Jan bei Abt Godehard um Erlaubnis, für ein paar Tage in die Šumava zu gehen, um seine Gedanken zu ordnen. Neben seinem Bogen nahm er auch einige Stoffreste und Lebensmittel mit, die aber nicht für sich selbst verwand, wie er vorgegeben hatte, sondern sie Gerhild als Dank für ihre Gastfreundschaft mitbrachte. In den Monaten in Niederaltaich hatte er festgestellt, dass Gerhild allen bekannt war, aber jeder so tat, als existiere sie nicht. Er hatte den Grund dieser Haltung jedoch nicht herausgefunden.

Er brachte ihr die Sachen, die sie dankend annahm und dann verbrachte er drei Tage in der Šumava, von denen er niemandem ein Wort erzählte, aber als er zurückkam, hatte er seinen Entschluss gefasst. Nun wusste er, dass Bamberg der richtige Ort für ihn war.

Godehard, der immer wieder versuchte, Einzelheiten über Jans Aufenthalt in der Šumava zu erfahren, erklärte Jan geheimnisvoll: „Die Šumava ist mein Kloster, in das ich mich zurückziehe, um Gott nahe zu sein!"

***

Jan spazierte über den Marktplatz in Regensburg und schmunzelte, als er an das Gesicht denken musste, das Godehard auf diese Antwort hin gemacht hatte. Gedankenversunken stieß Jan mit einem Soldaten zusammen, der gerade um die Ecke gebogen war.

„Paß doch auf, du einfältiger Kerl", schimpfte er Jan nach, der sich eilig aus dem Staub machte.

Schließlich erreichte er den Dom. Das Bauwerk war eine dreischiffige Basilika, deren Westseite ein großes Eingangsportal zierte. Um den Dom herum herrschte ein reges Markttreiben, dessen Lärm aber in weite Ferne rückte, sobald Jan die Kirche betreten hatte. Ehrfurchtsvoll nahm er seine alte Säumerkappe vom Kopf, die er gegen den Protest von Godehard behalten hatte. Es war das letzte Kleidungsstück, das ihn als Säumer kennzeichnete, denn auf Godehards Anordnung hin musste er sein rauhes Wollhemd gegen ein Wams aus feinem Stoff und die Filzhose gegen ordentliche Beinkleider tauschen. Auch seine Ledergamaschen, die ihn im Wald vor den Dornensträuchern schützten, durfte er nicht mehr tragen, „da sich das nicht gehört", wie Godehard festgestellt hatte.

Jan trat einige Schritte in den hohen Kirchenraum ein. Durch die kleinen Fenster im massiven Mauerwerk drängte ein wenig Tageslicht in den Bau, der dadurch von einem diffusen Licht erfüllt war. Staunend hob Jan den Kopf zur Decke. Die Holzdecke schien himmelweit entfernt zu sein. Nun wandte Jan seinen Blick zum Altar hin, hinter dem die runde Apsis die Kirche abschloss. Es war kein einfacher Tisch aus Holz oder Stein, wie Jan es bisher gekannt hatte, sondern ein Tisch mit einem reich geschmückten und verzierten Aufbau, in dem verschiedene Figuren und Ornamente zu erkennen waren.

Neben dem Hauptaltar, der dem heiligen Petrus geweiht war, gab es noch weitere Seitenaltäre, an denen andere Heilige verehrt wurden. Auch diese waren kunstvoll ausgeschmückt und es war deutlich zu erkennen, wie sich die Handwerker bemüht hatten, dieses für ein Gotteshaus bestimmte Werk besonders schön zu arbeiten. Schließlich traf er auf seinem Rundgang auf einen Epitaph, der des heiligen Emmeram gedachte, ein ehemaliger Bischof von Regensburg, dem nun ein Kloster in der Stadt geweiht war. Jan hatte beinahe eine halbe Stunde in der Kirche verbracht und als er wieder auf dem vorgelagerten Platz trat, war es merklich ruhiger geworden, denn einige der Marktstände waren schon geschlossen. Er kaufte sich einen Apfel und schlenderte durch die Straßen. Immer wieder blieb er stehen und bewunderte die prächtigen Paläste der verschiedenen Adelsfamilien, die sich um die Pfalz des Herzogs gruppierten. Dabei versuchten sie alle eine Besonderheit aufzuweisen, aber niemals waren sie größer oder prunkvoller als die Pfalz. Alles zusammen ergab eine wundervolle Gesamtheit, die alles in den Schatten stellte, was Jan bis dahin gesehen hatte.

Eine halbe Stunde vor der Vesper kehrte Jan zum Niederaltaicher Hof zurück und begab sich noch vor dem Essen in sein Zimmer, um dort sein Nachtlager zu beziehen. Bald nach dem Essen, das er mit den anderen Gästen des Klosters eingenommen hatte, während Godehard selbstverständlich bei den Mönchen gespeist hatte, zog er sich in seine Kammer zurück.

Er lag noch lange wach im Bett und versuchte, die Ereignisse der letzten Tage zu verarbeiten. Dabei fragte er sich auch, was ihn noch alles erwarten würde während seiner Zeit in Bamberg. Godehard hatte gesagt, dass es voraussichtlich zwei Jahre dauern würde, bis er die Ausbildung abgeschlossen hätte. Auf seiner Brust spürte er den alten Salzbeutel, den er noch immer als Erinnerung an seine Heimat bei sich trug.

Am nächsten Morgen rief ihn Godehard zu sich. Wie in Niederaltaich hatte Godehard auch hier ein Arbeitszimmer, dem jeglicher Luxus fehlte. Es war noch nicht einmal nach Süden ausgerichtet, sondern bot aus dem Fenster einen Blick Richtung Westen über die nahe Stadtmauer hinweg in das breite Donautal. Durch die Westlage war es jetzt am Morgen noch sehr kalt in dem Raum, doch Godehard störte sich nicht daran, denn er trug wie sonst auch seine einfache Kutte.

„Guten Morgen, ehrwürdiger Vater", begrüßte Jan den Abt, nachdem der die Tür hinter sich geschlossen hatte.

„Guten Morgen", antwortete Godehard und forderte ihn mit einer Handbewegung auf, sich zu setzen. „Ich hoffe, du hattest eine angenehme Nacht!"

„Danke, ich habe bestens geschlafen", war Jans Antwort. „Es ist ein ausgesprochener Vorteil des Klosterlebens, dass man immer gut gebettet ist!"

Godehard musste schmunzeln.

„Ein geruhsamer Schlaf ist wichtig für ein gottgefälliges Tagewerk", sagte er dann und wurde wieder ernst. „Ich habe mich gestern noch mit Tagino, dem Kapellan des Klosters St. Emmeram, getroffen. Er wird morgen nach Bamberg aufbrechen und du kannst in seiner Begleitung reisen."

„Schon morgen?", platzte es aus Jan heraus.

„Hattest du hier etwas vor?", fragte Godehard verwundert und in seiner Stimme schwangen Verständnis und Tadel über das ungehörige Benehmen gleichermaßen mit. Jan wusste, dass man einen Abt nicht unterbrechen durfte, aber er war einfach zu überrascht gewesen.

„Verzeiht", entschuldigte er sich deshalb zuerst, „aber ich dachte, ich könnte die Stadt etwas näher kennenlernen!"

„Das kann ich verstehen", tröstete ihn Godehard, „aber glaub mir, du kannst diese Stadt nur richtig kennenlernen, wenn du etwas über die Ordnung und die Geschichte des Reiches gelernt hast. Erst dann wirst du erkennen, warum ein Haus gerade an dieser Stelle steht, denn auch wenn die Stadt wie eine zufällig entstandene Anhäufung von Häusern erscheint, so hat doch alles eine tiefere Bedeutung und ist wohldurchdacht."

„Das wusste ich nicht", gestand Jan.

„In Bamberg wirst du das und noch vieles mehr lernen und wie ich dich kenne, wird es dir große Freude bereiten", versuchte Godehard seinen jungen Gast aufzuheitern. „Ich möchte dir aber keine Illusionen machen. Am Anfang wirst du es sehr schwer haben, alleine schon deshalb, weil die anderen Schüler bereits viele Jahre zusammen sind und du als Neuling in eine bestehende Gruppe kommen wirst. Außerdem sind die meisten Schüler weitaus jünger als du. Versuche nicht, mit ihnen zu konkurrieren, sondern lerne von ihnen, dann wirst du bald so weit sein, wie die anderen auch. Es sind Söhne reicher Händler und Adeliger aus dem gesamten Reichsgebiet, wenn ich richtig informiert bin, dann befinden sich auch ein paar Slawen aus Polen und Böhmen darunter."

„Ich werde mich schon zurecht finden", beteuerte Jan.

„Davon bin ich überzeugt", pflichtete ihm Godehard bei und plötzlich änderte sich seine Stimme, „aber bevor ich dich jetzt lange Zeit nicht mehr sehe, wollte ich dir noch sagen, dass Niederaltaich dich immer willkommen heißen wird." In seinen Worten schwang Rührung mit.

„Keine Sorge", antwortete Jan mit einem Schmunzeln, „etwas in mir sagt mir, dass ich so schnell nicht von Niederaltaich loskommen werde!"

„Dann hoffen wir einmal, dass du Gott in dir hast", scherzte Godehard zurück.

Beide mussten lachen.

„Warum setzt Ihr euch so für mich ein?", fragte Jan nach einer Pause unvermittelt.

Godehard blickte ihn von der Frage überrascht an.

„Wie meinst du das?"

„Nun, Ihr nehmt mich in eurem Kloster auf, lasst mich am Unterricht der Novizen teilnehmen und gebt mir eine verantwortungsvolle Aufgabe. Dem nicht genug, schickt ihr mich jetzt auch noch auf eine der besten Schulen des Reiches, obwohl ihr so gut wie ich wisst, dass ich niemals ein Mönch sein oder für die Kirche arbeiten werde", präzisierte Jan seine Frage.

Es herrschte eine lange Pause, und Jan fürchtete, dass er ein zu heikles Thema angesprochen hatte. Ihm waren sehr wohl die Gerüchte bekannt, dass es in Klöstern mit der Keuschheit nicht immer sehr ernst genommen wurde, aber gleichzeitig hatte er nie den Eindruck gehabt, dass Godehard sein Gelübde nicht ernst nahm. Trotzdem war ihm die Offenheit des Abtes ihm gegenüber oft sonderbar vorgekommen.

„Das ist eine berechtigte Frage", antwortete Godehard schließlich, „aber die Antwort ist banaler, als du denkst."

Jan atmete innerlich auf.

„Nach meiner Überzeugung sollen sich die Mönche auf Gott konzentrieren, aber wir können uns nicht vollständig von der Welt abkapseln. Gebt dem Kaiser, was dem Kaiser gehört, und Gott, was Gott gehört, sagt Jesus im Neuen Testament. Die Klöster haben auch eine weltliche Aufgabe, die oft von ihrem Gründer oder Stifter bestimmt worden ist. So soll Niederaltaich einen Beitrag dazu leisten, den Nordwald urbar zu machen. Ebenso, wie ich darauf achte, unsere göttliche Aufgabe zu erfüllen, will ich auch die weltliche Aufgabe des Klosters voran bringen. Dazu brauche ich Menschen außerhalb des Klosters, auf die ich vertrauen kann. Was kann mir da besseres passieren, als ein Mann, der auf beiden Seiten des Nordwaldes gelebt hat, als Säumer die Tücken des Gebirges kennt und zusätzlich eine hohe Bildung hat? Wie du siehst, sind es sehr eigennützige Gründe, warum ich dich unterstütze und nach Bamberg schicke."

„Also ist es mehr Abt Godehards Plan, dass ich nach Bamberg gehe, als Gottes Plan", fragte Jan skeptisch.

„Du siehst das falsch", beruhigte ihn Godehard. „Ich werde es dir anhand eines Beispiels erklären. Als Heinrich Herzog von Bayern wurde, setzte er als eine der ersten Amtshandlungen den Abt von Niederaltaich ab und bestimmte mich zu seinem Nachfolger. Ich habe mich heftig gegen diese Ernennung gewehrt, da ich der Überzeugung war, dass ein Abt nicht per Dekret des Herzogs abgesetzt werden kann. Letztendlich musste ich meinen Widerstand aufgeben und wurde zum Abt gewählt. Damals wollte ich es nicht wahrhaben, aber heute bin ich mir sicher, dass Herzog Heinrichs Entscheidung der Wille Gottes war."

„Wollt ihr damit sagen", fasste Jan zusammen, „dass es anderer Menschen bedarf, um Gottes Willen zu erkennen?"

„Nicht immer, aber Gott benützt oft andere Menschen, um uns auf seinen Wegen zu führen", erklärte Godehard.

Jan nickte kurz.

„Wenn ich mich jetzt aber weigere und nicht nach Bamberg gehen sollte", hakte er dann nach. „Verstößt mich Gott dann?"

„Nein, sicher nicht", antwortete Godehard in seiner väterlichen Art, „denn Gott gibt dich nicht wegen eines Fehlers auf. Aber es ist auch nicht unsere Aufgabe, unser Schicksal in Frage zu stellen oder gar Gott zu versuchen!"

Dabei hob Godehard warnend seinen Finger.

„Da habe ich wohl wieder einmal zu menschlich gedacht", lächelte Jan.

* * *

„Schscht", mahnte Francis d'Arlemanche, der von seinen Räubern schlicht ‚der Wikinger' genannt wurde, den Mann an seiner Seite zur Vorsicht. Der hatte sich gerade im Unterholz verfangen und einen leisen Fluch ausgestoßen. Reumütig nickte er zur Antwort und folgte dem Räuberanführer gebückt durch das Dickicht.

Der Wikinger hatte in all den Jahren in der Šumava gelernt, sich schnell und geschickt durch den dichten Wald zu bewegen und glitt mit behender Eleganz über die quer liegenden Baumstämme. Natürlich gab es auch einfachere Wege durch den Wald, als diesen hier, denn die Räuber hatten ein weit verzweigtes Netz von versteckten Pfaden aufgebaut, auf denen sie schnell vorwärts kamen. Aber diese Pfade wollte der Wikinger vor seinem Gast geheimhalten und außerdem schadete es nicht, wenn er ein nachhaltiges Bild vom beschwerlichen Leben der Räuber bekam. Schließlich war dessen Vater sein wichtigster Verbündeter und seit diesem Frühjahr der unbestrittene Herr von Klatovy. Aus diesem Grund hatte Marek auch hierher in die Šumava kommen müssen, denn das Monopol des Vaters drohte hintergangen zu werden.

Francis hatte Miloš von geheimen Treffen einiger Säumer und Händler in der Šumava berichtet, wo sie ihre Geschäfte abschlossen. Miloš sah seine gerade erst gewonnene Machtstellung bedroht, sollten sich diese Geheimtreffen erst einmal herumgesprochen haben. Als nun Francis wieder von einer solchen Zusammenkunft Wind bekam, schickte Miloš seinen Sohn, um die Wahrheit dieser Aussagen zu überprüfen.

Gerade machte Francis vor ihm Halt und gab mit einer Handbewegung den Befehl, sich hinzulegen.

„Marek", raunte er ihm zu, nachdem sich alle flach auf den Boden gelegt hatten, „du kommst mit mir, damit du siehst und hörst, was das Pack hier treibt!"

Während Marek auf allen Vieren an seine Seite kroch, gab Francis seinen Räubern mit ein paar Handbewegungen zu verstehen, was sie in der Zwischenzeit zu tun hatten.

Dann schob er sich leise über den Waldboden vorwärts, wobei Marek bewundernd feststellte, wie gut der Wikinger trotz der fehlenden Hand zurecht kam. Nach einigen Minuten vorsichtigem Heranpirschens hatten sie ein Dickicht aus Holunderbüschen und Farngräsern erreicht, durch das von der anderen Seite der matte Schein eines Feuers drang.

Der Wikinger schob seinen Körper nun langsam soweit in das Dickicht hinein, bis er fast vollständig darin verschwunden war. Marek folgte seinem Beispiel, aber weit ungeschickter, was ihm einen missbilligenden Blick einbrachte, als er endlich auf gleicher Höhe mit dem Räuberhauptmann zwischen Farn und Brennnesseln lag.

„Du trampelst hier wie ein Eber durchs Gebüsch", tadelte er ihn flüsternd, „man könnte fast meinen, du möchtest die Halunken da drüben warnen!"

‚Wer hier die Halunken sind, das sei dahingestellt', dachte sich Marek anstatt zu antworten. Um nicht noch mehr Zurechtweisungen einstecken zu müssen, konzentrierte er seinen Blick auf das Geschehen, das sich wenige Meter vor ihnen abspielte.

„Na, habe ich zuviel versprochen?"

Der Triumph in der Stimme des Wikingers blieb Marek nicht verborgen, auch wenn er nur flüsterte. Marek ignorierte ihn und beobachtete stattdessen die Männer, die sich dem Willen seines Vaters widersetzten.

Es war ein gutes Dutzend Händler und Säumer um das Feuer versammelt, das eigentlich nur aus Glut bestand, um keinen hellen, verräterischen Schein in den dunklen Wald zu senden. Es hatte ihnen nicht geholfen, dachte Marek mit sichtlicher Genugtuung. Er beobachtete jeden der Männer eingehend.

Die versammelten Säumer waren allesamt bekannte Gesichter aus Klatovy, die aber aus den umliegenden Dörfern kamen. Mit keinem von ihnen konnte Marek eine besondere Geschichte verbinden, die sich die Säumer doch so gerne andichteten. Bei diesem Gedanken musste er kurze Zeit an seinen Vetter Jan denken, der noch immer in den Köpfen der Säumer spukte. Obwohl oder vielleicht gerade weil schon ein halbes Jahr seit seiner Flucht vergangen war, erzählten sich die Säumer Geschichten über ihn, die jedes Mal heldenhafter und fantasievoller waren. Wieder sah er sich die Säumer um das Feuer an, aber sie gehörten nicht zu den herausragenden Gestalten ihrer Zunft. Um die ist es nicht schade, dachte Marek leise, denn ihm wurde der Auftrag bewusst, den ihm sein Vater mit auf den Weg gegeben hatte: „Wenn es stimmt, was der Wikinger behauptet, dann lass ihn alle Versammelten auf der Stelle umbringen. Auf die Weise werden wir sie am einfachsten los!" Marek war überrascht gewesen, mit welcher Selbstverständlichkeit sein Vater das Todesurteil über diese Männer ausgesprochen hatte. Mit starrem Blick waren seine Gedanken abgeschweift. Jetzt rief er sich wieder zur Ordnung und setzte seine Beobachtungen fort.

Unter den vier Händlern, die man an ihrer städtischen Kleidung erkannte, waren zwei, die Marek noch nie gesehen hatte. Der Dritte war ein fahrender Händler aus Pilsen, der sich schon oft über die Preise in Klatovy beschwert hatte und immer damit gedroht hatte, das nächste Jahr an einem anderen Ort einzukaufen. Er war aber jedes Jahr wieder erschienen. Von ihm konnte unmöglich die Initiative zu solchen Geheimtreffen ausgegangen sein.

Der letzte Händler trug einen wertvollen Pelzmantel, den Marek schon einmal gesehen hatte, aber er konnte ihn in keinen Zusammenhang bringen. Sein Gesicht hatte der Mann unter einer breiten Hutkrempe versteckt. Irgendetwas an dem Mann war Marek sehr vertraut. War er die treibende Kraft hinter diesen Treffen?

„Der mit der breiten Hutkrempe ist der einzige, den ich bisher bei allen Treffen gesehen habe", raunte der Wikinger in diesem Augenblick, als ob er Mareks Gedanken gelesen hätte. Marek nickte zur Antwort und konzentrierte sich auf den Unbekannten.

Gerade öffnete einer der Säumer seinen Sack, füllte daraus einen Becher mit Salz und gab diesen dem Hutträger. Fachmännisch überprüfte er die Ware, reichte sie den anderen Händlern weiter, bevor er den Säumern zufrieden zunickte. Dabei traf der Flammenschein für kurze Zeit auf sein sonst verdecktes Gesicht. Marek starrte wie vom Schlag getroffen auf den Mann und hätte sie durch einen erschreckten Aufschrei verraten, wenn der Wikinger ihm nicht geistesgegenwärtig den Mund zugehalten hätte.

Der Unbekannte, der den Willen seines Vaters hintergangen hatte, war niemand anderes als Wratislav, Boženas Vater! Die zornig drohenden Blicke des Wikingers störten Marek wenig angesichts des Gewissenskonfliktes, in den er nun geraten war.

„Na, hast du endlich genug gesehen", raunte er barsch seinem unschlüssigen Nachbarn zu. „Was sollen wir jetzt machen? Das Treffen ist bald vorbei und die Kerle zerstreuen sich in alle Winde."

Marek schwieg, ihm trat vor Angst der Schweiß aus den Poren, obwohl die Umgebung alles andere als warm war.

„Die Gelegenheit ist günstig", drängte der Wikinger weiter, während er leise sein Schwert aus der Scheide zog.

„Es... es geht nicht", stotterte Marek, seine Hände krallten sich in den moosbewachsenen Boden.

Um das Feuer herrschte inzwischen schon Aufbruchstimmung. Die Geschäfte waren abgewickelt und jeder machte sich daran, seine Sachen zu packen.

Der Wikinger war mit seiner Geduld am Ende. Mit roher Gewalt packte er Marek im Nacken, dessen Gesicht darauf im Moos verschwand.

„Hör zu, Bursche", fauchte er, „ich habe keine Lust, mir eine fette Beute durch die Lappen gehen zu lassen, nur weil ich einen winselnden Buben mitgenommen habe. Soll ich deinem Vater erzählen, was für ein kraftloser Feigling du bist?"

Marek schüttelte den Kopf, soweit es der Druck des Wikingers zuließ.

„Also, sollen wir die Verräter angreifen?", fragte er jetzt direkt, wobei er Mareks Kopf ein Stück vom Boden hochhob. Der schnappte zuerst nach Luft, sein Atem ging schnell. Noch einmal blickte er zu der Szene am Feuer, wo einer der Händler bereits seine Ware geschultert hatte.

„Was ist" wiederholte der Wikinger und er zog seinen Griff so sehr zusammen, dass Marek Angst hatte, zu ersticken.

„Überfall sie", stöhnte er mit letztem Atem.

Sofort ließ ihn der Wikinger los. Mareks Kopf fiel zurück in das Moos, wo er kraftlos liegenblieb. Francis dagegen war jetzt voller Energie. Er hatte bekommen, was er wollte.

Mit einem lauten Pfiff signalisierte er seinen Männern, die sich um das Feuer verteilt hatten, den Angriff. Gleich darauf stürzte er mit gezogener Waffe aus seinem Versteck auf die überraschten Männer los. Seine Räuber taten es ihm mit ohrenbetäubendem Gebrüll gleich.

***

Nachdem Marek, der für ihn nicht mehr als ein verzogener und verweichlichter Bengel war, endlich seine Zustimmung und damit die Einwilligung von Miloš gegeben hatte, entlud sich die angestaute Wut des Wikingers an dem erstbesten Säumer, der sich ihm in den Weg stellte. Mit der Breitseite seines Schwertes schlug der dem überraschten Mann mit solcher Wucht an die Schläfe, dass dieser bewusstlos zusammensackte.

Sollte einer seiner Räuber den Rest besorgen, dachte sich Francis, während er Ausschau hielt nach seinem eigentlichen Opfer: dem Händler mit dem breitkrempigen Hut.

Der stand wie angewurzelt auf der anderen Seite des Feuers und starrte ihn an. Mit einem Satz über das Feuer hinweg war der Wikinger bei ihm. Dabei hatte er schon mit seiner Waffe ausgeholt und trennte jetzt mit einem gezielten Schlag den rechten Arm vom Rumpf des Mannes. Es war eine Art Ritual für ihn geworden, seinen Opfern die gleiche Erfahrung zukommen zu lassen, die er einst erlebt hatte, bevor er sie dann schließlich tötete. Normalerweise brachen die so Verstümmelten in ein jämmerliches Wehklagen aus, aber dieser Mann stürzte einfach nur zu Boden. Dabei verlor er seinen Hut und Francis erkannte den angesehenen Händler aus Klatovy. Er verstand auch sofort, warum sich Marek so geziert hatte.

„He, Marek", rief er, ohne seinen Blick von dem schmerzverzogenen Gesicht unter ihm abschweifen zu lassen, „willst du deinem Schwiegervater noch etwas sagen?"

Wie er den Namen aussprach, weiteten sich die Augen Wratislav noch einmal, als ob etwas Hoffnung in ihm aufkeimen würde, aber da trieb Francis sein Schwert in die Brust seines ungleichen Gegners, bis er den gefrorenen Boden darunter spürte.

Zufrieden wandte sich Francis ab, und sah sich um. Seine Männer hatten ganze Arbeit geleistet. Keiner der ‚Halunken' war noch am Leben, dafür waren er und seine Räuber um ein paar Säcke Salz und vor allem um einige Geldstücke reicher. Er ging zu dem Gebüsch zurück, wo Marek noch immer in der gleichen Position lag.

„Steh auf, wir sind fertig!"

***

Marek wollte die Folgen seines Befehls nicht sehen. Er hob den Kopf gar nicht hoch, als sich das Gebrüll der Räuber mit den Schmerzensschreien der Opfer vermischte. Jedes Stöhnen, jedes Flehen um Erbarmen, jeder schmerzerfüllte Aufschrei fuhr ihm durch Mark und Bein. Der kurze, unbarmherzige Laut, der ertönte, wenn eine Waffe in den Leib seines Opfers eindrang, brannte sich in seinem Gehirn fest.

Marek versuchte, seine Umgebung zu vergessen und presste sein Gesicht noch fester an den Waldboden, obwohl die abgefallenen Nadeln im Moos in seine Haut stachen. Er wollte sich die Ohren zuhalten, aber seine Hände hielten sich so verkrampft im Waldboden fest, dass er sie nicht davon lösen konnte.

Der Wikinger hätte den Überfall auch durchgeführt, wenn er nicht zugestimmt hätte, redete sich Marek ein, während um ihn herum das Röcheln der Sterbenden nicht enden wollte. Es war nicht sein Entschluss gewesen! Wie sollte er es Božena erklären? Wusste sie vielleicht von den Treffen? Er konnte es ihr nicht erzählen. Sie würde ihn abgrundtief hassen – zu Recht!

„He Marek, willst du deinem Schwiegervater noch etwas sagen?"

Einen Augenblick lang löste Marek sein Gesicht vom Boden, aber bevor er wusste, was er sagen wollte, sah er, wie sich die Klinge in Wratislavs Körper bohrte. Der Wikinger hatte sich nicht einmal nach ihm umgedreht, er hatte mit ihm gespielt.

Als er das kurze Gurgeln seines Schwiegervaters vernahm, hatte er sein Gesicht schon wieder ins Moos gepresst und biss vor Grauen hinein. Erdiger Geschmack machte sich in seinem Mund breit, während er spürte, wie seine Hose feuchtwarm wurde.

Endlich erstarb auch das letzte Röcheln. Übrig blieb das Grölen und Wetteifern der Räuber, wer den besten Schlag gesetzt hatte.

Marek ließ den Kopf im Moos liegen.

„Steh auf, wir sind fertig!"

Auf dem Rückweg, erinnerte sich Marek später, hatte es angefangen zu schneien.

***

Jan stapfte durch den frischen Schnee. In der Nacht hatte es einen unerwarteten Wintereinbruch gegeben, der ihre Reise um einige Tage verlängern würde. Dementsprechend schlecht war die Laune der Fuhrmänner, die ihre Gespanne ohne Rücksicht auf ihren geistlichen Auftraggeber mit lauten Schimpftiraden über den glitschigen Boden trieben. Aber so sehr sich die Ochsen und Pferde auch anstrengten, kam es dennoch ab und an vor, dass einer der schweren Holzkarren seitlich in einen Graben rutschte. Dann musste der ganze Zug halten und alle halfen mit, den Karren wieder auf den Weg zu schieben. Mit ‚alle' war aber nur das Gesinde und die einfachen Reisenden gemeint, denn Tagino, der Kapellan von St. Emmeram war noch bei keinem dieser unerwünschten Halte aus seinem Reisewagen ausgestiegen. Jan hatte schnell bemerkt, dass dieser Mönch außer der Kutte nur wenig gemein hatte mit Abt Godehard. Tagino genoss die Vorzüge seiner Stellung, was ihm Jan zu dieser Jahreszeit auch nicht verübelte.

Vor drei Tagen waren sie in Regensburg aufgebrochen. Damit hatte Jan endgültig die Šumava aus den Augen verloren, denn davor war sie wie ein einseitiges Spalier sein Wegbegleiter auf der anderen Seite der Donau gewesen. Auch hatten sie die flache Donauebene mit der bergigen Landschaft des bayerischen Nordgaus getauscht, wo die Straßen schlechter ausgebaut und kaum befestigt waren.

„Vor tausend Jahren haben die Römer hier geherrscht, jedenfalls bis zur Donau. Um ihre Soldaten schnell durch ihr riesiges Reich zu befördern haben sie überall gepflasterte Straßen gebaut", erklärte einer der Fuhrmänner, nachdem Jan sich bei ihm nach dem Grund der unterschiedlichen Straßenqualität erkundigt hatte. „Die bauten damals schon bessere Straßen als wir heute. Leider sind sie nur bis zur Donau vorgedrungen!"

„Zum Glück, sag' ich", mischte sich ein anderer vierschrötiger Mann ein, der wie Jan zu Fuß unterwegs war, „wenn sie mehr Erfolg gehabt hätten, dann wären sie vielleicht heute noch hier und ich möchte nicht von ein paar Götzenverehrern aus Italien regiert werden. Nein, der Untergang der Römer war ein Gottesgericht! Schließlich haben die auch unseren Heiland ans Kreuz genagelt!"

„Ach, red kein wirres Zeug", verbesserte ihn der andere. „Die Juden haben Jesus gekreuzigt!"

„Die Juden", lachte der andere höhnisch, „die Juden sollen das gewesen sein? Die sind doch nicht einmal in der Lage, ein ordentliches Holzkreuz zu zimmern! Oder hast du jemals einen Juden etwas zimmern sehen?"

‚Natürlich nicht, weil Juden kein Handwerk ausüben dürfen', antwortete Jan in Gedanken, die er aber besser für sich behielt. Stattdessen wollte er mehr über den redefreudigen Mann wissen. Auf so langen Reisen war ein gesprächiger Weggefährte gut geeignet, die Zeit zu verkürzen und vom langweiligen Marschieren abzulenken.

„Wohin willst du reisen?", fragte Jan deshalb.

„Zum neuen Mittelpunkt des orbis terrarum, dem Rom nördlich der Alpen", antwortete der Mann überschwänglich. Als er Jan zweifelnden Blick sah wurde er ungehalten.

„Du glaubst ich übertreibe oder erzähle dir Märchen. Aber da du mir noch jung und recht grün hinter den Ohren erscheinst, will ich es dir erklären."

Aufmerksam hörte ihm Jan zu und musterte den Wanderer eingehend. Der Mann trug die für Pilger typische Kutte, aber er schien die Vorschriften für Pilger nicht sehr genau zu nehmen. Beim Mittagessen hatte er kräftig zugelangt, statt bei Wasser und Brot zu bleiben. Jetzt konnte man trotz des weiten Schnitts der Kutte die Umrisse eines Schwertes an der Seite erkennen, doch das Waffentragen war den Pilgern verboten. Der Mann war Mitte vierzig, hoch gewachsen und die hohen Wangenknochen verrieten seine slawische Herkunft, auch wenn sein Deutsch einwandfrei war.

„Seit der Krönung Heinrichs zum neuen König steht es außer Frage", erklärte der Pilger, „dass Bamberg die Stadt der Zukunft ist. Dort wird das Heilige Reich zu alter Herrlichkeit zurückfinden und so mächtig werden wie einst nur die Römer es waren!"

„So mächtig wie die italienischen Götzenanbeter", wiederholte Jan mit einem Grinsen.

„Was red ich", verbesserte sich der Pilger, „viel mächtiger werden wir sein! Selbst das heilige Jerusalem werden wir gegen die Heiden und vor allem die Juden beschützen!"

„Wenn du von ‚wir' sprichst, was denkst du, wird deine Aufgabe dabei sein?" Jan begann, Gefallen an dem verschrobenen Kerl zu finden.

„Meine Aufgabe", wiederholte der Mann entrüstet, „wenn ich die wüsste, dann hätte ich wohl kaum dieses Sackleinen an, das am ganzen Körper kratzt. Aber ich hoffe, dass der mächtige Herrscher im Himmel mir meine Mission in Bamberg mitteilt. Wenn nicht dort, wo dann? Ich wallfahre schon seit einigen Jahren, war in Regensburg, Mainz, Aachen und sogar in Cluny, aber noch blieb mir der Himmel verschlossen."

„Du warst in Cluny?"

„Drei Monate habe ich dort ausgeharrt! Ich sage dir, es ist mir unverständlich, wie die Mönche dieses Leben ein Leben lang aushalten!"

„Immerhin ist es nur ein Leben", machte sich Jan über die Ausdrucksweise des anderen lustig, aber der ging nicht darauf ein oder er wollte nicht.

„Aber das eine Leben ist lang genug! Brot und Wasser tagein, tagaus. Acht Stunden Gebet am Tag und nur vier Stunden Schlaf! Das ist nichts für mich!"

Eine Weile gingen sie schweigend neben einander her, bevor der Pilger wieder zu erzählen anfing.

„Du musst wissen, Gott hat in einem Traum zu mir gesprochen. Tomek, hat er gesagt, mach' dich auf und suche meine Mission für dich. Wenn ich nur vier Stunden am Tag schlafe, dann hat Gott gar nicht genug Zeit, zu mir zu sprechen!"

Der unfreiwillige Pilger hieß also Tomek.

„Wie sieht Cluny aus?"

„Oh, mein junger Freund", setzte Tomek an, um mit ausladender Gestik das Reformkloster zu beschreiben.

„Cluny ist Gottes Augapfel", schloss er seinen ohne Zweifel übertriebenen Bericht.

„Was weißt du über Bamberg?", versuchte Jan dem Gespräch wieder etwas Sinn zu geben, aber er sah schnell ein, dass mit diesem Gesprächspartner kaum ein Thema ernst besprochen werden konnte.

„Atemberaubende Geschichten hat man mir erzählt", griff Tomek das neue Thema überschwänglich auf, „in der Stadt gibt es mehr Kirchen als Wohnhäuser und neben jedem Stadttor wurde ein tiefes Loch gegraben, damit man dort seine Sünden hineinwerfe, bevor man die heilige Stadt betritt. Auch ist dort immer gutes Wetter. Wirst sehen, sobald wir in der Nähe von Bamberg sind, wird dieser gottverdammte Schnee geschmolzen sein!"

Dabei trat er so kräftig gegen den Schnee, dass er den Halt verlor und zu Boden flog. Als Jan ihm helfen wollte, wieder aufzustehen, wehrte er strikt ab.

„Nein, nein, lass nur, das war Gottes gerechte Strafe für meinen Jähzorn!"

Jan schüttelte verständnislos den Kopf. Wie konnten Gottesfurcht und Größenwahnsinn nur so nah beieinander in einer menschlichen Seele bestehen?

Nach mehr als einer Woche erreichte der Reisezug endlich Bamberg. Zuletzt war man dem Flussverlauf der Regnitz gefolgt, was ein einfacheres Vorankommen ermöglichte. Obwohl Jan völlig ermüdet war, musste er doch lachen, als tatsächlich kurz vor Bamberg der Schnee verschwunden war.

Tomek, der die ganze Zeit nicht von Jans Seite gewichen war, fühlte sich bestätigt, hatte doch sein junger Begleiter ständig kritische Fragen zu seinen Geschichten gestellt.

„Meinst du immer noch, dass ich dir einen Bären aufbinde? Verschnür' besser schon einmal deine Sünden, damit wir nicht ewig am Stadttor aufgehalten werden!"

Als Jan die Stadt zum ersten Mal aus der Ferne sah, war er vor allem enttäuscht. Vielleicht lag es nur an Tomeks übertriebenen Geschichten oder an der Stadt Regensburg, die er zuerst gesehen hatte, aber Jan hatte sich Bamberg viel größer vorgestellt.

Letztlich bestand das ‚Rom nördlich der Alpen', wie Tomek es genannt hatte, aus einer Ansammlung repräsentativer Gebäude auf halber Höhe zum Tal und einer kleinen Siedlung am Flussufer, die nur aus niedrigen, geduckten Häusern bestand.

Nach zwei Stunden erreichte der Reisezug die Brücke über den rechten Regnitzarm, von wo aus man jetzt geradewegs auf die Stadt zulief. War die Siedlung auch klein, umso mächtiger erschienen die Kirchtürme, die sie umgaben. Auf der linken Seite entstand das Stift St. Stephan auf einem separaten Hügel. Zwischen all den kleinen Häusern des Marktes erhob sich, wiederum auf einem eigenen Hügel die Pfarrkirche St. Marien, ein wuchtiger Kirchenbau, der Jan an die Kirche in Klatovy erinnerte, deren Turm einst als Wehrturm fungiert hatte. Rechts der Ansiedlung entstand gerade auf einem weiteren Hügel der große Dom, von dem noch nicht viel mehr als ein paar Seitenwände zu sehen war. Direkt im Anschluss folgte die Pfalz, der Herrschaftssitz des Königs, hinter dem sich die Gebäude des Domkapitels versteckten. Irgendwo dort befand sich auch die Schule, die Jan von nun an besuchen sollte. Etwas abseits der eigentlichen Stadt lag, wiederum natürlich auf einem eigenen Hügel das Kloster St. Michael. Fast trotzig blickte es in seiner eigenen Ummauerung hinüber zur Dombaustelle.

„Vielleicht ist es nicht ganz so groß wie Rom, aber es ist aus fast ebenso vielen Hügeln erbaut", erkannte Tomek, der mit leuchtenden Augen auf die Stadt blickte.

Bamberg

Nachdem der Zug den Domvorplatz erreicht hatte, ließ Tagino halten. Hier nahm er sich dann zum ersten Mal um Jans Person an, seit Abt Godehard ihn in Regensburg in seine Obhut gegeben hatte. Vorher gab er noch ein paar klare Anweisungen an die Fuhrmänner. Wie er so die Befehle erteilte, erinnerte er eher an einen Heerführer, als an einen Geistlichen. Froh, von dem harten Auftraggeber bald entlohnt zu werden, machten sich die Männer eifrig daran, die Aufgaben zu erledigen.

„Komm, mein Sohn", rief er Jan zu sich, der gerade noch Zeit fand, sich von Tomek zu verabschieden, „ich will dich zur Domschule bringen, damit ich mich dann meinen Aufgaben widmen kann."

Jan folgte gehorsam dem Kapellan, der vorbei am Pfalzgebäude, das genauso wie der Dom noch von Baugerüsten umgeben war, bergauf zu einem großen verschlossenen Portal ging. Die hohe Mauer, in der das Tor eingefasst war, verbarg alles, was hinter ihr lag. Als Tagino nur noch ein paar Schritte entfernt war, öffnete sich die kleine Nachttür im Tor energisch und spuckte einen kleinen Mönch aus, dessen rundliche Körperform selbst von der weiten Kutte nicht vertuscht werden konnte.

„Tagino", rief der kleine Mann mit ausgebreiteten Armen, „wie schön dich einmal wiederzusehen!" Darauf schlang er seine Arme um den schlaksigen Kapellan, der dabei beinahe erdrückt wurde.

„Ich freue mich auch, dich zu sehen, Ludovicus", erwiderte Tagino die Umarmung herzlich, wobei er dem kleinen Mönch, der dem Alter nach gut und gerne sein Vater sein konnte, freundschaftlich auf den Rücken klopfte.

„Was bringt dich hierher nach Bamberg?", fragte Ludovicus und bestaunte dabei verstohlen Taginos prächtiges Gewand.

„Ich habe verschiedene Aufträge für den Bischof von Regensburg zu erledigen", gab Tagino bereitwillig Auskunft und fügte dann mit einem Lächeln hinzu: „Außerdem hoffe ich, den König hier anzutreffen."

„Der König wird erst wieder in einem Monat erwartet, was mich jetzt besonders freut, denn nun werde ich einen meiner besten Schüler etwas länger hier in Bamberg haben."

„Du übertreibst, Ludovicus. Aber ich verspreche dir, so oft es geht einen Besuch abzustatten!"

„Du könntest mir keine größere Freude bereiten", bedankte sich Ludovicus entzückt, „ich werde dich dann auch den Schülern vorstellen, um ihnen zu zeigen, welche Möglichkeiten man mit einer guten Ausbildung hat! Seit auf Wunsch des Königs mehr und mehr junge Adelige unsere Lehre genießen dürfen, die nicht in den göttlichen Dienst eintreten werden, wird der Unterricht immer anstrengender. Mit euch war es damals sehr viel angenehmer!"

„Mein lieber Ludovicus", winkte Tagino lachend ab, „wir waren auch keine Engel damals, aber du warst noch zwanzig Lenze jünger! Weil du gerade von den heutigen Schülern redest, ich habe dir noch einen mitgebracht!"

Dabei legte er väterlich seine Hand auf Jans Schulter, der bisher aufmerksam dem Gespräch gefolgt war. Vor allem war ihm dabei aufgefallen, wie herzlich sich Tagino mit dem alten Mönch unterhalten hatte, ganz im Gegensatz zum Umgangston mit den Fuhrmännern. Hier war der Tagino sichtbar geworden, von dem auch Abt Godehard vor Jans Abreise aus Regensburg gesprochen hatte. Ein freundlicher, weitsichtiger und gebildeter Mönch, der das uneingeschränkte Vertrauen des Königs besaß.

Jetzt blickte der alte Mönch Jan prüfend von oben bis unten an. Auch Jan war gut einen Kopf größer als Ludovicus, der dennoch eine unbedingte Autorität ausstrahlte. Fast kam es Jan vor, als sei es dem Lehrer peinlich, dass ihn sein zukünftiger Schüler so ausgelassen gesehen hatte.

„Soso", murmelte er mit strenger Miene, nachdem er seine Prüfung abgeschlossen hatte.

„Ich bringe ihn dir mit der wärmsten Empfehlung von Abt Godehard von Niederaltaich!"

„Von Godehard, sagst du", wiederholte Ludovicus ohne seinen Blick von Jan abzuwenden.

„Ja genau", bestätigte Tagino, „sein Name ist Jan und er stammt eigentlich aus Böhmen!"

„Ein Slawe also", bemerkte Ludovicus trocken und wertfrei. Dann machte er einen Schritt zur Seite, sodass der Weg zur Tür frei wurde. „Gut, Jan, dann geh schon einmal hinein. Ich werde gleich nachkommen."

Jan, der kaum gewagt hatte, zu atmen, seit das Gespräch um ihn drehte, geschweige denn sich zu bewegen, ging auf die Aufforderung hin rasch an den beiden Männern vorbei. Auf der Türschwelle drehte er sich noch einmal um und sagte zu Tagino:

„Habt herzlichen, Dank Pater, dass ich unter eurem Schutz reisen durfte!"

„Diesen Gefallen habe ich Abt Godehard gerne getan. Jetzt geh nur hinein und mach dem Abt keine Schande!"

Mit einem Nicken verschwand Jan in der Tür. Auf der anderen Seite trat er aus dem Tordurchgang hinaus in einen großzügigen Innenhof, der auf allen Seiten von mehrstöckigen Gebäuden umgeben war. Gegenüber dem Eingang befand sich das dreistöckige Haupthaus, das vollkommen aus Stein und in ähnlichem Stil wie das Kloster Niederaltaich gebaut war. Von dort drang der monotone Klang des Mönchsgesang zu ihm herüber sowie der hungrig machende Duft der Küche, die im Erdgeschoss untergebracht war. Das Haupthaus und die Torseite waren auf der linken Seite durch einen hoch aufragenden Längsbau mit zwei Stockwerken und großen Fenstern verbunden. An den großen Fenstern erkannte Jan, dass in dem Trakt die Bibliothek und die Schreibstube untergebracht waren, denn dort benötigte man immer viel Licht. Der Bau war wohl erst vor kurzem fertig gestellt worden, denn die Mauersteine aus Buntsandstein erstrahlten in einem einheitlichen Beige. Bei älteren Bauwerken dagegen sorgten Wind und Wetter für Schattierungen und Auswaschungen.

Auf der anderen Seite hatte man als Verbindung einen großen Speicher aus Holz gebaut, dessen Seitenwand gerade hoch genug war, damit die beladenen Karren hineinfahren konnten. Auf den niedrigen Seitenwänden ruhte ein steiles und hohes Dach, in welches man mehrere Luken und mit Flaschenzügen versehene Gauben eingebaut hatte. Das Geviert wurde abgeschlossen von den Stallungen, die neben dem Tordurchgang lagen, vor dem Jan gerade stand.

Jan staunte über die harmonische Anordnung der Gebäude, die den trapezförmigen Innenhof umschlossen. Dabei wurde ihm aber auch gleichzeitig ein Nachteil deutlich: außer dem Tor gab es keinen weiteren Ausgang, was nicht darauf schließen ließ, dass die Schüler hier große Freiheiten besaßen.

Der Eindruck wurde kurz darauf bestätigt, als Ludovicus nun auch durch die Tür eintrat.

„So, Jan", sagte er in einem Ton, der keine Widerrede erlaubte und nichts mit dem freundlichen Ton vor dem Tor gemeinsam hatte, „am besten werde ich dir noch die wichtigsten Regeln erklären, bevor du deine Schlafstätte einrichtest. Wenn du eine Frage hast, darfst du sie mir stellen. Für dich bin ich Pater Ludovicus!"

Dabei betonte er das Wort „Pater" mit besonderem Nachdruck.

„Ja, Pater", antwortete Jan unterwürfig und folgte dem Mönch in respektvollem Abstand zum Bibliotheksgebäude.

Sie gingen in einen kleinen Saal im ersten Stock, dessen Einrichtung Jan an den Lehrsaal von Niederaltaich erinnerte. Er zählte knapp zwanzig Schreibpulte.

„Stell deine Sachen vorerst dort drüben ab", befahl Pater Ludovicus, während er sich an einem der Schreibpulte zu schaffen machte.

Als Jan, nun mit freien Händen, zu ihm trat, hatte der Pater schon ein Stück Pergament und Schreibutensilien zurechtgelegt.

„Ich hoffe, du bist des Schreibens mächtig!"

„Seit meinem achten Lebensjahr", betonte Jan nicht ohne Stolz.

„Reichlich spät", gab Pater Ludovicus trocken zurück, „aber man kann damit leben."

Er ging zu einem der großen Fenster, denn von draußen waren einige ausgelassene Jungenstimmen zu hören. Kaum hatte sich Pater Ludovicus etwas über die Brüstung gebeugt, erstarben die Stimmen augenblicklich. Keine Frage, dachte Jan, dieser Pater war eine Respektsperson!

„Schreib auf", forderte er nun Jan auf ohne aufzusehen, wobei er ungeduldig mit einer Hand auf das Pult deutete. Jan griff eilig nach der Feder, die penibel angespitzt war und tauchte sie in das im Pult eingelassene Tintenfass ein.

„Der Tag beginnt mit dem Sonnenaufgang und endet mit ihrem Untergang. Dazwischen liegt unser Streben nach Gottesfurcht und Weisheit!"

Verkrampft und ungelenk führte Jan die Feder über das Pergament, aber seine Schrift war durch die Zeit in Niederaltaich geschult, so dass er weder kleckste noch von der Linie abrutschte. Er war gerade mit dem Satz fertig, als die nächste Regel diktiert wurde.

„Das Gelände der Domschule darf nicht verlassen werden, es sei denn, man hat die ausdrückliche Erlaubnis eines Lehrers!"

Jan stöhnte innerlich auf. Er war in einem Käfig gelandet!

„Die Mahlzeiten werden schweigend eingenommen. Bei einem Verstoß muss man einen Tag ohne Essen auskommen!"

„Meinen Lehrern begegne ich immer in Demut und spreche nur, wenn ich dazu aufgefordert werde!"

„Die mir aufgetragenen Arbeiten und Strafen nehme ich in Demut an und erfülle sie gewissenhaft."

Pater Ludovicus diktierte zwanzig Regeln, ohne seinen Platz am Fenster zu verlassen. Vom Hof war Waffenlärm zu hören, ab und zu unterbrochen von einem Schmerzensschrei.

„Bist du fertig?", fragte er ungeduldig.

Jan nickte, während er sein Werk überprüfte. Auch wenn er selbst keine Fehler fand, so machte er sich keine Illusionen, dass Pater Ludovicus damit zufrieden sein würde.

„Dann lass mich überprüfen, ob du auch gut zugehört hast!"

Jan brachte das Pergament zu Pater Ludovicus. Während dieser eingehend seine Sätze überprüfte, wagte er einen Blick hinaus auf den Hof. Dort unten übten ein gutes Dutzend Jungen den Schwertkampf, beaufsichtigt von einem alten, in ein Kettenhemd gekleideten Mann.

„Geh zu deinem Platz!"

Pater Ludovicus sah dabei nicht einmal auf.

Jan erschrak, aber er folgte der Aufforderung sofort.

Bei dem Pult angelangt, beobachtete er von dort aus seinen Lehrer. Wie zu erwarten, zeugte sein Gesichtsausdruck nicht gerade von Zufriedenheit. Es vergingen noch einige Minuten, dann sah Pater Ludovicus kopfschüttelnd auf.

„Die Rechtschrift scheint deine Stärke nicht zu sein! Selbst wenn ich dir zu Gute rechne, dass Deutsch nicht deine Muttersprache ist, so sind die Fehler doch haarsträubend!"

„Verzeiht, Pater!"

„Schweig, hier hast du ein Regelwerk, in dem die diktierten Regeln richtig aufgeschrieben wurden. Das schreibst du zwanzigmal ab!" Er zog zielsicher eine Pergamentrolle aus einem Regal an der Kopfseite des Saales und legte sie Jan auf das Pult.

„Ja, Pater!"

„Und beeile dich dabei, denn in einer Stunde gibt es Abendessen!"

Mit diesen Worten verließ er den Raum.

Welch herzliche Begrüßung, dachte Jan, nachdem die Tür ins Schloß gefallen war. Zwanzigmal zwanzig Zeilen, in einer Stunde war das wohl machbar, aber so hatte er sich seinen ersten Tag nicht vorgestellt.

Mit einem lauten Seufzer nahm Jan die Pergamentrolle und studierte die ersten Zeilen mit den Regeln, die ihm Pater Ludovicus diktiert hatte.

Dann verglich er sie mit seiner Ausfertigung. Unwillkürlich musste er lachen, als er die Unterschiede feststellte. Gleichzeitig warf er Pater Ludovicus in Gedanken Hartherzigkeit und Unverständnis vor. Woher sollte er wissen, dass man ‚Tag' mit T statt mit D schrieb und die zwei ‚N' in Sonnenaufgang erschienen ihm ganz und gar widersinnig.

Trotzdem machte er sich daran, die Regeln abzuschreiben. Beim fünften Mal musste er nur noch am Anfang einer jeden Regel auf das Original schauen, ab dem zehnten Mal konnte er die zwanzig Regeln auswendig und fehlerfrei aufschreiben. Nun erst erkannte Jan den Sinn der Übung. Pater Ludovicus war es nicht so sehr um seine Rechtschrift gegangen, vielmehr sollte er die zwanzig Regeln verinnerlichen.

Er hatte die zwanzig Abschriften vor Ablauf der Zeit aufgeschrieben und er war versucht gewesen, den Raum zu verlassen, um Pater Ludovicus aufzusuchen. Aber er verwarf den Gedanken, da ihm ein paar Minuten Ruhe nicht schadeten und er hatte sie sich verdient. So würde er auch von weiteren Aufträgen verschont bleiben. Aufmerksam betrachtete er den Studienraum. Dabei entdeckte er auf der Rückseite eine große angezeichnete Landkarte, die das Reich zu Zeiten Kaiser Ottos darstellte, wie Jan in der Überschrift lesen konnte. Er ging näher zu der Karte und suchte Bamberg, wozu er nicht lange brauchte, denn der Name war größer als alle anderen Städte geschrieben. Nachdem er auch Regensburg und Niederaltaich gefunden hatte, staunte er darüber, wie nahe an der gemalten Grenze die Orte lagen und wie groß das restliche Reich demgegenüber war. Enttäuscht stellte er fest, dass Prag gar nicht eingezeichnet und Böhmen schlicht als eine terra incognita schwach schraffiert war. Das Läuten der Glocken löste bei Jan Panik aus, der durch sein Kartenstudium die Zeit vergessen hatte. Eilig rannte Jan zum Pult und nahm seine letzte Abschrift in die Hand, so als würde er sie ein letztes Mal überprüfen. Mit dem Ausklingen der Glocken trat Pater Ludovicus ein.

„Nun, wie weit bist du gekommen?"

„Ich habe die Regeln zwanzig Mal abgeschrieben, Pater", antwortete Jan unsicher.

Pater Ludovicus konnte seine Überraschung nicht verbergen, weshalb er für einen Augenblick stutzte.

„Nun gut", löste er seinen gedanklichen Knoten, „dann werde ich dich jetzt in den Speisesaal bringen!"

Sie gingen hinüber in das große Haupthaus, wo aus einigen Fenstern im ersten Stock geschäftiges Geschirrklappern zu hören war, aber keine Unterhaltung.

Im Saal hörte jeder sofort auf zu essen, als Pater Ludovicus mit dem neuen Schüler den Raum betrat, dessen Ankunft sich schon herumgesprochen hatte. Kritische Blicke musterten Jan, der sich später nicht an ein einziges Gesicht der circa fünfzig Jungen erinnern konnte.

„Wir haben Zuwachs bekommen", stellte ihn Pater Ludovicus vor, „das ist Jan aus Niederaltaich. Jetzt esst weiter!"

Jan überlegte, ob Pater Ludovicus vergessen hatte, dass er eigentlich Slawe war oder ob er ihn absichtlich mit Niederaltaich verbunden hatte. Nach allem was er bisher hier erlebt hatte, erschien ihm zweite Variante wahrscheinlicher, ohne dass er einen Sinn darin sehen konnte.

„Du setzt dich dort drüben mit an den Tisch", wandte sich Pater Ludovicus an ihn. „Das sind deine zukünftigen Mitschüler." Mit seiner Hand deutete er auf einen Tisch, an dem ungefähr zwölf Jungen saßen, die zu den ältesten der anwesenden Schüler gehörten. Trotzdem waren sie fast alle zwei Jahre jünger als Jan. Wortlos setzte sich Jan an einem Ende neben einen hochgewachsenen Jungen mit strohblondem Haar und machte sich heißhungrig über den Teller Eintopf her, der ihm von einem jüngeren Schüler gebracht wurde. Noch bevor er den ersten Löffel im Mund hatte, brach wie ein Gewitter die tiefe Stimme von Ludovicus über ihn herein.

„Was bist du für ein undankbarer Zwerg, der du Gott nicht für das Mahl dankst, das er dir bereitet hat, bevor du es verschlingst!"

„Steh auf", raunte ihm sein Nachbar zu, ohne dabei seinen Kopf zu bewegen.

Wie eine Marionette über Fäden gesteuert, legte Jan den Löffel zurück und stand auf.

„Damit du Demut vor Gott lernst, wirst du bis zum Morgen in der Kapelle auf den Knien über dein Verhalten nachdenken."

Jan traute seinen Ohren nicht!

„Wolfgang, zeig ihm den Weg zur Kapelle!"

Jan schluckte schwer, um ihn herum hatten alle die Köpfe gesenkt und aßen langsam, aber stetig weiter. Der Junge, der ihm zuvor den unheilvollen Teller gebracht hatte, wartete an der Tür.

Mit unsicheren Schritten, den Kopf zu Boden geneigt, ging Jan an Pater Ludovicus vorbei zur Tür. In seinem Kopf hämmerte es, aber er wusste nicht, ob es sein Hunger oder die Wut über Pater Ludovicus war, die ihn beinahe ohnmächtig werden ließ.

Obwohl ihm einige Fragen auf dem Herzen lagen, wagte er nicht, seinen jungen Führer anzusprechen, um ihn nicht in Verlegenheit zu bringen. Vielleicht musste er eine Schweigestrafe ableisten. Also gingen sie schweigend hintereinander zur Kapelle, die in der Ecke zwischen Haupthaus und Bibliothek angebaut war.

Dort wies ihm Wolfgang stumm einen Platz in einer der hinteren Reihen der Sitzbänke zu. Darauf verschwand er. Jan bemerkte, dass es die erste Reihe war, in der es keine Holzleisten zum hinknien gab. Es war anscheinend eine beliebte und bekannte Strafe, überlegte Jan, während er sich in der Mitte der Bank zuerst setzte, dann aber gleich auf den harten Steinboden kniete.

Noch immer hämmerte sein Kopf. War diese Begrüßung Ritual? Was dachten nun seine neuen Mitschüler? Wie lange konnte er diese Strafe aushalten? Ließen ihm zuerst die Schmerzen in den Knien umfallen, oder schlief er zuvor ein? Zuletzt war da noch der Hunger, denn er hatte seit heute Morgen nichts mehr zwischen den Zähnen gehabt. Warum war er hier? Konnte es Gottes Plan sein, dass er hier gepeinigt und bestraft wurde? Hätte er nicht besser Säumer bleiben sollen?

Jan verdrängte all die Gedanken und rief sich in Erinnerung, warum er hier in der Kapelle gelandet war, einem Gefängnis ohne Gitter und Schloß. Gerade als ihm dieser Umstand bewusst wurde, hörte er, wie sich eine Tür öffnete und er vernahm Schritte auf der Galerie. Wenngleich er sich nicht traute, aufzuschauen, war ihm klar, dass er überwacht wurde.

‚Noch einmal', wiederholte er innerlich, ‚warum bin ich hier? Ich habe vor dem Essen nicht gebetet.'

Was war die Konsequenz? Er sollte Demut vor Gott lernen, indem er eine Nacht lang auf Knien in der Kapelle verweilte.

Er konnte einen gewissen Zusammenhang darin erkennen, auch wenn er sich jetzt schon sicher war, das er nicht die ganze Nacht über Demut und Gott nachdenken würde. Wie auch für die Strafe am Nachmittag suchte er nach dem eigentlichen Sinn dieser Strafe. Sollten ihm die gelernten Regeln des Nachmittags auf diese Weise verinnerlicht werden, sollte ihm statt Demut vor Gott, vielmehr im Voraus Demut vor seinen Lehrern beigebracht oder sollte grundsätzlich jeder Widerstand in ihm gebrochen werden?

Jan verdrängte auch diesen Gedanken, indem er sich die Kapelle eingehend betrachtete, zumindest den Altarbereich. Der Altar stand in einer leicht gewölbten Apsis, durch deren kleine Fenster das letzte Tageslicht in den Kirchenraum fiel. Verglichen mit den Altären von Niederaltaich und Regensburg war dieser hier nicht viel mehr als ein Tisch, in den einige Ornamente geschnitzt waren. Dafür war das darauf stehende Kreuz umso schöner. Es war vergoldet und strahlte, von dem einfallenden Dämmerlicht beleuchtet. Vor dem Kreuz lag eine große, aufgeschlagene Bibel. Jan versuchte, anhand der Verteilung der Seiten auf beide Buchhälften abzuschätzen, aus welchem Buch der Bibel zuletzt gelesen worden war. Es war eine seiner meist gehassten Aufgaben in Niederaltaich gewesen, die Reihenfolge der Bücher der Bibel auswendig zu lernen, denn er hatte darin keinen Sinn gesehen. Nun konnte er sich mit diesem Wissen zumindest etwas von der vielen Zeit vertreiben, die er in dieser ungemütlichen Position verbringen musste. Zum ersten Mal dachte Jan an seine Knie, woraufhin er sie auch gleich spürte. Er zwang sich deshalb, wieder an etwas anderes zu denken.

Es könnten die Psalmen sein, überlegte er, als er wieder auf die Bibel sah. Er betrachtete den Rest des Raumes. An den Seitenwänden der Kapelle waren kleine Bilder mit Märtyrern aufgehängt, die aber nicht besonders kunstvoll waren. Überhaupt war hier alles auffällig einfach gehalten, stellte Jan fest. Schmunzelnd kam ihm in den Sinn, dass selbst Klatovy in dieser terra incognita namens Böhmen eine schönere Kirche hatte. Immerhin war der Bau an sich etwas besonderes, denn die Last des Daches lag nur auf den Außenwänden und es gab keine Säulen. Auf diese Weise und durch das hoch aufragende Dach wirkte der Raum größer, als er wirklich war.

Was hätte Godehard in seiner Situation gemacht? Gebetet, fiel Jan sofort ein und er wunderte sich, dass ihm diese Idee, zumal in einer Kapelle, nicht schon früher gekommen war. Leise betete Jan ein pater noster. Als er am Ende angekommen war, sandte er gleich ein zweites hinterher, da er nicht wusste, was er sonst noch beten sollte. Ihm fiel ein, dass Godehard ihm einmal erklärt hatte, dass Gott die Gedanken der Menschen lesen konnte und es deshalb nicht nur darauf ankam, was man laut aussprach, sondern auch, was man dachte. Wenn Gott meine Gedanken lesen kann, dann soll er jetzt gut aufpassen, dachte Jan trotzig, während er unbewusst seine schmerzenden Kniescheiben bewegte.

Wenn Gott ihn wirklich hier in Bamberg haben wollte, dann sollte er bald ein positives Zeichen setzen, denn der vergangene Tag war der Hölle näher als dem Himmel, obwohl Bamberg ein großer Neuanfang für ihn sein sollte. Jan hatte niemals erwartet, dass ihm an irgendeinem Ort auf dieser Welt mehr Schikane begegnen würde, als in Klatovy durch seine Verwandten. Nun aber war es gerade ein Gottesdiener, der ihn eines Besseren belehrte! Jan erinnerte sich, wie herzlich Pater Ludovicus mit Tagino gesprochen hatte. Wahrscheinlich war Jans Fehler, dass er das andere, das freundliche Gesicht des strengen Lehrers kennen gelernt hatte, der nun versuchte, diese Erinnerung so schnell wie möglich auszulöschen.

Bis jetzt war Jan von Bamberg mehr als enttäuscht. Er hatte sich alles ganz anders vorgestellt. Jan gab sich jetzt lustlos diesen selbstmitleidigen Gedanken hin, denn er wusste nicht, an was er sonst denken sollte.

Plötzlich tauchte Božena vor ihm auf. Ihre langen Haare tanzten im Wind, wie damals am Feuer und ihre schönen Augen fixierten ihn. Jan genoss ihre Anwesenheit, alles um ihn herum wurde leicht, er spürte den sanften Hauch ihres Atems. Dann streckte Božena ihre Arme nach ihm aus. Mit Wohlbehagen spürte er ihre Hände, wie sie seine Oberarme umfassten. Er wollte sich zu ihr vorbeugen, als sie ebenso überraschend, wie sie erschienen war, auch wieder verschwand. Jan öffnete erschrocken die Augen, um ihr nachzusehen, aber was er dann feststellte, ließ ihn noch mehr erschrecken. Die vermeintlichen Hände von Božena, war die Banklehne vor ihm, an die er sich angelehnt hatte, nachdem er eingeschlafen sein musste. Angstschweiß trat ihm auf die Stirn. Hatte sein Aufpasser oben von der Galerie aus etwas bemerkt? Wie lange hatte er überhaupt geschlafen? Langsam, um keinen Verdacht zu wecken, stieß er sich von der Banklehne ab und richtete sich wieder auf. Wieviel Uhr war es? Jan fiel auf, dass er vor lauter Verärgerung den Sonnenuntergang und jegliche anderen Zeitanhaltspunkte unbeachtet gelassen hatte, wodurch die Nacht nur länger wurde.

Er war verunsichert, denn er wusste nicht, wie und womit er sich wach halten sollte. Jetzt spürte er wieder seine Knie, die ihm unerträgliche Schmerzen bereiteten. Je mehr die Verzweiflung von ihm Besitz nahm, desto mehr fühlte er auch die Schmerzen. Er hatte in seinem Leben schon wahrlich schwierigere Situationen erlebt. Das Neue und Unbekannte hierbei war die Auswirkung auf Jans Geist. In seinen Gedanken hatte sich die Angst vor dem Versagen fest gebissen und beherrschte jetzt seinen Willen. Bisher hatte ihm seine Tatkraft immer geholfen, körperlich bedrohliche Situationen zu meistern, nun aber hatte er diese Stütze verloren. Jan musste an seinen Vater denken. War es ihm nach seinem Unfall genauso ergangen, dass er das Vertrauen in seinen Willen verloren hatte? Es hatte ihn letztendlich zu einem alten, gebrechlichen Mann gemacht. Jan erinnerte sich an das letzte Mal, als er seinen Vater so erlebt hatte, wie er vor dem Unfall gewesen war. Es war in der Nacht vor seiner Abreise aus Deggendorf gewesen, als er ihm den kleinen mit Salz gefüllten Beutel gab. Diesen Beutel trug er noch immer mit sich herum. Inzwischen versteckte er darin auch den Ring von Thiemo, denn es behagte ihm nicht, diesen Schatz offen zu tragen.

Jan überlegte kurz. Er wusste nicht, was ihm während seiner Demutsübung erlaubt war und was nicht, aber schließlich beschloss er, das Risiko zu wagen. Außerdem machte ihn dieser Hauch von ‚Gefahr' wieder hellwach. Wie er es aus der Šumava gewöhnt war, schloss Jan nun die Augen und konzentrierte sich auf seine Ohren. Lange hörte er nichts, doch nach und nach erwachte die Nacht zum Leben. Er hörte das ferne Rauschen des Flusses, das Rascheln der Blätter im Wind und schließlich auch den Atem seines Beobachters auf der Galerie. Er ging langsam und gleichmäßig. Sollte er etwa schlafen? Langsam sah er sich um. Gegen das dumpfe Mondlicht konnte er erkennen, wie oben auf dem Geländer gemütlich ein Kopf zwischen zwei Armen lag.

Jan musste lächeln. Beinahe übermütig zog er den Beutel unter seinem Wams hervor. Wie in einem Ritual löste er die Schlaufe vom Knopf und streckte den angefeuchteten Zeigefinger hinein. Mit geschlossenen Augen schleckte er das Salz ab. Der bittere Geschmack reizte seinen ausgetrockneten Gaumen, aber er fühlte die alte Geborgenheit seiner Heimat. Die Müdigkeit war verflogen, nur seine Knie spürte er immer stärker. Vor allem aber war er sich nun sicher, dass er am richtigen Ort war, auch wenn es vordergründig nicht danach aussah. Wenn er jemals seinen Onkel überführen und aus

Klatovy vertreiben wollte, dann würde er das Wissen, dass er sich hier aneignete, gut gebrauchen können.

Er öffnete wieder die Augen, blickte in die dunkle Kapelle hinein und suchte nach dem Kreuz auf dem Altar. War dies das positive Zeichen gewesen, das er von Gott verlangt hatte?

Vor Schmerzen fast ohnmächtig nahm Jan nicht wahr, dass sich die Tür der Kapelle öffnete. Erst als die fünfzig Schüler der Domschule mit müden Schritten den Raum füllten, um mit der laudes, dem Morgengebet, den Tag zu beginnen, wusste er, dass er seine Prüfung beinahe überstanden hatte.

Als er mit allen anderen zum Gebet aufstehen wollte, kam er nicht ohne die Hilfe der beiden Jungen, die sich neben ihn gesetzt hatten, auf die Beine. Am liebsten hätte er sich wieder fallen lassen, denn im Stehen schmerzten die Knie noch mehr, vor allem aber hatte er andauernd das Gefühl, das Gleichgewicht zu verlieren.

Schließlich sprach der Priester den befreienden Schlusssegen, womit nicht nur der Gottesdienst, sondern auch Jans Strafe beendet war. Er wehrte sich erst heftig gegen die stillschweigend angebotene Hilfe seiner beiden Nachbarn und schob sich, sich mit beiden Armen abstützend aus der Bankreihe zum Mittelgang. Nach dem ersten Schritt ohne seitliche Stütze versagten ihm die Beine den Gehorsam, worauf er zu Boden stürzte. Nun ließ er sich widerstandslos stützen und die beiden Helfer trugen ihn mehr in den Esssaal, als dass Jan selbst gelaufen wäre.

Diesmal wartete Jan das Gebet ab, bevor er mit dem Essen begann. Obwohl er vor Müdigkeit kaum die Augen offenhalten konnte, stopfte er das Brot heißhungrig in sich hinein. Die frische, noch warme Milch, die es zu trinken gab, war eine Wohltat für Jans ausgetrockneten Gaumen.

„Schling nicht so, sonst bekommst du gleich noch eine Strafe", raunte ihm der gleiche hochgewachsene Blondschopf zu, der auch beim Abendessen neben ihm gesessen hatte. Im nächsten Augenblick kam einer der Mönche an seinem Tisch vorbei, die mit wachsamen Augen durch den Saal gingen, ohne jemals ein Wort zu sagen.

Nach dem Essen begann der Unterricht, der Jan aber für den Vormittag erlassen wurde, wie ihm einer der Mönche beim Verlassen des Speisesaales mitteilte. Jan hatte gar keine Kraft mehr, sich darüber zu freuen. Man hatte seine Habseligkeiten bereits in den Schlafsaal gebracht, wo eine mit frischem Stroh ausgelegte Pritsche auf ihn wartete.

Jan fiel in einen tiefen Schlaf.

***

„Woher kommst du eigentlich?"

Jan schaute seinen Gegenüber überrascht an. Hatte er nicht zugehört, als Pater Ludovicus ihn vor drei Tagen beim Abendessen vorgestellt hatte?

„Aus Niederaltaich", antwortete Jan, obwohl ihm diese Notlüge nicht behagte.

Der andere schien sich mit dieser Antwort nicht zu begnügen.

„Und woher wirklich?", fragte er nach.

Jan stutzte. Was war schon dabei, wenn er seine wahre Herkunft preisgab? Für Pater Ludovicus wollte er nicht noch länger lügen. In den letzten Tagen hatte sich zwischen ihm und Pater Ludovicus ein sehr gespanntes Verhältnis aufgebaut. Jan konnte ihm die seiner Meinung nach unverhältnismäßige Strafe in der ersten Nacht nicht verzeihen, auch wenn er inzwischen von den anderen erfahren hatte, dass diese Strafe Ritual war, notwendiges Übel, um Neuankömmlinge gefügig zu machen.

Seine Mitschüler nahmen ihn zurückhaltend auf. Er war in die oberste von vier Klassen eingeteilt worden, wo er nun der zwölfte Schüler war. Die anderen beäugten ihn misstrauisch, da er nicht adelig war und seine Herkunft nicht genauer bestimmen wollte oder konnte. Aber sie warnten ihn dennoch regelmäßig, wenn er Gefahr lief, gegen eine der vielen Regeln zu verstoßen und nahmen ihn auf Geheiß von Pater Ludovicus, dem die Schwierigkeiten nicht entgangen waren, in ihren Kreis auf, obwohl er fast zwei Jahre älter war als die meisten von ihnen. Trotzdem war er nicht der Älteste. Das war der junge Mann, mit dem er gerade an einem der großen Fenster der Bibliothek stand, von wo aus man über die Siedlung hinweg den sich schlängelnden Fluss beobachten konnte. Aber das Alter war nicht die einzige Gemeinsamkeit, die sich Jan mit ihm teilte. Der andere Schüler, der ein Jahr älter war als Jan, hieß Bretislav, stammte aus Böhmen und war nicht vollkommen freiwillig hier.

Bretislav war der Sohn von Udalrich, dem Bruder von Boleslav III., Herzog von Böhmen. Dieser hatte seine beiden Brüder Jaromir und Udalrich kurz nach dem Tod ihres Vaters aus Prag vertrieben, von wo aus sie nach Regensburg geflohen waren. Dort stand die Familie jetzt unter dem Schutz des Königs. Als Ausdruck des Dankes, aber auch aus Ergebenheit gegenüber Heinrich hatte Udalrich seinen ältesten Sohn an die Domschule in Bamberg geschickt. Ein Hintergedanke war natürlich auch, dass durch die Anwesenheit eines Familienmitglieds in der wichtigsten Pfalz des Königs das Anliegen der beiden Brüder nicht in Vergessenheit geriet.

Bretislav schaute Jan unvermindert an und wartete auf eine Antwort.

„Ich komme eigentlich aus Klatovy", sagte er schließlich auf Slawisch.

Bretislav schmunzelte.

„Habe ich es mir doch gedacht", setzte er das Gespräch auf Slawisch fort, „die anderen mögen deinen Akzent im Deutschen nicht wahrnehmen, für mich klang er dagegen sehr vertraut!"

„Es war nicht meine Idee, das zu verheimlichen", entschuldigte sich Jan ungefragt, „aber Pater Ludovicus hatte mich mit Niederaltaich vorgestellt. Ich weiß auch nicht, warum er das gemacht hat."

„Ich schon und ich kann dir nur raten, es auch weiterhin für dich zu behalten!"

Verwundert blickte Jan den Herzogssohn an.

„Weißt du, die germanischen Stämme haben noch immer eine schlechte Meinung von uns Slawen. Bis vor wenigen Jahren waren wir ihre Feinde, vor fünfzig Jahren erst haben sie die Gefahr der Magyareneinfälle gebannt, aber die Furcht vor den Völkern aus dem Osten haben sie deshalb nicht verloren. Vielmehr ist daraus eine Abneigung, manchmal sogar Hass geworden. Seit damals ist viel Zeit vergangen und Völker wie die Böhmen haben sich mehr und mehr angepasst. Jetzt sind wir Verbündete, aber in einem ungleichen Verhältnis. Sie benehmen sich wie Sieger, denen wir zu gehorchen haben."

„Aber wir profitieren doch auch davon", wandte Jan ein. „In Klatovy leben die meisten Menschen in irgendeiner Weise vom Salzhandel."

„Da magst du recht haben", stimmte ihm Bretislav zu, „aber trotzdem wirst du die Abneigung spüren, sollten die anderen erfahren, dass du auch ein Böhme bist!" Dann wechselte er wieder in die deutsche Sprache. „Jetzt genieß lieber noch den schönen Ausblick, bevor Pater Marcus uns wieder mit dem kanonischen Recht foltert!"

Bretislav plötzlicher Sprachwechsel hatte einen guten Grund, denn als sich Jan nun umdrehte, stand nur eine Armeslänge von ihm entfernt Siegfried, ein sechzehnjähriger Sachse mit blondem Haar und kräftigen Schultern. In seinen blauen Augen, die eng aneinander über der mit Sommersprossen übersäten Nase lagen, verbanden sich Schlauheit und List zu einem kecken Blick. Er war der Sohn von Bernhard, dem einflussreichen Herzog der Billunger, was man sowohl an seiner Kleidung, als auch an seinem Benehmen erkennen konnte. Er war es von Kindesbeinen an gewöhnt, zu befehlen, weshalb er auch hier in der Schule gerne den Ton angab. Um seinem Willen mehr Gewicht zu verschaffen, hielt er sich mit großzügigen Geschenken andere Schüler bei Laune, die dann grundsätzlich auf seiner Seite standen. Von einem der anderen Mitschüler hatte Jan bereits erfahren, dass auch Siegfrieds Vater seinen Einfluss nicht nur mit legalen Mitteln erreicht hatte.

„Wollte nur einmal sehen, was ihr so heimlich besprecht", sagte er, als ihn Jan ansah.

„Wir reden nur über belanglose Dinge", antwortete Jan in gelangweiltem Ton.

„Hoffentlich ist es nicht mehr", warnte Siegfried, während er gleichzeitig freundschaftlich seinen Arm auf Jans Schultern legte, so dass Jan keine andere Wahl blieb, als mit ihm mitzugehen, denn Siegfried drehte sich von Bretislav weg und ging mit Jan im Arm zu seinem Pult. Hilflos drehte sich Jan noch nach Bretislav um, aber den schien die ganze Szene nicht im Geringsten zu stören, denn er hatte sich schon wieder aus dem Fenster gelehnt, um die Landschaft zu betrachten. Allerdings wusste Jan nicht, dass Bretislav sich deshalb aus dem Fenster lehnte, um seinen Groll gegen Siegfried zu verbergen.

„Weißt du", fuhr Siegfried fort, als sie weit genug von Bretislav entfernt waren, „ich mache mir Sorgen um deinen Umgang. Wie soll jemals ein feiner Herr aus dir werden, wenn du dauernd mit diesem Barbaren zusammen bist?"

„Er ist immerhin der älteste Sohn aus einem Herzogsgeschlecht", protestierte Jan.

„Das heißt noch lange nicht, dass er sich auch zu benehmen weiß", antwortete Siegfried abschätzig. „Vor allem ist er ein Slawe."

„Ist das schlimm?" Jan spürte, wie er innerlich vor Wut kochte. Aber anstatt diesem Gefühl nachzugeben, zwang sich Jan, Ruhe zu bewahren.

„Da fragst du noch", rief Siegfried in übertriebener Verwunderung aus, „einem Slawen ist alles zuzutrauen. Ich wäre nicht erstaunt, wenn unser Herzogssohn noch zu Odin betet und Kinder verspeist!"

Mit aller Kraft musste sich Jan selbst daran hindern, seinem Gegenüber nicht ins Gesicht zu schlagen. Auch ohne Jans Mithilfe bekam Siegfried seine gerechte Strafe, denn als er den letzten Satz gesprochen hatte, hatte Pater Marcus bereits den Raum betreten. Spätestens als niemand auf seinen Ausspruch hin lachte, wusste Siegfried, dass etwas nicht in Ordnung war. Er drehte sich um und sein Blick blieb erschrocken auf Pater Marcus gerichtet, der trotz seiner Leibesfülle mit wenigen Schritten bei ihm war und ihm eine derartige Ohrfeige verpasste, dass Siegfried auf den Stuhl hinter sich sank.

Eilends begaben sich alle anderen Schüler an ihre Plätze, um keinen Unmut auf sich zu ziehen. Aber dafür bestand gar keine Gefahr, denn der Rest der Stunde verging, indem Pater Marcus Siegfrieds Wissen im kanonischen Recht prüfte, was der spontanen Abfrage nicht standhalten konnte. Jan konnte nicht umhin, eine gewisse Schadenfreude und Genugtuung zu empfinden, gleichzeitig er schämte sich, nicht zu seiner Herkunft gestanden zu haben.

***

Der warme Wind ließ die saftig grünen Blätter tanzen, das Rauschen der Bäche bildete die Musik dazu und ein Specht trommelte in einiger Entfernung im Takt dazu. Vladja liebte diese Jahreszeit, den Übergang vom Frühling zum Sommer, wenn die ganze Natur auch hier oben in den Bergen endgültig ihren Wintermantel abgelegt hatte. Mit seinem Saumzug war er wieder einmal auf dem Weg von Deggendorf zurück nach Klatovy. Sie waren zu zehnt, dazu noch sechs Soldaten als Comeatus. Während die Soldaten die verminderten Raubüberfälle gänzlich auf ihre eigene Präsenz zurückführten, kannte Vladja den eigentlichen Grund: Die Saumzüge, die für Miloš unterwegs waren, trugen ein bestimmtes Zeichen an den Salzsäcken, damit die Räuber diese nicht überfielen.

Auf diese Weise waren die Säumer sicher, aber sie hatten dafür mit ihrer Freiheit bezahlt, denn sie wurden wie Bedienstete von Miloš ausgezahlt, der alle Einträge aus dem Salzhandel einbehielt.

Zuerst hatte Vladja noch die Hoffnung gehegt, dass die schlechten Preise und die vielen Überfälle dazu führen würden, dass in Deggendorf kein Salz mehr gehandelt werden würde und Miloš so in die Knie gezwungen werden könnte. Aber er musste erkennen, dass Miloš weitsichtiger war, als er angenommen hatte. Nachdem sich Miloš alle Säumer gefügig gemacht hatte, bot er den Händlern in Deggendorf günstige Preise für große Mengen, wodurch den Händlern eine sichere Zukunft beschieden war. Die geringeren Einnahmen glich Miloš durch geringere Löhne an die Säumer aus. Auf diese Weise hatte der Salzhandel sogar zugenommen, statt zu sinken.

Aber es war nicht nur diese Einsicht, die Vladja alle Hoffnung auf eine Besserung raubte. Seit einem halben Jahr hatte er nichts mehr von Jan gehört. Immerhin hatte er in Deggendorf erfahren, dass Jan die Flucht nach Niederaltaich überlebt hatte, aber seitdem wusste niemand mehr etwas von seinem Verbleib. Irgendwann sah Vladja ein, dass er vergeblich hoffte und natürlich konnte er nachvollziehen, dass Jan nicht mehr zurückkehren wollte. Miloš hatte endgültig gewonnen.

Ein weiterer Grund, weshalb Vladja beschlossen hatte, sich dem Schicksal zu ergeben, waren die Erzählungen über ein geheimes Treffen von Säumern und Händlern, welches auf Milošs Geheiß von den Räubern überfallen worden war und jeder der Anwesenden getötet worden war. Zuerst hatte Vladja den Geschichten keinen Glauben. Vor drei Wochen aber hatte es nachts an seiner Tür geklopft.

Das Schlimmste befürchtend und weil draußen kein Fackelschein zu sehen war, hatte er mit dem Schwert in der Hand die Tür seiner Hütte einen Spalt weit geöffnet. Seit man sein altes Haus angezündet hatte, misstraute Vladja jedem, der sich seiner Hütte näherte.

Die zierliche Person in der Dunkelheit war beim Anblick der Waffe zurückgeschreckt.

„Entschuldigung, aber man kann nie wissen wer so spät nachts klopft", stammelte Vladja, nachdem er die Frauengestalt erkannt hatte. Während er das Schwert verlegen hinter seinem Rücken versteckte, lud er sie ein, in die Hütte einzutreten.

„Komm herein, Božena", sprach er die Frau Mareks an, die sofort in die erleuchtete Stube trat und erst dort ihre Kapuze vom Kopf zog.

Immer noch überrascht über den ungewöhnlichen Besuch, blieb Vladja an der Tür stehen. „Vladja, was ist denn los", fragte ängstlich seine Frau aus der kleinen Schlafkammer neben der Stube.

Vladja wollte gerade reden, als Božena ihm mit einem Finger auf dem Mund verständlich machte, dass er sie nicht erwähnen sollte.

„Mach dir keine Sorgen, Lenka", log er deshalb seine Frau an, „es ist nur Miroslav, der hier übernachten will!"

„Ach so", kam es aus der Kammer zurück und dann raschelte das Stroh, als Lenka sich im Bett umdrehte.

Božena nickte ihm dankbar zu. Jetzt setzte sich Vladja zu ihr auf die Bank, von wo aus er die Glut in der Feuerstelle zu einem kleinen Feuer entfachte, das er mit neuen Holzscheiten schürte. Das gab ihnen nicht nur Wärme, sondern das Prasseln und Knacken übertönte auch ihre Stimmen, als sie nun zu flüstern begannen.

„Was führt dich denn zu mir?", wollte Vladja wissen, obwohl er schon eine vage Vorstellung hatte.

„Ich muss unbedingt mit Jan sprechen! Weißt du, wo er sich zurzeit aufhält?", flüsterte sie hastig.

„Das ist nicht so einfach", begann Vladja und kratzte sich dabei nachdenklich den Nacken.

„Wo ist er jetzt", drängte sie.

„Das ist es ja. Ich weiß nur, dass er noch lebt, aber nicht, wo er lebt."

„Du lügst mich an!"

„Nein, ganz sicher nicht. Aus welchen Grund sollte ich lügen?"

Vladja machte eine Pause, um dem Gespräch die Schärfe zu nehmen. Einerseits bemitleidete er Božena wegen ihres Loses an Mareks Seite, aber andererseits hatte sie auch eine Mitschuld an der Flucht Jans.

„Ich werde dir sagen, was ich weiß. Ob du es mir glaubst oder nicht, das ist dann dein Problem."

„Sei nicht gleich eingeschnappt. Ich werde dir glauben."

„Also, Jan ist nach Niederaltaich ins Kloster geflüchtet, wo er den Winter über geblieben ist. Anscheinend hat er dort eine Arbeit gefunden und sich sogar sehr gut mit dem Abt verstanden. Das hat man mir in Deggendorf erzählt. Aber seit Ostern hat niemand mehr etwas von ihm gehört, geschweige denn ihn gesehen. Ich denke deshalb, dass er der Šumava für ewig den Rücken gekehrt hat, was man ihm auch nicht verübeln kann."

Wieder herrschte kurz Ruhe.

„Ich würde das auch machen, wenn ich könnte", fügte Vladja dann gedankenversunken hinzu.

„Mich hält hier auch nichts", pflichtete ihm Božena bei, worauf er sie überrascht ansah, „aber ich bin nun einmal gebunden."

„Warum willst du denn plötzlich wieder etwas von Jan wissen", bohrte er nun wieder neugierig, „ich glaube nicht, dass er noch an einer Liebschaft mit dir interessiert ist!"

„Darum geht es ja auch nicht", beteuerte sie nachdrücklich, „ich habe nur schlimme Dinge erfahren, die es mir unmöglich machen, länger vor mich hin zu leben und meine Augen vor der Realität zu verschließen."

„Schlimme Dinge?"

„Ja. Versprich mir, dass du niemanden etwas davon erzählst!"

Božena hatte nicht vorgehabt, Vladja davon zu erzählen, aber jetzt war sie froh, endlich mit jemanden darüber zu sprechen.

„Ich verspreche es", flüsterte Vladja und hob die Hand zum Schwur.

„Erinnerst du dich noch, als die Nachricht vom Tod meines Vaters kam", begann sie leise zu erzählen. Er nickte.

„Es hieß, er sei auf dem Weg von Pilsen her überfallen worden. Miloš hatte seine Leiche gefunden."

Vladja konnte sich gut erinnern. Wratislav war einer der angesehensten Händler gewesen, besonders nach der Hochzeit seiner Tochter mit Marek.

„Er ist aber gar nicht dort getötet worden", fuhr Božena nun fort, „sondern in der Šumava! In der gleichen Nacht damals war auch Marek nicht zu Hause gewesen. Er kam erst am nächsten Tag zurück. Seit damals ist er mal jähzornig, mal ängstlich. Vor kurzem habe ich ein Gespräch zwischen ihm und Miloš belauscht. Plötzlich fing Marek an zu heulen und stammelte etwas von meinem Vater Wratislav. Darauf schrie ihn Miloš an, dass der sie hintergangen hatte und den Tod verdient gehabt hatte. Schließlich hätte Marek es mit eigenen Augen gesehen, als das Treffen damals in der Šumava stattgefunden hatte."

Božena schluckte schwer, sie hatte Schwierigkeiten, ruhig und flüssig zu sprechen.

„Marek war dabei, als sie meinen Vater getötet haben!"

Dabei sah sie Vladja direkt in die Augen und Tränen flossen ihr über die Wangen. Der Säumer saß ihr hilflos gegenüber. Božena konnte nun ihre Gefühle nicht länger zurückhalten und weinte kraftlos.

„Es tut mir leid", versuchte Vladja sie zu trösten, aber sie reagierte nicht. All die versteckte Verzweiflung, aber auch die Enttäuschung, dass ihre Hoffnung, Jan zu finden, vergeblich war, raubten ihr den letzten Willen.

„Ich hatte so auf Jan gehofft", wisperte sie leise.

„Dann habe dich jetzt wohl sehr enttäuscht", bemerkte Vladja, dem die Situation reichlich unangenehm war. Anstatt zu antworten, fing Božena wieder an zu weinen. Da fasste Vladja vorsichtig ihre Hand.

„Man könnte es natürlich noch einmal versuchen."

„Wie meinst du das", fragte Božena ungläubig und wischte sich die Tränen aus dem Gesicht.

„Du kannst doch schreiben, nicht wahr?"

„Ich kann es nicht besonders gut, aber ich kann es versuchen."

„Schreib einen Brief an Jan und erzähl ihm von den Vorfällen. Ich werde den Brief dann nach Niederaltaich bringen, von wo aus man ihn zu Jan weiterleiten soll."

„Was ist, wenn Marek dich dabei erwischt?", fragte Božena zweifelnd.

„Das lass meine Sorge sein. Meinetwegen kannst du unter den Brief meinen Namen statt deinem schreiben, damit im kein Verdacht auf dich fällt, wenn man ihn bei mir finden sollte."

Die ehrliche Entschlossenheit des Säumers überzeugte Božena.

„Nein, ich werde meinen Namen unter den Brief setzten. Dann tragen wir beide einen Teil des Risikos, das macht es leichter."

Dabei schmunzelte sie zum ersten Mal, worauf Vladja glücklich zurück lächelte.

***

Die ganze Stadt war auf den Beinen gewesen, kaum dass der Reiter die Nachricht dem Kastellan überbracht hatte. König Heinrich II. sollte in einer Woche nach Bamberg kommen. Seit mehr als einem Jahr war der König nicht mehr in seiner Lieblingspfalz gewesen, weil er nach seiner Krönung zuerst das gesamte Reich bereist hatte, um seinen Machtanspruch zu unterstreichen. Bamberg war diesmal auch nur eine Station seines Kirchenumritts, der seinen Abschluss in Regensburg haben sollte.

Trotzdem war auch der kurze Besuch für die gesamte Stadt eine frohe Nachricht, bedeutete doch der Aufenthalt des Königs mit seinem großen Gefolge ein besonderes Zusatzgeschäft für alle Handwerker und Wirtshäuser. Es wurden alle nur erdenklichen Anstrengungen unternommen, um dem König die Stadt in einem möglichst schönen Zustand vorzuführen. Die Straßen wurden von Kot und Abfällen gereinigt, die Häuser wurden mit bunten Tüchern geschmückt und die Fischer brachten etwas Ordnung in das Wirrwarr ihrer Boote und Netze.

In der Domschule spürten die Schüler nicht viel von dem geschäftigen Treiben, denn Pater Ludovicus war von der Art seiner Führung so überzeugt, dass er keinen Grund für künstliche Verbesserungen sah. Darin stimmten ihm auch alle Schüler zu, und wenn es nur aus Angst vor weiteren Exerzitien war. Es war Mitte Juni und der warme Westwind kündigte den Sommer an.

Wie alle anderen auch war Jan froh, wenn die letzte Unterrichtsstunde beendet war und man auf dem Innenhof die lauen Abendstunden bei Wettkämpfen und Spielen verbringen konnte. Durch den Altersunterschied und seine von Jugend her an harte Arbeit gewöhnten Muskeln war er seinen Mitschülern in Ringkampf und Wettlauf bei weitem überlegen. Dafür trug er regelmäßig blaue Flecken und Schrammen davon, wenn es an die Waffenübungen ging. Obwohl er im letzten halben Jahr große Fortschritte gemacht hatte, war er mit Schwert und Lanze immer noch viel zu langsam, um gegen seine Mitschüler zu bestehen, die schon seit ihrem sechsten Lebensjahr Waffenunterricht gehabt hatten. Zu den körperlichen Blessuren kam die offene Abneigung seiner Mitschüler, die ihn wie ein schwarzes Schaf unter vielen weißen Schafen betrachteten, da er nicht von adeliger Abstammung war. Zu Jans großem Bedauern wurde der Bogen nicht als anständige Waffe betrachtet, weshalb er seine Künste noch nie hatte unter Beweis stellen können.

Aber heute war niemand auch nur zu einem kleinen Wettlauf zu bewegen, denn alle hatten sich einen Platz an einem der großen Bibliotheksfenster zur Stadt hin gesichert. Den Tag über hatte man vergebens auf das Eintreffen des Königs gewartet. Man konnte die Spannung förmlich greifen, die über der ganzen Stadt lag. An der Brücke über die

Regnitz hatten sich die Äbte von St. Stephan und St. Michael zusammen mit den wichtigsten Personen der Siedlung versammelt, um dem König ihre Referenz zu erweisen.

Als Vorrecht der Ältesten hatten sich Jan und Bretislav einen besonders guten Aussichtsplatz ergattert, von dem aus sie weit in das Regnitztal einsehen konnten. Entgegen allen Warnungen hatte sich Jan mit Bretislav sehr gut angefreundet, ohne dass seine böhmische Herkunft erkannt worden war. Die anderen Schüler erklärten sich die Freundschaft vor allem mit dem ähnlichen Alter, was Jan nur recht war.

„Meinst du, der kommt heute noch", fragte Jan ungeduldig, während er den Horizont nach einem Zeichen absuchte.

„Er ist sicher pünktlich", antwortete Bretislav gelassen.

Jan sah seinen Freund mit gerunzelter Stirn an. „Was soll denn das nun wieder heißen?"

„Nun, ein König ist immer pünktlich!"

Jan brauchte einige Zeit, bis er den Sinn verstanden hatte, aber dann schmunzelte er.

„Du und dein Humor!"

Plötzlich brachte ein Aufschrei am nächsten Fenster Aufregung in die wartende Schülerschar.

„Seht mal da hinten", rief einer der jüngeren Schüler, während er mit seinem Finger den Fluß abwärts deutete.

Jan folgte dem Finger und wirklich, am Horizont konnte man einen bunten Reisezug erkennen, der sich am Ufer entlang schlängelte. Zwischen den bunten Fahnen blitzten die Kettenhemden in der untergehenden Sonne.

„Wie viele Ritter hat König Heinrich denn in seinem Gefolge?", fragte Jan bei dem imposanten Anblick.

„Das kann ganz unterschiedlich sein", gab Bretislav Auskunft, „aber es sind sicherlich nie weniger als fünfzig Ritter."

Bretislav hatte sich daran gewöhnt, Jan in die Gepflogenheiten des höfischen Lebens und die Regeln des Königtums einzuweisen, denn auf diesem Gebiet hatte er in Niederaltaich nichts gelernt.

Der Zug näherte sich langsam der Regnitzbrücke, wo man inzwischen vom Eintreffen des Königs unterrichtet worden war. Nervöse Hektik brach aus, bis dort jeder seiner Stellung entsprechend seinen Platz gefunden hatte.

Jan bewunderte den langen Zug, aus dem der König schon von weitem hervorstach. Heinrich II. hatte einen prächtigen purpurroten Mantel umgelegt, der noch weit über den Rumpf seines Schimmels reichte. Hinter ihm folgte ein von zwei Pferden gezogener Reisewagen, dessen Kammer trotz der Unebenheiten des Weges kaum schaukelte.

„Die Kammer ist an Lederriemen aufgehängt, von denen die schlimmsten Schläge abgefangen werden", erklärte Bretislav, als Jan ihn darauf aufmerksam machte.

Jetzt erreichten die ersten Reiter die Brücke und das vielfache Hufgeklapper wurde wie ein Trommelwirbel zur Domschule getragen.

Der Zug bewegte sich ohne Halt, bis Heinrich die Abordnung der Stadt am anderen Ende der Brücke erreicht hatte. Dort bekreuzigte er sich, als die beiden Äbte ihn begrüßten, während er dem Stadtvertreter nur knapp zunickte. Die drei Männer folgten Heinrich zu Fuß hinauf zur Dombaustelle und der Pfalz, wo sich auf dem Vorplatz aus dem geordneten Zug ein scheinbar heilloses Durcheinander entwickelte.

Jan kniff seine Augen zusammen, um den König besser sehen zu können. Dessen Gesicht wurde eingerahmt von einem wohlgepflegten Bart. Seine Augen strahlten eine Ruhe und Ernsthaftigkeit aus, wie sie nur einem König zustanden.

Mit wenigen Gesten gab er schon auf dem Weg zur Pfalz weitere Anweisungen an seine Berater, die wie ein Mückenschwarm aufgeregt um ihn herum schwirrten.

Kaum war Heinrich in dem Prachtbau verschwunden, wandten sich die Blicke aller Schüler zu dem Reisewagen, vor welchen ein junger Knappe gerade eine dreistufige Treppe gestellt und die Tür geöffnet hatte. Nun reichte er seine Hand der fein gekleideten Dame, die aus dem Wagen ausstieg.

„Das muss Kunigunde sein, Heinrichs Gemahlin", sagte Bretislav bewundernd.

„Danke, aber das hätte ich auch selbst erkannt", stieß ihn Jan in die Seite, „und jetzt kannst du deinen Mund wieder zu machen!"

Bretislav schaute ihn mit unschuldigem Blick an, musste dann aber grinsen.

Nachdem die Hauptpersonen im Gebäude verschwunden waren, löste sich auch die Zuschauermenge in den Bibliotheksfenstern der Domschule auf. Nur Jan blieb noch eine lange Zeit am Fenster und sah den Bediensteten zu, wie sie die Kisten von den Karren luden und die Pferde versorgten.

Ihn überkam die Sehnsucht nach der Šumava und dem Säumerleben. Er vermisste die Arbeit mit den Pferden, denn seit Niederaltaich hatte er kein Pferd mehr am Zügel geführt, geschweige denn geritten. Auch trauerte er der Zeit nach, als er sein eigener Herr war, ohne auf die Anweisungen eines Pater Ludovicus hören zu müssen.

Seit dem Einzug des Königs waren schon ein paar Tage vergangen, aber in der Stadt gab es noch immer kein anderes Thema. Mal wurde über die Anzahl der Ritter diskutiert, dann über die Bedeutung der einzelnen Wappen oder der König selbst war der Grund der bürgerlichen Sorgen.

Auch in der Domschule gab es nur ein Thema, aber es war nicht der Einzug des Königs mit seinem Gefolge, sondern man sprach nur über sie, ein Mädchen aus dem Gefolge des Königs. Einmal hatte man sie auf dem Domplatz gesehen, dann sollte sie über den Markt spaziert sein. Jedes Mal wurde ihre unvergleichliche Schönheit gerühmt. Sie war schlichtweg der Schwarm aller Domschüler, der engelsgleich dem einen oder anderen erschien. Gestern war einer der jüngeren Schüler mit ihr vor dem Kloster St. Michael zusammengestoßen, ein anderer hatte sie bei der Beichte im Dom gesehen, während ein dritter sie mit großer Bestimmtheit am Ufer der Regnitz gesehen hatte und dies alles innerhalb der zwei Stunden Ausgang am Nachmittag! Fügte man alle Geschichten zusammen, so mussten die zwei Stunden so lang wie ein Tag gewesen sein, damit sie an all den Orten gewesen sein konnte, wo sie angeblich entdeckt worden war.

Bei den täglichen Waffenübungen wurde sie stets als Preis ausgeschrieben, was die Schüler mit verstärktem Eifer an die Sache gehen ließ, sehr zur Verwunderung des ahnungslosen Waffenlehrers. Trotz aller Begegnungen und Neugier hatte aber noch niemand herausgefunden, welchen Namen das verehrte Mädchen trug. Zwar wussten alle, dass sie eine der Hofdamen der Königin war, aber weder ihre Herkunft noch ihr Name waren innerhalb der Domschule bekannt.

Das änderte sich, als Siegfried behauptete, beides zu kennen. Jede freie Minute war er umlagert von einem halben Dutzend, die ihm die unterschiedlichsten Angebote machten, nur um ihren Namen zu erfahren. Siegfried genoß den Trubel um ihn herum sichtlich, aber sein Wissen gab er nicht preis, vielmehr zögerte er den Zeitpunkt immer wieder hinaus, wann er ihren Namen denen, die genug bezahlt hatten, sagen wollte, gleichzeitig aber strich er die Bezahlungen in Form von Hausarbeiten, zu verrichtenden Diensten und manchmal sogar Geld im Voraus ein.

Jan und Bretislav beteiligten sich nicht an der Versteigerung, denn Bretislav war sich schon bald sicher, dass Siegfried den anderen etwas vorschwindelte. Aber so sehr sie auch versuchten, die anderen Mitschüler zu überzeugen, siegte meistens die Neugier über die Vernunft, wodurch letztendlich Siegfried fast alle auf seiner Seite hatte.

Es war die letzte Waffenübung der Woche, als der Streit offen zu Tage trat.

„Freunde", verkündete Siegfried, während er sein Übungsschwert in den Sammelbehälter steckte, „morgen nachmittag werde ich am Fluss sein. Jeder, der ihren Namen wissen will und etwas dafür bezahlt hat, der darf kommen."

„Das wird eine böse Überraschung geben", behauptete Jan trocken, der zufällig neben ihm stand.

„Was willst du damit sagen", fuhr Siegfried zornig auf.

„Ich will damit sagen", entgegnete Jan gelassen, „dass du ihren Namen nicht weißt und alle anderen hier nur über den Tisch ziehen willst!"

Siegfried kniff die Augen zusammen und ging einen Schritt auf Jan zu.

„Ich weiß zwar immer noch nicht, wie und warum du eigentlich hier in dieser Schule bist, aber es gibt dir nicht das Recht, einen Adligen der Lüge zu beschuldigen!"

Die anderen Schüler hatten bald einen Kreis um die beiden Streithähne gebildet.

„Ich lege keinen Wert auf deine Stellung, die dich anscheinend nicht vor einer solch niederträchtigen Tat schützt", erwiderte Jan, jederzeit mit einem Faustschlag Siegfrieds rechnend. Wütend spuckte der zu Boden.

„Du brauchst nicht glauben, dass du mich ungestraft beleidigen kannst! Los, hier liegen genug Waffen herum. Ich laß dir die Wahl!"

Ein Raunen ging durch den Zuschauerkreis, während Jan müde lächelte. Auch wenn er in dem letzten halben Jahr viel über die Waffenführung gelernt hatte, so war er Siegfried noch immer in jeder Hinsicht unterlegen.

„Wir befinden uns hier auf einem Kirchengrund", erklärte er deshalb, „weshalb hier kein Kampf stattfinden darf. Aber ich werde mich nicht vor dir verstecken. Vielmehr schlage ich ein Wettschießen mit dem Bogen vor."

„Was", rief Siegfried entrüstet auf, „ich soll mich mit dir in einer Bauernwaffe messen? Niemals!"

„Einen Augenblick", schaltete sich jetzt Bretislav ein, „du hast ihn aufgefordert, eine Waffe zu wählen, was er auch getan hat. Jetzt sei ein Mann und steh zu deinem Wort."

Rundherum war ein zustimmendes Gemurmel zu hören, was Siegfried davon abhielt weiter zu protestieren. Widerwillig stimmte er ein.

Bretislav übernahm die Aufgabe, die Vorbereitungen für den Wettkampf zu überwachen. Die Scheiben wurden auf der Stallseite des Innenhofes in fünfzig Schritt Entfernung aufgestellt. Die beiden Schützen stellten sich nebeneinander auf.

Als Herausforderer musste Siegfried zuerst schießen. Nach kurzer Beobachtung war Jan klar, dass sein Kontrahent zwar nicht besonders froh über die Waffenwahl gewesen war, aber sehr wohl verstand, mit einem Bogen umzugehen. Schnell legte er den Pfeil ein und atmete einige Male tief durch, bevor er den Arm zum Schuss ausstreckte. Wegen der Kraftanstrengung, die nötig war, um den Bogen gut zu spannen, bildeten sich leichte Schweißperlen auf seiner Stirn. Es herrschte völlige Ruhe, als der Pfeil schließlich aus der Sehne schnellte. Der Schuß traf den geschwärzten Mittelkreis der Scheibe fast im Zentrum.

Anerkennend lobten die anderen Siegfried, der sich zufrieden an Jan wandte.

„Jetzt bist du dran."

Jan nickte und blickte ihn dann herausfordernd an.

„Bevor ich schieße", schlug er vor, „sollten wir noch einen kleinen Preis ausschreiben. Wenn ich es nicht schaffe, deinen Schuß zu übertreffen, dann werde ich in der nächsten Woche alle deine Dienste übernehmen. Sollte ich aber gewinnen, dann musst du auf der Stelle ihren Namen nennen."

Siegfried zögerte, sah noch einmal seinen Treffer, der ihn anscheinend sehr zufrieden stimmte, denn mit einem süffisanten Lächeln stimmte er zu:

„Nimm dir für nächste Woche am besten nichts vor, Jan!"

Der hatte sich schon der Scheibe zugewandt, den Pfeil in den Bogen gespannt und konzentrierte sich. Es war keine große Schwierigkeit, den Schuss zu übertreffen, aber er durfte es nicht auf die leichte Schulter nehmen, schließlich wollte er sich nicht blamieren. Er atmete noch einmal tief ein, dann zielte er. Mit einem Surren zischte der Pfeil durch die Luft und bohrte sich in der Mitte der Scheibe ein.

„Jan hat gewonnen", entschied Bretislav, der die beiden Scheiben mit zwei weiteren Schülern überprüft hatte.

Zufrieden drehte sich Jan zu Siegfried um, der auf einmal bleich im Gesicht wurde. Immer wieder starrte er ungläubig auf die beiden Scheiben.

„Nun, wir sind alle gespannt, was du uns zu sagen hast", forderte Jan ihn auf, sein Geheimnis zu lüften.

„Das zahle ich dir heim", zischte Siegfried wütend, bevor er sich mit einer überraschenden Bewegung aus der Gruppe löste und sich vor den wütenden Mitschülern in den Haupteingang rettete.

Jan und Bretislav blieben zu zweit im Innenhof zurück.

„Sag mal", fragte Bretislav nach einiger Zeit, „warst du schon mal in Prag?"

„Ja, aber das ist lange her. Habe ich dir noch nie davon erzählt?", wunderte sich Jan.

„Wann war das?"

„Lass mich überlegen", dachte Jan nach und schnalzte schließlich mit der Zunge, „das ist schon knapp zehn Jahre her. Warum fragst du mich überhaupt?"

Aber Bretislav antwortete nicht sofort, stattdessen starrte er Jan mit zusammengekniffenen Augen an, während seine Gedanken weit weg wanderten.

„Das passt", rief er plötzlich aus und machte einen Begeisterungssprung von dem Fenstersims, auf dem sie gesessen hatten.

„Du magst mich jetzt für verrückt halten, aber wir haben uns damals schon getroffen", klärte er den verdutzten Jan auf.

„Du bist verrückt", bestätigte der ihm ungläubig.

„Na gut. Warst du damals auf der Burg?"

Jan nickte.

„Hast du dort nicht einer Gruppe von Jungen beim Bogenschießen zugeschaut?"

Jan überlegte lange, bis es ihm schließlich wieder einfiel.

„Stimmt. Damals hat mich der Lehrer aufgefordert, auch einen Schuß abzugeben und ich habe mitten ins Schwarze getroffen", erinnerte sich jetzt Jan. „Wie hieß doch gleich der Lehrmeister?"

„Borivoj", antwortete Bretislav, „er hat uns noch wochenlang deinen Meisterschuss vorgehalten. ‚Stellt euch vor, euer Gegenüber ist Jan, dann könnt ihr auch nicht einfach vorbeischießen, denn der trifft euch beim ersten Schuß!' Du bist so zu unserem größten Feind geworden, der jeden Tag mindestens zehnmal getötet wurde. Als ich dich zum ersten Mal hier gesehen habe, musste ich gleich daran denken, schon allein wegen deines Namens, aber erst dein ausgezeichneter Schuss vorhin hat meinen Verdacht bestätigt. So gut schießen nicht viele Männer in Böhmen."

„Wenn ich mit dem Schwert so gut wäre wie du", entgegnete Jan, „dann würde ich mir um das Bogenschießen keine Gedanken machen!"

Bretislav lachte.

„Komm, gehen wir zum Essen. Ich habe keine Lust auf eine Strafe!"

Hassberge

Es war ein schöner Julitag. Über den Hausdächern von Bamberg flimmerte die Luft, daneben glänzte der Fluss silbern im grellen Sonnenlicht. Die Menschen verrichteten wenn möglich ihre Arbeit im Schatten und vermieden unnötige Wege. Deshalb glich Bamberg an diesem Nachmittag einer verlassenen Stadt, die wie ein aus Stein gehauenes Kunstwerk am Berghang lag.

Jan hatte sich einen kühlen Ort gesucht, auch wenn er heute Morgen noch ganz andere Ideen gehabt hatte. Schließlich war heute Samstag, der einzige freie Tag der Woche! Aber es war einfach zu heiß, um sich im Bogenschießen zu üben oder einen Erkundungsgang in der näheren Umgebung zu machen, die Jan inzwischen schon mehrfach durchwandert hatte. Besonders liebte er die Wälder, die ihn immer wieder an die heimische Šumava erinnerten. Seit Jan die Samstage in Bamberg nutze, um sein Heimweh zu beruhigen, zog er dazu immer sein altes Säumerwams und die Ledergamaschen an.

Um aber trotzdem nicht in den Mauern der Domschule zu bleiben, begab sich Jan in den Pfalzbereich und suchte dort den Pferdestall auf. Je länger er tagein tagaus in der Domschule theoretische Sachverhalte lernen musste, desto mehr vermisste er das Säumerleben und vor allem die Pferde. Deshalb stahl er sich, so oft er konnte, in den Stall der Pfalz, wo die mächtigen Schlachtrösser der Ritter standen.

Der strenge Geruch nach Pferdemist störte ihn nicht, dafür genoss er umso mehr die kühle Luft und den leichten Wind, der durch den flachen Holzbau zog. Zufrieden machte er es sich auf einem Heuhaufen in einer leeren Box gemütlich. Während er dem gleichmütigen Schnaufen der Pferde zuhörte, dämmerte er entspannt vor sich hin.

„Hallo, ist hier jemand", hörte er plötzlich eine Frauenstimme in den Stall rufen.

Schnell sprang er auf, zupfte sich einige Strohhalme aus seinem Wams und lief auf den Mittelgang. Als er die Frauengestalt im Eingang erkannte, blieb er wie angewurzelt stehen. Es war niemand anders als sie.

Sie trug, der neuesten Mode entsprechend, ein eng geschnittenes Kleid, das bis zum Boden reichte. Von dem hellblauen, feinen Stoff des Kleides setzte sich der weiße Kragen ab, der trotz des warmen Wetters hochgeschlossen war. Dazu waren ihre Haare züchtig unter einer Haube versteckt, von der ein seidener Schleier über die Schultern herabfiel.

Sie schien Jans Überraschung weniger auf ihre Person zurückzuführen, sondern auf ihr überraschendes Erscheinen.

„Entschuldige, wenn ich dich in deinem kleinen Mittagsschlummer geweckt habe", wies sie ihn deshalb zurecht.

Sie musste ihn für den Stallburschen halten! Sein Säumerwams weiß ihn nicht gerade als Domschüler aus und die abgetragenen Ledergamaschen verdeckten die feinen Lederschuhe. Jan beschloß, die Rolle des Stallburschen zu spielen, zumal er dann mit ihr reden konnte!

„Verzeiht", murmelte er unterwürfig, um sein Schuldbewußtsein zu zeigen, „euer Kommen war mir nicht angekündigt worden!" Wie wahr, dachte er bei sich.

„Ich wusste bis vor einigen Minuten auch nicht, dass ich jetzt hier sein werde", versuchte sie ihn zu beruhigen und schickte ihrer Erklärung ein Lächeln hinterher.

Das Lächeln machte ihr Gesicht noch schöner, als es schon war. Ihre Augen wurden von feinen Lachfalten umspielt, auf den Wangen färbte sich die bleiche Haut rötlich und in den Mundwinkeln bildeten sich kleine Grübchen. Dabei leuchteten ihre blauen Augen freundlich. Jan war von dem schönen Anblick so verzaubert, dass er sie schamlos anstarrte.

„Jetzt ist aber der Verwunderung genug", entschied sie betont, wobei er einen vorwurfsvollen Blick erntete. „Ich möchte nämlich gerne noch heute ausreiten", fuhr sie fort, während sie auf Jan zuging.

„Bei der Hitze", wunderte sich Jan überrascht, biss sich aber gleich verärgert auf die Lippen.

„Noch mehr Widerworte", entgegnete sie warnend, „und ich lasse deinen Meister rufen."

„Nein, das ist nicht nötig. Welches Pferd wollt ihr reiten?"

„Fabienne, wie immer."

„Ach ja", druckste Jan herum, „die viele Sonne verbrennt einem das Hirn!"

Eilig lief er den Gang zwischen den Pferden entlang, aber er konnte keine Namensschilder entdecken. Er wollte sich gerade umdrehen, um seine Unwissenheit zu bekennen, als sie ihn von hinten dirigierte.

„Halt", rief sie durch den ganzen Stall, „Wo rennst du denn hin? Du wärst beinahe an ihr vorbeigelaufen!"

Blitzschnell drehte sich Jan um und begutachtete die Pferde, an denen er gerade vorbeigelaufen war. Erleichtert atmete er auf. Zu seiner Rechten standen zwei schwere Schlachtrösser, die niemals von einer Frau geritten wurden und zur Linken stand ein einzelnes Pferd, eine fuchsbraune Stute, die etwas größer war als ein Saumpferd.

„Ihr habt recht", rief Jan mit einem aufgesetzten Lachen zurück.

Bisher spielte er seine Rolle gut, fand er. Er ging einmal um das Pferd herum und betrachtete es kennerhaft. Dann nahm er eine Handvoll frisches Stroh von der Seite und säuberte damit das Fell. Sie kam inzwischen den Gang hinauf, um ihn bei seiner Arbeit zu beobachten. Anscheinend war sie nicht so von ihm überzeugt, wie er selbst. Schließlich nahm er die Trense, die an der Wand hing und zäumte das Pferd auf. Als er wieder zur Wand ging, um den Sattel zu holen, fiel ihm ein, dass er ja noch nie einen Damensattel in der Hand gehabt hatte, geschweige denn wusste, ihn dem Pferd aufzusetzen. Aber er versuchte, seine Unsicherheit nicht zu zeigen, sondern schwang den Sattel gekonnt auf den Rücken des Pferdes. Es war ein fein gearbeiteter, mit Verzierungen versehener Sattel, der schöner war als alle, die Jan jemals zuvor gesehen hatte. Ein kurzer Blick genügte Jan, um festzustellen, dass man einen Damensattel nicht anders festzurrte als einen Herrensattel.

Nachdem auch das vollbracht war, löste er die Zügel von der Haltestange und führte das Pferd aus dem Stall hinaus auf den Hof.

‚Hoffentlich kommt jetzt niemand vorbei', schoss es Jan durch den Kopf.

Umständlich hielt er ihr die Schlaufe aus gestärktem Leder hin, in die sie mit einem Fuß schlüpfte, um dann schwungvoll aufzusteigen.

„Ich werde in spätestens zwei Stunden zurück sein", informierte sie den vermeintlichen Stalljungen. „Schlaf dich bis dahin aus!"

Damit trieb sie das Pferd gekonnt mit den Zügeln an und ritt in eleganter Haltung zum Tor hinaus. Auf dem Platz ließ sie das Pferd den nahen Wäldern entgegen lostraben.

Jan schaute ihr kurz nach und wollte dann wieder seinen Platz im Stall einnehmen. Doch dann durchfuhr es ihn wie ein Geistesblitz. Warum sollte er hier im Stall herumlungern und darauf warten, bis sie zurückkam. Eventuell kam bis dahin der wahre Stallbursche zurück, der ihn zuletzt auch noch in Schwierigkeiten brachte! Besser, wenn er sich davonstahl, bevor jemand etwas bemerkte!

Die Hitze machte ihn durstig. Er ging zum Brunnen hinüber und zog den Eimer hoch. Mit kräftigen Zügen schlürfte er das kühle Wasser aus seinen Händen. Zuletzt spritze er sich zwei volle Hände Wasser ins Gesicht.

‚Sie hat gar kein Wasser dabei', fiel ihm plötzlich ein, doch er beruhigte sich auch gleich wieder. Im Wald gab es genug kleine Bäche, aus denen man trinken konnte, wenn man durstig war. Aber machte das eine feine Dame?

Ohne lange zu überlegen nahm er einen der Wasserschläuche, die zum Trocknen neben dem Brunnen hingen, füllte ihn randvoll mit Wasser und rannte zum Tor hinaus ihr nach.

Er hatte gerade – zum Glück unbemerkt – die Domschule passiert, als die Reiterin das Kloster St. Michael passierte. Sie hatte ungefähr fünf Minuten Vorsprung, wenn sie weiter in diesem Tempo ritt. Dessen war sich Jan sicher, denn im Wald hinter dem Kloster gab es nur einen schmalen Pfad, den man mit dem Pferd benutzen konnte. Als er am Kloster vorbeirannte, liefen ihm wegen der Hitze die ersten Schweißperlen über die Stirn.

Schließlich erreichte er den Waldrand, wo es auch gleich merklich kühler wurde. Hier erlaubte er sich eine kurze Verschnaufpause, um nicht völlig außer Atem mit ihr zusammenzutreffen. Mit dem Ärmel wischte er sich den Schweiß von der Stirn.

Dann folgte er dem Pfad, auf dem man die frischen Pferdespuren erkennen konnte. Jetzt rannte er nicht mehr, sondern lief in großen Schritten, wobei er gleichzeitig die Umgebung beobachtete.

Zu seiner großen Überraschung hörten die Pferdespuren plötzlich auf, besser gesagt, sie verließen den Pfad und setzten sich im weichen Waldboden fort. Bald hörte Jan vor sich das Pferd wiehern. Es musste ein ausgesprochen gutes Pferd sein, denn es hatte mit dem Wiehern seine Reiterin auf eine Gefahr hingewiesen.

„Ist da wer?", hörte Jan sie rufen. In ihrer Stimme war keine Angst zu hören.

Jan antwortete erst nicht, sondern lief noch einige Schritte, bis er sie sah.

„Du bist mir gefolgt", fragte sie überrascht und erbost zugleich.

„Verzeiht", antwortete Jan und nahm dabei den Wasserschlauch von der Schulter, „aber ich dachte, Ihr würdet Durst bekommen."

„Sehr aufmerksam von dir, aber wie du siehst, gibt es hier genug Wasser!" Dabei deutete sie auf den Bach, der hinter ihr durch den Wald plätscherte. Aber es klang nicht so entschlossen, wie es klingen sollte.

„Wenn Ihr davon trinken wollt, werdet Ihr euer Kleid schmutzig machen oder sogar hineinfallen", bemerkte Jan trocken.

„Für einen Stallburschen bist du ganz schön frech", schalt sie ihn und stemmte ihre Hände in die Hüften, „ich werde mich bei deinem Meister beschweren!"

„Nur zu", erwiderte Jan mit einem süffisanten Lächeln, „aber erlaubt mir, vorher noch ein Geständnis abzulegen."

„Bitte, wenn du meinst, dass es dir hilft", willigte sie mehr aus Neugierde ein.

„Ihr haltet mich für einen Stallburschen", begann Jan, „und jeder, der mich in diesen Kleidern in einem Stall antrifft, dürfte ebenso denken. Nur entspricht das nicht der Wahrheit. Ich hatte mich im Pferdestall hingelegt, weil es dort kühl war und ich gerne bei Pferden bin."

Mit einiger Verwunderung sah sie ihn nun an.

„Ihr habt jetzt sicherlich noch mehr Grund, mir böse zu sein", fuhr er fort, nachdem sie nichts sagte, „aber euer Auftreten ließ mir kaum eine andere Wahl!"

Bei den letzten Worten lächelte er frech.

„War es nun meine Schuld, dass ich zum Narren gehalten wurde", fragte sie vorwurfsvoll.

„So dürft Ihr das nicht sehen! Ich wollte euch einen Gefallen tun! Denn ohne mich hättet Ihr wohl kaum ausreiten können!"

Während sie überlegte, wiegte sie ihren Kopf hin und her.

„So gesehen hast du recht."

Plötzlich stockte sie.

„Wenn du kein Stallbursche bist, wer bist du dann? Oder muss ich gar fragen, wer seid Ihr?"

„Ich heiße Jan und bin ein Domschüler, aber eigentlich bin ich Säumer."

„Säumer?", fragte sie erstaunt. „Wie kommt ein Säumer an die Domschule?"

Jan lachte. Ihr Interesse an seiner Person gefiel ihm.

„Das ist eine sehr lange Geschichte."

„Erzähl sie."

Wieder hielt sie inne und berichtigte sich dann mit gesenktem Kopf: „Verzeiht. Erzählt sie bitte!"

Jan lachte wieder.

„Es ist mir gleich, wie Ihr mich ansprecht! Ich bin das du gewöhnt."

Bevor er zu erzählen anfing, reichte er ihr den Wasserschlauch, den sie jetzt dankbar annahm. Während sie in kleinen Schlücken trank, beobachtete Jan sie von der Seite. Sie konnte kaum älter als sechzehn sein, aber sie wirkte wie eine erwachsene Frau.

Seine Erzählung begann er mit seiner Ankunft in Niederaltaich, ohne den Grund seiner Flucht aus Klatovy zu erwähnen.

„Da hast du ja schon einiges erlebt, Jan", sagte sie am Ende seiner Erzählung und blieb nun bei der persönlichen Anrede. „Vor allem hast du es nur aufgrund deiner Leistung an die Domschule geschafft."

„Manchmal bin ich mir gar nicht so sicher, ob es die richtige Entscheidung war", bemerkte Jan nachdenklich.

„Wenn du zweifelst, dann war sie auf jeden Fall gut!"

Jan zog die Stirn in Falten, wenngleich er glaubte, sie verstanden zu haben.

„So lange du dein Leben hinterfragst, bist du noch am Leben", erklärte sie.

„Das ist eine wahre Aussage, aber sie ist vielleicht zu einfach. Seht, ich bin heute im Stall bei den Pferden gewesen, weil mir in meinem Leben hier die Tiere fehlen. Mir fehlen auch die Menschen meiner Heimat, die Berge der Šumava und meine Freiheit, die ich dort hatte. Kurz, mir fehlt mein früheres Leben und bin nicht sicher, ob ich es gegen ein besseres eingetauscht habe."

Jan wunderte sich, dass er so offen mir ihr sprach, wo er sie doch eigentlich gar nicht kannte.

„Ich kann dich gut verstehen. Bamberg ist auch nicht meine Heimat. Wie du bin ich nicht ganz freiwillig hier und ich vermisse meine Familie ebenso wie die Landschaft zuhause."

„Woher kommt Ihr", fragte Jan schließlich und hatte im selben Augenblick Angst, zu weit gegangen zu sein.

Aber er täuschte sich. Tatsächlich war sie froh, jemanden gefunden zu haben, der ihre Gefühle teilte.

„Ich stamme aus Lothringen, mein Vater ist der Vogt von St. Maximin", erklärte sie und schaute Jan dabei erwartungsvoll an. Aber Jan war zu wenig mit den verschiedenen Adelsfamilien vertraut, als dass er den Sinn dieser Aussage verstanden hätte.

„Er ist der Onkel von Königin Kunigunde", vereinfachte sie daraufhin ihre Aussage, worauf Jan erschreckt die Augen aufriss. Sie war ein Mitglied der Königsfamilie!

„Ich bin hier, um der Königin Gesellschaft zu leisten, aber ich bin lieber im Wald oder reite durch die Felder. Das ist mir aber hier nicht so oft vergönnt."

Ihr Blick schweifte für einen Augenblick ab und sie sah träumerisch auf den Waldboden.

„Ich glaube, es wird Zeit zu gehen", sagte sie plötzlich. Die Sonne stand bereits am westlichen Himmelsende.

„Verzeiht", bat Jan, während er ihr beim Aufstehen behilflich war, „aber nennt mir doch euren Namen."

Daraufhin kicherte sie los und Jan glaubte schon, etwas Falsches gesagt zu haben. Als sie seinen betretenen Blick bemerkte, wurde sie schnell ernst.

„Ich lache nicht über dich. Mir gefällt deine Unbefangenheit. Jeder adelige Mann deines Alters hätte sich nie getraut, die Cousine der Königin nach ihrem Namen zu fragen. Ich heiße Adelheid!"

„Jeder adelige Mann meines Alters hätte wahrscheinlich auch einen noch schlechteren Stallburschen abgegeben, als ich", gab Jan schlagfertig zurück.

„Da hast du durchaus recht, denn du warst ein ausgesprochen guter Stallbursche, abgesehen von den Anfangsschwierigkeiten!"

„Vielen Dank!"

Sie nickte ihm wohlwollend zu und führte ihr Pferd am Zügel. Jan folgte ihr langsam bis zu dem kleinen ausgetretenen Pfad. Beide schwiegen sie beklommen. Am Pfad angekommen drehte Adelheid sich noch einmal um.

„Jan, ich möchte dich zu nichts zwingen, aber möchtest du dich vielleicht nächsten Samstag wieder mit mir hier treffen?"

„Es wäre mir eine Ehre", antwortete Jan, der seine Freude darüber kaum verbergen konnte.

„Auf dann, Stallbursche!"

Mit einem wohlwollenden Lächeln wandte sie sich von ihm ab und ritt aus dem Wald heraus, ohne sich noch einmal nach ihm umzusehen. Jan wartete noch einige Zeit, bis er sich selbst auf den Rückweg machte, nicht nur, um keinen Verdacht aufkommen zu lassen, sondern auch, um den schönen Moment zu genießen.

In den nächsten Wochen traf sich Jan regelmäßig mit Adelheid. Während sich zwischen ihnen eine freundschaftliche Vertrautheit entwickelte, war sie für seine Mitschüler weiterhin ein ungelöstes Rätsel. Aber genauso, wie er sich hütete, ihnen von seiner Bekanntschaft mit ihr zu erzählen, vermied er auch, ihr von ihrem sonderbaren Ruhm innerhalb der Domschule zu erzählen. Er befürchtete, dass sie den Eindruck bekam, sie wäre für ihn nicht mehr als ein Beutestück, um bei seinen Altersgenossen zu prahlen.

Die Stimmung unter den Domschülern war in diesen Tagen gereizt, weshalb Jan auf keinen Fall weitere Unruhe stiften wollte, zumal er schon den Grund für die vorhandene Verstimmung nur schwer nachvollziehen konnte.

Vor zwei Wochen hatte sich Markgraf Hermann von Schweinfurt zusammen mit Bruno, dem Bruder des Königs und einigen anderen Adeligen gegen den König erhoben. Unter den Domschülern wagte es niemand, sich offen auf die Seite der Aufständischen zu stellen, da Pater Ludovicus täglich Schandreden hielt auf ‚diese Verräter', wie er sie nannte. Trotzdem gab es Sympathisanten, was man zum Teil aus ihrer Herkunft oder aus Gesprächen schließen konnte. Während Bretislav aus Familientradition zu König Heinrich hielt, wusste jeder, dass Siegfried auf Seiten der Aufrührer stand, da etliche sächsische Herrschaftsfamilien sich Hermann angeschlossen hatten.

Jan wollte mit der großen Politik nichts zu tun haben, wenngleich er nicht nur wegen seiner Freundschaft zu Bretislav für den König war. Seine Abneigung gegen die Aufständischen hatte noch einen ganz anderen Ursprung.

Rund um Bamberg, das mitten in den Besitzungen des aufständischen Markgrafen lag, waren die Burgen Schweinfurt, Kronach und Creußen von dessen Soldaten besetzt. Diese machten die Wälder rund um Bamberg unsicher, weshalb die Treffen mit Adelheid spärlicher wurden, da sie als Verwandte des Königs Bamberg nicht ohne weiteres verlassen durfte, und schon gar nicht allein. Trotzdem gelang es ihr zu Jans großer Verwunderung, sich von Zeit zu Zeit davonzustehlen.

Diesmal hatten sie sich an einem kleinen Weiher westlich von Bamberg verabredet. Der Weiher lag idyllisch zwischen zwei bewaldeten Hügeln, die Ausläufer des ausgedehnten Waldgebiets zwischen Schweinfurt und Bamberg waren, das man die Hassberge nannte. Jan liebte die Hassberge, da sie beinahe so unwegsam und einsam waren wie die Šumava. Für alle Fälle hatte er seinen Bogen dabei, was Adelheid immer wieder zu ironischen Bemerkungen veranlasste, denn schließlich war der Bogen eine unter Adeligen ungewohnte Waffe.

„Wohlan, tapferer Bogenschütze", begrüßte sie ihn deshalb, nachdem er ihr vom Pferd geholfen hatte, „gegen welches Wildschwein willst du mich heute verteidigen?"

„Ich will hoffen, dass kein wildes Schwein auf die Idee kommt, hier vorbei zu kommen", entgegnete Jan spitz.

Gemeinsam gingen sie zum Ufer des Weihers, wo dichtgeastete Weiden Schatten spendeten. Es war Mitte Juli, die Sonne brannte seit Tagen auf die ausgetrocknete Erde, weshalb die Pessimisten in der Stadt bereits von Missernten und Hungersnöten sprachen.

Hier im Schatten der Bäume und in der Nähe des Wassers war das Gras dagegen frisch und saftig grün.

„Wie schön es hier ist", freute sich Adelheid, als sie sich im Gras niederließ. „Wäre ich jetzt zuhause, würde ich den ganzen Tag nichts anderes machen, als durch die Wälder zu reiten oder meine Füße in kleinen Bächen zu kühlen!"

Jan setzte sich etwas entfernt von ihr auf einen querliegenden Baumstamm.

„Mir fehlt das einfache Leben des Säumers", bemerkte Jan sehnsüchtig, „wenn man eine Zeit lang gearbeitet hatte, konnte man ein paar Tage lang von dem Geld leben. Dann bin ich oft in die Šumava, um dort neue Täler zu erkunden oder die verschiedenen Berge zu besteigen. Oft hörte kurz vor dem Gipfel der Wald auf und wenn ich oben angelangt war, dann hatte ich eine freie Aussicht bis weit über die Šumava hinaus. Bei gutem Wetter konnte man bis zu den Bergen sehen, die man Alpen nennt. Bei uns hießen sie einfach Salzberge, da sie weiß waren und wir wußten, dass von dort das Salz kommt, das wir transportierten."

Adelheid hatte ihren Blick nicht einen einzigen Augenschlag von ihm abgewandt, während er erzählte. Jetzt ließ sie sich in das Gras zurückfallen und sah zum Himmel auf.

„Was denkst du über die Liebe, Jan", fragte sie nach einiger Zeit, in der sie mit ihren Händen über das kühle Gras gestrichen war.

„Angeblich soll sie glücklich machen", beantwortete er ihr die Frage, obwohl er das Thema gerne vermieden hätte, denn er war sich selbst seiner Gefühle nicht sicher. Er konnte Božena einfach nicht vergessen, auch wenn er wusste, wie aussichtslos sein Verlangen war.

„Angeblich", wunderte sich Adelheid, „hast du denn schon andere Erfahrungen gemacht?"

Jan nickte nur kurz, aber sie verstand sofort, dass er nicht darüber reden wollte. Schweigend saßen sie eine Weile da, einer verlegener als der andere.

„Bist du denn glücklich, wenn wir uns treffen", versuchte sie dann erneut, Jan zu einer Aussage zu bewegen.

„Natürlich, ich bin sogar sehr glücklich", beteuerte Jan ehrlich, „aber ich weiß nicht, ob das ausreicht, um dich zu lieben."

Fast stotterte er bei den letzten Worten, denn er fürchtete, dass sie aufspringen und davon reiten würde. Stattdessen setzte sie sich nur auf und als sie ihn anblickte, erkannte er in ihrem Gesicht sogar Erleichterung.

„Ich bin froh, dass du das sagst", erklärte sie ihm, „denn ich hatte Angst, dass du mir meine Haltung verübeln könntest. Ich habe mir viele Gedanken über uns beide gemacht, weil ich die Zeiten mit dir immer sehr genieße und nachts träume ich von uns beiden. Doch so gut wir zwei uns verstehen, so unterschiedlich ist unsere Herkunft. In den alten Sagen gibt es viele unglaubliche Geschichten, aber nie lernt ein Säumer die Cousine der Königin kennen und sie verlieben sich!"

„Siehst du", unterbrach sie Jan mit einem Lächeln, „ich habe doch recht, wenn ich sage, dass Liebe nur angeblich glücklich macht."

„Du bist ein Pessimist", bescheinigte sie ihm barsch, „außerdem war ich noch nicht fertig. Es ziemt sich nicht, eine Dame zu unterbrechen."

Dabei hob sie belehrend den Zeigefinger, worauf Jan schelmisch grinste:

„Bei uns können die Frauen froh sein, wenn sie überhaupt etwas sagen dürfen!"

„Da hast du schon den ersten Unterschied", sah sich Adelheid bestätigt und kam wieder auf das eigentliche Thema zurück.

„Wenn ich bei einem Turnier meinen Schal einem der Ritter als Zeichen meiner Zuneigung geben müsste, dann würde ich dich jedem der adeligen Herren vorziehen. Damit du siehst, dass ich es ernst meine, habe ich einen Schal mitgebracht und frage dich, ob du bereit bist, mir deinen Schutz zu schwören."

Jan blickte sie zaudernd an, während sie einen purpurroten Seidenschal aus ihrem Kleiderärmel zog, dessen kräftige Farbe im Sonnenlicht strahlte.

„Willst du mich damit zu deinem Vasallen machen", fragte er vorsichtig nach.

„Nein", lachte sie, „das geht nicht, denn nur ein Adeliger kann ein Vasall sein. Ich frage dich nur, ob du bereit bist, mich zu beschützen, wann immer du in meiner Nähe bist."

„Dieses Versprechen gebe ich dir gerne!"

„Dann knie dich hin und schwöre", forderte sie ihn auf.

Jan kniete sich vor ihr auf den Boden und hob die rechte Hand zum Schwur.

„Ich schwöre", gelobte er feierlich.

Daraufhin legte sie ihm ihren Schal um die Schultern. Mit einem verlegenen Lächeln stand Jan auf.

„Wer muss jetzt eigentlich danke sagen", fragte er verschmitzt.

„Ich sage danke", antwortete Adelheid und drückte ihm einen flüchtigen Kuss auf die Wange. „Jetzt muss ich mich aber wieder auf den Weg machen, sonst bekomme ich Schwierigkeiten mit der Königin", überging sie Jans Verlegenheit.

„Die Königin weiß von unseren Treffen?", fragte er fassungslos, während sie zum Pferd zurückkehrten.

„Sicherlich. Ohne ihre Hilfe könnte ich gar nicht aus dem Palast! Nach meinen Erzählungen ist sie begeistert von dir!"

Ungläubig schüttelte Jan den Kopf. Er half ihr in den Sattel, reichte ihr die Zügel und begleitet sie noch ein Stück durch den Wald.

„Ich werde dir eine Nachricht zukommen lassen, wenn ich wieder einmal aus dem Palast komme."

„Sei vorsichtig", mahnte Jan.

„Sehr wohl, mein Beschützer", verabschiedete sie sich fröhlich, „auf bald!"

Mit einem leichten Druck in die Seite trieb sie das Pferd an, das gehorsam in eine schnellere Gangart wechselte.

„Auf bald", rief Jan ihr nach.

***

„Sieh mal", rief Jan Bretislav zu, „dort vorne mündet der Fluss in einen anderen. Das muss der Main sein!"

Solange Jan auf eine Nachricht von Adelheid wartete, vertrieb er sich die freien Samstage zusammen mit Bretislav. Sie erfrischten sich mit einem Bad in der Regnitz, genossen ein kühles Bier in einem der Gasthäuser oder Jan fragte Bretislav über die Geschichte Böhmens aus, die ihm völlig unbekannt war. Heute waren sie dem Flusslauf Richtung Norden gefolgt, wo die Regnitz bald in den Main mündete. Jan lief an das Ufer des Mains und blickte dem Fluss nach.

„Mit einem Schiff kann man von hier aus bis nach Mainz fahren und von dort aus weiter bis an das große Meer", überlegte Jan laut. Seit dem ersten Tag hatte er immer wieder lange Zeit vor der großen Karte im Lehrsaal gestanden, um sich die verschiedenen Flüsse, Städte und Stammesgebiete einzuprägen.

„Da hast du vollkommen recht", trat Bretislav von hinten an ihn heran, „aber vielleicht solltest du das selbst noch einmal überprüfen!"

Dabei stieß er Jan so fest von hinten, dass der unweigerlich und trotz kräftigem Armruderns ins Wasser fiel. Der schnelle Fluss trieb ihn gleich mit sich fort, aber Jan war ein guter Schwimmer, weshalb er schon bald wieder das Ufer erreicht hatte. Dort angekommen, zog er sich das nasse Wams vom Leib, um es, als Bretislav nahe genug war, mit einer schnellen Armbewegung ihm ins Gesicht zu werfen. Während sich Bretislav wieder davon befreite, stürzte Jan auf ihn zu und rang ihn zu Boden. Mit viel Geschick rollte Jan sie beide zum Ufer, obwohl sich Bretislav nach Kräften wehrte, aber an der feuchten Haut Jans konnte er keinen Halt finden. Kurz vor dem Ufer lag Jan unter Bretislav, packte ihn mit schnellen Handgriffen an den Schultern und zog gleichzeitig seine Beine an. Er atmete einmal tief durch und ehe Bretislav Jans Plan durchschaut hatte, stieß der ihn mit aller Kraft von sich weg. Bretislav flog in hohem Bogen über das Ufergestrüpp hinweg in den Fluss.

Nachdem sie ausgiebig gebadet hatten, suchten sie sich einen astreichen Baum, um ihre Kleidung zum Trocknen aufzuhängen, und legten sich daneben ins hohe Gras.

„Warum kann eine Woche nicht einfach aus lauter Samstagen bestehen", seufzte Jan zufrieden.

„Weil du sie dann öfters sehen könntest?" Bretislav blickte blinzelnd zu Jan und lächelte verschmitzt. Jan fuhr erschreckt hoch.

„Woher weißt du das?", fragte er beinahe drohend.

Bretislav blieb ruhig liegen und schloss wieder die Augen, als er antwortete.

„Ich wusste es nicht, aber du hast es mir ja gerade gesagt. Davor hatte ich nur einen leisen Verdacht!"

„Du überraschst mich immer wieder neu! Wobei es diesmal mehr an meiner eigenen Dummheit und Leichtsinnigkeit gelegen hat. Aber du hast es so selbstverständlich gesagt, als ob es jeder wüsste!"

„Keine Angst", beruhigte ihn Bretislav, „ich habe mit niemandem darüber gesprochen!"

„Danke, aber wie bist du darauf gekommen", hakte Jan nach, der Angst hatte, dass noch andere sein Geheimnis entdeckt haben könnten.

„Ich habe dich beobachtet", antwortete Bretislav schlicht.

„Ach so", erwiderte Jan lakonisch, „habe ich einen verträumten Blick, gerötete Wangen oder rede ich vielleicht im Schlaf?"

„Nein, viel einfacher."

Jetzt setzte sich auch Bretislav auf und fuhr sich durch das nasse Haar, bevor er seinen Spürsinn erklärte:

„Du hast nicht mehr von ihr gesprochen. Solange du sie nicht kanntest, hast du wie alle anderen auch über sie geredet. Aber seit einem bestimmten Wochenende im letzten Monat hast du sie von heute auf morgen mit keinem Wort mehr erwähnt, selbst dann nicht, wenn die anderen von ihr gesprochen haben. Mir ist das aufgefallen und ich habe mir überlegt, dass man dann nicht über etwas spricht, wenn man Angst hat, dadurch etwas zu verraten."

„Du beobachtest die Menschen sehr genau, nicht wahr", sagte Jan schließlich, nachdem er erst nachdenklich die Stirn in Falten gezogen hatte.

„Ja. Bevor ich nach Bamberg gegangen bin, hat mein Vater mir folgenden Spruch mitgegeben: Beobachte die Menschen, wenn sie mit dir reden und sie werden dir sagen, was sie eigentlich verheimlichen wollten", zitierte Bretislav. „Aber jetzt sag schon", drängte er neugierig, „wie heißt sie, wer ist sie und wie lange triffst du dich schon mit ihr?"

„Sie heißt Adelheid, ist die Cousine der Königin", gab Jan bereitwillig Auskunft, „und ich habe sie schon mehrmals getroffen. Außerdem kannst du dein Maul wieder schließen!"

Aber Bretislav konnte seine Überraschung nicht so einfach abschütteln. Immer wider schüttelte er ungläubig den Kopf.

„Da hast du wirklich einen großen Fang gemacht", staunte er.

„Danke, aber ich werde sicherlich nicht in die königliche Familie aufsteigen! Wir verstehen uns einfach gut."

„Da ist nicht mehr?", wunderte sich Bretislav.

Jan musste lange überlegen, denn schließlich war seine Zuneigung zu Adelheid mehr als nur Freundschaft, aber auf der anderen Seite war er sich der Aussichtslosigkeit einer Beziehung vollkommen bewusst.

„Nein", entschied Jan aus dem Bauch heraus, „da ist nicht mehr. Ich habe ihr aber beim letzten Mal geschworen, für sie einzutreten, sollte sie in Schwierigkeiten sein."

„Na, immerhin etwas", munterte ihn Bretislav auf.

Beide versanken nebeneinander liegend in Gedanken, wenngleich nicht über die gleichen Probleme. Je länger die Ruhe andauerte, desto mehr verfinsterte sich Bretislavs Gesicht. Eine Zeit lang beobachtete Jan seinen Freund, um dessen Augen sich verkniffene Sorgenfalten bildeten.

„Was hast du?", fuhr er Jan an, als er bemerkte, dass dieser ihn beobachtete.

„Ich bin vielleicht kein guter Beobachter", entgegnete Jan, „aber dass du ein Problem hast, sieht sogar ein Blinder! Außerdem warst du die gesamte Woche besonders leicht reizbar."

„Schon gut", lenkte Bretislav ein, „ich werde versuchen, dir zu erklären, warum ich so schlecht gelaunt bin. Anfang der Woche hat man mir mitgeteilt, dass mein Onkel Boleslav in Prag abgesetzt worden ist!"

„Einen Augenblick", unterbrach ihn Jan, „wenn ich mich richtig erinnere, dann ist das der Onkel, der seine Brüder und die Mutter aus Prag vertrieben hat!"

„Richtig."

„Aber das ist doch eher ein Grund zur Freude, denn jetzt kann dein Vater zurückkehren", befand Jan entrüstet.

„So gesehen schon", antwortete Bretislav mit einem milden Lächeln über die simplen Politikansichten des Säumers, „aber du weißt ja noch gar nicht, wer meinen Onkel abgesetzt hat."

„Stimmt", gab Jan kleinlaut zu und setzte sich wieder zu Bretislav ins Gras, denn er war zuvor erregt aufgesprungen, „daran habe ich nicht gedacht. Wer war es denn?"

„Boleslaw Chrobry, der Herzog von Polen", sagte Bretislav, ohne die Resignation zu verheimlichen, die ihn erfasst hatte.

Die Enttäuschung Bretislavs war nicht unberechtigt. Sein Onkel Boleslav war im letzten Jahr von seinen mächtigen böhmischen Gegnern aus dem Land gejagt worden. Nur mit Hilfe des polnischen Herzogs, der ihm ein großes Heer zur Verfügung stellte, war ihm Anfang des Jahres die Rückkehr und die Wiedererlangung der Macht gelungen. Entgegen der Abmachungen hatte er dann einen grausamen Racheakt gegen seine ehemaligen Gegner durchgeführt, um zukünftigen Widerstand zu unterdrücken. Nun hatte Boleslaw Chrobry dem Treiben ein Ende gesetzt, indem er Boleslav ergreifen, blenden und in Polen festsetzen ließ. Danach hatte er sich vom böhmischen Adel zum neuen Herzog von Böhmen wählen lassen. Damit war das Herzogtum für das Geschlecht der Přemysliden, dem Bretislav entstammte, vorerst verloren.

„Was bedeutet das nun genau?", wollte Jan wissen.

„Boleslaw Chrobry ist jetzt Herzog von Böhmen, womit die Chancen auf eine Rückkehr für meinen Vater in weite Ferne gerückt sind", erklärte Bretislav ausführlich, „denn es ist allgemein bekannt, dass die Aufständischen um Hermann von Schweinfurt von den Piasten unterstützt werden, mein Vater aber steht auf der Seite des Königs."

„Das tut mir leid. Es muss sicherlich schwer sein für deinen Vater, dem ganzen Treiben machtlos zusehen zu müssen."

„Noch haben wir nicht verloren", redete sich Bretislav selbst Mut zu, „schließlich muss der Herzog von Böhmen dem König den Treueid schwören!"

„Also, ich würde jedem einen Treueid schwören", behauptete Jan lachend, „wenn ich dafür ein ganzes Herzogtum bekomme!"

„Weil du ein Dummkopf bist", warf ihm Bretislav sofort vor, „Boleslaw Chrobry wird dem König nie einen Treueid schwören, weil er sich als ihm ebenbürtig fühlt."

„Dann sieht es wirklich schlimm aus für deinen Vater", resignierte nun Jan.

„Nein, im Gegenteil", belehrte ihn Bretislav erneut, „das erhöht die Möglichkeiten. König Heinrich wird nicht dulden, dass der Herzog von Böhmen ihm keinen Treueid leistet, deshalb wird es zum Krieg kommen."

„Wie bitte", wunderte sich Jan, „wegen eines Treueschwurs wird ein Krieg angezettelt?"

„Sicher, denn das ist ein schweres Vergehen gegen den König, aber auch gegen Gott."

„Aber ich kann mich erinnern, dass Pater Ludovicus uns von dem großen Bündnis von Gnesen erzählt hat, als der letzte Kaiser Otto dem Polenherzog eine Kopie der Heiligen Lanze als Zeichen des Friedens und der engen Verbindung übergeben hat. Das ist gerade einmal drei Jahre her und jetzt soll es Krieg geben?"

Jan zweifelte an der Sicht Bretislavs, die ihm unmöglich erschien, beinhaltete sie doch den Bruch eines von der Kirche geförderten Bündnisses. In Gnesen lag der Heilige Adalbert begraben, der von heidnischen Pruzzen ermordet worden war. Mit den großen Feierlichkeiten im Jahr 1000 bestätigte Kaiser Otto die Gründung des Bistums Gnesen durch Boleslaw Chrobry und gleichzeitig auch das Herzogtum Polen als eigenständiges Reich. Das alles sollte so schnell in Vergessenheit geraten sein?

„Für dich sind drei Jahre eine kurze Zeit, Jan", erläuterte Bretislav, „aber in der Politik kann sich in drei Jahren viel verändern. Der Kaiser ist gestorben und der neue König muss sich erst noch seinen Einfluß erarbeiten. Gerade gibt es im Land einen Aufstand gegen ihn. Wenn er nicht mit harter Hand gegen Boleslaw Chrobry vorgeht, dann werden noch mehr unzufriedene Adelige den Aufstand wagen."

„Kann er das nicht auch ohne einen Feldzug schaffen?"

„Er wird es sicherlich zuerst mit Verhandlungen versuchen, aber die Aussichten auf eine friedliche Einigung sind gering."

Jan schüttelte unverständig den Kopf.

„Die Politik ist mir fremd, denn ich sehe keinen Sinn darin. Warum schließt man ein Bündnis, wenn man sich nicht darauf verlassen kann? Wieso bedient man sich der Kirche, wenn man letztendlich ihre Gebote nicht beachtet?"

„Oh Jan", stöhnte Bretislav, „manchmal habe ich den Eindruck, dass der viele Umgang mit Mönchen dir nicht gut bekommt. Politik dreht sich um Macht und Reichtum, dabei müssen manchmal die ehernen Regeln der Kirche etwas weiter gefasst werden."

„Ich bin eben doch nicht zu mehr geschaffen als zu einem einfachen Säumer", seufzte Jan ohne Unzufriedenheit. Er musste an Onkel Miloš denken, der im Streben nach Macht und Reichtum andere Menschen ausnutzte oder gar töten ließ.

In den nächsten Wochen musste Jan feststellen, dass es für ihn unmöglich war, von den Turbulenzen der großen Politik verschont zu bleiben. Zu nah war er in Bamberg dem Zentrum dieser Welt aus Intrigen, Bündnissen und Drohungen. Auch in der Domschule war die aktuelle Situation des Reiches Tagesgespräch. Besonders Siegfried kümmerte sich kaum noch um die Warnungen Pater Ludovicus, der die Aufständischen als Verräter an der göttlichen Herrschaft des Königs bezeichnete. Je länger der Aufstand andauerte, desto dreister gab er seine Meinung zum Besten. Wenn er den Bogen überspannte, stellte sich Bretislav an die Spitze derer, die den König verteidigten, wobei ihm Jan als Freund zur Seite stand. Siegfried hatte die Demütigung nicht vergessen, aber die jetzige Parteinahme Jans ärgerte ihn fast noch mehr. Noch waren die Schüler in der Überzahl, die zum König standen, aber täglich drangen die Namen neuer Unterstützer der Aufständischen durch die Mauern der Domschule. Zudem zeichnete sich eine militärische Auseinandersetzung zwischen Hermann und König Heinrich immer deutlicher ab.

***

Die Hassberge verbargen in ihren undurchdringlichen Wäldern einige schmale Flüsse, die plätschernd über die glatten Steinbrocken flossen. An einer kleinen Lichtung stürzte einer dieser Flüsse eine zwei Mann hohe Steinwand hinab, an deren Fuß über die Jahrhunderte hinweg ein kleines Becken im Felsen ausgewaschen worden war. Abergläubige Menschen mieden den Ort, da über ihn die sonderbarsten und schrecklichsten Geschichten erzählt wurden. Mal war die fast kreisrunde Auswaschung das Taufbecken des Teufels, wo er die verlorenen Seelen taufte, ein anderes Mal hieß es, hinter dem Wasserfall würde ein Drachen leben, der jeden auffraß, der in dem Becken badete.

Adelheid fürchtete sich nicht vor solchen Geschichten, hingegen hielt sie die Abgeschiedenheit des Ortes geradezu für ideal, um sich mit Jan zu verabreden. Seit fast einem Monat hatten sie sich nicht mehr getroffen, was vor allem daran lag, dass der Aufstand noch immer anhielt und Adelheid die Pfalz nicht verlassen durfte. Nun hatte sie endlich die alte Kammerzofe der Königin überreden können, ihr zu dem kurzen Ausflug zu verhelfen.

Auf dem Weg zum Wasserfall hatte Adelheid die freien Wege möglichst gemieden, um den Soldaten Hermanns nicht in die Hände zu fallen. Schließlich war sie als Cousine der Königin eine willkommene Beute. Trotz ihrer Vorsicht war sie zu früh am Treffpunkt angekommen, wo sie sich auf einem Stein am Ufer setzte, mit einer Hand im Wasser spielte und auf Jan wartete. Im klaren Wasser spiegelte sich ihr Antlitz, das sie selbstverliebt bewunderte, während sie als Zeitvertreib ein Lied summte.

Lag es an dem lauten Wasserrauschen oder an ihrer Verträumtheit, sie wusste es später nicht mehr. Denn als sie vom Wasser aufsah, waren die Reiter schon mitten auf der Lichtung und ritten auf sie zu.

Mit Bestürzung erkannte sie den doppelschwingigen Adler Hermanns auf dem Schild des ersten Ritters. Hastig rannte sie zu ihrem Pferd, band es los und galoppierte davon, bevor sie überhaupt fest im Sattel saß. Aber die ganze Eile half nichts, da die großen Schlachtrösser der Ritter ihr klein gewachsenes Pferd bald eingeholt hatten.

Einer der Reiter schloss zu ihr auf, um ihr mit einem gekonnten Manöver die Zügel aus den Händen zu reißen. Mit einem Ruck brachte er das Pferd zum Stehen. Die Situation war aussichtslos, aber Adelheid wollte keine Möglichkeit unversucht lassen, um einer Gefangennahme zu entgehen. Deshalb sprang sie von ihrem Pferd, kaum das es zum Stehen gekommen war und rettete sich ins Unterholz.

Hinter sich hörte sie einige Befehle und bald darauf das Knacken der morschen Äste unter schnellen Schritten, die immer näher kamen. Als sie sich kurz umdrehte, um die Entfernung zwischen sich und den Verfolgern abzuschätzen, stürzte sie über eine aufstehende Wurzel.

Fluchend richtete sie sich wieder auf, um weiter zu rennen, aber da war sie schon eingeholt worden und die beiden Männer, wie gewöhnliche Fußsoldaten in feste Lederjacken gekleidet, schleiften sie zu den Reitern zurück, wobei sie auf eine damenhafte Behandlung keine Rücksicht nahmen. Es waren ungefähr ein Dutzend hochrangige Adelige, wobei Adelheid feststellte, dass sie sich in dem Wappen nicht getäuscht hatte.

„Fräulein Adelheid! Es freut mich", begrüßte sie Hermann, der sie an dem Wasserfall erwartete, „dass uns die gleichen Orte gefallen."

„Das wird aber auch die einzige Gemeinsamkeit sein, die wir teilen", giftete Adelheid zurück. Ihre Haare waren von den Ästen im Unterholz zerzaust, ebenso wie ihr Kleid einige Risse bekommen hatte. Das alles kümmerte sie im Augenblick nicht. Sie hoffte nur, dass Jan nicht gerade jetzt erschien und auch noch in die Hände Hermanns fiel.

Als hätte er ihre Gedanken gelesen, wandte sich Hermann an die Fußsoldaten, die sie gefangen hatten.

„Eine Dame hält sich nicht allein im Wald auf. Geht los und sucht die Gegend ab", befahl er ihnen, „wenn ihr jemanden einfangt, dann bringt ihn her."

Dann sah er Adelheid mit einem vielsagenden Lächeln an.

„Mich interessiert doch, wer der Glückliche ist, mit dem du dich triffst!"

Die Männer herum fielen in sein tiefes Lachen ein, das weit durch den Wald hallte.

Jan hatte sich etwas verspätet, denn aus unerfindlichen Gründen hatte Pater Ludovicus gerade an diesem Samstag ein längeres Gespräch mit ihm gesucht. Jan hatte es schon für einen Wink Gottes gehalten, aber nicht einmal Gott sollte ihn heute davon abhalten, Adelheid zu treffen. Schließlich hatte er lang genug warten müssen, bis ihm endlich die erhoffte Nachricht mit der Suppe beim Essen gebracht wurde. Jan hatte innerlich lachen müssen, als er sich ausmalte, welchen Aufstand Pater Ludovicus machen würde, wenn er herausfände, welch weltliche Nachrichten unter seinem strengen Blick ausgetauscht wurden!

Jan hatte das Gespräch so kurz wie möglich gehalten und war im Anschluss daran gleich losgelaufen. Wie früher in der Šumava rannte quer durch den Wald. Er brauchte keine Wege oder Wegweiser zur Orientierung, denn er las die Himmelsrichtung am Moosbewuchs der Bäume oder der Felsen ab. Die Stelle, die Adelheid vorgeschlagen hatte, kannte er bereits von einem seiner früheren Streifzüge. Er war nicht mehr weit von dem Wasserfall entfernt, als ein vollmundiges, tiefes Lachen die sommerlichen Waldgeräusche übertönte.

Instinktiv ließ sich Jan hinter einem dichten Busch zu Boden gleiten und lauschte. Bald erschallte dasselbe Lachen wieder, neben dem noch weitere Stimmen zu hören waren. Ohne Zweifel kamen die Geräusche vom Wasserfall her, dessen stetiges Rauschen sich wie eine Begleitmusik unter die Lacher mischte.

‚Adelheid', schoss es ihm durch den Kopf und er wollte loslaufen.

Im gleichen Augenblick brach links von ihm in einiger Entfernung ein Ast unter dem festen Tritt eines Menschen. Jan kroch leise in sein Versteck zurück, blieb dort bewegungslos liegen und konzentrierte sich auf die Geräusche um ihn herum. Das Lachen war verklungen, dafür war das Schnauben verschiedener Pferde zu hören, aber von dem Menschen in seiner Nähe war nichts mehr zu vernehmen. Nach einiger Zeit hörte er auf dem steinigen Waldboden Hufe klappern, die sich immer weiter entfernten. Als er nichts mehr vernahm, als das gemütliche Säuseln des Windes durch die Blätter und das Rauschen des Wasserfalls, vermischt mit ein paar verlorenen Vogelzwitschern, verließ er sein Versteck, um sich mit gespanntem Bogen an die Lichtung heranzuschleichen.

Am Waldrand verharrte Jan ein Weile, aber er konnte nichts Auffälliges beobachten. Den Bogen in Vorhalte betrat er die Lichtung, deren Gras von den Pferden niedergetrampelt geworden war. Schließlich stand er am Ufer unterhalb des Wasserfalls, wo er versuchte, die verschiedenen Spuren im lockeren Boden zu erkennen. Es mussten mehr als ein Dutzend Männer gewesen sein, was er anhand der Größe der Abdrücke feststellte. Dazwischen waren ein paar zierliche Frauenabdrücke zu erkennen.

Adelheid war also hier gewesen, aber wer waren die Männer und hatten sie Adelheid hier angetroffen?

Jan folgte den Spuren von der Lichtung weg, während sein Kopf vor lauter Fragen hämmerte. Eine Antwort fand er bald vor sich auf dem schmalen Pfad liegen, den die

Reiter gewählt hatten. Auffallend leuchtend, sich von den natürlichen Farben des Waldbodens abhebend, lag dort ein purpurroter Schal.

‚Sie haben Adelheid mitgenommen‘, dachte Jan bestürzt, als er den Schal aufhob und ihn mit dem Schal verglich, den sie ihm geschenkt hatte. Sie waren identisch.

Aber wer waren die Männer gewesen? Die Pferde waren beschlagen und mussten von beachtlicher Größe sein, wie man aus den Abdrücken der Hufe schließen konnte. Wer konnte ein Interesse an Adelheid haben? Jan war so von der Sorge um Adelheid erfasst, dass er nicht klar denken konnte. Er ging zur Lichtung zurück, wo er seinen Kopf unter den kalten Wasserfall hielt, um sich selbst zu beruhigen.

Ein schlimmer Verdacht kam in ihm auf. Er blickte zu dem kleinen Pfad, um zu sehen, in welche Richtung er führte. Der Himmelsrichtung nach richtete er sich nach Osten, dort lag Creußen, eine der Burgen Hermanns! Hatten Hermanns Soldaten Adelheid gefangen genommen? Jan hatte niemals gedacht, dass er seinen Schwur so schnell unter Beweis stellen müsste, vor allem aber, wie konnte er ihr helfen?

Jan beschloss, Bretislav einzuweihen, vielleicht hatte der eine Idee. Die naheliegendste Sache war, in der Pfalz die Entführung zu melden, aber Jan fürchtete sich vor den unweigerlich folgenden Fragen. Ohne Rast rannte Jan in die Stadt zurück, die er am späten Nachmittag erreichte.

Nachdem er Bretislav in der Bibliothek gefunden hatte, erzählte er ihm atemlos in kurzen Sätzen, was er beobachtet hatte.

„Es besteht wohl kein Zweifel darin, dass Hermann die Chance genutzt hat, um sich eine wertvolle Geisel zu besorgen", stimmte Bretislav ihm am Ende zu. „Es wäre wohl wirklich das Beste, wenn wir in der Pfalz Bescheid sagen."

„Ich glaube, du solltest mal wieder etwas frische Luft in dein Hirn lassen, statt hier drinnen zu sitzen", schimpfte Jan los, „ich kann sofort meine Habseligkeiten packen und nach Hause gehen, wenn ich denen alles gesagt habe."

„Da hast du wohl recht. Welche Lösung schlägst du stattdessen vor?"

„Wenn ich das nur wüsste", seufzte Jan, „deshalb bin ich ja eigentlich zu dir gekommen."

Er sah seinen Freund hoffnungsvoll an.

„Wenn ich dir so zuhöre, dann bleibt nur ein Weg", dachte Bretislav laut nach.

„Welcher wäre das?"

„Du befreist sie selbst!"

Jan schaute ihn ungläubig an, bevor er lauthals loslachte.

„Ich hätte nicht von dir erwartet", sagte er, „dass du in so einer ernsten Situation noch Witze machst."

„Ich meine das ernst."

„Und wie stellst du dir das vor?", wunderte sich Jan, „soll ich nach Creußen gehen, ans Tor klopfen und darum bitten, dass Adelheid mit mir nach Bamberg kommt?"

„Der einzige, der Witze macht, bist du", wies ihn Bretislav zurecht. Dann hakte er sich bei Jan unter und zog ihn in eine der hinteren Ecken des Gebäudes.

„Es gibt einige Umstände, die für dich von Vorteil sind", begann er seine Erläuterungen. „König Heinrich zieht gerade sein Heer südlich von Bamberg zusammen, weshalb sie in Creußen nach einem Heer Ausschau halten, nicht aber nach einem einzelnen Mann. Außerdem glauben sie, dass niemand von der Entführung weiß, sie rechnen also auch nicht mit einer Befreiungsaktion. Der letzte Vorteil ist nicht unbedeutend: du bist Slawe!"

„Ja und?", fragte Jan verwundert.

„Hermann paktiert mit den Piasten. Aber denkst du, dass ein einfacher Torwächter den Unterschied zwischen einem Böhmen und einem Piasten kennt?"

„Du hast recht", erkannte Jan endlich den Vorteil, „ich werde einfach hineinspazieren. Ich mache mich gleich auf!"

Er wollte aufspringen, aber Bretislav hielt ihn zurück.

„Warum so hastig?"

„Damit ich noch heute Nacht dort bin!"

„Dummkopf", schalt ihn Bretislav, „eine Burg, die eine Belagerung befürchtet, ist nachts nie offen! Besser bleibst du hier und bereitest dich gut vor."

„Du hast mal wieder recht", stimmte Jan zu, „ich habe einfach keine Erfahrung mit Burgen. Warte mal, du könntest mich begleiten, denn ich kann sicher jemanden gebrauchen, der sich in einer Burg auskennt. Außerdem kommt mir ein guter Schwertkämpfer nicht ungelegen!"

Bretislav wehrte sich zuerst, denn eigentlich wollte er nicht in diesen Konflikt hineingezogen werden. Aber schließlich willigte er ein, und sie machten sich zusammen an die Vorbereitung ihres Plans.

Burg Creußen

„Es freut mich", begrüßte Hermann die wertvolle Geisel, während er ihr seinen Arm entgegenhielt, „dich als Gast in meiner Burg zu Tisch geleiten zu dürfen."

Er stand im Türrahmen der kleinen Kammer, in die man Adelheid in Creußen gebracht hatte. Zu ihrer Überraschung hatte man die Tür nicht abgesperrt, wohl um ihrer hohen Stellung Rechnung zu tragen. Sie hatte auch so keine Möglichkeit zu entkommen, denn vor der Tür stand eine Wache und die Kammer befand sich im Burgfried in der Mitte der Anlage.

„Ich danke dir", reagierte sie biestig, „aber ich ziehe es vor, alleine hier oben zu essen."

Hermann lächelte müde.

„König Heinrich wird sich jetzt sicher Sorgen um dich machen, wenn du nicht zuhause bist. Aber niemand weiß, wo du dich aufhältst."

Er schwieg einen Augenblick, um die Bedeutung seiner Worte zu verstärken.

„Ich möchte nicht, dass der König sich zu Recht um dich sorgt", fügte er dann hinzu.

Adelheid verstand die Drohung, wollte sich aber trotzdem nicht fügen.

„Wenn du ein gutes Lösegeld für mich haben willst, dann solltest du mir besser kein Haar krümmen!"

„Wer sagt denn", erwiderte Hermann kalt, „dass ich dich jemals wieder hergeben möchte?"

Hermann war ein Mann von über vierzig Jahren, den man aber wegen der Glatze und einigen Zahnlücken durchaus für noch älter halten konnte. Sein Mund wurde von einem schlecht gestutzten Bart umrahmt und die grauen Augen lagen in tiefen Augenhöhlen.

Adelheid riss vor Schreck Mund und Augen auf, denn sie hatte nicht gedacht, dass sie Teil einer größeren Verhandlung war. Der Schock hatte ihre Widerstandskraft gebrochen und sie legte ihre Hand in die angebotene Hand Hermanns. Zufrieden führte er sie die engen Stufen zur Halle hinab, aus der laute Männerstimmen und widerlicher Gestank von altem Stroh, Schweiß und Essen drangen.

***

Um gut gerüstet zu sein, hatten Jan und Bretislav einige Regeln der Domschule gebrochen, was ihnen jedoch keine Gewissensbisse bereitete. Bretislav war schon einmal in Creußen gewesen, weshalb er sowohl den Weg, vor allem aber auch die Burg kannte.

Sie waren kurz nach Mitternacht aus der Domschule ausgebrochen, indem sie durch eines der Fenster der Bibliothek ausgestiegen waren. Den Schlüssel für die Bibliothek hatten sie am Nachmittag dem schlafenden Cellarus gestohlen.

Inzwischen hatten sie Bamberg hinter sich gelassen und die Regnitz überquert. Creußen lag zwei Tagesmärsche von Bamberg entfernt, aber sie waren bereits am Abend in der Nähe der Burg, wo sie sich einen geschützten Platz zum Schlafen suchten. Am nächsten Tag brachen sie noch in der Dunkelheit auf. Creußen war nur noch drei Wegstunden entfernt. Als der Morgen graute, verließen sie den offenen Weg, um im Schutz des dichten Waldes weiterzugehen.

Schweigend eilten sie durch den Wald, jeder in Gedanken bei ihrem Vorhaben der nächsten Stunden. Bretislav lief voran, weil er den Weg kannte. Er hätte beinahe laut aufgeschrien vor Schreck, als Jan ihn plötzlich packte und hinter einem Gebüsch zu Boden zog. Während Bretislav ihn verständnislos ansah, hielt Jan nur kurz den Finger vor den Mund und deutete dann in ein Dickicht einen Steinwurf weit links von ihnen.

Die Wipfel der jungen, eng stehenden Fichten verrieten mit ihrem auffälligen Gezappel einen Eindringling, der sich am Boden zwischen ihren Stämmen bewegte. Der lief mal hier hin, mal dorthin und suchte hastig einen Ausweg aus dem dichten Baumbestand.

„Er kommt auf uns zu", flüsterte Bretislav, der gleich nach seinem Schwert griff. Aber Jan deutete ihm mit der Hand, keine Bewegung zu machen, sondern noch abzuwarten.

Kurz darauf bogen sich die äußeren Bäumchen und aus dem grünen Dickicht zwängte sich eine gebückte, schwarz gekleidete Person. Endlich der Dickung entronnen, richtete sich die Gestalt auf, die vollkommen in einen Mantel mit Kapuze eingehüllt war.

Wie war er nur in dieses Unterholz geraten? Verärgert schüttelte er die Nadeln von seinem Mantel und löste einige Disteln und Dornen von seinen Beinkleidern. Dieser Urwald aus Jungfichten, Heidelbeersträuchern und Dornengestrüpp hatte ihn wertvolle Zeit gekostet. Aber er war fast am Ziel, sein Auftrag war beinahe erfüllt und er brachte ihm viel Lob und Ehre ein!

Seit gestern Vormittag war er schon unterwegs. Zuerst hatte er sich auf die Suche nach dem Heer König Heinrichs gemacht, auf das er nur wenige Meilen östlich von Bamberg gestoßen war. In dem Trubel war nicht weiter aufgefallen, wie er durch die Reihen spazierte und die Anzahl der Reiter und Fußsoldaten schätzte. Es war wohl Gottes Wille und Gnade gewesen, dass er ein Gespräch belauschen konnte, in dem der Zeitpunkt des Angriffs fiel. König Heinrich wollte am morgigen Sonntag nach einer Messe gegen die Burg Creußen ziehen.

Nun war Eile geboten! Er brach am späten Nachmittag auf, um seinen Bericht abzuliefern, wobei er nicht wusste, an wen genau er seine Informationen weitergeben würde. Man hatte ihm lediglich mitgeteilt, dass er sich nach Creußen begeben sollte, wo sein Bericht in die richtigen Hände gelangte. Er musste sich beeilen, damit die Besatzung der Burg noch genug Zeit hatte, um sich auf den Angriff vorzubereiten!

‚Vater wird stolz sein auf mich', dachte er gerade mit Genugtuung, als er plötzlich eine Hand auf seiner Schulter spürte.

Mit einer schnellen Drehung löste er sich wieder, warf den Mantel ab, um mehr Bewegungsfreiheit zu haben und zog sein schmales beidseitig geschärftes Sachsenschwert aus dem Schaft. Als er die beiden Gegner erkannte, die sich ihm entgegenstellten, war er so überrascht, dass er für ein paar Sekunden zu keiner Reaktion fähig war.

Seinen Gegner war es nicht anders ergangen, aber Jan gewann als erster die Fassung zurück.

„Siegfried", zischte er wütend und riß ihn mit einem gewaltigen Satz zu Boden.

Bretislav war sofort zur Stelle und gemeinsam überwältigten sie den Schulkameraden. Keine Minute später Siegfried saß mit gebundenen Händen an einem Baum.

„Was machst du hier?", begann Bretislav das Verhör mit scharfer Stimme.

Beide hatten sie keine Zweifel daran, dass Siegfried auf dem Weg zu den Aufständischen war.

„Das gleiche könnte ich euch auch fragen", entgegnete Siegfried ruhig. Innerlich zitterte er vor Angst. Wie sollte er seinen Auftrag noch erfüllen? Arbeiteten die beiden zuletzt auch noch für Heinrich?

„Wir befreien eine Geisel", mischte sich Jan jetzt ein, „die von Hermann festgehalten wird. Vielleicht können wir dich ja gegen sie eintauschen!"

Siegfried runzelte die Stirn. ‚Sie arbeiten also doch für die andere Seite', überlegte er schnell, ‚Wenn sie mich wirklich eintauschen, könnte ich die Mannschaft doch noch warnen! Aber wo war der Haken?'

„Da könntest du Recht haben", stimmte er Jan vorsichtig zu.

„Warum sollten die in Creußen Interesse an dir haben?", fragte Bretislav misstrauisch.

Siegfried schluckte schwer. Bloß keine Fehler begehen!

„Der Sohn eines Grafen ist immer ein gutes Tauschobjekt", säuselte er von sich selbst überzeugt. Aber seine beiden Bewacher legten den Kopf schief. Besonders Jans fragwürdiges Lächeln verunsicherte ihn. ‚Was wissen die? Haben die mich schon den ganzen Tag verfolgt?' Um Zeit zu gewinnen, wischte er sich mit einer umständlichen Verrenkung so gut es ging mit der Schulter den Schweiß von der Stirn.

„Hermann hat zurzeit wahrscheinlich andere Probleme", reagierte Jan endlich, „als einen verwöhnten Grafensohn an seinen Vater zurück zu verkaufen."

‚Dieser Bauernsohn, was fällt dem ein, so über mich zu reden?' In Siegfried stieg Wut auf.

„Ob ihr es glaubt, oder nicht", giftete er, „Hermann wird sich freuen, mich zu sehen."

„Zum trauten Verschwörertreffen bei Wein und Gesang", spöttelte Bretislav und Jan lachte.

Dann sprach Bretislav mit Jan, aber Siegfried konnte es nicht verstehen. Als Jan antwortete bemerkte er auch, warum er nichts verstand: sie sprachen nicht Deutsch, sondern einen dieser widerlichen slawischen Dialekte! ‚Er ist also auch ein Slawe', dachte er wütend und warf Jan einen hasserfüllten Blick zu. Sie schienen ihn gar nicht mehr zu beachten. Unruhig rutschte er auf dem Waldboden hin und her, aber sie ignorierten ihn.

Schließlich wandte sich Bretislav ihm zu, während Jan hinter ihm in dem Dickicht verschwand.

„Ich weiß zwar immer noch nicht, was du Hermann mitteilen willst", eröffnete er ihm, „aber es interessiert mich nicht, denn du wirst es ihm auch nicht sagen können."

„Das wirst du noch bereuen", rief Siegfried panisch.

„Du wirst Creußen nie erreichen", überhörte Bretislav den Ausruf, „denn wir haben uns überlegt, dass du in diesem Dickicht viel besser aufgehoben bist. So, wie du vorhin darin umhergeirrt bist, fühlst du dich dort sicher wie zuhause. Jan hat einen schönen Platz für dich bereitet, wo du bleiben wirst, bis wir wiederkehren!"

Bevor der Gefangene protestieren konnte, hatte ihn Jan von hinten gepackt und schleifte ihn durch das Gestrüpp, nicht auf die Äste achtend, die Siegfried dabei ins Gesicht schlugen. Der brüllte vor Wut und Angst, worauf ihm Jan grob einen Ballen Gras in den Mund stopfte. Die scharfen Kanten des festen Waldgrases schnitten sich in die Lippen. In seinem Mund vermischten sich Blut und Speichel zu einer zähflüssigen Masse.

Mitten in dem Dickicht stand ein einzelner, hoch gewachsener Baum, an dessen dicken Stamm Jan ihn nun festband. In einem großen Umkreis hatte er alle Büsche und Jungfichten entfernt, damit Siegfried nicht auf sich aufmerksam machen konnte.

‚Sie wollen mich nur einschüchtern', beruhigte er sich, als Jan zufrieden sein Werk betrachtete. ‚Ich werde nicht klein beigeben. Wenn sie mich gegen ihre Geisel eingetauscht haben, dann wird Hermann sie alle drei wieder einfangen und dann werde ich mich rächen.'

Jan drehte sich um und verschwand im Gebüsch.

Er hörte wie sich Jans Schritte immer weiter entfernten.

‚Sie spielen nur', machte er sich Mut.

Geduldig saß er in dieser anstrengenden Position am Boden. Jan hatte ihm wie einem Vieh sowohl Hände wie Füße um den Stamm herum zusammengebunden, so dass er sich kaum bewegen konnte.

‚Die werden doch nicht wirklich gegangen sein', schoss es ihm durch den Kopf, nachdem er fünf Minuten lang keine Schritte mehr gehört hatte.

Langsam wurde er sich seiner Situation bewusst. Er hatte versagt.

***

Bretislav und Jan rannten durch den Wald. Der Zusammenstoß mit Siegfried hatte sie viel Zeit gekostet, aber ihnen auch brauchbare Informationen gebracht.

„Dieser Bastard", schnaufte Bretislav immer noch wütend, „der hat bestimmt spioniert und wollte sein Wissen jetzt an Hermann verkaufen!"

„Was auch immer es war, er wird es nicht erfahren", freute sich Jan, der schadenfroh an Siegfried dachte, wie er ohne Aussicht auf Rettung um den Baum gefesselt saß.

Beinahe wäre er auf Bretislav aufgelaufen, der sich plötzlich umdrehte.

„Das ist es!", rief er begeistert aus.

„Was ist was?", drängte Jan und ging dabei weiter.

„In Creußen erwarten sie Siegfried vielleicht", erklärte Bretislav seinen Plan, „warum zwei Polen spielen, wenn wir einen Verräter haben?"

„Du meinst, einer von uns soll als Siegfried in die Burg gehen?"

„Richtig. Du ziehst einfach den Mantel von Siegfried an, den du mitgenommen hast."

„Wieso ich?", fragte Jan erstaunt. „Du sprichst viel besser Deutsch als ich!"

„Wohl wahr, aber Adelheid kennt mich nicht. Warum sollte sie mir trauen?"

„Auch gut, aber ich kenne die Burg gar nicht. Woher soll ich wissen, wo das Verließ ist?"

„Sie ist nicht im Verließ", entgegnete Bretislav, worauf ihn Jan zweifelnd anblickte.

„Komm, beeilen wir uns. Ich erkläre dir alles bis wir angekommen sind."

Die letzte Stunde Weg versuchte Bretislav, Jan so gut wie möglich mit der Burg vertraut zu machen. Er erklärte ihm, dass eine hochrangige Geisel wie Adelheid nicht im Verließ, sondern in einer Kammer im Burgfried festgehalten wurde, was die Sache aber nicht einfacher machte.

„Du musst durch die große Halle hindurch die Stufen hinauf gehen. Dort ist natürlich eine Wache postiert, an der du selbstsicher vorbei gehen musst."

„Der wird mir sicherlich die Hand schütteln und mir den Weg zeigen", entgegnete Jan sarkastisch.

Schließlich wurde der Wald lichter und bald waren sie nur noch einige Schritte vom Waldrand entfernt, hinter dem sich mitten aus einer schmalen Ebene ein Hügel erhob, auf dem die Burg stand.

„Jetzt ist es an dir", munterte Bretislav ihn auf, „diesen Verrätern ein Schnippchen zu schlagen. Schließlich schulden sie dir einen Nachmittag mit Adelheid!"

Jan lächelte verkrampft, um seine Nervosität zu überspielen.

„Hoffentlich klappt alles so, wie wir uns das ausgemalt haben", verabschiedete er sich kurz, „Bis bald, Bretislav!"

„Warte! Ich werde mich bis heute Abend hier versteckt halten", rief ihm Bretislav nach, „solltest du bis dahin nicht zurück sein, dann werde ich in Bamberg Hilfe holen!"

Er ging noch einmal zu Jan und sie umarmten sich.

„Gott mit dir!"

Dann betrat Jan die freie Ebene, die Kapuze des Mantels tief ins Gesicht gezogen, geradeso, wie Siegfried sie getragen hatte.

* * *

Der Gottesdienst begann mit einer Prozession an den versammelten Soldaten vorbei, die in unordentlichen Haufen auf dem freien Feld standen. Der Bischof von Würzburg führte den feierlichen Zug an, da Bamberg zu seinem Bistum gehörte.

Hinter dem Bischof schritten weitere geistliche Würdenträger, bevor der König mit seinen Heerführern folgte. Heinrich trug ein einfaches Gewand, das mit Hilfe einer Kordel um die Hüfte tailliert wurde. Damit bewies der König allen Anwesenden, dass es nicht um seinen Ruhm ging, sondern um die Erfüllung seiner gottgegebenen Aufgabe, das Reich zu formen und zusammen zu halten.

Seit sich die Aufrührer um Hermann von Schweinfurt und Bruno, Bruder des Königs, formiert hatten, war Heinrich mit großem Eifer daran gegangen, Gegenmaßnahmen einzuleiten. Das Heer, das sich nun versammelt hatte, sollte in den nächsten Wochen möglichst schnell die drei Hauptburgen Hermanns – Kronach, Schweinfurt und Creußen – angreifen und einnehmen. Niemand rechnete mit ernsthaftem Widerstand, denn das rasch ausgehobene Belagerungsheer verfügte über genügend Reserven, um die drei Schläge auf einmal auszuführen. Nach der Messe sollte ein Teil mit dem Bischof von Würzburg gen Schweinfurt ziehen, König Heinrichs Schwager Otto sollte Kronach angreifen, während Heinrich selbst den größten Teil des Heeres gegen Creußen führen wollte, da sich dort Hermann und Bruno aufhielten.

Nach der Prozession begann der eigentliche Gottesdienst. Der Bischof hatte als Predigttext den Aufstand Absaloms gegen seinen Vater David gewählt, der mit dem Tod Absaloms endete. Die Parallelen waren für alle offensichtlich, wurden aber nochmals und mit deutlichen Worten von dem Prediger hervorgehoben. Es war ein Kampf für eine gerechte und gottgefällige Sache! Zuletzt wurden allen Soldaten, die für den König kämpften, ihre Sünden erlassen und im Falle des Todes die Aufnahme in den Himmel zugesagt.

Nach dem Gottesdienst brach hektische Betriebsamkeit auf. Man hatte noch einen halben Tagesmarsch bis Creußen vor sich und die Sonne stand schon fast im Zenit. In schwerer Rüstung bestieg Heinrich sein Pferd und setzte sich sofort an die Spitze seines Heerzuges, während die beiden anderen Heere in ihre Richtungen aufbrachen.

‚Dein Wille geschehe', betete Heinrich, als er die Heilige Lanze, das Zeichen der göttlichen Königsherrschaft, zum Aufbruch hob.

* * *

Jan schwitzte, als er endlich das Tor des ersten Verteidigungswalls erreicht hatte. Er schwitzte unter dem dicken Mantel, er schwitzte nach dem eiligen Aufstieg, aber er schwitzte vor allem aus Angst. Zielstrebig ging er auf die kleine Tür zu, denn das große Tor war geschlossen. Kaum dass er eingetreten war, stellten sich ihm zwei Männer mit Lanzen in den Weg.

„Wer bist du und was willst du, Bursche", fragte der eine schroff.

Jan räusperte sich.

„Ich heiße Siegfried und habe eine wichtige Nachricht für deinen Herrn", antwortete er so ruhig wie möglich.

„Zieh deine Kapuze ab", forderte ihn der andere auf, ohne auf seine Antwort einzugehen.

Jan reagierte sofort und zog die Kapuze ab, worauf der Mann ihn eingehend musterte. Sein Puls raste. Kannte er Siegfried vielleicht?

„Wer ist denn mein Herr?", wollte der Soldat als nächstes wissen.

„Hermann von Schweinfurt", antwortete Jan in der Hoffnung, dass ihre Vermutungen über Siegfried richtig waren, „meine Information sind sehr wichtig!"

„Soso", brummte der andere und rieb sich den Bart. Er tauschte einige unsichere Blicke mit seinem Kumpan, bis er schließlich eine weitere Frage stellte.

„Bist du bewaffnet?"

„Ja", antwortete Jan und zog Siegfrieds Schwert unter dem Mantel hervor.

Der Mann betrachtete nun das Schwert eingehend, wobei er anerkennend mit dem Kopf nickte. Dann gab er es Jan zurück.

„Bertram", wandte er sich dann an den anderen Soldaten, „bring ihn zum Burgfried und melde ihn dort!"

Jan jubilierte innerlich. Der zweite Soldat, der schon etwas älter war, gab Jan mit einer Kopfbewegung zu verstehen, ihm zu folgen und schlurfte den Berg hinauf. An der zweiten Verteidigungsmauer war das Tor auch verschlossen, aber die kleine Pforte geöffnet. Der Soldat nickte den beiden Wächtern zu, die Jan misstrauisch beäugten. Flüchtig blickte sich Jan auf den Burghof um, den sie nun überquerten. Nichts ließ darauf schließen, dass die Burg mit einer baldigen Belagerung rechnete.

Der Burgfried erhob sich am hinteren Ende der Anlage. Es war ein massiver Bau mit drei Stockwerken, die über eine Treppe im ersten Stock zugänglich waren.

Als sie die Treppe erreicht hatten, sprach der alte Soldat zum ersten Mal ein Wort zu Jan.

„Geh da hinauf und melde dich beim Kastellan. Der wird dir alles weitere erklären!"

Jan hätte den Mann vor Freude am liebsten umarmt. Stattdessen nickte er nur kurz. War es so einfach, in eine Burg zu kommen, oder hatte das mit seiner Verkleidung zu tun?

Eilig nahm Jan die Stufen. Oben angekommen, atmete er erst einmal kräftig durch, bevor er die Tür öffnete. Innen herrschte ein diffuses Licht, weswegen er zuerst nichts erkennen konnte. Langsam ließ er seine Blicke durch den Raum schweifen. An einem Tisch saßen vier Ritter, die bierseelig würfelten. Weiter hinten im Raum stand, wie Bretislav es vorhergesagt hatte, ein Soldat vor einer engen Wendeltreppe, die in die oberen Stockwerke führen musste.

Unschlüssig machte Jan einige Schritte in den Raum, bis ihn einer der vier Ritter bemerkte.

„He, Bursche", fuhr er ihn an, „was machst du hier?"

Alle Augen richteten sich sofort auf ihn und derjenige, der ihn angeredet hatte, stand auf und kam auf ihn zu.

„Ich suche den Kastellan", stotterte Jan.

„Was willst du von dem?", kam die unvermeidliche Folgefrage.

„Ich habe eine wichtige Nachricht für Hermann von Schweinfurt", antwortete Jan, immer von mit flatternder Stimme. Sein Gegenüber war noch nicht überzeugt, aber bevor der noch eine weitere Frage stellen konnte, mische sich einer seiner Mitspieler ein.

„Lass ihn, Gunzelin", lallte der Mann schwerzüngig, „das ist der Sachsenlümmel aus Bamberg, der für uns im Heerlager Heinrichs war!"

„Wenn das so ist", sagte der erste auf einmal ganz freundlich, „dann gehst du besser gleich nach oben." Daraufhin setzte er sich wieder zu den anderen.

Jan ging durch den Raum und konnte sein Glück kaum fassen, als der Soldat an der Wendeltreppe ihn ohne weitere Fragen passieren ließ. Kaum war er aus dem Sichtfeld der Halle verschwunden, nahm er zwei Stufen in einem Schritt.

Im ersten Stock angekommen hatte er drei Türen vor sich. Er lauschte kurz. Aus der Tür geradeaus waren mehrere Männerstimmen zu hören, während es hinter den beiden anderen Türen still war. Jan war unschlüssig, welche Türe er versuchen sollte, als ihm die Treppe zum dritten Stock auffiel. Vorsichtig stieg er höher. Dann vernahm er Geräusche von oben, die klar und eindeutig waren. Jemand saß dort oben und schnarchte.

Mit leisen Schritten erklomm Jan die restlichen Stufen. Im dritten Stock gab es nur noch zwei Türen und neben der einen Tür saß ein Soldat auf dem Boden, der zufrieden schnarchte. Jan inspizierte die Tür. Schnell stellte er fest, dass der Riegel nicht vorgeschoben war.

‚Hoffentlich ist sie gut geölt', schoss es Jan durch den Kopf, dann drückte er langsam die Klinke. Er öffnete die Tür einen Spalt, schlüpfte hindurch und schloss die Tür wieder hinter sich. Dann drehte er sich um, aber seine Enttäuschung kannte keine Grenzen. Der Raum war leer! Lediglich eine Schlafstelle und ein Tisch mit Stuhl standen in dem kargen Zimmer.

Er biss die Zähne zusammen ob seines eigenen Ungeschicks, denn nun musste er erst wieder aus der einen Kammer hinaus, ohne dabei den Soldaten sehen zu können. Nachdem er sich vergewissert hatte, dass der Soldat noch immer so regelmäßig schnarchte wie zuvor, öffnete er die Tür einen Spalt weit.

Als er gerade wieder auf den Gang schleichen wollte, ging im ersten Stock eine Tür auf und ein Schwall Männerstimmen drang nach oben. Sofort regte sich der verschlafene Soldat, und Jan konnte gerade noch die Tür schließen, bevor sich der Mann aufrappelte. Er saß fest!

Jan hörte jenes laute Lachen, das ihn im Wald gewarnt hatte.

„Dann wollen wir mal nach unserem Gast sehen", sagte eine tiefe Stimme, die zu dem Lachen gehören musste. Die gegenüberliegende Tür wurde geöffnet, auch sie war nicht abgeschlossen gewesen, bemerkte Jan.

„Einen schönen Sonntag, werte Adelheid", begrüßte die Stimme, es musste Hermann selbst sein, die Geisel.

„Dir auch, Hermann", antwortete Adelheid auffallend freundlich, „du kommst sicher, um mich zur täglichen Messe abzuholen!"

„Du musst entschuldigen, aber unser Priester hat sich letzte Woche aus dem Staub gemacht, da sich die Kirche für König Heinrich ausgesprochen hat", erklärte Hermann ohne großes Bedauern und die Männer, die hinter ihm im Gang standen, lachten hämisch.

„Das ist aber kein guter Zustand", erwiderte Adelheid, „es könnte sich nachteilig auf den Ausgang deines Aufstandes auswirken, wenn dir Gottes Schutz fehlt."

„Das lass nur meine Sorge sein", wies er sie zurecht, nachdem kurz eine bedrückende Stille eingetreten war. Aber der scharfe Ton war seiner Stimme schon wieder entwichen, als er weiter sprach.

„Aber ich werde versuchen, einen Priester aufzutreiben, damit wir den Gottesdienst morgen nachholen können."

„Darüber würde ich mich sehr freuen."

Jan runzelte die Stirn. Warum war Adelheid nur so freundlich? Immerhin sprach sie mit dem Mann, der sie gefangenhielt. Jan überkamen Zweifel an seinem Plan. Vielleicht war sie freiwillig mitgegangen? Nein, warum sollte sonst eine – wenn auch unaufmerksame – Wache vor ihrer Tür stehen?

Das Gespräch plätscherte bereits eine halbe Stunde vor sich hin, als draußen mehrmals ein Horn geblasen wurde. Überrascht warf Jan einen Blick aus dem kleinen Fenster des Zimmers, durch das er nur einen kleinen Ausschnitt der Ebene nördlich der Burg einsehen konnte. Aber es reichte, um zu wissen, was vor sich ging.

Auf dem weiten Feld formierte sich das Heer König Heinrichs zum Angriff. Das musste die wichtige Information gewesen sein, von der Siegfried gesprochen hatte. Er hatte die Aufrührer vor einem Angriff warnen wollen!

Vor der Tür war Hektik ausgebrochen, denn den Männern hatte das Hornsignal genug gesagt, um den Ernst der Lage zu erkennen. Eilig liefen sie die Treppe hinunter.

Als die Schritte verhallt waren, lauschte Jan noch einmal, damit er sicher gehen konnte, dass auch der Wachsoldat den Gang verlassen hatte.

Langsam öffnete er die Tür und betrat mit gezogenem Schwert den Gang, auf dem sich aber niemand mehr befand. Im Burghof wurden Befehle gebrüllt, Feuer entzündet und Schießscharten besetzt.

Zögerlich klopfte Jan an der Tür, die in das zweite Zimmer führte.

„Ja?", fragte Adelheid von innen. In ihrer Stimme war ein Anflug von Angst zu erkennen.

„Ich bin es, Jan", flüsterte er, obwohl ihn auch dann niemand gehört hätte, wenn er mit normaler Lautstärke gesprochen hätte, denn der Lärm im Burghof nahm stetig zu.

Adelheid riss die Tür auf und blickte ihn an, als sei er ein Geist.

„Jan", stammelte sie verdattert, „woher hast du gewusst, wo ich zu finden bin? Ich bin ja so glücklich, dich zu sehen! Was ist, wenn Hermann dich entdeckt? Warum bist du eigentlich hier?"

„Ich wollte dich befreien", beendete Jan ihren Wortschwall knapp und fügte mit einem schelmischen Lächeln hinzu: „Ich habe gleich eine ganze Armee mitgebracht."

„Jetzt ist keine Zeit für Scherze", schalt sie ihn. „Sag, was geht da draußen vor?"

„Ehrlich gesagt, ich habe keine Ahnung, denn ich habe außer Bretislav niemandem von deiner Entführung erzählt. Aber heute Morgen haben wir im Wald einen Spion Hermanns gefangen, der ihn wohl vor dem Angriff warnen sollte."

„Ich bin so glücklich, dass du hier bist", seufzte sie erleichtert und legte ihren Kopf an seine Brust. Leise Tränen rollten ihr über die Wange, nachdem sich die Anspannung langsam von ihrem Körper löste. Zögerlich und ungeschickt legte Jan seine Arme um sie, wenngleich er wusste, dass sie so schnell wie möglich aus dem Zimmer verschwinden mussten.

Jan suchte nach einem Plan. Die Belagerung konnte einige Tage, aber auch Wochen dauern.

„Sie müssen die Burg nehmen", dachte er laut, ohne es zu bemerken.

„Was sagst du?", fragte Adelheid und wischte sich gleichzeitig die Tränen aus den Augen.

„Wie? Nein, ich habe nur überlegt", ordnete Jan zuerst seine Gedanken.

„Hör mir zu", sagte er dann, „wir müssen so schnell wie möglich hier weg."

„Aber wie kommen wir aus der Burg heraus, wenn sie belagert wird?"

„Lass uns zuerst ein Versteck suchen, dann sehen wir weiter."

Damit ergriff er ihre Hand und führte sie die Stufen hinunter. Der erste Stock war menschenleer, genauso wie die Halle, die sie als nächstes erreichten.

„Weißt du, ob es noch einen anderen Ausgang gibt, als die Tür dort vorne?", fragte er Adelheid.

„Ja, über die Küche, aber der ist nicht sehr angenehm", antwortete sie mit einem Achselzucken.

Jan verstand zwar nicht, was sie damit gemeint hatte, aber er rannte zu dem kleinen Türbogen, der zur Küche führte. Die Küche war verlassen, jedoch konnte Jan auch keine Tür sehen.

„Du hast gesagt, hier gäbe es eine Tür", warf er Adelheid vor und wollte schon umdrehen, aber sie hielt ihn zurück.

„Ich habe von einem Ausgang gesprochen", verbesserte sie ihn und deutete auf ein Loch in einem Eck des Raumes, durch das normalerweise der Küchenabfall geschüttet wurde. Darunter lag der Schweinestall, wo sich die Schweine an den Resten laben durften. Jan zögerte nicht lange und sprang durch die Luke. Unten angekommen landete er knöcheltief in übelriechendem Morast.

„Jetzt du", forderte er Adelheid auf, worauf er sich unten bereit machte, um sie aufzufangen.

Sie setzte sich an den Rand der Luke, schob sich soweit vor, bis sie den Halt verlor und in Jans Armen landete.

„Danke", sagte sie kurz, nachdem er sie außerhalb der Abfälle von den Armen ließ. Inzwischen war erstes Waffenklirren zu hören, die Angreifer versuchten, den Vorteil der Überraschung zu nutzen und die Burg im Sturm zu nehmen.

„Hör zu", wandte er sich an Adelheid, nachdem er genug gesehen hatte, „ich glaube, dass du hier vorerst sicher bist. Setz dich dort drüben hinter den Strohhaufen und bleib' dort, bis ich wiederkomme."

„Was hast du vor", fragte sie ängstlich.

„Ich versuche uns aus der Burg zu bringen."

Sein Plan war einfach und kompliziert zugleich. Einfach war die Vorgehensweise, denn er wollte den Angreifern das Tor öffnen, um ihnen einen schnellen Sieg zu ermöglichen. Das schien ihm der schnellste Weg, um aus der Burg zu kommen. Die Verwirklichung des Plans war aber ungleich schwerer. Zum einen hatte die Burg zwei Tore, die beide geöffnet werden mussten, zum anderen wusste er nicht, wie er alleine ein bewachtes Tor aufstoßen sollte.

Um sich einen ersten Überblick zu verschaffen, lief er eine Treppe zum Wehrgang der inneren Verteidigungsmauer hinauf, von wo aus er den Kampf vor dem äußeren Tor sehen konnte.

Das Heer des Königs hatte einen Rammbock bis zum ersten Tor geschafft und bearbeitete damit die Torflügel aus schwerem Eichenholz. Die Arbeit ging gut voran, denn die Verteidiger hatten außer ein paar Steinen nichts zum hinunterwerfen, da die Kessel mit Wasser und Pech noch nicht heiß genug waren. An einer niedrigen Stelle im Norden versuchten die Angreifer, die äußere Mauer mit Leitern und Wurfankern zu ersteigen. Erste Soldaten des Königs waren schon über die Zinnen geklettert und drängten die völlig überforderten Verteidiger zurück, damit weitere Kämpfer den Wehrgang erreichten.

Jan rechnete den Angreifern gute Chancen aus, den äußeren Verteidigungswall bald einzunehmen, weshalb er sich auf das innere Tor konzentrierte. Denselben Gedanken hatte Hermann auch, denn obwohl draußen noch einige seiner Männer kämpften, gab er den Befehl, das innere Tor zu schließen. Daraufhin ließ er die ersten Wasserkessel dort aufstellen und versammelte die meisten seiner Schützen in der Nähe des Tores.

„Zu spät", ärgerte sich Jan, denn damit war sein Plan zunichte gemacht. Schnell sah er sich nach anderen Möglichkeiten um. Seine Suche wurde vom Lärm brechenden Holzes gestört und kurz darauf brach jubelndes Kriegsgeschrei aus. Heinrichs Soldaten rannten durch das zerstörte Tor, schlugen jeden, der sich ihnen in den Weg stellte, zu Tode und beeilten sich, den Rammbock hinauf zum zweiten Tor zu schieben. Die Verteidiger, denen zum einen der Rückzug von den eigenen Männern verschlossen worden war, zum anderen eine Übermacht an Feinden gegenüberstand, brachen in Angstschreie aus, die schnell zu Schmerzensschreien wurden. Das gesamte Kampfgeschehen verlagerte sich nun vor das innere Tor, weswegen die meisten Verteidiger dorthin eilten, um zu helfen.

Das brachte Jan auf eine neue Idee. Er rannte entgegengesetzt zu allen anderen den Wehrgang entlang auf die gegenüberliegende Seite, wo die Mauer nicht so hoch war wie auf der Vorderseite der Burg. Vom dicken Burgfried gut verdeckt gegen die Verteidiger am Tor, hievte Jan eine Leiter, die in der Nähe gestanden hatte, über die Zinnen und lehnte sie von außen gegen die Mauer. Er fand noch eine zweite, mit der er ebenso verfuhr.

Als er sich auf die Suche nach einer dritten machen wollte, stieß er mit dem Ritter zusammen, der ihn zuvor in der Halle ausgefragt hatte.

„He, was machst du hier hinten", fragte er scharf.

„Das könnte ich dich auch fragen", antwortete Jan und zog, ohne auf eine Antwort zu warten sein Schwert.

Damit hatte der Ritter am wenigsten gerechnet und schaffte es nur mit Mühe, Jans ersten Schlag zu parieren. Danach reagierte er blitzschnell und Jan musste bald feststellen, dass sein Unterricht noch lange nicht ausreiche, um gegen einen Haudegen wie diesen zu bestehen. Mit jeder halbfertigen Parade stieg in ihm die Todesangst, während sein Gegner immer sicherer wurde. Jeder Schlag des Ritters, den er mit dem Schwert abwehrte, lähmte seinen Arm stärker. Er war nahe daran, aufzugeben, als er ein leises

Surren vernahm. Einen Augenblick später fiel der Ritter ihm entgegen. Mit aufgerissenen Augen sackte er in sich zusammen und plumpste vor Jan auf den Boden. In seinem Rücken steckte ein Pfeil genau zwischen den Schulterblättern.

Nun sah Jan auf, um den Absender zu finden, der sich auch gleich zu erkennen gab. Es war Bretislav, der auf der äußeren Mauer stand und stolz mit dem Bogen winkte.

Danach überschlugen sich die Ereignisse. Die Angreifer hatten Jans Leitern bald entdeckt und zwanzig wagemutige Soldaten waren über sie in die innere Burg eingedrungen. Die überraschten Verteidiger leisteten kaum Widerstand, weshalb bereits eine halbe Stunde später auch das innere Tor geöffnet wurde. Hermann schaffte es, sich und ein paar seiner Verbündeten in den Burgfried zu retten, wobei sie aber keine Aussichten mehr auf einen Ausweg hatten. Daher beschloss man angesichts der fortgeschrittenen Stunde, sie bis zum nächsten Tag darin schmoren zu lassen. Auf einem prächtigen Schimmel ritt Heinrich im Burghof ein. Die Burg Creußen war gefallen, und damit war auch der Aufstand bezwungen!

Jan hatte den allgemeinen Trubel genutzt, um mit Bretislavs Hilfe Adelheid über die Leitern aus der inneren Burg zu bringen, denn sie hatte keine Lust, dem König hier zu begegnen. In Bamberg hoffte sie dagegen auf die Fürsprache der Königin. Ohne weiter bemerkt zu werden, verließen die drei die Burg und machten sich auf den Rückweg nach Bamberg.

An jenem Dickicht angekommen, in dem sie Siegfried gelassen hatten, machten sie eine kurze Rast und Jan suchte den unglücklichen Mitschüler auf. Dieser saß mit rotgeheulten Augen, zerschürftem Gesicht und vollgepinkelter Hose in der gleichen Position, in der Jan ihn festgebunden hatte. Mit gefesselten Händen schleifte er ihn wieder aus dem Jungwuchs, wobei Siegfried leise jammernd die ins Gesicht peitschenden Äste beklagte.

Siegfried staunte nicht schlecht, als er in der dritten anwesenden Person die von allen verehrte und bewunderte Hofdame erkannte. Zugleich schämte er sich wegen seines Auftritts und der Situation, in der er sich befand.

Jan erzählte Adelheid, was es mit Siegfried auf sich hatte, wer er war und fragte sie sogleich nach möglichen Strafen, die auf solch ein Verbrechen folgten.

„Nun", begann sie, wobei sie den Vokal langgezogen durch die spitzen Lippen fahren ließ, „wenn es nach mir ginge, so sollte er öffentlich ausgepeitscht und mit Schimpf und Schande davon gejagt werden."

Jan stellte Bretislav eine Frage auf slawisch, die dieser nickend bejahte, woraufhin sich Jan wieder an Adelheid wandte.

„Vielleicht fällt dir ja auch noch etwas besseres ein", sagte er gleichgültig, „jedenfalls schenke ich ihn dir. Vielleicht kannst du ja den König ein wenig besänftigen, wenn du ihm diesen Verräter auslieferst!"

„Oh ja, das wird sicher helfen", bedankte sie sich freundlich und deutete eine Verbeugung an. Siegfried sah sie daraufhin um Milde bettelnd an, aber als Antwort erntete er nichts als Verachtung.

„Gehen wir", forderte sie die beiden anderen auf und ging mit großen Schritten voran, ohne Rücksicht auf Siegfried, der wegen der Fussfesseln immer wieder stürzte.

Erst am nächsten Tag erreichten sie Bamberg, wo die Tore der Pfalz zur Sicherheit noch immer geschlossen waren. Es dauerte eine Weile, bis der kleine Schlitz im Tor geöffnet wurde und die Wache fragte, wer vor dem Tor stehe. Als Adelheid ihren Namen nannte, öffnete der Mann hastig das Tor und rief gleichzeitig noch einen Befehl in die Wachstube.

„Gott sei gelobt, dass ihr wieder zurück seid", begrüßte der Soldat Adelheid höflich. Die drei jungen Männer hingegen prüfte er skeptisch.

„Hier, sperr diesen Kerl ein", ordnete Bretislav an, dessen ernste Miene seinem Befehl noch mehr Geltung verlieh, „das ist Fräulein Adelheids Gefangener!"

Der Soldat musterte den geschunden Körper, der erschöpft zwischen den beiden anderen hing und gab den Befehl dann an zwei Soldaten weiter, die gerade aus der Wachstube gelaufen kamen.

„Adelheid!", rief auf einmal eine Stimme vom königlichen Wohntrakt her, aus dem eine zierliche Dame gefolgt von zwei weiteren Frauen auf die kleine Versammlung am Tor zulief.

Der höfischen Regeln nicht kundig, stand Jan noch immer aufrecht und glotzte die herbeieilende Königin an, während alle um ihn herum schon niedergekniet waren.

„Hinknien!", raunte Bretislav nachdrücklich, woraufhin Jan eiligst auf seine Knie fiel.

Mit tränenerstickter Stimme umarmte die Königin ihre jüngere Cousine. Ohne den umstehenden Männern Beachtung zu schenken, nahm sie Adelheid mit sich mit und war bald mit ihr im Wohnhaus verschwunden. Nur Adelheid blickte sich noch einmal um und blinzelte Jan liebevoll zu.

***

Der teilweise fertiggestellte Dom zu Bamberg war bis auf die letzte Nische gefüllt mit Menschen, obwohl gar kein wichtiger Feiertag war. Aber der Anlass war fast ebenso wichtig, denn es sollte ein Dankgottesdienst des Königs für die erfolgreiche Zerschlagung des Aufstandes sein. Nach der Burg Creußen waren auch die beiden anderen Burgen innerhalb von wenigen Tagen gefallen, wodurch der Rest der Aufständischen den Mut verloren hatte. Sie waren nun alle im Büßergewand in Bamberg eingetroffen, um während des Gottesdienstes ihren Treueid gegenüber Heinrich zu erneuern. Leider fehlte Hermann von Schweinfurt, der es doch noch geschafft hatte, unbemerkt aus Creußen zu entfliehen und sich zu Boleslaw Chrobry nach Polen zu retten.

Auch Bretislavs Vater war aus Regensburg gekommen, wenngleich er noch andere Gründe hatte, als nur dem Spektakel beizuwohnen. Erstens hoffte er, mit seiner Anwesenheit König Heinrich auf die Situation in Prag aufmerksam zu machen, wo immer noch Boleslaw Chrobry regierte, und zweitens konnte er gleichzeitig seinen Sohn wiedersehen, der zusammen mit Jan eine Ehrung für ihren Einsatz erhalten sollte. Die wahren Vorgänge von Creußen hatte Heinrich erst von seiner Gemahlin erfahren, woraufhin er die beiden Domschüler zum Festmahl einladen ließ.

Während des Gottesdienstes hielt Jan Ausschau nach Adelheid. Seit der geglückten Befreiung aus Creußen hatten sie sich nicht mehr gesehen. Nicht einmal eine Nachricht hatte Jan seitdem von ihr erhalten. Königin Kunigunde saß mit ihren Hofdamen in den vordersten Reihen, aber so sehr sich Jan auch bemühte, er konnte Adelheid nicht unter ihnen entdecken.

Gelangweilt wartete er das Ende des Gottesdienstes ab. Diese Siegesfeier König Heinrichs war für ihn zu eng mit einer persönlichen Enttäuschung verbunden. Schließlich war der Aufstand der Anfang vom Ende seiner Freundschaft mit Adelheid gewesen. Freundschaft? Jan hatte in den letzten Wochen oft darüber nachgedacht, was zwischen ihm und Adelheid gewesen war. War es nur eine Freundschaft oder gar eine Beziehung gewesen? Er konnte keine Antwort finden, was ihn nur unruhiger und unleidlicher für seine Mitmenschen werden ließ. Pater Ludovicus, der unweigerlich von dem Grund des nächtlichen Ausbruchs erfahren hatte, war so zornig geworden, dass er sich es nicht nehmen ließ, die obligatorische Strafe von zehn Stockhieben selbst auszuführen. Bretislav bekam als weitere Buße noch zwei Nächte in der Kapelle verhängt, während Jan eine Woche lang im Büßergewand in einer kleinen Kammer im Keller verbringen musste.

Gerade krochen die besiegten Aufständischen auf den Knien rutschend und in einfache Leinengewänder gekleidet durch den Kirchenraum auf den Altar zu, während die Menschen um sie herum leise zischten und sie bespuckten.

Die Zeremonie erreichte ihren Höhepunkt, als jeder der Verräter einzeln aufgerufen wurde und sein Vergehen vor Gott und dem König mit einem Kniefall bekennen musste. Jan schaute nur ein einziges Mal zum Altar hinüber, als Herzog Bernhard, Siegfrieds Vater an der Reihe war. Die Ähnlichkeit von Vater und Sohn war sprichwörtlich, aber im Gegensatz zu Siegfried behielt sein Vater auch während seiner Bestrafung eine herrschaftliche Haltung. Kaum sichtbar senkte er sein Haupt vor König Heinrich.

Jan musste an Siegfried denken. Auch ihn hatte er seit Creußen nicht mehr gesehen, aber Bretislav, der wie immer bestens informiert war, wusste, dass er zur Strafe in ein Kloster nach Süditalien geschickt worden war, weit weg vom Einfluss seines Vaters.

Während der Bischof nun die Eucharistie zelebrierte, versank Jan wieder in seinen Gedanken. Er dachte an seinen Vater, den er nun seit fast einem Jahr nicht mehr gesehen hatte. Wie mochte es ihm und dem Rest der Familie gehen? Die einzige Erinnerung an sie war der kleine Beutel mit Salz, den Jan nach wie vor um den Hals trug. In Gedanken zog Jan, hinter sich ein Saumpferd führend, durch die herbstliche Šumava. Erst das

Glockenläuten und die nach draußen drängenden Massen holten Jan in die Wirklichkeit zurück und er ließ sich mit dem Strom der Menschen aus der Kirche treiben.

Am Ende der Zeiten

Und er griff den Drachen, die alte Schlange, die der Teufel und der Satan ist; und er band ihn tausend Jahre und warf ihn in den Abgrund und schloss zu und versiegelte über ihm, damit er nicht mehr die Nationen verführe, bis die tausend Jahre vollendet sind. Nach diesem muss er für kurze Zeit losgelassen werden.
Apokalypse 20, 2-3

Jan war zusammen mit Bretislav zum Festsaal gegangen. Gebannt blieb er am Eingang stehen und staunte mit offenem Mund über die Pracht, die sich vor seinen Augen entfaltete. Die Wände waren mit reich verzierten Teppichen verhangen, überall brannten Kerzen und in der Mitte des Saals stand eine lange Tafel, die unter der Last der aufgetischten Speisen zu brechen drohte. Noch nie hatte Jan solch eine Fülle an Essen gesehen.

Ganz versunken in Verwunderung schreckte Jan zusammen, als er von einem Knappen, der den Gästen die Plätze zuweisen sollte, nach seinem Namen gefragt wurde. Bretislav reagierte sofort, nannte ihre Namen und erklärte dem angehenden Ritter mit echtem Stolz den Grund ihrer Einladung. Die erwünschte Wirkung blieb nicht aus, denn der Knappe verschaffte ihnen zwei gute Plätze in der Mitte der langen Tafel, von wo aus sie noch eine gute Sicht auf das Kopfende der Tafel hatten. Dort befanden sich an einem quer stehenden, erhöhten Tisch die Plätze des König und seiner Ehrengäste.

„Warum sitzen wir nicht da oben?", fragte Jan überrascht, während er sich mal hierhin, mal dorthin drehte, um auch wirklich alles zu sehen.

„Du bist gut", lachte Bretislav, „da oben dürfen nur hochrangige Adelige und Geistliche sitzen."

„Aber ohne uns würden die vielleicht gar nicht hier, sondern in einem Verlies sitzen", entgegnete Jan verständnislos.

„Vielleicht", stimmte ihm Bretislav vage zu, denn er wollte sich nicht in eine lange Diskussion über das Thema verstricken. „Es ist schon eine große Ehre für uns, überhaupt an dieser Tafel zu sitzen!"

In den großen Saal kehrte augenblicklich Ruhe ein, als eine tiefe, sonore Stimme das Königspaar ankündigte. König Heinrich trug einen grün schimmernden Samtrock, der von einem feinen Ledergürtel tailliert wurde. Am Saum war der blaue Streifen eines Unterkleides zu sehen, das manchmal am Boden streifte, als der König an den erhöhten Tisch am Kopf der Tafel schritt. Sein Gesicht strahlte eine Ausgeglichenheit und Ruhe aus, die Jan bisher nur bei Abt Godehard während der Gottesdienste in Niederaltaich beobachtet hatte.

Die gleiche Aura ging auch von Königin Kunigunde aus, die Jan kaum wieder erkannte. Ihr rotes Kleid war mit Stickereien aus Silberfaden reich verziert und fiel glatt zu Boden. Ihre Haare waren durch einen weißen Schleier verdeckt, der ihre blasse Gesichtsfarbe betonte. Dieses Gesicht war es, das Jan in seinen Bann zog. Die Ähnlichkeit zu Adelheid war frappierend. Verträumt starrte er die Königin an, während er dabei an Adelheid dachte. Erst ein Rippenstoß von Bretislav erinnerte Jan daran, wo er sich befand.

Vergeblich suchte er Adelheid im Gefolge des Königs, welches sich nun nach festgelegter Rangordnung in der Nähe des Königs an den Tisch setzte.

An das folgende Festmahl konnte sich Jan später nur unklar erinnern, so groß war seine Enttäuschung über das Ausbleiben Adelheids gewesen. In sich gekehrt folgte er den Gesprächen, die sich um ihn herum entwickelten.

Gegen Ende des Essens begannen Gaukler und Musikanten, die Gäste mit ihren Kunststücken zu unterhalten. Dazwischen wurde zum Tanz aufgefordert und die ganze Gesellschaft verteilte sich in kleinen Gruppen über den Saal.

Bretislav war es leid gewesen, seinen griesgrämigen Freund hinter sich herzuziehen und hatte ihn in einer Fensternische stehen lassen, um mit den jungen Rittern des Königs zu sprechen. Auch wenn er selbst nur ein Schüler der Domschule war, so sorgte seine Herkunft dafür, dass er als Gesprächspartner anerkannt wurde.

Jan blieb lange Zeit gedankenversunken alleine in seiner Nische sitzen, bis sich wie aus dem Nichts kommend ein Mann neben ihn auf die Bank setzte und ihn mit einem breiten Grinsen ansah. Jan reagierte zuerst nicht, aber der Mann ließ sich von seinem Vorhaben nicht abschrecken.

„Ich hatte nicht erwartet, heute Abend einen Domschüler zu treffen", sagte der Mann herausfordernd.

„Tomek", rief er vor Begeisterung so laut, dass sich die umstehenden Personen nach ihm umdrehten.

„Schscht", beschwor ihn Tomek mit einem vielsagenden Blick.

Jan verstand, lächelte den aufmerksam gewordenen Gästen entschuldigend zu und betrachtete danach Tomek eingehend, der sich so in die Nische gesetzt hatte, dass er den König immer im Blick hatte. Wie hatte sich der Mann verändert! Von dem Pilger, den Jan auf der Reise nach Bamberg kennengelernt hatte, waren nur noch die kleinen eng stehenden Augen geblieben, der Rest war ein völlig anderer Mensch.

Das verschlissene Pilgergewand hatte er gegen einen blauen Seidenrock getauscht, der von einem breiten Ledergürtel zusammengehalten wurde. An der Seite hing das kurze Schwert, welches er damals unter seinem Kittel versteckt gehalten hatte. Seine Gesichtszüge wirkten nun, da sie sauber und gepflegt waren, viel schärfer, aber gleichzeitig offen und freundlich. Selbst sein Haar hatte eine andere Farbe, wobei sich Jan nicht sicher war, ob sie gefärbt oder einfach nur geschnitten und vom Filz befreit waren.

„So wie du aussiehst, hast du deine Wallfahrt wohl beendet", stellte Jan schließlich fest.

„Oh ja", antwortete Tomek mit einem Augenzwinkern, „der Allmächtige selbst hat mich von meinem Schwur befreit. Ich bin jetzt wieder ein freier Mensch."

„Der Allmächtige", hakte Jan lächelnd nach und drehte sich kurz zu König Heinrich um.

Tomek nickte anerkennend mit dem Kopf.

„Ich sehe schon, dir kann man nichts vormachen!"

„Die Weisheit ist eine Gnade Gottes", antwortete Jan und zog die Augenbrauen hoch.

„Hör mir mit den frommen Sprüchen auf", unterbrach ihn Tomek leise, „die habe ich jetzt lange genug selbst aufsagen müssen!"

Jan richtete sich auf. Die Zeit des lockeren Geplänkels war für ihn vorbei, denn an einen Zufall der Begegnung hatte er von Anfang an nicht geglaubt.

„Also gut, Tomek - oder hat dir der ‚Allmächtige' auch einen neuen Namen gegeben?"

„Du verblüffst mich immer mehr, Kleiner", grinste er, dann rückte er etwas näher an Jan heran und sprach mit leiser Stimme weiter. „Nenn mich Stephan. Auf slawische Namen ist man hier zurzeit nicht sehr gut zu sprechen, nach all dem, was in Prag geschehen ist!"

Jan rutschte ein wenig zurück, um die alte Distanz zwischen ihnen wieder herzustellen und begann noch einmal von vorne.

„Gut Stephan, nachdem du nicht meinen Glauben prüfen willst, welches Wissensgebiet interessiert dich dann?"

„Prüfung", versuchte Stephan Zeit zu gewinnen, „da spricht der Domschüler aus dir. Aber ich kann dir gerne eine Frage stellen. Wie oft denkst du an deine Heimat?"

„Täglich", antwortete Jan, nachdem er über die erste Verwunderung hinweg gekommen war.

„Das ehrt dich. Möchtest du gerne wieder dorthin zurück?"

Jan zögerte mit einer Antwort. Worauf wollte sein geheimnisvoller Gegenüber hinaus? In wessen Auftrag stellte er die Fragen und warum gerade ihm?

„Jeder sieht seine Heimat gerne wieder", versuchte Jan sich hinter allgemeinen Floskeln zu verstecken, „aber einen Teil der Heimat trägt man immer im Herzen mit, als Notreserve sozusagen."

„Wenn ich dich heute abend richtig beobachtet habe, dann ist deine Notreserve aber ziemlich aufgebraucht", gab Stephan schlagfertig zurück, „oder hat deine schlechte Stimmung einen anderen Grund?"

Der vielsagende Blick, welcher der Frage folgte, weckte in Jan einen Widerstand. Wusste Stephan mehr über ihn, als er ihm selbst erzählt hatte? Von wem?

„Du bist zum Glück nicht mein Beichtvater", blockte er ab.

„Jetzt flüchtest du dich wieder in deinen geistlichen Käfig, in dem du dich schon viel zu lange versteckst!"

„Welch weiser Gedanke", erwiderte Jan spöttisch, „kannst du mir denn auch sagen, wovor ich mich verstecke?"

„Vor dem Leben", antwortete Stephan ohne lange nachdenken zu müssen, und Jan verstand, dass Stephan dieses Gespräch wie an einer Leine dorthin geführt hatte, wo er es haben wollte. Jan wurde unsicher. War er so leicht zu auszurechnen?

„Was ist das Leben in deinen Augen", fragte er nun, aber als er sah, dass Stephan auch diese Frage vorhergesehen hatte, wollte er die Unterhaltung am liebsten abbrechen.

„Das Leben ist wie ein Beutel Salz. Man kann ihn ewig aufheben und das Essen immer sparsam würzen, bis das Salz eines Tages verklumpt und unbrauchbar geworden ist. Genauso kann man aber das Salz reichlich streuen, gut essen und darauf vertrauen, dass man sich einen neuen Beutel leisten kann, wenn der alte aufgebraucht ist!"

„Man kann die Suppe aber auch kräftig versalzen und dadurch den Geschmack für Salz verlieren", entgegnete Jan sofort, der verstanden hatte, in welche Richtung Stephan steuerte. Nun wollte er die Spielregeln zumindest mitbestimmen.

„Danach lässt man die Finger vom Salz", fuhr Jan bestimmt fort, „gewöhnt sich an das fade Essen und schließlich verliert man den Glauben an die Wirkung des Salzes!"

Stephan hatte mit einer widersprechenden Antwort gerechnet, aber Jans Fortsetzung seines Vergleichs überraschte ihn.

„Wie ich sehe, kennst du dich mit Salz aus", antwortete er anerkennend und wurde schließlich konkret, „aber dann ist die Domschule erst recht nichts für dich!"

Jan lächelte. Das Bewusstsein, Stephans Strategie durchkreuzt zu haben, verschaffte ihm Genugtuung. Aber er wollte sich jetzt nicht einlullen lassen.

„Sondern?", fragte er, lauernd wie ein Wolf.

„Du musst wieder nach Böhmen zurückkehren", bedrängte ihn Stephan, „der König braucht dort Männer, auf die er sich verlassen kann!"

Jetzt war die Katze aus dem Sack. Er sollte mit auf den Feldzug nach Böhmen, vielleicht sogar auf Heinrichs Wunsch hin! Er wollte noch mehr erfahren.

„Welche Hilfe kann ich dem König schon sein?", gab er sich unsicher.

„Siehst du", betonte Stephan, „das ist es, was ich vorhin mit dem Salz meinte. Du streust immer viel zu wenig in deine Suppe! Für den König bist du von unschätzbarem Wert. Du kannst nicht nur beide Sprachen sehr gut, du bist auch noch ein Böhme! Die Leute in Böhmen werden dich akzeptieren, egal welche Stellung du hast. Mit solchen Voraussetzungen kann man es weit bringen. Sieh mich an!"

Dabei hob Stephan die Brust und hielt Jan seine rechte Hand hin, an der an jedem Finger ein goldener Ring steckte.

Jan schüttelte den Kopf.

„Es tut mir leid, dich enttäuschen zu müssen, aber wenn ich je nach Böhmen zurückkehre, dann sicherlich nicht als Feind. Auch das, was du Leben nennst, erscheint mir wie eine ewige Hatz nach der Anerkennung höhergestellter Menschen."

„Niemand zwingt dich", beschied ihm Stephan und hob abwehrend die Hände, „aber glaub mir, gewisse Personen am Hof würden sehr glücklich sein, wenn du weiterhin in der Nähe des Königs und der Königin bleibst!"

Die Königin hob er besonders hervor und sah Jan eindringlich an, während er gleichzeitig aufstand und in die Mitte des Saals steuerte, bevor Jan noch eine weitere Frage stellen konnte.

„Gerissener Hund", zischte Jan erbost, aber die letzten Worte hatten ihre Wirkung nicht verfehlt. Jan musste an Adelheid denken. Wie sehr wünschte er sich doch, dass dies eine Nachricht von ihr gewesen war!

Während er gedankenverloren durch den Raum blickte, fiel ihm auf einmal ein gut gekleideter Mann auf, der heftig mit seinen Tischnachbarn diskutierte. Jan verfolgte die Szene eine Zeit lang, die sich nicht unweit vom Tisch des Königs abspielte.

Wie es schien, stand der Mann, der wohl um die fünfzig Jahre alt war und einen mächtigen Bart hatte, mit seiner Meinung alleine da, denn seine Diskussionspartner versuchten alle, beschwichtigend auf ihn einzureden, was ihn nur noch mehr in Rage brachte.

Jan überlegte. Die Art, wie der Mann gestikulierte, die wachen Augen, die jeden seiner Tischnachbarn mit unglaublicher Ausdruckskraft einfingen, hatte er schon einmal erlebt. Aber im Augenblick konnte er diese Erinnerung nicht in einen klaren Zusammenhang bringen. Zum ersten Mal, seit er in Bamberg war, spürte er in sich die Neugierde, die ihn als Kind immer vorangetrieben hatte.

Mit einem verschmitzten Lächeln schwang er sich von der Bank und schlenderte durch die Menge auf den Tisch zu, um etwas von dem Streitgespräch aufzufangen. Die Bedeutung der Personen, die an dem Tisch saßen, verbot ihm, dort stehen zu bleiben oder auch nur langsam vorbei zu gehen. Deshalb nahm er kurzerhand einem Diener neben ihm den Krug Wein vom Tablett und ging zum Tisch.

Mit unterwürfiger Geste schenkte er langsam dem ersten der fünf Männer nach, die allesamt dem Adel angehörten. Er hatte bei der Person links des streitbaren Einzelkämpfers begonnen, damit er ihn möglichst lange beobachten konnte.

„Der König muss bald nach Italien ziehen, um Kaiser zu werden. Sonst wird es zu noch mehr Aufständen kommen", betonte gerade ein hagerer Mann, dessen blondes Haar bis zu den Schultern reichte, die von einem prächtigen Pelz bedeckt waren. Jan kannte die deutschen Dialekte inzwischen so gut, dass er den Mann als Sachsen erkannte.

„Du redest wie eine Schlange", warf ihm der Bärtige wütend vor, „sobald der König über die Alpen ist, macht ihr Fürsten doch, was ihr wollt!"

„Du nimmst dich da wohl aus", mischte sich ein anderer ein, der mit einem westfränkischen Einschlag sprach. „Bis vor wenigen Jahren klang das noch ganz anders! Da ritt der Käfernburger nur mit dem Kaiser, wenn er dafür neue Lehen bekam."

Jans Gedanken rasten, während er dem dritten nachschenkte. Er hatte noch nie von der Käfernburg gehört und trotzdem kam ihm das Gesicht des Bärtigen bekannt vor.

„Wir sollten uns nicht unsere Fehler vorhalten", wiegelte der Bärtige etwas versöhnlicher ab, „jeder von uns kennt die Schwächen unseres Reiches. Warum verschwenden wir unsere Energien für dieses schwache, menschliche Konstrukt? Bald wird der himmlische Herrscher erscheinen und uns alle zur Rechenschaft ziehen. Wie wollen wir vor ihm stehen?"

„Auch wenn du mit dem alten Kaiser verwandt warst", setzte der älteste Mann in der Runde ein und hob warnend den Zeigefinger, „solche Sprüche solltest du in der Nähe König Heinrichs nicht zu laut aussprechen, Gunther!"

Als der Mann den Namen des Bärtigen ausgesprochen hatte, fiel es Jan wie Schuppen von den Augen und er erinnerte sich an den forschen Ritter, den er damals auf der Burg Natternberg kennengelernt hatte. Vor lauter Überraschung vergaß er, den Krug wieder abzusetzen, als er Gunther gerade einschenkte. Er bemerkte sein Missgeschick erst, als der Becher schon übergelaufen war. Geistesgegenwärtig war Gunther aufgesprungen, so dass der Wein nicht auf seine kostbare Robe geflossen war.

Zuerst traf Jan ein grimmiger Blick, aber statt des erwarteten Wutausbruchs, beruhigte sich der Reichsgraf schnell. Der Zorn wich einem freundlichen Blick, den Jan als eine Mischung aus Selbstbeherrschung und Überraschung deutete.

„Ist gut, Junge", sagte er ruhig und klopfte Jan auf die Schultern, „es ist ja zum Glück nichts passiert!"

Jan verneigte sich tief und verschwand dann schleunigst in dem Gewühl der Menschen. Als er sich weit genug von dem Tisch entfernt hatte, drehte er sich verstohlen um. Mit Erleichterung stellte er fest, dass die Ritter schon wieder zu einer engagierten Diskussion übergegangen waren, in der Gunther seine Position heftig verteidigte. Während er den Tisch weiter beobachtete, suchte Jan in seiner Erinnerung nach jenem Abend auf der Burg Natternberg, als er Gunther zum ersten Mal gesehen hatte. Wenn er sich recht entsann, war der Thüringer damals ein entschlossener Ritter gewesen, der es kaum erwarten konnte, zu seinem Kaiser nach Italien zu kommen. Konnte sich ein Mann derart verändern und warum?

Jan schüttelte die Gedanken ab, da er sich nicht in der Stimmung fühlte, um tiefschürfende Überlegungen anzustellen. Überhaupt verspürte er keine weitere Lust zu feiern, denn Adelheids Abwesenheit konnte und wollte er nicht so einfach hinunter schlucken. Bretislav hatte er zwischen den vielen Menschen sowieso verloren und so entschloss er sich, alleine aufzubrechen.

Auf den wenigen Metern zur Domschule hinüber fühlte Jan, wie sich die kühle Nachtluft des beginnenden Herbstes unter seinem Wams festsetzte. Ihn fröstelte plötzlich und er wärmte sich selbst mit verschränkten Armen und den Kopf an die Schultern gepresst.

In diesem Augenblick nahm er in seinen Augenwinkeln einen Schatten wahr. Jan ging weiter, ohne sich etwas anmerken zu lassen, verlangsamte aber seine Schritte und fühlte mit einer Hand nach dem Dolch, den er seit Creußen immer unter seinem Wams trug. Jan schloss die Augen, um sich besser auf sein Gehör konzentrieren zu können. Die Person in seinem Rücken war vorsichtig, doch hörte Jan dennoch, wie sie wieder ein paar leise Schritte machte, kaum dass er um eine Hausecke gebogen war.

Den Kopf nach vorne gerichtet, aber immer auf das achtend, was er hinter sich hörte, ging Jan zur Domschule. Die Person folgte ihm beharrlich in einigem Abstand.

In seinem Kopf legte sich Jan einen Plan zurecht. Er hatte die Domschule bereits erreicht und lief an ihrer Breitseite entlang. Nach der nächsten Ecke kam die Torseite. Er wusste, dass gleich hinter dem Eckpfeiler eine kleine Nische war, in der früher einmal ein Trog für die Tiere gestanden hatte.

Kaum dass er um die Ecke gebogen war, sprang er mit zwei großen Schritten in diese Nische. Mit der rechten Hand zog er den Dolch, während er versuchte, so ruhig wie möglich zu atmen.

Zuerst hörte Jan nichts. Hatte sein Verfolger aufgegeben? Vielleicht hatte er ihn durchschaut? Jan duckte sich in seinem Versteck und wartete voller Ungeduld.

Es kam ihm wie eine Ewigkeit vor, bis er wieder die leisen Schritte hörte. Sein Verfolger musste jetzt an der Ecke angekommen sein. Jan presste sich gegen die Rückwand, um ja nicht entdeckt zu werden. Sein Griff um den Dolch wurde fester. Wie früher bei der Jagd in der Šumava wartete er mit angespanntem Körper, um im richtigen Augenblick aus seinem Versteck zu stürzen.

Aber sein Verfolger zögerte wieder. Er blieb lange stehen, bis er sich schließlich doch mit den Händen an der Mauer entlang tastend in Richtung Tor begab.

Jan fixierte die Ecke der Nische. Eine Hand legte sich vorsichtig auf den mondbeschienenen Rand der Nische, als Jan hervorsprang, der überraschten Person eine Hand auf den Mund drückte und mit der anderen ihr den Dolch an den Hals setzte.

„Keinen Laut", drohte Jan mit unterdrückter Stimme. Er spürte, wie sein überrumpelter Gefangener am ganzen Leib zitterte. Langsam, bereit sofort wieder zuzugreifen, löste er seine Hand vom Mund.

Schwer atmend und erschöpft beugte die Person ihren Kopf nach vorne. Dabei fielen ein paar Strähnen glänzenden Haares aus dem Tuch, das um den Kopf gebunden war.

Überrascht nahm Jan den Dolch vom Rücken der Frau und zog sie in die Nische in der Mauer.

Als er ihr Gesicht sah, ging er überrascht einen Schritt zurück.

„Adelheid!"

Adelheid schluchzte nur leise und ließ sich dann in seine Arme fallen. Jan zog sie fest an sich.

***

An diesem Tag war die gesamte Pfalz zu Bamberg von einer ausgelassenen und fröhlichen Stimmung erfasst gewesen, wie sie unter dem gottesfürchtigen König Heinrich nur selten geherrscht hatte. Aber der schnelle Sieg über die Aufrührer war selbst für Heinrich so unerwartet gekommen, dass er seine Freude darüber vor niemanden verbarg. Es sollte ein großer Festtag werden, an dem den von weit her gereisten Fürsten, Adeligen und Ritter die neue Pracht des Königtums vor Augen geführt werden sollte.

Allein Adelheid war nicht nach feiern zu Mute. Nicht nur dass ihr in den letzten Wochen seit der Eroberung der Burg Creußen jeglicher Kontakt zu Jan untersagt worden war, sondern sie hatte auch miterleben müssen, wie ihr Onkel, der König, alle Mittel benutzte, um seinen Willen durchzusetzen.

Zwar hatten die heimlichen Treffen zwischen Adelheid und Jan den König mächtig erzürnt, so dass er selbst seiner geliebten Frau schwere Vorwürfe machte, wie es dazu gekommen sein konnte. Andererseits lobte er den Mut und die Tatkraft Jans, die schließlich auch zur Eroberung der Burg Creußen geführt hatte. Er brauchte auch keine komplizierten Untersuchungen anstellen, um mehr über Jan in Erfahrung zu bringen. Pater Ludovicus gab bereitwillig Auskunft, wobei er jedoch hoffte, dass Jan damit der Schule verwiesen werden würde, was seiner Meinung nach die einzig angemessene Strafe war.

Doch Heinrich hatte andere Pläne. Er plante für den Herbst einen Feldzug nach Böhmen, um Prag aus den Händen von Boleslaw Chrobry zu befreien. Für dieses Unternehmen brauchte er Männer, die sich in Böhmen auskannten und die slawische Sprache beherrschten.

Nach Pater Ludovicus erhielt Heinrich weitere Informationen von Bretislav, der ihm aufrichtig erklärte, dass Jan keinerlei Interesse an der großen Politik hatte und sich aus Kriegen und Kämpfen nicht viel machte.

„Außer", fügte Bretislav zum Schluss an, „es ist sein persönlicher Krieg."

„Wie soll ich das verstehen?", stutzte der König.

Bretislav presste seine Hände zusammen, die er vor seinem Körper ineinander gefaltet hatte.

„Nun Majestät", begann Bretislav zögerlich, „wenn er sich selbst angegriffen oder ungerecht behandelt fühlt, dann möchte ich nicht sein Gegner sein. Denken Sie an Creußen."

Der König überlegte.

„Mein junger Freund", sagte er schließlich, „warum sagtest du, musste dieser Jan von zu Hause weggehen?"

„Er hatte sich mit dem falschen Mädchen eingelassen", antwortete Bretislav kurz.

„Dafür scheint er eine besondere Begabung zu haben", konstatierte Heinrich mit einem Lächeln.

„Er ist aber kein...", rief Bretislav hastig und hielt dann aber inne, da es niemandem erlaubt war, in der Gegenwart es König ohne dessen Aufforderung zu sprechen.

„...Weiberheld", führte Heinrich den Satz zu Ende.

Bretislav nickte stumm.

„Das unterstellt ihm auch niemand", beruhigte ihn Heinrich, „ich möchte aber doch gerne erreichen, dass dein Freund uns auf diesem Feldzug begleitet."

„Ich werde mit ihm reden", antwortete Bretislav mit einer Verbeugung.

„Nein, das ist nicht nötig", entschied Heinrich, „jedenfalls nicht sofort! Deine Informationen sind vorerst ausreichend."

Mit einem Wink verabschiedete Heinrich Bretislav, der eilig den Raum verließ. Irgendwie wurde er das Gefühl nicht los, dass er gerade Verrat an seinem Freund begangen hatte.

***

„Woher weißt du das alles?", fragte Jan überrascht und ungläubig zugleich.

Adelheid, die ihr Gesicht immer noch fest an seine Brust drückte, flüsterte leise.

„Ich habe einige gute Informanten und außerdem bin ich noch immer die Cousine der Königin."

Jan war fassungslos darüber, wie viel sich ohne sein Wissen abgespielt hatte. Wie es schien, war ohne sein Einverständnis über seinen weiteren Lebensweg entschieden worden! Er erinnerte sich an das Gespräch mit Stephan früher am Abend.

„Hat der König einen Boten nach Klatovy gesandt?", fragte Jan jetzt vorsichtig.

Adelheid nickte.

„Es war ein junger Ungar, der schon oft solche Spähdienste für Heinrich unternommen hat."

Jan ging ein Licht auf.

„Nennt sich dieser Mann vielleicht Tomek oder Stephan?", fragte er, ohne wirklich eine Antwort zu erwarten.

„Du kennst ihn?" sah ihn Adelheid jetzt überrascht an.

„Von kennen kann keine Rede sein, aber ich bin ihm wohl einmal zu oft begegnet. Gerade heute Abend hat er mich beim Bankett angesprochen. Warum warst du eigentlich nicht dort?", fragte Jan, um das Thema zu wechseln.

Wieder antwortete Adelheid nicht sofort.

„Es ist...weil", stotterte sie dann leise, „versteh mich bitte nicht falsch, aber ich wollte dich nicht sehen!"

„Wie bitte? Warum nicht?"

„Ach, Jan", seufzte Adelheid genervt, „manchmal bist du wirklich sehr kompliziert." Sie löste sich von ihm und ließ sich mit dem Rücken an die Wand fallen.

„Wir hätten uns nur von weitem gesehen und nicht ein Wort miteinander sprechen können", erklärte sie, verzweifelt wegen Jans Naivität.

„Mir hätte das gereicht!"

„Gott im Himmel", rief Adelheid jetzt entrüstet aus, aber sie konnte nicht weiter reden.

Plötzlich hatte Jan sie ergriffen und ihr wieder mit der Hand den Mund zugehalten. Mit feurig zornigen Augen sah sie ihn an, aber Jan legte zur Erklärung nur den Zeigefinger auf den Mund und zeigte dann in die Richtung, aus der sie gekommen waren.

Adelheid beruhigte sich und versuchte, zu lauschen. Sie konnte aber nichts hören, weshalb sie schon glaubte, Jan würde ein Spiel mit ihr treiben. Doch Jan nahm sie gar nicht mehr wahr. Er starrte konzentriert aus der Nische in die Dunkelheit hinaus, während er Adelheid hinter sich schob, so dass sie an der Rückwand der Nische stand.

Im fahlen Mondlicht spiegelte sich einen kurzen Augenblick der Stahl von Jans Dolch, den er wieder aus seinem Wams hervorgeholt hatte. Adelheid lauschte, aber sie konnte noch immer nichts hören. Sie wollte gerade etwas sagen, als Jan mit einem großen Satz brüllend aus der Nische sprang.

Unwillkürlich zuckte Adelheid zusammen. Sie hörte neben dumpfen Schlägen einige unterdrückte Schmerzenslaute. Ihre Neugier zog sie aus der Nische um dem Kampf zu folgen, aber letztendlich siegte doch die Angst und sie blieb an der Nischenrückwand stehen. Plötzlich wurde es ruhig. Adelheid wagte nicht zu atmen, bis sie erleichtert Jan Stimme halb befehlend, halb keuchend hörte.

„Was treibst du dich hier nachts herum?"

Adelheid schloss aus der Betonung des Du, dass Jan die Person kannte. Vorsichtig wagte sie sich einen Schritt aus der Nische heraus. In der Dunkelheit konnte sie lediglich Jan erkennen, der auf einem Bündel aus verschiedenen Stoffen saß. Mit seiner rechten Hand drückte er seinen Dolch der anderen Person an den Hals.

„Ganz ruhig bleiben, mein Freund", versuchte der andere Mann die Situation zu entschärfen. Seine tiefe Stimme klang erschöpft und war nicht mehr als ein Hauchen. „Wir sind auf derselben Seite!"

„Ach ja?", fragte Jan sarkastisch, „und wieso schleichst du dich dann hier herum?"

„Ich werde dir alles erklären", bot der Mann an, „aber lass mich erst frei. Ich bekomme kaum noch Luft."

Jan überlegte kurz, bevor er schwungvoll von Boden aufstand und sich sein Wams abklopfte. Adelheid konnte an ihm keine Erschöpfung erkennen, während sich sein Gegner jetzt schwerfällig und langsam atmend aufsetzte.

Was immer Jan auch gemacht hatte, dachte Adelheid, er hatte gut getroffen.

„Komm steh' auf", fuhr Jan den Mann an, „in Anwesenheit einer Dame solltest du dich etwas mehr zusammen reißen."

Erschrocken hörte Adelheid die Härte in Jans Worten. Wie ein Lehnsherr seinen Leibeigenen kommandierte er seinen Gegner herum. Auf einmal fühlte sie Mitleid mit dem Mann, was aber sofort in Ablehnung umschwenkte, als der seinen Kopf hob und sie ansah.

„Das ist doch...", rief sie erschrocken auf und Jan beendete lakonisch ihren Satz.

„...Stephan, Tomek oder weiß Gott wie viele Namen er trägt. Am besten nennen wir ihn des Königs Spion."

„Hüte deine Zunge", warnte ihn Stephan, der langsam wieder normal atmete und jetzt, da er Adelheid gesehen hatte, eigentlich alles wusste, was er in Erfahrung bringen wollte. Dieser kleine Triumph ließ ihn seine gewohnte Gelassenheit zumindest stückweise wiedergewinnen.

„Dein Leben scheint dir nicht viel wert zu sein", setzte er fort, „es ist nicht gut, den König zum Feind zu haben."

„Bevor du dich um mein Leben kümmerst, sorge lieber für dein eigenes", giftete Jan zurück, „ich hätte dich auch gleich töten können."

„Oh ja", frotzelte Stephan, „Jan, der unerschrockene Säumer! Ich habe viele Geschichten über dich gehört – und nicht alle waren positiv!"

Jan biss die Zähne aufeinander. Wieviel wusste Stephan und wieviel davon entsprach der Wahrheit? Vielleicht hatte er in Klatovy nur mit Marek gesprochen oder dessen Haudegen. Jan traute ihm das zu.

„Nicht alles, was man hört, ist wahr", antwortete Jan kurz, denn er spürte, dass er sich auf gefährliches Terrain begab.

„Auch nicht, wenn es aus dem Mund einer reizenden Frau namens Božena kommt?"

Als er den Namen hörte, erstarrte Jan für einen Augenblick und Stephan nutzte die Gelegenheit, um etwas Abstand zwischen sich und Jan zu bringen. Er wusste, dass er nun den Vorteil auf seiner Seite hatte, wenn er es richtig anstellte.

„Ihr müsst wissen", wandte er sich an Adelheid, „dass auf unseren unerschrockenen Säumer zuhause eine Frau wartet, die aber leider schon verheiratet ist."

„Schweig", fuhr ihn Jan an. Zugleich hatte er sich auf Stephan gestürzt, der durch die Wucht des Aufpralls das Gleichgewicht verlor und wieder zu Boden ging.

„Wenn du schon so viel zu erzählen hast", stieß Jan mit zusammengepressten Lippen hervor, „dann will ich dir auch Gelegenheit dazu geben - aber auf meine Art. Los, steh auf!"

Dabei zog er Stephan wieder in die Höhe.

Adelheid, die bisher schweigend zugesehen hatte, zupfte Jan vorsichtig am Arm.

„Jan", flüsterte sie mit sanfter Stimme, „überlege gut, was du tust! Er steht beim König in großem Ansehen!"

„Endlich ein vernünftiges Wort", stimmte Stephan erleichtert zu. So sehr es auch zu verbergen versuchte, aber der Angstschweiß lief ihm von der Stirn.

„Ich werde mich lediglich mit ihm unterhalten", beruhigte Jan sie, der es bereute, in ihrer Gegenwart so hartherzig aufzutreten. Aber er musste mehr Informationen von Stephan bekommen. Es war weniger der Gedanke, dass Stephan Unwahrheiten über ihn erfahren hatte, als vielmehr die Tatsache, das Jan auf einmal ein unheimliches Heimweh spürte. Plötzlich war da ein Mensch, der ihm etwas von zuhause erzählen konnte.

„Geh zurück in die Pfalz, sonst wird man dein Verschwinden noch entdecken", wandte sich Jan an Adelheid, „ich werde dir bald eine Nachricht zukommen lassen!"

„Wenn Ihr meinen Rat hören wollt", mischte sich Stephan ein, aber weiter kam er nicht, denn Jans Faust traf ihn so hart am Kopf, dass er bewusstlos zusammensackte. Erschrocken zuckte Adelheid zusammen.

„Hab keine Angst", beruhigte sie Jan, „ich werde ihm nichts tun. Und jetzt geh!"

Dazu gab er ihr einen leichten Kuss auf die Wange. Wortlos drehte sich Adelheid um und war bald um die Ecke verschwunden.

Jan schaute ihr nicht nach, denn er hatte keine Zeit zu verlieren.

Adelheid war kaum um die Ecke, als sie sich erschöpft gegen die Wand lehnte und lautlos anfing zu weinen. Sie hatte Angst um Jan. Schließlich raffte sie all ihren Mut zusammen und schaute noch einmal um die Ecke. Zu ihrer Bestürzung sah sie, wie Jan, Stephan über der Schulter tragend, am Tor der Domschule vorbei in Richtung Wald lief. Was hatte er vor?

Sie überlegte ihm zu folgen, aber sie brachte den Mut nicht auf, sondern lief eilends durch die nachtschwarzen Gassen zu dem kleinen Tor, an dem sie den Wächter bestochen hatte, ihr zu öffnen. Ungesehen gelangte sie in ihre Kammer, wo sie sich erschöpft, traurig und verängstigt auf ihr Bett fallen ließ.

**

„Was hast du herausgefunden?", fragte Marek ungeduldig, die Falten auf seiner Stirn wirkten im Kerzenschein noch tiefer, und seine versteiften Gesichtszüge wirkten morbide. Er war mit seinem Leben nicht glücklich. Wie sollte er auch?

Sein Vater bevormundete ihn noch immer, obwohl er inzwischen fünfundzwanzig Jahre alt war und sein Vater das Haus nicht mehr verlassen konnte. Seine Frau liebte ihn nicht und er war es leid, sich anderweitig Zerstreuung zu suchen. Aber jetzt schienen sich alle Mächte der Welt gegen ihn verschworen zu haben. Seit vor einiger Zeit dieser Mann in Klatovy aufgetaucht war und sich nach Jan erkundigt hatte, hatte Marek keine Minute Schlaf gefunden. Tiefe Augenringe stachen aus dem fahlen Gesicht hervor.

Hatten ihm seine Männer nicht vor einem Jahr gesagt, dass Jan tot sei?

In dem verschlossenen Raum stand ihm der Mann gegenüber, der sein letzter Verbündeter war. Der alte einarmige Räuberhauptmann war in seinem Leben auch nicht von Fortuna gesegnet worden, aber bisher hatte er sich tapfer seinem Schicksal widersetzt. Der Wikinger zog die Nase hoch, bevor er zu sprechen begann.

„In Deggendorf kennt man ihn nicht mehr", sagte er langsam. So hoffte er, Marek Jähzorn etwas zu besänftigen. „Aber er ist wohl vor einem Jahr nach Niederaltaich ins Kloster geflüchtet, wo er Aufnahme gefunden hat."

„Willst du damit sagen", unterbrach ihn Marek ungläubig, „dass er zuerst deine Männer abgeschüttelt hat und dann alleine bis nach Niederaltaich gekommen ist, durch ein so undurchdringliches Gebiet, dass sogar ihr es meidet?"

„Ja", verschluckte der Wikinger seine Antwort beinahe.

Marek stieß einen Fluch aus und schlug mit der Faust auf den Tisch.

„Der kommt nicht wieder hierher", besänftigte ihn der Wikinger, „oder würdest du wieder nach Klatovy gehen, wenn du in Bamberg, der Königspfalz bleiben könntest?"

Marek lachte krampfhaft.

„Nein, keine zehn Pferde könnten mich von dort weg bringen", sinnierte er mit leerem Blick und machte eine Pause, während er sich vor seinem geistigen Auge das Leben in Bamberg vorstellte. „Nur leider", verjagte er seine Tagträume, „ist Jan nicht ein Mensch wie du und ich, sondern ein verbohrter Dickschädel, der verwirklicht, was er sich in den Kopf gesetzt hat."

„Trotzdem bin ich mir sicher, dass er nicht wieder hierher kommt", bekräftigte der Wikinger seine Meinung.

„Genauso sicher, wie Jan vor einem Jahr tot war", fragte Marek sarkastisch. „Nein, wir müssen vorbereitet sein, wenn er kommt."

Der Wikinger blickte Marek überrascht an. Es war erstaunlich, wieviel Elan in diesem Mann geweckt wurde, wenn es darum ging, seinen Erzfeind zu schlagen - und wenn es nur eine Phantasie war.

„Er soll nicht einen Tag überleben, wenn er es wagt, meine Wege zu kreuzen." Marek setzte sich aufrecht in seinen Stuhl. Er hatte wieder ein Ziel.

***

Um Bamberg herum leuchteten die Wälder in den schönsten Farben, in den Weinbergen wimmelte es schon seit den Morgenstunden von Arbeitern und auf der Regnitz wurden die letzten Schiffe beladen, die noch dieses Jahr den weiten Weg nach Köln zurücklegen wollten. Über den taufeuchten Platz vor dem Pfalzbau, auf dem schon ein reges Treiben herrschte, lief ein Mönch gesetzten Schrittes zum Dom hinüber. Er kam sich vor wie ein Fremdkörper zwischen all den Soldaten und Waffenknechten, die damit beschäftigt waren, ihre Ausrüstung bei den Marketendern und Schmieden der Stadt zu vervollständigen.

König Heinrichs Feldzug gegen Boleslaw Chrobry stand kurz bevor, denn die Zeit drängte. Es war Anfang September und in wenigen Wochen würden die Wege für ein Heer unpassierbar werden. Schon jetzt zweifelten nicht wenige am Erfolg des Unternehmens.

In den Gesichtern der Soldaten konnte der Mönch jedenfalls nicht die Begeisterung erkennen, wie sie sonst bei Soldaten vor einem großen Feldzug Gewohnheit war. Jeder ging wort - und lustlos seiner Tätigkeit nach.

‚Ich muss mit ihm darüber sprechen', dachte der Mönch, während er den Dom betrat. Als die schwere Tür hinter ihm wieder ins Schloss fiel, hatte er diese Gedanken schon hintangestellt. Es war seine eiserne Gewohnheit, sich nur Gott zu widmen, sobald er ein Gotteshaus betreten hatte. Hier gab es nur Gott und ihn.

Je näher er zum Altar trat, desto mehr spürte er, wie die Lasten des Alltags von ihm abfielen. Die letzten Wochen waren sehr anstrengend gewesen. In allen Städten und Ländern wurde der baldige Weltuntergang prophezeit und nicht wenige hatten in dem Aufstand der Adeligen den Beginn des jüngsten Gerichts gesehen. Eine Schauergeschichte jagte die andere. Vor kurzem war aus den Niederlanden berichtet worden, dass es dort Blut geregnet hatte.

All diese Umstände ließen immer mehr Menschen die Nähe Gottes suchen. Die Klöster konnten dem Ansturm an Novizen kaum Herr werden und der Mönch musste unweigerlich an sein eigenes Kloster denken. Das Klostergebäude in Niederaltaich platzte aus allen Nähten. Deshalb hatte er den König um die Erlaubnis gebeten, weitere Klöster in der Region gründen zu dürfen.

Auf einmal hielt er inne. Hatte er tatsächlich sein Kloster gesagt? Nun, wohl nicht gesagt, aber vor Gott waren Sprache und Gedanken einerlei. Hatte er das Recht, von seinem Kloster zu sprechen? Er war wie kein anderer mit dem Kloster vertraut, er lebte dort, seit er ein Junge war und die Größe und Reputation hatte das Kloster ihm zu verdanken, aber hatte er deshalb irgendwelche Besitzansprüche? Wie oft hatte er schon von der Kanzel gepredigt, dass nicht der eigene Wille zählte, sondern nur Gottes Wille.

Godehard, Abt des Klosters Niederaltaich, faltete die Hände, neigte den Kopf und konzentrierte sich.

„Großer Gott", fing er an zu beten, „dir ist kein Sünder zu gering, als dass du ihn nicht rettest. So nimm auch mich reuigen Sünder an, denn ich habe dein Eigentum als meines betrachtet und nach meinem Willen benützt. Aber ich gebe dir nicht nur dein Eigentum zurück, sondern auch mich selbst, damit ich als dein Werkzeug dir dienen kann."

Nach einer Weile sprach er noch das Vater Unser und betete auswendig einige Psalmen.

> Glücklich sind, die im Weg untadelig sind,
> die im Gesetz des Herrn wandeln.
> Die auch kein Unrecht tun,
> die auf seinen Wegen wandeln!

Anschließend bekreuzigte sich Godehard und stand auf. Er verließ den Dom durch eine Seitentür, die direkt auf den Innenhof der Pfalz führte. Kurze Zeit später wurde er von einem Knappen in den großen Saal der Pfalz geführt, an dessen Kopfseite der Thron König Heinrichs stand. Durch die lange Fensterzeile fiel die Morgensonne und ließ den Buntsandstein der Mauern leuchten. Der Boden war mit frischem Stroh belegt, in das wohlriechende Kräuter gestreut waren, die den Raum mit einem angenehmen Duft erfüllten.

„Mein lieber Godehard", begrüßte ihn Heinrich erfreut, „tritt näher!"

Godehard kannte den König seit vielen Jahren und hatte ihm stets zur Seite gestanden. Für den König war der Abt zu einem zweiten Vater geworden. Während Godehard den Saal durchschritt, stand Heinrich von seinem Thron auf und ging ihm entgegen. Mit einer Umarmung begrüßte er den Abt.

„Ich freue mich, einen so seltenen Gast hier in Bamberg zu sehen. Du solltest öfter an den Hof kommen!"

Heinrich wies Godehard einen Stuhl an einem Tisch zu und setzte sich neben ihn. Mit einem Handzeichen ließ er Wein kommen.

„Gott bewahre", winkte Godehard ab, „du weißt, wie wenig ich dem höfischen Leben abgewinnen kann! Außerdem lassen die Aufgaben im Kloster ein häufigeres Fernbleiben nicht zu."

„Ich habe von dem großen Andrang reuiger Menschen gehört, den ihr in Niederaltaich zu bewältigen habt. Das ist Gottes Lohn für deine harte und aufopfernde Arbeit!"

Es war aufrichtige Anerkennung und Bewunderung, die Heinrich für den Abt hegte. Aber Godehard musste an sein Gebet am Morgen denken.

„Nun, das ist nicht nur mein Verdienst", wiegelte er ab, „das ganze Capitel trägt seinen Teil dazu bei."

„Niemand macht eine Arbeit ganz alleine", stimmte Heinrich zu, „aber es braucht jemanden, der die Menschen anleitet. Einen Hirten, der die Schafe führt."

„Wohin führst du deine Soldaten?", wechselte Godehard unvermittelt das Thema, weil ihm die Gesichter der Soldaten eingefallen waren. Im ersten Augenblick war Heinrich über so viel Offenheit überrascht, aber er sah ein, dass er Godehard nichts vormachen konnte.

„Ich muss Böhmen zurückgewinnen, um meine Position zu festigen."

„Du musst?", fragte Godehard kritisch.

„Nun", erklärte Heinrich, „je länger ich warte, desto mehr nistet sich Boleslaw in Prag ein und es wird immer schwieriger werden, ihn zu besiegen."

„Aber die Zeit für einen Feldzug wird knapp", bemerkte Godehard, „es ist Mitte September und die Wege werden bald unbrauchbar. Ich verstehe nichts von Krieg, aber als ich heute morgen an den Waffenknechten vorbei gegangen bin, da habe ich kein fröhliches Lied gehört, keine kriegstreiberischen Reden und keine blutrünstigen Geschichten. Diese Männer leben vom Krieg, aber diesmal scheinen sie ihn nicht zu wollen. Warum einen Krieg beginnen, den selbst die Protagonisten verwünschen?"

„Aber ich kann Prag nicht den Piasten überlassen", antwortete Heinrich eindringlich, „außerdem bin ich überzeugt, dass ich vor Wintereinbruch in Prag sein werde!"

„Damit du dann den Winter über an der östlichen Grenze des Reiches festsitzt, umgeben von misstrauischen Fürsten", wandte Godehard ein. Er hatte sich diese Argumente vorher nicht zurecht gelegt und war selbst überrascht, wie schlüssig er sie vortrug. „Die Situation im Reich ist nach dem Aufstand noch nicht wieder so stabil, dass du einen Winter lang im Abseits stehen kannst! Warte noch ein halbes Jahr und du wirst mit einem motivierten Heer und ausreichend Zeit deinen Feldzug durchführen können."

Heinrich missfiel der Gedanke, sich von einem Mönch militärische Ratschläge geben zu lassen, aber auf der anderen Seite verstand er die Argumente Godehards und er war sich selbst seines Plans nie ganz sicher gewesen.

„Ich werde noch einmal darüber nachdenken", antwortete er ausweichend, „vielleicht kann der Feldzug ja noch warten. Andere Dinge können dagegen nicht warten!"

Godehard sah ihn erwartungsvoll an.

„Du hast mir von den großen Problemen geschrieben, die ihr wegen der vielen neuen Mönche habt. Aber nicht nur nach Niederaltaich kommen viele reuige Menschen."

Heinrich stand auf und ging ruhig im Raum auf und ab.

„Gott bereitet diese Welt auf seine Rückkehr vor", fuhr er mit tiefer Überzeugung fort. „Aus allen Teilen der Erde häufen sich die Nachrichten der Apokalypse! Die tausend Jahre der Gefangenschaft des Satans sind vorbei und er wird bald über die Welt herfallen. Dafür müssen wir uns vorbereiten."

Godehard war von den Worten Heinrichs ergriffen. Auch er war überzeugt, dass das Kommen Christi nicht mehr weit entfernt war. Aber Heinrich war noch nicht fertig.

„Ich bin der Herrscher am Ende der Zeiten", sagte er bedächtig und sah Godehard eindringlich an. „Es ist meine von Gott gegebene Aufgabe, dieses Reich für Gottes Herrschaft vorzubereiten. Sieh her", forderte er Godehard auf, während er an einem

Stehpult einen ledernen Umschlag öffnete, „ich habe eine Illustration des Buchs der Apokalypse in Auftrag gegeben."

Godehard trat zu dem Pult und betrachtete fasziniert die Zeichnung. Etwas Schöneres hatte er noch nie gesehen.

Der Hintergrund glänzte golden und die Darstellung zeigte den Anfang der Apokalypse, wie Johannes die göttliche Gestalt zwischen den sieben Leuchtern sieht, aus deren Mund ein zweischneidiges Schwert kommt und deren Gesicht wie die Sonne strahlt. Dem Bild entsprang eine außergewöhnliche Dynamik und die kraftvollen Farben bildeten starke Kontraste. Stumm vor Staunen blätterte Heinrich um. Insgesamt waren es bisher fünf Abbildungen.

„Das ist unbeschreiblich schön", sagte er andächtig, als er das letzte Blatt betrachtet hatte.

„Warte nur, bis es vollendet ist! Die besten Schreiber arbeiten Tag und Nacht daran."

Mit diesen Worten begab sich Heinrich wieder zurück zum Tisch und trank ein Schluck Wein.

„Aber Bücher allein reichen nicht", fuhr er fort, nachdem er den Zinnbecher abgesetzt hatte, „um diese Welt gegen den Satan zu verteidigen."

Godehard musste sich zwingen, seine Augen von den Illustrationen abzuwenden und dem König zuzuhören.

„Wir müssen den Menschen Orte bieten, wo sie Gott und seine Herrlichkeit finden", fuhr Heinrich fort.

„Kirchen und Klöster", antwortete Godehard prompt, der hoffte, dass nun sein Gesuch zur Sprache kam.

„Richtig, aber die Gebäude allein reichen nicht aus!"

„Bei den vielen neuen Mönchen brauchen wir uns um genug Priester keine Sorge zu machen!"

„Nein", stimmte Heinrich zu, „aber diese Priester brauchen eine gute Ausbildung, um in der Welt zu bestehen. Aber es gibt zu wenig Klöster und Schulen, die eine gute Erziehung bieten können. Was wir also brauchen, bevor wir neue Klöster gründen, sind Klöster, die wie Trutzburgen im Land stehen."

Godehard wollte seinen Plan nach neuen Klöstern aber noch nicht aufgeben.

„Niederaltaich steht fest, du hast es selbst gesagt", setzte er an, „ich möchte neue Klöster in der Region gründen, um näher bei den Menschen zu sein."

Heinrich legte die Stirn in Falten. Er wusste, dass er Godehard seinen eigenen Plan nicht länger vorenthalten konnte.

„Ich verstehe deinen Wunsch", stimmte er ihm zu, „aber du wirst mit der Umsetzung noch etwas warten müssen."

„Wieso?"

„Mein lieber Godehard", Heinrich sprach langsam und betont, „ich glaube, dass Niederaltaich auch ohne deine Anwesenheit weiter aufblühen wird. Dagegen brauche ich dich an einem anderen Ort."

Erschrocken starrte Godehard den König an. In seinen Gedanken wurde sofort die unglückliche Zeit in Tegernsee geweckt, als sein Versuch, das Kloster zu reformieren scheiterte. Heinrich konnte seine Gedanken an seinem Gesicht ablesen.

„Ich weiß, woran du denkst, aber nur weil es einmal nicht funktioniert hat, heißt das nicht, dass du dazu nicht in der Lage bist. Außerdem hat dein Wirken in Tegernsee durchaus Spuren hinterlassen!"

„Ich stehe noch immer in engem Kontakt mit dem jetzigen Abt", bestätigte Godehard den König, „ich war damals in manchen Dingen wohl zu forsch."

„Dann kannst du es diesmal besser machen!"

„Um welches Kloster handelt es sich", fragte Godehard, der sich bewusst war, dass er seinem König diesen Wunsch nicht ausschlagen würde. Dafür war seine Loyalität viel zu ausgeprägt, ein Umstand, der von vielen seiner Kollegen als Schwäche gesehen wurde. Aber Godehard hatte in den Regeln des Heiligen Benedikt keine Stelle gefunden, die ihm eine solche Königstreue untersagte, weshalb er sie auch weiterhin pflegen wollte.

„Ich meine Hersfeld im Bistum Mainz", antwortete Heinrich bestimmt und beobachtete dabei genau Godehards Reaktion.

Der schluckte deutlich und blieb für einen Augenblick ruhig. Hersfeld war ein altes Kloster aus der Zeit der Karolinger, aber heute lebten dort die Mönche wie in Sodom und Gomorra. Godehard wurde bewusst, dass Gott seine Reue heute Morgen in der Kirche früher als gedacht auf die Probe stellte.

„Du willst ein Exempel statuieren, nicht wahr?", sagte er mit trockenem Mund.

„Ich habe vor kurzem eine Beschwerde der Hersfelder Mönche erhalten, in der sie ihren Abt Bernhar beschuldigen, Klostergut zu verschwenden." Dabei reichte Heinrich dem Abt ein Schriftstück. „Sie scheinen ihr selbstgefälliges Leben zu bereuen. Was für einen besseren Nährboden kann es für eine Reform geben?"

Godehard überflog den Brief und spülte dabei seinen Mund mit einem kräftigen Schluck Wein aus.

„Ich lese daraus nicht unbedingt Reue", stellte er schließlich fest, „sondern lediglich Neid und Eifersucht, der Rest ist Heuchelei."

„Trotzdem muss etwas geschehen", blieb Heinrich hart, „Hersfeld ist ein wichtiges Kloster in einer zentralen Lage. Von dort aus können wir den ganzen Norden des Reiches modernisieren. Zugleich hätte ich bei den aufrührerischen Sachsen ein Kloster, auf das ich mich verlassen kann."

Godehard musste lächeln. Natürlich hatte der König auch einen politischen Grund für diese Entscheidung gehabt. Trotzdem wusste er, dass die Umsetzung der strengen klösterlichen Regeln für Heinrich nicht nur ein vorgeschobenes Argument war, sondern ein Herzenswunsch, was ihn jedoch nicht veranlasste, bedingungslos zuzustimmen.

„Mein König", sagte Godehard mit deutlicher Stimme, „ich werde deinem Wunsch nachkommen und nach Hersfeld gehen, aber nur unter einer Bedingung."

„Was ist deine Bedingung", fragte Heinrich, erleichtert, Godehard überzeugt zu haben.

„Ich gehe erst, wenn Abt Bernhar entweder von seinen Mönchen abgesetzt worden oder gestorben ist!"

„Nun, Bernhar ist ein alter Mann und seine Mönche sind unzufrieden mit ihm", antwortete Heinrich, „diese Bedingung kann ich zulassen."

„Ich danke dir", antwortete Godehard, glücklich, noch etwas Zeit gewonnen zu haben.

Sie sprachen noch eine Weile über verschiedene Dinge, aber dann musste sich Heinrich anderen Geschäften widmen und er verabschiedete Godehard herzlich.

Godehard verließ das Pfalzgebäude und wollte sich auf den Weg in die Domschule machen, als ihn ein Mann von hinten ansprach.

„Entschuldigt, Pater", fragte der Mann mit tiefer, bestimmter Stimme, „seid ihr Abt Godehard von Niederaltaich?"

Godehard musterte sein Gegenüber. Es war ein fein gekleideter Adeliger mittleren Alters, der einen kräftigen Bart trug. Er überragte Godehard um einen Kopf und strahlte ein großes Selbstvertrauen aus.

„Der bin ich", antwortete er freundlich, „und wer bist du?"

„Ich bin Gunther, Reichsgraf auf der Käfernburg in Thüringen."

„Ja, der Name kommt mir bekannt vor", überlegte Godehard, aber bevor er groß nachdenken konnte, sprach Gunther weiter.

„Überlegt nicht lange, es gibt nur wenig gute Geschichten über mich."

Godehard blickte ihn überrascht an. Es kam nicht alle Tage vor, dass ein Adeliger, noch dazu ein so hochrangiger, eine solche Demut übte. Gunther lachte ob des verblüfften Ausdrucks in Godehards Gesicht.

„Weshalb willst du mich sprechen, Gunther?"

„Wie Ihr bemerkt habt, Pater, habe ich über mein Leben nachgedacht. Ich sehe keinen Sinn mehr in meinem jetzigen Leben. Früher war ich immer auf Schlachten und Ritterleben aus, aber jetzt", dabei deutete er auf die Soldaten, die um sie herum arbeiteten, „kann ich dem Treiben nichts Gutes mehr abgewinnen. Wenn Gottes Reich bald kommt, dann brauchen wir uns doch hier nicht mehr die Köpfe einschlagen!"

„Ich stimme dir zu", bemerkte Godehard, der Gefallen an dem außergewöhnlichen Adeligen fand, „ich halte diesen Feldzug auch für falsch."

„Ihr habt es einfach", seufzte Gunther, „aber ich kann nicht einfach meinen Schwur dem König gegenüber brechen und nicht mit in den Krieg ziehen, wenn er mir nicht passt!"

„Was willst du dann machen", fragte Godehard.

Daraufhin lachte Gunther wieder.

„Das wollte ich eigentlich Euch fragen!"

Godehard rieb sich mit der Hand über den Mund um etwas Zeit zum nachdenken zu haben. Gunther blickte ihn erwartungsvoll an.

„Werter Gunther", begann Godehard seine Empfehlung, wobei er im Vorhinein wusste, dass sie dem Reichsgrafen nicht gefallen würde, „in der Bibel lesen wir in den Evangelien von einem reichen Jüngling, der Jesus fragt, was er machen soll, um in den Himmel zu kommen. Jesus antwortet ihm: ‚Verkaufe alles, was du hast und verteile es unter den Armen. Damit gewinnst du einen Schatz im Himmel. Dann komm zurück und folge mir nach!' Der reiche Jüngling aber ging heim und kam nicht zurück."

Gunther runzelte die Stirn und Godehard sah sich in seiner Erwartung bestätigt.

„Es ist ein harter Ratschlag, den Ihr da gebt", befand Gunther mit enttäuschtem Gesicht.

„Wie gesagt", wiederholte Godehard, „es ist nur ein Ratschlag. Du brauchst ihn nicht zu befolgen. Aber wenn ich dich richtig einschätze, wirst du den Sinn dieser Worte eines Tages verstehen!"

Damit ließ er den verdutzten Mann stehen und setzte seinen Weg zur Domschule fort.

„Wartet einen Augenblick", rief Gunther und holte ihn in wenigen Schritten ein. Godehard war von der Hartnäckigkeit Gunthers überrascht.

„Hast du noch eine Frage?"

„Ja", antwortete Gunther und holte kurz Luft, „wie geht die Geschichte weiter? Ich meine, was sagt Jesus dann?"

„Eher geht ein Kamel durch ein Nadelöhr, als dass ein Mensch, der an seinem Reichtum hängt, in das Reich Gottes kommt!"

„Danke", sagte Gunther sichtlich erschlagen, „ich werde darüber nachdenken!" Mit gesenktem Kopf ging er zur Pfalz zurück.

Godehard schaute ihm noch eine Weile nach. Er hatte das bestimmte Gefühl, das er Gunther nicht zum letzten Mal begegnet war.

Jetzt wollte er aber wirklich zur Domschule kommen. Mit großen Schritten lief er auf das verschlossene Tor zu und schlug dann mit der Faust einmal kräftig dagegen. Kurze Zeit später öffnete sich eine kleine Luke durch die ein blonder Jungenschopf nach Godehards Begehr fragte.

„Ich möchte Pater Ludovicus sprechen", antwortete Godehard sichtlich überrascht ob der unfreundlichen Begrüßung. Während die Tore der Pfalz weit geöffnet waren, verriegelte sich die Domschule wie eine Festung. Irgendetwas stimmte nicht.

Keine zwei Minuten später wurde das Tür geöffnet und Godehard sah einen erschöpften und übernächtigten Pater auf sich zukommen. Er konnte kaum glauben, Ludovicus vor sich zu haben, der sonst ein lebensfroher Mensch war.

„Gelobt sei Gott, Godehard", begrüßte ihn Ludovicus herzlich, „schön dich zu sehen! Endlich ein gutes Zeichen in diesen dunklen Tagen!"

„Sei gegrüßt, Ludovicus", erwiderte Godehard den Gruß, „was bist du so niedergeschlagen?"

„Lass uns in mein Arbeitszimmer gehen!"

Dort angekommen sackte Ludovicus regelrecht in seinen Stuhl. Godehard nahm einen Kelch, füllte ihn mit Wein und reichte ihn dem erschöpften Mönch. Danach bediente er sich selbst.

„Entschuldige", keuchte Ludovicus und nahm einen tiefen Schluck, „ich bin nicht einmal mehr fähig, ein guter Gastgeber zu sein."

„Beruhige Dich", munterte ihn Godehard auf, „wir Menschen müssen nicht perfekt sein!"

„Nein, das nicht", seufzte Ludovicus, „aber wir sollten auch nicht bei der Aufgabe, die Gott und gegeben hat, versagen!"

„Wie soll ich das verstehen?"

„Erinnerst du dich an den Jungen, den du mir vor einem Jahr geschickt hast?"

„Jan? Natürlich erinnere ich mich. Ich bin unter anderem wegen ihm hierher gekommen, um zu sehen, wie es ihm geht!"

„Er ist nicht hier", sagte Ludovicus kurz und sah Godehard wie ein reuiger Hund an.

Godehard war bestürzt. Er hatte ein schlechtes Gewissen gegenüber Jan, da er ihm den Brief, den er von dem Säumer erhalten hatte, nie geschickt hatte. Aber er hatte sich fest vorgenommen, ihn Jan diesmal auszuhändigen.

„Was ist passiert?"

„Wenn ich das wüsste", klagte Ludovicus, „seit dem Festbankett des Königs ist er spurlos verschwunden! Sein Freund Bretislav sah ihn noch den Festsaal verlassen, aber seitdem hat ihn niemand mehr gesehen."

„Aber er ist doch nicht ermordet worden!" Godehard befürchtete das Schlimmste.

„Nein, das wohl nicht", bestätigte Ludovicus, „vielmehr sieht es so aus, als hatte Jan ein Plan - mal wieder!"

Die letzten Worte waren erfüllt von Hilflosigkeit.

„Einen Plan?"

„Er ist nicht einfach verschwunden", erklärte Ludovicus, während er in den Pergamenten auf seinem Schreibtisch wühlte, „er hat all seine Sachen mitgenommen und sogar einen Brief hinterlassen, den ich aber nicht ganz verstanden habe!"

Nach etwas Suchen zog er ein kleines Blatt Pergament aus einem Haufen und reichte es Godehard. Der las den Inhalt laut vor:

„An Pater Ludovicus, meinen geschätzten Lehrer.

Ich wollte mich der Tatsache verschließen, aber das Salz ist feucht geworden und droht zu verklumpen. Ich muss mich in Sicherheit bringen.

Sorgt Euch nicht und habt herzlichen Dank, Jan."

Godehard legte den Brief aus der Hand.

„Ich finde das nicht beunruhigend", befand er dann.

„Aber was soll dieses Bild mit dem Salz", fragte Ludovicus verständnislos.

„Jan ist und bleibt ein Säumer", erklärte Godehard und musste dabei lächeln, „das werden wir nicht ändern können. Ich denke, dass er Heimweh bekommen hat und sich auf den Weg nach Hause gemacht hat."

Godehard ließ es sich nicht anmerken, um Ludovicus nicht noch mehr zu verunsichern, aber im Grunde war diese Nachricht noch viel schlimmer, als dass er spurlos verschwunden wäre.

„Aber das erklärt noch nicht alles", fuhr der Domlehrer fort, „seit dem selben Abend wird ein Mann vermisst, der geheime Aufträge für den König erfüllt hat."

„Na und", fragte Godehard, der den Zusammenhang nicht verstand, „was hat das mit Jan zu tun?"

„Der letzte Auftrag dieses Mannes war es, Informationen über Jan zu sammeln."

„Du meinst, dieser Mann war in Klatovy", forschte Godehard nach, wobei er seine Beunruhigung jetzt nicht mehr verstecken konnte.

„Wahrscheinlich wird er dort gewesen sein. Der königliche Gesandte hat mir nichts Bestimmtes gesagt, als er mit der Geschichte zu mir kam und sich nach Jan erkundigte. Aber was ist daran so schlimm?"

„Jan galt in seiner Heimat als tot."

„Wie bitte?", rief Ludovicus erstaunt und sprang dabei so schnell auf, wie es Godehard dem übergewichtigen Mönch nie zugetraut hätte. „Du schickst mir einen Jungen mit einer solchen Vergangenheit in meine Domschule ohne mich darüber zu informieren?"

„Ich dachte", entschuldigte sich Godehard, dem sein eigener Fehler schon längst bewusst geworden war, „dass die Informationen ausreichen, die ich dir damals geschrieben habe!"

Dann holte er sein Versäumnis nach und erzählte Ludovicus alles, was er über Jan wusste. Als er damit fertig war, schwiegen die beiden Männer einen Augenblick. Ludovicus starrte betrübt auf seinen Schreibtisch, während Godehard von dem Wein trank und versuchte, Ruhe zu bewahren.

„Wenn er jetzt auf dem Weg nach Klatovy ist", sagte Ludovicus nach einer Weile tonlos, „dann ist er wirklich in Gefahr. Wir müssen sofort den königlichen Hof benachrichtigen, bevor Jan dort noch zu einem Entführer oder gar Mörder abgestempelt wird!"

Er wollte sich erheben und seinen Plan umsetzten, aber Godehard hielt ihn zurück.

„Das halte ich für keine gute Idee", sagte er mit Nachdruck. „Bist du dir denn sicher, dass Jan diesem Mann nichts getan hat?"

„Was können wir jetzt machen?", fragte Ludovicus verzweifelt.

„Erstmal gar nichts", beschloss Godehard, „aber wenn ich wieder in Niederaltaich bin, werde ich Erkundungen anstellen lassen."

Mit einem Schluck Wein besiegelte er seinen Vorschlag und Ludovicus tat es ihm gleich.

„Sag einmal", überlegte Godehard, „gibt es außer seinem Freund, diesem Bretislav, noch jemanden, dem Jan etwas gesagt haben könnte?"

„Nein", antwortete Ludovicus bestimmt - in Godehards Augen zu bestimmt.

„Wirklich nicht?"

Ludovicus zog verärgert die Luft ein.

„Es gibt da noch eine Möglichkeit, aber die kommt nicht in Frage."

„Das werden wir entscheiden, wenn du mir die ganze Sache erzählt hast!"

Nun war Ludovicus an der Reihe, Godehard von Jans Freundschaft zu Adelheid zu erzählen.

„Aber seit der Belagerung von Creußen", schloss er seinen Bericht, „durften sich die beiden nicht mehr treffen."

Godehard zog ungläubig eine Augenbraue hoch.

„Ich glaube, dass du Jan unterschätzt hast!"

„Ich habe ihn so eingeschätzt, wie ich über ihn unterrichtet worden bin", konterte Ludovicus, und Godehard steckte den Seitenhieb willig ein. Er selbst hatte Jan vielleicht noch viel mehr unterschätzt.

„Kannst du es bewerkstelligen", kam Godehard wieder auf das eigentliche Thema zurück, „ein paar Fragen an diese Dame zu stellen, ohne dass ihr Ungemach droht, wenn sie die Wahrheit sagt?"

Jetzt musste Ludovicus zum ersten Mal während ihrer Unterhaltung grinsen.

„Morgen wissen wir mehr", antwortete er überzeugt und erhob sich. Wie durch ein Wunder schien der füllige Körper wieder vor Energie zu strotzen.

„Bevor du dich ans Werk machst", hielt ihn Godehard noch einmal zurück, „lass uns zusammen in der Kapelle für Jan beten. Er kann dir göttliche Unterstützung auf seinem Weg gebrauchen."

„Wachet und betet mit mir", zitierte Ludovicus und öffnete dem Abt die Tür. „Es erstaunt mich kein bisschen, dass König Heinrich bei seiner Klosterreform so sehr auf dich setzt!"

* * *

Die Nächte wurden jetzt schon merklich kühler und unangenehmer. Seit drei Wochen waren sie nun schon unterwegs und hatten nur selten einmal in einer allein stehenden Scheune oder einer verlassenen Ruine unter einem Dach geschlafen. Die Reise hatte länger gedauert, als Jan gedacht hatte, denn sie hatten mehrmals Umwege in Kauf nehmen müssen, um nicht entdeckt zu werden. Außerdem machte es ihm nichts aus, im Freien zu schlafen, ganz im Gegensatz zu seinem unfreiwilligen Begleiter.

Stephan hatte am Anfang noch versucht, Jan zu entwischen oder ihm Angst zu machen, aber er hatte sich nicht beeindrucken lassen. Als er sich an dem Abend des Festbanketts von Adelheid verabschiedet hatte, nahm er den bewusstlosen Stephan auf die Schultern und trug ihn an den Waldrand, wo er ihn zuerst die Hände fesselte und ihn darauf aufweckte.

„Versuch nicht zu entfliehen", warnte er seinen Gefangenen, der noch halb benommen war, „ich bin bald zurück."

Er rupfte ein paar Büschel Gras zusammen, steckte sie Stephan in den Mund und band einen Lederriemen so fest um seinen Kopf, dass er keinen Laut mehr von sich geben konnte. Daraufhin fesselte er ihn mit Händen und Füßen um einen Baumstamm, wie er es damals mit Siegfried gemacht hatte.

Nachdem er sich vergewissert hatte, dass Stephan nichts unternehmen konnte, lief er eilends zurück zur Domschule. In seinem Zimmer angekommen, packte er seine wenigen Besitztümer zusammen, schrieb einen Brief an Pater Ludovicus und einen an Bretislav, in dem er sich von ihm verabschiedete, und stahl zuletzt noch etwas Brot, Schinken und Wein aus der Speisekammer. Bretislav war es, um den er sich am meisten Sorgen machte, als er wieder auf dem Weg zum Wald war. Würde er seinen Entschluss verstehen und nachvollziehen können? Er hoffte es und verdrängte die Gedanken schließlich, um sich ganz auf seine nächsten Schritte zu konzentrieren.

Bei Stephan angekommen, band er ihn bis auf den Knebel los und zerrte ihn wortlos weiter in den Wald hinein. Stephan versuchte sich nach Kräften zu wehren, woraufhin ihm Jan einen Strick um seine Füße band, sodass er gerade noch mittelgroße Schritte machen konnte.

Kurz vor dem Morgengrauen suchte er geeignetes Versteck, holte Brot und Schinken sowie den Wein hervor und machte sich daran zu essen. Nachdem er fertig war, schnitt er eine Ration für Stephan ab und legte sie vor ihn hin. Er löste ihm den Knebel vom

Mund und reichte ihm zuerst etwas Wasser. Dankbar spülte Stephan damit die letzten Grashalme aus seinem Mund.

„Ich werde nichts essen", protestierte Stephan, „bevor du mir nicht sagst, wohin du mich bringst."

„Iss, wir haben einen langen Weg vor uns", antwortete Jan mit scharfem Ton.

Nachdem sie beide gegessen hatten, bekam Stephan die Fesseln in gewohnter Weise angelegt und Jan befahl ihm, sich schlafen zu legen.

Mit den letzten Sonnenstrahlen machten sich die beiden Wanderer nach einer kleinen Stärkung wieder auf den Weg. Jan mied die offenen Wege und auch über große Wiesen ging er nur, wenn kein Bauernhof in der Nähe war. Sonst blieb er immer im Wald, um von niemand gesehen zu werden.

Nur einmal wagte er sich an eine Ortschaft heran. Es war gleich am zweiten Tag seiner Reise, als sie sich nicht weit vom Kloster Forchheim entfernt in einer Höhle ausruhten. Auf einem mitgebrachten Stück Pergament schrieb er mit einem Kohlestift einen Brief an Adelheid, um ihr seinen Entschluss zu erklären. Den Brief versiegelte er mit etwas Baumharz und gab ihn dann an der Pforte des Klosters ab.

Jetzt waren sie also schon drei Wochen unterwegs und wenn Jans Berechnungen stimmten, dann lag einige Kilometer südlich von ihnen Regensburg, die große Stadt an der Donau. Zuerst hatte sich Jan überlegt, für einige Zeit im Getümmel der Stadt unterzutauchen, aber dann hatte er sich eines Besseren besonnen, denn schließlich fühlte er sich in der freien Natur viel sicherer als unter so vielen Menschen. Vor allem aber musste er nun seinen Begleiter wider Willen loswerden. Eigentlich hatte er Stephan nur mitgenommen, um noch etwas mehr über Klatovy und die Geschehnisse dort zu erfahren, aber dann war ihm eingefallen, dass Stephan ihn verraten konnte - nicht an den König oder an Ludovicus, davor fürchtete er sich nicht. Was ihm Sorge bereitete, war die Tatsache, dass Stephan alles machte, was ihm genug Geld brachte; und Marek würde viel Geld bezahlen, um etwas über Jan zu erfahren.

Jan wollte genug Zeit gewinnen, um einen Vorsprung zu bekommen. Zeit brauchte er auch, um seine Zukunft neu zu ordnen. Was Stephan über Klatovy erzählt hatte, war nicht sehr ermutigend gewesen. Marek war ein verbitterter Mensch geworden, der mit einer schlagkräftigen Bande die Saumpfade kontrollierte. Trotz der Repressionen gab es noch genügend Säumer, die aber alle Marek gehorsam folgten, auch wenn sie von ihm kaum einen Heller zu sehen bekamen. Auf der anderen Seite prosperierten dank der guten Preise die anderen Bewohner der Stadt, die Händler und Handwerker.

Nachdem Jan alles gehört hatte, war ihm schnell bewusst geworden, dass er die Rechnung ohne den Wirt gemacht hatte. Marek hatte sich nicht auf dem Erreichten ausgeruht, sondern seine Stellung gestärkt. Jan war sich deshalb bewusst, dass außer Vladja niemand auf seiner Seite kämpfen würde, sollte er nach Klatovy zurückkehren.

Vorerst aber musste er Stephan los werden, der sich seinem Schicksal inzwischen ergeben hatte. Ihm war eine Idee eingefallen, deren Umsetzung er sich nun, da sie kurz vor Regensburg waren, mit voller Aufmerksamkeit widmete.

„Wenn ich mich nicht täusche", meinte Stephan während dem Abendessen, „dann sind wir nicht mehr weit weg von Regensburg."

„Wenn du denkst", entgegnete Jan, „dass wir in die Stadt gehen, hast du dich getäuscht."

„Darum geht es mir nicht", antwortete Stephan, wobei es eine halbe Lüge war, denn er hatte natürlich gehofft, in der Stadt eventuell entkommen zu können. „Nur hinter Regensburg sind wir bald in deiner Heimat. Mich interessiert eben, was du mit mir machen willst, weil du mich kaum mit nach Klatovy nehmen wirst."

„Nein, ich verkaufe dich auf dem Sklavenmarkt in Regensburg."

„Aber ich dachte", sagte Stephan bleich, „wir gehen nicht nach Regensburg!"

Als er die Angst in den Augen seines Begleiters sah, musste Jan laut loslachen.

„Jetzt habe ich dir einen gehörigen Schrecken eingejagt!"

„Darüber macht man keine Witze", grummelte Stephan erbost, der immer wieder feststellen musste, wie sehr er Jan unterschätzt hatte. Inzwischen konnte er verstehen, warum Marek nicht sehr gut auf Jan zu sprechen gewesen war.

„Du hast recht", gestand Jan, „aber hättest du mir das wirklich zugetraut?"

Überrascht bemerkte Jan, wie Stephan unschlüssig nach der richtigen Antwort suchte. Also sprach er einfach weiter.

„Im Grunde hast du mir nichts getan, sondern nur deinen Auftrag erfüllt. Ich gebe dir deine Freiheit zurück, wenn ich dich nicht mehr brauche, was ziemlich bald sein wird, wie du richtig festgestellt hast."

Er trank noch einmal etwas Wasser, das er von dem nahen Bach geholt hatte und legte sich dann seinen Mantel zum Schlafen zurecht.

„Morgen haben wir noch einmal einen anstrengenden Tag, deshalb schlaf gut", wünschte er Stephan, während er ihn wieder fesselte. Die erwachenden Vögel zwitscherten ihnen ein fröhliches Schlaflied.

In der nächsten Nacht liefen sie zu Stephans Überraschung nicht auf die Šumava zu, sondern nach Westen. Er überlegte, ob Jan vielleicht gar nicht nach Klatovy wollte, aber er traute sich nicht, das Thema noch einmal anzusprechen. Sie liefen die ganze Nacht und auch die darauf folgende in die falsche Richtung, dann schlug Jan eine südliche Richtung ein. Seine Entscheidung machte auf den ersten Blick keinen Sinn, auch wenn Stephan wusste, dass dem nicht so war. Dieser böhmische Säumer konnte in seinem Leben noch nicht in dieser Gegend gewesen sein, aber er bewegte sich darin, als sei er hier geboren.

„Wie kommt es, dass du dich hier so gut auskennst", fragte Stephan schließlich, als er seine Neugierde nicht mehr zurückhalten konnte.

„Ich habe Bücher gelesen", antwortete Jan kurz angebunden, „außerdem besteht jeder Wald aus Bäumen. Findest du dich in einem zurecht, findest du dich in allen zurecht."

Plötzlich blieb Jan stehen und Stephan wäre fast in ihn hinein gelaufen. Überrascht blickte er vom Boden auf. Vor ihnen schimmerte durch die Bäume das silbrige Mondlicht auf einem Wasser. Stephan dachte erst, es wäre ein See, weil er das andere Ufer noch nicht erkennen konnte, doch dann bemerkte er, dass das Wasser in eine Richtung floss und das mit einer reißenden Strömung. Das musste die Donau sein!

Auf einmal kam ihm ein böser Gedanke. Er spürte, wie es ihm kalt über den Rücken lief und seine Hände anfingen zu zittern.

„Du wolltest mich freilassen, hast du gesagt", flehte er Jan an.

Der verstand erst gar nicht, was Stephan meinte, doch dann erkannte er den Grund für seine Angst.

„Ich werde dich nicht grundlos töten, hast du das nun ein für alle Mal verstanden?", beruhigte ihn Jan und erschrak, wieviel Kaltschnäuzigkeit ihm Stephan zutraute.

Stephan nickte nur und wischte sich verstohlen eine Träne aus dem Gesicht.

„Gut. Dann werde ich jetzt etwas zu essen für uns suchen." Mit diesen Worten band er Stephan wieder an einen Baum und knebelte ihn. Nachdem er alle Sachen aus Stephans Reichweite gelegt hatte, verschwand er im Wald. Auch wenn er Pfeil und Bogen mitgenommen hatte, so wollte er heute kein Wild erlegen. Er hatte es nur zur Tarnung mitgenommen, damit Stephan kein Verdacht schöpfte. Jan hatte ihm die Freiheit versprochen, aber er musste dafür sorgen, dass Stephan ihm nicht sofort folgen konnte. Deshalb sollte es heute ein besonderes Essen geben.

Jetzt sollte ihm das Wissen um Kräuter, Beeren und Pilze gelegen kommen, das er von seiner Mutter gelernt hatte. Schnell fand er die gewünschten Zutaten. Unter ein paar alten Eichen fand er giftige Wulstlinge, die man nur anhand ihres schmalen glatten Ringes von den essbaren Wulstlingen unterscheiden konnte. Ihr Gift sorgte für Erbrechen, Durchfall und Atembeschwerden. Natürlich sammelte er noch einige von den essbaren Pilzen. Dann pflückte er noch etwas Holunderblüten, die schweißtreibend waren, und dazu Heidelbeeren sowie Brombeeren. Auf dem Rückweg fand er noch eine Tollkirsche, deren Früchte er unter die anderen mischte, nicht ohne vorher seine Portion in ein anderes Tuch zu wickeln. Alle Zutaten in angemessener Dosis angewandt, konnten aus einem gesunden in Kürze einen sterbenskranken Menschen machen.

Wieder bei Stephan angekommen, sorgte Jan schnell für ein Feuer, über dem er die Pilze schmorte. Dabei achtete er penibel darauf, die essbaren und die giftigen Pilze nicht zu vermischen. Schließlich reichte er Stephan einen essbaren Pilz.

„Hier, leider gibt es heute kein Fleisch, aber dafür frische Pilze", sagte er dabei beiläufig.

„Oh, jetzt vergiftest du mich also", entgegnete Stephan im Scherz, aber Jan reagierte beleidigt und fuhr seinen Gegenüber entrüstet an:

„Ich dachte, wir hatten dieses Thema abgeschlossen. Außerdem, wenn du mir nicht glaubst, bitte!"

Damit biss er ein großes Stück von dem Pilz ab. Verärgert wandte er sich von Stephan ab, der noch immer am Baum gefesselt war und sich deshalb nicht selbst am Feuer bedienen konnte.

„Du bist aber auf einmal empfindlich, Böhme", raunzte Stephan und versuchte erfolglos, einen anderen Pilz zu erreichen. „Komm schon, gib mir etwas von dem Festschmaus, ich werde mich nicht weiter beschweren!"

Nur zu gern reichte Jan ihm einen Pilz, aber diesmal einen giftigen. Dann trank er selbst etwas Wasser, bevor er die Holunderblüten heimlich über dem Becher zerrieb. Zum Schluss hatte Jan keine Probleme, seinem Opfer auch noch die Beeren schmackhaft zu machen.

Zufrieden und in gespannter Erwartung legte er sich in seinen Mantel eingewickelt neben das Feuer. Das Resultat dieses Abschiedsessens ließ nicht lange auf sich warten. Es war noch nicht einmal Mittag, als Stephan sich das erste Mal übergeben musste. Er fieberte und der Schweiß floss ihm von der Stirn, während er heftig phantasierte. Zuletzt wirkte das Gift der Tollkirsche, das seine Hände taub und lahm werden ließ. Auch konnte er nicht mehr selbstständig laufen.

Gegen Mittag nahm ihn Jan auf die Schultern und trug ihn zum Fluss, der hier in einer lang gezogenen Rechtsschleife entlang floss, bevor er in einer tiefen Schlucht verschwand. Kurz vor dieser Schlucht lag auf der anderen Flussseite das Kloster Weltenburg, wie Niederaltaich ein Kloster der Benediktiner.

Dort wollte Jan mit seinem „kranken" Reisebegleiter hin. Jan hatte sich alles gut überlegt. Von dem Kloster wusste er von einer der vielen Karten in der Bibliothek der Domschule. Dort war auch eine Furt gleich bei dem Kloster eingezeichnet gewesen, die er nun suchte.

Der leblose Körper auf seinen Schultern wurde immer schwerer und Jan überkam die Furcht, dass sein Giftgemisch zu stark gewesen sein könnte. Seine Stimmung besserte sich erst, als er die Furt wirklich fand und durch das kalte Wasser der Donau watete. Die Strömung war sehr stark, weshalb er Acht geben musste, um nicht auf einem Stein auszurutschen.

Erschöpft erreichte er das Kloster, dessen Tor offen stand. Im Innenhof angekommen lief er hastig, so gut es seine Last zuließ, auf den Brunnen zu und setzte Stephan daneben ab. Sein Auftritt war schnell bemerkt worden und von allen Seiten versammelten sich die Mönche und Laienbrüder an dem Brunnen.

„Was hat er denn", fragte ein älterer Mönch besorgt.

„Ich weiß nicht", log Jan, wobei er absichtlich mit einem starken slawischen Akzent sprach, „seit heute morgen geht es ihm nicht mehr gut!"

Es dauerte keine zwei Minuten, bis ein Mönch, der sich auf Heilkräuter verstand, am Brunnen erschien. Als er den Zustand des Mannes sah, befahl er sofort zwei Laienbrüdern, ihn in eine Kammer zu tragen und folgte ihnen, um sich selbst um den Kranken zu kümmern. Jan brachte man in das Gästehaus, wo er dankbar einen Humpen Bier und eine Scheibe Brot entgegen nahm. Es wurden ihm viele Fragen gestellt, die er mit Lügen oder mit Verweis auf seine schlechten Sprachkenntnisse auch gar nicht beantwortete. Aber die Mönche schöpften keinen Verdacht, waren sie doch froh, überhaupt einmal einen Fremden in ihrer abgeschiedenen Gegend empfangen zu dürfen. Jan musste später auch Fragen zu den Gründen der Krankheit beantworten, wobei er hier ehrlich antwortete, um zu vermeiden, dass Stephan falsch behandelt werden sollte. Lediglich die Tollkirsche verschwieg er dem Arzt.

„Wie heißt dein Freund eigentlich", fragte der zuletzt. „Ich hatte versucht mit ihm zu sprechen, aber er kann nicht reden."

„Freund", fragte Jan überrascht in gebrochenem Deutsch, „er ist nicht mein Freund. Wir sind nur zusammen gelaufen. Aber er heißt Tomek."

Indem er den alten Name nannte, hoffte Jan, noch etwas mehr Zeit zu gewinnen, falls von Bamberg aus Erkundungen nach Stephan angestellt werden sollten. Auf der anderen Seite konnte er sich sicher sein, dass Stephan auch auf diesen Namen reagierte.

„Verstehe ich dich richtig", fragte der Arzt nach, „ihr zwei seid nur miteinander gereist, aber gehört nicht zusammen?"

„Genau", bekräftigte Jan seine Aussage, „wir sind nur zusammen gelaufen. Tomek kann sich ausruhen. Ich muss morgen weiter, habe heute viel Zeit verloren."

„Die Zeit wird dir der Himmel mannigfach bezahlen", lobte ihn der Arzt, „denn du hast dich wie ein wahrer Christ verhalten!"

Jan schämte sich innerlich, weil er einem Mann Gottes eine Lüge nach der anderen erzählte. Er schwor gleichzeitig, dass er demnächst all die Sünden, die er in den letzten Wochen begangen hatte, beichten wollte. Wenn nötig, bei Abt Godehard in Niederaltaich. Obwohl er dann mit einer harten Buße rechnen musste. Aber hatte er sie nicht verdient?

Am nächsten Morgen besuchte er zum Schein noch einmal Stephan, dankte den Mönchen mit etwas Geld und machte sich dann frohen Mutes auf den Weg. Er wollte vorerst einmal nach Passau, um seinen alten Freund Levi zu besuchen. Der würde ihm auch mit Rat und Tat zur Seite stehen, was seine Zukunft betraf.

Aber Jan war zuversichtlich und überzeugt, die richtige Entscheidung getroffen zu haben, als er von Bamberg weggelaufen war. So viel er dort auch gelernt hatte, so sehr zog es ihn doch wieder in seine vertraute Heimat zurück. Und wenn er schon in den

Krieg ziehen sollte, dann wollte er doch lieber für seine eigenen Interessen kämpfen, als für einen König, der einen anderen König besiegen wollte.

Was änderte das am Weltenlauf?

III. Teil 1006 - 1012

Hersfeld

Es war noch früh am Morgen. Der Frühreif lag noch auf den frisch abgeernteten Feldern, während die Sonne über den nahen Hügel hinweg die ersten Strahlen auf die hohen Eichen im Klostergarten warf. Vereinzelt stimmten die Vögel ihr Morgenzwitschern an, wozu das Mühlrad am Bach den Takt schlug.

Aber es war eine trügerische Idylle. Plötzlich verbreitete sich ein zerstörerischer Krach über die Ebene und hallte im Wald wider. Ein Bersten und Brechen untermalt von dumpfen Schlägen weckte die friedliche Landschaft aus ihrer Morgenruhe. Nach und nach legte sich der Lärm wieder und wie ein Friedenszeichen stieg vom Kloster eine weiße Staubwolke zum Himmel, die der Wind nach Osten mit sich fort trug.

Am Ort des Geschehens standen gut fünfzig Mönche in staubigen Kutten und Schweißtropfen auf der Stirn und beäugten wehmütig das Werk der Zerstörung.

„Los! Holt euch Tragen und sammelt das Material heraus, das man noch gebrauchen kann", befahl gerade eine Stimme und ihr Besitzer erwartete keinen Widerstand.

Keiner der Mönche dachte auch an Widerstand. Sie hatten eingesehen, dass sie sich ihrem neuen Schicksal stellen mussten.

Der Mann, der die Aufräumarbeiten beaufsichtigte, war Godehard, Abt von Niederaltaich, und seit einem Monat bekleidete er das gleiche Amt im Kloster Hersfeld. Er war im ganzen Reich bekannt für seine strenge Auslegung der Klosterregeln und der mönchischen Enthaltsamkeit, aber auch der Erfolg des Klosters Niederaltaich nährte seinen Ruhm.

Als die Mönche von Hersfeld von der Entscheidung des Königs unterrichtet worden waren, klang es für sie wie das baldige Jüngste Gericht. Unter ihrem bisherigen Abt Bernhar hatten sie ein einfaches und sorgenfreies Leben geführt, bei dem die individuelle Zufriedenheit oberstes Gebot war. Nachdem sich der Abt eine Residenz außerhalb des Klosters gebaut hatte, wollten auch die einfachen Mönche nicht mehr in großen Schlafsälen nächtigen und errichteten sich selbst ein Gebäude mit eigenen Zimmern, den Mönchskurien. Hier frönten sie nun den Lastern der Welt und vernachlässigten den Klosterbetrieb. Deshalb war es für die Mönche kaum vorstellbar, unter dem neuen Abt Godehard weiterhin im Kloster zu bleiben, denn sie fürchteten seine strenge Hand.

Bei seiner Ankunft traten dem neuen Abt nur vier Mönche entgegen, die den Wechsel der Sitten nicht fürchteten und im Kloster geblieben waren. Der Rest hatte Reißaus genommen und war in die umliegenden Dörfer geflüchtet. Aber bald hatten sie ihre Schuld eingesehen und waren zurückgekehrt, unter anderem auch deshalb, weil sie außerhalb des Klosters keine Bleibe fanden.

Eine der ersten Taten Godehards war es, die vita communis, das gemeinschaftliche Leben, wieder einzuführen. Deshalb mussten auch die Mönchskurien eingerissen werden, die nun überflüssig geworden waren. Der Abriss hatte für den morgendlichen Lärm gesorgt und war auch der Grund für die Schwermut der Mönche, denn dies war für sie das sichtbare Zeichen des Wandels gewesen.

Die Arbeiten dauerten den gesamten Tag an, einzig unterbrochen durch die Gebetszeiten und die einfachen Mahlzeiten, welche die Mönche gegen ihre Festmahle eingetauscht hatten.

Es war August und die Tage wollten kein Ende nehmen.

Erschöpft richtete sich einer der Mönche auf, streckte die geschundenen Glieder und schaute müde zur Sonne, die viel zu langsam den Horizont in das erlösende Abendrot färbte.

„Eines muss man Godehard ja lassen", bemerkte er süffisant, „durch seine Unbarmherzigkeit lernt man die Gaben der Natur wieder schätzen. Selten habe ich mich so sehr auf die Abenddämmerung gefreut wie heute!"

„Pass nur auf", spottete ein anderer, „der Abt bringt es noch fertig und lässt Sonne und Mond nicht untergehen, so wie Josua im Tal Ajalon!"

„Wir hätten einfach sieben Tage lang sieben Mal um das Gebäude ziehen sollen, dann wäre es wie die Mauern von Jericho eingestürzt", fiel auch ein dritter, sehr beleibter Mönch in den Spott ein, während er sich mit dem Ärmel seiner Kutte die Stirn abwischte. Zu seiner Verwunderung lachte niemand mehr über seinen Witz.

„Aber ums Steine schleppen wärst du trotzdem nicht herum gekommen!"

Erschrocken drehte sich der dicke Mönch um und sah genau in Godehards zorniges Gesicht. Eilig ging er vor ihm auf die Knie.

„Verzeiht, ehrwürdiger Vater...", winselte er bußfertig, aber er wurde in seiner Beichte von Godehard unterbrochen.

„Ihr Taugenichtse", brüllte er wütend, und alle Mönche starrten erschrocken zu dem hageren Mann, der erhöht auf einem Steinklotz stand.

„Seid ihr nur fähig, die Worte der Heiligen Schrift zum Spott und zu eurer eigenen Belustigung in den Mund zu nehmen? Verflucht soll der Tag sein, als ihr geschworen habt, euer Leben nach Gott auszurichten. Ihr habt euer Wort gebrochen. Das Jüngste Gericht naht und ich versichere euch allen, dass es kein Freudentag sein wird für euch. Ihr redet von den Wundern Gottes im Spott, aber dabei sollt ihr nicht die anderen Taten Gottes vergessen. Denkt an Sodom und Gomorra!"

Godehard hatte sich in Rage geredet. Warnend hob er den Zeigefinger in die Höhe. Die ganze Frustration der letzten Wochen ballte sich in dieser Schimpfrede. Seit er nach Hersfeld gekommen war, war kein Tag ohne Streit und Diskussion vergangen. Die drei Komiker hatten das Fass zum Überlaufen gebracht. Aber Godehard wusste, dass er den letzten Rückhalt bei den Mönchen verlieren würde, wenn er sie jetzt nicht auch aufrichtete und ihnen ein Ziel gab.

„Ihr seid das Unkraut im Garten des Herrn", fuhr er mit lauter Stimme fort, „ihr seid die unfruchtbare Rebe, die der Gärtner vom Weinstock abschneidet, damit der Rest Frucht bringt. In Gottes Augen seid ihr Abschaum, denn ihr kennt die Bibel und missachtet sie wissentlich. Damit seid ihr schlimmer als jeder Sünder!"

Godehards Stimme überschlug sich. Alle Mönche hatten inzwischen mit der Arbeit aufgehört und sahen zu dem schimpfenden Abt auf. Godehard konnte in manchen Gesichtern blanken Hass sehen, in anderen Gleichgültigkeit, aber in einigen auch Betroffenheit. Das machte ihm Mut.

„Denkt an die Bewohner von Ninive! Gott hatte sie schon verdammt, aber sie kehrten um zu Gott und er verschonte sie. Auch für euch ist es noch nicht zu spät. Ich weiß, der Weg Gottes ist weder einfach noch direkt, aber er verspricht reichen Segen im Himmel."

Godehard hatte sich während des Redens wieder beruhigt. Nun machte er eine Pause, lächelte kurz und hob dann einen Steinbrocken auf.

„Diese Steine hier waren eine Schande für euer Kloster", erklärte er seine Gedanken, „indem ihr sie nun aus der Welt schafft, erlangt das Kloster wieder seine alte Bestimmung als Ort des Gebets und der Gemeinschaft. Genauso sollt ihr eure Herzen von dem Geröll befreien, das sich dort angesammelt hat, damit ihr wieder hier zusammen leben könnt!"

Eine Weile herrschte absolute Ruhe. Eine Nachtigall sang von fern ihr Abendlied, während die Sonne mit ihren letzten Strahlen das Land in ein warmes Licht tauchte. Erschöpft stand Godehard auf dem Steinklotz und schaute in die Runde der Mönche. Keiner von ihnen wagte es, sich zu bewegen. Sie alle blickten erstarrt zu Godehard. Furcht war in ihren Augen zu erkennen.

Hatten sie seine Botschaft verstanden? Godehard wurde ungeduldig, als sie sich nach fünf Minuten noch immer so gegenüber standen. Aber er wollte nicht klein beigeben. Mit fester Überzeugung blieb er auf der ungewöhnlichen Kanzel stehen und ließ seinen Blick durch die Gruppe schweifen. Manche der Mönche erwiderten seine Blicke, andere stierten verstohlen Löcher in den Boden.

Plötzlich trat einer der Mönche vor. Godehard sah ihn erwartungsvoll an. Er war ihm bisher nicht sonderlich aufgefallen. Godehard konnte sich nur erinnern, dass der junge Mönch zu jenen gehört hatte, die ihn am Anfang begrüßt hatten.

„Was willst du?", fragte Godehard freundlich.

Wortlos kniete sich der junge Mönch vor ihm auf den Boden und küsste ihm die Füße. Anschließend rutschte er auf den Knien ein Stück zurück. Bevor Godehard etwas sagen konnte, kam bereits ein zweiter Mönch aus dem Kreis heraus und tat es seinem Ordensbruder gleich. Zögernd trat nun einer nach dem anderen vor und vollzog dasselbe Ritual, zuletzt auch die drei Spötter, die Auslöser der Situation gewesen waren. Godehard stand ergriffen auf seiner Kanzel und ließ die Huldigung geschehen. Überwältigt kamen ihm die Tränen und er hielt seine Gefühle nicht zurück.

Später am Abend, rief er den jungen Mönch zu sich in seine Kammer.

„Wie heißt du?", fragte er ihn, nachdem er die Türe geschlossen hatte.

„Walter."

Der junge Mönch hatte einen gedrungenen Körper, an dem die Kutte gerade herunterfiel. Seine Gesichtszüge waren sanft, gleichzeitig etwas fremdartig. Die Wangenknochen waren etwas zu nah an den dunklen Augen, die Godehard erwartungsvoll ansahen. Die runde Kopfform wurde unterstrichen von der kurz geschnittenen Tonsur. Godehard schätzte ihn auf weniger als zwanzig Jahre.

„Woher kommst du?", fragte er ihn als nächstes, nachdem er ihn eingehend gemustert hatte.

„Ich bin hier in der Gegend geboren", antwortet Walter mit fester Stimme. „Mein Vater bewirtschaftet einen Hof des Klosters."

„Wie kommst du als einfacher Bauernsohn in die Klosterschule?"

Es klang mehr nach einem Verhör, wie Godehard seine Fragen stellte, aber er wollte den jungen Mönch ohne lange Worte möglichst genau kennen lernen. Die Herkunft Walters hatte ihn unwillkürlich an sich selbst erinnert, war er doch auch der Sohn eines Klosterbauern von Niederaltaich. Ob das hier in Hersfeld bekannt war?

Walter zeigte keinen Argwohn, sondern antwortete bereitwillig und freundlich auf die Frage:

„Euer Vorgänger Abt Bernhar hat mich einer Prüfung unterzogen, nachdem sich davor der Priester unseres Dorfes meiner angenommen hatte."

Godehard gefiel, wie Walter demütig andere Personen erwähnte und seine eigenen Leistungen aussparte.

„Nun, woraus bestand die Prüfung des Abtes?", hakte Godehard nach.

„Er ließ mich einen Psalm abschreiben, anschließend musste ich eine Rechenaufgabe lösen."

Wenigstens eine Sache hat Bernhar richtig gemacht, dachte Godehard bei sich, während er sich erhob und auf den jungen Mönch zuging.

„Mein lieber Sohn", sagte er dann, nachdem er ihm die Hände anerkennend auf die Schultern gelegt hatte, „ich habe dich entgegen der Regeln zu dieser späten Stunde rufen lassen, um dir für dein mutiges Verhalten am heutigen Tag zu danken. Gott kann solche Männer wie dich gebrauchen! Jetzt geh schnell ins Refectorium zu den anderen, damit du deinen verdienten Schlaf bekommst. Gott segne dich!"

***

Der wohlklingende Gesang der Mönche drang durch die Kirchenmauern nach außen zu der Menge, die sich auf dem Kirchplatz angesammelt hatte, um wenigstens einen Teil der Zeremonie zu erleben. Seit mehr als einer Stunde dauerte die Messe in der großen Kirche nun schon an, aber die Menschen harrten aus. Wann bekam man schon einmal einen König zu Gesicht?

Mit großem Gefolge war König Heinrich vor zwei Tagen in Dortmund eingetroffen. Er war auf dem Rückweg von seinem erfolgreichen Feldzug gegen die Friesen und hatte eine große Synode nach Dortmund einberufen, deren Grund Missstände in der Reichskirche waren. Dass die Kirche ein großes Anliegen Heinrichs war, wusste jeder, aber hinter vorgehaltener Hand tauschten Kritiker andere Gründe für die Versammlung der geistigen Fürsten des Landes aus. Die Politik des Königs an der Ostgrenze des Reiches hatte bisher kaum Früchte getragen. Zwar hatte Heinrich mit einem Feldzug den polnischen Herrscher Boleslaw Chobry wieder aus Prag vertrieben, Böhmen wieder zu seinem Lehen gemacht und mit Jaromir einen ihm wohl gesonnenen Vasallen als Herzog eingesetzt, aber ein weiterer Feldzug nach Polen war in diesem Jahr ohne nennenswerte Erfolge zu Ende gegangen. Der Feldzug gegen die Friesen hatte von dem Problem ablenken sollen und diesen Zweck auch zum Teil erfüllt. Das Volk feierte ihn als siegreichen Herrscher und die Kirche lobte sein Streben nach kirchlichen Zielen, aber es gab weiterhin Misstöne und Zweifel. Besonders die großen Adelsfamilien im Westen des Reiches standen der Politik Heinrichs kritisch gegenüber.

Die Wahl Dortmunds als Synodalort konnte daher kein Zufall sein. Diese Synode sollte ein Machtbeweis Heinrichs werden. Seinem Aufruf waren die drei Erzbischöfe von Bremen, Köln und Magdeburg, sowie zwölf Bischöfe gefolgt, die alle aus dem nördlichen Teilen des Reiches kamen.

Während draußen vor der Kirche die Menge wartete, begingen die Kirchenfürsten und das Königspaar im Beisein von einigen hundert Adeligen die feierliche Zeremonie in der Kirche.

Bretislav stand angespannt unter dem ersten Gewölbebogen des rechten Seitenschiffes der dreischiffigen Basilika. Er verfolgte den Fortgang des Gottesdienstes nur halbherzig, weil er an diesem Tag zum ersten Mal die Leibgarde des Königs befehligte. Sie bestand aus zwanzig gut ausgebildeten, im Kampf geübten Männern, die dem König völlig ergeben waren.

Das Kommando hatte Volker von Ansbach, ein alter Wegbegleiter des Königs, der seinen Ruf als ausgesprochener Haudegen nicht nur auf dem Schlachtfeld gewonnen hatte. Bretislav war aus verschiedenen Gründen nach dem ersten Feldzug gegen Boleslaw Chobry zu der erlesenen Truppe gestoßen. Zum einen drückte er durch seinen Dienst für den König den Dank seines Onkels für die Ernennung zum Herzog von Böhmen aus, zum anderen hatte er auf dem Schlachtfeld bewiesen, dass er ein furchtloser und zuverlässiger Kämpfer war. Sein Umgang mit dem Schwert war weithin einzigartig und gefürchtet.

Seit mehreren Tagen lag Volker von Ansbach schon in einem schweren Fieber und bisher hatte noch kein Arzt seine Leiden lindern können. Bis zu seiner Genesung hatte der König nun Bretislav das Kommando übertragen. Das war eine große Ehre für den jungen Böhmen, der seinen Herrn nicht enttäuschen wollte. Anders als in der Domschule, wo seine Herkunft Ursache vielen Spotts war, spielte sie hier keine Rolle, denn die Garde setzte sich aus Männern des ganzen Herrschaftsgebietes zusammen. Besondere Freundschaft hatte Bretislav mit Maurizio geschlossen, einem jungen Italiener aus der Nähe von Pisa. Er war einen guten Kopf kleiner als Bretislav, sein rabenschwarzes, fein gelocktes Haar wuchs in alle Richtungen und in seinem Gesicht stand die Schlitzohrigkeit der Augen in ständigem Wettstreit mit der Eleganz der schmalen, geraden Nase und den dünnen Lippen. Doch war er bei weitem kein Engel. In seiner Heimat war man dankbar gewesen, als der ewige Störenfried mit dem Heer gezogen war, denn keiner hatte ihn zu bändigen vermocht. Inzwischen hatten die harten Übungen und die vielen Reisen aus Maurizio einen jungen Mann geformt, der sich und seine Gefühle im Griff hatte und ein zuverlässiger Soldat geworden war.

Die Italiener in der Leibgarde König Heinrichs waren alle auf der bisher einzigen Reise des Königs nach Italien dazu gestoßen. Damals hatte sich Heinrich in Pavia zum König von Italien krönen lassen. Die von vielen erhoffte Fortsetzung der Reise zur Kaiserkrönung nach Rom blieb aus, denn ein Aufstand in Pavia und die zahlreichen Gegner im eigenen Land ließen König Heinrich von dem Vorhaben abkommen.

Den vielen Machtbeweisen, Feldzügen und Urteilen seit damals nach zu schließen, war diese Entscheidung auch richtig gewesen, wie alle Entscheidungen des Königs in Bretislavs Augen stets von Ratio und Weitblick geprägt waren. Das traf auch auf diese Synode in Dortmund zu, wobei Bretislav wusste, das es Heinrich nicht nur um das politische Zeichen ging. Vor allen Debatten, Beschlüssen und Urkunden war für den König dieser Gottesdienst der wichtigste Grund dieses Treffens.

Es sollte ein Bund geschlossen werden, der in erster Linie keinen politischen oder wirtschaftlichen Hintergrund hatte, sondern einen geistlichen. Der König war davon überzeugt, dass eine gemeinsame Politik auf einem gemeinsamen Glauben basieren musste, der wiederum durch die Einheit im Gebet zustande kam. Deshalb sollte jeder für den anderen im Gebet eintreten, damit jeder durch die anderen in seinem Glauben gestärkt wurde. Der König hatte schon mehrere solche Gebetsbünde geschlossen, aber das besondere diesmal war die Anzahl und Bedeutung der Teilnehmer.

Bretislav war nicht von der allgemeinen Frömmigkeit erfasst, die sich im Umfeld des Königs entwickelt hatte. Aber während sie bei Heinrich echt war, wirkte sie bei vielen Günstlingen aufgesetzt und übertrieben, was Bretislav abstoßend fand. Auch Maurizio verhielt sich, obwohl er aus dem Land des Heiligen Vaters kam, nicht frommer als nötig und die Regelmäßigkeit seiner Kirchgänge entsprach der Gleichmäßigkeit einer Hecke, die nie gestutzt wurde.

Als die Bischöfe zusammen mit dem Königspaar den Bund mit der Feier der Eucharistie bekräftigten, beobachtete Bretislav seinen jungen Freund, der an der Seitenwand lehnte und nur mit Mühe die Augen offen halten konnte. Trotz seiner Müdigkeit wurde Maurizio auf die mahnenden Blicke seines Kommandanten aufmerksam, richtete sich schlagartig auf und straffte dabei seinen Rock. Mit einem verstohlenen Grinsen senkte er andächtig den Kopf, während Bretislav überlegte, ob er Maurizio deshalb eine Strafe verordnen sollte, um ihm solche Flausen auszutreiben.

* * *

Nachdem die Mönche Godehard als ihren neuen Abt anerkannt hatten und sich den neuen Regeln fügten, gingen die Arbeiten rasch voran. Die Trümmerhaufen waren beinahe verschwunden. Das Material, das man wiederverwenden konnte, war außerhalb des Klosters ordentlich aufgestapelt. Godehard entwickelte bereits Pläne, was in Hersfeld noch alles gebaut werden musste. Den übrigen Schutt hatte er hinter dem Wohntrakt, wo das Gelände etwas abfiel, aufwerfen lassen. Einigen Bauern, die dem Kloster Frondienste leisten mussten, hatte er beauftragt, mit ihren Fuhrwerken Erde herbei zu schaffen, um damit den Schutt zu verdecken. Godehard wollte an dieser Stelle einen Kräutergarten anpflanzen lassen, da er die wohlriechenden Düfte aus Niederaltaich vermisste.

Godehard war gerade in der Bibliothek, um sich Anregungen für seine Predigt am Sonntag zu suchen, als Walter mit großen Schritten zu ihm eilte. Die Sonne stand hoch am Himmel und bald würde vom Kirchturm das Mittagsgeläut zum Essen rufen.

„Was gibt es so wichtiges", tadelte ihn Godehard, bevor der Mönch etwas sagen konnte, „dass du mit deiner Hast die Ruhe dieses Ortes störst? Zum Gottesdienst rennst du ja auch nicht!"

„Verzeiht, Pater", entschuldigte sich Walter mit gesenktem Kopf.

„Was wolltest du mir mitteilen?", begann Godehard erneut und nahm die Entschuldigung mit einem Kopfnicken zur Kenntnis

„Eine Gruppe vornehmer Reiter ist eingetroffen, die als Gäste im Kloster nächtigen wollen", sprudelte es aus Walter heraus, der seine Aufregung nicht ganz unterdrücken konnte.

„Das ist alles?", fragte Godehard ruhig, wobei er sich dabei wieder dem Buch zuwandte, welches aufgeschlagen vor ihm lag.

Walter nickte bestätigend. Das Verhalten des Abtes verunsicherte und wunderte ihn in hohem Maße.

„Gut", fuhr Godehard fort, „dann sage dem Bruder Hospitalius, dass er den Männern etwas zu Essen und Trinken anbieten und ihnen später ihre Schlafplätze im Gästehaus zeigen soll."

„Aber...", stammelte Walter verständnislos.

„Was hast du?"

„Nun, ich dachte, dass Ihr die Gäste begrüßen wollt! Abt Bernhar..."

Kaum hatte Walter den Namen des ehemaligen Abtes ausgesprochen, als Godehard ruckartig aufsah und kurzzeitig blitzte ein Hauch von Verärgerung in seinen Augen auf. Aber Godehard zügelte seinen Unmut und antwortete mit ruhiger Stimme:

„Abt Bernhar scheint die Gemeinschaft mit Laien geschätzt zu haben. Ich bin da anderer Ansicht. Ein Kloster bietet jedem Reisenden Nahrung und Ruhe an, aber wir haben auch andere, viel wichtigere Aufgaben zu erledigen. Wir richten unseren Tagesablauf nicht nach den Gästen, sondern nach Gottes Geboten. Auch unsere Gäste müssen sich diesen Geboten unterordnen. Richte den Neuankömmlingen meinen Willkommensgruß aus und teile ihnen mit, dass sie gerne unsere Gottesdienste besuchen dürfen."

Damit wandte er sich wieder dem Buch zu. Walter machte eine kleine Verbeugung und entfernte sich mit kleinen, langsamen Schritten aus der Bibliothek.

Während er die Treppe zum Hof hinunterging, dachte er über Godehards Worte nach. Er erkannte, dass Godehard ein völlig anderes Weltbild hatte, als er es bisher kennen gelernt hatte. Der Abt nahm die Welt außerhalb des Klosters zwar wahr, aber er schenkte ihr keine Beachtung, denn er verlangte nach nichts, was diese Welt zu bieten hatte. Das Kloster gab ihm alles, was er zu seiner Zufriedenheit benötigte. Walter bewunderte diese Einstellung und fragte sich, wie man dieses Ideal erreichen konnte.

Inzwischen war er im Klosterhof angekommen, wo die Gäste immer noch auf ihren Pferden saßen und warteten.

Sie wollten den Abt vom Pferd aus begrüßen, dachte Walter bei sich. Wo blieb die Demut vor einem Mann Gottes? Er sah nun ein, wie klug Godehard gehandelt hatte.

„Verehrte Herren", sprach Walter nun laut und deutlich, ohne sich zu verneigen oder sonst eine Geste der Begrüßung zu machen, „Abt Godehard heißt euch in Gottes Namen herzlich willkommen im Kloster Hersfeld. Ihr seid sicher hungrig von der Reise!"

„Das sind wir durchaus", antwortete einer der Reiter, der ganz in dunkelblauen Samt gekleidet war, „aber wir hofften eigentlich, dass uns der Abt persönlich begrüßt!"

In der Stimme schwang deutlicher Unmut mit, der Walter aber nicht beunruhigte. Er wusste, dass er das Richtige tat.

„Leider ist unser Abt sehr beschäftigt", antwortete er freundlich, „aber ich werde ihm euren Wunsch gerne mitteilen. Wie ist euer werter Name?"

Der Reiter überlegte kurz. So viel Dreistigkeit hatte er von einem Mönch nicht erwartet.

„Man nennt mich Richard von Libowitz."

„Dann genießt jetzt mit euren Männern unsere Gastfreundschaft, Richard von Libowitz", beschied ihm Walter, „und ich werde den Abt davon unterrichten, dass Ihr ihn sprechen wollt. Bruder Hospitalius wird sich um euch kümmern."

Nun nahm Walter erstmals seit Beginn der kurzen Unterhaltung eine Hand aus der verschränkten Haltung unter den weiten Ärmeln der Kutte und wies auf einen älteren Mönch, der in der Tür des Gästehauses wartete.

Später rief Godehard den jungen Mönch zu sich, um ihn nach den Gästen zu fragen.

„Es sind zehn Reiter, die alle sehr wohlhabend aussehen", berichtete Walter, „außerdem haben sie drei Lastpferde dabei, aber ich konnte nicht erkennen, ob sich außer persönlichem Gepäck noch andere Waren darauf befanden. Ihr Redeführer heißt Richard von Libowitz."

„Richard von Libowitz", fragte Godehard nach, worauf Walter nickte, „den Namen habe ich noch nie gehört und ich finde ihn auch sehr seltsam. Ein fränkischer Vorname und ein slawischer Ortsname!"

Nachdenklich legte sich Godehards Stirn in Falten.

„Welches Wappen führen sie mit?"

„Ich habe keines gesehen."

„Tragen sie Kriegsgerät bei sich?", formulierte er seinen nächsten Gedanken in eine Frage um.

„Mir ist nichts Besonderes aufgefallen. Jeder trägt ein Schwert, aber ich habe keinen Harnisch oder Schild entdeckt."

„Hm. Auch Handelsware, sagtest du, haben sie nicht dabei?"

„Richtig, außer den drei Packpferden haben sie nichts weiter dabei. Drei Packpferde sind reichlich wenig Ware für zehn Mann."

„Aus welcher Richtung kamen sie geritten?"

Walter verstand nicht, warum der Abt plötzlich doch so ein großes Interesse an den Gästen hatte. Außerdem ärgerte er sich, dass er keine besseren Antworten auf die Fragen hatte.

„Ich weiß es nicht, denn ich sah sie erst im Klosterhof."

„Dann frag die Bauern draußen, woher die Reiter kamen oder ob ihnen etwas aufgefallen ist."

Walter drehte sich sofort um und verließ den Raum.

Godehard blieb nachdenklich zurück. Er wusste nicht warum, aber die fremden Reiter beunruhigten ihn. Zehn Reiter waren eine starke Gruppe, die ein Dorf wehrloser Bauern mit Leichtigkeit überrennen und plündern konnten. Er hatte früher schon von solchen Banden gehört, die als Reisegruppen verkleidet durch das Land zogen und mal einen Kaufmann, mal ein ganzes Dorf überfielen, je nachdem, ob sie gerade Geld nötig hatten oder etwas zu essen brauchten. Godehard versuchte, die Gedanken zu verdrängen. Vielleicht waren es auch schlicht Händler, die ihre Ware verkauft hatten und jetzt mit dem Geld heimkehrten. Er wollte sich auf alle Fälle ein eigenes Bild machen und die Männer nicht vorverurteilen.

Die Männer saßen im großen Saal des Gästehauses und nahmen gerade das Abendessen zu sich, als Godehard eintrat. Es musste seine Ausstrahlung oder einfach nur Intuition sein, aber einer der Männer erhob sich sofort, nachdem er ihn bemerkt hatte und ging mit einem freundlichen Lächeln auf ihn zu.

„Werter Abt", begrüßte er ihn mit einer etwas zu tiefen Verbeugung, „ich möchte mich für die Gastfreundschaft bedanken, die ihr mir und meinen Männern zuteil werden lasst!"

„Ich nehme deinen Dank gerne an", entgegnete Godehard ebenso freundlich, „aber es ist unsere christliche Pflicht, jeden aufzunehmen, der an unser Tor klopft."

Godehard überlegte sich, ob er dem Mann schon einmal begegnet war.

„Ihr legt diese Pflicht aber sehr weit aus", fügte Richard von Libowitz als Kompliment hinzu, „denn ihr bewirtet uns geradezu königlich!"

„Wir Mönche leben in Schlichtheit, aber unseren Gästen geben wir stets das Beste – egal, welcher Herkunft sie sind!"

Die letzten Worte hatte Godehard besonders betont. Sein Gesprächspartner verstand sie als Aufforderung, sich genauer vorzustellen.

„Wie ihr bereits wisst, heiße ich Richard von Libowitz", begann er und verbeugte sich dabei noch einmal tief, „ich bin Händler und gerade auf dem Weg nach Hause."

„Nach Libowitz", unterbrach ihn Godehard.

„Äh, ja", antwortete Richard etwas überrascht, doch Godehard war diese leichte Unsicherheit nicht entgangen. „Ich habe meine Ware nach Lübeck gebracht."

„Womit handelst du?"

„Meistens verkaufe ich Felle, Gewürze und anderen Tand!"

„Das müssen große Mengen sein, wenn du zum Schutz neun berittene Soldaten dabei hast", bemerkte Godehard erstaunt und sah hinüber zu den anderen Männern, die bisher nicht von ihren Tellern aufgesehen hatten oder irgendein Interesse an dem Gespräch gezeigt hatten.

„Nun, es sind unsichere Zeiten, in denen wir leben", erwiderte Richard mit einem gekünstelten Lächeln.

„Wo genau liegt Libowitz?", fragte nun Godehard, „denn verzeih mir, falls ich dich jetzt beleidige, aber ich habe diesen Namen noch nie gehört."

„Ihr beleidigt mich nicht, Abt", lachte Richard, „der Ort gehört wahrlich nicht zu den großen Werken der Menschheit! Libowitz liegt auf halber Wegstrecke zwischen Meißen und Gnesen! Setzt euch doch zu uns, damit wir uns über andere Dinge als meine unwürdige Person unterhalten können!"

Dem Kaufmann wurde diese Frage-Antwort-Spiel lästig, aber Godehard ließ nicht locker.

„Für einen Piasten sprichst du ein ausgezeichnetes Deutsch", lobte ihn Godehard, aber in seiner Stimme schwangen Zweifel mit.

„Das habe ich meiner Mutter zu verdanken", antwortete Richard schnell, „sie kommt aus dem deutschen Reich!"

„Ist deine Mutter Fränkin?"

„Wie habt ihr das erkannt", fragte Richard vorsichtig.

„Dein Vorname ist fränkisch", beschied Godehard kurz.

„Ihr seid ein aufmerksamer Mensch", bemerkte Richard anerkennend und diesmal war das Kompliment ernst gemeint.

„Nun gut", beschloss Godehard das Gespräch, „ich möchte dich nicht weiter von deinem Mahl abhalten. Ich bin nur gekommen, um euch allen Gottes Segen für die Nacht auszusprechen."

Damit verließ er das Gästehaus. Godehard ärgerte sich innerlich, denn seine Falle hatte nicht funktioniert. Er hatte gehofft, dass Richard die Herkunft seiner Mutter verneint hätte, denn dann hätte er sich selbst verraten. Godehard war sich sicher, dass Richard nicht sein richtiger Name war. Aber der Mann war klug und aufmerksam.

Im Kreuzgang begegnete ihm Walter.

„Hast du bei den Bauern etwas in Erfahrung bringen können", fragte er ihn sofort.

„Ja, Pater! Der Müller hat mir erzählt, dass er heute Morgen die Reiter gesehen hat, als sie von Norden her zur Furt ritten."

„Das passt", murmelte Godehard nachdenklich.

„Was sagt ihr?"

„Nichts! Ich habe nur laut gedacht. Hast du noch mehr zu berichten?"

„Nun, ich weiß nicht", zweifelte Walter verlegen, „ob es euch hilft."

„Sprich nur, mich interessiert alles, was du gehört hast."

„Der Torfstecher will die Reiter auch gesehen haben. Aber Ihr wisst, er spricht dem Wein stark zu und wer weiß, ob er es nur erfunden hat."

„Was soll er erfunden haben", fragte Godehard ungeduldig.

„Er hat mir gesagt, dass er die Reiter gesehen hat, wie sie sich am Waldrand beim Sumpf auf der anderen Seite des Flusses trafen. Die eine Gruppe kam aus südlicher Richtung und die andere aus dem Norden. Sie hätten dort eine Weile gestanden und seien dann wieder in den Wald verschwunden, diesmal alle zusammen in nördliche Richtung."

„Am Sumpf hast du gesagt", wiederholter Godehard, worauf Walter nickte.

„Aber der Sumpf liegt südlich vom Kloster!"

„Deswegen habe ich auch meine Zweifel gehabt, aber der Torfstecher hat bei den Heiligen geschworen, dass er die Wahrheit sagt!"

„Vielleicht hat der Mann wirklich Recht. Gott kann selbst den größten Sünder gebrauchen. Was diese Männer betrifft, habe ich ein ungutes Gefühl. Ich werde morgen noch einmal mit diesem Richard sprechen."

Walter wollte sich umdrehen und gehen, als Godehard ihm noch einen Auftrag erteilte.

„Geh in die Bibliothek und sieh auf den Karten nach, ob du einen Ort Libowitz zwischen Meißen und Gnesen finden kannst."

„Ich werde Bruder Rudolf bitten, mir zu helfen, damit es schneller geht", antwortete Walter voll Tatendrang und lief Richtung Bibliothek los.

„Walter", rief ihm Godehard mahnend nach, worauf der junge Mönch abrupt stehen blieb und dann mit andächtigen Schritten weiterging.

Godehard nickte zufrieden und ging in sein Arbeitszimmer. Er wollte überlegen, wie dieser Richard aus der Reserve zu locken war.

***

Eine Woche nach der Synode von Dortmund befand sich der königliche Tross auf einer alten Handelsstrasse Richtung Osten. Sie hatten Paderborn passiert, nicht ohne aber einem Gottesdienst in der prächtigen Kirche des Bischofs beizuwohnen. Der nächste größere Haltepunkt ihrer Reise sollte Merseburg werden, wo Tagino, der frühere Kappelan von St. Emmeram, als enger Vertrauter des Königs Bischof war.

Anders als in den meisten anderen Reichen des christlichen Abendlandes zählte die Autorität des deutschen Königs nur dort, wo er seine Präsenz zeigte. Deshalb musste der König ständig sein Reich durchreisen und auf einer der über das ganze Land verteilten Pfalzen Hof halten. Als Aufenthaltsorte dienten aber auch die meisten Bischofssitze, denn sie waren dazu verpflichtet, den König und seinen Hof zu bewirten, was eine nicht sehr beliebte Aufgabe war, denn das Gefolge des Königs war groß und wollte gut versorgt sein. Schon so mancher Bischof war nach einem längeren Aufenthalt des Königs all seiner Schätze beraubt gewesen.

„Wo werden wir heute nächtigen", fragte Maurizio, der neben Bretislav ritt.

Nachdem Volker von Ansbach immer noch nicht dienstfähig war, führte Bretislav die Leibgarde weiterhin an und ritt deshalb an der Spitze des langen Trosses aus Reisewagen, Fuhrwerken, Reitern, Gauklern und Händlern. Ein Teil seiner Männer, darunter Maurizio, war bei ihm, die anderen beschützte die beiden königlichen Reisewagen.

„Du hast wohl schon wieder Hunger", fragte Bretislav mit einem Zwinkern zurück.

„Weißt du", antwortete Maurizio gelehrig und ließ sich dabei in seinen Sattel sinken, „ich muss noch viel wachsen!"

„Dann wirst du heute einen gehörigen Wachstumsschub erleben! Wir werden heute abend in Kemnade sein und ich habe mir sagen lassen, dass sich die dortigen Mönche auf das Bewirten verstehen, besonders, wenn der König kommt."

Vor einem Jahr hatte der König dem dortigen Kloster die *libertas regalis* zugesprochen und es unter den ausschließlichen Schutz des Königs gestellt. Dadurch waren die Mönche vor Ansprüchen des Bischofs von Trier gefeit, dem das Kloster zuvor unterstellt gewesen war. Dieser besondere Schutz, den der König schon über mehreren Klöstern ausgesprochen hatte, umfasste auch Rechte des Güterbesitzes, der Gerichtsbarkeit und der Zehntabgabe. Kein Wunder, dass die Mönche ihren edlen Gönner gerne empfingen, auch wenn sie wohl ein Jahr sparen mussten, um die Ausgaben für diesen kurzen Besuch des Königs wieder zu erwirtschaften.

„Jaja", lachte Maurizio, „der König der Mönche!"

Es war ein Titel, mit dem man schon Heinrichs Vorgänger Otto belegt hatte, da der sich in seinen letzten Lebensjahren dem mönchischen Leben zugewandt hatte. Bei Heinrich konnte zwar noch nicht von den letzten Lebensjahren die Rede sein, jedoch übertraf er schon jetzt seinen Vorgänger, was das Interesse und die Art betraf, wie Heinrich den Klöstern seines Reiches begegnete.

***

Der nächste Morgen begann in Hersfeld wie jeder andere Tag mit dem Morgengebet. Danach jedoch überschlugen sich die Ereignisse.

Zuerst brachen die zehn Reiter früh am Morgen auf, nicht ohne sich beim Frühstück noch einmal ordentlich satt zu essen. Godehard sandte ihnen einen der Stallknechte hinterher, der beobachten sollte, in welche Richtung sie sich wandten. Er hatte keine Gelegenheit mehr gehabt, Richard weitere Fragen zu stellen. Nachdem sie aus dem Klosterhof geritten waren, versuchte Godehard sich auf sein Tageswerk zu konzentrieren, wovon ihn aber Walter keine zehn Minuten später wieder abbrachte.

„Ich glaube nicht", begann er vorsichtig, „dass ich Euch etwas überraschend Neues erzähle, aber es gibt keinen Ort mit Namen Libowitz."

„Er hat mich tatsächlich angelogen, einen Mann Gottes", rief Godehard erregt aus, „dafür wird er in der Hölle schmoren!"

Wortlos ließ er Walter stehen und verschwand in sein Arbeitszimmer. Walter zweifelte daran, dass sich Godehard wegen der Lüge so ärgerte, vielmehr war er wütend auf sich selbst, weil er nicht fähig gewesen war, den Mann schneller zu überführen. Der Abt war ohne Frage ein Vorbild an Weltentsagung, dachte Walter, aber Gott hatte ihm bisher nicht seinen unbändigen Ehrgeiz austreiben können.

Godehard hatte sich gerade wieder beruhigt, als es an seiner Tür klopfte und Bruder Hospitalius zögernd seinen Kopf durch den Spalt steckte. Er war von Walter vor der Stimmung des Abtes gewarnt worden.

„Bruder Franziskus", begrüsste ihn Godehard freundlich, „tritt nur ein."

Die gute Stimmung des Abtes war schnell wieder verflogen, als der Mönch berichtete, was er am Abend zuvor erlauscht hatte, nachdem der Abt das Gästehaus verlassen hatte.

Demnach waren die Gäste keineswegs Kaufleute gewesen. Besonders beunruhigte ihn, dass Richard davon gesprochen haben sollte, heute etwas hinter sich zu bringen.

„Warum bist du nicht schon gestern zu mir gekommen", fragte Godehard verzweifelt.

„Nachdem ich sie belauscht hatte, musste ich erst noch bei ihnen bleiben, damit sie keinen Verdacht schöpften. Danach habe ich die Küche gesäubert, denn Ihr habt uns gelehrt, dass das Tageswerk zu Ende gebracht werden muss, bevor man sich anderen Dingen widmet. Abends habe ich Euch erst bei der Nocturne gesehen und danach", fügte der Mönch hilflos an, „ist es ein Verstoß, ein Wort zu sprechen!"

Godehard wollte aufspringen vor Verzweiflung, aber er konnte sich gerade noch zurückhalten. Er konnte dem Mann keine Vorwürfe machen, denn er hatte schlicht und einfach die Regeln befolgt, was nach den drakonischen Strafen, die Godehard für einen Regelverstoß angekündigt hatte, nur zu verständlich war.

„Ich danke dir für dein aufmerksames Handeln", lobte Godehard mit trockener Stimme, „geh nun wieder an deine Arbeit."

Der Mönch verneigte sich und verließ erleichtert den Raum. Gegen Mittag kam der Stallknecht zurück, den Godehard den Reitern nachgeschickt hatte. Godehard hatte bis dahin vergeblich versucht, sich anderweitig zu beschäftigen, aber die ganze Sache ging ihm nicht aus dem Kopf.

„Ich bin ihnen bis zum Wald gefolgt", begann der Junge, er war gerade zehn Jahre alt geworden, „der östlich vom Kloster liegt. Dann bin ich auf den Berg gestiegen, von wo aus man die Straße sehen kann, nachdem sie den Wald wieder verlassen hat. Ich habe über eine Stunde gewartet, aber die Reiter kamen nicht aus dem Wald heraus, obwohl sie vorher galoppiert waren. Also bin ich in den Wald und habe ihre Spuren gesucht."

„Was hast du gesehen?", fragte Godehard ungeduldig in einer Verschnaufpause des Jungen, der den ersten Teil seines Berichtes vorgetragen hatte, ohne auch nur einmal zu atmen.

„In der Mitte des Waldes verließen die Spuren den Weg, aber ich habe sie auf dem weichen Waldboden weiter verfolgen können", erzählte der Junge nicht ohne Stolz. „Die Männer sind nördlich des Klosters wieder nach Westen geritten, haben dann die nördliche Furt benützt und sich schließlich nach Norden gewandt."

„Mein Junge", lobte Godehard seinen ausgezeichneten Späher, „du hast sehr gute Arbeit geleistet. Dafür hast du dir eine Belohnung verdient."

Damit drückte er ihm einen Schilling in die Hand und schickte ihn mit einem väterlichen Klaps auf den Kopf davon. Der Junge starrte begeistert auf das Geldstück. Er hatte in seinem ganzen Leben noch nie Geld besessen, denn die Stallknechte wurden in Naturalien bezahlt. Godehard dagegen war nun völlig niedergeschlagen. Sofort rief er Walter zu sich und trug ihm auf, dem Landvogt, der eine gute Tagesreise nördlich des Klosters auf einer Burg saß, eine Nachricht zu übermitteln. Vielleicht konnte er so das

Schlimmste verhindern. Als kurz nach dem Mittagessen aber ein Bote eines benachbarten Klosters eintraf, der den Abt vor einer Gruppe von fünfzehn Reitern warnen sollte, die dem dortige Abt suspekt gewesen waren, nachdem sie die letzte Nacht dort verbracht hatten, wurde Godehard bewusst, dass seine Bemühungen wohl zu spät waren.

***

In einem Waldstück, eine halbe Tagesreise nördlich von Kloster Hersfeld, waren mehr als dreissig Reiter versammelt, die wortlos damit beschäftigt waren, ihr Waffenzeug anzulegen. Einzig drei Männer standen etwas abseits und besprachen noch einmal ihren Plan. Bisher war alles ohne Probleme verlaufen. Sie hatten sich vor zwei Tagen aufgeteilt und in verschiedenen Klöstern übernachtet, um nicht weiter aufzufallen. Ihre Waffen hatten sie vorher im Wald versteckt. Nun kam der schwierigste Teil. Sie mussten schnell handeln und ihre Aufgabe mit höchster Präzision erfüllen. Die Sonne hatte den Zenit gerade überstiegen, als das Zeichen zum Aufbruch gegeben wurde.

***

Der Tross des Königs zog noch immer der Weser entlang, um zu einer Furt zu gelangen, die für die Fuhrwerke und Reisewagen geeignet war. Bretislav ritt wie immer zusammen mit Maurizio an der Spitze. Sie wurden hinter der Hand schon die ungleichen Zwillinge genannt, weil man sie kaum noch einzeln antraf. Die langen Reisen verkürzten sie stets durch ausführliche Diskussionen.

„Ich verstehe nicht", fragte Maurizio gerade nachdenklich, „warum wir ständig durch die Länder ziehen müssen. Reicht es dem Volk nicht, wenn ein König einen erfolgreichen Feldzug durchführt?"

„Das stimmt", sagte Bretislav nach kurzer Überlegung, „aber das ist sicher nicht alles. Versetz dich in die Lage eines einfachen Bauern, dessen größte Sorge es ist, genug Nahrung auf seinem Land anzubauen. Welche Auswirkungen hat der König auf sein Leben? Sein Leben und das seiner Familie gehören seinem Lehnsherren. Tritt der König in sein Leben, dann bedeutet das in den meisten Fällen Unheil: Entweder er muss auf einen Feldzug mitziehen und seine Ernte zuhause im Stich lassen oder es werden neue Steuern erhoben."

Maurizio hörte aufmerksam zu. Hinter seiner gerunzelten Stirn wiederholten die Gedanken die Argumentation, aber er konnte ihr noch nicht ganz folgen.

„Warum feiern sie den König dann so ausgelassen?"

„Das ist genau der Punkt, weshalb wir reisen! Siehst du den Bauern dort drüben auf dem Feld?"

Bretislav zeigte mit einer Hand auf einen Mann, der mit einer Sichel die Halme eines Dinkelfeldes schnitt.

„Höchstwahrscheinlich wird er den König nach dem heutigen Tag nie wieder zu Gesicht bekommen", fuhr er fort, „zumal er ihn auch jetzt nicht wirklich sieht. Aber woran wird er sich später erinnern und seinen Enkeln davon erzählen? Er wird von dem prächtigen Zug schwärmen, mit dem der König durch das Land gezogen ist. In seinen Erinnerungen wird das imposante Schauspiel, dessen Darsteller auch wir sind, das Königtum repräsentieren. Soviel Pracht und Macht konzentriert um eine Person erscheint ihm so unvorstellbar, dass er seinen Teil zu diesem Werk leisten will. Damit er sagen kann, es ist sein König."

„Der König ist also ständig auf Reisen, damit der einfache Mann etwas zu staunen hat", schlussfolgerte Maurizio, nicht ohne ein Grinsen nachzuschieben.

Bretislav wollte noch weiter darauf eingehen, als er plötzlich von vorne geblendet wurde. Nach einem reflexartigen Augenzwinkern reagierte er erst gar nicht weiter darauf, bis ihm einfiel, dass es später Vormittag war und die Sonne hoch am Himmel stand, weshalb sie ihn eigentlich nicht blenden konnte.

„Was hast du", fragte Maurizio, der die Konzentration in Bretislavs Gesicht bemerkt hatte.

„Ich weiß nicht. Irgendetwas hat mich gerade von vorne geblendet."

„Der arme Bauer träumt vom König und du von Gespenstern", ulkte der Italiener.

„Ich erzähle keine Märchen", wehrte sich Bretislav und hielt eine Hand als Sonnenschutz über die Augen, um besser sehen zu können.

Vor ihnen lag ein Waldstück, dessen Rand die Uferböschung des Flusses war. Der Weg führte neben dem Fluss durch den flachen Teil des Waldes, der aber keine hundert Schritte vom Fluss entfernt eine Anhöhe hinauf wuchs.

„Wir sollten lieber vorsichtig sein", befand Bretislav. „Ich werde mir den Wald einmal anschauen!"

Damit drückte er seinem Pferd die Knöchel in den Bauch und es galoppierte freudig los, denn auch das Pferd war des ewigen langsamen Fortkommens überdrüssig. Kurz vor dem Wald, von dem der Zug jetzt noch ungefähr zehn Minuten entfernt war, ließ er das Pferd wieder in den Schritt zurückfallen und zog sein Schwert. Im Wald war es merklich kühler, aber auch dunkler und Bretislav brauchte eine Weile, bis sich seine Augen an die anderen Lichtverhältnisse gewöhnt hatten. Der Wald bestand in diesem flachen Bereich aus weit auseinander stehenden Pappeln und Weiden, welche die Feuchtigkeit des nahen Flusses liebten. Das Waldstück war nicht besonders breit und Bretislav konnte das andere Ende des Waldes gut erkennen, denn der Weg verlief völlig gerade durch den Wald. Kein guter Wald für einen Hinterhalt, dachte Bretislav, auch um sich selbst zu beruhigen. Bretislav sah sich sorgfältig um. Er stieg sogar vom Pferd und suchte den Boden nach auffälligen Spuren ab, aber selbst abseits des Weges wurde er nicht fündig.

Schließlich saß er wieder auf, ritt aus dem Wald und gab von dort aus Maurizio Entwarnung, der inzwischen mit dem Rest des Zuges in Rufweite war.

„Welchen Kobold hast du töten müssen?", fragte Maurizio belustigt, als er bei Bretislav angekommen war.

„Lieber einmal zu vorsichtig", gab Bretislav beleidigt zurück, „als später einen Kopf kürzer."

Wortlos ritten sie nebeneinander in den Wald hinein und behielten dabei aufmerksam die nähere Umgebung im Auge. Die Hufschläge echoten durch den Wald, aus dem nur Vogelstimmen und das Rauschen der Blätter im Wind zu hören waren.

Sie erreichten das Ende des Waldstückes, ohne das etwas passiert war und Bretislav atmete erleichtert auf. Vor ihnen verließ der Weg das Flussufer, um in einem leichten Bogen einen Hügel zu passieren, der bis an den Fluss reichte und von hohen Buchen bewachsen war. In der Mitte der Biegung verschwand der Weg in diesen Wald. Bretislav war sein drückendes Gefühl noch immer nicht los, weshalb er überlegte, wieder voraus zu reiten, um die Lage zu überprüfen. Schließlich verwarf er die Idee und schalt sich einen Angsthasen.

„Gott hätte dich in Italien auf diese Welt setzen sollen", bemerkte Maurizio, der die Gedankengänge seines Freundes erraten hatte.

„Was meinst du damit?", fuhr ihn Bretislav ungeduldig an.

„Dort gibt es nicht so viele Wälder", antwortete Maurizio mit einem breiten Grinsen und ließ sein Pferd seitwärts springen, um aus Bretislavs Reichweite zu kommen. Der hob ihm warnend die Faust entgegen.

„Heute abend rechnen wir ab!"

Sie waren inzwischen am Waldrand angekommen, der von niedrigen Haselnuss- und Holundersträuchern völlig zugewachsen war. Lediglich der Weg war frei und man konnte ein Stück weit in den Wald hinein sehen. Bretislav betrachtete prüfend den Boden vor ihnen, aber er konnte keine verdächtigen Spuren entdecken. Kurz vor den ersten Sträuchern trieb er sein Pferd plötzlich an und war mit ein paar Galoppsprüngen im Wald, wo er auf der Stelle drehte. Es war ein elegantes Manöver, das Reiter und Pferd viel abverlangte, und Bretislav hatte eventuelle Wegelagerer hinter den Sträuchern damit überraschen wollen. Es gab keine Wegelagerer, aber dafür Applaus von Maurizio, dem der Schalk noch immer im Nacken saß. Nervös drehte Bretislav sich einmal im Kreis, aber der Wald schien keine Gefahren zu offenbaren.

Schweigend ritten sie weiter. Bretislav zwang sich, seine Gefühle zu kontrollieren und saß verkrampft im Sattel. Er drehte sich um, aber wegen der Biegung und dem dichten Waldrand konnte er nur die ersten Karren direkt hinter seinen Männern überblicken. Sie waren schon fast um den Hügel herum und einige Sonnenstrahlen kündigten Bretislav das nahe Ende des Waldes an, als sein Pferd plötzlich schnaubte und die Ohren spitzte. Bevor sich Bretislav weitere Gedanken machen konnte, hörte er das dumpfe Stampfen vieler Hufe, die über den morastigen Waldboden galoppierten. Kurz darauf tauchte vor ihm eine Gruppe von Reitern auf, die im strengen Galopp auf sie zu rasten. Sie alle trugen einen Harnisch und ihre dunklen Mäntel flatterten im Wind.

„Gott im Himmel, steh uns bei", flüsterte Bretislav und sein Mund fühlte sich unheimlich trocken an.

„Überfall", brüllte er dann, während er gleichzeitig seine Lanze aufnahm und die Zügel fester fasste. Maurizio hatte die Reiter im selben Augenblick gesehen und ebenso die Waffe gezogen. Bretislav versuchte, sich einen schnellen Überblick über die Situation zu verschaffen. Vor ihnen stürmte - etwa zwei Steinwürfe entfernt - eine Gruppe Reiter auf sie zu. Es waren nicht mehr als zehn, schätzte Bretislav, aber sie konnten auf dem schmalen Waldweg nur hinter einander reiten. Er hatte zehn Mann an der Spitze des Zuges, weitere zehn bewachten das Königspaar und hinten bei den Händlern waren einige bewaffnete Landsknechte. Er wollte einen Befehl an die Soldaten in der Mitte des Zuges erteilen, als hinter ihm Kampfgeschrei entstand. Sie waren in einer Falle!

Die Angreifer waren nicht mehr weit entfernt, als Bretislav seinen Männern endlich klare Befehle gab. Er schickte die hintersten vier in den Wald, damit sie versuchten, die Angreifer in die Zange zu nehmen. Er selbst galoppierte nun mit drei anderen in einer Reihe frontal auf die Angreifer zu. Die vier Pferde passten auf dem schmalen Weg gerade nebeneinander und bildeten eine Abwehrwand, welche die Angreifer in jedem Fall stoppen würde. Hinter den vier Reitern verblieben zwei, um Lücken zu schließen.

Wie sie so auf die Gegner zuflogen, bemerkte Bretislav, dass auch diese ihr Handwerk verstanden, denn sie ritten ebenso gekonnt und eng nebeneinander. Noch wenige Meter. Bretislav schossen tausend Gedanken durch den Kopf, aber er musste sich auf den Kampf konzentrieren. Er senkte seine Lanze ab und fixierte seinen direkten Gegner. Seine Ritter taten es ihm gleich, genauso wie die feindlichen Reiter.

Mit wildem Gebrüll prallten die beiden Reitergruppen zusammen und verkeilten sich. Bretislavs Lanze steckte tief unter dem Kettenhemd seines Gegners, dessen Pferd neben ihm durch die Reihe schlüpfte. Maurizio war noch im Sattel, genauso wie der Soldat auf der linken Seite. Aber zu seiner Rechten hatte der Angreifer das Duell gewonnen, wobei er jedoch auch aus dem Gleichgewicht gekommen war. Schnell zog Bretislav sein Schwert und noch ehe sein neuer Gegner wieder festen Halt gewinnen konnte, stieß ihm Bretislav die Waffe in die Seite.

Röchelnd sackte der Mann zusammen, Blut lief aus seinem Mund. Bretislav kümmerte sich nicht weiter darum.

Die Gegner waren schon stark reduziert, denn Bretislavs Plan war aufgegangen und die Reiter von der Seite hatten den Gegnern schwer zugesetzt. Bretislav wollte sich auf den nächsten stürzen, als ein tiefer Hornstoß durch den Wald hallte. Sofort drehten die Angreifer ab und nahmen dankbar Reißaus. Sie hatten ihre Aufgabe erfüllt.

Bretislav brauchte eine Weile, bis er wieder einen klaren Gedanken fassen konnte. Nach und nach wurde ihm das ganze Ausmaß des Überfalls klar, der keine zehn Minuten gedauert hatte. Ihre Gegner waren bestens unterrichtet gewesen über die Kampfstärke der Leibgarde, über deren Verteilung auf den Tross und auch über die Zusammensetzung des gesamten Zuges an sich.

Der Frontalangriff hatte dazu gedient, die Vorhut zu binden, während der eigentliche Angriff von hinten geschah, wo die schlecht bewaffneten Landsknechte nur geringen Widerstand leisteten. Auch die Soldaten um die königlichen Reisewagen waren in ein leichtes Scharmützel verstrickt worden, wobei sie die Oberhand behielten und fünf Angreifer zum Teufel schickten.

Aber diese Strategie war noch nicht das eigentliche Bravourstück, denn die Angreifer hatten den Ort des Angriffes sorgsam ausgewählt und ihren Überfall genau abgepasst. Die Kolonne von Wagen war dann stehen geblieben, als die königlichen Kutschen mit den Leibwächtern im zweiten Waldstück verschwunden waren.

Ein Feuerpfeil setzte einen Wagen am Waldrand in Brand, so dass die Leibwächter den Landsknechten nicht zur Hilfe eilen konnten, die draußen auf dem freien Feld angegriffen wurden. Außerdem stürmten zu dem Zeitpunkt auch schon die Reiter durch den Wald auf sie zu und sie waren zu sehr mit sich selbst und der Verteidigung des Königspaares beschäftigt, um mitzubekommen, was außerhalb des Waldes geschah.

Als sie endlich den brennenden Wagen aus der Waldeinfahrt geschafft hatten, bot sich den scheinbar siegreichen Kämpfern ein Bild des Schreckens. Auf dem Weg und in der Wiese daneben lagen überall Leichen, zum Teil widerlich zugerichtet. Die Landsknechte und Händler hatten auf der freien Fläche nicht vor den Reitern fliehen können, die mit bestialischer Gewalt vorgegangen waren.

Aber sie hatten keines der Fuhrwerke angerührt bis auf eins. Es war der zweite Karren hinter den königlichen Kutschen, also der erste, der auf der offenen Fläche geblieben war. In diesem Karren war die Reisebibliothek des Königs mit vielen wertvollen Büchern verstaut. Jedoch stellte der zuständige Mönch, der sich glücklicherweise im Wald befunden hatte, nach einer kurzen Überprüfung fest, dass nur eine Sache gestohlen worden war. Aber die Erschütterung war bei ihm um so größer, nachdem er den Verlust festgestellt hatte.

„Bei allen Heiligen", rief er bestürzt, „diese Frevler hat der Teufel persönlich geschickt!"

„Was gibt es, Antonius", fragte eine ruhige, befehlsgewohnte Stimme.

Es war König Heinrich, der nach dem Überfall zuerst nach seiner Frau gesehen hatte, bevor er sich von Bretislav einen kurzen Bericht über Hergang und Verluste geben ließ. Die entsetzten Ausrufe des Mönchs hatten ihn aufmerksam gemacht.

„Mein Herr und König", stammelte Antonius und verneigte sich, „wir sind Opfer eines Plans der Hölle geworden! Man hat nur ein Schriftstück geklaut, aber dieses Schriftstück allein beweist, dass es der Teufel war!"

„Um welches Schriftstück handelt es sich?", fragte der König nicht ohne Ungeduld.

„Die Apokalypse", antwortete der Mönch kaum vernehmbar.

Nun machte sich auch in Heinrichs Gesicht Bestürzung breit.

„Der Teufel wehrt sich gegen den Plan Gottes", fuhr Antonius fort und wandte sich warnend an die umstehenden Personen. „Er will uns blenden, damit wir den großen Plan Gottes nicht erkennen. Das ist der Anfang vom Ende!"

Wie er die Worte sprach, funkelten seine Augen wild, so dass die Menschen um ihn herum verängstigt einige Schritte zurückgingen. Nur der König blieb unbeeindruckt bei Antonius stehen, während Bretislav die ganze Szene aus einiger Entfernung verfolgte.

„Wir sind in den letzten Tagen angekommen", keifte der Mönch weiter, als er bemerkte, welchen Eindruck seine Worte machten, „der Teufel schickt seine Dämonen, damit sie uns verführen. Macht euch bereit für den Kampf!"

Heinrich ging einen Schritt auf den Mönch zu, der auf der Stelle verstummte, weil er wohl hoffte, dass der König seine Warnungen fortführte.

„Für heute haben wir erst einmal genug gekämpft", sagte der stattdessen und erteilte seine Befehle, „seht auf dem Feld nach, ob nicht jemand überlebt hat. Dann brauche ich einen Boten, der zum nächsten Kloster reitet und dort um Hilfe bittet. Wir benötigen etwas zu essen, Decken für die Nacht und Schaufeln, um die Toten zu bestatten!"

Es war allen bewusst, dass Räuber und Wegelagerer sich oft noch in der Nähe aufhielten, um zu verhindern, dass ihre Opfer Hilfe holen konnten. Auf diese Weise konnten sie einen zweiten Angriff wagen oder mehr Zeit gewinnen. Diese Gedanken gingen auch den anwesenden Soldaten durch den Kopf, weshalb es eine lange und beklemmende Minute dauerte, bis sich einer freiwillig meldete.

Es war Bretislav, der sich die Schuld gab, in die Falle getappt zu sein. Bisher hatte ihm der König keinen Vorwurf gemacht, aber Bretislav spürte, wie sich diese Schuldgefühle zu einer immer schwereren Last auf seinen Schultern auftürmten.

„Ich gehe", sagte er trocken, seine Zunge klebte an seinem Gaumen.

Er meinte, Dankbarkeit in den Augen des Königs zu erkennen, als dieser zu ihm trat, um ihm einige letzte Anweisungen zu geben.

„Reite weiter den Fluss aufwärts, dann solltest du zum Kloster Hersfeld kommen. Frage nach Abt Godehard und trage nur ihm dein Begehr vor. Möglichst wenige sollen davon erfahren, was hier geschehen ist. Hast du das verstanden?"

Der König klang mehr beschwörend, als befehlend. Bretislav nickte als Antwort und stieg auf sein Pferd auf.

„Komm auf jeden Fall noch heute zurück", rief ihm der König noch nach.

***

Godehard hatte sich den ganzen Nachmittag vor diesem Augenblick gefürchtet. Seitdem er den Boten des anderen Klosters mit seinen Segenswünschen wieder auf den Heimweg geschickt hatte, wartete er auf eine Hiobsbotschaft.

Als Walter den fremden Reiter ankündigte, der ausschließlich den Abt sprechen wollte, war Godehard beinahe erleichtert gewesen, dass der Zeitpunkt endlich gekommen war.

Bretislav war die Strecke in strengem Galopp geritten und mit der Abenddämmerung in Hersfeld eingetroffen. Sein Pferd schwitze und weißer Schaum trat aus seinem Maul hervor. Er konnte sich gerade noch den Staub aus den Kleidern klopfen, als ein älterer Mönch auf den Innenhof des Klosters trat, der eine schlichte Kutte trug und nicht als Abt zu erkennen war.

Bretislav hatte sich keine großen Gedanken gemacht, als der König ihn zu Abt Godehard schickte, aber nun erkannte er den Mönch, der ihm in Bamberg nach Jans Verschwinden einige Fragen gestellt hatte. Dass er hier in einer für ihn fremden Gegend ein bekanntes Gesicht traf, war für Bretislav der erste Lichtblick des Tages.

„Abt Godehard", rief er erfreut aus, „wie froh ich bin, gerade Euch hier zu treffen!"

„Entschuldige, mein Sohn", entgegnete Godehard überrascht, „woher kennst du mich?"

Bretislav war nicht enttäuscht, dass ihn der Abt nicht mehr kannte, hatte er sich doch in den letzten Jahren sehr verändert. Deshalb erzählte er kurz von Bamberg, worauf auch Godehards Erinnerungen wieder geweckt wurden.

„Jaja, dieser Bengel", sagte Godehard schließlich bedauernd, „ich habe ihn danach nie wieder getroffen."

„Was", wunderte sich Bretislav, „Jan hat Euch nie in Niederaltaich aufgesucht?"

„Nein", bestätigte Godehard und machte dann eine Pause, um sich schließlich den aktuellen Entwicklungen zuzuwenden, „aber wir haben jetzt wohl andere Sorgen. Was ist passiert?"

Bretislav berichtete kurz von dem Überfall und Godehards Gesicht verfinsterte sich zunehmend. Er hatte mit vielem gerechnet, aber dieser Überfall überstieg seine Vorstellungskraft.

„Der König wurde angegriffen, ohne dass der Gegner sein Wappen gezeigt hat?"

„Es war ein feiger Angriff, der sehr gut geplant und durchdacht war."

„Von Anfang bis Ende", stimmte Godehard resigniert zu, „ein Teil der Räuber hat die letzte Nacht als Kaufleute getarnt hier im Kloster verbracht, aber wir haben den Schwindel zu spät erkannt."

„Genauso, wie ich die Falle zu spät bemerkt habe", setzte Bretislav beschämt hinzu.

Den beiden Männern wurde bewusst, dass sie beide die gleichen Vorwürfe plagten, jeden auf seine Art. Und beide mussten selbst damit fertig werden.

Um keine weitere Zeit zu verlieren, stellte Godehard zehn Mönche ab, die Bretislav helfen sollten, das nötige Material zusammen zu packen. Auf dem Weg zurück schwor sich Bretislav, die Räuber zu verfolgen, bis er das Schriftstück wiederfand.

Prachatice

Die Sonne stand am wolkenlosen Himmel und vertrieb den letzten Nebel aus den Tälern der Šumava, dünne Fäden wie der Rauch ferner Feuerstellen. Schon seit mehr als einer Woche hatte es nicht mehr geregnet, die Ähren auf den kargen Feldern bogen sich unter der Last ihrer prallen Frucht, an den Bäumen färbten sich die ersten Blätter herbstgelb.

Es war Spätsommer. Das gute Wetter bescherte den Bauern eine reiche Ernte, und man hoffte auf einen sorgenfreien Winter. Auf den Feldern sangen die Frauen fröhliche Lieder, während sie die Ähren auflasen, die von den Männern mit einfachen Sicheln geschnitten wurden.

Von der Stadt her drangen die Geräusche der Handwerker, jedes einzelne konnte einem bestimmten Beruf zugeordnet werden. Neben den hell klingenden Schlägen der Schmiedehammer konnte man das monotone Raspeln der Sägen erkennen, das gleichmäßige Klappern der Mühle wechselte sich mit dem dumpfen Klopfen der Maurerfäustel ab. Dazu trugen die leichten Windböen den Duft frischen Brotes und den beißenden Rauch der Räucherkammern vermengt mit dem Gestank der Gerbtiegel über das Land.

Aber den Menschen auf den Feldern fiel diese Kulisse menschlicher Tätigkeit ebenso wenig auf, wie der Saumzug, der gerade auf dem kleinen Weg aus dem Wald kam. Der Salzhandel hatte in den letzen Jahren stetig zugenommen und den armen Grenzlandbewohnern zu etwas Reichtum verholfen. Im Sommer kamen fast täglich Säumer aus der Donauebene an und andere verließen die Stadt in die entgegengesetzte Richtung.

Die Bürger von Prachatice waren stolz auf die Rolle ihrer Stadt im Salzhandel, die vor allem durch die geographische Lage bestimmt war. Nicht dass Prachatice an einem größeren, befahrbaren Fluss lag oder etwa an einer wichtigen Handelsstraße. Es war wie jede andere Ortschaft am Rand der Šumava ein abgelegener Flecken, eingezwängt zwischen zwei Ausläufern des Waldgebirges und ein Sammelbecken für Menschen, die an den Rand der Zivilisation gespült worden waren.

Der Grund für die Bedeutung von Prachatice lag auf der anderen Seite der Šumava an der Donau. Dort nämlich thronte die ehrwürdige Bischofsstadt Passau auf einer Landzunge zwischen Inn und Donau. Über den Inn wurde das Salz aus dem Salzkammergut stromabwärts transportiert und anstatt es weiter die Donau aufwärts nach Deggendorf, Straubing oder Regensburg zu liefern, wurde es immer öfter schon in Passau auf Saumtiere verladen, um von dort durch die Šumava transportiert zu werden. Prachatice war die erste Stadt, welche die Säumer auf der anderen Seite des Waldes erreichten, und so war es eine logische Konsequenz, dass die Ware in Prachatice von fahrenden Händlern übernommen wurde, die sie weiter in die großen Städte Böhmens und Mährens transportierten.

Als er die Stadt vor sich auftauchen sah, stieg in Jan die Freude auf ein gutes Mahl und einen ordentlichen Krug Met auf.

„Kaum sieht man die Stadt", sagte er schwärmerisch, „dann ist die Luft voll von Bratenduft und Knödeln!"

„Verfeinert mit dem Geruch von verbranntem Fleisch und dem Gestank zu vieler Menschen auf einem Fleck", ergänzte ein anderer Säumer missmutig.

„Was dich am meisten stört, Mirco", frotzelte Jan überschwänglich, „ist der Duft deiner lieben Gattin, die schon sehnsüchtig darauf wartet, dich im Haushalt einzuspannen!"

Die restlichen Säumer des Zuges amüsierten sich gerne auf Mircos Kosten, auch wenn es den meisten mit ihren Frauen nicht anders erging.

Mirco war ein stämmiger Mähre, der aus Brno stammte, wo er ein karges Leben als Schlossergeselle geführt hatte. Als ihm dort der Aufstieg zum Meister verwehrt worden war, hatte er sich als Kesselflicker durchgeschlagen, bis er in Prachatice Wurzeln schlug und seither als Säumer ein etwas angenehmeres, aber auch gefährlicheres Leben führte. Jetzt war er beinahe vierzig Jahre alt, seine lockigen schwarzen Haare bekamen die ersten grauen Strähnen und sein markantes Gesicht wurde von feinen Falten durchzogen, wobei einige durch Narben verstärkt wurden, die er sich bei Prügeleien oder Kämpfen geholt hatte. Seine großen Hände, die eher an Bärenpranken erinnerten, hatte schon so mancher Zechgeselle zu spüren bekommen, ob verdient oder zu Unrecht. Denn wenn Mirco auch einer der älteren Säumer war, so hatte ihn Gott mit einem ungestümen und wechselhaften Wesen versehen, das aus dem sonst anständigen Mann einen wahren Leviathan werden ließ. In solchen Fällen konnte oft ihn nur noch seine Frau, nicht minder auffahrender Natur, zur Vernunft bringen.

Jan hatte schnell Gefallen an dem grobschlächtigen Mann gefunden, der in seiner Einfachheit doch einen wachen Geist besaß. Seit zwei Jahren zogen sie nun als Säumer zwischen Passau und Prachatice hin und her. In dieser Zeit hatten sie einige brenzlige Situationen überstanden, wodurch eine tiefe Freundschaft entstanden war.

Jan fühlte sich seelenverwandt mit Mirco, denn wie er glaubte Jan, nach einigen Jahren der Verwirrung nun seine Bestimmung gefunden zu haben. Nach seiner Abreise aus Bamberg - er hatte sich abgewöhnt, von einer Flucht zu sprechen - war er mit dem festen Entschluss in die Donauebene gekommen, in Niederaltaich Abt Godehard aufzusuchen. Aber schon in Straubing hatte sich ein innerer Widerstand geregt. Er hatte Angst vor der Begegnung mit dem strengen Abt gehabt, denn er hatte befürchtet, dass ihm Godehard Versagen vorwerfen würde. Andererseits war er sich sicher gewesen, dass Godehard eine Lösung für sein weiteres Leben wusste. Der innere Kampf hatte einige Tage getobt, die er lustlos in Straubing herumgelungert hatte, als er dort mit einem Fährmann ins Gespräch kam, der ihm schließlich eine Stelle als Gehilfe angeboten hatte. Der Stolz siegte über das Gewissen, und Jan hatte die Stelle angenommen, die ihn schon bald wieder langweilte. Einen Monat später hatte er den Fährmann verlassen und sich auf die Suche nach anderen Arbeiten gemacht. Schließlich hatte er Passau erreicht und dort bei seinem alten Freund Levi eine Bleibe gefunden. Levi überredete ihn, wieder mit dem Säumerhandwerk zu beginnen und half ihm, die notwendige Ausrüstung zu bekommen. Aber während der jüdische Händler ihn zu einem geordenterem Leben überreden konnte, hatte er es nicht geschafft, ihn dazu zu bewegen, nach Niederaltaich zu gehen und um Verzeihung zu bitten. Inzwischen hatte Levi eingesehen, dass gegen Jans Sturheit kein Kraut gewachsen war und seine Bemühungen eingestellt. Warum sollte er die Freundschaft aufs Spiel setzen, nur weil er sich um das christliche Seelenheil seines Jugendfreundes sorgte?

Jan hatte in Passau eine neue Existenz beginnen wollen, weswegen er alles, was davor gewesen war aus, seinem Gedächtnis verdrängte. Dennoch ahnte er, dass ihn seine Vergangenheit irgendwann einholen würde. Er hoffte jedoch, den Zeitpunkt dazu selbst bestimmen zu können. Seine neuen Weggefährten stellten nicht viele Fragen, denn die meisten hatten dunkle Stellen in ihrem Leben, die sie nicht von neugierigen Lichtern beleuchtet haben wollten. Jeder von ihnen hatte seinen persönlichen Grund, warum er als Säumer am Rand der Zivilisation lebte.

Nachdem sie Prachatice erreicht hatten, das Salz abgeliefert und ihren Verdienst in Empfang genommen hatten, feierten die Säumer wie gewohnt den glücklichen Ausgang der Arbeit mit einem reichlichen Mahl im Gasthaus, wobei die flüssige Nahrung überwog. Die anderen Anwesenden nutzten die Gelegenheit, um mitzufeiern. Die Stimmung stieg mit jeder neuen Runde Met, und bald lagen sich die Männer singend in den Armen.

Immer wieder sprang einer auf den Tisch und sang einen Spottvers oder erzählte eine Geschichte, die gespickt war mit Lügen und Übertreibungen. Gerade hatte sich ein junger Mann auf den Tisch bei Jan und Mirco gestellt. Er hatte wegen seiner stattlichen Statur einige Probleme damit gehabt und die umstehenden Männer grölten schon, bevor er mit seiner Geschichte beginnen konnte. Seine feisten Wangen glühten zum einen von der Anstrengung, zum anderen aber auch vom Wein, dem er ordentlich zugesprochen hatte. An seiner Kleidung war er als ein Kesselflicker zu erkennen, der von Ort zu Ort zog, ständig auf der Suche nach etwas Arbeit, um sich wieder eine Mahlzeit leisten zu können.

„Kennt ihr die Geschichte", übertönte er den Lärm in der Wirtsstube, „von dem Säumer, der ein Mönch geworden ist?"

Jetzt wurde das Gelächter um ihn herum noch lauter.

„Das war schon die erste Lüge", rief einer und die übrigen Säumer stimmten ihm mit frivolen Jubelrufen zu. Aber der Kesselflicker ließ sich nicht beirren und begann, seine Geschichte zu erzählen.

„Vor ein paar Jahren gab es einen jungen Säumer, der auf einem der nördlichen Saumpfade Salz nach Böhmen brachte."

Die anderen Gäste im Gasthaus wurden jetzt leiser, denn Geschichten hörte jeder gern und die wandernden Kesselflicker wussten immer die besten Geschichten zu erzählen.

„Kein anderer Säumer konnte es mit ihm aufnehmen. Er schlug vier Räuber alleine in die Flucht, tötete Bären mit nur einem Messer bewaffnet und rettete einem ganzen Saumzug, der sich im Nebel in ein Hochmoor verirrt hatte, das Leben."

„Den kenne ich", unterbrach ihn ein junger Säumer mit einem verschmitzten Lächeln, „das war Tomaš!"

Damit zeigte er auf einen alten Mann, der in einer Ecke des Raumes vor seinem Metkrug saß und freudig grinste, als er seinen Namen hörte. Tomaš war schwachsinnig und als Nichtsnutz verrufen.

Die betrunkene Zuhörerschaft belohnte den Zwischenrufer mit lauten Zurufen und prostete ihm zu. Nur Jan wandte sich gleich wieder dem Erzähler zu, der mit fettigem Haar auf dem Tisch stand.

„Los! Erzähl weiter", forderte er ihn ungeduldig auf.

„Dieser junge Säumer also", setzte der Kesselflicker erneut an, „war seines Vaters Stolz und machte ihm alle Ehre. Aber eines Tages lernte er ein schönes Mädchen kennen, wie sie es nur wenige auf der Welt gibt, mit seidiger Haut und goldenen Haaren."

Der Kesselflicker beschrieb die holde Schönheit seiner Geschichte noch gekonnt mit vielen Worten, während sich jeder seiner Zuhörer sein eigenes Bild dazu machte.

„Kurz und gut, sie war eine Prinzessin", schloss der Erzähler geschickt seine Lobeshymne, „und eine solche sollte sie auch bald werden, denn sie war einem Prinzen versprochen."

Erste Unmutsäußerungen waren im Gasthaus zu hören und der Kesselflicker wusste, dass er die Zuhörer jetzt auf seiner Seite hatte.

„Der junge Säumer konnte seine Liebste nur heimlich des Nachts treffen. Sie verlebten einige wenige schöne Nächte, bis sich die Heiligen von ihnen abwandten und es zur Katastrophe kam. Der Prinz entdeckte die beiden,..."

Der Kesselflicker machte eine Pause und trank einen kräftigen Schluck aus dem Humpen, der ihm gereicht wurde. Um ihn herum war es totenstill geworden.

„...schloß das schöne Mädchen in ein tiefes Verließ, wo es heute noch hockt und bitter heult, und vertrieb den jungen Säumer, den darauf die Schwermut befiel. Er wollte seinem Leben ein Ende machen, als der wohlbekannte Abt Godehard von Niederaltaich ihn in seiner dunklen Stunde im Wald fand und mit zu sich ins Kloster nahm."

Eine weitere Pause folgte. Die Erwähnung einer lebenden und bekannten Person, um die sich auch nicht wenige Legenden rankten, verlieh seiner Geschichte noch mehr Bedeutung. Nach einem weiteren Schluck war alle Spannung aus dem Gesicht des erfahrenen Erzählers verschwunden und er beendete seinen Vortrag mit einem Schulterzucken.

„Man weiß nicht, ob der junge Säumer wirklich Mönch geworden ist, aber gesehen hat man ihn seit dieser Zeit nicht mehr!"

„Der wird bei den Elfen viel schönere Geschöpfe gefunden haben, als dieses Weibsbild", rief Mirco nun und hob seinen Krug. Die anderen Männer prosteten ihm lachend zu, während sich der Kesselflicker vom Tisch wälzte und erschöpft auf die Bank fallen ließ.

Jan fixierte den Kesselflicker von seinem Platz aus. Die Geschichte war ihm nicht unbekannt vorgekommen. Als der rundliche Mann die misstrauischen Blicke bemerkte, wurde er zunehmend unruhig und stand schließlich auf um zu gehen, wobei er sich gegen die vielen Aufforderungen wehren musste, noch eine Geschichte zum besten zu geben.

Kaum war er aus der Tür, als Jan aufstand und das Gasthaus durch die Hintertür verließ. Die bierseligen Männer störten sich nicht weiter daran. Draußen dämmerte es bereits und nur noch wenige Menschen waren auf den Gassen unterwegs. Der Kesselflicker eilte eine Längsgasse zum Marktplatz hinunter, an dessen Ende er ein günstiges Gasthaus kannte. Er hatte in seinem Leben schon viel erlebt und war dem Tod nicht bloß einmal von der Schippe gesprungen. Er wusste, wann Ärger in der Luft lag und er sich aus dem Staub machen musste, denn seine Geschichten waren immer angereichert mit etwas Wahrheit und vielleicht hatte er es diesmal mit der Wahrheit zu weit getrieben. Vor gerade erst zwei Wochen war ihm diese Geschichte in einer Stadt weiter nördlich erzählt worden, aber hinter vorgehaltener Hand, und der Prinz war in Wirklichkeit der Sohn des reichsten Händlers vor Ort.

Er atmete schwer, denn die schnellen Schritte strengten seinen behäbigen Leib übermäßig an. Hinter einem Hoftor knurrte ein Hund und der Mann stolperte vor Schreck über einen aufragenden Pflasterstein. Fluchend richtete er sich wieder auf, blickte sich ängstlich um, aber die Gasse war hinter ihm genauso menschenleer wie vor ihm. Hastig setzte er seinen Weg fort. Noch zwei Quergassen hatte er zu passieren, bis er das Gasthaus erreicht hatte. Schon musste er über seine panische Angst lächeln, so weit es ihm während des Laufens möglich war.

„Kein Laut", zischte es plötzlich hinter ihm und er spürte die eiserne Kälte einer scharfen Messerklinge an seiner Kehle.

Wie erstarrt blieb er stehen und ließ sich willig von seinem Bedränger in eine Quergasse ziehen, wo sie zusammen hinter einem halb geöffnetem Tor verschwanden. Der Kesselflicker sah seine letzte Stunde gekommen.

„So, jetzt erzählst du mir die Geschichte zu Ende", raunte ihn Jan von hinten an, während er den Druck der Klinge abschwächte und schließlich das Messer ganz verschwinden ließ, als er sich sicher war, dass der Kesselflicker nicht schreien oder ihm gar davonlaufen würde. Erleichtert fuhr sich der überrumpelte Mann an den Hals und überprüfte, ob er keinen Schaden genommen hatte.

„Was meinst du", stellte er sich dumm.

„Die Geschichte kam mir bekannt vor", antwortete Jan mit drohender Stimme, „aber du hast das Ende ein bisschen zu kurz gemacht!"

Der stämmige Mann blickte ihn unsicher an. Wie weit konnte er dem Säumer glauben, und was wollte der von ihm hören? War er am Ende in die Sache verwickelt?

„Wie heißt du", fragte er unvermittelt, so dass Jan einen Augenblick lang überrascht war.

„Das tut nichts zur Sache!"

„Oh doch", entgegnete der Kesselflicker, der eine Möglichkeit sah, sich aus Jans Umklammerung zu befreien, „denn wie ich ja erzählt habe, hat man den jungen Säumer nie als Mönch gesehen."

„Sondern", warf Jan ungeduldig ein.

„Man weiß es nicht!"

„Woher hast du die Geschichte?", drängte Jan von neuem.

„Sachte, sachte", beruhigte ihn sein Kontrahent mit einem jovialen Lächeln, „Reden ist Silber, Schweigen ist Gold! Es gibt Zeiten zu reden und Zeiten zu schweigen."

„Dann ist jetzt die Zeit zu reden", zischte Jan wütend und stieß dem Mann sein Knie in den Bauch, dass der vornüber zusammensackte.

Gekrümmt lag er am Boden und rang nach Luft.

„Halt ein", schnaufte er zwischen zwei Atemzügen, „ich erkläre dir alles."

Dann setzte er sich langsam auf und lehnte sich an die Hauswand. Als er aufsah, blickte er in Jans zornige Augen.

„Aber versprich mir", flehte er, „dass du mich danach gehen lässt!"

„Ich gebe dir mein Wort", presste Jan zwischen schmalen Lippen heraus.

„Dein Wort in Gottes Ohr", mahnte der Kesselflicker schicksalsergeben und begann zu erzählen.

„Ich habe die Geschichte vor drei Wochen in Sušice aufgeschnappt, wo sie ein alter Säumer erzählte. Ich bohrte ein wenig nach, um Details zu erfahren und einige Krüge Met später hat er mir verraten, dass sich diese Geschichte - oder jedenfalls eine ähnliche - vor wenigen Jahren in Klatovy begeben hat. Ich war neugierig geworden und da es in jedem Ort kaputte Kessel gibt, machte ich mich auf den Weg nach Klatovy. Überraschenderweise wollte sich in Klatovy zuerst niemand an die Sache erinnern, stattdessen erzählte man sich große Geschichten von der alten Zeit, die noch gar nicht so alt zu sein schien. Eines Nachts schließlich, nach einem sehr trinkfreudigen Abend, erzählte mir ein Säumer die wahren Hintergründe der Geschichte und dass man den jungen Säumer noch immer vermisst."

Er sah zu Jan auf und wartete auf eine Reaktion. Als er keine erkennen konnte, fuhr er, diesmal mit einer schweren Bedeutung in den Worten, fort.

„Zurzeit sucht man ihn besonders."

„Wieso", fragte Jan überrascht.

„Nun, man erzählte mir", fuhr der Kesselflicker scheinbar ungerührt fort, „dass der Vater des Säumers schwer krank sei und es sein sehnlichster Wunsch sei, seinen Sohn noch einmal zu sehen."

„Wenn sein Sohn aber schon tot ist", ergänzte Jan wenig überzeugend, „dann trifft er ihn ja bald im Himmel."

„Mag sein, aber ich habe den Eindruck, dass der Sohn sehr lebendig ist."

„Deine Meinung interessiert mich nicht", bellte ihn Jan an, der seine Gefühle nicht länger kontrollieren konnte, „jetzt scher dich weg!"

Damit stieß er ihn auf die Straße, wo der dicke Mann unbeholfen auf den Boden stolperte. Jan sprang ihm noch einmal nach, packte ihn am Wams und zog ihn ganz dicht an sich heran.

„Zwei Dinge noch", drohte er mit zusammengepressten Zähnen, „wenn ich dich je wieder in Klatovy oder Sušice sehen sollte, hast du deine letzten Tage gelebt. Außerdem vergisst du jetzt sehr schnell dieses Gespräch und die Geschichte erzählst du nie wieder! Hast du mich verstanden?"

„Ja, aber das waren drei Dinge!"

„Scher dich weg, du Fettwanst", befahl ihm Jan und trieb dem Kesselflicker mit einem Fußtritt seinen Übermut aus.

Der Mann, verkniff sich den Schmerzensschrei, sprang so schnell er konnte auf und lief eilends hinfort.

Jan blieb erschöpft und verwirrt zurück.

War das wirklich er gewesen, der diesen Mann gerade so geschunden hatte? Er war sicherlich kein harmloser Mensch, aber er hatte sich bisher noch nie unrechtmäßig an anderen Menschen vergangen - außer vielleicht damals an dem armen Stephan, den er vergiftet ins Kloster gebracht hatte. Jan musste in Erinnerung daran schmunzeln. Aber gerade eben war das keine überlegte Handlung gewesen, stattdessen hatte er die Kontrolle über seine Gefühle verloren. Was hatte dieser Kesselflicker ihm getan? Hatte er nicht lediglich die Wahrheit erzählt?

Niedergeschlagen ließ er den Kopf sinken, dann kam ihm ein ganz anderer Gedanken in den Sinn. Was, wenn der Kesselflicker die Geschichte nicht zufällig erzählt hatte? Wenn er im Auftrag von Marek nach ihm suchte? Er hätte dem Mann noch mehr Fragen stellen müssen, ärgerte er sich plötzlich und in ihm stieg wieder die Wut auf. Er sprang vom Boden auf und wollte sich den Mann noch einmal zur Brust nehmen, aber er kam nicht weit.

An der nächsten Straßenecke hatte die mahnende Stimme dieses inneren Kampfes wieder die Oberhand gewonnen. Weshalb sollte Marek nach ihm suchen? Welche Gefahr stellte er für ihn dar, so lange er hier in Prachatice arbeitete?

Nein, die Wahrheit lag bei ihm. Er selbst hatte über Jahre hinweg seine Vergangenheit verleugnet und jetzt, wo sie ihn eingeholt hatte, wehrte er sich mit allen Kräften dagegen. Es war ein Kampf, den er nicht gewinnen konnte.

„Vater", sagte er leise. Vor seinem geistigen Auge sah er seinen Vater Wenzel, wie er ihn umarmt hatte, als sie sich das letzte Mal gesehen hatte, bevor er seine Flucht nach Niederaltaich angetreten hatte. Fünf Jahre waren seitdem vergangen und auch wenn sein Vater damals schon ein gebrochener Mann gewesen war, so hatte er doch immer eine gute Gesundheit besessen. War er vor Gram krank geworden? In Jan erwuchs plötzlich ein großes Heimweh. Gerührt fasste er sich an seine Brust, wo noch immer jenes kleine Beutelchen voll Salz hing, dass ihm sein Vater einst gegeben hatte. Zwar hatte er von Zeit zu Zeit das Salz erneuern müssen, aber an dem Beutel hatte er nie etwas geändert. Es war sein wertvollster Besitz.

Er fasste neuen Mut und machte sich auf, um Mirco aus dem Gasthaus zu holen. Wenn er nach Klatovy zu seinem Vater wollte, dann war er auf Mircos Hilfe angewiesen.

„Komm mit", forderte Jan Mirco auf, der mit schwerem Blick auf einer Bank saß.

„Lass mich! Wenn mich jemand aus dem Gasthaus holt, dann meine Frau - und dass macht sie auch nur einmal!"

Die Säumer in der Nähe lachten, aber Jan ließ sich nicht beirren.

„Du würdest deine Frau jetzt gar nicht mehr erkennen! Außerdem kannst du froh sein, wenn ich dich vor dem Drachen beschütze!"

Damit griff er Mirco kurzerhand unter die Schultern und zog ihn von der Bank hoch. Jan fürchtete schon, dass Mirco erst seinen Rausch ausschlafen musste, bevor er ihn von der Situation unterrichten konnte, aber die kühle Luft draußen und eine kalte Dusche am Brunnen wirkten wahre Wunder.

„Wo warst du die ganze Zeit", fragte Mirco, während er sich auf dem Brunnenrand sitzend das Gesicht mit dem Ärmel abtrocknete, „und was ist eigentlich in dich gefahren?"

„Beruhige dich", beschwichtigte ihn Jan, „ich muss dir etwas erzählen - aber nicht hier. Komm mit!"

Jan zog Mirco hoch und ging mit ihm zu dessen Haus, wo sie Mircos Frau überrascht begrüßte, hatte sie doch nicht erwartet, ihren Ehemann so früh zuhause zu haben, noch dazu in einem so nüchternen Zustand. Mirco schickte sie wirsch in die Küche, damit sie ihnen Met holte und ließ sich müde auf einen Schemel fallen. Jan setzte sich auf die Bank hinter dem einfachen Tisch. Nachdem sie die zwei Krüge mit Met gebracht hatte, verschwand Mircos Frau wieder in der Küche, die auf der anderen Seite des großen Kamins lag, der das ganze Haus heizte.

„Zum Wohl", wünschte Mirco und nahm einen tiefen Schluck, bevor er sich nach Jans Gründen für diesen in seinen Augen verunglückten Abend fragte. „Jetzt löse einmal dein Geheimnis auf, das mich um meinen verdienten Rausch gebracht hat!"

Ohne große Vorrede und Umschweife erklärte Jan seine Herkunft aus Klatovy und welche Probleme es damit auf sich hatte, denn bisher hatte er Mirco gegenüber noch nie ein Wort darüber verloren.

„Schöne Geschichte, die du mir da erzählst", befand Mirco ungeduldig, als Jan abgeschlossen hatte, „aber das hättest du auch einmal in der Šumava machen können, wenn ich mich nicht gerade betrinke!"

„Vergiss endlich diesen verdammten Rausch und hör mir zu", schimpfte ihn Jan verärgert, aber er beruhigte sich gleich wieder.

„Entschuldige", begann er nach einer kurzen Pause wieder mit ruhiger Stimme, „aber deine Begriffsstutzigkeit ist einmalig. Falls du es noch nicht bemerkt hast, ist meine eigene Geschichte der des Kesselflickers heute Nachmittag sehr ähnlich."

Mirco öffnete den Mund, aber er verkniff sich einen Kommentar und setzte stattdessen den Krug an.

„Ich habe ihn verfolgt, als er das Gasthaus verlassen hatte und habe von ihm erfahren, dass er wirklich vor kurzem in der Gegend von Klatovy war und dort die Geschichte gehört hat. Es war meine Geschichte!" Jan machte eine kurze Pause, um sich zu versichern, dass Mirco ihm noch folgte. „Außerdem hat mir der Kesselflicker gesagt, dass der Vater des jungen Säumers, also mein eigener Vater, todkrank ist und sich wünscht, seinen Sohn noch einmal zu sehen."

„Das klingt für mich wie ein Märchen, nur dass es statt einer Fee einen Kesselflicker gibt und der kleine Junge ein ausgewachsener Säumer ist, der normalerweise ganz anständige Gedanken hat", sagte Mirco trocken.

„Ich muss möglichst bald nach Hause", setzte Jan nahtlos an, ohne auf Mircos Satz einzugehen, „um meinen Vater zu sehen. Aber ich brauche deine Hilfe dazu, um die Wahrheit herauszufinden. Du musst mit mir nach Klatovy gehen, denn dich kennt dort niemand, du kannst dich also frei bewegen."

„Langsam verstehe ich deine Moritat", fasste Mirco nun zusammen, „ich soll mit dir eine mehrtägige Reise machen, um in einer Stadt deine Augen zu spielen, in der sie mich mit offenen Armen empfangen werden, wenn sie erfahren, dass ich dein Freund bin!"

„Ich würde dich nicht fragen, wenn es eine einfache Sache wäre", warb Jan um Mircos Zustimmung.

„Ich kann nicht mitten im Sommer aufhören, zu arbeiten. Das Geld fehlt mir dann im Winter und im Gegensatz zu dir habe ich eine Familie zu ernähren!"

„Ich zahle dir deinen Ausfall, wenn es daran liegt!"

„Außerdem bin ich zu alt für solche Abenteuer."

„Hör mir zu", flehte Jan, „ich will mich nur von meinem Vater verabschieden, den ich seit fünf Jahren nicht mehr gesehen habe. Wann hast du deinen Vater zuletzt gesehen?"

Mirco überlegte, aber er antwortete nicht.

„Willst du, dass es mir auch einmal so geht", bohrte Jan in der Wunde, die er bei Mirco aufgerissen hatte. „Mein Vater war mir Lehrer und Freund zugleich. Er hat mir nicht nur das Leben geschenkt, als er mich zeugte, sondern mir es noch einmal gerettet, als er mir zur Flucht verhalf. Ich muss ihn noch einmal sehen!"

Jan schluckte einmal schwer, bevor er weiter sprach.

„Ich werde gehen", sagte er trotzig, „egal, ob du mitkommst oder nicht!"

„Jetzt hörst du mir einmal zu", beendete Mirco sein Schweigen, „ich kenne dich jetzt seit zwei Jahren und ich weiß inzwischen, dass du einen Aufpasser brauchst, der dich ab und zu von deinen hochfliegenden Ideen befreit."

Enttäuscht senkte Jan den Kopf.

„Aber die Familie ist eine Sache", sprach Mirco weiter, „die nichts auf dieser Welt trennen kann. Familienbande bleiben bestehen, auch wenn man sich nie sieht. Ein Wolf kann alleine überleben, aber er kehrt immer wieder zu seinem Rudel zurück. Ich habe meinen Vater mit fünfzehn Jahren zum letzten Mal gesehen."

Er unterbrach seinen Redeschwall mit einem Schluck Met und sah dann Jan direkt in die Augen.

„Natürlich werde ich dich begleiten", erklärte Mirco mit einem Lächeln, „denn ich könnte mir nie verzeihen, wenn dir etwas zustieße, was bei deinem Dickschädel nicht unwahrscheinlich ist!"

Jan machte einen Freudensprung und warf sich auf Mirco, der aus dem Gleichgewicht kam und vom Schemel stürzte.

„Das nächste Mal", belehrte Mirco seinen jungen Freund, als sie nebeneinander auf dem Boden lagen, „sparst du dir deine Predigt und vertraust auf unsere Freundschaft!"

An diesem Abend saßen sie noch eine Weile zusammen und sprachen über ihre Familien, bevor sie zu Bett gingen, um sich auszuschlafen.

Am nächsten Morgen brachen sie früh auf, ohne anderen Säumern etwas von ihrem Vorhaben zu sagen. Jan fürchtete die Fragen und er war sich sicher, dass Levi Verständnis dafür hatte, wenn sie beide mit ein paar Tagen Verspätung nach Passau kämen.

***

Über den Dächern von Passau neigte sich ein wunderschöner Spätsommertag dem Ende zu. Die Burg oberhalb der Stadt leuchtete in den letzten Sonnenstrahlen und die Donau floss ruhig an der Stadt vorbei.

Levi betrachtete den schönen Anblick aus dem Fenster seiner Arbeitskammer, aber er konnte sich nicht recht daran erfreuen. In den wenigen Jahren, die er nun in Passau lebte, war er ein reicher Mann geworden, der in der Stadt hoch geschätzt wurde wegen seiner Umsichtigkeit und Weitsicht. Er hatte den Salzhandel der Stadt neu belebt, die bis dahin meist nur Durchgangsstation auf dem Weg zu den Städten weiter nördlich gewesen war. Seine Frau Rahel hatte ihm seither drei Kinder geboren, so dass er nun jeden Abend vier Kinder mit einem Segenswort zu Bett schickte und dabei zugleich Gott für diese Familie dankte.

Aber vor wenigen Tagen waren plötzlich dunkle Wolken über seinem Haus aufgezogen. Wie er so am Fenster stand und den Fischern zusah, wie sie ihre Netze für die Nacht zurecht legten, erinnerte er sich traurig an jenen Vormittag, als seine älteste Tochter Martha über Kopfschmerzen klagte. Er selbst brachte sie in ihr Bett und ließ nach dem Arzt rufen, der auch Jude war. Dieser untersuchte seine Tochter eingehend und verordnete ihr einen heilenden Trank. Das war vor drei Tagen gewesen, aber seitdem hatte sich der Zustand seiner Tochter nicht gebessert. Inzwischen fieberte sie und essen wollte sie auch nichts mehr.

Levi drehte sich vom Fenster weg und zwang sich, an seinem Schreibtisch einige Verträge durchzulesen. Aber nach ein paar Minuten dachte er wieder an seine geliebte Tochter. Er legte die Pergamente beiseite und verließ das Zimmer. Mit langsamen Schritten stieg er die Stufen in den Wohnbereich des großen Hauses hoch.

Damit sie sich nicht ansteckten, schliefen die anderen Geschwister in einer kleinen Kammer am Ende des Ganges, während Martha alleine im Kinderzimmer lag. Als er die Tür zu dem Zimmer öffnete, sah er, wie Rahel gerade dem Kind mit einem feuchten Tuch den Schweiß von der Stirn wischte und dabei leise summte.

„Geht es ihr besser?", fragte er überflüssigerweise und schloss hinter sich die Türe.

„Du darfst die Hoffnung nicht aufgeben", sprach ihm Rahel Mut zu. Sie erhob sich vom Bett, streckte ihre müden Glieder und umarmte dann ihren Mann liebevoll. „Es liegt alles in Gottes Händen, wir müssen nur daran glauben!"

„Ich weiß", antwortete Levi tapfer und löste sich aus der Umarmung, um ans Bett zu treten, „aber ich würde den Schmerz nicht überleben, wenn Martha von uns ginge."

„Soweit ist es noch nicht, Levi! Der Arzt meinte, dass es erst kritisch wird, wenn sich nach sieben Tagen keine Besserung eingestellt hat!"

Levi beugte sich über seine Tochter, die mit bleichem Gesicht und geschlossenen Augen unter den weißen Decken lag.

„Bitte, Martha", schluchzte er leise, „komm zurück!"

Rahel trat zu ihm und zog ihn sanft an sich.

„Wenn ich ihr doch nur helfen könnte", jammerte Levi hilflos.

„Sie braucht Ruhe", tröstete sie ihn, „du kannst ihr bei diesem Kampf nur im Gebet beistehen. So sehr du sie auch liebst, aber du musst dich gedulden!"

Die Tür öffnete sich und eine Magd trat zögernd ein. Sie sollte die nächsten Stunden bei dem Mädchen wachen. Rahel nickte ihr kurz zu, nahm Levi in den Arm und sie verließen schweigend den Raum. Erst als sie sich an den großen Tisch in der Wohnstube gesetzt hatten, gewann Levi wieder seine Fassung zurück.

„Meine eigene Hilflosigkeit ist schon schwer genug zu ertragen", ärgerte er sich, „aber zu sehen, wie der Arzt ratlos an Marthas Bett steht und sich den Bart reibt, ist reinste Folter!"

„Du weißt, wie gut sich Amshel mit der Medizin auskennt", besänftigte ihn Rahel, „er war schließlich schon in fernen Ländern und genießt sogar bei den Christen einen besonderen Ruf!"

„Aber ich habe trotzdem das Gefühl, nicht genug für sie getan zu haben."

„In deiner unermesslichen Liebe für deine Tochter wirst du nie genug für sie tun können", widersprach ihm Rahel mit einem Lächeln.

Levi lächelte zurück.

„Was wäre ich nur ohne dich. Du schaffst es selbst jetzt noch, mich zum Lachen zu bringen!"

Er gab ihr einen flüchtigen Kuss und stützte sich dann nachdenklich auf den Tisch auf.

„Und wenn diese Krankheit etwas mit der Gegend zu tun hat", fragte er sich, „Amshel ist ein guter Arzt, aber er lebt erst seit einem Jahr in Passau. Wie gut kennt er die Gegend?"

„Aber von deinen christlichen Freunden, die schon seit ihrer Kindheit hier wohnen, hat keiner etwas in diese Richtung erwähnt", erwiderte Rahel, die den Tatendrang ihres Mannes nur zu gern stoppen wollte.

„Man müsste ein Kräuterweib fragen", spann Levi seine Gedanken weiter.

„Ach Levi", seufzte Rahel erschöpft, „wo willst du eine solche finden, die sich traut, in ein jüdisches Haus zu gehen und ihre Meinung in einem Fall abzugeben, bei dem der angesehenste Arzt der Stadt ratlos ist?"

Levi runzelte die Stirn. Nachdenklich nahm er einen Apfel und biss hinein. Rahel widmete sich dem Topf auf dem Herd, wo sie Tücher für Martha auskochte.

„Das ist es", rief Levi plötzlich erfreut aus und drehte seine Frau, die ihn überrascht ansah zu sich um, „Jan kann uns helfen!"

„Wieso Jan?"

„Erinnerst du dich, als wir ihn vor Jahren in Niederaltaich trafen? Er hatte sich vor seinem Vetter durch den Nordwald geflüchtet und war bei einer Frau untergekommen, die alleine auf einer Lichtung lebte. Jan hat damals erzählt, dass sie ein großes Wissen über Krankheiten und Kräuter hatte."

„Wie willst du sie dazu bewegen, hierher zu kommen?"

„Ich werde das nicht schaffen", wusste Levi, „aber wenn Jan zu ihr geht, kann er sie vielleicht überzeugen, uns zu helfen!"

„Ich bin mir nicht sicher", wandte Rahel ein, „ob wir unsere Hoffnungen an dieser Frau festmachen sollten."

„Das werde ich auch nicht", versicherte Levi, „aber ich finde, die Situation erlaubt es, einen Versuch zu unternehmen!"

„Gut", stimmte seine Frau nun zu, denn sie erkannte, dass Levi nicht nachgeben würde, „wir können es versuchen, aber dazu muss Jan erst einmal zurückkommen."

„Keine Sorge", sagte Levi erleichtert, seine Frau überzeugt zu haben, „er ist vor acht Tagen aus Passau aufgebrochen und er bleibt nie länger als nötig in Prachatice. Er wird in den nächsten zwei Tagen wieder hier sein."

Levi setzte sich erleichtert an den Tisch. Die Idee mit dem Kräuterweib hatte ihm neuen Mut gegeben. Jetzt mussten sie nur auf Jan warten.

Krankheit

In dem stickigen Gasthaus herrschte die gleiche beklemmende Stimmung wie jeden Tag in den letzten Jahren. Auf den Bänken saßen die Männer hinter ihren Krügen und unterhielten sich gedämpft, so dass man kaum das Wort vom anderen Tisch hören konnte. Es herrschte Misstrauen und Feindseligkeit. Obwohl alle Anwesenden dem gleichen Beruf nachgingen, hatten sich in den letzten Jahren verschiedene Gruppen gebildet, die sich gegenseitig verachteten und des Verrats an der gemeinsamen Sache beschuldigten.

Zunächst nahm niemand den groß gewachsenen Mann wahr, der die Gaststube betrat. Nachdem er sich prüfend im Raum umgesehen hatte, schlenderte er langsam zum Tresen, wo er den Wirt mit einer Handbewegung zu sich winkte.

„Mein Beileid", kondolierte er laut und deutlich, so dass es jeder im Raum hören konnte.

„Wieso wünschst du mir Beileid", fragte der Wirt überrascht und die ersten Säumer an den Tischen begannen, Interesse an dem Fremden zu zeigen, wenn auch nur misstrauisch.

„War hier denn keine Beerdigung?", fragte nun der Fremde zurück und schaute sich zu den Tischen um, „ich dachte, bei der gedrückten Stimmung, die hier herrscht, kann es sich nur um eine Beerdigung halten."

Nun blickten schon mehr Gesichter auf, aber etwas anderes als Ablehnung, Unverständnis oder gar Wut war nicht in den Blicken zu erkennen. Mit einem schwachen Lächeln drehte sich der Mann um und bestellte sich einen Krug Met.

„Du bist nicht von hier", begann der Wirt ein unverbindliches Gespräch, als er den Krug vor ihn auf den Tresen stellte. Der Mann, er hatte sein schwarzes Haar mit einem Band nach hinten gebunden, nahm einen kräftigen Schluck und wischte sich danach den Bart ab, bevor er antwortete.

„Nein, ich komme aus Mähren."

„Dachte ich mir schon", nickte der Wirt fachmännisch, „du hast einen mährischen Akzent in deiner Sprache."

„Immerhin spreche ich", lachte der Fremde, wobei er einen vielsagenden Blick über die Schulter zu den Tischen warf, wo die Unterhaltungen fast vollständig eingestellt worden waren. Aber niemand erwiderte seinen Blick.

„Was bringt dich hier in die Gegend", setzte der Wirt sein Verhör fort, ohne die Andeutung des Mannes zu beachten.

„Ich suche Arbeit", verkündete er laut und kam dem Wirt der nächsten Frage zuvor, indem er gleich weiter sprach. „Ich suche eine Arbeit als Säumer."

Er hatte kaum das letzte Wort ausgesprochen, als es in der Wirtsstube totenstill wurde. Man konnte nur noch den gedämpften Lärm des Marktplatzes hören, an dem das

Gasthaus stand. Das Gasthaus hieß ‚Zum Torfgrund' und war das traditionelle Lokal der Säumer in Klatovy.

„Wenn du aus Mähren bist und als Säumer arbeiten willst, warum bist du dann nicht in den Städten weiter südlich geblieben, wie Sušice oder Prachatice", fragte der Wirt nun mit dem gleichen Misstrauen, das seine Kundschaft auszeichnete.

„Deine Frage ist berechtigt", versuchte der Fremde dem Gespräch die Schärfe zu nehmen, „aber ich habe große und spannende Geschichten von den Säumern aus Klatovy gehört, weshalb ich der Überzeugung bin, dass es nur in Klatovy echte Säumer gibt. Aber wenn ich mich hier umsehe, hätte ich wohl besser in Prachatice bleiben sollen!"

Nun regte sich zum ersten Mal etwas in den Reihen der stummen Säumer. Einer von ihnen stand auf, fuhr sich verlegen durchs Haar und fragte dann als ob er sich nach der Tageszeit erkundigte: „Was für Geschichten hast du denn von Klatovy gehört?"

Der Fremde lächelte ihn an, glücklich einen weiteren Gesprächspartner gefunden zu haben, sprach aber trotzdem so laut weiter, dass ihn alle verstehen konnten.

„Die Geschichten, oder man muss fast sagen, die Legenden handelten alle von zwei Säumern!"

Nun hatte er die Neugier aller Anwesenden geweckt. Alle waren gespannt, was der Mann zu erzählen hatte.

„Aber lasst uns erst auf das Säumerhandwerk anstoßen, damit etwas Stimmung aufkommt", wechselte der Fremde das Thema plötzlich und nutzte die aufkommende Offenheit der Säumer.

„Auf uns Säumer", rief er mit erhobenem Humpen und keiner der anderen Säumer konnten ihm diesen Trinkspruch verwehren. Die Atmosphäre lockerte ein wenig auf, ein paar Mutige prosteten auch Säumern anderer Tische zu.

„Erzähl uns deine Geschichten", forderte erneut der Säumer, der zuerst aufgestanden war.

„Wenn du schon so gierig danach bist", zögerte der Fremde seinen Bericht wieder hinaus, „dann sag mir doch, wie du heißt?"

„Man nennt mich Vladja", antwortete der andere ohne Furcht, „und jetzt darf ich deinen Namen wissen."

„Ich wurde von meinen seligen Eltern auf den Namen Mirco getauft", stellte sich der Fremde vor und prostete Vladja zu. Während Mirco trank, gratulierte er sich innerlich für seinen gelungenen Auftritt und vor allem dazu, dass er so schnell Jans alten Freund aus dieser Menge lahmer und gedemütigter Männer herausgefunden hatte.

„Nun erzähl deine Legende mit den beiden Säumern aus Klatovy", forderte Vladja hartnäckig, nachdem auch er die neue Bekanntschaft mit Met besiegelt hatte.

Mirco übertrieb seine Erzählung bewusst, um die anwesenden Säumer aus der Reserve zu locken, was ihm auch gelang, denn nun stand ein Mann mittleren Alters auf, der sich bisher deutlich zurückgehalten hatte und sah Mirco mit einem kritischen Blick an.

„Wie lange willst du uns noch mit deinen Märchen belästigen", fragte er gereizt.

„Ich wollte niemanden langweilen", entschuldigte sich Mirco geheuchelt, „aber ich hoffte, dass ihr mir mit Hilfe der Geschichten sagen könnt, wo ich diese beiden Säumer finde."

„Die Säumer sind ein träumerisches und protzendes Pack", schaltete sich der Wirt wieder ein, „solche Geschichten hört man tagtäglich von jedem der Kerle, die hier sitzen. Den Erzählungen zufolge müssten schon alle Bären der Šumava getötet und ihr Fell in einer der lausigen Behausungen dieser Tagträumer hängen!"

„Vielleicht können wir dir helfen", kam Vladja wieder auf das Thema zurück, bevor der Wirt seine Schandrede fortsetzen konnte, „wenn du uns die Namen der beiden Säumer nennst!"

„Wenn ich die wüsste", lachte Mirco kraftlos, „dann hätte ich gleich danach gefragt. Aber vielleicht..."

Er machte bewusst eine Pause, um sicher zu gehen, dass niemand die nächsten Worte verpasste und er zugleich die direkten Reaktionen darauf beobachten konnte.

„...vielleicht ist das ein hilfreicher Hinweis: Ich habe auch gehört, dass die beiden Säumer Vater und Sohn waren."

Mirco konnte keine einheitliche Reaktion feststellen, denn einige Säumer sahen ihn nun noch feindseliger an, andere schauten angestrengt auf den Boden und bei einer weiteren Gruppe hellte sich das Gesicht auf. Vladja gehörte zu letzteren. Er ging mit einem zufriedenen Lächeln auf Mirco zu und legte ihm freundschaftlich eine Hand auf die Schulter.

„Du hast wirklich von den besten Säumern gehört, die es jemals gegeben hat", erklärte er ihm, „aber leider kommst du ein paar Jahre zu spät. Trotzdem heißen wir dich bei uns willkommen. Setz dich zu uns!"

Damit führte er ihn an seinen Tisch, während Mirco förmlich spüren konnte, wie hinter seinem Rücken Zeichen und Blicke ausgetauscht wurden. Kurz darauf verließen zwei Männer eilig das Gasthaus, nicht ohne vorher noch einen argwöhnischen Blick auf ihn zu werfen.

Die übrigen Säumer widmeten sich wieder ihren Gesprächen und im Raum stieg die Lautstärke wieder an. Vladja erzählte ihm eine Geschichte nach der anderen von Wenzel und Jan, ohne dabei zu vergessen, ab und zu seinen eigenen Namen einfließen zu lassen.

In einem Augenblick, als Mirco glaubte, nicht beobachtet zu werden, holte er aus dem Lederbeutel, der an seinem Gürtel hing, den Siegelring heraus, den ihm Jan zuvor gegeben hatte.

„Sieh in meine Hand", raunte er Vladja zu, während er seinen Krug ansetzte. Dann zog er seine Hand gerade so weit hervor, dass Vladja den Ring sehen konnte, ohne deutlich nach unten sehen zu müssen. Seine Augen weiteten sich, als er den Ring erkannte.

„Woher hast du den?", flüsterte er zurück und in seiner Stimme schwang plötzlich Misstrauen mit.

„Lass uns gehen", antworte Mirco knapp und stand ohne weitere Worte auf.

Sie hatten sich noch keine zwanzig Schritte vom Gasthaus entfernt, als Vladja seine Frage wiederholte.

„Woher hast du den Ring?", fragte er mit Nachdruck.

„Von seinem rechtmäßigen Besitzer", beruhigte ihn Mirco und fügte mit einem Schmunzeln an: „Zu dem werde ich ihn jetzt zurückbringen."

Vladja riss die Augen auf und man konnte ihm ansehen, wie er vor Aufregung zu platzen drohte.

***

In dem wehrhaften Langhaus am Kopf des Marktplatzes von Klatovy war die Nachricht von dem Fremden bereits eingetroffen, bevor sich der Tag dem Ende neigte. Zwei Säumer hatten Marek von dem Mann berichtet, der auf der Suche nach Wenzel und Jan gewesen war.

Verärgert ging Marek im Raum herum. Jan! Er war wie ein Gespenst für Marek, das immer wieder auftauchte. Aber in den letzten Jahren war er ihm nur in den Albträumen erschienen, die ihn fast jede Nacht heimsuchten, seit er damals der Ermordung seines Schwiegervaters Watislav zugesehen hatte. Jan war ein fester Bestandteil dieser Träume und er tauchte immer gegen Ende auf, um sich an ihm zu rächen. Anfangs hatte er sich regelmäßig einen Rausch angetrunken, um fester schlafen zu können, aber es hatte nichts geholfen. Inzwischen war das Trinken zur Gewohnheit geworden und er hatte sich einigermaßen an die nächtlichen Bilder gewöhnt.

Aber jetzt hatte die Realität die Träume eingeholt! Jemand hatte sich nach Jan erkundigt. Marek spürte, dass etwas an der Geschichte nicht stimmte. Ein unbestimmtes Gefühl machte sich in ihm breit.

Rastlos ging er zu einem Tisch an der Wand und schenkte sich Wein ein. Mit großen Zügen leerte er den Becher. Erschöpft sackte er neben dem Tisch zu Boden. Vor seinem geistigen Auge sah er Jan mit seinem Bogen. Marek schüttelte den Kopf, griff hastig nach der Weinkaraffe und trank einige Schlucke, aber Jan war immer noch da. Er trank weiter, über die Wangen tropfte der rote Wein auf sein Wams. Benommen öffnete Marek die Augen und starrte in den Raum. Er konnte nur verschwommen die Konturen der Möbelstücke erkennen. Der Wein begann zu wirken. Sein Kopf fiel zurück gegen die Wand und für einen kurzen Augenblick fühlte sich Marek geborgen wie auf Moos gebettet.

Abrupt öffnete sich die Tür. Marek rollte den Kopf zur Seite, um zu sehen, wer eingetreten war. Normalerweise war es niemandem erlaubt, ohne zu klopfen in sein Arbeitszimmer einzutreten. Er strengte sich an, aber mehr als die verschwommenen Umrisse einer Gestalt konnte er nicht erkennen.

Entfernt hörte er einen Schreckensschrei und die Person kam auf ihn zu.

„Was hast du", fragte Božena besorgt. Sie hatte sich daran gewöhnt, dass Marek oftmals angetrunken zu Bett ging, aber sie hatte ihn noch nie in einem so schlimmen Zustand gesehen.

„Lass mich in Ruhe", schimpfte Marek lallend und schubste sie weg, als sie sich zu ihm hinunter beugte.

„Du bist ja völlig betrunken!"

„Ich trinke mir Mut an", verteidigte sich Marek und versuchte, sich zu erheben.

„Du bist nicht dazu geboren, mutig zu sein", widersprach ihm seine Frau und Bitterkeit schwang in ihren Worten mit. Dabei versuchte sie, ihm auf die Beine zu helfen.

„Ich werde ihn schlagen", lallte Marek weiter, der sich gegen ihre Hilfe wehrte und alleine aufstehen wollte.

„Wen willst du schlagen", wunderte sich Božena, die aus seinen Worten nicht schlau wurde.

Marek stand schließlich schwankend auf seinen Beinen und musste sich aber mit einer Hand an der Wand abstützen.

„Jan", erklärte Marek mit einem kurzen Glucksen, „ich spüre, dass er bald wieder hier sein wird und dann werde ich ihn töten!"

Mit dem letzten Wort ahmte er einen Schwerthieb nach, wobei er die Balance verlor und wieder zu Boden fiel.

„Jan", wiederholte Božena überrascht den Namen und blieb wie versteinert stehen. Sie wusste nicht, ob sie glücklich oder traurig sein sollte. Beide Gefühle kämpften in ihr.

„Ich spüre ihn", flüsterte er, als hätte er Angst, Jan dadurch anzulocken, „in uns fließt schließlich das gleich Blut."

„Du spinnst", befand Božena, mehr um sich selbst wieder unter Kontrolle zu bringen, als um ihrem Mann zu helfen. „Schlaf deinen Rausch aus, damit du wieder klar denken kannst! Ich hasse dich, wenn du betrunken bist."

Verärgert und den Tränen nahe verließ sie den Raum.

„Nur dann", fragte Marek als die Tür schon ins Schloss gefallen war und musste über seine eigene Bemerkung lachen, aber es war nicht mehr als ein aufgestoßenes Glucksen.

***

Die Nacht hatte sich über die hügelige Landschaft gelegt, als Mirco zusammen mit Vladja an dem verabredeten Treffpunkt angekommen war. Der alte knorrige Baum lag in einem Waldstück nördlich von Klatovy, das auf halben Weg zu Vladjas Dorf lag. Auf diese Weise hatte Jan gehofft, dass kein Verdacht aufkam, falls den beiden jemand folgte.

Mirco hatte Vladja auf dem Weg dorthin nur das Nötigste erzählt, aber Vladja hatte immer wieder nachgefragt und neue Einzelheiten wissen wollen, wobei ihn Mirco jeweils auf später vertrösten musste. Um abzulenken stellte er im Gegenzug Fragen zu Jans Vergangenheit und wie schon im Gasthaus sparte Vladja auch jetzt nicht mit Geschichten. Nachdem er aufmerksam zugehört hatte, erkannte Mirco, welch einen Ruf Jan in Klatovy hatte und wie viel Hoffnung viele der Säumer in ihn setzten.

„Hier sollen wir ihn also treffen", versicherte sich Vladja und sah sich argwöhnisch um.

„So war es ausgemacht", bestätigte Mirco und ließ sich auf einem Moosflecken am Fuß des Baumstammes nieder. Vladja folgte seinem Beispiel.

Sie saßen eine Weile schweigend nebeneinander, bis Vladja plötzlich erfreut aufsprang.

„Hast du es gehört?", fragte er Mirco aufgeregt, der ihn verwundert ansah.

„Was?"

„Den Ruf", erklärte Vladja ungeduldig, „Jan hat früher immer einen Falken nachgemacht!"

Mirco schaute ihn ungläubig an, aber bevor er einen weiteren Kommentar abgeben konnte, echote der Schrei eines Falken durch den Wald.

Kurze Zeit später stand Jan grinsend vor ihnen.

Vladja brachte vor Freude kein Wort heraus und umarmte ihn zur Begrüßung. Es dauerte einige Minuten, bis sich die Gefühle wieder gelegt hatten. Mirco hatte die ganze Zeit geduldig neben den beiden gestanden und das Schauspiel genossen, das sich ihm bot.

„Nun aber zum Grund deines Besuchs", entschied schließlich Vladja, während er sich eine Träne aus dem Auge wischte, „oder soll ich vielleicht besser Rückkehr sagen?"

„Nennen wir es lieber einen Besuch", musste ihn Jan enttäuschen, „ich bin nur gekommen, weil ich gehört habe, dass es meinem Vater nicht sehr gut geht!"

Vladja nickte kurz, bevor er zu sprechen begann und für Mirco war es nicht erkennbar, ob er aus Enttäuschung nickte oder als Bestätigung was Jans Vater betraf.

„Deinen Vater hat im letzten Winter ein schweres Fieber erfasst, von dem er sich nur langsam erholt hat. Aber er ist nicht mehr der alte", erklärte Vladja und es war, als spräche er über seinen eigenen Vater.

„Wo ist er?", fragte Jan leise, dem alle Freude aus dem Gesicht gewichen war.

„Er liegt zuhause und wird von deiner Mutter und Eliška gepflegt."

„War ein Arzt bei ihm?"

„Ja, sogar ein sehr guter, denn dein Onkel hat wohl Angst vor dem Jüngsten Gericht bekommen. Jedenfalls bezahlt er den Arzt."

„Das wird ihn hoffentlich nicht vor der Hölle retten", fluchte Jan.

„Dein Hass scheint ja grenzenlos zu sein", befand Mirco überrascht, der dem Gespräch bisher etwas abseits gefolgt war.

„Die Grenze verläuft außerhalb meiner Familie", antwortete ihm Jan grimmig, bevor er sich wieder an Vladja wandte.

„Was hat der Arzt gesagt?"

Vladja antwortete nicht sofort, da er nach den richtigen Worten suchte.

„Sag mir die Wahrheit!"

„Nun, in den letzten Wochen ist es ihm wieder besser gegangen", begann Vladja vorsichtig, „aber der Arzt meinte, dass er den nächsten Winter wohl nicht überleben wird, weil er zu schwach für das rauhe Wetter ist!"

„Dann bin ich ja gerade rechtzeitig gekommen", befand Jan, ohne eine einzige Gefühlsregung zu zeigen. Um sich selbst Mut zu machen, klatschte er einmal in die Hände und sah seine Freunde voll Tatendrang an.

„Ich werde ihn besuchen und ihr haltet mir Marek vom Leib, damit mein Vater und ich ein Familientreffen im engsten Kreis haben!"

„Wie sollen wir zu zweit eine ganze Meute von Haudegen, Spähern und Günstlingen in Schach halten", meldete Vladja erste Bedenken an und Mirco nickte zustimmend.

„Es ist ganz einfach", schlug Jan vor, „bisher hat Marek nur eine schwache Ahnung, dass ich wieder komme, denn Mircos Besuch im Gasthaus ist ihm sicherlich berichtet worden."

„Warum war der nötig?", unterbrach ihn Vladja.

„Damit ich dich sehen kann und die Bestätigung bekomme, dass es meinem Vater wirklich so schlecht geht, ohne mich dabei großen Gefahren auszusetzen."

Jan machte eine kurze Pause, um den Faden wieder aufzunehmen.

„Also", fuhr er fort, „Mirco ist gerade eine Attraktion in diesem verschlafenen Ort. Marek wird mit dir in den nächsten Tagen gern einmal sprechen wollen. In dieser Zeit besuche ich meinen Vater und Vladja wird mit mir gehen."

„Wieso soll ich mit dir kommen?"

„Ich brauche jemand, der mich warnt, falls jemand dem Haus meines Vaters zu nahe kommt!"

„Denkst du wirklich", wandte nun Mirco ein, „dass ich Marek lange genug beschäftigen kann, dass es für einen Besuch reicht und er keinen Verdacht schöpft?"

„Du brauchst nicht besonders lange mit ihm zu reden, er muss nur einfach an diesem Tag in der Stadt bleiben. Verabrede dich mit ihm auf den frühen Nachmittag, so dass er weder vorher noch nachher die Zeit hat, bis zum Haus meines Vaters zu kommen."

„Aber er kann einen seiner Männer schicken!"

Jan lachte.

„Ich möchte eine Konfrontation umgehen, aber wenn es sein muss, kämpfe ich. Nur möchte ich nicht gegen Marek kämpfen."

„Soll ich noch ein paar andere Säumer einweihen", fragte nun Vladja.

„Nein, bloß nicht", gab ihm Jan unmissverständlich zu verstehen, „du erzählst nicht einmal deiner Frau, dass ich hier bin! Hast du das verstanden?"

Vladja nickte betrübt und er wusste, wie schwer es ihm fallen würde, das Geheimnis für sich zu behalten. Wie aus dem nichts zog Jan plötzlich einen Hasen hervor und hielt ihn triumphierend hoch.

„Während ihr im Gasthaus herumgelungert habt, bin ich nicht untätig gewesen", stichelte er und breitete sein Arme mit einer großzügigen Geste aus, „lasst uns tafeln!"

Am nächsten Morgen brachen sie früh auf, jeder in seine Richtung. Vladja ging nach Hause und suchte noch nach einer glaubwürdigen Ausrede für seine Frau, während sich Mirco auf den Weg zurück nach Klatovy machte, um Marek abzulenken. Jan verschwand wieder im Wald, wo er auf Vladja warten wollte. Der sollte ihm den passenden Tag mitteilen.

Als er so durch das Unterholz kroch, sah er in Gedanken seinen Vater vor sich und er überlegte, was er ihm bei ihrem Wiedersehen sagen würde. Hatten sie sich überhaupt noch etwas zu sagen? Seit ihrem letzten Treffen waren Jahre vergangen, in denen Jan mehr von der Welt gesehen hatte, als Wenzel in seinem ganzen Leben. Als Kind hatte Jan immer die Weisheit und das Wissen seines Vaters bewundert. Was war davon übrig geblieben? Wusste er nicht inzwischen viel mehr? Er konnte Latein, sogar etwas Griechisch, er verstand sich im Rechnen ebenso wie im Schreiben und hatte einige Bücher gelesen. Aber was zählte all dieses Wissen? Jan fragte sich, ob er damit glücklicher geworden war, als sein Vater, der stets in der Šumava gelebt hatte. Und wie stand es um die Weisheit? War sein Vater nicht deshalb so angesehen gewesen, weil er nie um ein kluges Wort verlegen war, weil er Zwiste so löste, dass beide Seiten zufrieden waren? Von solch einer Funktion war Jan noch weit entfernt. Sein Ansehen hatte immer auf seinem Verstand beruht. Ob in Klatovy früher oder jetzt in Prachatice, die anderen Säumer hatten auf ihn gehört, wenn sie ein gutes Geschäft suchten, aber mit ihren Streitigkeiten waren sie nicht zu ihm gekommen. Er musste sich eingestehen, dass er das auch nie gewollt hatte.

Jan konnte sich die Fragen, die in seinem Kopf umherschwirrten, nicht beantworten und er wünschte sich plötzlich ein Gespräch mit Abt Godehard, den er auch schon seit einigen Jahren nicht mehr gesehen hatte. Er schwor sich, ihn einmal aufzusuchen, wenn all dies vorbei war.

* * *

Der kleine Bursche rannte vor lauter Hast in ein Marktweib, deren Korb mit Rüben auf den Boden fiel. Zwischen zwei schweren Atemzügen stammelte er eine Entschuldigung und lief sofort weiter. Sein Auftrag war ihm viel zu wichtig, als dass er einem zeternden Marktweib bei ihren Beschimpfungen zugehört hätte.

Der Bursche, in der Stadt nannte man ihn Dietrich, war in der Zwischenzeit schon am Ufer der Donau angekommen, wo sich die Ladungen mehrerer Flöße stapelten. Kurz darauf hatte er das Haus des jüdischen Händlers erreicht, für den er schon seit Tagen immer wieder die gleiche Aufgabe erfüllte. Erst hatte er es nicht glauben können, als ihn der jüdische Händler Levi vor drei Tagen angesprochen hatte. Der Auftrag schien zu einfach und die Bezahlung zu gut. Aber da er schon mehrere Tage lang nichts ordentliches mehr zu essen bekommen hatte, nahm er ohne lange nachzudenken an. Ihm wurden eine warme Mahlzeit und zwei Groschen versprochen, wenn er zum ersten Gasthof auf dem Weg nach Prachatice lief. Dort sollte er nach einem bestimmten Säumer mit Namen Jan Ausschau halten und ihn sofort zum Händler schicken, wenn er ankam. Im Haus des Händlers wurde seine Nachricht schon erwartet.

„Was gibt es Neues", empfing ihn Levi wie jeden Tag im Hof.

„Nun, ich habe den ganzen Tag am Gasthaus verbracht", berichtete Dietrich eilfertig, während er sich über den Teller Suppe machte, den die Küchenmagd missmutig vor ihm auf den Tisch stellte. Ihr gefiel es nicht, einen Gassenjungen bedienen zu müssen.

„Ist er gekommen", drängte Levi ungeduldig.

„Tut mir leid, Herr, aber der Säumer Jan ist auch heute nicht gekommen!"

„Ich verstehe das nicht", grübelte Levi, „solange hat er noch nie für die Strecke nach Prachatice und zurück gebraucht."

„Hat er auch diesmal nicht", bemerkte Dietrich schmatzend zwischen zwei kräftigen Bissen Brot. Levi sah ihn verständnislos an.

„Was soll das heißen?"

„Ich habe es Euch doch von Anfang an gesagt", fiel die Küchenmagd ein, „der Frechdachs hier hält Euch die ganze Zeit zum Narren, um sich auf Eure Kosten den Bauch vollzuschlagen!"

„Das hast du ja nicht mehr nötig", erwiderte Dietrich frech und fing sich dafür direkt eine schallende Ohrfeige ein, denn die Küchenmagd war trotz ihrer Leibesfülle noch blitzschnell.

„Schluss damit", beendet Levi den Streit. Dann setzte er sich dem Burschen gegenüber an den Tisch.

„Wenn du mir auf der Nase herum tanzen willst, dann laß ich dich gerne tanzen, aber am Pranger und zum Takt der Schaulustigen! Was hast du damit gemeint, wenn du sagst, dass Jan auch diesmal nicht länger braucht?"

Levi war kein Freund von Drohungen, aber er hoffte, damit die Ausschweifungen des Jungen zu verkürzen.

„Wenn man den ganzen Tag bei den Säumern sitzt", erklärte Dietrich, bei dem weniger die Drohung als die Ohrfeige gewirkt hatte, „dann hört man so allerhand Neuigkeiten. Heute kam gegen Mittag ein Saumzug an, die erzählten, dass zwei Säumer nach Norden aufgebrochen waren, ohne jemanden einen Grund zu nennen. Ich erkundigte mich nach den Namen und einer hieß tatsächlich Jan."

Triumphierend sah Dietrich zu Levi und wartete auf ein Lob. Aber der war viel zu sehr in Gedanken versunken.

„Nach Norden sagst du", vergewisserte er sich noch einmal.

Dietrich nickte und wischte dabei den Teller mit einem Stück Brotkruste aus.

„Er wird doch nicht...", aber Levi sprach nicht weiter, sondern verließ wortlos den Raum.

Kaum war er durch die Tür gegangen, als die Küchenmagd Dietrich rüde von der Bank stieß.

„Mach das du verschwindest, du kleiner Schmarotzer! Deine Anwesenheit ist hier nicht weiter erwünscht."

***

In Klatovy dämmerte es bereits. Leichter Tau legte sich auf die Blätter und kündigte den nahen Herbst an. Auf dem Marktplatz waren alle Verkaufsstände geschlossen und die Stadtbewohner besuchten wie jeden Freitagabend die Messe in der Kirche.

Božena hatte sich lange darauf vorbereitet und musste nun schnell handeln, um sich nicht zu verraten. Sie hatte Marek alleine zur Kirche geschickt mit der Entschuldigung, dass sie erkältet sei. Da sie seit mehr als einem Jahr in getrennten Räumen schliefen, konnte er das auch nicht widerlegen. Jetzt war er in der Kirche und danach noch im Gasthaus, wo er einige Geschäfte abschließen musste, wie jeden Freitag. Meistens kam er dann betrunken nach Hause und schlief bis in den späten Morgen. Sie hatte viel Zeit.

Božena wunderte sich immer noch über die Unvorsichtigkeit des erfahrenen Säumers. Wie leicht war es doch für ihre Magd gewesen, ihm unbemerkt zu folgen und so das zu bestätigen, was Marek schon geahnt hatte: Jan war wieder zurückgekehrt. Erst war sich Božena unsicher gewesen, aber schließlich hatte die Neugier gewonnen - oder war es Sehnsucht gewesen? Sie wollte ihn wiedersehen.

Eilig schlich sie aus dem Haus, lief an die Hausmauern gedrückt zu ihrem alten Wohnhaus, dass seit dem Tod ihrer Mutter nur noch als Stall genutzt wurde und sattelte dort ihr Pferd.

Erst einen Steinwurf weit von der Stadtmauer entfernt wagte sie, auf das Pferd zu steigen und galoppierte sofort los. Auf diese Weise erreichte sie schnell die Lichtung im Wald, die ihr die Magd beschrieben hatte. Mit sicheren Schritten suchte sich Božena ihren Weg durch den nun dunklen Wald. In einem Tuch eingewickelt hatte sie etwas Brot und Wurst mitgenommen, auch wenn sie wusste, dass der Säumer Jan immer reichlich Essen brachte. Aber sie wollte nicht mit leeren Händen kommen.

Je näher sie dem Steilhang kam, desto unsicherer wurde sie. Was machte sie hier eigentlich? Was, wenn Jan sie gar nicht sehen wollte? Ihre Gedanken rasten und sie begann zu schwitzen, obwohl es schon sehr kalt war.

„Du bist tot", fauchte es plötzlich hinter ihr.

Gleichzeitig ließ sie eine eiskalte Klinge an ihrem Hals erstarren. Eine kräftige Faust drückte ihr so fest auf den Mund, dass ihre Zähne schmerzten.

Božena zitterte vor Angst. Die Person stieß ihr von hinten in die Beine.

„Los, vorwärts!"

Der Griff lockerte sich auch beim Laufen nicht und sie stolperte einige Male über aufragende Wurzeln, aber ihr Bezwinger nahm keine Rücksicht darauf. Božena hatte panische Angst, als sie vor sich einen leichten Feuerschein erkennen konnte, der auf dem nahen Stein gespenstische Schatten zeichnete. Božena kamen die Tränen. Es war Gottes Urteil für sie, weil sie nicht in den Gottesdienst gegangen war und gleichzeitig ihrem Ehemann ungehorsam war. Sie war verdammt!

Um das Feuer saßen zwei weitere Männer, die nun überrascht aufsahen. Gegen das Licht konnte Božena sie nicht erkennen.

„Wir haben Besuch bekommen", berichtete die Stimme hinter ihr kurz.

„Waren noch mehr in der Gegend?"

„Nein. Sie ist alleine mit dem Pferd gekommen."

„Lass sie los", sagte schließlich die zweite Stimme von dem Mann am Feuer.

„Wie heisst du", fragte die gleiche Stimme streng, während Božena von ihrem Fänger freigelassen wurde.

Als sich Božena verängstigt aufgerichtete, trat ihr Gegenüber überrascht einen Schritt zurück.

„Božena", stammelte Jan.

Božena konnte nicht antworten. Als sie Jan erkannte und begriff, dass ihre Angst unbegründet war, brach sie erschöpft in Tränen aus.

Jan war sich unschlüssig, doch schließlich trat er auf sie zu und nahm sie in den Arm.

„Es tut mir leid, dass wir dich so behandelt haben", entschuldigte er sich, „aber wir mussten vorsichtig sein."

Er führte sie zum Feuer und bot ihr eine Decke an. Mirco folgte mit etwas Abstand, denn ihm war sein Auftritt nun peinlich. Jan bemerkte ihn und zog ihn hinter sich her.

„Darf ich dir Mirco vorstellen, nachdem ihr euch schon nahe gekommen seid?"

Božena blickte scheu auf und wischte sich beschämt die Tränen aus dem Gesicht.

„Der freche Jan wie eh und je", beschied sie kurz und konnte nicht umhin, zu lächeln.

„Das ist Božena, die Frau meines Vetters", wandte sich Jan förmlich an Mirco und dann zu Vladja, „Vladja ist ja allen in der Runde bekannt und kann mir vielleicht erklären, wie wir zu dieser Tischordnung kommen!"

Die letzten Worte waren kein Scherz mehr, sondern ein ernster Vorwurf. Vladja antwortete mit einem verlegenen Schulterzucken.

„Nun denn, es ist passiert und wir sollten die Folgen bedenken", fuhr Jan zähneknirschend fort.

„Wir machen uns sofort auf den Weg zu deinem Vater und verschwinden wieder von hier", schlug Mirco entschlossen vor und begann bereits zu packen.

„Das ist vielleicht die beste Idee", stimmte Vladja rasch zu, „wer weiß, wie schnell Marek seiner Frau folgt!"

„Mir ist niemand gefolgt", beschwerte sich Božena gekränkt, „und vor morgen früh wird Marek mich nicht vermissen."

Jan räusperte sich verlegen und die beiden anderen Männer sahen betreten zu Boden.

„Zieht jetzt bloß keine falschen Schlüsse", fügte Božena schnell und in bestimmten Ton an. Aber Jan konnte nicht umhin, sie dabei eingehend zu betrachten.

„Nein, wir bleiben bei unserem Plan", entschied er schließlich und verteilte seine Befehle, „Mirco, mach dich in die Stadt auf, damit zuletzt nicht du es bist, den man vermisst. Vladja, such Boženas Pferd und pass' darauf auf. Wir kommen gleich!"

„Aber...", protestierte Mirco ohne Erfolg.

„Mirco, bitte", sah ihn Jan eindringlich an.

Als die beiden aus dem Lichtkegel des Feuers verschwunden waren, sah sie sich verlegen an.

„Ich hoffe, Mirco hat dir nicht zu sehr weh getan", entschuldigte er sich nochmals.

„Ich war kurz vor dem Ersticken, wenn ich nicht sogar aus Furcht gestorben wäre!"

„Was machst du auch hier draußen?", warf ihr Jan vor.

„Vor ein paar Tagen hat Marek von einer Ahnung gesprochen, dass du wieder da bist. Da habe ich meinen eigenen Erkundungen eingeholt – etwas erfolgreicher als mein Mann!"

Die letzten Worte waren nicht ohne Verachtung.

„Wie geht es dir?", fragte Jan, der noch immer unsicher war. Auch wenn er sich ein Wiedersehen heimlich gewünscht hatte, so war er nun trotzdem nicht auf die Situation vorbereitet. In ihm erwachten alte Gefühle.

„Ich lebe jeden Tag und frage mich abends, wie ich den nächsten Tag überlebe", antwortete Božena traurig, „Klatovy ist meine Hölle und Marek ihr Wächter."

Jan sah sie stumm an.

„Warum kommst du nicht zurück?", flehte sie.

„Ich kann nicht", seufzte Jan, „noch nicht. Ich hätte keine Chance gegen Marek."

Dabei beugte er sich zu ihr und bevor Božena ihm antworten konnte, drückte er ihr einen Kuss auf ihre weichen Lippen. Ein wohliger Schauer lief ihm den Rücken hinunter und er legte seine Arme fester um sie. Gemeinsam sanken sie zurück ins Gras.

„Warte", unterbrach Božena plötzlich seine Liebkosungen, „wir dürfen das nicht machen!"

„Warum?", fragte Jan überrascht.

„Das weißt du ebenso gut wie ich", beschwerte sich Božena und stieß ihn zurück, „ich bin eine verheiratete Frau! Eine unglücklich verheiratete Frau vielleicht, aber verheiratet!"

Jan schüttelte den Kopf. „Dann lauf doch zu Marek zurück und am besten erzählst du ihm gleich noch, wo ich bin!"

„Warum bist du so hart zu mir?", fragte Božena enttäuscht, „meinst du, ich hätte keine Gefühle mehr für dich? Aber ich kann mich nicht vor Gott versündigen!"

„Das könnte glatt von mir kommen", bemerkte Jan trocken und musste an Abt Godehard denken, „und ich weiß auch, dass du Recht hast."

„Wie lange bleibst du noch?", versuchte Božena das Thema zu wechseln.

„Nicht mehr lange. Ich sage meinem Vater Lebewohl und kehre nach Passau zurück", sagte Jan mit festen Worten, „ich gehöre dorthin."

„Das stimmt nicht! Dein Platz wird immer in Klatovy sein, dass wird Marek nie ändern können. Er hat Angst vor dir, große Angst!"

„Ich verspreche dir", sagte Jan schließlich, „dass ich wiederkomme!"

„Wann?"

„Wenn die Sterne günstig stehen", antwortete Jan mit einem Lächeln.

„Pass gut auf dich auf, Jan!"

„Pass du gut auf dich auf und erzähle niemandem von diesem Treffen!"

„Dessen kannst du dir gewiss sein! Lebe wohl!"

Jan winkte ihr noch einmal zu, bevor er im dunklen Wald verschwand. Božena blieb verträumt am Feuer sitzen und strich sich mit verschlossenen Augen sanft über die Lippen.

Familienbande

Durch die großen Fenster der Bibliothek fiel das wenige Sonnenlicht, das sich unter die dicke Wolkendecke, die seit Tagen über der Landschaft hing, gekämpft hatte und ermöglichte gerade eben das Lesen der klein zusammengeschriebenen Buchstaben. Abt Godehard wusste, dass es seinen Augen schadete, wenn er bei solch schlechtem Licht las, aber er hatte nach Zerstreuung gesucht. Seit der brutalen Schandtat gegen den Zug des Königs schien das Kloster von einem Fluch belegt zu sein. Zwar sprach es keiner aus, aber hinter vorgehaltener Hand machte sich Unzufriedenheit breit. Abt Godehard wusste davon, jedoch war ihm bisher keine besänftigende Erklärung eingefallen. Vielmehr ertappte er sich in den letzten Wochen immer öfter, wie er sich nach Niederaltaich sehnte, in den Kreis seiner vertrauten Mönche. Mit großer Hingabe und Wehmut verschlang er die Briefe, die regelmäßig aus Niederaltaich eintrafen und erfreute sich an den guten Nachrichten, die ihn von dort erreichten.

Aber Hersfeld wurde ihm von Tag zu Tag mehr zur Last. Das schlechte Wetter sorgte auch noch dafür, dass mit der Ernte nicht begonnen werden konnte und das Getreide wegen der vielen Regenschauer auf dem Feld zu verfaulen drohte. Dann stand ihnen ein harter und entbehrungsreicher Winter bevor, was wiederum für seine Reformen nicht förderlich war. Satte Mönche gehorchten und folgten einfach besser als hungernde.

Um zumindest kurz diese schwierigen Gedanken zu vergessen, hatte sich Abt Godehard in die Bibliothek zurückgezogen. So, leicht über das Pult gebeugt, mit einer Hand sich auf dem Pult abstützend, mit der anderen blätternd, erblickte ihn Walter, als er die Tür öffnete. Vorsichtig trat er einige Schritte in den Raum hinein, bevor er sich leise räusperte. Auch wenn er die Gunst des Abtes genoss und in den vergangenen Wochen zu einer Art Sekretär aufgestiegen war, blieb er dennoch immer zurückhaltend, um Abt Godehard nicht zu verärgern.

„Was gibt es, Walter?", wandte sich Godehard um und versuchte, seinen Unmut über die unerwünschte Störung zu unterdrücken.

„Verzeiht die Unterbechung, Abt Godehard", begann Walter zögernd, weil er nicht wusste, ob er nicht gerade einen Fehler beging, „im Hof wartet ein Mann, der Euch sprechen möchte. Er hat darauf bestanden und ließ sich nicht dazu bewegen, zuerst in das Gasthaus zu gehen."

Mit dem letzten Satz wollte Walter eine Zurechtweisung vermeiden, aber umsonst.

„Wir leben in diesem Kloster nach bestimmten Regeln", begann Godehard streng, „und wer diese Regeln nicht einhalten will, der kann nicht bei uns bleiben. Schick den Mann fort!"

„Aber der Mann hat gesagt", fuhr Walter mit noch unsicherer Stimme fort, denn eigentlich widerstrebte es ihm, dem Abt weiter zu behelligen, „dass Ihr ihn erwartet!"

„So?", fragte Godehard nun überrascht, „ich erwarte für heute aber keinen Gast!"

„Er hat mir aufgetragen, Euch etwas auszurichten", sprach Walter unbeirrt weiter.

„Das klingt interessant", dachte Godehard laut und wandte seinen Blick endgültig vom Buch ab, „was lässt er mir ausrichten?"

„Er nannte zuerst einen Bibelvers: ‚Eher geht ein Kamel durch ein Nadelöhr, als dass ein Mensch, der an seinem Reichtum hängt, in das Reich Gottes kommt'. Danach sagte er: ‚Richtet Abt Godehard aus, dass ein Kamel durchgeschlüpft sei.' Ich hoffe, Ihr könnt mit diesen Worten etwas anfangen!"

„Beschreib' mir den Mann", drängte ihn Godehard und legte dabei die Stirn in Falten.

„Er ist ein gut gekleideter Mann, sicher ein Adeliger", begann Walter seine Beschreibung und nun hatte sich alle Unsicherheit aus seiner Stimme verflüchtigt. Er hatte richtig gehandelt!

„Auffällig ist vor allem sein mächtiger Bart, der bis zur Brust reicht!"

„Ja, genau", rief Godehard nun aufgeregt aus, „jetzt erinnere ich mich wieder!"

Mit einem kräftigen Schwung schlug er das vor ihm liegende Buch zu, so dass der dumpfe Schlag von den Wänden mehrmals widerhallte. Dann raffte er seine Kutte und lief eilig aus der Bibliothek und ließ Walter verwundert zurück.

Erst kurz vor dem Portal rief sich Godehard wieder zur Ordnung, verlangsamte seinen Schritt und ordnete seine Kutte. Äußerlich ruhig trat er auf den Klosterhof hinaus, wo er auch gleich den besonderen Besuch am Brunnentrog vor dem Gästehaus erblickte.

Godehard hatte das Gespräch mit dem sächsischen Adeligen in Bamberg bald wieder vergessen, da es damals von den Ereignissen um Jan überlagert worden war, aber den mächtigen Bart hatte er nie vergessen. Sollte dieser Gunther, Reichsgraf und Mitglied der ehemaligen Kaiserfamilie, bereit sein, dem weltlichen Leben zu entsagen? Seine Vorahnung von damals hatte ihn nicht getäuscht.

Als Gunther den Abt erblickte, ging er eilig auf ihn zu und kniete vor ihm nieder.

„Gott segne Euch, Abt Godehard!"

„Gott segne auch Euch, Graf Gunther", antwortete Godehard freundlich und hieß ihn mit einer Handbewegung aufzustehen, „Ihr habt Euch seid damals in Bamberg wenig verändert."

„Äußerlich mögt Ihr recht haben", entgegnete Gunther, „aber in meiner sterblichen Hülle steckt ein neuer Mensch!"

„Ihr macht mich neugierig! Aber vielleicht begeben wir uns in den Speisesaal. Ihr werdet bestimmt hungrig sein von der Reise!"

Ohne auf eine Antwort zu warten, drehte sich Godehard um und ging zum Haupteingang zurück. Ein Novize kam herbeigeeilt und nahm Gunther die Zügel seines Pferdes ab, der mit wenigen großen Schritten Godehard eingeholt hatte.

Der Speisesaal war um diese Tageszeit leer und so saßen Godehard und Gunther sich an einem der langen Tische gegenüber, während für Gunther ein Teller mit Suppe, etwas Brot und ein Becher mit Wein gebracht wurde. Natürlich gab es für Gäste im Gästehaus besseres Essen, aber Godehard wollte Gunther die Kargheit des Mönchslebens zeigen.

„Ihr sagtet, dass Ihr ein neuer Mensch geworden seid!"

Gunther nickte, wobei er noch zweimal kaute und dann den Bissen in die Backe schob, bevor er antwortete.

„Ich habe die ganzen Kriege und Streitigkeiten satt! Seit ich achtzehn Jahre alt bin, war ich jedes Jahr auf einem Feldzug oder einer Reise für den König. Es wird immer vom Frieden gesprochen, aber er scheint nie erreicht werden zu können. Jedenfalls nicht durch weitere Kriege. Die Geschichte, die Ihr mir damals erzählt habt, von dem Reichen, der nicht in das Himmmelreich kommt, hat mich lange beschäftigt. Je mehr ich darüber nachgedacht habe, desto klarer ist mir geworden, wie wahr diese Geschichte ist."

„Ich bin froh, dass Ihr die Geschichte verstanden habt. Aber was wollt Ihr nun machen?"

„Ich werde mein Leben ändern", antwortete Gunther fest überzeugt. „Ich bin zu Euch gekommen, weil ich in Euer Kloster eintreten möchte!"

Obwohl Godehard eine Ahnung gehabt hatte von dem, was kommen würde, war er nun doch überrascht von der Entschlossenheit, mit der Gunther seine Entscheidung vorgetragen hatte.

„Seid Ihr Euch darin sicher?", fragte er perplex und bereute die Frage im selben Augenblick schon wieder.

„Freut Ihr Euch nicht?", entgegnete Gunther enttäuscht, „fast möchte man glauben, Ihr traut meinen Worten nicht!"

„Versteht mich nicht falsch", versuchte Godehard, seinen Fehler auszubügeln, „Ihr habt mich nur etwas überrumpelt."

Kurze Zeit sagte keiner von beiden etwas und die Stille schien beide nur noch mehr zu verunsichern.

„Was sagt Eure Familie zu dem Entschluss?", nahm Godehard seine eigenen Gedanken auf, denn ihm war wieder eingefallen, dass Gunther ja Reichsgraf und mit dem letzten Kaiser verwandt war.

„Welche Familie? Ich bin nicht verheiratet und habe keine Kinder! Ebenso wenig wie mein Vater habe ich je Geschwister gehabt. Deshalb habe ich keine engere Familie."

In seinen Worten schwang etwas Bitterkeit mit.

„Aber Ihr seid ein Reichsgraf und besitzt viel Land!"

„Das stimmt. Wegen des Besitzes habe ich auch so lange gebraucht, um die Entscheidung zu treffen, ein Mönch zu werden. Wisst Ihr, Besitz ist wie eine Wahnvorstellung. Man meint, damit Freiheit zu gewinnen, aber letztendlich hält mich der eigene Reichtum gefangen. Ich habe mein bisheriges Leben damit verbracht, die Pflichten zu erfüllen und die Rechte zu genießen, die mir mein Reichtum gebracht hat. Aber ich bin dadurch nicht glücklich geworden."

„Was wird aus Euren Ländereien", forschte Godehard vorsichtig nach, „wenn Ihr in ein Kloster eintretet?"

„Rund um meine Käfernburg gibt es kein Kloster. Ich werde deshalb mein Land der Kirche schenken, damit dort ein Kloster entstehen kann."

„Das ist eine großzügige Geste von Euch", lobte ihn Godehard, aber plötzlich kam ihm ein Gedanke in den Sinn. „Wie stellt Ihr Euch das Leben als Mönch denn vor?", fragte er deshalb vorsichtig.

„Ich werde das Gelübde ablegen", antwortete Gunther mit der ihm eigenen Entschlossenheit, „und dann als Abt das Kloster leiten, welches auf meinem Grund errichtet werden wird!"

Enttäuscht schüttelte Godehard den Kopf.

„Was ist so falsch daran", wunderte sich Gunther ein wenig beleidigt.

„Noch vor wenigen Augenblicken spracht Ihr davon", begann Godehard seine Erklärung, „dass Ihr von Eurem Besitz gefangen gehalten wurdet. Das ist falsch! Ihr seid es noch immer!"

„Wieso? Ist es nicht üblich, dass ein Adeliger, der ins Kloster geht, Abt wird?"

„Wenn Ihr das machen wollt, was üblich ist", erwiderte Godehard scharf, „dann führt weiter Kriege. Wenn Ihr aber wirklich ein Leben für Gott führen wollt, dann redet nicht jetzt schon davon, Abt zu werden. Zuerst müsst Ihr Mönch werden!"

Es herrschte betretenes Schweigen und Godehard fürchtete schon, wieder einmal zu weit gegangen zu sein. Aber er war überzeugt von dem, was er gesagt hatte.

„Ihr seid ein strenger Lehrer", sagte Gunther schließlich mehr zu sich selbst, als zu dem Abt, „aber ich will mich Eurem Wort beugen – unter einer Bedingung!"

„Was für eine Bedingung meint Ihr?", fragte Godehard fast erleichtert zurück.

„Ich möchte hier in Euer Kloster eintreten!"

„Diese Bitte erfülle ich Euch gerne, denn es ist mir eine große Ehre! Wann wollt Ihr als Novize beginnen?"

„Ich bin da", antwortete Gunther entschlossen und Godehard wusste, dass er einen fähigen Mann gewonnen hatte. Aber ihm war auch bewusst, dass dieser Mann seinen eigenen Kopf hatte und noch dazu einen ziemlichen Dickkopf.

Aber es war nach den Wochen der Enttäuschung eine ermutigende Tatsache.

***

Das Morgengrauen weckte bereits die ersten Vögel, als Jan zusammen mit Vladja die wohlbekannte Lichtung erreichte, auf der das Haus seiner Eltern stand. Jan spürte in sich eine Unsicherheit wachsen. Er war noch immer ungewiss, was er seinem Vater sagen sollte.

Am Rand der Lichtung hielten sie an.

„Vladja, falls wir uns nicht mehr sehen", wandte sich Jan um, „dann danke ich dir jetzt schon für alles, was du in den letzten Tagen für mich riskiert hast!"

„Ich wäre bereit, mehr für dich zu riskieren, wenn du hier bliebest", antwortete Vladja trocken.

„Jetzt fang du nicht auch noch damit an!"

„Keine Angst, ein Säumer kehrt immer wieder zu seiner Heimat zurück. Das liegt ihm im Blut!"

Damit umarmten sie sich und Jan betrat zögernd die Lichtung. Von außen hatte sich das Haus kaum verändert seit Jan es zum letzten Mal gesehen hatte. Jemand im Haus war bereits wach, denn aus dem kleinen Kamin stieg ein dünner Rauchfaden gerade zum Himmel auf. Jan ging zur Tür und trat ein ohne anzuklopfen.

An der Feuerstelle, die Küchenherd und Heizung in einem war, stand eine junge Frau, deren braunes Haar weit über die Schultern fiel. Sie hängte gerade einen Kessel Wasser an dem Haken über der Feuerstelle auf und summte leise ein Lied.

Jan machte mit einem Räuspern auf sich aufmerksam.

Erschreckt fuhr die Frau herum und blickte ihn überrascht an.

„Eliška", sagte Jan ungläubig, als er in der jungen Frau seine kleine Schwester erkannte.

„Jan", antwortete Eliška ebenso erstaunt und fiel ihrem Bruder glücklich um den Hals.

Nachdem sie einige Minuten lang so umarmt im Raum gestanden hatten, bot Eliška ihm einen Platz am Tisch an und setzte sich neben ihn.

„Wir müssen leise sein, denn die Eltern schlafen noch", erklärte sie.

„Wie geht es Vater?", wollte Jan sofort wissen und als Eliška ihren Kopf senkte, wusste er, dass er nicht zu früh gekommen war.

„Er hat starke Schmerzen und die Krankheit raubt ihm nach und nach seinen Lebenswillen", berichtete Eliška emotionslos, „nächste Woche wird der Priester vorbeikommen, denn wir glauben nicht, dass er den Winter noch erleben wird."

„Was ist mit Mutter?"

„Sie ist sehr schwach geworden. Aber du musst dir keine Sorgen machen. Karel hat sich bereit erklärt, sie bei sich in Sušice aufzunehmen, wenn Vater gestorben ist. Wusstest du, dass er geheiratet hat?"

„Karel hat geheiratet?"

„Ja, vor mehr als einem Jahr", erzählte Eliška und wurde dabei wieder fröhlicher, „seine Frau ist eine Müllerstochter aus Sušice und sie haben einen gemeinsamen Sohn. Er heißt Wenzel!"

„Vater war sicher stolz darauf!"

„Es war das letzte Mal, dass ich ihn lachen sah, als Karel mit dem kleinen Kind zu Besuch gekommen ist. Das war vor vier Monaten."

Sie saßen eine Weile schweigend nebeneinander. Eliška schaute verträumt in den Feuerschein, während Jan sie dabei beobachtete. Sie war eine schöne Frau geworden, aber man konnte ihr die Strapazen der letzen Monate ansehen. Ihre Haut war blass und die Haare hingen strähnig über die Stirn. Jan dachte über ihr Alter nach und kam zum Schluss, dass sie ungefähr achtzehn Jahre alt sein musste. So genau wusste er das nicht mehr.

„Was wird aus dir, wenn Vater stirbt?", fragte er dann unvermittelt.

Eliška hob abrupt den Kopf, nahm verlegen eine Strähne von der Stirn und klemmte sie hinter das Ohr. Unsicher sah sie auf den Boden vor ihren Füßen.

„Ich werde den nächstbesten Mann heiraten", antwortete sie schicksalsergeben, „wenn mich noch einer haben will."

„Was redest du da? Du bist jung und schön!"

„Aber ich habe keine Aussteuer und mein Vater hat die letzten Jahre wie ein Ausgestoßener gelebt", schluchzte Eliška und ihre Gefühle traten offen zu Tage. Tränen liefen ihr über das Gesicht und als Jan sie zu sich zog, schmiegte sie ihren Kopf fest an seine Schulter an.

Sie saßen noch immer so da, als ihre Mutter von der Schlafkammer herüber kam. Sie hatte Stimmen gehört und war neugierig geworden.

Als sie Jan erkannte, der mit Eliška auf der Bank saß, brachte sie vor Freude kein Wort hervor. Jan bemerkte sie, schob Eliška sanft von sich und ging auf seine Mutter zu, um sie zu umarmen. Tränen liefen ihr über die Wangen.

Sie setzten sich zusammen an den Tisch und Jan musste von seinen Erlebnissen erzählen.

„Ich möchte gerne noch mehr hören", unterbrach ihn nach einer Weile seine Mutter, „aber ich denke es ist Zeit, dass du deinen Vater begrüßt. Er wird sich sehr freuen, dich zu sehen."

Jan nickte und stand auf, um in die Schlafkammer zu gehen. In ihm wuchs wieder die Unsicherheit. Langsam trat er zum Schlaflager seiner Eltern. Darauf lag sein Vater, den er kaum wiedererkannte. Die Haare waren schlohweiß, der einst volle Bart bestand nur noch aus einzelnen, verfilzten Strähnen und die Wangen waren tief eingefallen.

Ein schwaches und träges Atmen war zu vernehmen.

„Guten Tag, Vater", begrüßte Jan seinen Vater mit trockener Stimme.

Das Atmen wurde unruhig und verstummte für einen Augenblick. Kurz darauf öffnete sich das gealterte Paar Augen und starrte auf Jan, der nun einen Schritt an die Bettkante herantrat.

„Jan", antwortete sein Vater mehr fragend als begrüßend.

„Ja, Vater", bestätigte ihn Jan, „ich bin nach Hause gekommen."

„Das wurde auch Zeit!"

Wenzel sprach langsam und nur mit schwacher Stimme. Er wurde immer wieder durch Hustenanfälle unterbrochen.

„Ich hatte gehört, wie schlecht es dir geht und da konnte ich nicht länger warten!"

„Wegen mir hättest du nicht mehr kommen müssen, aber die Menschen hier brauchen jemanden wie dich!"

„Ich bin mir da nicht so sicher", widersprach Jan, der aber vermeiden wollte, wieder mit seinem Vater zu streiten.

„Ich werde dir deinen Weg nicht vorschreiben, du musst ihn selbst gehen", stimmte ihm Wenzel zu und versuchte, sich aufzurichten. Jan neigte sich zu ihm hinab und stütze ihm mit einer Hand den Rücken. Was er spürte, waren Haut und Knochen.

„Ich muss dir etwas erzählen, was ich vielleicht schon viel früher hätte machen müssen", änderte Jan das Thema. Wenzel sagte nichts, sondern saß mit geschlossenen Augen im Bett, weil ihn das Sprechen zu sehr anstrengte.

Jan erzählte ihm von Miloš' krimineller Vergangenheit, von der er damals in Prag erfahren hatte. Er musste immer wieder unterbrechen, um seine Gedanken zu ordnen, denn es war das erste Mal, dass er mit jemandem darüber sprach. Als er fertig war, herrschte langes Schweigen.

„Warum hast du nicht früher davon erzählt, gleich nachdem du aus Prag zurückgekommen bist", fragte dann Wenzel mit zitternder Stimme.

„Ich fürchtete, du glaubst mir nicht!"

„Vielleicht hast du Recht. Ich habe damals einen großen Fehler gemacht!"

„Was für einen Fehler?"

Wenzel wollte antworten, aber einen schwerer Hustenanfall ließ ihn gekrümmt zusammen sacken. Er atmete einige Male tief ein, bevor er sich wieder aufrichten konnte.

„Ich habe damals einzig auf meinen Verstand gehört und nicht auf mein Herz. Gott aber hat uns beide Teile gegeben, damit wir uns ein gutes Urteil bilden können. Vergiss das nie, mein Sohn!"

Jan dachte kurz über die Worte nach.

„Mein Leben hier auf Erden neigt sich dem Ende zu", sprach Wenzel leise weiter, als Jan nichts sagte, „obwohl ich noch nicht fertig bin. Ich wollte meinen Fehler immer wieder gut machen, aber es war mir nicht vergönnt. Nun sterbe ich und lasse eine verstreute und arme Familie sowie einen eingeschüchterten Haufen unterdrückter Säumer zurück."

„Du darfst nicht so hart mit dir selbst sein", versuchte ihn Jan zu trösten, „du bist nicht allein Schuld. Die Säumer werden schon wieder zu alter Stärke finden. Außerdem ist deine Familie vielleicht verstreut, aber sicher nicht arm. Karel führt ein glückliches Leben in Sušice und ich kann mich in Passau auch nicht beklagen, zumal mir ein Sack voll Geld nicht viel bedeutet. Alles was du mir beigebracht hast, hat mir geholfen, wo immer ich war, ob in Niederaltaich, in Bamberg oder in Passau. Du warst mein großes Vorbild!"

„Ja", nickte Wenzel zitternd mit dem Kopf und Jan meinte, ein Lächeln erkennen zu können, „du bist ein echter Säumer geworden: unstet, dickköpfig und zäh. Weißt du, auch wenn ich es dir so nie gesagt habe, ich bin immer stolz auf dich gewesen."

Jan umarmte seinen Vater zum Dank. Wovor hatte er sich so gefürchtet?

Wenzel erstarrte plötzlich und rang um Luft, als ob ihm ein Kloß im Hals steckte. Sein Gesicht wurde noch fahler als es schon war und Jan wusste nicht, wie er ihm helfen konnte.

„Mutter, Eliška, schnell", rief er um Hilfe.

Die beiden Frauen kamen sofort herbeigeeilt und schienen mit der Situation besten vertraut zu sein, denn mit einigen wenigen Handgriffen stützen sie Wenzel so, dass er zuerst schwer hustete und danach wieder atmete, erschöpft und noch langsamer als zuvor.

„Keine Angst, Jan" beruhigte ihn seine Mutter, als sie sein angsterfülltes Gesicht sah, „das passiert mehrmals am Tag."

„Ich bin eine armselige Kreatur", sprach nun wieder Wenzel, „die zu nichts mehr zu gebrauchen ist. Besonders wegen Eliška reut es mich!"

Dabei sah er väterlich seine Tochter an, die noch immer über ihn gebeugt war und ihm mit einem Tuch den Schweiß von der Stirn wischte.

„Sie hat etwas Besseres verdient, als hier im Wald zu verkümmern, aber ich kann es ihr nicht bieten!"

„Du redest Unsinn", widersprach ihm Eliška, aber Jan spürte, dass sie Wenzel damit nur beruhigen wollte.

„Was wird aus dir mein Kind, wenn ich gestorben bin?", fuhr Wenzel unbeirrt fort und es herrschte plötzlich eine bedrückte Stimmung.

„Ich werde schon zurechtkommen!"

Eliška stand auf und wollte den Raum verlassen, aber da hielt sie Jan auf.

„Halt, warte einen Augenblick", sagte er und wandte sich dann an die Eltern, „wenn sich Karel um Mutter kümmert, dann ist es nur gut und recht, dass ich für Eliška sorge."

„Damit sie weiterhin die Unstetigkeit des Säumerlebens erfährt?", fragte der Vater vorwurfsvoll und versuchte sich wieder aufzurichten.

„Das meinte ich nicht", beruhigte ihn Jan, „aber ich kann sie zu Levi nach Passau bringen, wo sie vorerst leben kann."

„Sie spricht nicht die Sprache der Bajuwaren", blieb Wenzel hartnäckig.

„Die wird sie schnell lernen. Außerdem habe ich Freunde, die beide Sprachen sprechen. Sie wird nicht alleine sein!"

„Ihr beiden Dickschädel", fiel jetzt die Mutter ins Gespräch ein, „seid ihr schon einmal auf die Idee gekommen, Eliška nach ihrer Meinung zu fragen?"

Überrascht und verlegen zugleich sahen die beiden Männer zu ihr hinüber.

„Ich weiß nicht", begann sie verlegen, „der Vorschlag von Jan kommt sehr plötzlich, aber vielleicht ist es wirklich besser, mit ihm zu gehen. Auf der anderen Seite kann ich euch auch nicht alleine lassen."

„Red keinen Unsinn", fiel ihr ihre Mutter ins Wort, „machen wir uns lieber daran, deine Sachen zu packen!"

Damit ergriff sie Eliškas Arm und zog sie aus dem Zimmer. Die beiden sahen sich unschlüssig an, bis wieder Wenzel das Wort ergriff.

„Deine Mutter! Und uns hat sie Dickschädel genannt! Weißt du noch, wie du früher immer deine Wintermütze versteckt hast und sie dir alle möglichen Strafen angedroht hat, bis du schließlich klein beigegeben hast?"

Jan lächelte und setzte sich auf die Bettkante. So saßen sie eine Weile zusammen, während nebenan die beiden Frauen ein kleines Bündel für Eliška packten. Jan genoss die Zeit mit seinem Vater.

Vor lauter Geborgenheit reagierte er nicht, als der schlecht imitierte Falkenschrei zum ersten Mal ertönte. Jedoch beim zweiten Mal wurden Jans Instinkte geweckt.

„Das Zeichen", bemerkte er kurz und sprang auf, „wir müssen gehen! Eliška bist du bereit?"

„Warum so eilig", wollte die Martha wissen, während sie das kleine Bündel mit einer Kordel verschnürte.

„Ich habe Vladja als Posten aufgestellt, damit er mich warnt, falls jemand kommt. Das müssen Mareks Männer sein."

„Wovor hast du Angst?"

„Ich habe keine Angst, ich möchte nur keine unnötigen Konflikte!"

Damit verschwand er wieder in der Schlafkammer und trat zu seinem Vater, der ihn mit traurigen Augen ansah.

„Nun ist der Zeitpunkt des Abschieds gekommen", sagte er leise, „ich danke dir, dass du noch einmal gekommen bist!"

„Ich werde immer an dich denken, Vater", antwortet Jan und seine Stimme stockte.

„Komm her!"

Jan kniete sich neben das Bett.

„Du hast einen außerordentlichen Verstand, Jan, aber vergiss nie, auch auf dein Herz zu hören! Dort wohnt Gott! Jetzt geh mit Gottes Segen!"

„Lebe wohl, Vater!"

Jan drückte ihm einen Kuss auf die Stirn und ging eilig aus dem Zimmer.

„Eliška, sag deinem Vater Lebewohl und komm dann heraus!"

Jan verabschiedete sich von seiner Mutter und trat schnell hinaus ins Freie. Die frische Luft tat ihm gut und er atmete einige Male tief durch. In seinen Augen sammelten sich Tränen, die er verschämt wegwischte.

Ein kurzer Blick zum Eingang der Lichtung sagte ihm, dass sie noch etwas Zeit hatten. Einen Augenblick später stand auch Eliška vor der Tür, während ihre Mutter im Haus geblieben war.

„Sie kann es nicht ertragen, uns beide weggehen zu sehen", erklärte Eliška auf Jans fragenden Blick.

„Ich werde Vladja sagen, dass er auf sie aufpassen soll!"

Dann nahm Jan Eliška am Arm und lief mit ihr die Lichtung hinauf über den kleinen Bach zum Wald.

„Warte", protestierte Eliška, „da unten ist der Weg!"

„Ich weiß, ich will nur Mareks Männern nicht begegnen."

Eliška verstand und folgte ihm nun willig in die falsche Richtung. Im Wald angekommen liefen sie in weitem Bogen um die Lichtung. Jan spähte immer wieder zum Haus hinüber, aber ihm fiel nichts Besonderes auf. Erst als sie auf der unteren Seite der Lichtung angekommen waren, hörten sie plötzlich Stimmen. Sie versteckten sich hinter einem Gebüsch, von wo aus sie das Haus sehen konnten.

Fünf Männer auf Pferden ritten darauf zu.

„Da ist Marek", flüsterte Eliška ängstlich.

„Dann lass uns etwas Vorsprung gewinnen!"

Jan zog sie hoch und sie liefen in schnellen Schritten durch den lichten Wald. Am vereinbarten Treffpunkt wartete Vladja bereits auf sie.

„Endlich kommst du", empfing er Jan erleichtert, „ich dachte schon, du schaffst es nicht mehr. Aber was macht Eliška hier?"

„Sie kommt mit mir nach Passau", erklärte Jan kurz und lief weiter. Vladja und Eliška folgten ihm.

Bald hatten sie die Straße nach Klatovy erreicht und kamen nun schneller voran. Immer wieder blickte sich Jan um, aber er konnte niemanden sehen, der sie verfolgte. Kurz vor Klatovy kam ihnen von der Stadt ein Reiter mit drei Pferden entgegen galoppiert.

Jan suchte instinktiv nach dem Griff seines Dolches und stellte sich schützend vor Eliška. Aber als der Reiter näher kam, stieß er einen erleichterten Seufzer aus. Es war Mirco.

„Guten Tag zusammen", begrüßte er die Fußgänger, „wohin des Weges?"

„Mirco", grüßte Jan erfreut zurück, „du kommst wie gerufen! Marek ist schon beim Haus meiner Eltern."

„Das habe ich auch bemerkt und bin dir deshalb entgegen geritten. Das Packpferd habe ich deinem lieben Vetter abgeschwatzt!"

„Du bist unglaublich", lachte Jan.

„Bevor ich es vergesse", fuhr er dann fort, „das ist meine Schwester Eliška! Sie wird mit uns nach Passau kommen! Eliška, das ist Mirco aus Mähren!"

„Herzlich willkommen in unserer kleinen Reisegruppe", grüßte Mirco, „wenn ich gewusst hätte, dass eine Dame mit uns reist, dann hätte ich von deinem werten Vetter einen Reisewagen gefordert!"

Jan war überrascht, wie locker Mirco die kleine Veränderung in ihren Plänen aufnahm, aber er war sich bewusst, dass er später noch mit einem Donnerwetter rechnen musste.

Der Abschied von Vladja war freundschaftlich, aber kurz, denn Jan drängte zum Aufbruch.

„Vladja", rief ihm Jan noch auf der Ferne zu, als sie schon ein Stück geritten waren, „halte du hier die Stellung, ich komme bald wieder!"

Eine halbe Stunde später hatten sie den Rand der ersten Wälder zur Šumava erreicht und Jan blickte sich traurig um. Dieses Mal fiel ihm der Abschied von seiner Heimat noch schwerer als vor ein paar Jahren. Sie beschlossen, über Prachatice zu reiten, um rasch Vorsprung zu gewinnen und den Räubern aus dem Weg zu gehen.

***

Levi wurde von Tag zu Tag verzweifelter. Seiner kleinen Tochter ging es nach wie vor schlecht, auch wenn ihr Zustand stabil geworden war, aber auf kritischem Niveau. Die Ärzte wussten keinen Rat mehr. Zumindest war es dank ihrer Hilfe nicht schlimmer geworden, aber Levi fand keine Ruhe. Seit Tagen hatte er nicht mehr geschlafen und tagsüber konnte er sich nicht auf seine Arbeit konzentrieren.

Seine letzte Hoffnung lag in Jans baldiger Rückkehr. Jedoch schwand seine Zuversicht jeden Tag weiter. Vielleicht war Jan wieder nach Hause gegangen? Aber dann hätte er sich verabschiedet, redete sich Levi selbst Mut zu. Wie er so an Jan dachte, fielen ihm die vielen schönen Erlebnisse ein, die er mit Jan zusammen gehabt hatte. Vor allem die Streiche, die sie ihren Mitmenschen gespielt hatte. Seit Tagen löste sich in seinem Gesicht wieder so etwas wie ein Lächeln. Seine Frau Rahel, die gerade den Raum betrat, bemerkte das sofort.

„Worüber musst du lächeln?", wollte sie überrascht und gleichzeitig erfreut wissen. Sein Gemütszustand hatte ihr nicht weniger Sorgen gemacht, als die Gesundheit ihrer Tochter.

„Ach", schüttelte Levi abwehrend den Kopf, „ich habe nur gerade an die gemeinsamen Tage mit Jan gedacht und was für Unfug wir gemeinsam getrieben haben."

Rahel stellte ihm einen Becher Wein hin und legte sanft ihren Arm auf seine Schulter.

„Du machst Dir immer noch Hoffnungen, dass er zurückkommt, nicht wahr?"

„Ich weiß nicht, worauf ich sonst noch hoffen sollte", gab Levi verzweifelt zurück.

„Ich bin mir sicher, dass es eine Lösung gibt", versuchte ihn Rahel zu trösten, „aber du kannst sie nicht erzwingen!"

„Es kann nicht sein, dass ich untätig hier sitzen und warten muss, bis etwas passiert!"

„Beruhige dich! Gott wird uns Hilfe schicken!"

Levi wagte es nicht, seine Gedanken laut zu sagen, aber sein Vertrauen in Gott war in den letzten Tagen nicht unbedingt gestiegen. Natürlich kannte er in der Thora die Geschichte von Hiob, der von Gott auf die Prüfung gestellt wurde. Aber er war doch nicht Hiob!

Im Hof des Handelshauses war es für einen normalen Werktag überraschend ruhig. Lediglich einige Knechte verluden Fässer auf einen Karren, es fehlte das sonst übliche Treiben der Fuhrmänner, Händler und Dienstboten, die in dem Haus ein- und ausgingen. Eine morbide Stimmung lag auf dem Haus und Jan spürte sofort, dass etwas nicht in Ordnung war.

Hastig nahm er zwei Stufen auf einmal und eilte die Treppe hinauf in den Wohnbereich.

Als er die Tür zu Levis Zimmer öffnete, sah er diesen mit dem Kopf auf der Tischplatte liegen. Vorsichtig trat Jan ein, ohne dass Levi einmal aufgeschaut hätte.

„Levi?", fragte er vorsichtig.

Schwerfällig hob Levi den Kopf. Seine träge Bewegung wechselte in einen Freudensprung, als er Jan erkannte.

„Jan", rief er erfreut, „du bist zurück! Endlich!"

Damit warf er sich ihm um den Hals und drückte ihn minutenlang an sich. Jan, der nicht wusste wie ihm geschah, konnte sich nur mit Mühe wieder aus der Umklammerung befreien. Inzwischen war auch Rahel, durch den Freudenschrei Levis alarmiert, in den Raum gekommen und brach vor Freude in Tränen aus.

„Kann mir einer sagen", fragte Jan schließlich, „was hier passiert ist?"

„Martha geht es sehr schlecht", erklärte ihm Rahel, die bald wieder die Fassung gewonnen hatte, „und die Ärzte können ihr nicht mehr helfen."

„Was hat sie?", wollte Jan bestürzt wissen. Die kleine Martha hatte ihm immer viel Freude gemacht.

„Wir wissen es eben nicht."

„Aber was hat das mit mir zu tun?"

„Erinnerst du dich noch", griff nun auch Levi ins Gespräch ein, „dass du damals, bevor du nach Niederaltaich geflüchtet bist, von einer Kräuterfrau gepflegt worden bist?"

„Ja natürlich! Sie hieß Gerhild."

„Vielleicht kann sie Martha helfen", sagte Levi schon fast flehend. „Kannst du sie nicht aufsuchen und sie bitten, hierher zu kommen?"

Levi wusste, dass er die Frage eigentlich nicht zu stellen brauchte, denn Jan hätte es auch von sich aus angeboten.

„Ich werde mich sofort auf den Weg machen! Kannst du mir ein zweites Pferd für sie mitgeben?"

„Such dir das beste Tier aus und sag der Kräuterfrau, dass es der Wunsch eines Verzweifelten ist!"

Jan nickte nur kurz, machte einen Umweg über die Küche, wo er sich ein Brot und einen frischen Wasserschlauch schnappte und eine halbe Stunde später hatte er Passau schon wieder in Richtung Norden verlassen.

Er gönnte sich unterwegs keine Pause und erreichte spät abends das gegenüberliegende Ufer von Niederaltaich. Schuldgefühle überkamen Jan, als er die Silhouette des hohen Kirchturms in der Dunkelheit erkannte. War es ein Zufall, dass er hierher kam? Jan verdrängte den Gedanken, denn er hatte Wichtigeres zu tun und durfte keine Zeit verlieren. Aber ihm fiel ein, dass er an diesem Tag keine Möglichkeit mehr hatte, die Donau zu überqueren, da es zu gefährlich war, bei Nacht mit dem Fährschiff überzusetzen. Also suchte er sich in einem dichten Waldstück einen geschützten Platz für die Nacht.

Als er schließlich in eine Decke gehüllt und unter einigen Laubästen vor dem feuchten Morgentau geschützt auf dem Waldboden lag, dachte er an die Zeit in Niederaltaich und natürlich auch an Abt Godehard. Er überlegte, ob er einen kurzen Abstecher ins Kloster wagen sollte. Aber er kam schnell wieder von dem Gedanken ab. Marthas Krankheit duldete keinen Aufschub. Außerdem kam ihm in den Sinn, dass die Kräuterfrau im Kloster nie besonders beliebt war. Vielmehr hatte man sie geflissentlich verschwiegen, obwohl alle von ihr wussten. Hinter der allgemeinen Abneigung hatte mehr gesteckt, als die üblichen Verdächtigungen, denen Kräuterfrauen ausgesetzt waren. Aber Jan wusste nicht, was. Jan hatte damals nie darüber nachgedacht, aber jetzt überlegte er, wie die Mönche wohl reagieren würden, wenn sie dem Grund seiner Reise erfahren würden. Etwas verwirrt schlief er endlich ein.

Am nächsten Morgen brach Jan zeitig auf. Er ließ sich vom Fährmann übersetzen, der ihn nicht wieder erkannte und ritt dann in weitem Bogen um Niederaltaich herum, den spitzen Turm immer im Blick.

Er fand die Lichtung mit Gerhilds Haus ohne Schwierigkeiten wieder. Die hohen Buchen und Ahornbäume rundherum leuchteten schon in den schönsten Herbstfarben, während die Tannen und Fichten dazwischen fast trotzig ihr Grün präsentierten. Im Spiel der aufgehenden Morgensonne ging eine geheimnisvolle Ausstrahlung von dem Wald aus, die Jan immer wieder faszinierte. In der Luft lagen das Rauschen des nahen Baches und das Zwitschern der vielen Vogelarten, die Jan alle einzeln bestimmen konnte. Jedes Tier hatte seine Aufgabe und diente dem Säumer, im Wald Gefahren zu erkennen, bestimmte Beeren zu finden oder sich in der einsamen Wildnis einfach mit einem schönen Lied unterhalten zu lassen. Obwohl schon einige Jahre vergangen waren, seid er das erste Mal bei Gerhild gewesen war, erinnerte sich Jan noch an viele Einzelheiten. Deshalb viel ihm auch gleich der kleine Schuppen neben dem Haus auf, den es damals noch nicht gegeben hatte.

Jan fand Gerhild hinter dem Haus, wo sie sich einen kleinen Garten angelegt hatte, in dem viele verschiedene Kräuter wuchsen. Etwas Ähnliches hatte Jan bisher nur bei Klöstern gesehen. Überhaupt fiel ihm auf, wie ordentlich und sorgfältig es um das Haus herum aussah. Gerhild war gerade dabei, Blätter von einem Strauch zu pflücken, als sie den unerwarteten Besuch bemerkte.

Sie erkannte Jan sofort wieder und beendete schnell ihre Arbeit, um ihm dann etwas zu Essen anzubieten. Während sie zusammen auf der kleinen Bank vor dem Haus saßen – Jan trank dankbar von dem frischen Wasser, das sie ihm gebracht hatte und Gerhild füllte die gepflückten Blätter in kleine Leinenbeutel – teilte Jan ihr den Grund seines Kommens mit. Gerhild erklärte sich sofort einverstanden, mitzukommen und ging ins Haus, um ein paar Sachen einzupacken. Kurz Zeit später, Jan hatte währenddessen die Pferde zurecht gemacht, stand sie in einen langen grauen Überwurf gekleidet vor der Tür, die Haare, die sonst frei über die Schultern fielen, unter einer Haube versteckt.

Jan sah flüchtig zu ihr hinüber und zuckte erschrocken zusammen. Gerhild hatte zum Glück nichts bemerkt und Jan schimpfte sich ob seines Einfalls einen Narr. Er hatte geglaubt, jemand anderen dort in der Tür stehen zu sehen! Vorsichtig schaute Jan noch einmal genauer hin, wobei er sich vorkam wie ein kleiner Junge, der durch ein Fenster spähte.

Aber eine gewisse Ähnlichkeit konnte er doch feststellen. Jetzt, wo das Gesicht nicht von Haaren eingerahmt war, fiel Jan zum ersten Mal auf, wie ähnlich Gerhild doch Abt Godehard war!

Als wären die Gedanken eine lästige Fliege, zuckte er mit dem Kopf, um sie zu verscheuchen. Sicherlich lag die Verwechslung nur an dem Überwurf, der einer Mönchskutte doch sehr ähnlich war. Schweigend ritten sie gemeinsam los und während Jan versuchte, seine Gedanken zu ordnen, glaubte Gerhild, dass er an das kranke Mädchen dachte.

So ritten sie ohne Rast, um noch am selben Abend nach Passau zu kommen, wo sie sehnlichst erwartet wurden.

Martha lag unter dicken Wolldecken in dem kleinen Bett. Sie atmete schwach und langsam, aus ihrem Gesicht war jegliche Farbe verschwunden. Jan glaubte, bereits den Tod in ihrem Gesicht zu erkennen und ließ sich mutlos auf einen Stuhl am Fenster fallen, das einen Spalt weit geöffnet war. Die leichte Brise, die vom Fluss her wehte, tat ihm gut.

Gerhild ließ sich nicht von den Äußerlichkeiten beeindrucken, sondern beugte sich über den kleinen Körper und hob Marthas Augenlider etwas an. Nach einigen Minuten schickte sie die Männer aus dem Zimmer, aber Levi und Jan befolgten nur unwillig ihren Befehl. Draußen gingen die beiden Freunde unruhig im Hof auf und ab.

„Meinst du, sie kann sie retten?", fragte Levi, obwohl er wusste, dass Jan darauf keine befriedigende Antwort geben konnte.

„Sie versteht viel von Kräutern und anderen Heilpflanzen", entgegnete Jan, wobei er sich auf das Brunnensims in der Mitte des Hofes setzte. „Hinter ihrem Haus hat sie einen kleinen Kräutergarten, wie ich ihn bisher nur in Klöstern gesehen habe. Überhaupt scheint sie eine sehr gewissenhafte Frau zu sein. Sie wird Martha bestimmt helfen können."

Die letzten Worte waren eine Mischung aus Wunsch und Überzeugung, aber Levi schien damit zufrieden zu sein, denn auch er setzte sich jetzt und kam etwas zur Ruhe. Jan wollte Levi schon fragen, ob auch er eine Ähnlichkeit zwischen Gerhild und Abt Godehard erkennen konnte, aber im letzten Augenblick ließ er es dann doch sein, da er die Idee noch immer für ein Hirngespinst hielt.

Die Männer warteten zwei Stunden geduldig im Hof, ohne sich von den um sie herum arbeitenden Knechten beeindrucken zu lassen, bis endlich eine Magd aus dem Haus kam, die eilig zum Tor lief. Levi sprang auf und fing sie vor dem Tor ab.

„Wo willst du hin", fragte er gebieterisch.

„Auf den Markt", antwortete die Magd eingeschüchtert und zog den Kopf ängstlich ein, „ich soll einige Besorgungen für deine Frau machen."

„Ist es für die Kräuterfrau", drängte Levi sie nach mehr Information.

„Ja, ich denke schon."

„Was hat die Kräuterfrau über meine Tochter gesagt?"

„Tut mir leid, ich war nicht im Zimmer. Aber wenn es dich beruhigt, deine Frau kommt mir etwas ruhiger vor, als in den letzten Tagen."

„Danke. Jetzt beeil' dich und kauf' die Sachen!"

* * *

Der kalte Nordwind wehte Regen über die sanften Hügel um Hersfeld. Nach den letzten schönen Tagen mit spätsommerlicher Sonne und bunt leuchtenden Blättern war nun die unangenehme Jahreszeit angebrochen. Die Mönche waren damit beschäftigt, Bauholz für den nächsten Sommer zu schlagen, das noch vor dem Wintereinbruch zum Kloster transportiert werden sollte. Auch wenn es sich dabei um keine große Entfernung handelte, war die Arbeit trotzdem aufreibend und langwierig.

Der Boden war infolge des Regens aufgeweicht, weshalb die Ochsen, welche die einzelnen Baumstämme zogen, mit den Hufen tief im Morast versanken. Immer wieder wurden sie von den Mönchen mit Stöcken angetrieben, aber weiter als ein paar Meter kam der langsame Tross danach auch nicht.

Gunther, der noch die Kutte eines Novizen trug, war der Gruppe zugeteilt, die ständig dicke Äste vor den großen Baumstamm legen mussten, damit dieser nicht zu tief in den Morast sank, wenn die vorgespannten Ochsen ihr Werk verrichteten. Der ehemalige Reichsgraf kniete im schlammigen Boden, um einen weiteren Ast vor dem Baumstamm zu schieben. Er war bis auf die Haut durchnässt und in seinem langen Bart klebten Lehmklumpen. Seine Hände waren harzverschmiert und die vielen Spreißel in den Fingern wurden mit jedem Handgriff tiefer in die Haut gedrückt.

Vorne wurden die Ochsen erneut angetrieben und der Baumstamm schob sich langsam über die Äste vorwärts bis kurz darauf wieder alle Anstrengungen zum Erliegen kamen. Erschöpft richtete sich Gunther auf und streckte seinen schmerzenden Rücken.

„Hier, Gunther", sprach ihn ein anderer Novize an, der kaum älter als fünfzehn Jahre alt war, „trink etwas Wasser!"

Damit reichte er ihm eine Kelle, und Gunther trank dankbar die Kelle leer.

„Ein hartes Stück Arbeit...", seufzte Gunther und gab ihm die Kelle zurück.

„...aber ein gutes Werk für unseren Herrn", ergänzte eine Stimme hinter ihm und Gunther brauchte sich nicht umzudrehen, um zu wissen, dass es Abt Godehard war.

Gunther hatte früh erkannt, dass der Abt ein gutes Gespür dafür hatte, wo er sich wann aufhalten musste. Auf diese Weise war Godehard immer bestens über die Stimmung unter den Mönchen informiert, die wahrlich nicht immer in göttlichem Frieden untereinander lebten.

„Verzeiht Vater", verneigte sich Gunther ehrfürchtig, „ich wollte mich nicht beklagen."

„Nein, nein", lachte Godehard auf, „ich wollte dich auch nicht zurechtweisen. Es ist wirklich eine unglaubliche Plackerei. Ich erinnere lediglich daran, wofür dieses Holz bestimmt ist!"

Mit dem Holz sollte im nächsten Frühling mit dem Ausbau der Kirche begonnen werden.

„Ihr habt schon recht", stimmte ihm Gunther zu und wischte mit dem Handrücken ein Stück Dreck von der Wange, „aber man könnte fast meinen, dass die Natur sich wehrt!"

Dabei sah er nachdenklich zum Himmel hinauf, von wo es unaufhörlich auf die Männer herabregnete. In den letzten Wochen, die sie täglich im Wald verbracht hatten, hatte Gunther eine neue Beziehung zu diesen unwegsamen Landschaften bekommen. Früher war er nur selten in den Wäldern gewesen, da sie besonders für reiche Adlige sehr gefährlich waren.

Wenn er auf einer Reise durch einen Wald musste, hatte er sich immer in Kampfbereitschaft begeben. Für ihn war der Wald ein Verbündeter der Räuber und wilden Tiere gewesen. Aber nun als einfacher Mönch bestand diese Gefahr – einmal abgesehen von den Tieren – nicht mehr und auf einmal hatte er einen Blick für die Schönheit des Waldes bekommen. Er bewunderte die Moosdecken, die sich über die großen Findlinge gelegt hatten, die hohen Bäume, die wie von Bildhauern geschlagene Säulen den Himmel zu tragen schienen und er erfreute sich an den vielen Geräuschen und Stimmen im Wald, die ihm wie ein nie endendes Lied bis spät nachts in den Ohren nachklangen. Die anderen Mönche hatten wenig Verständnis für seine Vorliebe, denn sie sahen vor allem die beschwerliche Arbeit.

„Wir wollen uns von dem bisschen Regen nicht aufhalten lassen", erwiderte Godehard und klopfte ihm väterlich auf die Schulter.

Godehard hatte anfangs Zweifel gehabt, ob sich Gunther ohne Probleme in die klösterliche Hierarchie einreihen würde. Aber Gunther hatte bewiesen, dass er es wirklich Ernst meinte mit seiner Entscheidung. Er war sich keiner Arbeit zu schade, was ihm bald den Respekt der anderen Mönche einbrachte. In dem neuen Novizen keinen Reichsgrafen mehr zu sehen, war auch ihnen anfangs schwer gefallen. Wie sollte man ihn ansprechen? Wie lange würde er das harte und entbehrungsreiche Leben im Kloster aushalten?

Nun, einige Wochen später, konnte sich niemand vorstellen, dass Gunther einmal etwas anderes als ein Mönch gewesen war.

***

„Es schneit! Es schneit", rief Martha aufgeregt und sprang aus ihrem Bett zum Fenster. Draußen flogen dicke Schneeflocken durch die Gassen und überzogen die Landschaft mit einer weißen Haut.

„Was machst du da", schimpfte Gerhild, die gerade zur Tür eintrat, „geh schnell wieder in dein Bett, sonst bekommst du nur noch eine Erkältung!"

„Ach was", widersprach Martha trotzig, „ich bin gar nicht so schwach, wie ihr alle sagt!"

Gerhild lächelte sie freundlich an und half ihr, sich unter die vielen Decken zu legen. Natürlich war sie schon fast gesund und wieder bei Kräften, aber Gerhild wollte auf jeden Fall verhindern, dass sie zum Winter eine Erkältung bekam, die sie dann vielleicht nicht überlebte.

Gerhild wohnte nun schon seit drei Monaten im Haus des jüdischen Händlers. Levi hatte ihr aus Dankbarkeit angeboten, den ganzen Winter über in Passau zu bleiben und er wollte sie gut dafür bezahlen, wenn sie sich noch länger um Martha kümmerte. Martha war letztendlich der ausschlaggebende Grund. Was konnte man diesem Engel absprechen? Als sie damals das kleine Mädchen zum ersten Mal auf seinem Lager gesehen hatte, war sie ratlos gewesen. Sie konnte sich genauso wenig wie die Ärzte erklären, woran Martha erkrankt war. Ihr ganzer Körper war gelähmt und schwankte zwischen heiß und kalt. Sie gab dem Mädchen einen Trank mit Kräutern und einer Wurzel, der man wundersame Wirkung nachsagte, und rieb ihre Brust mit einer Salbe aus Rinderfett und verschiedenen Heilkräutern ein, um so ihre Abwehrkräfte zu stärken. In all den Jahren, in denen Gerhild von Menschen um Hilfe gebeten worden war, hatte sie eines gelernt: Nichts konnte eine Krankheit besser besiegen, als der kranke Körper selbst. Die meisten Mittel und Gebräue die sie kannte, beendeten nicht eine Krankheit, sondern sie halfen dem Körper, sich selbst von dem Leiden zu befreien. Natürlich waren das keine Wundermittel, wie sie auf jeder Kirchweih angepriesen wurden.

Die Wirkung der Mittel entfaltete sich nur langsam und so dauerte es bei Martha noch einen ganzen Monat, bis sie das erste Mal wieder aufrecht im Bett sitzen konnte. Inzwischen hatte ihr Gesicht wieder eine gesunde Farbe angenommen und das alte Strahlen war zurückgekehrt. Trotzdem war der Körper noch sehr schwach und Martha musste unter großem Protest jeden Tag einen Mittagschlaf machen, während ihre drei jüngeren Geschwister aufbleiben durften. Es war zu einer jungen Tradition geworden, dass Jan sie mittags zu Bett brachte. Martha himmelte Jan an und war selig, dass er die nächsten Monate jeden Tag bei ihr sein konnte. Der Winter kündigte sich an und zwang den Säumern ihre jährliche Pause auf.

Nach dem Mittagessen ging Jan mit ihr in ihr Zimmer, und sie verkroch sich unter der Bettdecke, während er ihr immer eins seiner Erlebnisse erzählte.

„Wenn ich groß bin", sagte Martha immer sehr zum Ärgernis ihrer Mutter, „dann werde ich auch Säumer!"

Nachdem Martha schließlich eingeschlafen war, ging Jan hinunter in die Küche, wo er seiner Schwester Gesellschaft leistete, die noch damit beschäftigt war, die Reste des Mittagessens zu verräumen. Rahel hatte sie freundlich willkommen geheißen und sie wie eine Schwester bei sich aufgenommen. Jetzt lehrte sie sie, was eine Frau in der Stadt wissen und können musste - eine Schule, die Eliška ein ums andere Mal die Stirn runzeln ließ. Vieles hielt sie schlichtweg für Tand und Zeitverschwendung. Bald schon war ihr klar, dass sie nicht ihr ganzes Leben in der Stadt verbringen wollte. Dafür fehlten ihr zu sehr die Natur und die Freiheit des einfachen Lebens. Rahel gegenüber versuchte sie, diese Entscheidung zu verbergen, aber Jan konnte sie nichts vorspielen, doch er nahm es ihr nicht übel. Ihn beschäftigten ganz andere Fragen.

Eines Abends, als sie alle um den großen Kamin in der Wohnstube versammelt waren, ergab sich für Jan eine überraschende Gelegenheit, einige Fragen beantwortet zu bekommen. Levi legte gerade noch ein paar Scheite Holz nach, während Rahel, Gerhild und Eliška zusammen auf Stühlen nahe am Kamin saßen. Jede der Frauen hatte ihr Stickzeug auf dem Schoß und sie waren schwätzend in ihre Arbeit vertieft. Jan selbst saß auf dem Boden und kraulte Levis Hund, der sich neben ihm vom Feuer wärmen ließ. Völlig entspannt hatte das Tier alle Beine von sich gestreckt, den Hals leicht überdreht und die Schnauze in Jans Kniekehle vergraben.

„Die Menschen schimpfen immer über den Winter", begann Jan zu sprechen, „aber eigentlich hat der Winter viele gute Seiten."

„Ja", flachste Gerhild, „vor allem die Seite meines Körpers, die vom Feuer gewärmt wird."

„Ich kann ja bis zum nächsten Winter einen zweiten Kamin auf die andere Seite des Zimmers bauen lassen", mischte sich Levi scherzend ein.

„Ich habe in Bamberg in der Bibliothek in einem alten Buch gelesen", fuhr Jan fort während er verträumt ins Feuer blickte, „dass es bei den Römern Häuser gab, die vom Boden her beheizt wurden."

„Ja, ja, und sie hatten Drachen als Haustiere", entgegnete Eliška übermütig.

„Einfältiges Ding", schalt sie Jan, aber schon traf ihn der strafende Blick von Rahel, die sich auf sonderbare Weise für sie beide verantwortlich fühlte.

„Ich möchte dich nicht hier mit Nadel und Faden umgehen sehen, du ausgewachsener Bub", wies sie ihn zurecht und Jan ließ sich unwidersprochen zurechtweisen.

„Wenn ich mir euch so zusammen ansehe", schaltete sich nun Levi in das Gespräch ein, „dann muss ich sagen, dass wir eine perfekte Großfamilie abgeben."

„Nun, wir sollten vielleicht einmal die Familienverhältnisse klären", scherzte Jan lässig.

„Das dürfte nicht zu schwer werden", befand Rahel und legte ihre Handarbeit zur Seite, „Levi ist das unangefochtene Oberhaupt der Familie, Jan der lebensfrohe Leichtfuss, Eliška die Hoffnung auf eine gute Verbindung, ich bin die Herrscherin der Schlüssel..."

Während sie noch triumphierend ihren Schlüsselbund in der Luft schwenkte, schnitt ihr Gerhild das Wort ab.

„Für mich bleibt dann nur die Rolle als verwitwete Großmutter", sagte sie mit gespielter Enttäuschung. Die anderen fielen lachend ein, aber Jan hatte plötzlich einen Geistesblitz.

„Haben wir dann vielleicht auch einen Großonkel", fragte er mit rätselnder Miene.

Gerhild zögerte einen Augenblick und Jan konnte in ihrem Gesicht für einen kurzen Augenblick Angst und Überraschung erkennen.

„Es ist denkbar", antwortete sie zaghaft. Ihr Zögern hatte auch die anderen aufmerksam gemacht, was sie eigentlich verhindern wollte.

„Du hast einen Bruder?", hakte Levi nach und Jan war dankbar für die unverhoffte Unterstützung.

„Du hast noch gar nicht von ihm erzählt", bemerkte Eliška in kindlicher Naivität.

So sehr Gerhild auch versuchte, nach außen ruhig zu erscheinen, in ihrem Körper raste das Herz. Plötzlich war ihr nicht nur auf der dem Kamin zugewandten Seite heiß, nein, am ganzen Körper traten Schweißperlen auf die Haut. Sie musterte Jan kritisch. Was wusste er über sie? Hatte er vielleicht damals Erkundungen über sie eingezogen? Hatte er ihr die ganze Zeit etwas vorgespielt oder gaukelte er ihr nur jetzt im Augenblick den Wissenden vor?

Sie hatte nie jemandem von ihrer Verwandtschaft mit Godehard, dem großen Abt von Niederaltaich erzählt, vor allem ihrem Bruder zuliebe. Auch war sie sich sicher, dass Godehard nicht ein Wort über ihre gemeinsame Herkunft gegenüber Jan verloren hatte, denn der Abt schämte sich zu sehr seiner mit Heilkräutern arbeitenden Schwester. Hatte vielleicht ein Mönch etwas erzählt? Schließlich war es im Kloster ein offenes Geheimnis, dass der Abt als eine seiner ersten Amtshandlungen seine eigene Schwester mit dem Klosterbann belegt hatte, weil sie als Hebamme und Kräuterfrau einen Makel an sich trug.

Wieder blickte sie prüfend zu Jan hinüber. In den letzten Wochen hatte sie ihn gut genug kennengelernt, um zu wissen, dass er jetzt nicht klein beigeben würde. Eine Eigenschaft, die ihrem Bruder sicherlich an Jan gefallen hatte. Überhaupt konnte sie ohne weiteres nachvollziehen, warum sich Godehard so sehr für Jan eingesetzt hatte. Gerhild schob die Gedanken an die Vergangenheit beiseite.

„Ich hatte einen Bruder", versuchte sich Gerhild weiteren Fragen zu entziehen und sah dabei mit lauerndem Blick zu Jan hinüber.

Jan lächelte zufrieden. Er war sich sicher, einem streng gehüteten Geheimnis auf den Fersen zu sein. Wie ein Jäger in der Šumava, der seine Beute in Sicherheit wiegt, um dann den finalen Schuss zu setzen, wollte er Gerhild beruhigen.

„Das tut mir leid, ich wollte dich nicht verletzen", entgegnete er scheinbar unangenehm berührt. Gleichzeitig behielt er Gerhild genau im Auge. Wie ein Reh, dass einen kurzen Augenblick aufmerksam den Kopf gehoben, die Ohren gespitzt hat und dann in trügerischer Sicherheit wieder dem Gras zuwendet, löste sich Gerhilds Gesicht aus seiner verkrampften Haltung und ein kurzes Zucken der Mundwinkel verriet, dass sie ihre Erleichterung nur schwer unter Kontrolle halten konnte.

„Was war er denn für ein Mensch?", fragte nun Eliška mitfühlend.

Ihre innere Anspannung wich der Erleichterung. Wie war sie nur auf den Gedanken gekommen, dass Jan etwas über ihre Vergangenheit wusste! Auf die Frage von Eliška konnte sie eine Antwort erfinden, denn über einen toten Bruder wurde bald nicht mehr gesprochen - aus Mitgefühl.

„Er war...", begann sie zögerlich, bevor sie kurz entschlossen weiterdichtete, „Bauer. Er hatte den Hof meines Vaters übernommen. Vor ein paar Jahren raffte ihn eine schwere Krankheit hinweg."

„Du konntest ihm mit deinem Wissen nicht helfen?", fragte Rahel ergriffen nach.

„Nein", antwortete Gerhild niedergeschlagen, und es vermischten sich gespielte mit echten Gefühlen, „er wollte sich nicht helfen lassen."

Obwohl sie es nicht wollte, dachte sie in diesem Augenblick an Godehard.

Jan zögerte keinen Augenblick, als er seine Chance witterte.

„Ist Mönchtum eine so schwere Krankheit?", fragte er fast beiläufig.

„So habe ich das nicht gemeint", antwortete Gerhild in Gedanken versunken und es klang beinahe wie eine Entschuldigung. Sie hatte den Satz kaum fertig gesprochen, als sie an dem zufriedenen Lächeln in Jans Gesicht ihren Fehler erkannte. Erschrocken zuckte sie zusammen.

„Wie hast du es dann gemeint?", fragte er weiter.

Rahel und Levi sahen sich rätselnd an, denn sie verstanden nicht, was vor ihren Augen passierte. Eliška hatte den Ernst der Situation inzwischen erkannt, aber sie hatte kein Interesse an ernsten Gesprächen, weshalb sie in die Küche verschwand, um noch etwas Wein zu holen. Sie konnte die Gedankenspiele und Wortgefechte ihres Bruders nicht leiden.

Gerhild sah Jan noch immer entgeistert an.

„Woher wusstest du es?"

„Ich wusste gar nichts, ich hatte nur eine leise Ahnung."

„Seit wann? Schon all die Jahre?"

„Nein. Mir ist deine Ähnlichkeit mit ihm zum ersten Mal an dem Tag aufgefallen, als ich dich nach Passau geholt habe. Du hattest deine Haare unter die Haube gesteckt und einen weiten Umhang an, der einer Mönchskutte sehr nahe kam. Da dachte ich im ersten Augenblick, er würde vor mir stehen."

„Dürften wir vielleicht auch einmal erfahren", fragte Levi etwas ungeduldig dazwischen, „was für ein Theater uns gerade vorgeführt wird?"

Mit einer eindeutigen Kopfbewegung überließ es Jan Gerhild, die anderen aufzuklären, während er zufrieden an seinem Wein nippte. Gerhild sammelte sich für einen Augenblick und ordnete ihre Gedanken. Wo sollte sie anfangen?

„Mein Bruder lebt noch", räumte Gerhild zuerst ihre Lüge aus der Welt. „Wenn ich richtig informiert bin, dann kennt ihr ihn sogar."

Levi und Rahel sahen sich überrascht an. Eliška war auch wieder zum Kamin zurückgekommen und hörte jetzt, da die Rätsel gelöst waren, gespannt zu.

„Mein Bruder heißt Godehard und er ist Abt von Niederaltaich."

Gerhild kam es vor, als würde eine schwere Last von ihren Schultern fallen. Zum ersten Mal seit zwanzig Jahren hatte sie den Namen ihres Bruders laut ausgesprochen. Um sie herum war die Überraschung so groß, dass niemand ein Wort sagte und sie ihre Erzählung einfach fortsetzte.

„Wir sind zusammen in der Nähe des Klosters Niederaltaich aufgewachsen, wo mein Vater als Verwalter gearbeitet hat. Während Godehard ihn immer begleitet hat und später die Klosterschule besucht hat, streunte ich jeden Tag über das Klostergelände. Am schönsten fand ich den kleinen Kräutergarten, wo die Mönche in ordentlichen Reihen die wichtigsten Kräuter angepflanzt hatten. Bald konnte ich die verschiedenen Pflanzen unterscheiden, wusste, was ihre Wirkung war und wo man sie in den Wäldern fand. Als ich alt genug war, fragte mich die alte Hebamme, die im Dorf lebte, ob ich nicht von ihr lernen wollte, wie man bei Geburten hilft und die Leiden der Menschen lindert. Godehard war bereits damals dagegen, denn er hielt es für heidnisches Wissen, das die christliche Seele verdirbt. Mein Vater sah es zum Glück nicht so streng und erlaubte mir, zu der alten Hebamme zu ziehen. Godehard ging dann nach Salzburg, um dort zu studieren und so konnte ich einige Jahre bei der Frau lernen. Als Godehard zurückkehrte, hatte ich den Platz der alten Frau eingenommen, denn sie war kurz zuvor gestorben. Godehard war immer noch nicht einverstanden, aber er konnte es mir nicht verbieten, außerdem schätzten die Menschen meine Hilfe sehr. Er wurde Prior und schließlich Abt. Er hatte die Jahre über kaum mehr Kontakt mit mir gehabt, aber mir war nie bewusst geworden, wie sehr ihm meine Arbeit ein Dorn im Auge war.

Kurz nachdem er Abt geworden war, belegte er mich mit dem Klosterbann. Er gab mir nicht einmal die Gelegenheit, mich zu verteidigen. Jedenfalls durfte ich durch diesen Bann weder das Kloster, noch die Dörfer, die zum Kloster gehören, betreten. Es blieb also in der näheren Umgebung kaum mehr ein Flecken Land übrig, auf dem ich wohnen durfte. Aber ich wollte nicht einfach wegziehen, da ich wusste, dass die Menschen meine Hilfe weiterhin brauchten. Deswegen suchte ich mir die Lichtung im Randgebiet des Nordwaldes, wo mir dankbare Hände halfen, eine kleine Hütte zu bauen. Der Grund gehört zum Kloster, aber dort bin ich für Godehard weit genug weg. Aus den Augen, aus dem Sinn, versteht ihr?"

Es herrschte eine unglaubliche Stille, nachdem Gerhild ihre Geschichte beendet hatte.

„Abt Godehard hat nie über seine Familie gesprochen", hob Jan die Stille auf, „aber die Mönche im Kloster wissen davon, denn bei deinem Namen waren sie immer peinlich berührt und versuchten schnell, dass Thema zu wechseln. Ich habe das damals auf deine Tätigkeit als Hebamme geschoben, aber jetzt kennen wir ja den wahren Hintergrund."

„Hast du deinen Bruder seit damals nicht mehr wiedergesehen", fragte Rahel mitfühlend.

„Nein, jedenfalls nicht aus der Nähe."

„Das muss ja furchtbar sein!"

„Es gab Tage, an denen ich bereits völlig vergessen hatte, dass ich einst einen Bruder gehabt habe, aber man kann es nicht immer verdrängen. Mal ist es ein Lied, das man im Dorf hört, mal ein bestimmter Ort, der mich an Godehard erinnert und mir das Herz schwer macht."

„Wieso stellst du ihn nicht zur Rede?", protestierte Eliška.

„Ach, meine Kleine", lächelte Gerhild kraftlos, „so einfach ist das nicht. Selbst wenn ich es wollte, so käme ich nur schwer an ihn heran. Der Klosterbann verbietet mir, das Kloster zu betreten und außerhalb eines Klosters hält sich Godehard nur sehr selten auf. Soll ich ihm dann vor die Füße fallen und um Gnade bitten? Ich habe auch meinen Stolz!"

Mit den letzten Worten war dieser Stolz wie eine Säule mitten in den Raum gestellt worden, die alleine das Gewölbe trug. Keiner traute sich, Gerhild zu widersprechen.

„Wenn du selbst nicht mit ihm sprechen kannst, dann vielleicht jemand anders", setzte Jan den Gedanken seiner Schwester fort.

„Was soll das schon ändern?", fragte Gerhild resigniert.

„Wer weiß, auch Godehard ist ein Mensch, der eine Familie braucht."

„Die hat er bei den Mönchen gefunden, die sind seine Familie."

„Gerhild, Gerhild", sinnierte Jan mit Kopfschütteln, „wo ist dein eben noch gerühmter Stolz geblieben?"

„Der Stolz hindert mich noch lange nicht, realistisch zu bleiben", widersprach sie scharf.

„Aber schau mal", unterbrach Levi das Zwiegespräch der beiden, um die Wogen zu glätten, „was spricht dagegen, wenn Jan einmal versucht, mit dem Abt zu sprechen. Schließlich kennen sich die beiden und Abt Godehard mag Jan."

„Stimmt", nahm Jan den Faden auf, „außerdem wollte ich Abt Godehard seit langem wieder aufsuchen."

„Dafür stehen die Karten aber schlecht", belehrte ihn Gerhild.

„Wieso? Haben sie Niederaltaich zugemauert?"

„Das wird in tausend Jahren nicht passieren. Der Grund ist ganz einfach: Abt Godehard ist zurzeit gar nicht in Niederaltaich."

„Jeder kommt einmal von einer Reise zurück."

„Das ist keine Reise. Mein Bruder ist auf Wunsch des Königs Abt des Klosters Hersfeld geworden. Er soll dort die strengen Ordensregeln einführen, die er auch in Niederaltaich durchgesetzt hat."

„Aber wer ist dann Abt in Niederaltaich?"

„Godehard. Aber der Sakristan führt den Konvent, so lange Godehard im Norden ist."

„War er nicht schon einmal auch für ein anderes Kloster zuständig?", erinnerte sich Jan vage.

„Richtig, damals sollte er im Kloster Tegernsee das Klosterleben erneuern, aber dort hat er nicht sehr glücklich gehandelt. Diesmal scheint er mehr Erfolg zu haben, wie ich von den Menschen im Dorf erfahren habe. Nach anfänglichen Schwierigkeiten hat er sich durchgesetzt."

„Der Familienstolz hat wieder gesiegt", stellte Levi mit einem süffisanten Lächeln fest, das Gerhild etwas beschämt erwiderte.

Es war spät geworden, weshalb sich Rahel bald verabschiedete und auch Eliška wollte nun, nachdem sie so viele Neuigkeiten gehört hatte, erst einmal ihre Ruhe haben. Die anderen drei saßen noch eine Weile gedankenversunken vor dem Kamin.

Levi rechnete im Kopf die Einnahmen des Jahres grob zusammen und überschlug, wie viel ihm dieses Jahr an Gewinn eingebracht hatte. Es war kein schlechtes Jahr gewesen, aber als Händler wusste er, dass er in solchen Jahren Reserven für schlechte Zeiten anlegen musste.

In Gerhilds Kopf mischten sich viele Gedanken zu einem undurchschaubaren Knäuel, dass sie Kopfschmerzen davon bekam. Szenen aus der unbeschwerten Jugend kamen ihr in den Sinn, genauso wie Situationen, wo sie sich vor Verzweiflung den Tod gewünscht hatte. Alles in allem war sie froh, dass sie mit jemandem über den Makel der verstoßenen Schwester gesprochen hatte. Sie hatte nicht mehr daran geglaubt, aber endlich hatte sie so etwas wie eine zweite Familie gefunden.

Jan dachte an Godehard, der jetzt in so weite Ferne gerückt war, dass ein Besuch unmöglich schien. Was, wenn er nicht mehr nach Niederaltaich zurückkehrte? Sollte es dann nie zu der Aussprache kommen, nach der sich Jans Seele sehnte? Er musste einen Weg finden, schon allein, um Gerhild zu helfen.

Caput orbis

Durch die Straßen der Stadt zog Herbstnebel, der vom Fluss aufstieg. Die ersten Sonnenstrahlen, die sich wie dünne Wollfäden durch den dichten Nebel zogen, kündigten einen der letzten schönen Herbsttage dieses Jahres an, denn man schrieb den 1. November 1007 nach Christi Geburt und sollte sich der Wille des Königs verwirklichen, dann würde dieser Tag Eingang in alle Chroniken dieser Zeit finden.

Dessen waren sich alle Kirchenfürsten bewusst, die an diesem Tag an der Synode in Frankfurt teilnahmen. Schon die Wahl des Ortes hatte die Wichtigkeit dieses Konzils hervorgehoben. Frankfurt lag nicht nur an einer der wichtigsten Handelsstraßen und in der Mitte des gesamten Reiches, sondern es hatte durch seine Nähe zu Mainz, dem Sitz des Erzbischofs und Metropoliten, eine übertragene Bedeutung. Der Erzbischof wollte damit verdeutlichen, wer auf diesem Konzil das Sagen hatte. Aber es war von Anfang an fraglich, inwieweit sich der König von solch symbolischen Gesten beeindrucken ließ.

Der König hatte einen Wunsch, ja fast schon eine Vision, die er unbedingt verwirklichen wollte. Heinrich plante, als sein persönliches Vermächtnis ein Bistum zu stiften. Aber es sollte nicht irgendein Bistum sein. Er hatte Bamberg auserwählt, seine geliebte Stadt, die er schon seit Jahren förderte.

Natürlich waren die Kirchenfürsten erfreut, dass ein weltlicher Herrscher ein Bistum schaffen wollte, denn unter normalen Umständen war es immer ein hart geführter Kampf zwischen König und Metropolit, bis ein neues Bistum gegründet wurde. Ein solch neues Gebilde lag meist an der Grenze des Reiches und es bedurfte militärischen Schutzes und der finanziellen Unterstützung der in der Region ansässigen Adeligen.

Hier aber lagen die Dinge anders. Bamberg gehörte bereits zu einem Bistum, es lag in der Obhut des Bischofs von Würzburg. Sollte also ein Bistum Bamberg gegründet werden, dann nur auf Kosten des Würzburger Bischofs.

Das hatte auch König Heinrich gewusst und bereits im Vorfeld der Synode mit dem Bischof verhandelt, ohne dabei großen Erfolg zu haben. Es lief alles auf eine Entscheidung auf dem Konzil zu. Kurz vor Beginn war noch eine Botschaft des Papstes eingetroffen, der die Gründung eines neuen Bistums begrüßte. Auch viele der anderen Bischöfe waren auf des Königs Seite, allen voran Tagino, der Erzbischof von Magdeburg. Aber eine Entscheidung über den Kopf des Würzburger Bischofs hinweg war ein Verstoß gegen das Kirchenrecht. Auch dessen waren sich die Bischöfe bewusst.

An diesem sonnigen Herbsttag sollte die endgültige Entscheidung fallen.

**

In jenen Wochen war Bamberg überfüllt mit Pilgern, fahrenden Kaufleuten und vielen Adligen, die alle auf die Entscheidung in Frankfurt warteten. Täglich wurden in der Domkirche, die noch immer eine Baustelle war, Messen für einen glücklichen Ausgang der Synode gehalten. Man konnte inzwischen erahnen, wie hoch die Kirche einmal werden würde, denn der Chorraum war bereits fertig und auch die Seitenwände ragten weit in die Höhe. Es war ein stattlicher Bau, der von Anfang an dazu bestimmt gewesen war, eine Bischofskirche zu werden.

Während in Frankfurt noch beraten wurde, war sich das einfache Volk längst sicher, dass ein neues Bistum gegründet wurde. Die Erklärung war simpel: Selbst Bischöfe konnten sich nicht dem Wunsch des von Gott eingesetzten Königs widersetzen. So wartete man in Bamberg eigentlich nicht auf den Ausgang der Entscheidung, sondern auf die offizielle Bestätigung einer längst akzeptierten Tatsache. Unter den vielen Menschen in Bamberg befand sich auch Jan, der weniger das neue Bistum feiern wollte, sondern hoffte, hier Abt Godehard zu treffen.

Seit jenem Abend vor dem Kamin in Levis Haus war ein gutes Jahr vergangen und Jan hatte die ganze Zeit über nach Wegen und Möglichkeiten gesucht, Godehard zu treffen. Jedoch blieben all seine Mühen ergebnislos.

Als er vor ein paar Wochen von dem großen Ereignis in Bamberg gehört hatte, sah er keinen Grund zu zögern. Über den Winter war er als Säumer vor allem zum Nichtstun verurteilt, weshalb er gut eine Reise machen konnte. Natürlich sah er die Gefahren einer so langen Reise im Winter, aber er sagte sich, dass er wohl nicht der einzige war, womit er Recht behielt. Auf dem Weg nach Bamberg scharten sich immer mehr Menschen auf den schlechten Straßen und einer half dem anderen, so dass jeder wohlbehalten in Bamberg ankam. Nun war er seit einigen Tagen in Bamberg, aber er hatte Godehard nicht ausfindig machen können, obwohl er bei jedem Kloster und sogar in seiner alten Klosterschule - dort unter falschem Namen - nachgefragt hatte. Er überlegte, ob er nicht weiter nach Frankfurt reisen sollte, doch er verwarf diesen Plan, nachdem ihm ein Wirt versichert hatte, dass die gesamte Encourtage des Königs nach Bamberg kommen würde, sobald die Entscheidung gefallen sei. Also entschied sich Jan, zu warten.

***

Zur großen Versammlung hatten sich alle Mitglieder der Synode im großen Kapitelsaal eingefunden. König Heinrich saß auf einem Stuhl in der Nähe des Erzbischofs von Mainz. Er trug ein schlichtes Kleid aus grünem Samt, das nach der Mode der Zeit mit einem Gürtel über der Taille locker um den Körper gebunden war. In einem großen Kreis saßen alle Erzbischöfe und Bischöfe zusammen. Im hinteren Teil des Raumes standen wichtige Adlige, Mönche und Administrale, die dem Verlauf der Synode folgen wollten.

Der Bischof von Mainz erhob sich, um die Sitzung im Namen des allmächtigen Gottes zu eröffnen. Als erster Sprecher stand Bischof Tagino von Magdeburg auf, um das Ansinnen des Königs zu verteidigen.

„Meine lieben Brüder", begann er seine Rede und löste damit eine kurze Unruhe aus, denn nicht jeder der anwesenden Bischöfe wollte den weltlichen Herrscher als seinen Bruder verstehen.

„Meine lieben Brüder", wiederholte Tagino und hob beschwichtigend die Hände, „wir stehen heute vor einer Entscheidung, die uns eigentlich sehr leicht fallen dürfte. Denn wann war es so einfach, den Willen Gottes zu erkennen und zu befolgen? Steht nicht schon in der Heiligen Schrift: Wer meinen Willen tut und meine Gesetze befolgt, dem will ich.....Ich sehe keinen Grund, den Wunsch unseres König, des von Gott eingesetzten Herrschers, nicht nachzukommen. Wieviel würden wir mit diesem neuen Bistum gewinnen!"

Tagino war ein ausgezeichneter Redner und machte nun eine Kunstpause, um den Anwesenden Zeit zu geben, über die Frage nachzudenken.

„Rund um Bamberg", fuhr er dann mit gedämpfter Stimme fort, „leben noch immer viele Slawen, die jene alten heidnischen Bräuche ihrer Vorfahren pflegen. Im Radenzgau warten Sümpfe darauf, trocken gelegt und urbar gemacht zu werden. All diese Gebiete sind zu wenig erschlossen, um von Würzburg aus versorgt zu werden."

Tagino schmückte seine Rede noch mit vielen Bibelzitaten und Hinweisen auf ähnliche Begebenheiten aus, bevor er, seine Meinung mit einem Satz zusammenfassend, die Rede beendete.

„Wir können nur gewinnen. Wer kann dem König, Gottes treuem Diener, solch einen frommen Wunsch versagen?"

Danach setzte er sich auf seinen Platz. Als er kurz zum König hinüber blickte, erntete er aus seinen Augen dankbare Zustimmung. Tagino war zufrieden und zuversichtlich, dass all seine Mühen in den letzten Tagen nicht umsonst gewesen waren.

Nun wurde der Bischof von Trier aufgefordert, seinen Standpunkt zu vertreten. Er galt als Gegner des neuen Bistums und bestätigte mit seiner ablehnenden Haltung die Vorurteile des Königs gegen die seiner Meinung nach wankelmütigen Menschen im Westen des Reiches - ausgenommen seine eigene Frau Kunigunde.

Der Bischof erhob seinen fülligen Körper und ging zunächst auf seinen Vorredner ein.

„Im Namen des Herrn, des Allmächtigen! Wir sollen die Gebote Gottes halten, wie wahr! Die Gebote des Herrn stehen aber auch in unserem Kirchenrecht, dass wir demnach ebenso zu befolgen haben. Wenn es Gottes Wunsch ist, dass Bamberg zum Bistum erhoben wird, dann kann das nur im Rahmen des Kirchenrechts geschehen, denn das ist Gottes Gebot!"

Er spielte damit auf die Gefahr an, dass eine Entscheidung über den Kopf des durch die Neugründung betroffenen Bischofs von Würzburg hinweg gefällt werden könnte, was ein Verstoß gegen das Kirchenrecht war. Nach seiner kurzen Redepause erwartete man nun eine Predigt über die Gebote des Herrn, aber es folgte eine Überraschung. Der Bischof von Trier hielt etwas länger inne, als üblich, sah einmal kurz zu Tagino hinüber und fuhr dann mit seiner Rede fort.

„Die Tage des Herrn sind nah und sein Kommen kündigt sich an. Wie lange wird diese verdorbene Welt noch bestehen? Wir vergeuden unsere Zeit, indem wir hier diskutieren, anstatt das Reich Gottes zu stärken."

Einige Bischöfe steckten die Köpfe zusammen und tuschelten, nicht wenige sahen den Bischof von Trier mit bösen Blicken an, oder schauten kopfschüttelnd zu Tagino, der teilnahmslos, aber innerlich zufrieden auf seinem Stuhl saß. Der Bischof von Würzburg dagegen konnte sich vor Wut kaum auf seinem Sitz halten.

„Wir haben die große Gelegenheit, heute das Reich Gottes zwar nicht zu vergrößern, aber zu stärken", fuhr der dickleibige Bischof fort, der angesichts der Unruhe um ihn herum deutlich zu schwitzen begann. „Ein Bistum in Bamberg wird ein Zeichen setzen in dieser dunklen Welt, ein Licht in dieser finsteren Gegend sein und es wird hell erstrahlen."

Damit setzte er sich und sofort entstand ein Geräuschpegel, der dem eines Marktplatzes in nichts nachstand.

Der Erzbischof von Mainz hatte alle Mühe, wieder Ruhe in die aufgebrachten Runde zu bringen und rief als nächsten Redner den Bischof von Regensburg auf, der ohne Zweifel auf der Seite des Königs stand, wenngleich seine Stadt durch die Aufwertung Bambergs vielleicht nicht materiellen, aber durchaus ideellen Schaden nahm.

„Ich möchte mich kurz fassen", begann der Bischof von Regensburg ohne Umschweife, „wie wir gehört haben, sollen wir den Willen Gottes befolgen. Mehr brauche ich jetzt nicht mehr sagen."

Die Partei des König, angeführt von Tagino, hatte also nicht einmal all ihre Argumente einsetzen müssen, denn nach dem Seitenwechsel des Bischofs von Trier war die Entscheidung bereits gefallen.

Trotzdem mussten noch zwei Redner gehört werden, welche die Hauptpersonen des Disputs waren. Zunächst durfte der Bischof von Würzburg seinen Standpunkt verteidigen, bevor König Heinrich sich den Fragen des Erzbischofs stellen sollte.

Schwerfällig erhob sich der Bischof, um in einem aussichtslosen Kampf einen letzten Versuch zu machen. Aber es war ihm und allen anderen bewusst, dass es sich um nicht mehr als einen geordneten Rückzug handelte.

„Geliebte Brüder, wir haben lange diskutiert und dabei das eine oder andere Mal unsere eigenen Ansichten vor die des allmächtigen Gottes gesetzt. Aber wie steht es in der Heiligen Schrift: Die Engel bereiten ein Fest, wenn nur ein Sündiger umkehrt. Heute hat sich Gott mir offenbart und ich werden seinem Willen nicht länger im Weg stehen."

Diesmal kehrte eine bedrückende Stille ein, obwohl doch nun der Sieg der königlichen Partei feststand. Aber den Bischöfen war die Kritik in den Worten nicht entgangen.

Um die Stille nicht peinlich werden zu lassen, beeilte sich der Erzbischof von Mainz, den König aufzurufen und ihn persönlich zu befragen.

„Mein König", begann er nach einer den König rühmenden Einleitung, „warum wollt Ihr dieses Bistum stiften?"

„Es gibt nicht nur einen Grund für diese Entscheidung", begann der König mit ruhiger Stimme. „Manche Gründe wurden bereits vorgetragen, aber ich handle noch aus einem ganz persönlichen Ansporn heraus."

Einen kurzen Augenblick war kein Laut zu hören. Alle warteten gespannt darauf, was der König zu sagen hatte.

„Um der himmlischen Gnaden willen habe ich Christus zu meinem Erben gewählt, denn auf Nachkommen kann ich nicht mehr hoffen."

Die Worte des Königs hallten durch den hohen Raum und schienen sich in den Mauern festzusetzen. War das noch eines Menschen Wunsch?

**

Zwei Tage später wurde die Nachricht durch einen Boten nach Bamberg gebracht und dem Kanzler Eberhard übergeben, der dort in Abwesenheit des Königs die Geschäfte führte. Der Inhalt der Nachricht erfreute ihn gleich zweifach, denn es war nicht nur Bamberg zum Bistum erhoben worden, sondern er selbst war vom König zum ersten Bischof von Bamberg eingesetzt worden.

Unter den ersten Gratulanten war auch Bretislav, der auf seiner Suche nach den Räubern der wertvollen Bilder das halbe Reich bereist hatte, ohne einen nennenswerten Erfolg zu verzeichnen. Er hatte keinerlei Anhaltspunkte gefunden und die Räuber waren wie vom Erdboden verschluckt. Hinter vorgehaltener Hand sprachen böse Zungen auch schon von einer dämonischen Erscheinung, die dem König eine Warnung sein sollte.

Schon allein wegen dieser Gerüchte war Bretislav mehr denn je davon überzeugt, dass er diesen Überfall rächen musste.

In Bamberg erhoffte er sich neue Informationen über die Vorgänge im Reich, um daraus Schlüsse für seine Mission zu ziehen. Durch seine unerbittliche Hartnäckigkeit, mit der er seit mehr als einem Jahr die Räuber verfolgte, hatte er eine traurige Berühmtheit erlangt, die ihm vorauseilte, wohin er auch ging. Die Spielleute sangen schon die ersten Spottlieder über den „Ritter Rastlos" oder den „Ritter Ratlos" und am Hof zweifelte man bereits, ob es gut war, dass der schmachvolle Überfall auf den König durch Bretislav im Bewusstsein der Menschen blieb und nicht einfach in Vergessenheit geriet.

Bretislav verdrängte diese Zweifel, denn er war von seiner Aufgabe überzeugt, weshalb sein Anliegen auch beim ehemaligen Kanzler und neuen Bischof von Bamberg, Eberhard, sofort zu Sprache kam.

„Ihr seid ein gut informierter Mann", begann Bretislav, nachdem er Eberhard höflich zu seiner Ernennung gratuliert hatte, „vielleicht ist Euch zu Ohren gekommen, wer eine Kirche oder ein Kloster ausstatten will und dazu besondere Kunstschätze braucht."

„Mein lieber Bretislav", umging der Eberhard eine eindeutige Antwort, „du bist ein zu junger Mann, um dich schon an einer Aufgabe fest zu beißen. Schlag dir die Sache doch endlich aus dem Kopf!"

„Wenn es nur so einfach wäre, aber damals wurde meine Ehre zerstört!"

„Ich hätte nicht gedacht, dass du so eitel bist! Niemand macht dir wegen damals einen Vorwurf und für gute Männer wie dich gibt es hier am Hof genug Arbeit!"

„Nun, ich habe aber geschworen, die Räuber zu finden!"

„Jugendlicher Eifer! Du scheinst wirklich hartnäckig zu sein und nicht nur ich schätze das an dir!"

Die letzten Worte sprach der Bischof mit vielsagendem Nachdruck.

„Vielleicht könnt ihr meinen Eifer unterstützen, indem Ihr mir einen ehrenwerten Kunsthändler hier in Bamberg nennt."

Bretislav hatte am Anfang des Gespräch schnell erkannt, dass der Bischof ihm keinen Namen auf die erste Frage geben wollte, auch wenn er gekonnt hätte. Als Bischof wie schon als Kanzler konnte es sich Eberhard nicht leisten, sich durch unüberlegte Aussagen neue Feinde zu schaffen. Aber diese zweite Frage war auf den ersten Blick ungefährlich und Eberhard beantwortete sie auch ohne zu zögern, jedoch hatte er Bretislavs Doppeldeutigkeit in dem Wörtchen ‚ehrenwert' durchaus verstanden.

„Geh mal in die Judengasse und frage nach dem alten Schlomo. Er kennt sich mit diesen Dingen aus. Solltest du dich aber lieber an einen Christenmenschen wenden wollen, dann frag bei Linus nach, der sein Handelshaus gleich am Fluss hat."

Die Art und Weise, wie Eberhard „Christenmenschen" betonte, war für Bretislav ein mehr als deutliches Zeichen für die wahre Wertschätzung, die Eberhard dem christlichen Händler entgegenbrachte.

Wenig später überquerte Bretislav den von Pilgern überfüllten Domvorplatz. Aus einer plötzlichen Eingebung heraus, ließ er sich von dem Strom menschlicher Körper in den Dom tragen, der noch überfüllter war. An mehreren Stellen standen Priester, vor denen sich dichte Menschentrauben bildeten. Trotzdem passte sich das rege Treiben an die Heiligkeit des Ortes an. Es gab keine lauten Rufe, niemand rannte oder drängelte sich durch die Reihen. Andächtig knieten die Pilger vor den drei schon geweihten Altaren. Der Hauptaltar war dem Namensgeber der Kirche, dem Heiligen Petrus, geweiht.

Dies war ein deutliches Zeichen für die Bestimmung der Kirche, denn war nicht die Kirche des Papstes auch dem Heiligen Petrus geweiht?

Während Bretislav von der Menge mitgeschoben wurde, zog ihn jemand von hinten am Ärmel. Zuerst reagierte er nicht, da man in dem dichten Treiben andauernd gestoßen, gezogen und gedrückt wurde. Aber als er zum zweiten Mal wieder, diesmal stärker am Ärmel gezogen wurde, drehte er sich um.

Es war Jan!

Bretislav musste sich zusammenreißen, um nicht vor Freude laut zu schreien, als er den alten Freund mit grinsendem Gesicht hinter sich erkannte. Sie verließen eilig den Dom und fielen sich draußen, kaum aus dem Dom gekommen, mit fröhlichen Worten in die Arme. Um die Ruhe des Ortes nicht weiter zu stören, bahnten sie sich einen Weg aus dem Getümmel und setzten sie sich in einem nahen Gasthaus an das Ende eines der mit zechenden Pilgern belegten Tische.

Beide hatten sie sich viel zu erzählen und schließlich bat Bretislav Jan, ihm bei seinen Erkundungen in Bamberg zu helfen.

„Du verstehst es besser", erklärte er seine Bitte, „mit Menschen wie Händlern umzugehen. Mir sieht man den Ritter doch zu sehr an und das macht diese Menschen immer gleich misstrauisch."

„Versuch ja nicht, deine Bitte auch noch zu verteidigen", empörte sich Jan scherzhaft, „ich helfe dir in jedem Fall!"

„Du glaubst gar nicht, wie froh ich bin", sagte Bretislav dann erleichtert, „endlich einer, der mein Streben ernst nimmt. Bisher hat nur der Abt von Hersfeld mich unterstützt!"

„Du hast Abt Godehard getroffen", vergewisserte sich Jan aufgeregt.

„Ja, habe ich das nicht erzählt" wunderte sich Bretislav. „Kurz nach dem Überfall war ich in Hersfeld, um Hilfe zu holen. Dort bin ich ihm begegnet. Aber seit damals war ich nicht mehr in der Gegend. Warum fragst du?"

Jan trank einen Schluck Bier, um etwas Zeit zu gewinnen.

„Nun", antwortete er, nachdem er sich mit dem Handrücken den Mund gewischt hatte, „ich möchte ihn sprechen."

„Immer noch die alte Geschichte?", fragte Bretislav nachdenklich.

„Ja, aber es gibt noch andere Gründe. Zum einen drückt mich seit mehr als einem Jahr mein schlechtes Gewissen wegen meines Verhaltens damals hier in Bamberg. Ich muss ihn sehr enttäuscht haben."

„Du willst es mir vielleicht nicht glauben", unterbrach ihn Bretislav, „aber Godehard zeigte sogar Verständnis für dich, während Pater Ludovicus vor Verzweiflung nichts mehr aß."

„Na, dann habe ich ihm ja einen guten Dienste erwiesen", lachte Jan in Erinnerung an den fülligen Schulmeister.

Kurze Zeit saßen sie sich beide in Gedanken an ihre Schulzeit in Bamberg versunken gegenüber, bevor Bretislav nach einem Schluck Bier das Gespräch wieder aufnahm.

„Du sagtest, es wären mehrere Gründe."

„Ach ja", erinnerte sich Jan, „aber der zweite Punkt ist etwas heikel, sodass ich nicht einmal dir davon erzählen will."

„Eine Frauengeschichte", triumphierte Bretislav.

„Nein", druckste Jan herum, „nicht direkt. Jedenfalls nicht so, wie du denkst."

„Ich denke gar nicht", stichelte Bretislav unschuldig.

„Bei allen Heiligen", wand sich Jan, „ich kann dir wirklich nicht mehr sagen!"

„Schon gut", beruhigte ihn Bretislav nach einer unsicheren Ruhe, „aber eines muss ich dich noch fragen."

Jan sah ihn erwartungsvoll an, obwohl er sich schon denken konnte, was nun folgen würde.

„Hast du sie denn noch einmal wiedergesehen?"

„Wen?", fragte er unschuldig.

„Na, komm schon. Ich meine natürlich Adelheid. Hast du sie seit damals wieder getroffen?"

Die letzte Frage stellte Bretislav so, als wäre Jan ein geistesgestörter oder der Sprache nicht mächtiger Mensch.

„Ach so! Natürlich habe ich sie gesehen. Sie lebt jetzt in Passau!"

Bretislav sah ihn entgeistert an.

„Wirklich?"

„Wenn ich es dir sage! Ich treffe mich häufig mit ihr."

Vor Schreck und Überraschung sah Bretislav ihn mit offenem Mund an, weshalb Jan sich nicht mehr zurückhalten konnte. Er prustete lauthals los.

„Das hast du mir wirklich geglaubt", rief er lachend aus, dass sich die neben ihnen sitzenden Menschen umdrehten.

„Du bist und bleibst ein hinterlistiger Säumer aus der Šumava", schimpfte Bretislav, der sich aber mehr über seine Einfältigkeit ärgerte.

„Und das mit Stolz", fügte Jan hinzu und schlug sich auf die Brust.

„Aber sie wird sicher auch hierher kommen, wenn König Heinrich in ein paar Tagen eintrifft", setzte Bretislav wieder an, als sie sich beruhigt hatten.

„Was soll dieses Gerede", gab Jan barsch zurück, „sie hat mich sicher schon vergessen und auch ich habe seit Monaten nicht mehr an sie gedacht."

„Schon gut", lenkte Bretislav ein, ohne Jan zu glauben. Aber er wollte ihre Freundschaft nicht aufs Spiel setzen.

Jan schaute verträumt auf den Tisch und musste daran denken, wie oft er auf seinen einsamen Wanderungen an Adelheid gedacht hatte, mindestens so oft wie an Božena.

Sie saßen noch eine ganze Weile zusammen und verabredeten sich schließlich für den nächsten Tag am Fluss, um den ‚ehrenwerten' Händler aufzusuchen.

„Guten Morgen, die hochverehrten Herren, wie kann Linus euch dankenswerterweise zu Diensten sein?"

Jan musste sich zusammenreißen, um keine dumme Bemerkung ob der schwülstigen Begrüßung zu machen. Auch Bretislav wusste erst nicht so recht, wie er reagieren sollte.

Als sie das alte, etwas verfallene Handelshaus betreten hatten, war ihnen der Mann mit weit geöffneten Armen entgegengetreten. Er trug zwar feine, aber abgetragene Kleidung, die der Mode vor zwanzig Jahren entsprach. Ebenso viele Winter hatten auch seit der Blütezeit des Hauses daran genagt.

Im Gegensatz zu anderen Handelshäusern entlang des Flusses türmten sich hier keine Fässer neben großen Leinensäcken und lagen keine Haufen von Stoffballen in den Regalen. Es herrschte außer ein paar Kisten und Statuen verschiedener Größen gähnende Leere. Zudem war die Luft erfüllt von moderndem Holz, abgestandenem Rauch und beißendem Ammoniak. Dass er von sich selbst in der dritten Person sprach, machte den Händler für Jan nicht sympathischer. Unauffällig suchte er den düsteren Raum nach weiteren Personen ab.

„Wir suchen deinen Rat, guter Mann", entgegnete Bretislav wahrheitsgemäß und fügte vielsagend hinzu: „Es soll dich auch nicht reuen!"

„Solch noblen Herren stehe ich sogar mit Rat und Tat zur Seite", säuselte Linus mit süßer Stimme und rieb sich geschäftig die Hände.

„Wir suchen Kunstschätze für ein Kloster, das unser Herr zu stiften gedenkt", begann Bretislav seine Geschichte, die er sich zuvor mit Jan ausgedacht hatte.

„Es sollen aber keine banalen Kunstwerke sein", fuhr er fort und blickte dabei abschätzig auf eine der umstehenden Statuen, „sondern es muss etwas ausgefallenes sein, etwas, wovon die Menschen sprechen. Schließlich will man an so einem Kloster etwas verdienen."

Mit einem verschwörerischen Lächeln gab Bretislav den letzten Worten die gewünschte Wirkung.

„Ich verstehe! Gott ein Kloster und dem Stifter das Geld! Den Seinen gibt's der Herr im Schlaf. Komm mit, ich werde dir etwas zeigen, was dir sicherlich gefällt!"

Damit machte er eine einladende Handbewegung und Bretislav folgte ihm in den hinteren Teil des Raumes, während Jan es vorzog, in der Nähe der Tür stehen zu bleiben. Von dort konnte er das Gespräch nicht weiter verfolgen und nutzte die Wartezeit, um sich genauer umzusehen. Er stieß an einige der Fässer, die allesamt leer waren und als er hinter eines der Fässer sehen wollte, trat er mit seinem Fuss mitten in einen Haufen Pferdekot, der anscheinend notdürftig hinter dem Fass verborgen worden war. Nun wusste Jan auch, woher der Ammoniak-Gestank kam, aber vor allem wusste er, dass erst vor kurzem mehrere Pferde in dem Handelshaus untergebracht worden waren, was doch ungewöhnlich war, denn Pferde wurden in Ställe gebracht.

Nach etwas mehr als einer Viertelstunde kamen Bretislav und der Händler diskutierend zurück. Bretislav macht einen zufriedenen Eindruck.

„Ich denke, dass wir ins Geschäft kommen können", verabschiedete er sich, als sie die Tür wieder erreicht hatten, „ich werde meinem Herrn deine Vorschläge unterbreiten."

„Nur zu, aber warte nicht zu lange!"

Damit verbeugte sich Linus tief und öffnete ihnen die Tür. Die Tür hatte sich noch nicht geschlossen und Jan glaubte, Schritte im ersten Stock des Handelshauses zu hören. Hatte jemand ihr Gespräch belauscht?

Draußen amteten beide tief durch.

„So ein Gestank", schimpfte Bretislav, nachdem sie weit genug von dem Haus entfernt waren.

„Unglaublich, dass es ein Mensch dort länger als zehn Minuten aushält", stimmte ihm Jan zu.

„Aber warte einmal", wundere sich Bretislav und schnüffelte an Jans Schulter, „hat dein Wams den Gestank wie ein Schwamm aufgesogen oder warum habe ich das Gefühl, dass uns dieser Höllengeruch verfolgt?"

Ärgerlich stieß ihn Jan zurück und zeigte ihm dann seine Schuhsohle, an der noch immer der Pferdemist klebte.

„Unser Freund benutzt sein Handelshaus gelegentlich als Stall! Sonderbar, nicht wahr?"

„Nicht die einzige faule Sache", ergänzte Bretislav, „der schmierige Kerl hat mir mehr als Andeutungen gemacht, dass er mir kostbare Kunstwerke besorgen kann, die wundersam auftauchen könnten! Das stinkt doch zum Himmel!"

Jan musste unweigerlich losprusten, als Bretislav seine letzten Worte wütend ausgerufen hatte.

„Eigentlich stinkt hier alles", lachte Jan schelmisch.

Sie waren schon ein Stück weit gegangen und bogen gerade in eine kleine Gasse ein, die vom Fluss zum Marktplatz führte.

„Ja, vor allem ihr stinkt", brummte ein grobschlächtiger Mann und stellte sich zusammen mit zwei weiteren Gesellen ihnen unvermittelt in den Weg. Sofort waren auch hinter ihnen zwei Männer postiert und versperrten den Eingang zur Gasse.

Instinktiv stellten sich Jan und Bretislav mit dem Rücken zueinander auf, aber sie zogen vorerst ihre Waffen noch nicht - vielleicht hatte man sie nur verwechselt.

„Was willst du?", fragte Bretislav mit dem gebieterischen Ton.

„Du brauchst gar keine Fragen stellen, ich spreche, wann ich will!"

Mit grimmiger Miene verschränkte er die Arme und baute sich noch etwas breiter vor ihnen auf. Jan blickte den beiden Männer am Eingang der Gasse entgegen und musterte sie, um seine Chancen bei einem Kampf abzuschätzen. Beide waren sie kräftig, aber nur mit Stöcken bewaffnet, was Jan mit seinem Schwert einen kleinen Vorteil verschaffte.

Bretislav stand drei Männern gegenüber, von denen der Anführer auch ein Schwert am Gürtel hängen hatte. Insgesamt waren ihre Chancen also gering.

„Ich werde dir jetzt etwas erklären", fuhr der Anführer fort und kam einen Schritt näher zu Bretislav, „ihr beide seid widerliche, heidnische Slawen und mischt euch in Sachen ein, die euch nichts angehen! Also verschwindet wieder in eure Wälder, wo ihr besser aufgehoben seid."

„Du bist gut informiert", erwiderte Bretislav mit zusammengebissenen Zähnen, „aber erklär mir bitte, warum ich deinem Befehl gehorchen sollte?"

„Dir scheint nichts an deinem Leben zu liegen", zischte der grobschlächtige Kerl und wollte sein Schwert ziehen. Jan war bis in die letzte Sehne hinein angespannt.

„Was ist hier los?", ertönte plötzlich eine tiefe Stimme von oben.

Der grobschlächtige Kerl sah irritiert auf. Über ihm lehnte sich ein Mönch aus einem Fenster. Aus seinen grimmigen Augen schienen Feuerblitze niederzufahren und mit seinem mächtigen Bart sah er wie der Heilige Petrus aus. Jan kam das Gesicht bekannt vor, aber er war so sehr auf seine Gegner konzentriert, dass er nicht weiter darüber nachdachte.

Der Anführer hatte seinen Mund bereits geöffnet, um den unwillkommenen Zeugen zu verscheuchen, aber beim Anblick des Mönches wurde sein Gesicht wie versteinert.

„Wir hatten nur ein kleines Wortgefecht", stammelte er und ließ sein Schwert unauffällig in die Scheide zurück gleiten.

„Du solltest deine Worte nicht hier auf der Straße vergeuden, sondern in der Kirche für dein Seelenheil beten", wies ihn der Mönch strafend zurecht, „deine letzte Beichte ist sicher schon zu lange her!"

„Ja, Pater", antwortete der Anführer kleinlaut. Das Auftreten des Mönches hatte ihn völlig eingeschüchtert.

„Jetzt verschwinde!"

Auf die unterstreichende Handbewegung des Mönches hin, gab der Anführer seinen Männern einen Wink und sie liefen die Gasse hinunter zum Marktplatz, wo sie der allgemeine Trubel verschluckte.

„Ich danke dir, Pater", rief Bretislav nach oben, „wie ist dein werter Name?"

„Nenn mich Gunther", stellte sich der Mönch nun freundlich vor.

„Graf Gunther", rief Jan aus, als er den Namen hörte.

„Ja, das war ich einmal", nickte Gunther, überrascht, von einem fremden Mann erkannt zu werden. „Wollt ihr nicht auf ein Glas Wein hereinkommen? Euch ist doch sicher gerade die Spucke weggeblieben!"

Jan und Bretislav fielen beide in Gunthers Lachen ein und nahmen die Einladung dankend an.

Gunther empfing sie in einem geräumigen Zimmer im zweiten Stock, dessen Einrichtung lediglich aus zwei Betten und einem Tisch mit Bänken auf jeder Seite bestand. Die große, fein gearbeitete Truhe hinter der Tür konnten sie nicht sehen. Die Luft im Raum war von den Gerüchen der Straße erfüllt, die durch die offenen Fenster drangen und vom Fluss her wehte eine lichte Brise.

Auf dem Tisch lagen mehrere Bücher aufgeschlagen. Es war unschwer zu erkennen, dass Gunther gerade gelesen hatte.

Als die beiden Freunde eingetreten waren, schob er die Bücher etwas zur Seite und stellte einen Krug Wein sowie drei Zinnbecher auf den Tisch.

„Zum Wohl, meine Herren", prostete er ihnen zu, nachdem er eingeschenkt hatte.

Sie tranken und machten es sich auf den Bänken so gut es ging bequem.

„Ich danke Euch noch einmal recht herzlich, Pater. Unsere Schwerter wären wohl nicht so erfolgreich gewesen wie Eure Stimme."

„Nicht so förmlich, mein junger Freund", entgegnete Gunther jovial, „ich bin nun der schlichte Mönch Gunther. Vergesst also, was ich früher war und duzt mich."

„Wie kommt es", wunderte sich Jan, „dass ein Graf nur Mönch und nicht einmal Abt wird?"

Gunther musste schmunzeln, denn die Frage wurde ihm nicht zum ersten Mal gestellt. Aber er erzählte seine Wandlung immer wieder gerne.

„All die Jahre", bemerkte Jan ein wenig enttäuscht, nachdem Gunther fertig war, „warst du für mich das Musterbeispiel eines Ritters!"

Gunther und Brètislav mussten beide über Jans Vorstellungen lachen.

„Nun darf ich aber auch eine Frage stellen", wandte sich Gunther zu Jan, „woher kennst du mich? Sind wir uns schon einmal begegnet?"

„Sogar zweimal", berichtete ihn Jan mit einem leichten Schmunzeln, „aber ich glaube, dass du dich an keine der beiden Situationen erinnern wirst!"

„Mein Freund Jan ist ein Meister darin, zur richtigen Zeit am falschen Platz zu sein", fiel Bretislav scherzhaft ein und erntete dafür einen Rippenstoß von Jan.

„Was machst du in Bamberg?", setzte Bretislav das Fragespiel fort.

„Ich nehme einmal an, das gleiche wie ihr auch: ich warte auf den König! Aber in welchen Schwierigkeiten steckt ihr denn sonst? Der Zusammenstoß war wohl kein Zufall."

„Ach, das war nur ein Nachspiel", log Bretislav sofort, „wir hatten gestern mit dem Großen einen Streit in einer Schenke. Jetzt hatte er sich Verstärkung geholt."

„Na, denn", beendete Gunther das Thema, „seid ihr ja fürs erste einmal sicher!"

Bevor er weitersprechen konnte, öffnete sich die Tür und ein weiterer Mönch trat ein.

Überrascht und vor Schreck zugleich sprang Jan auf und der Mönch in der Tür machte augenblicklich einen Schritt zurück. Bretislav erhob sich mit einem staunenden Schmunzeln, während Gunther die Aufregung nicht verstand.

„Abt Godehard", stammelte Jan und machte eine tiefe Verbeugung, die aber nicht sehr galant aussah, so sehr zitterte er am ganzen Körper.

„Jan", antwortete Godehard tonlos, aber er fing sich sofort wieder, „der verlorene Sohn kehrt zurück!"

„Nun", antwortete Jan, „ich möchte nicht von einer Rückkehr sprechen, vielmehr hat der verlorene Sohn zumindest einmal die richtige Abzweigung gewählt, wie es scheint!"

„So frech wie eh und je", sah ihn Godehard tadelnd an und wandte sich dann zu Bretislav, „wie ich sehe, haben sich die alten Freunde bereits getroffen und hecken bestimmt wieder neue Taten aus."

„Ihr wisst, Pater", antwortete Bretislav ernst, „dass ich an ein Gelübde gebunden bin."

„Eben. Dadurch kann man schnell einmal unüberlegte Dinge machen oder in Situationen geraten, denen man nicht gewachsen ist!"

Verstohlen sahen Jan und Bretislav zu Gunther hinüber, aber der machte keine Anstalten, von ihrer Auseinandersetzung auf der Straße zu berichten.

„Genug der Warnung und der strengen Worte", munterte sie Godehard wieder auf, „wie geht es dir in Passau, Jan?"

Damit setzte sich Godehard zu ihnen auf die Bank und alle Strenge war aus seinem Gesicht verschwunden. Jan aber wurde innerlich unruhig. Wie viel wusste Godehard über ihn, denn er hatte ihm nie erzählt, dass er in Passau war. Wollte Godehard ihn nur auf die Probe stellen, da er schon alles wusste, oder war er wirklich neugierig? Jan beschloss, ihm von seinen Erlebnissen in den letzten Wochen zu erzählen, ohne dabei Gerhild zu erwähnen. Das hatte noch Zeit.

Der Tag verging mit vielen Geschichten und Anekdoten, die sich die vier ungleichen Männer erzählten. Der ehrwürdige Abt Godehard saß meist zuhörend dabei und ließ manchmal eine Geschichte einfließen, wenn sie zu Thema passte. Ansonsten beschränkte er sich darauf, die anderen zu beobachten. Gunther war redselig und die Finsternis, die auf seinem Gesicht lag, als Jan ihn das letzte Mal gesehen hatte, war verschwunden. Am Tisch saß ein tiefgläubiger Mensch, der auf der Suche nach einer Aufgabe in seiner neuen Rolle als Mönch war. Bretislav war ein wenig wortkarg und überließ die meiste Zeit Jan und Gunther das Gespräch. Da er meist alleine reiste, hatte er sich daran gewöhnt, zu schweigen. In seinen aristokratischen Gesichtszügen war eine ferne Traurigkeit verborgen, die selbst dann nicht ganz verschwand, wenn er lachte. Und das geschah an diesem Tag sehr oft, denn Jan fiel eine lustige Geschichte nach der anderen ein. Er war der lebenslustigste Mann in dieser Runde, obwohl auch er seine

Sorgen nicht ganz vergessen konnte. Jedoch war es vor allem Gunther, der Jan heiter werden ließ, denn von ihm verspürte er eine besondere Ruhe ausstrahlen, wie sie selbst Godehard nicht hatte.

Deshalb war Jan noch glücklicher, als Godehard ihnen erklärte, dass er und Gunther auf dem Weg nach Niederaltaich waren.

„Ich denke, für Gunther ist es besser, wenn er etwas weiter von zuhause weg ist", begründete Godehard seine Entscheidung, die auch für Gunther eine Neuigkeit war, „dort oben in Sachsen war er noch viel zu oft in Gedanken bei seinen alten Gütern!"

Schuldbewusst senkte Gunther den Kopf. Der Abt war wirklich ein aufmerksamer und scharfsinniger Beobachter, dachte er sich. Denn er hatte immer versucht, sich unauffällig in den Kräutergarten zu schleichen, und wehmütig nach Osten geschaut, wo seine Käfernburg stand.

„Das ist ja eine gute Nachricht", freute sich hingegen Jan und klopfte Gunther aufmunternd auf die Schulter, „ich werde dich besuchen kommen und dir dann die Šumava zeigen. Ich glaube, sie wird dir gefallen!"

Gunther sah ihn zwar dankbar, aber verständnislos an.

„Er meint den Nordwald", erklärte Godehard den slawischen Namen, „das ist das dichte und beinahe undurchdringliche Grenzgebirge zu Böhmen. Wilde Tiere und Räuber findet man in den verzweigten Schluchten und an den reißenden Bächen. Das ist kein Ort für Mönche!"

„Ich habe keine Angst vor Wäldern", entgegnete Gunther beinahe trotzig, „und vielleicht gibt es dort auch schöne Plätze in diesem Wald!"

„Und ob", prahlte Jan, der sich in diesem Fall um Godehards Kritik nicht kümmerte, „aber warte nur ab, bis du sie siehst."

So sprachen sie noch eine Weile über die Šumava, über Böhmen, wie auch über die Gegend um Niederaltaich und Gunther hörte aufmerksam zu, um sich alles zu merken.

Es wurde bereits dunkel, als Jan und Bretislav dankend die beiden Mönche verließen. Man verabschiedete sich, aber Jan bat Godehard, ihn noch einmal besuchen zu dürfen.

***

Zur gleichen Zeit betrat ein hochgewachsener Mann das Handelshaus von Linus. Der Mann trug ein Kettenhemd und verschmutzte Lederkleidung, die er aber unter einem langen, schwarzen Mantel vor neugierigen Blicken verbarg. Ebenso hielt er seinen rechten Arm fest am Körper angelegt unter dem schwer fallenden Mantel versteckt, was ihm eine edle Haltung verlieh, die in keiner Weise zu seinem Aussehen passte. So widersprüchlich wie sein Erscheinungsbild war auch sein Gesicht, in dem die aufgeweckten Augen wachsam umherblickten, während der Rest unter einem ungepflegten

Bart verschwand, der die eigentlichen Gesichtszüge verheimlichte. Nur eine Narbe auf der rechten Wange stach durch den dichten Bart hervor.

„Hallo", rief er in den dunklen Raum hinein, wobei er den wettergegerbten Lederhut abzog und sich mit der linken Hand durch sein leicht ergrautes Haupthaar fuhr.

„Zu Diensten", fispelte eine ergebene Stimme und von oben kam Linus die Treppe mehr tänzelnd als gehend herunter. Angewidert spuckte der Fremde auf den Boden.

„Wo ist Linus?"

„Steht vor dir, mit Leib und Seele!"

Linus machte eine Verbeugung, während der Fremde die Nase rümpfte. Es war ihm deutlich anzumerken, dass er sich die Kontaktperson anders vorgestellt hatte.

„Gut", sagte er mürrisch, „bring mich zu Odo."

Linus gluckste einmal schelmisch, bevor er mit einem breiten Grinsen antwortete.

„Wen darf ich denn melden, wenn ich überhaupt will?"

„Sag ihm, der Wikinger ist da."

„Trari-trara", sang Linus und sprang dabei von einem Bein auf andere. Die Miene des Wikingers verfinsterte sich zusehends und er war kurz davor, dem Hampelmann vor ihm an die Gurgel zu gehen.

Linus hielt plötzlich still und blickte dann den Wikinger mit funkelnden Augen an.

„Du findest mich abstoßend, nicht wahr? Aber du wirst mich vorerst nicht los. Odo ist unterwegs und kommt erst morgen Nachmittag zurück. Du musst warten."

Auch wenn dem Wikinger die Antwort nicht gefiel, so konnte er mit Linus' jetzigem Ausdruck mehr anfangen. Doch er hatte sich zu früh gefreut, denn wie ein Schauspieler vertauschte Linus abrupt die strenge Miene gegen seine weichen Züge.

„Bis dahin können wir es uns gemütlich machen", lächelte er den Wikinger an, bereit, sofort aus der Reichweite der großen Faust seines Gastes zu springen.

„Bring mir etwas zu essen und lass mich dann mit deinem Gesülze in Ruhe", fauchte ihn der Wikinger an, der sich nur mit Mühe zurückhalten konnte.

Linus sah ein, dass er sein Spiel nicht zu weit treiben durfte, verneigte sich geschmeidig und verschwand in der Dunkelheit des Raumes. Der Wikinger versuchte, im Dunkeln einen Tisch oder ähnliches zu finden, aber in seiner Nähe entdeckte er nichts als alte Fässer. Müde ließ er sich auf das erste nieder, denn er hatte einen langen und gefährlichen Ritt hinter sich.

Kurze Zeit später kam Linus zurück, entzündete eine Kerze im hinteren Teil des Raumes, wo nun ein schlichter Tisch, bestehend aus einem Brett und zwei Fässern als Standbeinen, erhellt wurde. Dann brachte er einen Laib Brot, etwas Schinken und einen Krug Wein aus dem Nebenraum.

„Iss dich satt, du siehst hungrig aus, mein Süßer", sagte er mit einem sorgenvollen Blick, den der Wikinger gar nicht mehr beachtete. Wahrlich, er hatte keine ordentliche Mahlzeit gehabt, seit er aus Klatovy fort geritten war.

Sein Auftrag klang einfach, doch war er gefährlich. Welcher Gesetzlose traute sich schon nach Bamberg, in die Stadt, von der man sagte, sie sei zum Vorhof des Himmels erkoren worden? Es war das erste Mal seit Jahren, dass ihn Marek überrascht hatte, denn meistens bewegte sich Marek mit einer bemitleidenswerten Lethargie, die es dem Wikinger zunehmend erschwerte, Befehle von ihm entgegen zu nehmen.

Doch dieser Auftrag hatte eine Reichweite und Durchtriebenheit, wie sie der Wikinger nur von Miloš gekannt hatte. Sollte der Sohn mit dem Alter dem Vater ähnlicher werden? Francis konnte es nur hoffen. Der Auftrag war ein vielversprechender Anfang, auch wenn er sehr viele Gefahren und unsichere Faktoren beinhaltete - so wie diesen komischen Kauz von einem Händler!

Francis hatte von Odo, den er hier treffen sollte, noch nie gehört, aber er musste sich auch eingestehen, dass seine Zeiten in adeligen Kreisen schon lange zurück lagen. Zu lange. Die adelige Herkunft war alles, was er über Odo wusste und er ging davon aus, dass es lediglich ein Deckname war, um sich vor durchlässigen Stellen zu sichern. Der Auftrag war auch sehr ungenau beschrieben. Francis wusste von Marek nur, dass etwas ‚verschwinden' sollte. Ob es sich aber um einen Menschen oder eine Sache handelte, hatte er ihm nicht mitgeteilt. Aber der Auftrag versprach viel Geld - ein guter Grund für ein gefährliches Geschäft. Jetzt musste er nur geduldig auf den unbekannten Auftraggeber warten.

***

Am nächsten Morgen war die ganze Stadt schon sehr früh auf den Beinen. König Heinrich sollte im Lauf des Vormittages eintreffen und man wollte ihm einen großen Empfang bereiten. Jeder wusste, wie viel dieser Ort dem König zu verdanken hatte. Sein jüngstes Geschenk, der Bischofssitz, sollte besonders gefeiert werden.

Kurz nach dem Neunuhrläuten überfiel Hektik die gesamte Stadt.

„Der König kommt!"

Der Ruf war bald aufgenommen und hallte durch alle Gassen. Jeder ließ seine Arbeit liegen und versuchte, einen Platz mit guter Aussicht zu ergattern. Es waren nur wenige, die stutzig wurden, als der Menschenpulk zum Fluss lief, um den König am Osttor willkommen zu heißen. Lag Mainz nicht im Westen?

Aber tatsächlich war wenig später südlich am anderen Ufer der Regnitz eine herrschaftliche Reisegesellschaft zu erkennen, die in ihrer Größe einem König zustand. Bald darauf gaben die scharfen Augen unter den Schaulustigen Entwarnung.

„Das ist der Heinrich", riefen sie und nicht wenige verließen ihre Aussichtsplätze, um später Zeit für das eigentliche Spektakel zu haben. Es war eine Laune des Schicksals, dass der neue Herzog von Bayern, als Bruder der Königin zu diesem Titel gelangt, ebenso hieß wie sein Vorgänger und nun als Heinrich V. in einem verkleinerten Herzogtum regierte. Der Herzog genoss in der Königsstadt Bamberg keinen guten Ruf, weshalb sein hochfahrender Auftritt am Tag der Königsankunft eher missbilligend zur Kenntnis genommen wurde.

Etwa zwei Stunden später wurde erneut eine Reisegesellschaft angekündigt, diesmal auch aus Westen kommend und niemand zweifelte, dass es sich diesmal wirklich um König Heinrich handelte.

Auch Jan und Bretislav waren auf der Suche nach einem guten Aussichtspunkt, und dank seiner guten Beziehungen verschaffte Bretislav ihnen einen Platz auf der Stadtmauer. Unter ihnen füllten sich die Straßen mit Menschen, die farbige Tücher und Fahnen zum Winken bei sich hatten, in allen Fenstern der Stadt hingen bunte Stoffe und Jubelrufe waren allerorten zu hören. Von der Residenz her kam der frisch erkorene Bischof Eberhard mit einer Abordnung ranghoher Priester und Adeliger geeilt, um den König vor den Toren der Stadt zu begrüßen.

***

Nur einen Straßenzug weiter bahnte sich ein hagerer Mann seinen Weg durch den Menschenauflauf. Seine rechte Hand hielt er dabei immer unter seinem weiten Mantel versteckt. Eigentlich hätte er im Handelshaus bleiben sollen, aber Francis d'Arlemanche wäre nicht er selbst gewesen, hätte er sich den König entgehen lassen. Außerdem erwartete er nicht, dass jemand in diesem Treiben Notiz von ihm nahm oder gar ihn erkannte. An einer Hausmauer schubste er einen Mann von einem Fass, um sich selbst dort zu postieren. Die wütenden Proteste des Mannes versiegten, nachdem ihn Francis kurz mit finsterer Miene angestarrt hatte. Zufrieden machte er es sich auf seinem Platz bequem und zog seinen Hut etwas in den Nacken zurück. Vor den Stadtmauern kündigten schon die ersten Jubel das baldige Eintreffen des Königs an. Francis begann, Gefallen an seinem Auftrag zu bekommen.

***

Der Zug des Königs wurde angeführt von einigen Reitern, von denen der vorderste das prächtige Wappen des Königs auf einer Standarte präsentierte. Danach folgte der Reisewagen des Königs und ein ohrenbetäubender Jubel brach aus. Die Vorhänge der Reisewagens waren zurückgeschlagen, so dass Heinrich sitzend seinen Untertanen zuwinken konnte. Als der Standartenträger die Delegation des Bischofs erreicht hatte, kam der Zug zum Stehen. Jan konnte von seinem Platz aus genau verfolgen, wie nun zwei Diener eilfertig ein Treppchen vor den Wagen des Königs stellten, und einen feinen Stoff darüber legten. Dann öffneten sie die Türe. Kaum war der König aus dem Wagen ausgestiegen, als der Jubel noch einmal anstieg.

Mit würdigem Schritt ging der König auf Bischof Eberhard zu, der sich untertänig niederkniete. Heinrich trat zu ihm und sprach wenige Worte, die Jan wegen des Lärms aber nicht verstehen konnte. Daraufhin küsste Eberhard dem König die Hand. Der König befahl ihm mit einer Handbewegung, sich zu erheben. Der Beifall legte wieder zu, die Menschen klatschen, riefen und pfiffen so laut sie nur konnten.

Nun bewegte sich der Zug in die Stadt hinein, begleitet von einer Welle der Begeisterung, die durch die Straßen schwappte. Bretislav erkannte seine alten Kameraden der Leibgarde wieder, aber er gab sich nicht zu erkennen, sondern nannte lediglich Jan jedem beim Namen. Jan hörte zwar zu und versuchte, sich die Gesichter einzuprägen, aber zugleich suchte er den Rest der vorüberziehenden Reisegesellschaft ab.

Dann schließlich erblickte er sie. Adelheid saß zusammen mit weiteren Hofdamen in einem Reisewagen gleich nach dem der Königin. Ihr Antlitz verzauberte ihn wie damals und Jan stützte seinen Kopf verträumt auf die rechte Hand. Vergeblich hoffte er, sie würde zu ihnen hoch blicken, doch der Wagen bahnte sich durch die Menschenmenge, ohne dass Adelheid ihn bemerkt hatte.

„Du findest sie also nicht mehr interessant", stichelte Bretislav, nachdem der Wagen in den Gassen verschwunden war.

„Ach, lass mich in Ruhe", maulte Jan, während sie die Stadtmauer verließen, um sich in Richtung Domplatz zu begeben.

„Weißt du", fuhr Jan fort, „im Grunde plagt uns das gleiche Problem. Wir sind beide auf der Suche nach etwas, was man eigentlich nicht finden, sondern nur von Gott geschenkt bekommen kann."

„Wie meinst du das?", fragte Bretislav überrascht und zugleich gespannt auf die Antwort.

„Nun, du suchst die Ehre, von der du glaubst, dass man sie dir bei dem Überfall geraubt hat. Ich suche, seit ich denken kann, nach Geborgenheit. Du hoffst deine Ehre zurück zu gewinnen, wenn du das Beutegut findest. Ich hoffe, einst an einem friedlichen Ort zusammen mit Menschen zu wohnen, die mir Geborgenheit geben."

Bretislav drehte sich vor Erstaunen im Kreis und sagte mit einem Blick zum Himmel:

„Du überraschst mich immer wieder! Kommt das, was du gerade gesagt hast, wirklich von dir, dem einfachen Säumer aus der Šumava?"

Als er Jan wieder ansah, bemerkte er, dass dieser ihn gar nicht mehr beachtete, sondern stattdessen wie gebannt auf einen fixen Punkt in der Ferne zu starren schien.

„Bei allen Heiligen", murmelte er, dabei reckte er den Kopf, um über die vielen Köpfe hinweg besser sehen zu können.

„Was ist?"

„Schnell, komm!"

Damit drängelte sich Jan durch die Menschenmenge, immer wieder hochspringend, um die Orientierung nicht zu verlieren. Bretislav folgte ihm verwundert.

Der Zug war prachtvoll gewesen. Er hatte seine Entscheidung nicht bereut, aus dem dunklen Loch hervor zu kriechen. Von dem leicht erhöhten Platz auf dem Fass hatte Francis den König und die Königin bestens sehen können. Weniger als die viel gerühmte Ausstrahlung des Königs hatten ihn all die Pracht begeistert. Bald könnte auch er sich solche Reichtümer leisten, dachte er zufrieden.

In Gedanken an die schöne Zukunft lehnte er sich gegen die Hauswand hinter ihm, zog die Hutkrempe etwas zurück und ließ sich die Sonne ins Gesicht scheinen. Als er die Augen wieder öffnete, fiel ihm der junge Mann bei der Stadtmauer auf, der ihn mit festem Blick fixiert hatte. Neben dem Mann stand ein fein gekleideter Ritter, der sich mit ihm unterhielt.

Schnell ließ er die Hutkrempe wieder nach vorne kippen und sah möglichst unauffällig zu den beiden hinüber. Es dauerte nicht länger als den Schlag einer Turmglocke, bis er den jungen Mann erkannt hatte. Jan Säumer! Hatte der ihn erkannt? Er spürte, wie ihn sein Armstumpf schmerzte.

Kurz darauf begann der Säumer, auf ihn zuzulaufen. Noch war er gut zwei Steinwürfe entfernt und dazwischen die dichte Menschenmenge. Francis sprang mit einem Satz vom Fass, stieß dabei eine ältere Frau um, die ihm wütend zum Teufel wünschte. Er machte sich nichts daraus, denn die Angst vor dem Teufel war gerade sehr viel geringer als die Angst vor dem jungen Säumer. Hastig zwängte er sich durch die Menge, duckte sich unter Fuhrwerken durch und blickte immer wieder vorsichtig zurück.

***

Jan war sich sicher, den Wikinger gesehen zu haben, als der Mann überstürzt vom Fass gesprungen war und in der Menge verschwand. Was machte dieser Strauchdieb hier in Bamberg, fragte sich Jan und gleichzeitig drückte er sich immer rücksichtsloser durch die Menge.

Da, der verkrumpelte schwarze Hut! Jan sah, wie er in einer Seitengasse verschwand. Den Blick auf die Gasse gerichtet, stieß er einen Marktstand um, was ihn aber wenig kümmerte, schnell hatte ihn die Menge verschluckt und der grollende Händler seine Ware unter den trampelnden Füßen der Menge verloren. Bretislav, der vergeblich versuchte, Jan zu folgen, warf dem jammernden Mann im Vorbeilaufen einen Silberling als Entschädigung zu.

Jan war bereits in der Gasse verschwunden. Dort befanden sich im Gegensatz zur Hauptstrasse kaum Menschen, trotzdem konnte Jan den Wikinger nicht entdecken. Eilig lief er die Gasse entlang, denn er wusste, dass der Vorsprung nicht allzu groß gewesen war. Er sah in alle Hauseingänge hinein und achtete auf die Blicke der Menschen, ohne ein Anzeichen oder einen Hinweis zu erkennen, wo sich sein alter Feind versteckt hatte. Schließlich holte ihn Bretislav ein.

„Was ist den in dich gefahren", warf er ihm wütend vor, „warum veranstaltest du hier eine wilde Treibjagd!"

„Ich habe ihn gesehen!"

„Wen? Wen hast du gesehen? Kannst du dich vielleicht etwas klarer ausdrücken?"

„Den Wikinger!"

„Du meinst den Handlanger deines Onkels in Klatovy?", staunte Bretislav, der sich dunkel an Jans Erzählungen vor Jahresfrist erinnerte.

„Genau den, er ist hier in Bamberg!"

„Was macht der hier?"

„Das frage ich mich auch", stimmte Jan zu und suchte zum wiederholten Mal die Gasse mit den Augen ab. „Ich habe ein ganz ungutes Gefühl!"

„Du zitterst ja", bemerkte Bretislav nun und legte seinen Arm freundschaftlich auf seine Schulter. „Komm! Lass uns etwas trinken gehen! So viel Aufregung macht durstig!"

Bretislav zog Jan aus der Gasse, um ihn auf andere Gedanken zu bringen, denn er glaubte nicht wirklich daran, dass Jan den Wikinger gesehen hatte. Wie oft hatte er in den letzten Monaten geglaubt, seine ehemaligen Angreifer gesehen zu haben? Es waren immer Einbildungen des Geistes, wenn der Wahn der Aufgabe die Überhand bekam!

In den folgenden Tagen jagte eine Festlichkeit die andere. In allen Kirchen wurden Messen gelesen, die Dombaustelle war jeden Tag gefüllt mit Pilgern, die an einem der Altäre für ihre Gebrechen und Sorgen beteten. Die Mönche der verschiedenen Klöster kamen mit dem Verlesen der Messen nicht mehr nach, während abends in den Gasthäusern und bei den fahrenden Schaustellern neue Sünden begangen wurden. Insgesamt profitierte jeder auf seine Art von dem neuen Leben in der Stadt.

Es bestand kein Zweifel. Mit der Erhebung zum Bischofssitz und als bevorzugte Pfalz des Königs war Bamberg eine goldene Zukunft beschieden. Bamberg war zu einer der wichtigsten Orte des Reiches aufgestiegen und damit zu einer der bedeutendsten Städte der Welt. Ehrfurchtsvoll machte der Titel caput orbis die Runde.

Jan und Bretislav nahmen von den Feierlichkeiten nur beiläufig Notiz, so sehr waren sie mit ihren Erkundungen beschäftigt. Für Bretislav war es wichtig, die Anwesenheit so vieler hoher Persönlichkeiten zu nutzen, um wichtige Kontakte zu knüpfen und nebenbei Informationen zu sammeln, die ihm bei seiner Suche behilflich waren. Jan versuchte, seinem Freund so gut wie möglich zu helfen und hörte sich in den Gasthäusern um, sprach mit fahrenden Händlern und ging täglich an dem Handelshaus von Linus vorbei, um auffällige Tätigkeiten zu registrieren, bisher jedoch ohne großen Erfolg.

Die Höhle des Löwen

Seit seinem gefährlichen, aber letztendlich glimpflich ausgegangenen Erlebnis beim Einzug des Königs hatte Francis das Handelshaus nicht mehr verlassen. Es war auch nicht mehr nötig, denn das weit weg von Dom und Pfalz gelegene Haus war schnell zum Treffpunkt der Verschwörer geworden. Linus nannte seine neue Kundschaft schlicht ‚Gäste'. Den Wikinger duldete er leidlich in seinem Haus, denn was hätte er sonst auch machen können? Die hohen Personen, die in das Geschäft verwickelt waren, hielten den Räuber für sehr wichtig, und bald wusste der Wikinger über alles Bescheid.

Sein Ausflug hatte neue Verunsicherung geschaffen. Zu seiner großen Überraschung war Jan den ‚Gästen' ein Begriff, ebenso wie der Ritter, mit dem er ihn zusammen gesehen hatte. Aber während bisher nur der Ritter eine Gefahr dargestellt hatte, so bezogen sie Jan nun in ihre Pläne mit ein und überlegten, wie sie beide ablenken, wenn nicht gleich beseitigen konnten.

Seit dem Einzug des Königs waren zwei Tage vergangen, als in dem Handelshaus wieder eine geheime Verhandlung stattfand. Neben Linus und Francis waren ein finster dreinblickender Mann, der sich als Händler ausgab, und zwei weitere Männer anwesend, die jedoch die Kapuzen ihrer Mäntel nicht ablegten, um nicht erkannt zu werden.

„Wir müssen diese beiden Störenfriede ausschalten", sagte gerade einer der beiden vermummten Männer, „sie könnten das ganze Geschäft gefährden." Er war etwas kleiner als sein Begleiter und versteckte sein Gesicht hinter einem roten Schal.

„Das ist nicht mein Problem", warf der unbekannte Händler ein, „ich liefere die Ware nur, wenn alles sicher ist."

„Wieso sind es denn auf einmal zwei", mischte sich der zweite verkleidete Mann ein. Er hatte eine sonore Bassstimme, deren selbstbewusster Klang seine adelige Herkunft verriet. „Ich dachte bisher, wir hätten nur den böhmischen Adelssohn am Hals!"

„Nur hat euer Adelssohn einen Freund", erwiderte Francis sofort, „mit dem nicht zu spaßen ist. Das ist ein junger Säumer, der hier hochrangige..."

„Schon gut", fiel ihm die andere dunkle Gestalt ins Wort, „wir wissen schon Bescheid."

„Hauptsache, es werden nicht noch mehr", warf der Händler missmutig ein, „ich hatte doch gesagt, dass Bamberg zu gefährlich ist. Was für ein Irrsinn, sich gerade hier in der Höhle des Löwen zu treffen."

„Dreistigkeit ist oft der beste Schutz", konterte die Bassstimme, „wo könnte sich eine Runde wie diese sonst treffen, ohne große Aufmerksamkeit zu erregen?"

Der Händler murmelte etwas Verständnisloses in seinen Hemdkragen, bevor er wieder auf das Problem der zwei Verfolger zu sprechen kam.

„Was passiert nun mit den beiden Männern", fragte er ungeduldig.

Es herrschte eine Weile lang Schweigen, bis die Person mit dem roten Schal vor dem Gesicht mit beruhigender Stimme zu sprechen begann.

„Das lasst mein Problem sein. Ich habe einen Plan, wie wir die beiden auf elegante Weise unschädlich machen. In zwei Tagen dürften wir zum eigentlichen Geschäft kommen."

„Gut. Dann wollen wir jetzt auch über das Geschäft reden. Schließlich haben wir nicht ewig Zeit", drängte nun der Mann mit der tiefen Stimme.

Dem Wikinger war, als ob dieser Mann nicht allzu oft an solchen Treffen teilnahm. In seinen Gedanken kamen Erinnerungen an das geheime Treffen im Wald, bei dem er Wratislaw getötet hatte. Nun war er einer der Verschwörer und musste mit ähnlichem Ausgang rechnen, sollte man sie entdecken. Doch er spürte keine Furcht, denn er hatte außer einem trostlosen Leben nichts zu verlieren.

Er sah sich in der sonderbaren Runde um, besonders der Mann mit dem roten Schal weckte sein Unbehagen. Etwas kam ihm bekannt vor an der Person. Oder war es nur das natürliche Misstrauen unter Verschwörern?

Das Gespräch dauerte fast eine halbe Stunde und man einigte sich auf weitere Treffen. Dann verließen die beiden vermummten Männer das Handelshaus durch den Hintereingang. An der Tür drehte sich der kleinere von beiden noch einmal um.

„Noch eine Warnung", wandte er sich drohend an Francis, „unterlass solche Dummheiten wie vor zwei Tagen. Es wäre nicht das erste Mal in deinem Leben, dass du durch deine eigene Ungeduld einen Fehler begehst!"

Damit verschwand er im Dunkel der Nacht.

„Wer ist das", fragte Francis seinen Gastgeber Linus mit zitternder Stimme. Aber Linus zuckte nichtssagend mit den Schultern.

* * *

Es war ein wunderschöner Morgen im Spätsommer, als Jan an diesem Tag das Gasthaus verließ, um Abt Godehard aufzusuchen. Er hatte noch immer nicht mit ihm über Gerhild gesprochen, aber er wusste, dass er es nicht ewig hinauszögern konnte. Er hoffte, den Abt in seinem Zimmer zu finden. Auf dem Weg dorthin musste er über den Marktplatz, wo er sich noch einen Apfel als Frühstück besorgte. Das Treiben in den Straßen war noch nicht so dicht und gerade als Jan den Marktplatz verlassen wollte, hörte er jemanden seinen Namen rufen. Überrascht drehte er sich um.

Zuerst konnte er kein bekanntes Gesicht erkennen, dann aber sah er einen Mann von einem Fenster im ersten Stock eines stattlichen Gasthauses winken.

„Jan, komm herüber", rief der Mann erneut.

Widerwillig ging Jan hinüber. Der Mann war gut gekleidet und sein Ruf war mehr ein Befehl, als eine Bitte. Während er den Marktplatz wieder überquerte, überlegte Jan, woher ihn der Mann kannte.

„Wenn das kein glücklicher Zufall ist, Jan Säumer", begrüßte ihn der Mann freundlich, als Jan unter dem Fenster stand.

„Verzeiht die unhöfliche Frage, aber wer seid Ihr", rief Jan vorsichtig zurück.

Da lachte der Mann herzhaft.

„Ja, es sind viele Jahre vergangen, seid wir uns das letzte Mal gesehen haben. Ich bin Thiemo von Formbach, der Landvogt zu Künzing!"

„Was bin ich für ein blinder, undankbarer Ochs", entschuldigte sich Jan und wurde rot vor Scham, „Ihr müsst mir verzeihen, Herr!"

„Keine Sorge, es ist lange her und du warst noch kaum ein Mann. Komm doch kurz herauf, ich möchte hören, was dich nach Bamberg geführt hat!"

Jan nahm die Einladung dankbar an, um das schwierige Gespräch mit Godehard zu verzögern. Schnell lief er ins Gasthaus und begab sich in den ersten Stock.

Der Landvogt bewohnte ein geräumiges Zimmer, das mit Reisekisten eingerichtet war. In der Mitte stand ein Tisch, auf dem das Frühstück wartete. Zur Begrüßung reichte ihm der Landvogt einen Humpen Bier.

„Komm setz dich, du wirst einem bescheidenem Frühstück nicht abgeneigt sein!"

Damit führte er ihn mit einer einladenden Geste zu Tisch. Das Frühstück war alles, nur nicht bescheiden. Auf dem Tisch standen Schalen mit allen erdenklichen Delikatessen und Spezereien. Jan ließ sich das gute Essen schmecken, während er dem Landvogt von seinen Erlebnissen erzählte, wobei er aber darauf achtete, weder Bretislav noch Abt Godehard zu erwähnen, was ihm oftmals schwer fiel.

„Aus deiner Zeit in Bamberg wirst du dich in der Stadt sicher gut auskennen!"

„Fast so gut, wie ich die Šumava kenne", prahlte Jan scherzhaft, „wieso fragt Ihr?"

„Nun", begann der Landvogt, bevor er eine kurze Pause machte und Jan eindringlich betrachtete, „es scheint mir eine Fügung des Allmächtigen zu sein, dass ich dich heute treffe."

Jan sah den Landvogt überrascht an, denn er war ihm nicht als besonders frommer Mensch in Erinnerung. Aber der Landvogt beachtete ihn nicht weiter, sondern stellte sich zum offenen Fenster, während er mit ihm sprach.

„Du hast doch noch den Ring, den ich dir damals zum Geschenk machte?"

Er wartete nicht auf eine Antwort, doch Jan hatte die Halskette mit dem Ring bereits unter dem Wams hervorgeholt.

„Da ist er am rechten Fleck", lächelte der Landvogt gerührt, „ich wusste, dass ich auf dich zählen kann."

„Wobei? Ich verstehe nicht, wovon Ihr sprecht!"

„Ach, ich rede völlig durcheinander. Der ganze Trubel in den letzten Tagen ist mir nicht bekommen. Ich werde wohl alt."

Damit ließ er sich erschöpft auf einen Stuhl neben dem Fenster fallen.

„Ihr solltet etwas trinken", sorgte sich Jan und brachte dem Landvogt seinen Humpen. Dankbar nahm der einen tiefen Schluck.

„Sehr aufmerksam von dir. Ich möchte dich um einen Gefallen bitten, denn ich vertraue dir!"

Jan sah den Landvogt erwartungsvoll an. Die Worte schmeichelten ihm.

„Ich soll heute diesen Pfandbrief", fuhr er fort und nahm dabei einen versiegelten Brief von der Fensterbank, „in der königlichen Schatzmeisterei einlösen. Der König gibt mir Geld, damit ich die Posten in der Šumava verstärken und den Salzhandel besser schützen kann."

„Das ist auch bitter nötig", brummte Jan, aber er zuckte sogleich zusammen, „verzeiht, Herr, ich war vorlaut!"

„Nein, nein, du hast ja Recht! Es ist viel zu lange nichts geschehen. Aber wir werden das nun ändern!"

„Wie kann ich Euch dabei helfen?", fragte Jan, für den die Aussicht sehr reizvoll war, etwas für den Salzhandel zu machen.

„Du siehst, mir geht es heute nicht besonders gut", stöhnte der Landvogt. „Ich bitte dich, für mich zum königlichen Schatzmeister zu gehen und das Geld abzuholen. Danach bring es zum Handelshaus von Linus, das am Flußufer liegt."

„Zu Linus?"

Jan biss sich auf die Zunge, aber es war schon zu spät.

„Du kennst ihn? Hältst du ihn für vertrauenswürdig?", hakte der Landvogt sofort nach.

„Ich habe von ihm gehört", redete sich Jan heraus, „aber ich kann seine Ehrlichkeit nicht beurteilen. Ihr habt dazu sicher bessere Quellen."

„Ich denke, ich habe nichts von ihm zu befürchten", antwortete der Landvogt zufrieden und konnte sich ein kurzes Lächeln nicht verkneifen. „Jetzt gehab' dich wohl! Ich werde hier auf dich warten, damit du mir Bericht erstattest!"

„Zu Euren Diensten!" Jan verneigte sich ehrfürchtig, bevor er den Raum verließ. Ihm entging der zufriedene Gesichtsausdruck, mit dem er den Landvogt zurückließ. Vor lauter Aufregung vergaß Jan das Gespräch mit Godehard nur zu gerne.

***

Abt Godehard und Gunther hatten ihr Zimmer bereits in den frühen Morgenstunden verlassen. Nachdem sie das Frühgebet zusammen mit den Mönchen von St. Michael gesprochen hatten, waren sie zum Dom gegangen, um den überforderten Mönchen bei der Arbeit mit den Pilgern zu helfen. Die Massen waren kaum zu bewältigen, aber Gunther spürte, wie es ihn erbaute, den Menschen zu helfen und ihnen zu dienen. Erschöpft und dankbar saßen sie nun im Gästehaus der Pfalz, wo ihnen ein schlichtes Mahl gereicht wurde.

„Es ist ein Segen", dachte Gunther laut, „in diesen heiligen Zeiten zu leben und dem Allmächtigen zu dienen!"

„Oh ja", stimmte ihm ein älterer Mann süffisant zu, der seiner Kleidung nach ein Schreiber oder ähnliches sein musste, „die Zeiten sind heilig und die Mittel auch!"

„Wie meinst du das?", fragte Godehard neugierig nach.

Der Schreiber schien Godehard nicht zu kennen und hielt ihn in seiner schlichten Kutte für einen einfachen Mönch.

„Hast du es noch nicht gehört? Der König ist heute bestohlen worden!"

„Wie das?"

An dem langen Tisch war es still geworden und der alte Mann genoss die ihm zufallende Aufmerksamkeit. Seine Nachricht war frischeren Datums, als er selbst vermutet hatte.

„Auf dreiste Weise ist die Schatzkammer des Königs heute um tausend Silberlinge ärmer geworden!"

Ein Raunen ging durch den Raum. Tausend Silberlinge waren für die meisten Anwesenden eine unvorstellbar große Summe.

„Der Dieb muss ein besonderes Schlitzohr sein und seine Mutter hat ihm statt mit Milch mit Dreistigkeit gestillt. Stellt euch vor, der Lump hat mit einem gefälschten Pfandbrief das Geld einfach abgeholt und ist dann verschwunden!"

„Man hat ihn sicher schon gefangen", rief einer vom anderen Tischende.

„Noch nicht", schüttelte der Schreiber den Kopf und verhohlene Anerkennung für den Dieb schwang in seinen Worten mit, „er ist verschwunden und mit ihm das Geld. Man vermutet aufgrund der Beschreibung des Schatzkämmerers, dass es ein junger Böhme ist!"

Kaum hatte der Schreiber die letzten Worte gesprochen, als Gunther eilig aufspringen wollte, aber er wurde von Godehard reaktionsschnell zurückgehalten.

„Kein Aufsehen erregen", raunte er ihm über seinen Teller gebeugt zu, „ich habe die gleichen Befürchtungen wie du!"

Während sich das Gespräch am Tisch nun auf Erzählungen anderer dreister Raubüberfälle ausweitete und dabei unweigerlich zum Überfall auf des Königs Reisezug führte, aßen die beiden Mönche eilig, aber mit äußerer Ruhe ihren Teller leer, verabschiedeten sich mit einem Segensspruch und verließen in großen Schritten die Pfalz.

„Was hat der Kerl nur angestellt?", ärgerte sich Godehard, während sie über den Domplatz hasteten.

„Vielleicht ist es auch ein anderer Böhme gewesen", versuchte ihn Gunther zu beruhigen, „er ist sicherlich nicht der einzige Böhme hier!"

„Nein, aber es wird bald eine Hetzjagd auf alle Böhmen geben, die sich in der Stadt befinden", schimpfte Godehard und fügte in vorausahnender Befürchtung hinzu: „Ausserdem, die Geschichte passt zu ihm!"

„Wir müssen ihn bald finden und warnen, bevor er gefangen genommen wird", schlug Gunther vor, während sie sich weiter durch die Menschenmenge schoben.

„Pass auf", rief Godehard über den Lärm hinweg, „du wirst dich auf die Suche nach ihm machen, während ich zur Pfalz zurückkehre und versuche, mehr Einzelheiten in Erfahrung zu bringen."

„Ich werde noch am Gasthaus vorbeigehen und unser Gepäck zur Abfahrt bereit machen lassen", schlug Gunther rasch vor, aber er konnte die Antwort des Abtes nicht mehr verstehen, wohl aber sein Kopfnicken erkennen.

Gunther rannte los, denn es war nun nicht an der Zeit, würdevoll durch die Stadt zu laufen.

***

Zufrieden betrat Jan die Wirtsstube des großen Gasthauses am Marktplatz. Er hatte den Auftrag für den Landvogt zu Künzing erfolgreich ausgeführt, auch wenn nicht alles so glatt gelaufen war, wie es anfangs geklungen hatte.

Zuerst hatte der Schatzmeister an seiner Glaubwürdigkeit gezweifelt.

‚Der König stellt keine Pfandbriefe aus', hatte der behauptet, ‚er vertraut auf das Versprechen der Schuldner vor Gott!'

Jan hatte das lächerlich gefunden und protestiert. Pfandbriefe waren eine übliche Sache unter Händlern. Levi hatte eine ganze Truhe voller Pfandbriefe von Menschen, die ihm Geld schuldeten. Jedoch blieb der Schatzmeister vorerst hartnäckig, zumal er Jan nicht zutraute, vom Landvogt geschickt zu sein. Erst nach gutem Zureden und nachdem er seinen Ring vorgezeigt hatte, schenkte der königliche Beamte ihm endlich Glauben. Jan war auch etwas überrascht über die Höhe des Geldbetrages und fühlte sich sichtlich unwohl, als ihm die Schatulle mit tausend Silberstücken überreicht wurde. Auf dem schnellsten Weg hatte er die Schatulle zu Linus gebracht, der ihn bereits erwartet hatte. Statt der ausschweifenden Reden beim ersten Mal war er nun kurz angebunden und schloß die Tür sofort zu, kaum dass Jan wieder auf der Straße stand. Nun wollte er dem Landvogt Bericht erstatten und dann doch noch Abt Godehard aufsuchen. Später am Abend hatte er sich mit Bretislav verabredet.

„He, du", rief ihm der Wirt zu, als Jan die Treppe hinaufsteigen wollte, „wo willst du hin?"

„Verzeiht", entgegnete Jan etwas überheblich, „der Landvogt von Künzing erwartet mich!"

„Die Audienz ist aber vorbei", blaffte der Wirt zurück.

„Wie meinst du das", fragte Jan nun etwas verunsichert.

„Ganz einfach! Der Landvogt ist heute Vormittag abgereist!"

„Das kann nicht sein", rief Jan zornig und rannte die Treppe hinauf, bevor der Wirt ihn aufhalten konnte. Er stieß die Tür zu dem Zimmer auf, in dem er am Morgen noch ein reichliches Frühstück bekommen hatte, aber der Raum war bis auf das Bett völlig leer geräumt. Erschrocken blieb Jan stehen. Inzwischen hatte ihn der Wirt eingeholt, um ihn hochkant aus seinem Gasthaus zu werfen. Als er jedoch Jans fahles Gesicht sah, bekam er Mitleid.

„Ich war auch ganz überrascht", versuchte er Jan zu trösten, „eigentlich wollte der Landvogt noch zwei Tage länger bleiben."

Jan ließ sich auf die Bettkante sinken. Mühsam sammelte er seine Gedanken. Der Landvogt war abgereist, ohne auf eine Mitteilung zu seinem Geld zu warten. Nein, es war nicht sein Geld, es war das Geld des Königs...

Plötzlich brach der Angstschweiß aus. Jan sprang auf, rannte wie ein junger Stier die Treppe hinunter, über den Marktplatz zum Flussufer hinunter. Warum hatte er das Geld so leichtfertig abgeliefert, ohne sich eine Sicherheit geben zu lassen? Hatte der Landvogt sein Vertrauen missbraucht? Wenn ja, weshalb?

Jan verdrängte diese Gedanken. Zuerst musste er das Geld wieder bekommen. Er rannte um eine Hausecke, stieß einen entgegenkommenden Mann um und rannte weiter, ohne sich umzudrehen. Ein Handwerker wollte ihn aufhalten und stellte sich ihm in den Weg. Jan zögerte nicht lange und zog sein Schwert. Mit gestreckter Waffe lief er auf den Mann zu, der sich ängstlich in seine Werkstatt flüchtete.

An dem alten Handelshaus angekommen, fand Jan die Tür verschlossen vor. Mit viel Schwung, aber noch mehr Wut stürzte er sich gegen die Tür und die alten Scharniere brachen aus der Wand. Linus stand erschrocken im hinteren Teil des Raumes.

„Wo ist das Geld?", rief Jan wütend.

Linus zitterte am ganzen Leib. Er brachte außer einem verständnislosen Gewimmer keinen Ton heraus. Die Waffe vor sich ausgestreckt ging Jan immer näher auf ihn zu.

„Los, erklär' dich!"

Linus schüttelte ängstlich den Kopf und machte die Augen zu.

Jetzt war Jan nur noch einen Schritt von ihm entfernt.

Als Linus die Augen wieder öffnete, sah er zuerst Jan an, blickte dann knapp an ihm vorbei, bevor er ihm wieder in die Augen sah. In diesem Augenblick spürte Jan, dass sich noch jemand im Raum befand.

„Rede mit mir", drohte er Linus, aber mit seinen Gedanken war er bereits bei der zweiten Person.

Mit einer schnellen Drehung zur Seite stellte sich Jan mit dem Rücken an einen Stützpfeiler und konnte nun sowohl Linus, als auch den zweiten Gegner sehen. Der war von der Bewegung sichtlich überrascht worden, denn er hatte sein Schwert nicht erhoben.

„Sieh an", sagte Jan spitz, „das Ungeziefer hat sich aus dem Wald getraut!"

„Ja, denn so zarte Pflänzchen wie du trauen sich ja dort gar nicht mehr hin", provozierte ihn der Wikinger mit sichtlichem Vergnügen. „Führen wir zu Ende, was vor vielen Jahren begonnen hat!"

„Damals begann dein Abstieg", versuchte Jan ihn zu verunsichern, „und ich bin gern Zeuge deines endgültigen Ablebens."

Der Wikinger lachte höhnisch. Er begann, in einem Halbkreis um Jan herumzugehen, der den Schutz des Pfeilers nicht voreilig aufgab.

„Du hattest einfach Glück", erwiderte der Wikinger scharf, „aber mir scheint, es hat dich mit dem heutigen Tag verlassen."

Mit den letzen Worten setzte der Wikinger seine erste Attacke. Jan hatte keine Mühe, die Schläge abzuwenden, aber er war sich bewusst, dass sein Gegner ihn nur testete.

Nun entwickelte sich ein verbissener Kampf, in dem Jan schnell feststellte, dass der Wikinger trotz des Verlustes seiner Schwerthand ein gefährlicher Gegner geblieben war. Er führte mit der linken Hand ebenso harte wie gezielte Schläge aus.

Trotzdem schaffte es Jan dank der Lehrstunden in der Domschule, ihn nicht zu nah kommen zu lassen. Doch um zu gewinnen, konnte er sich nicht nur auf die Verteidigung beschränken. Jan wartete einen günstigen Augenblick ab und trieb dann den Wikinger vor sich durch den Raum. Nun hatte er seinen schützenden Pfeiler verlassen und als hätte er nur darauf gewartet, forcierte der Wikinger das Tempo und schlug noch fester zu. Auf seinem Gesicht konnte Jan ein leichtes Lächeln erkennen.

Sie trieben sich gegenseitig durch das Zimmer, immer auf der Suche nach dem entscheidenden Fehler des Gegners. Jedoch konnte keiner einen Treffer landen. Wie Marionetten von Geisteshand geführt, tanzten sie durch den Raum, ohne dass sich die Distanz zwischen ihnen veränderte.

Linus war die ganze Zeit an seinem Platz stehen geblieben. Ängstlich verfolge er die beiden Kämpfer bei ihren flinken Bewegungen. Wieder einmal trieb der Wikinger Jan zurück, geradewegs auf ihn zu. Da fiel sein Blick auf das kurze, schmale Jagdmesser des Wikingers, das vor ihm auf dem Tisch lag. Unauffällig nahm er es in die Hand und schob sich selbst vor den Tisch.

Jan und Francis versuchten gerade, sich gegenseitig durch eine ganze Reihe von Paraden aus dem Gleichgewicht zu bringen, als Jan bis auf zwei Schritte an Linus herankam. Linus machte einen Schritt vorwärts und holte aus.

Doch Jan hatte die zaghaften Bewegungen des Händlers durchaus registriert. Als Linus mit dem Arm zum Stoß ausholte, drehte er sich blitzartig um, tauchte unter Linus erhobener Hand hinweg und stieß sein Schwert von hinten in Linus' Körper.

Ächzend klappte der Händler nach vorne über, doch Jan hatte keine Zeit, seine Tat zu bedenken. Mit zusammengekniffenen Augen fixierte er den Wikinger. Bevor sie aber ihren Kampf wieder aufnehmen konnten, erkannte Jan im einfallenden Lichtschein Gunthers breite Statur.

„Legt die Waffen nieder", befahl der Mönch mit donnernder Stimme. Auch ohne Waffe in der Hand war er eine Ehrfurcht einflößende Person.

Der Wikinger verstand, dass seine Karten nun schlecht standen und flüchtete wieselflink durch die Hintertür. Kurz darauf war das Schlagen galoppierender Hufe zu hören.

„Jan, komm schnell mit mir", rief ihm Gunther zu, der erschrocken die Leiche erblickte, „du musst schnellstens aus Bamberg verschwinden!"

Mit seiner kräftigen Hand nahm er Jan unterm Arm und zog ihn durch die Gassen stadtauswärts. Jan ließ es willig über sich ergehen. Sollte der Wikinger Recht haben? Hatte ihn sein Glück verlassen?

„Du warst in Schwierigkeiten", schimpfte Gunther, während sie die Brücke überquerten, „aber jetzt bist du in großen Schwierigkeiten!"

Jan antwortete nicht. Auf der anderen Seite angekommen, erwartete sie zu Jans Überraschung Abt Godehard, der die Zügel von drei Pferden in der Hand hielt.

Jan fiel vor ihm auf die Knie.

„Verzeiht, Vater", rief er schuldbewusst, „ich habe mal wieder einen schweren Fehler begangen."

„Das weiß ich mein Sohn", antwortete Godehard, „aber näheres besprechen wir später! Jetzt müssen wir erst einmal Bamberg weit hinter uns lassen."

„Was ist mit Bretislav", fragte Jan plötzlich erschrocken.

„Er muss sich selbst helfen", erwiderte Godehard hart, wobei er Jan die Zügel eines Pferdes in die Hand drückte, „du kannst ihm nicht helfen!"

„Jetzt aber los", drängte Gunther, der schon auf seinem Pferd saß. Sie nahmen Jan in ihre Mitte und ritten in Richtung Süden los. Ihr Ziel war Niederaltaich.

***

„Wo ist dein Freund mit dem Geld?"

Die sonst so ruhige Stimme des Königs klang hart.

„Sprich!"

Wie ein Blitz fuhr die Aufforderung Bretislav durch Mark und Bein, während das nachhallende Echo wie ein Donnergrollen wirkte.

Man hatte ihn mitten auf der Straße aufgegriffen und ohne weitere Erklärung mehrere Stunden eingesperrt. Nun fand er sich im Büßergewand gekleidet im großen Festsaal der Pfalz wieder. Es waren viele Menschen versammelt, die dem Verlauf des Verhörs aufmerksam folgten. Bretislav kniete auf dem Steinboden vor König Heinrich und Bischof Eberhard, die jeweils etwas erhöht auf einem einfachen Stuhl saßen.

Das Gesicht des Königs war rot vor Zorn. Auch in Eberhards Gesicht konnte Bretislav keine Hoffnung auf Milde erkennen. Was hatte Jan nur angestellt?

„Eure Majestät, mein Gebieter", begann Bretislav zaghaft zu sprechen, „wessen werden mein Freund und ich verdächtigt?"

Ein Raunen ging durch die Menge. Als Bretislav einen Blick zur Seite wagte, konnte er Adelheid erkennen, die ihn mit hasserfüllten Blicken ansah. Es musste wirklich etwas Schlimmes passiert sein!

„Du Schlange", brüllte nun Eberhard los und sprang von seinem Platz auf, „willst dich wohl dumm stellen, um dich vor deiner gerechten Strafe zu drücken!"

Dabei zeigte er mit dem Zeigefinger drohend auf ihn. Eingeschüchtert wich Bretislav zurück.

„Ja, schleich nur über den Boden", fuhr der Bischof fort, der sich bestätigt sah, „bald wirst du Staub fressen!"

„Mein Herr", wandte sich Bretislav verzweifelt an den König, „ich weiß wirklich nicht, was meinem Freund vorgeworfen wird! Sagt es mir und ich werde versuchen, nach meinem besten Wissen und Gewissen zur Klärung der Ereignisse beizutragen!"

Den flehentlichen Blicken seines ehemaligen Leibwächters erlegen, erhob Heinrich die Hand, was sofort Ruhe in den Saal einkehren ließ.

„Du bist schlau", sagte er in freundlichem Ton, „du willst herausfinden, was wir bereits wissen, bevor du zuviel verrätst!"

„Nein", fiel ihm Bretislav rasend vor Verzweiflung ins Wort, „mir sind keine Vergehen bekannt!"

„Unterbrich den König nicht, du treulose Kreatur", wies ihn Eberhard zornig zurecht, „dafür bekommst du zehn Peitschenhiebe!"

Mutlos sackte Bretislav in sich zusammen. Da regte sich die Menge am Eingang des Saals. Durch sie zwängte sich ein schmächtiger Mönch, der sich neben Bretislav zu Boden warf. Wieder tuschelte die Menge, was sich bald zu Diskussionen und Ausrufen des Missfallens entwickelte. Nur mit Mühe gelang es dem Bischof und seinen Schreibern, wieder Ruhe in die Versammlung zu bringen.

„Wer bist du?", fragte der Bischof den Mönch, als es ruhig geworden war.

„Eure Majestät, verehrte Eminenz! Mein Name ist Walter", antwortete der Mönch, wobei sich seine Stimme vor Aufregung überschlug, „ich bin Mönch im Kloster Hersfeld und komme im Auftrag Eures treuen Dieners Godehard."

Nachdem er den Namen genannt hatte, drohte die Versammlung erneut laut zu werden, aber Heinrich unterband dies, indem er sich von seinem Stuhl erhob.

„Dann steh auf", forderte er Walter auf, „stell dich dort drüben hin und warte, bis diese Verhandlung beendet ist, dann werde ich hören, was Godehard mir zu sagen hat."

Die anwesenden Adeligen lachten ob der Belehrung in höfischen Sitten, doch der Mönch wich nicht von Bretislavs Seite.

Bischof Eberhard, der langsam die Geduld verlor, da er von der Schuld des Angeklagten überzeugt war, wollte dem Mönch schon von seinen Schreibern nachhelfen lassen, aber der König wandte noch einmal das Wort an ihn.

„Bist du zu Stein geworden oder hast du mich nicht verstanden?", ermahnte er mit mildem Ton.

„Verzeiht meine Widerspenstigkeit", antwortete Walter mit aufgeregter Stimme, „aber die Nachricht des Abtes, die ich Euch überbringen soll, hat mit diesem Fall zu tun!"

„So", wunderte sich Heinrich, der nun neugierig war, was Godehard in dieser Sache wusste, „dann trage die Nachricht vor!"

Walter handelte nicht sofort, sondern räusperte sich und zog dann eine versiegelte Papierrolle hervor.

„Abt Godehard gab mir diesen Brief, den ich Euch persönlich übergeben soll", erklärte er vorsichtig.

König Heinrich fing an, Gefallen an dem schmächtigen Mönch zu finden, der sich strikt an die Regeln hielt, die ihm sein Abt aufgetragen hatte. Unvermittelt ging er auf Walter zu und nahm die Botschaft entgegen, ohne Bretislav eines Blickes zu würdigen.

Der hatte die ganze Szene aufmerksam verfolgt, jedoch stets mit gesenktem Haupt. Als er den Namen Godehards gehört hatte, war Hoffnung in ihm aufgekommen.

König Heinrich kehrte zu seinem Stuhl zurück, brach dann das Siegel und las die Nachricht aufmerksam durch. Es herrschte eine gespannte Stille im Raum. Als der König zu Ende gelesen hatte, stand er wortlos auf, ging zum Kamin und warf das Pergament ins Feuer. Einige der Menschen zogen gespannt die Luft ein. Was hatte das zu bedeuten? Bretislav ahnte nichts Gutes. Heinrich kehrte neben den Bischof zurück, der ebenso verwundert wie alle anderen den König ansah.

„Die Verhandlung wird vertagt", eröffnete König Heinrich seinen überraschenden Beschluss, „denn Abt Godehard möchte Gelegenheit bekommen, zu dem Sachverhalt auszusagen. Ich gebe ihm dafür einen Monat Zeit. So lange bleibt der Verdächtige im Gefängnis."

Während er die Verschiebung bekannt gab, sah der König zu seinem Schwager hinüber, dem Herzog von Bayern, der jedoch seinen Blicken auswich.

Bretislav atmete auf. Vorerst war er gerettet.

„Danke", raunte er dem Mönch zu, der noch immer neben ihm stand. Dann wurde er abgeführt.

***

Sie waren bereits einige Stunden unterwegs, als Godehard das Tempo verringerte, um den Pferden eine Verschnaufpause zu gönnen. Bisher hatte noch keiner der drei ein Wort gesprochen, seit sie Bamberg verlassen hatten.

Jan hatte versucht, zu verarbeiten, was an diesem Tag geschehen war. Aber ihm war, als ob in seinem Kopf Tausende von Bienen schwirrten, weshalb er keinen klaren Gedanken fassen konnte. Vor allem aber bedrückte ihn die Ungewissheit um Bretislav. Musste Bretislav für seine Dummheit gerade stehen? Dabei fiel ihm ein, wem er zu verdanken hatte, dass er nicht auch gefangen genommen worden war.

Er ritt näher zu Godehard heran und räusperte sich.

„Habt Dank, Ehrwürdiger Vater", sagte er mit belegter Zunge, „dass Ihr Euch derart für mich eingesetzt habt!"

„Nun, noch ist es nicht vorbei", blieb der Abt nüchtern, „aber vorerst bist du in Sicherheit."

„Wieso vertraut Ihr mir eigentlich und glaubt an meine Unschuld?"

Das war ein Gedanken gewesen, der Jan in den letzten Stunden bewegt hatte.

„Das hat mehrere Gründe", erklärte Godehard nach kurzem Überlegen, „zum einen ist mir der Sachverhalt etwas zu offensichtlich. Ein junger Säumer besorgt sich mit Hilfe einer gefälschten Urkunde und des Siegels eines angesehen Adeligen ein kleines Vermögen aus der königlichen Schatzmeisterei! Das passt zu gut, um wirklich wahr zu sein!"

„Nun, es ist aber so passiert", fügte Gunther mit einem verstohlen anerkennenden Blick zu Jan hinzu.

„Ja", stimmte Godehard zu und fuhr mit seinen Überlegungen fort, „aber woher hat der Dieb die Urkunde? Sie muss so gut gefälscht gewesen sein, dass sie den königlichen Schatzmeister überzeugt hat! Wohin ist das Geld überhaupt gekommen, denn der Dieb hat es nicht mehr!"

Dabei sah er Jan prüfend an.

„Pater", rief der erschrocken aus, „ich möchte Euch bitten, mich nicht Dieb zu nennen. Schließlich dachte ich, dass ich im Auftrag des Landvogts handelte."

„Nur bestreitet das der Landvogt", belehrte ihn Godehard, „während du mit deinem alten Feind Francis d'Arlemanche gekämpft hast, habe ich mich in der Pfalz kundig gemacht. Der Landvogt bestreitet, dich in Bamberg gesehen zu haben!"

„Der Lügner", zischte Jan wütend, „weiß er überhaupt, dass sein verstoßener Halbbruder auf der gleichen Seite steht wie er?"

„Ich gehe davon aus", mutmaßte Godehard, „aber der Wikinger weiß wahrscheinlich nicht, dass er ein nützliches Instrument seines Bruders ist. Die Menschen gehen auf ihrer Suche nach Macht und Reichtum oft seltsame Wege."

„Aber ich hatte den Landvogt für einen ehrenwerten Menschen gehalten", jammerte Jan verständnislos.

„Auch ich habe mich in ihm getäuscht", pflichtete ihm Godehard bei, „aber wir haben nur den Bruchteil eines teuflischen Plans entdeckt."

„Wie meint Ihr das, Pater?", schaltete sich nun Gunther wieder ein.

„Bretislav hat vielleicht ein paar geraubte Kunstschätze gejagt, aber in Wirklichkeit ist er in eine viel größere Sache geglitten. In Bamberg habt ihr beide euch in einem Netz von Intrigen verfangen, dessen Ausmaße niemand kennt. Im Reich werden wieder aufrührerische Kräfte stark!"

„Das ist ja unglaublich", empörte sich Gunther, „ist der König denn gewarnt?"

Godehard musste schmunzeln. In Gunther war wieder einmal der alte Reichsgraf geweckt worden, der um den Zusammenhalt dieses irdischen Reiches bangte.

„Natürlich habe ich daran gedacht! Walter ist mit einem Brief an den König zu Pfalz gelaufen und ich rechne noch vor unserer Ankunft in Niederaltaich mit einer Antwort. Sollte der Brief rechtzeitig den König erreicht haben, dann ist auch Bretislav geschützt, falls dich diese Nachricht beruhigt, Jan!"

Jan fiel ein Stein vom Herzen.

„Bevor wir nun aber weitere Vermutungen anstellen", kam Godehard auf das eigentliche Thema zurück, „möchte ich von dir hören, wie sich alles genau zugetragen hat!"

Also erzählte Jan den gesamten Tagesverlauf noch einmal und Godehard hörte aufmerksam zu, unterbrach ihn manchmal und fragte nach dem ungefähren Zeitpunkt oder wer ihn alles gesehen haben könnte. Jan bewunderte, wie Godehard auch Kleinigkeiten bemerkte, die ihm selbst nicht aufgefallen waren.

„Nun wird mir einiges bewusst", fasste Godehard ihre Feststellungen zusammen, „der Landvogt hat dich zwar beauftragt, aber den Erhalt des Geldes bei Linus hat er nicht abgewartet. Ein Adeliger würde nie einem einfachen Mann so viel Geld anvertrauen. Demnach muss es noch weitere hochrangige Verschwörer geben. Die Sache mit dem Pfandbrief wurde ausschließlich gemacht, um euch loszuwerden."

„Also brauchen diese Verbrecher das Geld gar nicht", warf Jan überrascht ein.

„Falsch", verbesserte ihn Gunther, „wenn sie wirklich nur euch aus dem Weg schaffen wollten, dann hätten hundert Silberlinge auch gereicht! Nein, sie brauchen das Geld, nur haben sie kurzerhand die Art und Weise geändert, wie sie es sich besorgt haben."

„Aber wie hätten sie es sonst bekommen sollen", fragte Jan ungläubig.

„Es gibt einen kleinen Kreis von Menschen", erklärte ihm Gunther nun, „der ohne Probleme auch größere Summen aus der königlichen Schatzmeisterei erhält!"

„Wahrscheinlich der König und seine engsten Mitarbeiter!"

„Und die Familie des Königs und der Königin", setzte Gunther die Liste fort, „sofern sie das Vertrauen des Königs genießen."

Mit großen Augen sah Jan nun von Gunther zu Godehard und wieder zurück.

„Soll das heißen, ein Mitglied der Familie gehört zu den Verschwörern?"

„Noch kann man es nicht beweisen, aber es wäre nicht einmal eine außergewöhnliche Sache! Der erste Mord der Menschheit war ein Brudermord!" Godehard versuchte, seine Bemerkung leicht süffisant klingen zu lassen, aber innerlich bebte er vor Aufregung und Wut. Er fürchtete um das Wohl des Königs.

Erschöpft kamen die drei Reiter in Regensburg an. Drei Tage lang waren sie geritten, ohne längere Pausen als vier Stunden einzulegen. In Regensburg wartete bereits Walters Antwort auf Godehard. Jan war besorgt und erfreut zugleich, als er erfuhr, dass Bretislav zwar gefangen, aber bisher noch nicht angeklagt worden war.

Nach einiger Überlegung und einer langen Unterredung mit Gunther beschloss Godehard, noch von Regensburg aus wieder nach Bamberg zurückzukehren, denn die Frist von einem Monat erlaubte keine langen Verzögerungen. Ausserdem benötigte Jan seinen persönlichen Schutz nicht mehr. Zur Sicherheit überließ er Gunther aber trotzdem neben einigen Anweisungen für das Kloster einen Schutzbrief, der Jan unter die persönliche Obhut des Abtes stellte. Damit machte sich jeder, der sich an Jan vergriff, einer schweren Sünde schuldig. Man trennte sich mit gegenseitigen Segenswünschen. Godehard war bereits aus dem Hof geritten, als Jan ihm noch einmal nachlief.

„Pater, wartet einen Augenblick", rief er ihm nach.

Abt Godehard zügelte sein Pferd, stieg aber nicht mehr ab. „Was gibt es noch?"

„Hier, nehmt das mit Euch mit", bat ihn Jan, während er sich das Band des alten Salzbeutels über den Kopf zog, „übergebt es Bretislav mit meinen besten Wünschen. Es ist ein altes Geschenk meines Vaters, das mich bisher immer wohl bewahrt hat. Nun denke ich, dass es Bretislav nötiger hat als ich!"

Ein letztes Mal steckte er seinen Finger in den Beutel und zeigte Godehard das Salz, welches an seinem Finger kleben blieb.

„Das ist meine Lebenssubstanz", sprach er ernst und schleckte den Finger ab.

„Du bist ein sonderbarer und zugleich besonderer Mensch, Jan Säumer", lächelte ihm der Abt gütig zu, nahm den Beutel an sich und verstaute ihn unter seiner Kutte.

***

Das Langhaus am Marktplatz von Klatovy leuchtete im Glanz der spätsommerlichen Sonnenstrahlen. Marek hatte das Haus im Sommer völlig renovieren lassen, zum einen weil es nötig geworden war, zum anderen um die Bewohner von Klatovy zufrieden zu stellen, denn in der letzten Zeit waren vor allem unter den Handwerkern der Stadt Zweifel aufgekommen, ob Mareks Handeln wirklich der Stadt diente. Mit der Renovierung und dem Bau eines größeren Brunnens auf dem Marktplatz waren die Kritiker aber verstummt. Die mit diesem Bau verbundenen Aufgaben hatten auch Marek selbst verändert. Anfangs noch unwillig und mehr von seinem strengen Vater getrieben, hatte er nach und nach Gefallen an der Planung und Durchführung gefunden. Endlich hatte er einmal eine Aufgabe zu bewältigen, die ihm keine Hinterhältigkeit, List oder Heimlichtuerei abverlangte. Es bereitete ihm Freude, zu sehen, wie die Arbeiten vorankamen und sich die Menschen vor allem wegen des neuen Brunnens ihm gegenüber dankbar erwiesen.

War er früher oft tagelang nicht aus dem Haus gegangen, was zu einer unappetitlichen Fettleibigkeit geführt hatte, so begann er nun jeden Tag mit einem - wenn auch kurzen - Spaziergang durch die Stadt, während dem er mit den Menschen sprach, sich ihre Nöte anhörte und Missstände in der Stadt registrierte, die er nicht selten von seinen Knechten beheben ließ.

Trotz aller Großzügigkeit wusste Marek, dass die ‚alten' Geschäfte nicht ruhen durften. Er war dazu verdammt, seinen Wohlstand durch kriminelle Handlungen, die Unterdrückung der Säumer sowie die Unterstützung der Räuber in der Šumava zu bewahren. Da die Bautätigkeiten viel Geld kosteten, kam ihm mitten im Sommer die ungewöhnliche Anfrage aus Baiern gerade recht. Ein ungenannt bleibender Adeliger suchte einen sicheren Ort für ein Beutegut und er wollte gut dafür bezahlen. Einzig wunderte Marek an dem Auftrag, dass der Kurier darauf bestand, dass Francis d'Arlemanche – seit Jahren nannte ihn niemand mehr bei diesem Namen – als Unterhändler nach Bamberg kommen sollte.

Nun war knapp ein Monat vergangen, seit der Wikinger aufgebrochen war und Marek wurde zunehmend ungeduldig. Auch Božena bemerkte, dass Marek etwas bedrückte, obwohl sie sich beide so weit wie möglich aus dem Weg gingen. Nach außen wahrten sie zwar das Bild des Ehepaars, aber jeder wusste, warum die Ehe auch im fünften Jahr kinderlos blieb.

„Was hast du, Marek?", fragte sie eines Morgens, als sie ihn unruhig im Hof auf und ab gehen sah. Die Veränderung der letzten Monate hatten ihn auch für sie zugänglicher werden lassen.

„Es ist nichts von Bedeutung", wehrte Marek ab, aber Schweißperlen standen auf seiner Stirn, „ich war etwas in Gedanken versunken."

„Komm! Es denkt sich besser bei einem Schluck frischem Met", lächelte ihn Božena fürsorglich an, „ich werde dir einen Krug in dein Arbeitszimmer bringen!"

Marek nickte dankbar, doch die Sorgenfalten auf seiner Stirn verschwanden nicht. Er war bereits auf der Hälfte der Treppe zu seinem Arbeitszimmer im ersten Stock angekommen, als er im Hof Hufschläge hörte. Sofort machte er kehrt, eilte die Stufen hinunter und kam atemlos im Hof an.

Zu seiner großen Erleichterung stieg dort der Wikinger gerade von seinem Pferd ab. Es war selten, dass er so offen und am hellichten Tag zu Marek kam, denn eigentlich war es ihm unlieb, zusammen mit dem Räuber gesehen zu werden, obwohl jedermann von der Zusammenarbeit wusste. Er begrüßte ihn überschwänglich.

„Herzlich Willkommen zurück", rief er ihm zwischen zwei schweren Atemzüge zu.

„Dir auch einen Gruß", antwortete der Wikinger gut gelaunt.

Prüfend blickte Marek zum Pferd und kontrollierte das Gepäck, aber er konnte nichts entdecken, was ein besonderes Beutegut beinhalten konnte.

„Ihr sucht vergebens", lachte der Wikinger, der Mareks Blick bemerkt hatte, „die Ware ist gut verstaut und ich habe gute Nachrichten!"

„Dann erzähl", drängte Marek ungeduldig.

„Nicht hier", lehnte der Wikinger ab, während er sich prüfend im Hof umsah, „lass uns in dein Arbeitszimmer gehen, dort können wir ungestört reden!"

Auf der Treppe begegneten sie Božena, die gerade den Krug hoch gebracht hatte. Sie ließ die beiden Männer passieren und Marek befahl ihr kühl, gleich noch einen Krug für den Wikinger zu bringen. Mit hasserfüllten Augen sah sie den Wikinger an, ohne ein Wort zu sagen.

„Was für gute Neuigkeiten sind das, die du mir mitzuteilen hast?", nahm Marek das Gespräch wieder auf, kaum dass die Tür geschlossen war.

„Nun, die nächsten Monate kannst du mit Geld rechnen", teilte der Wikinger mit stolzen Lächeln mit, „für das du nicht einen Finger rühren musst! Ich werde es in ein paar Wochen in Regensburg abholen."

„Das sind wirklich gute Nachrichten! Aber sag mir, um was für Raubgut handelt es sich und was ist so gefährlich daran?"

„Es sind ein paar wertvolle Zeichnungen, die dem König geraubt wurden!"

Dabei sprach der Wikinger, als würde er über ein Stück Stoff reden.

„Dem König", wiederholte Marek unglaubwürdig. „Begeben wir uns da nicht in zu große Gefahr?"

„Pah", wies der Wikinger den Einwand zurück, „wer weiß, wie lange er noch König bleibt?"

„Was hast du noch alles in Erfahrung gebracht und wie ist die Stadt Bamberg?"

Marek hing förmlich an den Lippen des alten Räubers, der seine Rolle als geschätzter Kundschafter sichtlich genoß.

Während Francis kräftig vom Met trank, erzählte er Marek ausführlich von seiner Reise und seinem Aufenthalt in Bamberg, jedoch sparte er alles aus, was Hinweise auf Jan geben konnte. Aus einem bestimmten Gefühl heraus wollte er seine Begegnung mit Jan verheimlichen, zumal diese nicht sehr ehrenhaft für ihn ausgegangen war. Aus dem einfachen Säumer war ein ausgezeichneter Kämpfer geworden!

Einsamkeit

Während sich in Bamberg die hohe Politik und die Macht gleich dem Rad der Fortuna von Neuem zu drehen begannen, wartete man in Passau entspannt auf das Einbrechen des Winters. Für die Händler der Stadt war das vergangene Jahr sehr erfolgreich gewesen. Da der König keinen Feldzug durchgeführt hatte, blieb dem Adel mehr Geld für andere Dinge. Es wurden Burgen erweitert und ausgebaut, man leistete sich neue Möbel und die reichen Frauen ließen sich die neuesten Stoffe kommen. Die Händler konnten sich der Abnahme ihrer Ware gewiss sein.

Auch Levi hatte keinen Grund zur Klage. Er hatte sich als einer der einflussreichsten jüdischen Kaufleute in der Stadt etabliert. Sein Rat wurde sogar im Bischofssitz geschätzt. Deshalb war Levi auch einer der wenigen Menschen in Passau, die sich der gespannten Lage im Reich bewusst waren. Es drohte ein Aufruhr, der besser organisiert war, als alle anderen Versuche zuvor, um König Heinrich vom Thron zu stoßen. Dabei hatten die Verschwörer einen entscheidenden Vorteil. Ihr engster Kreis kam aus einem Gebiet, in dem der König kaum mit untreuen Kräften rechnete: es waren seine bajuwarischen Kerngebiete.

Deshalb befand sich der Bischof von Passau nun in einer Zwickmühle. Zum einen war er dem geistlich gesinnten König treu ergeben, zu anderen übten einige der mächtigsten Landesherrn in nächster Nähe gewaltigen Druck auf ihn aus, um seinen Frontwechsel zu erzwingen. Levi wusste von des Bischofs Dilemma, aber er verbarg die in ihm aufkeimende Unsicherheit vor dem Rest der Familie, um die fröhliche Stimmung im Haus nicht zu gefährden. Sein Haushalt war binnen Jahresfrist mit Gerhild und Eliška um zwei Personen gewachsen. Eliška ging seiner Frau Rahel gut zur Hand, während Gerhild sich ab und zu ein paar Groschen verdiente, indem sie kranken Menschen in der Stadt half. Ausserdem verschwand sie in unregelmäßigen Abständen für ein paar Tage, um Kräuter und Wurzeln zu sammeln.

In Gedanken versunken blickte Levi aus seinem Arbeitszimmer auf den Hof hinunter, wo seine Knechte Vorbereitungen für das Erntedankfest trafen. Obwohl er strenggläubiger Jude war, gewährte Levi seinen Knechten und Arbeitern das Feiern christlicher Feste in seinem Haus, was diese ihm mit großer Treue dankten.

Dann fiel ihm ein Mann auf, der ein Schwein am Strick führend im Torbogen des Hofes stand. Keiner seiner Knechte nahm von ihm Notiz. Sie waren so sehr in ihre Arbeit und die Vorbereitung auf das schöne Fest vertieft, dass sie den Fremden gar nicht bemerkten. Deshalb machte sich Levi selbst auf den Weg, um den Gast willkommen zu heißen, wie es sich für ein gastfreundliches Haus gehörte. Als er im Hof angekommen war, musste er feststellen, dass seine Sorge umsonst gewesen war, denn Eliška hatte bereits den Gast begrüßt, der sich nun freundlich mit ihr unterhielt.

Als Eliška ihn von der anderen Seite sah, entschuldigte sie sich kurz bei dem Besuch und lief zu Levi herüber.

„Dieser Mann will dich sprechen", sagte sie und wischte sich eine Strähne aus dem Gesicht die sich aus dem Zopf gelöst hatte.

„Wie heisst er denn", fragte Levi, wobei er den Mann kurz musterte.

„Oh", entschuldigte sich Eliška mit einem unschuldigen Lächeln, „ich habe ihn gar nicht nach seinem Namen gefragt. Aber ich glaube, er kennt dich!"

„Na, da bin ich mal gespannt", antwortete Levi kopfschüttelnd, „was er mir zu sagen hat! Du gehst jetzt aber wieder in die Küche und hilfst Rahel, denn da tauchen nicht so viele fremde Männer auf, die dich jegliche Manieren vergessen lassen!"

Eliška zwinkerte schelmisch und sprang fröhlich ins Haus, während Levi ihr mit gütigem Blick nachschaute. Jans Schwester hatte sich seit ihrer Ankunft und unter Rahels strenger Hand zu einer hübschen Frau entwickelt, die inzwischen viele Verehrer in der Stadt hatte. Glücklicherweise war sie bisher anständig geblieben, aber Levi hoffte auf Jans baldige Rückkehr, damit er einen Mann für sie fand, bevor es zu spät war.

Ein Fass, das sich plötzlich aus seiner Verankerung gelöst hatte und nun polternd über den Hof zum Tor rollte, holte Levi aus seinen Gedanken zurück. Drei, vier Knechte rannten hinter dem rollenden Fass her, ohne es halten zu können. Der Rest der anwesenden Männer machte sich aus dem Schauspiel einen Spaß und feuerte die glücklosen Jäger an. Das Fass wäre wohl unweigerlich durch das Tor oder gegen einen Pfosten gerollt, hätte nicht der fremde Gast eingegriffen, der noch immer mit seinem Schwein am Eingang wartete. Ohne den Schweinestrick aus der Hand zu lassen, hielt er das Fass mit einem Fuß an, den er mit seinem ganzen Körpergewicht gegen das Fass stemmte. Im Hof brachen Jubelrufe aus.

Levi ging schnell auf den Mann zu, während die Knechte das Fass wieder an seinen Platz zurückrollten, wo sie es besser vertäuten.

„Herzlichen Dank, dass war eine reife Leistung", gratulierte ihm Levi, „wie ist dein Name und was führt dich in mein Haus?"

Aber kaum hatte er die Frage gestellt, als er sich vor Erstaunen die Hand vor den Mund hielt. Sein Gegenüber lächelte schelmisch und streckte ihm die Hand entgegen, aber Levi riss seine Arme auseinander und umarmte den unerwarteten Gast brüderlich.

„Wolfram", rief er, nachdem er ihn wieder aus der Umklammerung gelassen hatte, „was bin ich nur für ein schlechter Freund, dass ich dich hier wie einen Fremden behandle!"

„Keine Sorge, Levi", beruhigte ihn der Freund aus Deggendorf, „ich hätte mich ja auch ankündigen können!"

„Das hätte es mir leichter gemacht", scherzte Levi, „denn du hast dich sehr verändert. Das letzte Mal warst du ein obdachloser Flüchtling in einem Kloster und heute steht ein gemachter Mann vor mir, der Kleider trägt, die man einem Bauern gar nicht zutraut!"

Wolfram trug tatsächlich nicht die grau-braune, grob gewobene Kluft eines Bauern, sondern ein grünes Leinen-Wams, dessen Bund mit einfachen Mustern bestickt war. Seine Beinkleider waren aus guter Wolle gefertigt und an seinen Füßen trug er feste Lederschuhe. Schon allein an seinem Aussehen konnte Levi erkennen, dass der Landvogt Thiemo sein Versprechen, ihm einen guten Lehenshof zu geben, eingehalten hatte.

„Hast du am Ende eine Frau", fragte Levi unverblümt, nachdem er ihn eingehend betrachtet hatte, „die dich so schön einkleidet?"

„Nein, das hättest du sonst als einer der Ersten erfahren", bemerkte Wolfram, „aber wie ich gesehen habe, hast du nicht nur ein wunderhübsches Eheweib, sondern auch sehr ansehnliche Mägde!"

„Die sind aber teurer als ein einziges Schwein", bemerkte Levi trocken, und Wolfram machte für einen Augenblick ein Gesicht wie ein Lausbub, den man durchschaut hatte.

„Oh, sag das nicht", versuchte Wolfram sich aus der Schlinge zu ziehen, „mein Schwein würde ich nicht für irgendeine Frau hergeben!"

„Aber zum Essen dürfen wir die Sau behalten", antwortete ihm eine Frauenstimme keck und nahm ihm von hinten den Strick aus der Hand. Der so düpierte Wolfram sah sich überrascht um. Die umstehenden Knechte, welche die Szene verfolgt hatten, lachten lauthals und applaudierten dem frechen Mädchen.

„Eliška", schimpfte Levi, der seinen Gast beschützen wollte, „hast du nun alle Manieren vergessen? Sieh zu, dass du wieder ins Haus kommst, wo du hoffentlich weniger Dummheiten anstellst!"

„Lass sie ruhig", mischte sich Wolfram beschützend ein, der ihr den Streich schon verziehen hatte, „soll sie das Schwein mitnehmen und daraus einen guten Braten machen, dann bleibe ich zum Feiertag hier!"

Levi brauchte gar nicht mehr zu antworten, denn die Knechte jubelten bereits, denn gerne hatte man einen Gast in der Runde, der nicht nur ein Fass Met rettete, sondern auch ein ganzes Schwein mitbrachte!

„Weißt du", gestand Wolfram, als er und Levi ins Haus gingen, „ich bin dir dankbar, dass ich hier sein kann, dann muss ich den Feiertag nicht alleine verbringen!"

„Du bist hier herzlich willkommen!"

***

Obwohl es ihm nicht schwer fiel, sich wieder an das harte und strenge Klosterleben zu gewöhnen kamen ihm die Tage und Wochen, die er auf Godehards Rückkehr wartete, wie eine Ewigkeit vor.

Während Gunther in der Klosterschule unterrichtete und nebenbei auf den Feldern arbeitete, was sein ausdrücklicher Wunsch war, wurde Jan dem Cellarus zugeteilt, den er bei der Verwaltung der klösterlichen Vorräte unterstützen sollte. Seine alte Aufgabe, die Versorgung der Bauern konnte er nicht wieder übernehmen, da es Godehard in seinem Brief ausdrücklich untersagte, dass sich Jan außerhalb des Klosters aufhielt.

„Was für ein glücklicher Mensch ich doch sein müsste", scherzte Jan, als er zusammen mit Gunther im Kräutergarten einen Abendspaziergang machte, „ich bin ein Gefangener Gottes!"

„Immer noch besser, als der Gefangene eines Menschen zu sein", entgegnete Gunther trocken.

„Damit hast du natürlich Recht, aber für mich ist es eine Qual, nicht durch die Wälder streifen zu können und mir mein Essen selbst zu besorgen, anstatt es in der Küche abzuholen!"

„Der Abt hat mir erzählt", begann Gunther beiläufig, „dass du schon einmal aus Bamberg geflohen bist. Darf ich fragen, was damals passiert war?"

Jan antwortete zuerst nicht, sondern strich mit seiner Hand über eine Hecke und runzelte die Stirn, als müsste er sich erst an damals erinnern.

„Es war wohl eine große Dummheit von mir, was ich damals gemacht habe", gestand Jan ohne überzeugend zu klingen, „aber irgendwie fühlte ich mich in Bamberg nicht mehr wohl. Wäre ich geblieben, dann hätte ich jetzt vielleicht eine Stelle als Hofbeamter von König Heinrich und würde ein gesichertes Leben führen."

„Wärest du dann glücklich?"

Jan verzog die Mundwinkel.

„Ich weiß es nicht. Aber mein Leben hätte dann einen Sinn!"

„Dein Leben hat auch jetzt einen Sinn, nur vielleicht erkennst du ihn nicht, weil du gar nicht danach suchst!"

„Kann man das denn", fragte Jan überrascht, „nach dem Sinn des Lebens suchen?"

Ohne eine Antwort abzuwarten, führte Jan seinen Gedanken weiter aus.

„Zuhause wurde jedem der Sinn für sein Leben in die Wiege gelegt. Der Sohn übernimmt den Beruf des Vaters, die Tochter bereitet sich auf die Ehe vor und macht den Haushalt. So wird das von Generation zu Generation weitergegeben. Ich bin der älteste Sohn eines Säumers, also bin auch ich Säumer geworden. Und wären nicht all die schlimmen Dinge passiert, dann wäre mein Bruder sicherlich auch Säumer geworden."

„Was macht dein Bruder?"

„Er ist Zimmermann und wohnt in Sušice, das südlich von Klatovy liegt!"

Jans Stimme zitterte, als er von seinem Bruder erzählte.

„Wie du an deinem Bruder siehst, wird die Tradition manchmal unterbrochen, damit etwas Neues beginnen kann. Der Sohn deines Bruders wird wohl auch Zimmermann werden und dessen Sohn wieder. Am Ende werden die Nachkommen deines Bruders sagen, dass sie schon immer Zimmerleute waren! Wie steht es bei dir? Was sind deine Stärken?"

„Ich kann vieles und nichts", bemerkte Jan sarkastisch, „die längste Zeit war ich bisher Säumer, dazwischen war ich Laufbursche bei einem Händler, habe klösterliche Felder verwaltet, bin zur Schule gegangen und habe kämpfen gelernt. Wie du siehst, ich bin wie ein Baum, dessen Wurzeln keinen Halt finden. Ich kippe mal hierhin, mal dorthin!"

„Lass mich dir etwas erzählen", sagte nun Gunther mit väterlicher Stimme und ließ sich auf einer Bank nieder, „mir ist es lange ebenso ergangen wie dir. Als junger Mann war ich begeisterter Ritter. Während du dich immer wieder nach den Bergen und Wäldern deiner Heimat sehnst, habe ich es nicht länger als eine Woche zuhause ausgehalten. Ständig war ich unterwegs, auf Feldzügen und Jagden. Ich wurde älter und in mir regten sich die Zweifel, denn zum einen musste ich zuhause mein Land verwalten, zum anderen wollte ich viel erleben. Doch weder zuhause, noch unterwegs war ich glücklich und zufrieden. Also habe ich nach einem Ausweg gesucht und ihn schließlich als Mönch gefunden."

Jan wollte augenblicklich protestieren, aber Gunther ließ ihn nicht zu Wort kommen.

„Keine Angst", beruhigte er ihn lächelnd, „ich will dich nicht zum Mönch machen. Du sollst nur verstehen, dass du nach dem suchst, was dir Zufriedenheit schenkt. Dann wirst du es mit Gottes Hilfe auch erreichen."

„Wirklich zufrieden war ich bisher nur, wenn ich in der Šumava war", gestand Jan nachdenklich und fügte dann hinzu: „Weißt du, man sagt über die Säumer, dass sie einen unruhigen Geist in sich haben, weil sie es nie lange an einem Ort aushalten. Ich bin das beste Beispiel dafür, aber eigentlich sehne ich mich nach einem Ort, wo ich Geborgenheit finden kann!"

Gunther schwieg, denn er war überrascht von Jans Offenheit ihm gegenüber.

Zwei Tage nach dieser Unterhaltung traf ein Bote im Kloster ein, der dem Sakristan eine Nachricht von Godehard überbrachte. Dieser ließ Jan in die Klosterkirche kommen, wo er zusammen mit Gunther bei einem Seitenaltar auf ihn wartete.

„Du hast mich gerufen?", meldete sich Jan zögerlich, denn er ahnte, dass der Beschluss des Königs nicht zu seinen Gunsten ausgefallen war.

„Ja, mein Sohn", begann der Sakristan mit fester Stimme. Er war ein großer schlanker Mann, der besonders bei den Klosterschülern ob seiner Strenge gefürchtet war.

„Abt Godehard teilt mir in seinem Brief mit, was unser heiliger König in deinem Fall entschieden hat."

Jan war sich nicht sicher, ob in den Worten des Sakristans eine Portion Sarkasmus mitschwang, oder ob er die Angelegenheit wirklich so wichtig hielt.

„Was schreibt Abt Godehard?", fragte Gunther, der auch gespannt auf den Ausgang war, wenngleich er keine gute Nachricht erwartete.

Der Sakristan rollte das Papier auseinander, das er die ganze Zeit in seinen Händen gedreht hatte, und sah einige Zeit darauf, als ob er es noch nicht gelesen hätte. Schließlich begann er, laut zu lesen:

„Der uns von Gott gegebene König Heinrich, dem wir zu stetem Gehorsam verpflichtet sind, hat folgendes beschlossen: Jan Säumer, ehemaliger Domschüler zu Bamberg, wird beschuldigt, den König um 1000 Silberlinge bestohlen zu haben. Damit macht er sich schuldig vor Gott und der Welt. Ein Urteil über ihn soll gefällt werden, wenn Beweise und Zeugen dieses Vergehen eindeutig belegen. Bis zu seiner Verurteilung wird er im Kloster Niederaltaich bleiben und Buße für seine Tat leisten. Außerhalb des Klosters ist er geächtet."

„Geächtet", rief Jan erschrocken aus und seine Stimme überschlug sich.

Gunther nahm ihn tröstend in den Arm.

„Du musst verstehen", versuchte er zu erklären, „das ist ein normaler rechtlicher Vorgang. Damit will man sichergehen, dass du das Kloster wirklich nicht verlässt!"

„Damit ich hier auf meinen Tod warte", schimpfte Jan und stieß Gunther zornig von sich, „was ist das für ein Leben?"

„Du darfst nicht so schnell aufgeben", beruhigte ihn Gunther, „du bist nicht verurteilt und Godehard wird sicherlich alles für dich tun. Er glaubt dir!"

„Aber der König scheint da anderer Meinung zu sein. Hast du nicht gehört? Ich soll hier auf meine Verurteilung warten. Von Freispruch oder Unschuld keine Rede! Ist das der Sinn des Lebens, von dem du mir erzählt hast?"

Ungestüm drehte er sich um und wollte aus der Kirche laufen, aber der Sakristan wusste ihn daran zu hindern.

„Willst du nicht wissen, was der Abt noch geschrieben hat", rief er mit befehlsgewaltiger Stimme.

Jan blieb in einiger Entfernung stehen und klammerte sich mit beiden Händen an einen Holzbalken. Seine Augen funkelten und Schweiß stand auf seiner Stirn.

„Was kann noch Schlimmes kommen", fragte er keuchend, „lies schon!"

„Dies schreibe ich dir, mein Sohn im Herrn", begann der Sakristan wieder in langsamen Lesestil, „um deine Wut zu lindern und deinen unruhigen Geist zu beruhigen."

Jan war verblüfft, wie genau Godehard seine Reaktion vorhergesehen hatte, aber er sträubte sich innerlich dagegen, die Nachricht zu akzeptieren. Der Sakristan beachtete ihn nicht, sondern las monoton weiter.

„Der König hat auch ein Urteil über Bretislav gefällt. Er wird nicht für schuldig befunden, dir geholfen zu haben, denn es konnten keine Beweise dafür vorgebracht werden. Aber er muss das Reich für fünf Jahre verlassen als Buße dafür, dass er mit dir verkehrt hat. Er wird in einer Woche zu seinem Vater nach Prag aufbrechen. Lass dir dies einen Trost sein und handle nicht unüberlegt, bis ich wieder in Niederaltaich bin. Dann werden wir uns über deine Zukunft unterhalten."

„Welche Zukunft?", schnaubte Jan und krallte seine Fingerspitzen in das Holz, dass sie bleich anliefen, „mein Leben ist dahin!"

Er spürte, wie ihm die Tränen kamen und er lief eilig aus der Kirche, überquerte den Klosterhof und versteckte sich für den Rest des Tages im Kräutergarten. Dort versuchte er, wieder klare Gedanken zu fassen, was ihm aber zuerst nicht gelang. Wütend trat er einen Holzpfahl um, der berstend in zwei Stück brach. Müde und aufgebracht zugleich betrachtete er die vielen großen und kleinen Holzsplitter, die am Boden verstreut lagen.

Plötzlich kam ihm ein Gedanke. War sein Leben nicht wie diese Holzsplitter? Man konnte sie nie mehr so zusammenfügen, dass sie wieder den alten Pfahl ergeben würden. Die großen Teilstücke konnte man noch gebrauchen und mit Nägeln oder Stricken miteinander verbinden. Genauso verteilt und verstreut lagen die einzelnen Abschnitte seines Lebens auseinander; in Klatovy, Deggendorf, Niederaltaich, Bamberg, Prachatice, Passau und natürlich in der Šumava. Gerade sah es so aus, als sollten sie für immer auseinander bleiben. Aber vielleicht konnte er Nägel und Stricke finden, um sie zu verbinden und zumindest einen Teil seines Lebens zu retten.

Gleich am nächsten Tag ließ er sich in der Schreibstube Pergament und einen Federkiel geben, um einige Briefe zu schreiben. Einen sandte er an Levi, um ihn von der neuen Situation in Kenntnis zu setzen. Außerdem sollte er ihm einen Teil seines Geldes schicken. Diesem Brief legte er eine Nachricht an seine Schwester Eliška bei, damit sie sich keine unnötigen Sorgen um ihn machte.

Der zweite Brief war an Bretislav. Darin bat er ihn, trotz allem weiterhin sein Freund zu bleiben und einmal nach Klatovy zu gehen, da er wissen wollte, wie die Situation in der Stadt inzwischen geworden war. Er überlegte sich, wie weit Bretislav von Bamberg aus schon gekommen sein konnte und sandte seine Nachricht dann mit einem Boten über Regensburg nach Pilsen, wo ihn der örtliche Landvogt an Bretislav weiterleiten sollte. Die nächsten Tage widmete sich Jan voller Eifer seiner Arbeit.

Die ersten Schneeflocken waren bereits gefallen, als Levi nach Niederaltaich kam, um Jan das gewünschte Geld persönlich zu bringen. Er wollte sich vergewissern, dass es Jan an nichts fehlte. Tatsächlich hatte Jan keinen Grund zur Klage. Im Kloster wurde er mit Respekt behandelt und keiner kam auf den Gedanken, in ihm einen Verschwörer zu sehen. Ihm fehlte zwar äußerlich nichts, gleichzeitig fraß ihn die Ungewissheit innerlich auf. Von Godehard, der wieder nach Hersfeld gereist war, waren keine Neuigkeiten gekommen.

„Denk nicht ständig darüber nach", riet ihm Levi, „du kannst an der Situation nichts ändern."

„Nein, nicht an meiner Situation", bemerkte Jan, „aber ich werde nicht tatenlos zusehen."

„Was hast du vor? Brauchst du deshalb das Geld?"

„Richtig. Ich muss einige Sachen in Ordnung bringen, bevor es zu spät ist."

Jan starrte vor sich auf den Boden. Gedankenversunken zog er die Nase hoch, denn der kalte Herbstwind ließ ihn frösteln.

„Mach aber keine Dummheiten", warnte Levi, der sich nicht sicher war, ob Jan wirklich überlegt handelte.

„Keine Sorge, ich habe zwar noch keinen vollständigen Plan, aber ich werde vorsichtig sein."

„Was willst du überhaupt erledigen?", fragte Levi neugierig weiter.

„Ich werde in Klatovy die alte Ordnung wieder herstellen."

Die Worte klangen so entschlossen, dass Levi erst keine Widerworte wagte. Als aber Jan nichts Näheres erklärte, bemerkte Levi kritisch:

„Du kannst das Rad nicht einfach wieder zurückdrehen. Vielleicht haben sich die Menschen inzwischen an die neue Ordnung gewöhnt!"

„So ein Blödsinn", fuhr Jan erregt auf, „die Säumer leiden unter dem Joch meines Vetters. Wer kann sich an so etwas gewöhnen?"

Levi zuckte erschrocken zusammen.

„Ich wollte dich nicht beleidigen", entschuldigte er sich, „aber du musst auch daran denken, was nach deinem Vetter kommen soll. Willst du dann vielleicht die Stadt führen?"

„Nein! Es soll einfach wieder so sein wie früher", antwortete Jan trotzig.

Levi zog die Stirn in die Höhe, aber er sagte nichts, sondern blickte nur zu Boden.

„Komm", forderte Jan seinen Freund auf, weil er nicht länger über das Thema reden wollte, „ich will dich einem alten Bekannten vorstellen."

Levi sah ihn überrascht an und schmunzelte. Jan wollte nicht weiter diskutieren, aber dass er auf einmal einen alten Bekannten aus dem Ärmel zog, um davon abzulenken, zeugte von Jans Durchtriebenheit.

Sie gingen hinüber zur Klosterschule, wo Jan aber vergeblich nach Gunther suchte. Er war gespannt, wie Levi reagierte, wenn er den ehemaligen Ritter in einer einfachen Mönchskutte wiedersehen würde. Nach mehr als einer halben Stunde Suche fanden sie Gunther in einer Nische im Viehstall.

Jan vergaß vor lauter Verwunderung, seinen Freund vorzustellen.

„Was machst du hier", wollte er sofort wissen, „ich habe dich überall gesucht."

„Ich wollte einmal allein sein und in Ruhe nachdenken können."

„Als wäre das Kloster nicht schon ruhig genug", bemerkte Jan süffisant.

„Du wirst mich jetzt für verrückt erklären", erwiderte Gunther vorausahnend, „aber mir ist es hier manchmal viel zu hektisch."

„Wie soll ich das verstehen?"

Jan zog die Stirn in Falten. Levi hatte bisher nur dabei gestanden und verzweifelt versucht, den großen hageren Mönch mit seinem markanten Bart in seine Erinnerungen einzuordnen, aber vergebens. Ungeduldig räusperte er sich.

„Oh verzeih, meine Manieren gehen vor die Hunde", entschuldigte sich Jan. Nicht ohne Stolz stellte er Levi den Mönch und ehemaligen Reichsgraf Gunther vor. Er erinnerte Gunther an den Abend auf der Burg Natternberg und erklärte, dass er damals zusammen mit Levi dort gewesen war. Man tauschte einige Freundlichkeiten aus und verfiel in ein Gespräch über die alten Zeiten, bevor es ausgerechnet Levi war, der auf das Anfangsthema zurückkam.

„Entschuldige, wenn ich danach frage, aber wenn ich es recht verstanden habe, dann hast du das höfische Leben verlassen, um mit anderen Mönchen zusammen ein Leben für Gott zu leben."

„Richtig. Ich wollte mich von der Last meines bisherigen Lebens befreien."

Gunther machte eine kurze Pause, um seine Entscheidung besser darzulegen.

„Ihr müsst verstehen", erklärte er nach einer Weile, „man kann unsere Gesellschaft in drei Gruppen einteilen. Es gibt die *laboratores*, die *bellatores* und zuletzt die *oratores*. Die ersten dienen Gott mit dem Werk ihrer Hände, die zweite Gruppe steht bereit zum Kampf und der dritte Teil betet für die ganze Gesellschaft. Ich war mein ganzes Leben ein Kämpfer, aber ich habe nie Ruhe gefunden. Nun bin ich Mönch und fühle mich Gott viel näher."

„Trotzdem ist es dir hier im Kloster noch zu hektisch?", hakte Levi nach.

„Manchmal schon", gestand Gunther, „jeder ist so sehr mit seinen Aufgaben beschäftigt, dass keine Zeit bleibt, um lange im Gebet zu verweilen."

„Aber dafür gibt es doch die Gebetszeiten", wunderte sich Jan.

„Natürlich", lächelte Gunther, der Jans Verwunderung verstehen konnte, da er früher ähnlich gedacht hatte, „nur habe ich gelegentlich das Verlangen, länger als diese Zeit im Gebet zu bleiben. Ihr könnt das wahrscheinlich nicht nachvollziehen, aber mich verlangt es danach, in der Einsamkeit nach Gott zu suchen!"

Gunthers Augen wurden träumerisch und seine Stimme sehnsüchtig. Jan und Levi schwiegen beide, während sie den Mönch anstarrten, der ihnen gerade seinen tiefsten Wunsch mitgeteilt hatte. Die eingetretene Ruhe schien die Zeit anzuhalten.

„Dann werde Eremit", befand Levi schließlich, dem die Ruhe zu lang gedauert hatte.

Gunther schien mit den Gedanken weit weg gewesen zu sein, denn verwirrt bat er Levi um Wiederholung.

„Das ist leichter gesagt als getan", antwortete er beim zweiten Mal, „denn die Mönche sollen gemeinsam nach den Regeln des Heiligen Benedikt leben. So will es der König."

„Ich kann mir vorstellen, dass auch Abt Godehard von der Idee nicht begeistert sein wird. Er ist von dem gemeinsamen Leben überzeugt", fügte Jan hinzu, der Godehards Auffassung aus den vielen gemeinsamen Gesprächen kannte.

„Da hast du Recht", stimmte ihm Gunther zu, „weshalb ich gar nicht erst um Erlaubnis bitte. Stattdessen versuche ich, die Einsamkeit innerhalb des Klosters zu finden, was mir auch manchmal gelingt..."

Er machte eine Pause, erhob sich dabei und sah dann Jan mit einem neckischen Blick an.

„...wenn ich es schaffe, mich vor dir zu verstecken. Jan kennt alle Winkel des Klosters, was meine Bemühungen sehr schwierig gestaltet", erklärte Gunther dann an Levi gewandt.

Alle drei mussten lachen, während sie aus dem Stall nach draußen gingen, wo es bereits zu dämmern begann.

„Wenn wir gerade von Einsamkeit reden", nutzte Levi die fröhliche Stimmung, „es gibt auch Menschen die sich nach Zweisamkeit sehnen."

„So etwas vergisst man hier im Kloster sehr schnell", witzelte Jan, worauf er einen strafenden Blick von Gunther erntete.

„Ich denke auch nicht an dich", fuhr Levi fort, „sondern vielmehr an deine Schwester Eliška!"

Jan blieb abrupt stehen.

„Meine Schwester will heiraten?", fragte er beinahe entrüstet.

„Nun ja, so weit ist es noch nicht, aber ich habe da so eine Vorahnung!"

„Ich hoffe, dass es ein ordentlicher Mann ist", sorgte sich Jan, „der um meine Schwester buhlt."

„Keine Angst", beruhigte ihn Levi, „ich werde bei der Auswahl so streng sein wie bei meiner eigenen Tochter."

„Ist es ein guter Handwerksbursche aus Passau?", forschte Jan neugierig nach.

„Nein."

„Vielleicht sogar ein Händler?"

„Nein."

„Er wird doch wohl kein Säumer sein!"

„Welch schrecklicher Gedanke", fügte Gunther belustigt ein.

„Auch das nicht", lachte Levi über Jans Neugierde, „du kennst ihn bereits und es ist ein wohlhabender Bauer."

Jan überlegte.

„Ein wohlhabender Bauer, den ich kenne? ...Komm, lass dir nicht alles einzeln aus der Nase ziehen. Wer ist es?"

„Es ist noch nicht offiziell, aber vor kurzem war Wolfram bei uns zu Besuch und er hat sich sehr gut mit deiner Schwester verstanden!"

„Wolfram", wiederholte Jan überrascht und erfreut zugleich.

Von der Kirche her rief die Glocke die Mönche zum Gebet und Gunther verabschiedete sich von den beiden Freunden. Das Thema hatte ihn außerdem nicht mehr sonderlich interessiert. Jan aber zog Levi in das Gästehaus, wo er alles ganz genau wissen wollte.

Ostern

Das Jahr Anno Domini 1009 war erst vier Monate alt und die Menschen harrten mit großer Ungewissheit der Dinge, die da kamen. Im Vorjahr hatte ein erneuter Aufstand das Reich schwer erschüttert. Adalbero aus dem mächtigen Haus der Luxemburger und Bruder der Königin Kunigunde, hatte sich ohne die Einwilligung des Königs zum Bischof von Trier wählen lassen. Heinrich favorisierte Megingaud, nicht zuletzt, um die Macht der Luxemburger einzuschränken. Doch der König hatte seinen Einfluss überschätzt. Bischof Adalbero und die Bürger von Trier verschanzten sich in ihrer Stadt, so dass das königliche Heer unverrichteter Dinge abziehen musste. Megingaud blieb nichts anderes übrig, als den Winter über in Koblenz auszuharren und auf einen erneuten Versuchs des Königs zu hoffen.

Kurz nach dem Jahreswechsel kamen für Heinrich neue Probleme hinzu. Er selbst hatte einst sein altes Herzogtum Bayern an Heinrich, einen weiteren Bruder der Königin, gegeben. Nun erwiesen sich die Familienbande stärker als die Dankbarkeit dem König gegenüber und der Herzog von Bayern stellte sich auf die Seite seines Bruders. Der König drohte seine Stammlande zu verlieren, denn die bajuwarischen Adeligen hatten vor zwei Jahren einen Treueid auf den neuen Herzog geschworen.

König Heinrich hatte schnell gehandelt und die bajuwarischen Adeligen zu einem Treffen nach Regensburg berufen, um sie an ihren alten, dem König geleisteten Treueschwur zu erinnern. Einige der Adeligen kamen gerne und hofften auch eine Erstarkung des Königs. Unter ihnen befand sich der Bischof von Passau. Auf der anderen Seite konnte der abtrünnige Herzog auf die feste Unterstützung von einflussreichen Großen wie den Landvogt Thiemo von Künzing rechnen. Sein vehementes Eintreten für den Herzog warf ein zwielichtiges Licht auf die alte, noch immer ungeklärte Geschichte des Diebstahls in Bamberg. Man wollte der Version des Landvogts nicht mehr recht glauben, jedoch wagte niemand, offen einen Vorwurf zu erheben, so lange nicht geklärt war, wer aus dem aktuellen Streit als Sieger hervorging.

König Heinrich erinnerte die Anwesenden an seine göttliche Herrschaftsgewalt und versuchte auch mit Drohungen, einzelne Adelige unter Druck zu setzen. Doch die Verhandlungen waren mühsam und der Ausgang völlig ungewiss.

Für den endgültigen Erfolg des Königs, der in einer großen Zeremonie im Dom zu Regensburg den Abtrünnigen ihren ‚Meineid' vergab, war vielleicht auch ein Ereignis verantwortlich, das sich weit entfernt von Regensburg ereignete und dessen Wurzeln im vergangenen Jahr zu suchen waren. In der schwierigen Phase der Verhandlungen und Diskussionen erreichte den König in Regensburg eine Nachricht über Brun von Querfurt. Der Missionserzbischof war zusammen mit achtzehn Begleitern bei den heidnischen Pruzzen den Märtyrertod gestorben. Das allein war keine besondere Nachricht, denn ständig fielen Mönche der heidnischen Blutrünstigkeit zum Opfer.

Doch Brun von Querfurt gehörte zu den bekanntesten Missionsmönchen und hatte im vergangenen Jahr in einem Brief an König Heinrich dessen Politik gegen die Polen schwer kritisiert. Unter anderem warf er ihm darin vor, gegen den christlichen Bruder, den König Boleslaw Chrobry, mit den heidnischen Liutizen gemeinsame Sache zu machen. Er, König Heinrich, würde nicht nach dem Wohle der Kirche streben, sondern nach dem *honor secularis*, der weltlichen Ehre. Brun hatte damit ausgesprochen, was viele Kleriker dachten: Der König war nicht besonders an der Mission interessiert, sondern wollte das Reich stärken. Doch auch wenn viele so dachten, wagte niemand, es laut auszusprechen.

Nur Brun von Querfurt, der Kapellan des letzten Kaisers, der Missionserzbischof, der sich in seinem Brief auch zu seiner Freundschaft zu Boleslaw Chrobry bekannt hatte, wollte nicht länger schweigen. Viele erkannten später die Wahrheit seiner Worte, als Heinrich zehn Jahre später einen erniedrigenden Frieden mit Boleslaw Chrobry schließen musste.

Doch noch ahnte man von der zukünftigen Entwicklung nichts. In diesem Frühjahr in Regensburg sah man nur, dass Brun von Querfurt gestorben war, kaum ein halbes Jahr nach seiner Kritik am König. Für viele der bajuwarischen Adeligen war das ein deutliches Zeichen und sie knickten in ihrer Haltung ein. Herzog Heinrich wurde abgesetzt und musste in die luxemburgische Heimat fliehen. Der König aber setzte keinen neuen Herzog ein, sondern nahm Bayern wieder unter seine eigene Herrschaft.

***

Levis Vorahnung hatte sich bewahrheitet, denn Wolfram machte Eliška mit großer Hingabe den Hof. An Weihnachten hatte Wolfram bei Jan um Eliškas Hand angehalten, wozu Jan mit Freude einwilligte. Da Jan das Kloster nicht verlassen durfte, hatte der Sakristan in Absprache mit Abt Godehard erlaubt, die Hochzeit an Ostern in der Klosterkriche zu feiern. Das war in drei Wochen.

Sie waren schon bei ganz anderen Themen, als sie plötzlich aufgeregte Rufe und eilige Schritte vom Klosterhof hörte. Neugierig traten Jan und Wolfram vor das Gästehaus und wurden Zeugen, wie sich alle anwesenden Mönche in ordentlichen Reihen am Tor postierten, durch das wenig später Abt Godehard auf einer schönen Fuchsstute ritt. Der Sakristan hieß ihn herzlich willkommen und Godehard nahm sich die Zeit, jeden Mönch einzeln zu begrüßen. Gunther umarmte er besonders herzlich. Bevor sich jeder wieder seiner Arbeit widmete, versammelte sich der gesamte Konvent in der Kirche und dankte Gott für die glückliche Reise des Abtes.

Zwei Stunden nach seiner Ankunft ließ Godehard Jan zu sich rufen, um ihm die Neuigkeiten aus Regensburg mitzuteilen. Es war eine herzliche Begrüßung und Godehard war sehr erfreut, Wolfram wieder zu sehen und natürlich beglückwünschte er ihn zur bevorstehenden Hochzeit.

Dann aber schwenkte er bald auf die Geschehnisse in Regensburg um, den Ausgang des Streits und welche Folgen daraus für Jans Fall entstanden.

Der Bischof von Passau war der erste, der offen Zweifel an Thiemos Unschuld anmeldete. Auch der König traute dem ehemals treu ergebenen Landvogt nicht mehr und verhörte ihn nochmals öffentlich. Thiemo erkannte, was die Stunde geschlagen hatte und gestand seine Mitschuld. Aber er hielt an seiner Aussage fest, dass Jan das Geld für sich behalten hatte, denn er fürchtete sich mehr vor der Rache des Luxemburgers, als vor einem kleinen Säumer. Thiemo wurde in einer Burg in Sachsen festgesetzt und sein Land ging zum einen an den Bischof von Passau und zum anderen wurde daraus Königsland. An Jans Situation änderte sich trotzdem nichts, da zum einen das Geld noch immer nicht aufgetaucht war, zum anderen die Aussage eines Verräters weniger zählte als das Wort von Abt Godehard.

***

Die Burg Horažďovice kannte keine Feinde. Als mächtige Grenzburg erbaut, verfügte sie über zwei Abwehrwälle. Außen hatte man Erde zu einem mannshohen Wall aufgeschüttet, der zusätzlich durch Holzpalisaden erhöht wurde. Über eine Zugbrücke gelangte man in den Bereich zwischen den beiden Wällen, wo sich Bauernkaten und Handwerksstuben befanden. Zum zweiten Verteidigungsring stieg der Weg leicht an. Das Herz der Burg wurde mit einer festen Steinmauer geschützt, ein fast unbezwingbares Hindernis. Auf Erdwälle konnte man hinaufklettern, Holzpalisaden konnten brennen, aber eine Steinmauer bedurfte komplizierter Belagerungsmaschinen.

Im Innenbereich der Burg, wo es wesentlich ruhiger war als in den dicht bebauten Außenbereichen, thronte mächtig das Herrenhaus, die letzte Zuflucht. Diesen Teil der Burg bewohnte der Landvogt mit seiner Familie. Eine schlichte Holztreppe führte zu der Eingangstür, die gut zwei Mann hoch über dem Boden lag. Die Treppe ließ sich im Notfall schnell einreißen und erschwerte den Feinden den Zugang zusätzlich.

Beeindruckt betrachtete Bretislav die gesamte Anlage. Stolz hatte ihm der Landvogt, sein Name war Sudivoj, die Renovierungsarbeiten gezeigt. Aus einem nahen Steinbruch wurden Quader geliefert, um die innere Mauer an ihrer niedrigsten Stelle noch einmal zu erhöhen.

„Ich bin beeindruckt", lobte Bretislav, „wenn nur alle Burgen in unserm Land in so gutem Zustand wären wie diese!"

„Ich danke Euch, Herr", entgegnete der Landvogt unterwürfig, „Euer Vater kann immer auf mich zählen!"

Landvögte, auf slawisch nannte man sie *Velmos*, wurden vom Herzog auf seinen Burgen eingesetzt und mit einem großzügigen Lehen bedacht, damit sie den Herrschaftsanspruch des Herzogs gegen die ansässigen Adeligen durchsetzten.

„Wie viele berittene Soldaten sind in deinem Aufgebot, sollte dich der Herzog rufen?", fragte Bretislav nun mit klarer Stimme.

„Ich kann dreißig Mann zu Pferd stellen, dazu kommen noch einmal vierzig Mann zu Fuß, Bauern und Handwerker, die aber jährlich im Kriegshandwerk geschult werden."

Bretislav nickte zufrieden und begab sich zu den Handwerksstuben. Er wollte auch deren Zustand genauer inspizieren. Besonders der Zustand der Schmiede und das Können des Schmieds waren von großer Bedeutung. Nachdem er in den letzten zwei Jahren viele Burgen bereist hatte, wusste Bretislav inzwischen, worauf er zu achten hatte, denn die Burgherren versuchten je nach Interesse, die ihnen zur Verfügung stehenden Mittel und Knechte zu schmälern oder schön zu reden. Der eine suchte die Unterstützung des Herzogs, der andere wollte seine Unabhängigkeit deutlich machen. Alle gemeinsam ließen sie den herzoglichen Inspektor nur ungern in ihre Burgen ein.

Bretislav war, kaum in Prag angekommen, von seinem erbosten Vater sofort wieder auf Reisen geschickt worden. Mit der Verbannung seines Sohnes hatte der Herzog von Prag seine sicherste Quelle aus dem Umfeld des Königs verloren. Nun war er auf andere Informanten angewiesen, die zum einen nicht für Gotteslohn arbeiteten und zum anderen oft auch nur unwichtige Dinge meldeten, denn wer einmal käuflich war, ließ sich auch ein zweites Mal kaufen.

Seinen Sohn in Prag zu verstecken hielt er für wenig sinnvoll, weshalb ihm die Idee mit der Inspektionsreise kam, mit der er mehrere Fliegen mit einer Klappe schlug. Der Bericht über den Zustand der Burgen war wichtig, um die Verteidigungskraft des eigenen Landes abzuschätzen, wobei nicht immer sicher war, ob auch alle Burgen wirklich auf der Seite des aktuellen Herrschers standen. Sein Bruder Boleslav hatte damit schlechte Erfahrungen gemacht. Auf jeden Fall lernte Bretislav mit Hilfe der Reise das Land besser kennen, das er einmal beherrschen sollte. Zuletzt präsentierte sich Bretislav den Großen des Landes als potentieller Nachfolger seines Vaters und unterstrich damit den Herrschaftsanspruch der Přemysliden.

Für Bretislav selbst kam während der Reise noch ein weiterer Grund hinzu, als er in Pilsen Jans Brief erhielt. Bretislav trug ihn noch immer bei sich und er hatte den Brief inzwischen schon so oft gelesen, dass er den Wortlaut auswendig konnte:

Mein lieber Freund,

Ich bin von Herzen erschüttert über die missliche Lage, in die ich dich gestürzt habe! Wie ein junges Wild bin ich blind in die Falle gelaufen und nun gefangen. Ich darf Niederaltaich nicht verlassen, bevor nicht ein Urteil gesprochen wurde! Ich gebe mich aber noch nicht geschlagen, weshalb ich mich mit einer großen Bitte an dich wende. Geh bitte nach Klatovy, um mir zu sagen, wie die Situation dort ist - ich brenne auf neue Nachrichten. Falls Du noch mein kleines Säcklein bei dir trägst, gibt gut darauf Acht!

Zuletzt bleibt mir nichts, als dich Gott anzubefehlen und dir seinen Segen zu wünschen.

Dein Jan.

Natürlich trug Bretislav den kleinen Brustbeutel noch bei sich, den er in Prag mit frischem Salz aufgefüllt hatte. Auch hatte er Jans Auftrag nicht vergessen, aber er musste auf eine günstige Gelegenheit warten, um kein Aufsehen zu erregen. Als Sohn des Herzogs wurde er oft genauer beobachtet, als ihm lieb war.

„Wollt Ihr nicht heute Abend mein Gast sein?", befleißigte sich der Velmos um Gastfreundlichkeit, „es wird Euch an nichts fehlen."

‚Doch, an geistreicher Unterhaltung', dachte sich Bretislav. Aber er ließ sich das nicht anmerken, sondern dankte zurückhaltend, aber höflich, wie es sich für ein Mitglied des Herrscherhauses gehörte. Außerdem hatte er nichts anderes erwartet, als für mindestens eine Nacht als Gast auf der Burg verweilen zu dürfen.

„Wann erwartest du mich zum Abendessen?", fragte Bretislav, „denn ich möchte mich kurz zurückziehen."

„Wie es Euch genehm ist", buckelte Sudivoj, „gewöhnlich speisen wir um acht Uhr."

„Dann belassen wir es auch dabei, damit ich dir keine zu großen Schwierigkeiten bereite."

* * *

Das Gästehaus des Klosters Niederaltaich war an diesem Osterfest bis auf das letzte Bett belegt. Jan war sich nicht sicher, ob Godehard erwartet hatte, dass die Hochzeit von Eliška und Wolfram so viele Gäste ins Kloster führen würde. Levi war mit seiner ganzen Familie, drei Knechten und zwei Mägden angereist, die sich um die Braut kümmern sollten. Als Jan bemerkte, dass Gerhild nicht mitgekommen war, fiel ihm ein, dass er völlig vergessen hatte, Godehard auf seine Schwester anzusprechen. Nach der Flucht aus Bamberg und dem bangen Warten auf das Urteil des Königs hatte er gar nicht mehr daran gedacht, warum er eigentlich nach Bamberg gereist war. Aber er wollte sich baldmöglichst damit an Godehard wenden, wenn sich eine passende Situation ergab. In diesen Tagen sollte daraus nichts zu werden, denn Jan musste die Gäste begrüßen und die Aufgaben des Brautvaters übernehmen, was er voller Stolz und mit Hingabe tat.

Auch Mirco hatte zusammen mit seiner Frau den Weg nach Niederaltaich gefunden, selbst wenn ihm dadurch die Erlöse von einem Saumzug verloren gingen, was er in den nächsten Tagen Jan gegenüber nicht bloß einmal erwähnte, immer verbunden mit kleinen Spitzen gegen Jans unfreiwilligen Aufenthalt im Kloster.

„Was hat doch der Priester am Sonntag noch gleich wieder gepredigt", tönte er einmal lauthals, als sie abends im Gästehaus zusammen saßen, „sehet die Spatzen auf dem Feld: sie sähen nicht und sie ernten doch!" Er hob seinen Humpen, gefüllt mit süffigen Starkbier, da im Kloster auch für die Gäste die strengen Fastenregeln galten, und prostete Jan zu. „Du bist ein echter Spatz, nicht wahr!"

Jan hob warnend die Hand und spielte das Spiel mit, denn er wusste, dass Mirco damit nur übertünchte, wie sehr ihm sein alter Saumfreund fehlte. Auch Jan hatte die Sehnsucht nach den Bergen und Wäldern wieder ergriffen, als er Mirco nach langer Zeit wieder in die Arme geschlossen hatte. Vom Kloster aus konnte er jeden Tag die nahen

Ausläufer der Šumava sehen, die sich von dunklen Wäldern bewachsen sanft aus der Ebene erhoben.

Doch wegen der Hochzeit blieb nur wenig Zeit, um sich solch wehmütigen Gedanken hinzugeben. Auch Wolfram war nicht allein gekommen. Um seiner Braut zu imponieren, hatte er sein gesamtes Gesinde mitgebracht. Außerdem waren einige seiner Nachbarn gekommen, welche die Hochzeit mit einer Wallfahrt zum Kloster verbanden.

Die Stimmung unter den Gästen war ausgelassen und fröhlich. Am morgigen Ostersonntag sollte die Hochzeit gefeiert werden, und so waren die Frauen damit beschäftigt, der Braut bei ihren Vorbereitungen zu helfen, während die Männer in geselliger Runde zusammen saßen. Es gab viel zu erzählen und jeder trug mit kleinen und großen Erlebnissen zur Unterhaltung bei. Jan freute sich, doch gleichzeitig legte sich eine Melancholie auf sein Herz. Wie schön wäre es doch, wenn auch Karel und ihre Mutter dabei sein könnten! Er stand auf, um sich im Klosterhof die Beine zu vertreten.

***

In einer Nische des Kreuzganges saßen Godehard und Gunther zusammen. Dem Abt war die oftmals verschlossene Haltung Gunthers gegenüber den anderen Mönchen aufgefallen, der sich in letzter Zeit oft abgesonderte und seine Arbeit vernachlässigte. Ein Abt sollte nach der Vorstellung des Heiligen Benedikt ein Vater für die anderen Mönche sein, weshalb er Gunther nach der Vesper zur Seite genommen hatte.

Nun saßen sich die beiden beinahe gleichaltrigen Männer - Gunther war fünf Jahre älter als sein Abt - schweigend gegenüber. Gunther hielt den Kopf gesenkt und starrte auf eine gesprungene Steinplatte. Godehard blickte noch einmal in den Kreuzgang, ob keiner der anderen Mönche noch unterwegs war.

„Ich bin nun seit drei Wochen wieder hier in Niederaltaich", begann Godehard schließlich, „während denen ich dich immer mit düsterer Miene gesehen habe. Was bedrückt dich?"

Gunther zögerte einen Augenblick, bevor er sich entschloss, Godehard ohne Umschweife die Wahrheit zu sagen.

„Ehrwürdiger Vater", begann er demütig, „ich bin Mönch geworden, um Gottes Nähe zu finden. Ich bin ein reuiger Sünder, der umgekehrt ist. Aber wie kann ich ein Vorbild für die vielen verlorenen Seelen sein, wenn ich hier hinter Klostermauern sitze?"

„Du bist hier im Kloster, um für das Seelenheil der Menschen zu beten", antwortete Godehard ruhig.

„Aber das genügt mir nicht", protestierte Gunther, „Ich will Menschen zum Glauben bringen."

„Ich kann dich gut verstehen, denn mir liegt die Mission ebenso am Herzen wie dir. Aber der König hat andere Prioritäten für die Klöster des Reiches gesetzt und wir haben ihm zu gehorchen. Nach seinem Wunsch sollen wir uns auf das Gebet konzentrieren."

„Aber wir beten nur für die, die schon gläubig sind. Was ist mit den anderen?", fragte nun Gunther, der den richtigen Augenblick gekommen sah, sein zweites Verlangen zu äußern.

„In der Heiligen Schrift steht: Alles hat seine Zeit", entgegnete Godehard knapp, dem keine schlagkräftigen Argumente einfielen.

„Aber ich finde hier selten Zeit für ein richtiges Gebet. Die Gemeinschaft mit den anderen Mönchen tut gut, sie hilft, die täglichen Gebete und Gottesdienste einzuhalten. Aber gleichzeitig ist sie auch hinderlich. Wie soll ich Zwiesprache mit Gott halten, wenn es keinen Ort gibt, an dem man ungestört ist?"

Godehard zögerte kurz mit seiner Antwort, denn er ahnte, worauf Gunther hinaus wollte.

„Siehst du nicht? Wir unterhalten uns hier ganz ungestört."

„Gut", wiegelte Gunther ab, „du hast aber auch alle hinaus geschickt. Sonst wäre der Kreuzgang von schlürfenden Schritten erfüllt, die von den Gewölben widerhallen!"

Betretene Ruhe herrschte für einen Augenblick.

„Ist es nicht möglich, dass ich etwas mehr Zeit für mich allein bekomme?", fragte Gunther vorsichtig, dabei sah er auf den Boden, um seinem Abt nicht in die Augen sehen zu müssen. Gespannt erwartete er mit gesengtem Kopf die Antwort.

„Wie stellst du dir das vor?", erwiderte Gotthard scharf, „wir sind eine Gemeinschaft! Wie soll ich dir da eine Sondererlaubnis erteilen? Manchmal glaube ich, dass du den Grafen in dir noch nicht abgelegt hast!"

„Das ist ein ungerechtfertigter Vorwurf", entgegnete Gunther, ungeachtet des Verbots, dem Abt zu widersprechen, „ich möchte mich nicht besser stellen, sondern nur die Nähe Gottes suchen!"

„Gott ist hier! Er spricht zu dir, wenn du mit deinen Brüdern zusammen bist!"

„Wo zwei oder drei in meinem Namen versammelt sind, da bin ich mitten unter ihnen", zitierte Gunther die Bibel und fügte aber im gleichen Atemzug hinzu: „doch hat auch unser Herr Jesus sich manchmal zurückgezogen, um alleine zu sein. Weißt du, leg mir doch ein Schweigegelübde auf, das würde mir schon genügen!"

Gunther hoffte, mit seinem Vorschlag Godehard zu besänftigen, denn der Abt war rot angelaufen vor Wut.

„Es ist weise von dir, deine Strafe gleich selbst vorzuschlagen, denn Strafe hast du für deinen Ungehorsam und deine Gedanken verdient."

Godehard machte eine Pause, um sich zu ordnen, denn ihm tat seine eigene Härte leid. Doch er war im Recht und als Abt für die Ordnung im Kloster zuständig. Es ging um seine Glaubwürdigkeit. Wie konnte er, der andere Klöster reformierte, so etwas in seinem eigenen Kloster zulassen?

„Du willst ein Schweigegelübde?", fragte er schließlich schwer atmend.

Gunther nickte wortlos.

„Gut, das sollst du haben", befahl Godehard und Gunther sah ihn dankbar an, „aber gleichzeitig wirst du ab sofort in der Küche arbeiten, damit du lernst, in Gemeinschaft zu leben!"

Erschrocken wich Gunther zurück, bis er mit dem Rücken an die Seitenwand stieß. Die Küche! Das war bekanntermaßen der geschäftigste Ort im ganzen Kloster, abgesehen vom Gästehaus an manchen Tagen. Wie sollte er da seine Ruhe finden!

„Vater...",

Aber weiter kam Gunther gar nicht.

„Schweig", ermahnte ihn Godehard, „dein Gelübde gilt ab heute! Nun begib dich in das Refektorium zu den anderen."

Die Unterhaltung war beendet, Gunther stand schweren Herzens auf. Er war mit großer Hoffnung in dieses Gespräch gegangen und nun schien alles nur schlimmer zu sein. Godehard blieb noch sitzen, aber als auch er auf stand und in einigem Abstand Gunther folgte, fiel auf der anderen Seite des Kreuzganges eine Tür ins Schloß. Beide bleiben abrupt stehen und sahen sich an. Hatte sie jemand belauscht?

***

Gegen acht Uhr, die Sonne war schon längst untergegangen, klopfte es an Bretislavs Tür.

„Herein", forderte Bretislav mit klarer Stimme den Knecht auf, der ihn zum Essen abholen sollte.

Aber als sich die Tür öffnete, blieb ihm fast der Atem stehen, denn nicht der erwartete Knecht stand im Türrahmen, sondern ein junges Mädchen, so wunderschön, das Bretislav vor Entzückung stammelte.

„Entschuldigt, ich dachte, dass ...ich meine, ein Knecht, ...es kommt nicht häufig vor – wer bist du?"

Das Mädchen sah ihn mit ihren dunklen Augen an. Sie war kaum älter als sechzehn und trug ein samtblaues Kleid, das mit Perlen reich verziert war und in einem bestickten Saum am Boden abschloss. Es war oberhalb der Taille mit einem feinen Strick zusammengebunden, was die Konturen ihres Körpers durch den feinen Stoff hindurch sichtbar werden ließ. In ihr nachtschwarzes, gerade herabfallendes Haar waren weiße Bänder eingeflochten, ein weiteres Band hielt die bronzenen Schläfenringe, die feinste Handwerkskunst waren. Bretislav hatte schon lange kein so schönes Mädchen mehr gesehen und er fühlte die Hitze in sich aufsteigen, Der feine Duft ihrer Haut verstärkte noch seine Gefühle.

„Mein Name ist Jitka", antwortete das Mädchen beinahe flüsternd, während es Bretislavs begierige Blicke billigend über sich ergehen ließ, „ich bin die Tochter von Sudivoj. Ich soll Euch zum Essen geleiten!"

„Da lass ich mich nicht zweimal bitten! In deiner Gesellschaft wird mir das Essen gleich doppelt gut munden!"

Er reichte ihr den Arm und gemeinsam stiegen sie in die Halle hinab, wo Sudivoj auf sie wartete. Bei ihm standen auch zwei weitere Männer, die Bretislav zuerst gar nicht beachtete, so sehr genoss er die Nähe der schönen Jitka.

„Nun sind wir komplett", begrüßte Sudivoj die Ankömmlinge höflich. Er wies Bretislav den Platz zu seiner Rechten zu, Jitka setzte sich neben ihn und auf der Seite gegenüber nahmen die beiden fremden Männer Platz.

„Wie gefällt Euch meine Tochter, Bretislav?", fragte der Hausherr geradeheraus, nachdem sie sich gesetzt hatten.

Bretislav sah Jitka noch einmal genau an, als müsse er sich erst noch ein Urteil bilden.

„Sie ist eine der schönsten Töchter unseres Volkes", antwortete er schließlich und in seiner Stimme schwang Sehnsucht mit.

„Ja, die Schönheit hat sie von ihrer Mutter", witzelte einer der beiden Männer.

Erst jetzt nahm Bretislav die Gäste richtig wahr und betrachtete seine Gegenüber eingehend. Der Mann, der seinen plumpen Witz gerade mit einem Toast auf den Velmos abschloss, war ein dickleibiger Mann, der kaum älter war als Bretislav. Seine vornehme Kleidung verriet einen gewissen Reichtum, der es ihm erlaubte, an einem Tisch mit Adeligen zu essen und diese auch noch zu verhöhnen. Auf seiner Stirn hatten sich bereits Schweißperlen gebildet und seine Augen wirkten glasig und müde.

Ganz anders der zweite Mann. Obwohl er sehr viel älter war, schien ein drahtiger Körper von der schwarzen Tunika verdeckt zu sein. Sein Gesicht erzählte von vielen Kämpfen und Schlägereien. Besonders fiel Bretislav eine Narbe auf der rechten Wange auf. Der Mann hatte in seinem Leben noch mehr Blessuren gesammelt, denn gegen die Sitten aß er mit der linken Hand, während der rechte Arm unter dem Tisch verborgen blieb.

Bretislav wusste nicht warum, aber der Mann kam ihm bekannt vor, er wusste nur nicht woher. Doch Sudivoj trug ungewollt zur Aufhellung bei.

„Entschuldigt", gab er sich bußfertig, „ich vergaß, die Herren miteinander bekannt zu machen. Ich habe die Ehre, Bretislav, den Sohn des Herzogs in meinem Haus zu bewirten!"

Damit verbeugte er sich tief in Bretislavs Richtung, was dieser mit einer leichten Kopfbewegung entgegnete.

„Diese beiden Herren kommen aus Klatovy, einer Stadt nahe den Grenzen der Šumava!"

Bretislav verschluckte sich heftig, als er den Stadtnamen hörte, aber er versuchte, sich nichts anmerken zu lassen. Sudivoj hatte nichts bemerkt und fuhr in ausschweifenden Worten fort.

„Dies ist Marek. Er ist Händler und so etwas wie meine rechte Hand in der Stadt. Ihr müsst wissen, dass die Stadt an einem der Saumpfade durch die Šumava liegt und deshalb braucht es eine starke Hand vor Ort."

„Deine starke Hand scheint dir gut zu bekommen", warf Bretislav ein, der sich diese Bemerkung nicht verkneifen konnte. Im gleichen Augenblick aber rief er sich zur Ordnung. Wenn er etwas erfahren wollte, dann durfte er nicht zu feindselig auftreten.

„Aber gute Arbeit muss auch gut entlohnt werden", fügte er eilig hinzu, woraufsich Mareks aufgedunsenes Gesicht sofort wieder entspannte.

Sudivoj wollte nun den zweiten Gast vorstellen, aber er stockte: „Nun, das ist der..."

„Ich heiße Miloš", stellte sich der Mann selbst vor und neigte Kopf seinen nicht tiefer als notwendig, „meine Aufgabe ist es, für die Sicherheit auf den Saumpfaden zu sorgen."

„Wieso sind diese Handelswege derart unsicher?", stellte sich Bretislav dumm, denn er hatte erkannt, wem er gegenüber saß. In Bamberg hatte er den Wikinger kurz gesehen, als dieser von Jan entdeckt worden war. Aber erinnerte er sich auch an ihn?

„In der Šumava lauern viele Gefahren", erläuterte der Wikinger, „neben den Gefahren der Natur und der wilden Tiere, halten sich auch immer wieder Räuber an den schwach bewachten Saumzügen schadlos. Jedoch ist das vor allem ein Problem auf der anderen Seite. Bei uns sind die Säumer sicher!"

„Das ist ja interessant. Passen die Baiern nicht gut genug auf?"

Bretislav stellte sich weiter unwissend und hoffte, dadurch einen der beiden, oder gar der drei Männer zu einer unüberlegten Aussage zu verleiten.

„Nein", mischte sich da plötzlich Jitka ein, „aber die Säumer arbeiten nicht für..."

Ein strafender Blick ihres Vaters ließ sie sofort verstummen, während Marek und der Wikinger beinahe zu Salzsäulen erstarrt waren.

Bretislav ging wohlweislich nicht auf ihre Aussage ein, sondern tat so, als ob ihn die Meinung einer Frau nicht interessierte. Jedoch wusste er nun, warum nie eine Meldung über die Vorgänge in Klatovy nach Prag gekommen war. Wenn Sudivoj die beiden Männer deckte, war es schwer, etwas von Prag aus zu verändern. Bretislav musste also selbst nach Klatovy reisen, was nun, da er Marek und dem Wikinger vorgestellt worden war, nicht mehr so einfach werden würde. Um keinen weiteren Verdacht zu verursachen lenkte Bretislav das Gespräch auf allgemeinere Themen. Das Interesse an der Unterhaltung wich in Bretislavs Kopf langsam den verführerischen Düften Jitkas. Der Wein trug sein Übriges dazu bei, dass sein Verlangen immer stärker wurde, auch wenn ihm sein Kopf befahl, nichts Unüberlegtes zu tun. Der Abend verlief wortreich, bis die beiden Herren verabschiedet wurden und sich auch Bretislav in sein Gemach zurückzog. Dort fiel er mit schwerem Kopf auf seine Liege und schlief sofort ein.

Er bemerkte nicht, wie sich die Tür leise öffnete und Jitka auf Zehenspitzen an sein Bett trat. Mit geschickten Händen entkleidete sie ihn. Dann schlüpfte sie selbst aus ihrem Gewand, legte sich neben ihn und begann, ihn zu liebkosen. Als Bretislav durch ihre zärtlichen Berührungen erwachte, sah sie ihn lieblich an und küsste ihn. Er erwiderte ihren Kuss und zog sie fest an sich.

***

Die Hochzeit wurde ein rauschendes Fest. Eliška war eine wunderschöne Braut in ihrer hellen Tunika, die gerade auf den Boden herabfiel. Ihr Haar war von Rahel kunstvoll mit Bändern verziert worden und es steckte eine glänzende Spange aus Elfenbein im Haar, die Levi von einem Händler aus dem Hohen Norden erworben hatte. Als weiteren Schmuck trug sie eine feine Kette mit einem matt schimmernden Anhänger.

Wolfram hatte sich für seine Hochzeit ein neues Wams mit gestickten Ornamenten am Saum schneidern lassen. Seine Beinkleider wurden von neuen Lederriemen zusammengehalten, an den Füßen trug er ebenso neue Lederschuhe. Sein Gesicht leuchtete vor Glück, als Jan ihm Eliškas Hand reichte, als symbolisches Zeichen, dass er von nun an für sie Sorge zu tragen hatte. Die versammelte Hochzeitsgesellschaft ließ die Ungewöhnlichkeit dieser Hochzeit erkennen. Es waren weder die Eltern der Braut noch des Bräutigams dabei, denn sie waren bereits gestorben oder lebten zu weit entfernt. Da die Hochzeit im Kloster stattfand, gab es unter den Anwesenden auch mehr Mönche als Laien und diese wenigen teilten sich auf in reiche Händler und Freibauern, Säumer und Fuhrleute, Mägde und Knechte, Christen, Juden und Heiden. Man konnte die Unterschiede an der Kleidung, am Verhalten in der Kirche oder am allgemeinen Benehmen erkennen, aber nicht an der Ausgelassenheit beim Feiern, die alle gleichermaßen ergriffen hatte.

Nach der Messe war eine große Tafel errichtet worden, an der nun alle festlich speisten. Es schien, als ob der Cellarus alle seine Schätze für dieses eine Mahl geopfert hatte. Es gab Fleisch vom Kalb, vom Schwein und Geflügel, frisch gebackenes Brot und süffiges Bier sowie besten Wein. Für alle war es ein unvergessliches Osterfest.

Gunther gratulierte dem Brautpaar entsprechend seiner Strafe wortlos und verschwand für den Rest des Tages. Es betrübte alle ein wenig, aber jeder wusste von der Strafe und wenn man auch nicht den Grund kannte, so verstanden alle, dass man sich nicht in eine lustige Hochzeitsfeier setzte, wenn man nichts sagen durfte.

Schließlich wurde bis spät in die Nacht gesungen und getanzt, jeder bot seine besten Geschichten und Sagen auf und manchmal wurden derbe Witze und Anspielungen gemacht, so dass sich die Mönche in der Runde nicht selten vor Scham die Ohren zuhielten.

Nur Jan saß etwas abseits und beobachtete das fröhliche Treiben eine Weile lang, bevor er sich schließlich ganz entfernte, obwohl das bei der Hochzeit der eigenen Schwester nicht sehr anständig war. Aber in seinem tiefsten Inneren war ihm nicht nach feiern zumute. Selbstverständlich freute er sich für seine Schwester. Sie hatte einen guten Ehemann gefunden, der ihr auch eine gesicherte und glückliche Zukunft bieten konnte.

Seit vielen Jahren erlebte Jan zum ersten Mal wieder ein schönes Erlebnis mit seiner Familie.

Seine Schwermut rührte aus einer ganz anderen Richtung. Wie so oft war Jan am Vorabend auf seinem nächtlichen Spaziergang in den Kreuzgang geschlichen. Dies war für Laien verboten, aber Jan kannte das Kloster inzwischen sehr gut und wusste von einer kleinen Pforte in der Klostermauer, durch die man in die Kirche gelangte und von dort in den Kreuzgang. Jan liebte diesen Ort, die Ruhe, die sanft geschwungenen Bögen. Er wusste, wann die Mönche auf ihrem Weg zu den Gebetszeiten durch den Kreuzgang schlurften, weshalb er noch nie erwischt worden war. Aber er kam ja auch nicht in einer bösen Absicht. In der Ruhe des Ortes dachte Jan über seine Probleme nach.

Jedoch kam Jan diesmal nicht zum Nachdenken, denn kaum dass er die Tür der Kirche zum Kreuzgang wieder leise geschlossen hatte, hörte er Godehards lautstarke und deutliche Worte. Er horchte der Diskussion einige Minuten zu, wobei er versuchte, beider Argumente zu verstehen und nachzuvollziehen. Es betrübte Jan sehr, dass gerade die beiden Personen, die ihm hier im Kloster am wichtigsten waren, so kontroverse Ansichten hatten. Verwirrt und ernüchtert verließ er seinen Lauschplatz und spazierte durch den Kräutergarten, um seine Gedanken zu ordnen. Er wusste, dass er sich nicht in den Streit zwischen Gunther und Godehard einmischen durfte, denn der Abt trennte strikt zwischen Mönchen und Laien, aber trotzdem wollte Jan die Situation nicht einfach hinnehmen. Jan dachte nach, wobei ihm das viele Bier, das er den ganzen Tag über getrunken hatte, nun nicht gerade half, klare Gedanken zu fassen. Immer wieder fielen ihm andere Dinge ein oder er dachte an andere Probleme, die auch noch nicht gelöst waren.

Über die Klostermauern hinweg konnte er auf der anderen Seite der Donau die Šumava erkennen, deren helle Frühlingsfarben durch die Abendsonne noch stärker strahlten. Jan spürte, wie sehr er seine alte Freiheit vermisste, die er als Säumer geschätzt hatte. Er redete sich ein, dass er Hirngespinsten nachhing, denn er würde nie Freiheit verspüren, solange er nicht Marek für sein Unwesen bestraft hatte. Der Hass auf seinen Vetter war in den letzten Monaten noch gewachsen, sogar Gunther hatte dies bereits bemerkt. Letztendlich machte Jan seinen Vetter Marek und dessen Vater dafür verantwortlich, dass er ein so unstetes Leben führte, wenngleich er wusste, dass er in letzter Konsequenz damit Unrecht hatte.

Wie immer, wenn er an seine Heimat dachte, griff sich Jan an seine Brust und suchte nach dem kleinen Beutel mit Salz, doch dann fiel ihm wieder ein, dass er ihn ja Bretislav geschickt hatte. Er hatte noch keine Antwort auf seinen Brief erhalten, den er vor mehr als einem Jahr an Bretislav geschickt hatte, doch er war deswegen nicht besorgt. Die Wege und Verbindungen in Böhmen waren noch schlechter als im Königreich, das Land noch spärlicher besiedelt und ein verbannter Herzogssohn wollte vielleicht auch erst einmal seine Ruhe haben und nicht gleich in das nächste Abenteuer gerissen werden. Trotzdem wartete Jan täglich auf eine Nachricht aus Böhmen.

***

Obwohl er einen klaren Auftrag von seinem Vater hatte, wollte Bretislav den Umweg über Klatovy in Kauf nehmen, zum einen, um Jans Bitte nachzukommen, zum anderen hatte ihn der Besuch der beiden Männer neugierig gemacht. Die Vertrautheit zwischen dem Velmos und dem Kaufmann hatten in ihm das Gefühl geweckt, dass in Klatovy nicht nur Jan Unrecht zugefügt worden war, sondern dass auch die Autorität des Herzogs in diesem abgeschiedenen Teil der Herrschaft missachtet wurde. Sollte er also dem Herzog vorenthaltene Abgaben feststellen, verzieh ihm sein Vater den Umweg gerne.

Doch Bretislav hatte sich bisher weder nach Klatovy aufgemacht, noch den Auftrag seines Vaters weiter verfolgt, so sehr hatte ihn Jitka in ihren Bann gezogen. Es waren bereits fünf Tage vergangen, seit Bretislav in Horažďovice eingetroffen war. Tagsüber inspizierte Bretislav halbherzig die Burg oder machte einen kurzen Ausritt zu einem der umliegenden Dörfer – es waren nur kleine Weiler mit einem großen Pfahlbau und mehreren Grubenhäusern herum. Abends speiste er zusammen mit Sudivoj und Jitka, denn Gäste kamen nun keine mehr, was für Bretislav ein Zeichen mehr dafür war, dass der Velmos das Zusammentreffen mit Marek und dem Wikinger geplant hatte. Während des Essens wurde über belanglose Dinge gesprochen, man war freundlich zueinander und vermied kritische Themen. Schließlich ging man zu Bett, Sudivoj verabschiedete Bretislav, wie es sich für einen Hausherrn geziemte und auch Jitka verneigte sich höflich.

Doch Bretislav musste keine Viertelstunde warten, bis sich die Tür seiner Kammer einen Spalt weit öffnete und sich Jitkas zierlicher Körper kurz im Gegenlicht abzeichnete. Sudivoj ließ sich nichts anmerken, aber Bretislav war überzeugt, dass der Vater die treibende Kraft hinter den nächtlichen Besuchen war, konnte er doch im besten Fall mit einer Verbindung zum Herrschaftsgeschlecht rechnen, allein schon, falls Jitka schwanger werden sollte. Bretislav kümmerte sich nicht um solche Überlegungen. Er genoss die Nächte, die jeden Morgen ein nüchternes Ende fanden, wenn Jitka noch vor dem Hahnenschrei ebenso leise aus dem Zimmer schlich, wie sie abends kam.

Als Bretislav am sechsten Tag wieder über den Burgwall schlenderte, fasste er den Beschluss, am nächsten Tag aufzubrechen. Klatovy konnte ihn mit Sicherheit weitere sechs Tage kosten, wodurch er in großen Verzug geriet. Um sich die Überraschung zu bewahren, wollte er niemandem sein wahres Ziel nennen. Er fürchtete, dass Sudivoj sonst einen Boten zu Marek schicken könnte.

Beim Mittagessen teilte er dem Velmos seinen Aufbruch mit, wobei er gleichzeitig auf Jitka achtete, die jedoch ihren Kopf gesenkt hielt. Bretislav suchte nach einem Beweis, ob ihre Hingabe echt war oder nur das Resultat eines väterlichen Befehls. Aber Jitka schwieg den Rest des Essens hinweg, während sich Sudivoj nun interessiert nach Bretislavs weiteren Plänen erkundigte.

„Welche Burg werdet Ihr als nächstes besuchen?"

„Nun, ich muss noch weiter in den Süden und die dortigen Grenzburgen inspizieren."

„Fürchtet der Herzog einen Angriff von dort?", fragte Sudivoj scheinheilig, denn Gefahr drohte dem Herzog vor allem von den Adeligen des eigenen Landes.

„Nein, das nicht", entgegnete Bretislav höflich, „doch sind diese Burgen für den Handel mit dem Königreich sehr wichtig."

„Man sollte den Handel noch besser schützen", schwenkte der Velmos auf die neue Gesprächsrichtung ein, „in den letzten Jahren waren die Erträge nicht so gut, wie Euer Vater sicherlich festgestellt hat."

„Woran liegt das wohl?", fragte Bretislav, neugierig auf die Erklärungen des Landvogts. Er hatte das Thema bisher noch nicht erwähnt, aber der Schatzmeister seines Vaters hatte schon oft darauf hingewiesen, dass die Abgaben für den Handel deutlich zurückgegangen waren, obwohl die Märkte in Prag ständig wuchsen.

„Es gibt dafür nicht nur eine Ursache", begann Sudivoj ausschweifend und steckte sich ein großes Stück Fleisch in den Mund. Während er noch kaute, öffnete sich die Tür zum Burghof und ein Knecht trat zusammen mit einem weiteren Mann ein, den Bretislav sofort erkannte. Es war ein Ritter aus der Leibgarde seines Vaters, der als Missus oft für wichtige Botendienste eingesetzt wurde.

„Ein Bote des Herzogs", kündigte der Knecht ihn an.

„Was bringst du?", fragte Sudivoj mit halbvollem Mund, doch Bretislav war bereits aufgestanden und dem Ritter entgegengegangen.

„Gott zum Gruß, Mistislav", begrüßte er den Boten knapp.

Der hoch aufgeschossene Blondschopf überreichte ihm einen Brief mit dem Siegel seines Vaters, das noch unbeschädigt war.

„Bringt dem Boten etwas zu essen und zu trinken", befahl er, während er das Siegel zerbrach. Schnell überflog er die paar Zeilen und nachdem er den Inhalt kannte, war er wieder einmal froh, dass er selbst Lesen und Schreiben konnte, statt auf die Hilfe eines Schreibers angewiesen zu sein.

„Was schreibt Euch Euer Vater?", wollte Sudivoj neugierig wissen, der erstaunt zugesehen hatte, wie Bretislav den Brief ohne Hilfe gelesen hatte.

„Er ruft mich nach Prag zurück", antwortete Bretislav tonlos, „ich muss schon heute abend abreisen."

Er war in Gedanken so mit dem Brief beschäftigt, dass er Jitkas enttäuschten Seufzer nicht sofort wahrnahm. Erst Wochen später sollte er sich wieder daran erinnern.

„Was drängt Euch so sehr?", bohrte der Velmos weiter.

Bretislav überlegte kurz, denn er sollte den eigentlichen Grund nicht nennen, darauf hatte sein Vater ausdrücklich hingewiesen. Da fiel ihm die letzte Zeile des Briefes ein, die sein Vater wohl als persönlichen Ansporn für Bretislav hatte aufsetzen lassen.

„Ein wichtiger Gelehrter, Hubald von Lüttich, kommt aus dem Königreich nach Prag. Mein Vater möchte, dass ich zu seiner Begrüßung anwesend bin. Leider ist der

Brief schon etwas länger unterwegs. Nun muss ich mich beeilen, um noch rechtzeitig in Prag zu sein."

Sudivoj sah ihn zuerst etwas schief an, denn er glaubte ihm nicht. Doch dann beschloss er, dass es besser war, nicht noch mehr Fragen zu stellen. Er würde auch so erfahren, was der wirkliche Grund war.

Der Missus hatte inzwischen gegessen und Bretislav schickte ihn zu seinen Männern, damit sie sich für den Aufbruch bereit machten. Er selbst ging in seine Kammer, um zu packen.

Der Abschied von Sudivoj und Jitka fiel kurz und knapp aus. Bretislav bedankte sich für die Gastfreundschaft und lobte den Landvogt nochmals für seine gut ausgebaute Burg. Dann wandte er sich an Jitka, die ihren gesenkten Kopf nur auf eine Aufforderung des Vaters hin erhob. Es schmerzte Bretislav, als er in ihr trauriges Gesicht sah. Sie gab sich alle Mühe, ihre Gefühle zu verbergen. Er spürte einen Stich in seinem Herz, als sie sich umdrehte und wieder in das Haus zurückkehrte.

Mistislav drängte ihn zum Aufbruch, und Bretislav riss seine Blicke von der Tür los, schwang sich auf sein Pferd und ritt an der Spitze seiner Ritter aus der Burg. Als sie so durch die dunkle Nacht ritten, dachte Bretislav zum ersten Mal ernsthaft über den wahren Grund seiner eiligen Abreise nach. Im Osten des Herzogtums hatten sich einige Adelssippen mit Hilfe heidnischer Stämme gegen den Herzog erhoben und zogen mit ihren Truppen auf Prag zu. Bretislav sollte auf Wunsch des Vaters das herzögliche Heer führen, eine Entscheidung, die nicht unbedingt auf sein militärisches Geschick zurückzuführen war, sondern eher als politisches Signal gedacht war.

Der Herzog selbst konnte nicht gegen ein paar Verräter ins Feld ziehen, das wäre zuviel der Ehre. Wenn aber niemand aus dem Herrschergeschlecht an dem Krieg teilnahm, dann vermittelte das den Eindruck, entweder feige zu sein oder solche Gefahren nicht ernst zu nehmen. Deshalb musste Bretislav nun in den Krieg ziehen und seine Erkundungen in Klatovy mussten warten. Innerlich spürte er ein schlechtes Gewissen gegenüber Jan.

In die Wildnis

Obwohl der Sommer so schön und sonnig wie schon lange nicht mehr gewesen war, herrschte im Kloster Niederaltaich eine gedrückte Stimmung. Die Arbeit wurde wie gewohnt verrichtet, die Gebetszeiten zusammen abgehalten und die Fürsorge für die Bauern nicht außer Acht gelassen, aber all diese Aufgaben waren in den Hintergrund getreten. Alle Mönche beschäftigte der Streit zwischen Abt Godehard und Gunther, der nun schon seit einem halben Jahr schwelte. Gunthers Schweigepflicht war an Pfingsten wieder aufgehoben worden, jedoch sprachen die beiden Männer trotzdem nicht miteinander. Unter den Mönchen hatten sich in der Folgezeit zwei Gruppen gebildet, die entweder den Abt oder Gunther unterstützten. Das Problem dabei war, dass niemand eigentlich wusste, worum es in dem Streit ging, denn weder der Abt noch Gunther sprachen darüber. Deshalb betonten die einen, dass man der Weisheit des Abts vertrauen sollte, während die anderen Godehards Verschlossenheit in dieser Angelegenheit missbilligten und Zweifel an der Richtigkeit seines Verhaltens hatten.

Jan saß zwischen den Stühlen. Er war der einzige, der den Grund kannte, aber nicht darüber sprechen konnte oder wollte. Wenn er alleine im Kräutergarten spazieren ging, durchdachte er verschiedene Möglichkeiten, um das Problem zu lösen, ohne auf eine zufriedenstellende Antwort zu stoßen. Bei allen seinen Überlegungen gab es eine Konstante, die ihm immer wieder in den Sinn kam, wenngleich Jan sich das mehr seinen eigenen Wunschträumen zuschrieb. Egal welche Lösung er bedachte, die Šumava erschien immer wieder als naher und zugleich entfernter Ort, um den beiden Männern durch eine räumliche Trennung die Versöhnung zu erleichtern. Natürlich konnte Gunther dort auch seine Ruhe finden.

Als Jan über die Šumava nachdachte und in Gedanken schon einen Ort für Gunther suchte, fiel ihm Gerhilds altes Haus ein. Mit Erschrecken stellte er fest, dass schon wieder ein halbes Jahr vergangen war, seit er das letzte Mal an sie gedacht hatte, ohne dass er auf Godehard zugegangen war. Die Situation hätte es wohl auch kaum erlaubt, redete sich Jan ein, doch es blieb ein schlechtes Gewissen zurück, weshalb er beschloss, am nächsten Tag Godehard aufzusuchen. Jan wusste, dass es kein leichtes Unterfangen war. Darum ging er auf dem Rückweg zu seiner Kammer noch in die Kirche und betete zu Gott um Hilfe.

***

Regensburg kam dem Wikinger wie ein großer Ameisenhaufen vor, von denen es in der Šumava wimmelte. Alle Menschen liefen geschäftig durch die Gassen, rempelten sich gegenseitig an oder drängelten sich durch eine Gruppe von Pilgern, die mit langsamen Schritten ins Gebet vertieft auf den Dom zugingen.

Francis d'Arlemanche war dieser Trubel nur Recht, denn so passierte er ungehindert die Stadtwächter, die ihre Aufgabe bei dieser Menschenmenge nur unzulänglich erfüllten. Mit überschwenglicher Vorfreude dachte er an das schöne Leben, das nun beginnen sollte. Nachdem weder Marek noch er lange Zeit nichts mehr von den Auftraggebern aus Bamberg gehört hatten, war vor zwei Wochen endlich der Bote mit der Nachricht eingetroffen, wo sie ihren Anteil entgegen nehmen sollten. Eilig lief er durch die Gassen und kam schließlich bei dem kleinen Lederladen an, den man ihm durch einen Boten als Treffpunkt mitgeteilt hatte.

Er blieb kurz stehen, sah sich um, ob ihn vielleicht jemand beobachtete und fühlte nach seinem Dolch, bevor er die Tür öffnete.

„Hallo", rief er in den dunklen Raum, in den durch ein einziges milchiges Glasfenster etwas Tageslicht fiel. Als er keine Antwort hörte, zog er seinen Dolch und stellte sich in die Mitte des Raumes.

„Hallo, ist da wer?", rief er ein zweites Mal.

„Psst", krächzte jemand aus dem Hinterzimmer, „mach nicht so einen Lärm, Fremder!"

Ein Vorhang wurde zur Seite geschoben und es schlürfte ein Greis mit krummen Rücken zu einem wackeligen Tisch. Der Wikinger ließ schnell seine Waffe wieder verschwinden, bevor der matte Lichtschein der Kerze ihn anleuchtete, die der Alte in seiner Hand hielt.

„Was willst du?", fragte der Alte, nachdem er mit zittrigen Händen die Kerze auf dem Tisch abgestellt hatte. Die Kerze stand schief und so tropfte das Wachs auf das Eichenholz.

„Ich soll hier ein Geschenk abgeben", antwortete der Wikinger und betrachtete sich den Alten nun genauer. Das Kerzenlicht ließ die vielen Falten in seinem Gesicht noch größer werden und sein eingefallener Mund sah wie eine weitere Falte aus. Die Augen waren seltsam leer, sie starrten an Francis vorbei. Erst auf den zweiten Blick begriff er, dass der Alte blind war. Diese Feststellung beruhigte ihn, denn so konnte er unerkannt bleiben.

„Gott allein schenkt, der Mensch gibt nur und später will er eine Gegenleistung", antwortete der Greis und griente.

Der Wikinger stutzte. Er hatte das verabredete Passwort gesagt, aber die Antwort war die falsche.

„Schwafel nicht", schimpfte er, „ich soll hier ein Geschenk abgeben!"

Nun lachte der Greis, erst heiser, dann immer lauter.

„Du einfältiger Trottel", sagte er und sein Gesicht wurde im Kerzenschein zu einer dämonischen Fratze, „du wartest auf eine Antwort, aber ich kann sie dir nicht geben. Dein Leben war bisher nicht sehr angenehm..."

„Woher weißt du das?", unterbrach ihn der Wikinger wütend und zugleich ängstlich.

„Ich kann dich nicht sehen, aber ich kann dich riechen", erklärte der Mann flüsternd, „aber vor allem kommen keine Menschen zu mir, die ein gutes Leben geführt haben."

„Hör zu, Alter", fauchte der Wikinger und packte den Alten an der Kehle, „ich habe genug von deinem Gefasel. Wo ist mein Geld?"

„Geld? Hier gibt es kein Geld", erwiderte der Alte seelenruhig, ohne sich von den Drohungen einschüchtern zu lassen. „Alle wollen Geld von mir, aber noch nie hat es jemand bekommen. Es ist immer die gleiche Geschichte."

„Mit mir nicht", presste der Wikinger zwischen seinen zusammengepressten Zähnen hervor, „so einfach geht das bei mir nicht."

Seine kräftige Hand schloss sich enger um den Hals und der Greis begann nach Luft zu schnappen.

„Lass mich", röchelte er um sein Leben bettelnd. All seine Hochnäsigkeit war verschwunden, Angst stand in seinem Gesicht. „Lade nicht noch mehr Schuld auf dich, denn auch du wirst bald sterben!"

„Warum sollte ich dir glauben?", zweifelte der Wikinger und lockerte den Griff.

„Hast du es denn noch immer noch eingesehen? Der Herzog braucht dich nicht mehr. Sobald du Regensburg verlassen hast, werden seine Häscher dich umbringen!"

„Du lügst", fauchte der Wikinger wütend, „aber im Gegensatz zu dir werde ich noch eine Weile leben!"

Damit nahm er die zweite Hand zur Hilfe und drückte den Hals so fest zu, bis es knackte. Der Greis hatte gerade noch Zeit gehabt, seine Hände zu falten. Angewidert ließ der Wikinger den toten Leib auf den Boden fallen und ging eilig aus dem Laden.

Draußen suchte er sich einen Brunnen, um seinen Kopf abzukühlen. Er hatte kein Geld bekommen und war hintergangen worden. Zumindest wusste er, von wem. Der Herzog von Bayern, überlegte Francis, bis ihm einfiel, dass der vor kurzem abgesetzt worden war. Nun verstand er auch, warum der Herzog kein Interesse mehr an ihm und den versteckten Bildern hatte. Ihm wurde bewusst, dass die Warnung des alten Mannes nicht erfunden gewesen war. Er sollte umgebracht und bei Seite geschafft werden.

Er sah sich aufmerksam um, als er durch die engen Gassen ging, immer darauf bedacht, nicht aufzufallen. Den Rest des Tages verbrachte er am Marktplatz, wo er zwischen den vielen Ständen verschwand. Nach den unendlichen Jahren als Geächteter, der jedem Menschen stets misstrauen musste, war er ein Meister darin geworden, sich in einer Menschenmenge unsichtbar zu machen. Als sich die Dämmerung über die Stadt legte, kam Francis wieder unbemerkt an den Wachen vorbei aus der Stadt, denn er hatte sich einem Händler angeschlossen, dem er zuvor beim Beladen seines Karrens geholfen hatte.

Eine halbe Stunde nachdem der Wikinger die Stadt verlassen hatte, öffnete sich eine kleine Geheimtür in der Stadtmauer. Auch wenn der Herzog Heinrich abgesetzt worden war, so funktionierten die alten Seilschaften noch immer. Aus der kleinen Tür kamen nacheinander fünf in Mäntel gehüllte Männer, die ihre Pferde hinter sich führten.

Vorsichtig entfernten sie sich von der Stadtmauer, bis sie außer Sichtweite waren. Dann setzten sie sich auf ihre Pferde und preschten in die Dunkelheit Richtung Osten.

***

Jeder Tag war ausgefüllt mit schwerer Arbeit. Die Lagerräume und Keller des Klosters mussten für die neue Ernte vorbereitet werden. Das lag im Aufgabenbereich des Cellarus und deshalb packte auch Jan als seine rechte Hand mit an. Es machte ihm zwar nichts aus, hart zu arbeiten, aber den ganzen Tag in modrigen Kellern und dunklen Lagerräumen zu verbringen, war nichts für ihn. Ihm fehlten das Sonnenlicht und der Wind.

Zudem hatte der Cellarus die unangenehme Angewohnheit, Jan als Laien immer noch einen Sonderauftrag zu geben, wenn die Mönche zum Gebet gerufen wurden. Für diesen Tag hatte sich Jan aber etwas wichtiges vorgenommen, weshalb er - kaum das die Glocke zur Vesper gerufen hatte - alles stehen und liegen ließ.

„Wir sehen uns morgen, Bruder Josephus", rief er dem Cellarus über die Schulter zu, bevor er aus der Kellerluke verschwunden war. Der Mönch sah ihm kopfschüttelnd nach.

In dem Zimmer brannte nur eine Kerze. Abt Godehard beugte sich nah zum Pult herunter, um die Buchstaben erkennen zu können. Es war eine alte Angewohnheit von ihm, nach dem Gebet mit den Mönchen noch immer ein paar Verse in der Bibel zu lesen.

Erschrocken fuhr er auf, als es an der Tür klopfte.

„Tretet ein", rief er, während er sich auf seinen Stuhl setzte.

Zögerlich öffnete sich die Tür und Jan blieb im Türrahmen stehen. Er hatte sich diesen Schritt gut überlegt, aber in diesem Augenblick wäre er am liebsten umgedreht. Aber dazu war es zu spät.

„Habt Ihr einen Augenblick Zeit für mich, Abt Godehard?", fragte Jan vorsichtig und hoffte innerlich auf eine Absage.

„Gerne", antwortete jedoch Godehard, „komm herein und setz dich!"

Jan befolgte die Einladung und nahm auf einem kleinen Schemel vor dem Tisch des Abtes Platz. Er saß etwas tiefer als der Abt, was ihm nicht unbedingt mehr Mut machte.

„Nun, über was willst du mit mir sprechen?", begann Godehard freundlich, nachdem Jan nach einer Weile immer noch nichts gesagt hatte.

„Ich weiß nicht recht", druckste Jan herum, „wie ich anfangen soll. Eigentlich geht mich diese Angelegenheit gar nichts an."

„Du redest von Gunther", stellte der Abt fest, noch bevor Jan fortfahren konnte.

Überrascht sah Jan den Abt an.

„Ja, wie kommt Ihr so schnell darauf?"

„Das war nicht weiter schwer", erklärte Godehard ruhig, „ich weiß, dass du dich sehr gut mit Gunther verstehst. Es war eine Frage der Zeit, bis du mich darauf ansprichst. Nun, wollen wir offen darüber reden."

Jan wusste gar nicht, was er antworten sollte, so überrascht war er von der Freundlichkeit des Abtes. Er hatte sich alles viel schwieriger vorgestellt.

„Zuerst sollte ich Euch etwas beichten", gestand Jan, der nun vom Erfolg seines Planes überzeugt war. Mit vielen Umwegen und Worthülsen kam Jan auf das Streitgespräch zwischen Godehard und Gunther zu sprechen, welches er an Ostern belauscht hatte.

„Als Laie den Kreuzgang unerlaubt zu betreten ist eine Sünde", befand Godehard knapp, „aber dich kann man von so etwas kaum abhalten. Du hast bis heute niemandem von diesem Gespräch erzählt, obwohl du wusstest, dass du damit vieles aufklären könntest, was selbst den Mönchen unklar war."

„Ich dachte, es ist eine Angelegenheit der Mönche", entschuldigte sich Jan.

„Ich mache dir keinen Vorwurf", erklärte Godehard, „vielmehr rechne ich dir das hoch an. Dass du jetzt erst zu mir gekommen bist, zeichnet dich als einen weisen Mann aus."

„Ich habe es mir lange überlegt und nach einer Lösung für diesen Streit gesucht, denn er belastet das ganze Kloster!"

„Du hast recht", stimmte ihm Godehard zu und legte seine Stirn in Falten, „ich habe bereits viel über Gunther nachgedacht, aber ich bin zu keiner passenden Antwort gekommen."

„Er sucht doch nur die Zweisamkeit mit Gott", sagte Jan halb als Frage, halb als Feststellung.

„Ja, und ich kann ihn verstehen. Aber so einfach ist es eben auch wieder nicht. Die Mönche sollen in Gemeinschaft leben, so will es der Heilige Benedikt in seinen Regeln und nach diesen leben wir im Kloster."

Die Worte klangen auf einmal hart und unverrückbar.

„Kann man davon nicht einmal eine Ausnahme machen? Vielleicht nur für eine bestimmte Zeit", schlug Jan vor.

Godehard sah ihn aufmerksam an, über sein Gesicht huschte ein Lächeln.

„Du scheinst dir wirklich Gedanken gemacht zu haben", lobte er Jan.

„Eine zeitliche Freistellung ließe sich vertreten. Aber sie muss mit einem Auftrag verbunden sein, welcher der Gemeinschaft dient."

„Dafür habe ich bereits einen Vorschlag", unterbrach ihn Jan, „Bruder Josephus hat mir einmal erzählt, dass Niederaltaich von einem König den Auftrag bekommen hat, die Šumava urbar zu machen. Warum schickt Ihr Gunther nicht dorthin, um Plätze für weitere Dörfer zu finden? Als ehemaliger Reichsgraf wird er darin Erfahrung haben!"

„Auf gar keinen Fall", verneinte Godehard sofort, „das kommt nicht in Frage."

„Warum nicht?"

„Jan, ich kenne deine Vorliebe für die Šumava", versuchte Godehard seine Ablehnung zu erklären, „aber du weißt auch selbst, wie gefährlich dieses Gebirge ist. Dort lauern Gefahren, denen ich keinen meiner Brüder aussetze – schon gar nicht alleine."

„Meint Ihr, dass Gunther sich vor Bären oder Räubern fürchtet?", fragte Jan ungläubig und musste schmunzeln. In Gedanken stellte er sich vor, wie Gunther mit seiner mächtigen Statur dem Wikinger gegenübertrat.

„Als wären Bären und Räuber die einzigen Gefahren, die dort lauern!"

„Ach, Ihr denkt an die Dämonen und dass die Hölle in der Šumava liegt", witzelte Jan, „daran habe ich auch geglaubt, bis mir mein Vater einmal gesagt hat: ‚Die Hölle ist so weit weg, dass die Menschen ein ganzes Leben brauchen, um dorthin zu kommen!' Ich jedenfalls bin noch nie einem Dämonen begegnet."

„Ach Jan", seufzte Godehard, „du bist noch viel zu jung, um die Welt zu verstehen."

Als Jan in das nachdenkliche Gesicht des Abtes sah, kam ihm auf einmal ein Geistesblitz.

„Ich verstehe die Welt nicht und werde sie nie verstehen", begann er ohne seinen Blick von Abt Godehard abzuwenden, „und ich bin in der Šumava noch nie einem Dämonen begegnet, aber dafür habe ich Menschen getroffen, die anderen Menschen geholfen haben, ohne dafür mehr zu erwarten, als ein Dankeschön!"

Godehard sah ihn fragend an, doch er sagte nichts.

„Ohne Euch anzuklagen, Ehrwürdiger Vater", fuhr Jan etwas vorsichtiger fort, „aber kann es nicht sein, dass die Gefahr eine sehr persönliche ist, die Euch von dem anderen Ufer abhält?"

„Ich verstehe dich nicht", antwortete Godehard verwundert.

„Als ich vor vielen Jahren das erste Mal nach Niederaltaich geflohen bin, da hat mir eine Frau das Leben gerettet, die dort drüben ganz allein auf einer Lichtung lebte. Ihr Name war..."

„Nein", verbat ihm der Abt mit wütendem Blick, „sprich den Namen nicht aus!"

Verängstigt wich Jan zurück, gespannt, was nun folgte. War er zu weit gegangen? Gunther und Gerhild auf einmal war vielleicht zu viel des Guten gewesen.

Es herrschte für einige Minuten eine bedrückende Stille im Raum. Godehard saß wie im Schlaf zusammengesunken auf seinem Stuhl. Jan wagte es nicht, sich zu bewegen.

„Jan, mein Sohn", begann Godehard schließlich leise zu sprechen ohne aufzusehen, „erinnerst du dich noch, als du nach dem Sinn des Lebens fragtest? Danach, warum du hier im Kloster eingesperrt sein musst?"

Jan nickte kaum merklich mit dem Kopf.

„Damals konnte ich es nicht erklären, aber jetzt bin ich mir sicher, warum du hierher gekommen bist." Godehard sprach langsam und machte immer wieder Pausen. „Es fällt mir nicht leicht, das zu sagen, aber du bist hier, um mich auf meine schwere Sünde hinzuweisen."

Godehard stand auf und ging langsam im Raum auf und ab. Immer wieder schüttelte er mit dem Kopf und rieb sich eine Träne aus dem Auge, die er nicht mehr rechtzeitig unterdrückt hatte.

„Ich habe meine eigene Schwester verbannt und dachte, die Berge sind weit genug weg, um sie zu vergessen. Aber seit dem Tag, als du im Kloster erschienen bist, musste ich immer an sie denken, wenn ich dich gesehen habe. Nicht zu unrecht, wie ich nun weiß. Denn ohne sie wärst du wohl nie zum Kloster gekommen. Als Abt fühle ich mich für meine Brüder verantwortlich und habe doch mein eigenes Fleisch und Blut verstoßen."

Jan war die Situation peinlich. Der Abt war für ihn immer ein Ersatz für seinen echten Vater gewesen, aber er hatte seinen eigenen Vater nie weinen sehen. Er wusste nicht, wie er sich verhalten sollte.

„Wenn es Euch tröstet", begann er leise zu sprechen, „Eure Schwester trägt es Euch nicht nach und lebt jetzt in einem guten Haus."

„Du hast noch Kontakt zu ihr?", fragte Godehard überrascht und neugierig zugleich, „über all die Jahre hinweg?"

„Nein, nicht über all die Jahre."

Dann erzählte er die ganze Geschichte von der Erkrankung des kleinen Mädchens und seinem Versprechen an Gerhild, mit Godehard zu sprechen.

„Ich habe lange gebraucht", schloss er seinen Bericht, „bis ich endlich den Mut gefasst habe, Euch darauf anzusprechen."

„Ich danke dir dafür. Es war sicherlich nicht leicht, mit solch einer schweren Bürde durchs Leben zu gehen."

„Es trug sich nicht schwerer mit all den anderen Lasten zusammen", antwortete Jan verschmitzt, „schließlich warte ich auf mein Todesurteil."

„Lass diese Ironie", schalt ihn Godehard, nun wieder ganz Abt, „dein Fall ist noch nicht verloren und ich werde mich baldmöglichst an den König wenden. Zurzeit ist er auf einem Feldzug gegen die Polen. Aber ich schulde dir einen Gefallen!"

„Nein", wehrte Jan geschmeichelt ab, „ich habe Euch schon so viel zu verdanken, dass es sich wieder ausgleicht."

„Nun gut. Aber ich möchte dich bitten, von dieser Unterhaltung niemandem zu erzählen. Versteh es als ein Beichtgeheimnis, das ich dir anvertraut habe."

„Ich verspreche es bei allen Heiligen", gelobte Jan und schob dann neugierig nach, „was gedenkt Ihr nun zu unternehmen?"

„Zuerst werde ich meiner Schwester einen Brief schreiben, mich entschuldigen und sie wieder nach Niederaltaich einladen. Wir können gut jemanden gebrauchen, der den Kräutergarten versorgt." Er machte eine kurze Pause und musste wieder schmunzeln. „Vorausgesetzt, sie will überhaupt zurück."

„Ich denke schon", ermutigte ihn Jan und wunderte sich selbst, wie vertraut er auf einmal mit dem Abt sprach. „Und was wird aus Gunther?", setzte er nach.

„Da lass ich mir etwas einfallen", antwortete Godehard geheimnisvoll, bevor er wieder seinen väterlichen Ton anschlug, „jetzt haben wir aber genug geredet. Es ist Schlafenszeit!"

Jan verabschiedete sich von Godehard, der ihm noch den Segen erteilte. Glücklich spazierte er über den Klosterhof. Nicht im Traum hätte er daran gedacht, dass dieses Gespräch so enden würde. Mit einem Blick zum Sternenhimmel dankte er Gott.

Zwei Tage später trafen sich die Mönche wie am Abend zum Disput, wo jeder Anliegen und Fragen vortragen konnte. Inzwischen war die Anzahl der Mönche in Niederaltaich so groß geworden, dass man die Stühle in drei Reihen hintereinander in einem großen Kreis aufstellen musste. Bei allen Streitigkeiten und Meinungsverschiedenheiten entschied das Capitel immer gemeinsam über Strafen oder Zurechtweisungen. Der Disput wurde ernst genommen, aber wenn man den ganzen Tag wie nun in der Erntezeit hart arbeitete, freute sich jeder auf die nachfolgende Mahlzeit. Deshalb waren viele bereits mit den Gedanken im Speisesaal, als Abt Godehard das Wort ergriff.

„Meine lieben Mitbrüder", begann er mit gefasster Stimme, „nachdem wir heute schon den einen oder anderen Streit geschlichtet haben, möchte ich nun auch ein Gesuch vorbringen."

Ein kurzes Raunen ging durch den Saal. Es kam nur sehr selten vor, das sich der Abt an das Capitel wandte, ohne es vorher anzukündigen. Als sich alle wieder beruhigt hatten, blicken sie gespannt zu ihrem Abt.

„Ihr alle kennt das Wort Gottes", setzte Godehard seine sorgfältig vorbereitete Rede fort, „und deshalb kennt ihr auch die Geschichte der beiden Schwestern Martha und Maria. Während Martha sehr beschäftigt war, um Jesus als ihren Gast gut zu bewirten, saß Maria zu seinen Füßen und hörte ihm zu. Als sich nun Martha über das Verhalten und die Faulheit ihrer Schwester beschwerte, da sagte Jesus zu ihr: ‚Wichtig ist nur eins.' Was hat unser Herr damit gemeint?"

Alle schwiegen, da niemand wusste, worauf Godehard hinaus wollte. Schließlich stand einer der ältesten Brüder auf.

„Er meinte die Gemeinschaft mit ihm", antwortete er mit heiserer Stimme.

Godehard ließ die Antwort in den Gewölben nachhallen, bevor er zustimmend nickte.

„Richtig, Bruder Hironymus! Maria hatte verstanden, dass sie die Gemeinschaft mit dem Gottessohn auskosten sollte. Martha dachte nicht schlechter, aber sie hat das Wichtige aus den Augen verloren."

Wieder machte er eine Pause, um die Worte wirken zu lassen.

„Uns allen passiert es, dass wir vor lauter Arbeit das Wichtigste, die Gemeinschaft mit Gott, vergessen oder hintanstellen. Auch mir ist das passiert und ich bitte euch alle heute um Vergebung."

Wieder wurde es unruhig. Manche steckten ihre Köpfe und tuschelten, andere nickten zustimmend oder senkten den Kopf, um ihre Überraschung zu verbergen. Godehard ließ sich nicht aus dem Konzept bringen und sprach weiter, um die Mönche wieder zur Ruhe zu bringen.

„Vor lauter Tatendrang war ich blind geworden. Andere hingegen haben die Nähe Gottes gesucht, doch ich habe es nicht verstanden."

Mit diesen Worten wandte er sich zu Gunther, der wie immer auf seinem Platz in der zweiten Reihe saß und bisher die Rede ohne Regung verfolgt hatte. Nun blickte er auf und ihre Blicke trafen sich. Die anderen Mönche verstanden nun den Grund für Godehards Ansprache. Wie versteinert saßen alle da und erwarteten mit Spannung die Schlichtung dieses Streits, den keiner von ihnen bisher nachvollziehen konnte.

„Bruder Gunther hatte mich vor einigen Monaten, es war an Ostern, um Erlaubnis gebeten, eine eigene Klause zu errichten, um dort die Nähe Gottes zu suchen. Ich habe es ihm damals verboten, da es gegen die Vorstellungen unseres Ordens verstößt und es unser königlicher Auftrag ist, gemeinsam für die verlorenen Seelen dieser Welt zu beten! Deshalb habe ich Bruder Gunther ein Redeverbot auferlegt. Doch heute sehe ich einen Fehler darin, denn während Bruder Gunther an die Gemeinschaft mit Gott dachte, war ich nur in Sorge um unseren Auftrag. Doch die Nähe zu Gott ist wichtiger, als unser Auftrag für die Welt."

Gebannt blickten alle Mönche auf ihren Abt. Sie kannten seine leidenschaftlichen Predigten, aber sie hatten selten erlebt, dass er so offen über seine eigene Fehlbarkeit sprach.

„Liebe Brüder, ich habe einen Vorschlag, um diese Zwietracht zu bereinigen. Lassen wir Gunther für eine gewisse Zeit die Nähe Gottes in der Einöde finden. Er soll ein halbes Jahr in den Bergen am anderen Flussufer verbringen, stündlich zu Gott beten, aber auch Plätze für neue Siedlungen suchen, damit wir mehr Menschen auf unseren Ländereien ansiedeln können. Auf diese Weise wird seine Sendung auch einen Nutzen für unser Kloster haben! Was ist eure Meinung?"

Mit den letzten Worten setzte sich Godehard und hielt den Kopf eine Weile gesenkt. Es war ihm nicht leicht gefallen, seinen Fehler einzugestehen, aber nun fühlte er eine Last von seinen Schultern genommen. Abwesend dachte er an den Brief, den er am Vormittag nach Passau zu seiner Schwester geschickt hatte. Wie würde sie wohl reagieren?

Er wurde aus seinen Gedanken gerissen, als in dem stummen Gewölbe ein Stuhl verrückt wurde. Einer der älteren Mönche hatte sich schwerfällig erhoben und stütze sich nun auf seinen Stock. Obwohl ihm schon einige Zähne fehlten, sprach er dennoch laut und deutlich.

„Mein lieber Abt, ich kann die Jahre nicht mehr zählen, die ich in Gottes Gnade in diesem Kloster verbracht habe, doch hat es mich nie danach verlangt, seine schützenden Mauern zu verlassen! Dort draußen lauert der Teufel hinter jedem Busch, um uns zu versuchen. Warum sollen wir einen unserer Brüder diesen Gefahren aussetzen? Dies ist ein Ort Gottes und Gott ist uns hier nah!"

Damit setzte er sich vorsichtig hin. Lange kam keine weitere Wortmeldung, bis sich Bruder Josephus, der Cellarus, aufraffte. Er war nicht nur ein guter Kellermeister, sondern auch ein guter Redner, da er wie Godehard die gute rhetorische Schule in Salzburg genossen hatte.

„Meine lieben Brüder", sagte er, nachdem er sich in die Mitte des Kreises gestellt hatte, „hört mir zu. Ihr habt gehört, dass die Klostermauern uns vor den Versuchungen dieser sterblichen und sündigen Welt schützen. Aber sollen wir uns denn auf ewig hinter diesen Mauern verkriechen wie eine Maus in ihr Loch? Der Gottessohn Jesus Christus ging vierzig Tage durch die Wüste, bevor er seine ersten Wunder vollbrachte. Er widerstand den Versuchungen des Teufels! Wir stehen hier im Licht Gottes, doch um uns herum herrscht Finsternis. Wir lesen in der Bibel, dass wir unser Licht nicht unter den Scheffel stellen sollen, sondern in die Dunkelheit strahlen sollen. Denkt doch an den Heiligen Johannes. Er bereitete das Kommen des Gottessohnes vor und durfte ihn als himmlischen Lohn selbst taufen. Stellt euch diese Gnade vor! Nun seht euch Gunther an!"

Josephus hatte sich in Form geredet. Mit klaren Gesten untermalte er seine Rede, hob die Bedeutung einzelner Worte besonders hervor und wies nun mit der offenen Hand zu Gunther, der nach wie vor mit gesenktem Haupt an seinem Platz saß.

„Er ist bereit, in die Finsternis zu gehen, um dort Gott zu begegnen. Ein Widerspruch denkt ihr? Nein, hört den Psalmisten: ‚Und ob ich noch wandere im Tal des Todesschatten, ich fürchte kein Unheil! Dein Stecken und dein Stab, sie führen mich!' Nicht jeder muss in diese gottlose Finsternis gehen. Aber wen Gott dazu berufen hat, den sollte man nicht hindern. Ich sehe dort einen neuen Johannes sitzen, einen Täufer, der das Wiederkommen des Herrn vorbereitet!"

Mit diesen pathetischen Worten setzte sich Josephus und blickte dabei prüfend in die Runde, um zu sehen, wie seine Worte gewirkt hatten. Was er sah, beruhigte ihn und auch Abt Godehard, denn die meisten Mönche saßen aufrecht auf ihren Stühlen vor Begeisterung und ihre Augen leuchteten.

„Bruder Gunther", wandte sich nun Godehard an Gunther, „bist du mit meinem Vorschlag einverstanden? Suche die Einsamkeit, aber nach einem halben Jahr musst du zurück ins Kloster kommen!"

„Gütiger Abt", antwortete Gunther mit gefasster Stimme, „Gott möge mein Zeuge sein, dass ich dein großzügiges Angebot gerne annehme und mich daran halten werde!"

„Dann wollen wir nun darüber abstimmen", fuhr Godehard selbstbewusst fort, dem vorgeschriebenen Ablauf folgend.

Die Abstimmung fiel deutlich aus. Die Rede des Cellarus hatte die Unentschlossenen überzeugt und so blieb nur eine kleine Minderheit, die sich gegen das Aufbrechen des Konvents wehrte. Die Mehrheit wollte den neuen Johannes den Täufer nicht von seinem Auftrag abhalten. Auch wenn Gunther von diesem neuen Beinamen nicht sehr überzeugt war, so war er doch überglücklich, dass Godehard seinem Wunsch endlich nachgegeben hatte. Das geduldige Ausharren hatte sich für ihn gelohnt.

***

Kalt blies der Wind aus östlicher Richtung den fünf Männern ins Gesicht. Anders als in der Donauebene hatte hier auf den Höhenzügen des Grenzgebirges der Herbst schon Einzug gehalten. Die matten Sonnenstrahlen, die sich ab und zu einen Weg durch den dichten Wolkenschirm bahnten, ließen die Farben der verwelkenden Blätter leuchten. Aber dieses Farbenspiel konnte die Männer nicht erfreuen, die schon seit sechs Nächten dem Frost ausgesetzt waren und auch tagsüber nie richtig warm wurden. Doch war das Wetter nicht das einzige Problem. In den unberührten Wäldern stand das Unterholz so dicht, dass sie oft weite Umwege machen mussten, oder die Pferde nur am Zügel führen konnten. Ihr Vorhaben, den böhmischen Besucher schnell zu beseitigen, hatten sie vor Tagen aufgegeben. Sie mussten sogar aufpassen, seine Spur nicht völlig zu verlieren.

Das wusste auch Francis. Kaum hatte er den Schutz bietenden Grenzwald erreicht, versteckte er sich, um zu sehen, ob ihm jemand gefolgt war. Er hatte nicht lange gewartet, bis aus den morgendlichen Nebelschwaden fünf Reiter auftauchten, die in scharfem Galopp in den Wald preschten. Nun hatte er sie dort, wo er sie haben wollte. Waren sie ihm in der Stadt überlegen gewesen und hatten jeden seiner Schritte verfolgt, ohne dass er es bemerkt hatte, so drehte sich der Spieß nun um. In dieser Wildnis nahm es niemand mit ihm auf!

Er bediente sich einer alten List, um die fünf Männer in eine Falle zu treiben. Mit einem Zeichen für seine Räuber versehen schickte er sein Pferd alleine los. Es kannte den Weg nach Hause und führte seine Verfolger direkt in die Arme seiner Gefolgsleute, während er selbst zum Jäger wurde.

Obwohl die Häscher noch ihre Pferde hatten, konnte ihnen der Wikinger ohne Mühe zu Fuß folgen. Ausserdem hinterließen sie eine deutlich sichtbare Spur, da sie ohne viel Rücksicht den Wald durchquerten. Er folgte ihnen in sicherem Abstand und wagte sich nur nachts näher heran, um zu sehen, wie sehr ihnen das raue Wetter zusetzte. Er hatte die Zeit auf seiner Seite.

***

Seit Tagen herrschte schönes Wetter, gerade so, als wollte sich der Sommer vor seinem Abschied noch einmal von seiner besten Seite zeigen, damit die Menschen ihn in guter Erinnerung behielten. Die Donau führte wenig Wasser, aber die Bewohner von Passau wussten, dass sich der Fluss nur einen Spaß mit ihnen machte, denn jährlich kamen die Hochwasser, welche die Stadt heimsuchten. Auch Levi hatte schon Waren und Flöße durch das eine oder andere Hochwasser verloren.

Wie jeden Tag stand er oben im ersten Stock in seiner Schreibstube am Stehpult und war gerade dabei, einen Schuldschein zu schreiben, als vom Flur ein lautes und zorniges Fluchen die Ruhe im Haus störte. Eilig lief Levi zur Tür, um zu sehen, weshalb solch ein Gezeter gemacht wurde.

Ein Blick genügte ihm, um zu ahnen, welches Missgeschick passiert war. Oben am Treppenende im ersten Stock stand die Hausmagd, die wild gestikulierend die Treppe hinab schimpfte. Dort, ungefähr auf halber Höhe, lehnte Martha verschämt am Geländer und verzog schuldbewusst ihre Lippen. Über die gesamte Treppe waren weiße Laken und Stofftücher verstreut, teils noch ordentlich zusammengefaltet, zum größten Teil aber ließ nur die Faltkante ahnen, dass es sich um frische Wäsche handelte.

Als die Hausmagd Levi bemerkte und beendete sie missmutig ihren Schimpffreien.

„Dieser Heißsporn wird mir noch die letzten Nerven rauben", schob sie noch als letztes hinterher, während sie sich mit zorniger Miene daran machte, die Wäsche wieder aufzusammeln.

„Martha, Martha", tadelte Levi, „was hattest du es denn so eilig?"

„Ich wollte rechtzeitig draußen sein, wenn die Säumer kommen", verteidigte sich Martha schnell.

„Schon gut", lächelte Levi gütig, „jetzt hilf aber erst einmal die Wäsche einsammeln, dann bist du immer noch pünktlich auf dem Hof! Falls die Säumer früher kommen sollten, dann lass ich sie einfach solange warten, bis du hier fertig bist!"

„Du solltest sie nicht immer so sanft anfassen", tadelte nun ihrerseits Rahel ihren Mann. Auch sie war von dem Lärm aufgeschreckt worden und stand nun einige Meter von Levi entfernt im dunklen Gang. Sie trug ein einfaches Kleid, hatte sich eine Schürze umgebunden und die dicken schwarzen Haare unter einer Haube zusammengesteckt.

„Ich weiß", nickte Levi, fügte aber gleich schelmisch hinzu: „Aber kann man einem Engel böse sein?"

„Du bist noch immer der kleine Lausbub, der den ganzen Tag nur dumme Streiche gespielt hat", erwiderte Rahel kopfschüttelnd, „und deine Tochter kommt ganz nach dir! Vorgestern hat sie der Köchin heimlich einen Frosch in die Schürzentasche gesteckt, der dort drinnen heftig herum sprang! Was meinst du, wie die Köchin dann vor Schreck durch die ganze Küche gerannt ist, bis sie sich endlich die Schürze vom Leib gerissen hatte!"

Levi wollte laut lachen, doch als er in Rahels Gesicht blickte, wurde er besorgt. Sie sah müde und erschöpft aus, was aber nicht Marthas Schuld war.

„Wie geht es ihr?", fragte Levi unsicher.

Seit drei Tagen lag Gerhild schon krank im Bett. Die ganzen Jahre, seit sie in dieses Haus gekommen war, hatte sie nicht einmal eine Krankheit gehabt, dafür nun umso mehr.

„Sie hat Fieber und manchmal ist es ihr ganz heiß, dann wieder ganz kalt", antwortete Rahel langsam und nachdenklich, „ich habe eine Magd zum Markt geschickt, damit sie Kräuter kauft. Ich will einen der Säfte kochen, den Gerhild mir beigebracht hat. Vielleicht hilft ihr ihre eigene Medizin!"

„Wir wollen es hoffen!"

Hufschläge im Hof unterbrachen ihr Gespräch. Wortlos gingen sie auseinander, Rahel wieder in Gerhilds Zimmer und Levi die Treppe hinunter zum Hof. Aber anstatt der erwarteten Säumer sah er nur einen Reiter, der bereits von Martha überschwenglich begrüßt wurde. Levi wunderte sich nicht, denn der Reiter war ein Bote aus Niederaltaich, der stets Nachrichten von Jan überbrachte. Auf diese Weise hielten sie den Kontakt aufrecht und der Bote war ein gern gesehener Gast geworden.

Martha freute sich ganz besonders, denn sie durfte immer eine Runde auf dem Pferd über den Hof reiten. Im Gegensatz zu den kleinen Saumpferden war dieser Wallach ein stattliches Reitpferd und Martha liebte es, so hoch oben zu sitzen.

„Gott zum Gruß, Till", rief ihm Levi schon von der Tür aus zu, „bringst du mir neue Nachrichten?"

„Du hast es erraten", antwortete Till, während er sein Pferd einem herbeigelaufenen Knecht übergab, „aber diesmal von Abt Godehard!"

Levi konnte seine Überraschung nicht verbergen.

„Da bin ich aber gespannt! Komm doch erst einmal herein. Du wirst durstig sein von den staubigen Straßen!"

Till ließ sich nicht zweimal bitten. Die köstlichen Mahlzeiten im jüdischen Handelshaus waren eine willkommene Abwechslung zu der kargen Klosterkost. Levi war so neugierig auf den Brief des Abtes, dass er entgegen der Regeln der Gastfreundschaft den Boten bald alleine seiner Mahlzeit überließ und sich, kaum dass er den Brief erhalten hatte, in sein Arbeitszimmer zurückzog.

Als er den Brief geöffnet hatte, stellte er überrascht fest, dass sich darin noch ein zweiter Brief befand, der an Gerhild adressiert war. Eilig las er den Brief an sich durch.

Lieber Freund,

Der allmächtige Gott kennt jeden von uns, aber trotzdem bevormundet er uns nicht. Er stellt uns Prüfungen, die so schwer sind wie die Aufgaben, die wir von Gott für dieses Leben *erhalten. Meine Aufgabe ist groß – und deshalb auch meine Prüfung. Doch bisher habe ich versagt. Der Heilige Gott hat mich wie Joseph durch die eigene Familie geprüft. Durch Gottes Gnade wurde ich auf meine Verfehlung hingewiesen und will nun meine Schuld tilgen. Ich bitte dich, gib den Brief an meine Schwester Gerhild weiter und leg ein gutes Wort für mich bei ihr ein, so wie der Mundschenk für Joseph vor dem Pharao gesprochen hat.*

Der Himmel wird es dir danken,

Abt Godehard.

Tief beeindruckt legte Levi den Brief auf das Stehpult vor sich und betrachtete ihn aus einiger Entfernung. Er hatte schon einige lobgefüllte Briefe vom Bischof von Passau erhalten, aber es war wirklich etwas besonderes, wenn ein hoher Kirchenvertreter wie der Abt von Niederaltaich ihn, einen Juden, in einer solch persönlichen Angelegenheit um Hilfe bat.

Levi nahm den zweiten Brief und lief damit eilig zu Gerhilds Kammer. Als er eintrat, kamen ihm Kräuterdämpfe entgegen, aber sie konnten nicht darüber hinweg täuschen, dass es auch nach Krankheit und Tod roch.

Rahel legte den Zeigefinger vor den Mund, damit Levi ruhig blieb.

„Was willst du hier", flüsterte sie, in ihrer Stimme klang vorwurfsvoll, „Gerhild ist gerade eingeschlafen!"

„Tut mir leid, dass ich störe", entschuldigte sich Levi, „aber ich habe hier einen Brief an Gerhild!"

„An Gerhild", wunderte sich Rahel, „von wem?"

„Du wirst es nicht glauben, aber der Brief kommt von Abt Godehard!"

„Godehard von Niederaltaich", vergewisserte sich Rahel und vergaß vor Aufregung, zu flüstern.

„Was ist mit Godehard", fragte plötzlich Gerhild und sah die beiden mit halb geöffneten Augen an. Levi hatte sie kaum verstanden, so leise war ihre Stimme.

„Oh, nein", klagte Rahel besorgt, „jetzt haben wir dich aufgeweckt!"

„Nicht doch, meine Liebe", hauchte Gerhild und auf ihrem Gesicht zeichnete sich ein schwaches Lächeln ab, „ich habe mich nur schlafend gestellt, damit du endlich einmal eine Pause bekommst. Du bist ja den ganzen Tag nur mit mir beschäftigt!"

Die Worte kamen nur langsam und das Sprechen bereitete ihr große Mühe.

„Du bist ein alter Sturkopf", empörte sich Rahel, „ich entscheide, wann ich was mache! Auf jeden Fall hast du Vorrang vor allem anderen."

„Wo ist der Brief?", wechselte Gerhild das Thema, denn sie hatte das Gespräch von Anfang an mitgehört und war neugierig, was der Brief von Godehard an sie bedeutete.

„Soll ich ihn dir vorlesen", fragte Levi hilfsbereit, während er das Siegel aufbrach.

„Nein, lesen kann ich noch", verweigerte sie diese Hilfe, „aber Rahel hilf mir bitte, dass ich etwas aufrechter sitzen kann."

Rahel legte sofort einen Arm um Gerhild, hob sie vorsichtig hoch und schob ein weiteres Kissen hinter ihren Rücken. Dann ließ sich Gerhild den Brief geben, und während sie las, standen Rahel und Levi gespannt neben ihrem Bett.

Bald rollte die erste Träne über ihre Wange, die Hände zitterten leicht, was ihr das Lesen erschwerte. Als sie fertig gelesen hatte, ließ sie sich ins Kissen zurücksinken. In ihrem Gesicht konnte man die innere Erleichterung und Freude erkennen, die sie bewegte.

„Abt Godehard hat mich gebeten", sagte Levi nach einer Weile, „dass ich ein gutes Wort für ihn bei dir einlege. Er meint es wirklich von Herzen!"

„Du brauchst ihn nicht verteidigen, ich habe ihm schon lange vergeben! Aber ich habe immer darauf gewartet, dass er sich entschuldigt. Heute ist dieser Augenblick endlich gekommen!"

Trotz der Schmerzen, die sie spürte, strahlte ihr ganzes Gesicht.

„Was steht denn nun genau in dem Brief`?", wollte Rahel wissen, obwohl sie schon ahnte, worum es sich handelte.

Gerhild wartete einen Augenblick, als müsste sie erst die Kräfte zum Reden aus allen Enden ihres Körpers sammeln.

„Mein Bruder hat sich bei mir dafür entschuldigt, dass er mich verbannt hat! Er möchte mich sogar nach Niederaltaich holen und mir eine der Pachthütten am Kloster überlassen!"

„Es geschehen Zeichen und Wunder", freute sich Rahel mit ihr, „aber dann musst du schnell wieder gesund werden, damit du die schwere Reise antreten kannst."

„Oh ja, es ist eine beschwerliche Reise, aber ich freue mich darauf", antwortete Gerhild, „deshalb muss ich nun wirklich schlafen!"

Rahel nickte zustimmend, nahm Gerhild wieder das Kissen aus dem Rücken, damit sie sich hinlegen konnte. Levi stand schon an der Tür und wartete noch auf Rahel.

„Wartet noch", rief Gerhild sie noch einmal zurück.

Sie blickte ihre Gastgeber mit einem zufriedenen Gesicht an.

„Ich wollte mich schon lange bei euch für eure Herzlichkeit und Wärme bedanken. Ich habe hier wunderbare Jahre verlebt!"

Sie schloss wieder die Augen und Rahel wollte Levi schon aus dem Raum drängen, als Gerhild doch wieder zu sprechen begann.

„Außerdem richtet Jan einen großen Dank aus. Ich hatte ja schon nicht mehr daran geglaubt, aber er hat Wort gehalten und mit Godehard gesprochen!"

Dann blieben ihre Augen geschlossen und Rahel schloss die Tür hinter sich zu.

„Wir sollten Godehard schnell einen Brief schreiben", schlug Levi vor, als sie sich etwas vom Zimmer entfernt hatten, „ihr Zustand wird immer schlechter!"

„Vielleicht hilft ja der Gedanke der Heimkehr, um sie wieder gesund zu machen", antwortete Rahel optimistisch, „sie klang fest entschlossen, die Reise bald anzutreten!"

Levi sah sie zweifelnd an, sagte aber weiter nichts.

Zum Ranzinger Berg

„Du willst unbedingt noch in diesem Jahr aufbrechen?"

Jan saß im Kräutergarten an seinem bevorzugten Platz, von dem aus er einen freien Blick auf die Šumava hatte. Neben ihm zupfte Gunther gerade einen Schnittlauchhalm. Er hatte am Vormittag angekündigt, in einer Woche die Donau zu überqueren und sich in den Ausläufern des Waldgebirges eine Klause zu bauen.

„Was hast du denn erwartet?", fragte Gunther zurück, während er den Halm in den Mund schob.

„Es ist nicht besonders klug, gerade den Herbst und Winter zu wählen, um in der Šumava zu leben!"

„Du verstehst das nicht", erwiderte der Mönch milde lächelnd, „ich kann nicht länger warten, denn mir geht es um die Einsamkeit. Über die Witterung denke ich erst gar nicht nach."

„So viel Leichtsinn hätte ich dir nicht zugetraut", hakte Jan nach, „mit Gottvertrauen allein kannst du dort nicht überleben! Du hast ja keine Vorstellung, wie hart und unwirtlich der Winter in der Šumava ist!"

„Sag, was du willst", wehrte Gunther ab, der sich nicht umstimmen ließ, „ich bleibe bei meiner Entscheidung. Aber wenn es dich beruhigt: Abt Godehard schickt mir einige Novizen mit, die mir helfen sollen, eine Klause zu bauen."

„Am liebsten würde ich dich auch begleiten", sinnierte Jan nachdenklich, „aber ich bin hier gefangen!"

„Sei nicht traurig", versuchte Gunther zu trösten, „mich ehrt dein Angebot und in deiner Begleitung wäre mir nicht bang. Aber der König wird sicher bald eine Entscheidung treffen."

„Wenn ich ehrlich sein soll: Ich bin nicht mehr sehr zuversichtlich."

Die nächsten Tage waren im Kloster alle Mönche, die nicht zur Ernte auf die Felder mussten, mit den Vorbereitungen für Gunther beschäftigt. Es wurden Lebensmittel verpackt, Baumaterial und Werkzeuge hergerichtet, aber auch Stoffe und Leder gepackt, damit Gunther sich selbst Kleidung herstellen konnte, falls seine Kutte verschlissen wurde.

Mitten in die Vorbereitungen im Klosterhof kam ein Bote geritten. Er musste einen anstrengenden Ritt hinter sich haben, denn sein Pferd dampfte am ganzen Körper. Eilig sprang er vom Pferd, drückte einem Laienbruder die Zügel in die Hand und fragte:

„Wo finde ich Abt Godehard?"

„Du wirst ihn in seinem Arbeitszimmer finden", antwortete der Laienbruder völlig überrumpelt, „melde dich dort bei dem Mönch an der Pforte. Er kann dir sicher weiterhelfen!"

„Dank dir", nickte der Bote, „sei so gut und gib meinem Pferd etwas Hafer und Wasser!"

Nachdem er sein Begehren noch zweimal vorgetragen hatte, stand er endlich in Godehards Arbeitszimmer. Der Abt sah ihn erwartungsvoll an, denn er befürchtete, dass man ihn zurück nach Hersfeld rief, wo es in den letzten Monaten einige Unstimmigkeiten gegeben hatte. Aber Godehard war sein Heimatkloster wichtiger gewesen. Trotzdem dachte er daran, noch vor dem Winter nach Hersfeld zurückzukehren, nachdem sich in Niederaltaich alles zum Besten gewandelt hatte.

„Was bringst du für Nachrichten?", forderte er den Boten zum Sprechen auf.

„Ehrenwerter Abt", begann der Bote mit gefasster Stimme, „ich habe Euch eine Nachricht von Levi, dem Händler, zu überbringen."

Godehard war für einen Augenblick verwirrt, doch er fasste sich schnell wieder.

„Trag sie vor - oder hast du einen Brief?"

„Beides habe ich für Euch", antwortete der Bote und überlegte dabei, „vielleicht ist es besser, ich überreiche Euch zuerst den Brief."

Damit zog er aus seinem Hemdsärmel ein säuberlich zusammengefaltetes Stück Papier. Godehard prüfte kurz das unversehrte Siegel und öffnete dann den Brief. Er begann zu lesen.

Mein Bruder,

wie sehr hat mich deine Nachricht gefreut. Lange Jahre musste ich warten, bis ich wieder ein reines Herz haben konnte. Gott hat dein Herz zur rechten Zeit bewegt, denn wenn du diese Zeilen liest, werde ich für immer zurück in Gottes Schoß gefallen sein.

Weine nicht, deine Reue hat mich erreicht, doch hatte ich dir schon vor vielen Jahren vergeben. Ich habe ein glückliches, zufriedenes, aber auch entbehrungsreiches Leben geführt und danke Gott dafür. Ich habe eine Bitte an dich: Wenn ich auch lebend nicht mehr nach Niederaltaich zurückkehren kann, so lass mich dort beerdigt sein.

Mein Bruder, mein geliebter Bruder, nimm diesen Segen einer Sterbenden: Sei stets ein guter Hirte, der seine Schafe nicht verloren gibt!

Deine Gerhild.

Mit zitternder Hand legte Godehard den Brief auf den Tisch, stand auf und wandte sich zum Fenster hin, so dass der Bote in seinem Rücken stand. Mit zusammengekniffenen Augen sah er hinaus ins Sonnenlicht, er musste sich am Fenstersims abstützen.

„Was hast du mir für eine weitere Nachricht mitzuteilen?", fragte er mit belegter Stimme.

„Ich soll Euch von Levi, dem Händler, sein tiefstes Beileid aussprechen. Sein ganzes Haus steht in tiefer Trauer, denn sie haben Eure Schwester hoch geschätzt. Da er ihren letzten Wunsch kannte, hat Levi den Leichnam schon hierher geschickt, in der Annahme, dass Ihr der Toten ihren Willen nicht verwehrt. Falls doch, so reite ich dem Zug entgegen und Levi wird Eure Schwester in Passau christlich und ehrenvoll begraben lassen."

Godehard antwortet nicht gleich. Vor seinen Augen verschwamm die Landschaft hinter einem Tränenschleier. Warum war sie gestorben? Schließlich amtete er tief ein und versuchte, mit klarer Stimme zu antworten.

„Reite schnell dem Zug entgegen", trug er dem Boten auf, aber er konnte nicht weiter sprechen, seine Gefühle waren stärker als sein Wille. Wieder brauche er einige Zeit, um die Fassung zurückzugewinnen.

„Reite schnell", begann er erneut, „und heiße den Trauerzug in meinem Namen herzlich willkommen. Ich werde nachkommen, sobald ich kann."

Kaum hatte sich der Bote verabschiedet und war aus dem Zimmer gegangen, als Godehard vor Schmerz zusammenbrach. Es war wie ein Stich in sein Herz. Er hatte sich so sehr darauf gefreut, seine Schwester wiederzusehen! Er wollte gut für sie sorgen, um seinen Fehler aufzuwiegen. Doch es war zu spät. Er konnte sich nicht einmal an ihr Gesicht erinnern, da er es über die Jahre hinweg vergessen hatte. Eine Unbekannte würde er nun zu Grabe tragen, in deren Adern das gleiche Blut geflossen war. Welche Schuld hatte er auf sich geladen!

Mühevoll stand er auf und ließ sich sogleich wieder auf den Stuhl fallen. Mit tränenerfüllten Augen las er wieder und wieder ihren Brief, um in ihren letzten Worten Trost zu finden.

Am nächsten Tag brach Godehard zusammen mit zehn Mönchen auf, um dem Trauerzug entgegenzugehen. Er hatte sich ein raufasriges Büßergewand übergezogen und lief barfuß auf dem steinigen Weg. Immer wieder kniete er nieder, bekreuzigte sich und betete einige Gebete und Vaterunser.

Auf diese Weise kam der Zug nur sehr langsam voran. Die Bauern auf den Feldern hörten auf zu arbeiten und verfolgten neugierig die kleine Prozession. Im Zug des Abtes befanden sich auch Gunther und Jan. Gunther ging gleich hinter Godehard und stütze zusammen mit einem anderen Mönch den Abt, denn Godehard war noch immer sehr schwach und mitgenommen.

Jan hielt sich im Hintergrund am Ende des Zuges. Auch ihn hatte die Nachricht erschüttert und er machte sich selbst Vorwürfe, dass er so lange damit gewartet hatte, Abt Godehard auf seine Schwester anzusprechen. Die ganze Zeit hatte er nur an seine eigenen Probleme gedacht! Es sollte ein trauriges Wiedersehen mit Levi werden.

Am späten Nachmittag trafen die beiden Gruppen aufeinander. An der Spitze des Trauerzuges ritten zwei Knechte von Levi, dann folgte ein offener Karren, auf dem der Leichnam aufgebahrt war, dahinter wurde ein geschlossener Reisewagen von zwei Ochsen gezogen und den Abschluss machten sechs bewaffnete Reiter, die Levi zum Schutz engagiert hatte. Auch den Reisewagen hatte er eigens für diesen Anlass geliehen.

Im Reisewagen saß Levi mit seiner Familie und bei Künzing waren noch Wolfram und Eliška hinzugekommen. Es war ein außerordentlich großzügiger Trauerzug, wie man ihn sonst nur für Adlige sah.

Als Godehard in das balsamierte Gesicht seiner Schwester blickte, brach er wieder in Tränen aus. Erschöpft kniete er nieder und stammelte unverständliche Sätze. Gunther wollte ihm etwas zu trinken reichen, aber er wies ihn ab. Er wollte in seiner Trauer alleine sein.

Levi und Jan begrüßten sich von weitem mit einem kurzen Kopfnicken. Es beruhigte Jan, das vertraute Gesicht wiederzusehen, denn in Levis Zügen lag neben Trauer auch eine besondere Art von Zufriedenheit. Es schien, als ob er wusste, dass Gerhilds Tod nicht zur falschen Zeit gekommen war.

Schweigend trat der vereinte Trauerzug den Rückweg nach Niederaltaich an. Dort erwarteten die anderen Mönche die Trauernden in einem langen Spalier im Klosterhof. Abt Godehard hatte sich die Füße wund gelaufen und wurde sofort in sein Zimmer gebracht, wo man ihm Verbände anlegte. Die ganze Nacht hindurch lasen die Mönche auf Wunsch ihres Abtes eine Totenmesse für Gerhild, die in der Kirche aufgebahrt worden war. Die Beerdigung am nächsten Tag war eine schlichte, aber feierliche Zeremonie, die Godehard - inzwischen etwas erholt - selbst zelebrierte.

So sehr der Verlust Godehard auch schmerzte, die anderen Mönche mussten sich wieder an die Arbeit machen und auch Gunther ließ sich nicht von seinem Plan abbringen, in den nächsten Tagen in die Šumava aufzubrechen.

Jan hatte sich lange mit Levi unterhalten, der ihm genau erzählte, was in den letzten Wochen geschehen war. Gerhild war wenige Tage, nachdem sie den Brief von Godehard erhalten hatte, nachts im Schlaf verstorben. Am Abend davor hatte sie Levi noch den Brief an ihren Bruder diktiert.

„Sie war glücklich", schloss Levi seinen Bericht ab, „und sie war dir von Herzen dankbar für das, was du getan hast!"

„Ich mache mir Vorwürfe, dass es zu spät gewesen ist", bekannte Jan seine Schuldgefühle, die ihn nicht mehr losgelassen hatten.

„Mach dir das Leben nicht selbst schwer! Gerhild wusste, dass ihre Zeit abgelaufen war, aber sie ist in Frieden von dieser Welt gegangen."

„Du hast wohl recht", seufzte Jan, während er über den Hof hinüber zum Stall blickte, wo Gunther sich mit einigen Bauern unterhielt und sie nach geeigneten Plätzen für eine Klause fragte, denn die Bauern kannten die Ausläufer des Waldgebirges zum großen Teil sehr gut. Als Jan daran dachte, kam ihm plötzlich ein Gedanke, den er vor ein paar Wochen bereits gehabt hatte. Damals aber hatte er dann nur weiter an Gerhild gedacht.

„Weißt du was", stupste er seinen Freund an, „vielleicht kann Gerhild sogar nach ihrem Tod noch jemandem helfen."

Mit diesen Worten sprang er auf und lief zu Gunther hinüber. Levi folgte ihm, neugierig, was Jan diesmal in den Sinn gekommen war.

„Gunther", rief Jan dem Mönch schon von weitem zu, „mir ist ein guter Standort für deine Klause eingefallen!"

„Da bin ich aber gespannt! Bisher hat mir noch niemand wirklich geholfen!"

„Hör zu", erklärte Jan, „Gerhild hatte eine Hütte auf einer Lichtung in der Šumava, nicht zu tief drinnen, aber weit genug, dass du deine Ruhe hast!"

Gunther musste nachdenken. Der Vorschlag von Jan war nicht schlecht, aber er war noch nicht davon überzeugt.

„Ich wollte mir eine Klause bauen und nicht in einer fertigen Hütte wohnen", überlegte Gunther laut.

„Du wirst wohl nur noch vermoderte Überreste von der Hütte finden", wiegelte Jan ab, „die Hütte steht seit mehreren Jahren leer und wenn sich niemand darum gekümmert hat, dann haben Wind, Regen und Schnee ihr zerstörerisches Werk ungehindert vollbracht!"

„Trotzdem", widersprach Gunther erneut, „zu viele Menschen kennen dann den Standort meiner Klause. Es kann mich jeder besuchen kommen!"

„Du bist aber ganz schön stur", tadelte Jan ungeduldig, denn er selbst fand seine Idee brillant, „es wird nicht viele Menschen geben, die sich mitten im Winter auf den Weg in die Šumava machen, um einen einsamen Dickschädel zu besuchen!"

„Ich sehe schon, du bist nicht weniger starrköpfig", entgegnete Gunther mit einem Lächeln, „lass mich etwas darüber nachdenken und mit Abt Godehard darüber sprechen."

Godehard war vom ersten Augenblick an begeistert von der Idee. Ihm gefiel der Gedanke, dass er seine Schwester damit ehrte, wenn an ihrem alten Wohnort ein Mönch täglich betete. Deshalb bat er Gunther, jeden Tag ein Gebet für Gerhild zu sprechen, ein Wunsch, den der Mönch gerne erfüllen wollte.

So kam es, dass zwei Tage später zwei Gruppen Niederaltaich am gleichen Tag verließen. Zuerst machte sich Levi mit seiner Familie wieder auf den Weg nach Passau. Auch wenn es ein trauriger Anlass gewesen war, so hatten doch alle die seltene Gemeinschaft genossen und auch die Mönche hatten sich inzwischen daran gewöhnt, dass der Jude zu einem häufigen Gast im Kloster geworden war, der eine besondere Aufmerksamkeit durch den Abt erfuhr.

Etwas später brach eine kleine Schar Mönche mit mehreren schwer bepackten Pferden auf, an ihrer Spitze ging Gunther. Ein älterer Bauer, der ihnen den Weg zu Gerhilds Lichtung weisen sollte, wartete am Rand der Šumava auf sie.

„Auf zum Ranzinger Berg", forderte er den Bauern ermunternd auf. Am Südhang des Ranzinger Berges sollte seine Klause entstehen, in der er das nächste halbe Jahr verbringen wollte.

***

In der Nacht hatte es erstmals Frost gegeben. Die fünf Männer standen nah am Feuer und versuchten, sich die Starre aus ihren Gliedern zu reiben. Seit Tagen irrten sie durch den Wald, ohne zu wissen, in welche Richtung sie gerade liefen. Auch hatten sie lange nichts anderes gegessen als Nüsse, Beeren und was sie sonst noch im Wald fanden, denn ihre Nahrungsvorräte waren zur Neige gegangen und großes Jagdglück war ihnen nicht beschieden.

Waren sie ausgezogen, um einen Mann zu töten, so hatte sich ihr mörderischer Plan längst in ein Spiel mit ihrem eigenen Leben verwandelt. Vor zwei Tagen hatte der Wikinger nachts ihre Pferde vertrieben und spätestens ab diesem Zeitpunkt wussten sie, dass sie ihm auf Gedeih und Verderb ausgeliefert waren.

Besonders der junge Sachse war von den Strapazen gezeichnet. Er hatte aufgehört, zu berechnen, wie lange sie bereits durch diesen endlosen Wald irrten. Manchmal kam es ihm vor, als liefen sie stets im Kreis. In der letzten Nacht hatte er davon geträumt, wie ein Wolf sich auf ihn stürzte und er sich dankbar von ihm fressen ließ, damit diese Qualen ein Ende hatten. Das schlimmste an der Situation war jedoch nicht die Kälte oder die Orientierungslosigkeit, sondern es war der Mann, den sie eigentlich töten sollten und der sich ihnen nun nach Belieben näherte, mit ihnen spielte und ihr Leben in seinen Händen hielt.

„Hört zu", riss der Anführer die anderen aus ihren trüben Gedanken, „ich habe mir heute Nacht einen Plan überlegt, wie wir dem Wald entkommen!"

Er sprach leise, falls sie jemand belauschte.

„Ich habe heute Nacht den Nordstern gesehen. Jetzt wissen wir wieder, in welche Richtung wir laufen müssen!"

In seiner Stimme schwang Stolz mit.

„So, welche Richtung ist das", knurrte ein anderer misstrauisch.

„Wir müssen nach Westen laufen", erklärte der Anführer bestimmt, „dann kommen wir auf dem schnellsten Weg wieder zur Donau!"

„Warum bist du dir so sicher", widersprach der andere, „vielleicht sind wir nur wenige Marschstunden vom östlichen oder gar vom südlichen Waldrand entfernt?"

„Angenommen, wir gehen nach Osten, was willst du dann bei den Slawen machen?"

„Lieber zehn Slawen, als noch länger diesem Dämon ausgeliefert zu sein!"

„Spuck du nur große Töne! Ich habe hier das Sagen und entscheide, dass wir nach Westen gehen!"

„Bisher warst du nicht gerade ein guter Führer, warum sollen wir dir noch vertrauen? Ich bin für Osten!"

„Hört auf", brüllte plötzlich der junge Sachse, „habt ihr nichts besseres zu tun, als euch zu streiten?"

„Willst du dich etwa einmischen", rüffelte ihn der misstrauische Mann, „du machst dir doch vor Angst in die Hosen!"

„Lass ihn in Ruhe", wies ihn sofort der Anführer zurecht, „er hat doch recht. Was bringt es, wenn wir uns streiten?"

„Warum soll alles nach deiner Pfeife tanzen?"

„Darum geht es mir nicht. Meinetwegen können wir auch nach Osten gehen, aber dann wirst du uns etwas bei den Slawen zu Essen besorgen!"

„Keine Angst", wiegelte der Mann großspurig ab, „wenn die mein Schwert im Nacken spüren, dann werden die uns schnell ein wundervolles Festmahl bereiten. Außerdem..."

Bevor er noch weiter sprechen konnte, stieß ihn der Anführer an und drehte sich ruckartig um.

„Was soll das", schnauzte ihn der andere an.

„Still! Ich habe einen Ast knacken gehört", flüsterte der Anführer und zog sein Schwert aus der Scheide. Einen Augenblick waren alle fünf still, doch es war nichts zu hören als das Rauschen der Bäume im Wind.

„Ha", lachte der andere, „jetzt fängst du auch schon an, durchzudrehen wie unser Grünspecht hier! Der sieht ja seit Tagen Gespenster!"

Kaum hatte er seinen Satz zu Ende gesprochen, als sich die Büsche um sie herum teilten und ein Dutzend Männer sie umstellten, unter ihnen der groß gewachsene Bote, den sie verfolgt hatten.

„Wahrlich menschliche Gespenster, nicht wahr", fragte der Wikinger neckisch und deutete eine Verneigung an.

Die Häscher standen wie erstarrt um das Feuer, keiner traute sich, ein Wort zu sagen.

„Ihr gebt ein herrliches Bild ab", spottete der Wikinger, „fünf Vogelscheuchen, die ein kleines Feuer bewachen!"

Seine Räuber grinsten hämisch und versuchten, die fünf Kameraden zu provozieren.

„Wenn ich auf eure Diskussion zurückkommen darf", fuhr er fort, „ihr befindet euch so ziemlich in der Mitte der Šumava. Egal, wohin ihr lauft, ihr werdet nie wieder aus diesem Wald herauskommen, denn ich werde das nicht zulassen!"

„Hör zu", fand der Anführer schnell zu seiner Sprache zurück, „wir wollten dich töten, aber nun biete ich dir einen Handel an! Wenn du uns leben lässt, melden wir unserem Herrn, dass wir dich ermordet haben, kassieren die Belohnung und du bekommst die Hälfte des Geldes!"

„Ich glaube kaum, dass man euch sehr viel dafür geboten hat, mich zu töten!"

„Es sind immerhin vier Silberstücke", versuchte es der Anführer weiter, „mit zwei Silberstücken kannst du mehr anfangen als mit vier Leichen!"

„Du hast etwas falsch verstanden", entgegnete der Wikinger gelassen, „ich werde euch nicht töten."

Er machte eine Pause und brach einen jungen Zweig von einem Haselnussstrauch ab.

„Sondern ich werde zusehen, wie ihr langsam verreckt." Er bog den Ast und das junge Holz wehrte sich, bis es schließlich in viele kleine Fasern zerbarst. „Das ist mir mehr wert, als zwei lumpige Silberstücke!"

„Du bist ja der Teufel in Person", rief der junge Sachse in seiner Verzweiflung und wollte auf den Wikinger losgehen, aber seine Kameraden hielten ihn zurück.

„Ein netter Vergleich", bemerkte der Wikinger lakonisch, „doch hinkt er. Ich will nicht eure gottlose Seele, ich will nur zusehen, wie ihr sterbt. Denn niemand geht durch diesen Wald, wenn ich es nicht will!"

Der Wikinger hatte sich in Rage geredet und ging im Kreis um die fünf Männer herum. Deren Anführer nutzte das, um seinen Männer unbemerkt ein kleines Zeichen zu geben: Mit seinem Zeigefinger tippte er kurz auf seinen Schwertknauf. Währenddessen redete der Wikinger unvermindert weiter.

„Hier sind die Gesetze der Welt aufgehoben. Kein König oder Herzog wagt sich hierher und ihre Soldaten verstecken sich in ihren Wachtürmen. Du findest hier weder Gott noch den Teufel, keiner kommt in diesen Wald, wenn er nicht muss!"

Francis machte eine kurze Pause und sah sich seine Gefangenen an, die scheinbar mutlos in der Mitte standen, umringt von seinen Gefolgsleuten.

„Ich sorge dafür", fuhr er fort, „dass es so..."

„Jetzt", rief plötzlich der Anführer dazwischen, zog sein Schwert und rammte es noch im selben Augenblick dem nächststehenden Räuber in den Leib. Die anderen vier taten es ihm gleich, doch jeder von ihnen hatte mindestens zwei Gegner.

Der Wikinger war vor Schrecken stehen geblieben, und während er sich selbst einen Narr schimpfte, stürzte er mit seinem Dolch auf einen der Gefangenen. Auch wenn sie zahlenmäßig unterlegen waren, so glichen die fünf Männer das durch eine bessere Kampffertigkeit aus. Die Räuber waren mutig, aber normalerweise kämpften sie nicht Mann gegen Mann. Ihre besten Waffen waren der Hinterhalt und die Überraschung.

Bald schon lagen vier Räuber tot oder schwer verletzt am Boden, dagegen hatten die Häscher erst einen Mann verloren. Immer wieder hörte man einen schmerzhaften Aufschrei, doch es waren keine schweren Verletzungen. So zog sich der Kampf einige Minuten lang hin und die Kämpfer verteilten sich in einem immer größeren Radius.

Der Wikinger hatte sich den jungen Sachsen ausgesucht, weil er ihn als den Schwächsten einstufte. Doch der junge Mann leistete tapfer Widerstand und schaffte es immer wieder, sich aus brenzligen Situationen zu befreien. Ein weiterer Räuber stolperte zwischen ihnen beiden durch und störte sie in ihrer Konzentration.

In diesem Augenblick brüllte ein Räuber über die Kampfstelle: „Schaut, da haut einer ab!"

Mehr brauchte er nicht zu sagen und schon rannten vier Räuber dem Flüchtigen - es war der Nörgler, der versuchte, seine Haut zu retten - hinterher. Der Wikinger erkannte den Fehler sofort, denn nun waren seine Männer gegen die restlichen drei Häscher nicht mehr in der Überzahl und versuchte, die Räuber wieder zurückzurufen.

Doch das war bereits sein zweiter Fehler an diesem Tag. Seine markige Stimme zog die Aufmerksamkeit aller auf sich und der Kampf hörte für kurze Zeit auf.

Darauf hatte der Anführer gehofft. Seine Wut auf den flüchtenden Kameraden hatte sich in Dankbarkeit verwandelt. Schnell packte er den Sachsen, der in seiner Nähe geblieben war.

„Los, komm", rief er und gemeinsam rannten sie in die entgegengesetzte Richtung los.

Der Wikinger drehte sich instinktiv um, doch sein Schwertschlag traf nur noch einen jungen Baum und fällte ihn.

„Zum Teufel mit euch", brüllte er ihnen nach und befahl dann seinen Männern, „was wartet ihr noch? Bringt sie mir zurück - tot oder lebendig!"

Zwei Räuber rannten den neuen Flüchtlingen nach, während einer geistesgegenwärtig den verbliebenen Gefangenen festgehalten hatte. Zitternd blickte er den Wikinger an, der mit wutverzerrter Miene auf ihn zu trat. Mit einer kurzen Handbewegung schnitt er ihm die Kehle durch und ging wortlos davon.

Der zurückgelassene Körper sank leblos zusammen, aus der Wunde dampfte er in die kalte Herbstluft und das Blut rann über das dunkle Moos.

Wie Hasen sprangen die beiden Flüchtlinge durch den Wald. Äste schlugen ihnen ins Gesicht, trocken knackend zerbrachen die Äste unter ihren Tritten und Disteln verfingen sich in ihren Beinkleidern. Hinter ihnen hörten sie die schnellen Schritte der im Wald geübten Räuber, die immer näher kamen.

Sie liefen immer weiter bergab, aber beiden war klar, dass sie irgendwann die Talsohle erreichten und dann nur langsamer vorankamen. Der junge Sachse spürte bereits, wie die Anstrengungen der letzten Tage ihn geschwächt hatten. Angstvoll schaute er sich häufig um, ohne aber seine Verfolger genauer zu erkennen.

Die Hetzjagd dauerte nun schon einige Minuten an, aber die Verfolger gaben nicht auf. Inzwischen waren sie so nahe gekommen, dass ihr Atem zu hören war. Zudem flachte der Hang weiter ab, das Tal war bald erreicht. Fieberhaft dachte der Anführer nach, wie sie sich aus der Klemme befreien konnten. Auf einen Kampf wollte er sich nicht ein zweites Mal einlassen, denn er wusste nicht, wie viele Verfolger ihnen auf den Versen waren.

Schließlich erreichten sie das Bachufer, die andere Seite war einen guten Sprung entfernt. Intuitiv drehte der Anführer ab und lief den Bach bergab. Der junge Sachse folgte ihm, aber seine Ausdauer hatte stark nachgelassen und der Abstand zwischen den beiden wurde immer größer. Der Anführer überlegte. Er konnte den jungen Mann sich selbst überlassen, dann holten die Verfolger ihn bald ein und er selbst rettete seine Haut. Auf der anderen Seite hatte er ein schlechtes Gewissen dabei, schließlich fühlte er sich für den Sachsen verantwortlich.

Während er lief, bemerkte er, dass der Bach immer schneller wurde und größere Wellen schlug. Vor ihnen wurde das Tal enger, aber zugleich verstärkte sich das Rauschen des Wassers. Sie rannten genau auf einen Wasserfall zu!

In diesen Gedanken mischte sich von hinten ein jäher Angstschrei des Sachsen. Der erste Verfolger war nur noch wenige Schritte hinter ihm und hatte bereits sein Schwert gezückt.

„Lauf, reiß dich zusammen", feuerte der Anführer den jungen Sachsen an, während er selbst den Anfang des Wasserfalls beinahe erreicht hatte. Dort angekommen drehte er sich um und stand mit gezogener Waffe bereit.

Der junge Sachse war nur noch ein paar Ellen entfernt, aber der Verfolger nicht viel mehr. Er holte mit seinem Schwert bereits aus, um den Sachsen niederzustrecken, der in diesem Augenblick die Hand seines Kameraden ergriff.

Mit der einen Hand den Sachsen zu sich ziehend, wehrte der Anführer mit der anderen das Schwert des Verfolgers ab. Bevor der erneut ausholen konnte, drehten sich die beiden Verfolgten um und sprangen in den Wasserfall hinein.

Der Räuber blieb verdutzt an der Kante stehen und sah den beiden Männer nach, die schnell von den reißenden Fluten erfasst wurden, mal völlig untertauchten, dann wieder an einem Stein hängen blieben oder wie leblos über die nächste Kante des Wasserfalls gespült wurden.

Inzwischen hatte auch der zweite Verfolger den Wasserfall erreicht. Ungläubig blickte er hinunter.

„Die sind gesprungen", bemerkte er belustigt.

„Ja, wir sollten ihre Leichen suchen", befand der erste und machte sich an den Abstieg an der Seite des Wasserfalls, doch der andere hielt ihn zurück.

„Denkst du, dass ist nötig? So einen Sprung kann man nicht überleben, zumindest wird man dabei schwer verletzt. Die beiden können uns nicht mehr gefährlich werden!"

„Aber was sollen wir dem Wikinger erzählen?"

„Die Wahrheit! Ausserdem ist es seine Schuld, dass die beiden entkommen sind. Wir hätten sie gleich töten sollen."

„Da hast du Recht. Früher war der Wikinger nicht so auf Spiele aus. Da wurde nicht lange gefackelt, aber er ist eben auch älter geworden!"

„Richtig. Mit dem Alter kommen die Macken."

„Hoffentlich kommt uns das nicht einmal teuer zu stehen!"

„Mach dir keine Sorgen. So lange nur solche Wassersäcke wie die in die Šumava kommen, werden wir hier gemütlich alt werden! Lass uns gehen!"

Damit wandten sie sich vom Wasserfall ab und machten sich auf den Weg zu ihrem Versteck. Sie waren neugierig, ob zumindest die anderen den ersten Flüchtling eingefangen hatten. Schließlich brauchten sie wenigstens einen Grund, um abends zu feiern.

***

Es war wirklich Herbst geworden. Ein kühler Ostwind wehte über den Marktplatz und Božena fröstelte, als sie den Eimer Wasser hochzog. Jedes Jahr wurde sie seltsam traurig, wenn sich der Sommer dem Ende neigte.

Lange Jahre hatte sie nicht gewusst, weshalb sie so reagierte, während sich die Menschen um sie herum an der Ernte des Jahres erfreuten oder sich mit Eifer auf den langen Winter vorbereiteten. Doch seit dem Jahr, als Jan plötzlich wieder aufgetaucht war, kannte sie den Grund. Jeder neue Herbst war die Gewissheit, dass wieder ein Jahr vergangen war, in dem Jan nicht nach Klatovy zurückgekehrt war. Selbst sein letzter Besuch, den sie noch lebhaft in Erinnerung hatte, lag nun schon einige Jahre zurück und Božena fragte sich manchmal, ob sie sich falsche Hoffnungen machte. Für ihr eigenes Leben hatte sie diese schon lange begraben, denn Jan konnte sie nicht aus ihrer Ehe befreien. Aber sie hoffte für die Stadt und für die Säumer.

Aus den lebenslustigen und draufgängerischen Männern war ein Haufen von Knechten geworden, die brav ihre Arbeit verrichteten und höchstens abends in der Gaststube von den alten Zeiten sprachen, als sie noch nach Lust und Laune durch die Šumava gezogen waren. Die meisten von ihnen führten ein trostloses Dasein und bewohnten mit ihren Familien ein mit Strohdach versehenes Grubenhaus außerhalb der Stadt, die sie in den harten Boden gegraben hatten.

Marek hatte sie alle fest im Griff und von sich abhängig gemacht. Auch die Stadt war fest in seiner Hand. Marek hatte es sogar geschafft, den Velmos auf seine Seite zu ziehen und dadurch die Anzahl der Märkte im Jahr erhöht, womit alle Handwerker und Händler mehr Geld verdienen konnten. So kam es, dass nichts in der Stadt passierte, ohne dass man in dem Langhaus am Marktplatz darüber Bescheid wusste.

Umso überraschter war Božena, als ihr plötzlich ein starker Arm von der Seite half, den schweren Eimer über den Brunnenrand zu heben. Neben ihr stand ein junger Mann, den sie vorher noch nie in Klatovy gesehen hatte.

„Danke", sagte sie verlegen, „das war sehr nett von dir!"

„Man hat mir als Kind beigebracht, einer Dame stets zu helfen", antwortete der Fremde galant und verneigte sich höflich. Misstrauisch blickte ihn Božena an.

„Woher kommst du? Ich habe dich noch nie in Klatovy gesehen."

„Oh nein", wehrte der Fremde lachend ab, „ich bin nur auf der Durchreise."

„Durchreise", wiederholte Božena belustigt, „wohin willst du denn reisen?"

„Nach da", antwortete er seelenruhig und zeigte mit der Hand zur Šumava.

Božena war neugierig geworden und sie wollte mehr von dem Mann wissen, doch gleichzeitig fürchtete sie sich vor Mareks Eifersucht, wenn ihm jemand erzählte, dass sie lange mit einem wildfremden Mann am Brunnen gesprochen hatte.

„Dann hast du ja noch einen langen Weg vor dir", sagte sie deshalb, „vielleicht willst du etwas essen und trinken, um dich für die anstrengende Reise zu stärken. Ein Spaziergang ist die Šumava nicht!"

„Glaub mir, das weiß ich schon. Aber dein Angebot nehme ich gerne an!"

Damit nahm er den Eimer auf und folgte ihr. So konnte sie nicht sehen, was für einen zufriedenen Blick er machte, als sie direkt auf das Langhaus zugingen. Drinnen führte Božena ihn direkt in die Küche, wo sie ungestört waren.

Nachdem sie ihm einen Becher Bier und einen Teller mit Linseneintopf auf den Tisch gestellt hatte, setzte sie sich auf die gegenüberliegende Seite und knüpfte an ihr Gespräch an.

„Es kommt nicht alle Tage vor, dass jemand in die Šumava will", begann sie vorsichtig.

„Nun, ich will auch nicht in die Šumava, ich will nur hindurch!"

„Aber alleine wirst du nicht viel weiter kommen, als in die Šumava", griff Božena das Wortspiel auf.

„Dann werde ich mich eben anderen anschließen. Hier in der Stadt gibt es sicherlich genug Säumer, die durch das Gebirge ziehen!"

„Ja, die gibt es, aber zu dieser Jahreszeit wird dich niemand mehr begleiten wollen. Du wirst bis nächstes Frühjahr warten müssen, falls du soviel Geduld aufbringen kannst."

Der Fremde sah sie überrascht an, nach einer Weile lachte er lauthals auf.

„Ich muss schon sagen, du bist ziemlich direkt", sagte er schließlich, „aber dann kann ich es auch sein. Wie heisst du eigentlich?"

„Božena", antwortete sie ohne Umschweife, „und wie ist dein Name?"

„Nenn mich Mstis", antwortete er ruhig, „ich komme aus einem kleinen Ort bei Prag."

Es herrschte kurzes Schweigen und Mstis nutzte die Zeit, um sich ein wenig im Raum umzusehen. Die Küche war geräumig und gut ausgestattet.

„Du wohnst in einem schönen Haus", bemerkte er schließlich anerkennend, „ist dein Mann ein Magistrat oder gar Landvogt?"

„Gott bewahre", wehrte Božena übertrieben ab, „er ist ein Händler und sehr erfolgreich."

„Ich habe zwar schon viel über das Salz gehört, aber ich hätte nicht gedacht, dass man damit so ein Vermögen machen kann!"

„Es kommt immer auf die Umstände an", antwortete Božena vielsagend. Mstis nickte.

„Der Landvogt kann froh sein, das bringt ihm sicherlich gute Einnahmen."

Božena wurde hellhörig. Sie setzte sich auf und verschränkte die Arme vor der Brust.

„Warum denkst du dabei an den Landvogt?"

„Ach, das ist eine lange Geschichte", erklärte Mstis, „kurz gesagt, bei uns hat der Landvogt gerade die Abgaben erhöht, weil er sonst seinen Beitrag für die Feldzüge des Herzogs nicht bezahlen kann."

„Feldzüge", fragte Božena überrascht, „gibt es denn Krieg?"

„Hier lebt man wohl wirklich am Rand der Welt", wunderte sich Mstis, „es hat einen Aufruhr im Osten gegeben, aber er konnte niedergeschlagen werden. Der Sohn des Herzogs hat die Verräter besiegt!"

Božena war so überrascht von der Neuigkeit, dass sie den Anflug von Stolz in der Stimme ihres Gastes überhörte.

„Der Landvogt lässt sich nicht oft blicken", verteidigte sie ihre Unwissenheit, „der traut sich nicht hierher."

„Wieso denn nicht", hakte Mstis nach, „hat er etwas zu befürchten?"

Božena schluckte. Erst jetzt bemerkte sie, dass sie viel zu offen mit dem Mann gesprochen hatte, aber es geschah nicht oft, dass sich jemand die Zeit nahm, sich mit ihr zu unterhalten.

„Natürlich nicht, aber der Weg ist sehr beschwerlich!"

„Das stimmt allerdings", gab sich Mstis mit der Erklärung zufrieden, aber er hatte genug gehört und musste sehen, dass er aus dem Haus verschwunden war, bevor ihn der Hausherr antraf.

„Es wird bald dunkel", sagte er, nachdem er einen flüchtigen Blick aus dem Fenster geworfen hatte, „ich werde mich besser aufmachen und ein Zimmer für die Nacht suchen."

„Dort drüben ist der Torfgrund", schlug Božena vor, „das ist das Gasthaus der Säumer. Vielleicht findest du zufällig einen Verrückten, der um diese Jahreszeit noch in die Šumava geht!"

„Danke für den Hinweis", bedankte er sich höflich, „auch noch einmal danke für das Essen. Ich hatte es bitter nötig!"

Mit einem freundlichen Lächeln stand er auf und als er an der Tür war, wollte er noch etwas sagen, doch dann entschied er sich anders und Božena blieb alleine zurück.

***

Seit zwei Wochen war Gunther auf sich allein gestellt. Das rauhe Wetter hatte der Hütte von Gerhild übel zugesetzt und man konnte nur noch einige wenige Balken verwenden, den Rest schnitten die Mönche erst noch zurecht. Bereits drei Tage später stand die kleine Klause. Sie bestand aus einem Raum, in dem gerade genug Platz für eine Schlafstelle, einen schmalen Tisch mit Hocker und einen Altarsims war, aber mehr brauchte Gunther auch nicht.

Er hatte sich einen festen Tagesablauf gegeben. Er stand vor dem Morgengrauen auf, um den Tag mit einer Gebetszeit zu beginnen. Da ihn keine Glocke zum Gebet rief, orientierte sich Gunther an der Sonne. Nach dem Morgengebet aß er eine kleine Mahlzeit, auf die eine zweite Gebetszeit folgte. Am Vormittag sammelte er dann Holz und Waldfrüchte, damit er den Winter über genug zu essen hatte. Im Wald um die Lichtung herum stellte er Fallen auf, um seinen Speiseplan zu erweitern. Auch machte er sich an die schweißtreibende Arbeit, Bäume zu fällen. Es war beschwerlich, alleine mit Axt und Säge zu hantieren, aber er wollte zumindest einen Vorratsraum an seine Klause anbauen. Immer wieder hielt er inne, kniete nieder und betete. Mittags aß er eine dickflüssige Suppe mit Linsen, die noch aus dem Kloster stammten.

Nachmittags brach er zu ausgedehnten Wanderungen durch den Wald auf. Die Stille der Šumava tat ihm gut, er spürte, wie er innerlich auflebte. Wenn er einen schönen Ort entdeckte oder an eine nutzbare Lichtung kam, stellte er ein kleines Kreuz als Zeichen auf, dass er schon einmal hier gewesen war.

Abends versuchte er im letzten Sonnenlicht, auf einer groben Karte diese Orte ungefähr einzuzeichnen. Später konnten sie Anhaltspunkte für Siedlungen oder Wege sein, dachte sich Gunther. Er aß noch eine Kleinigkeit, hielt das Abendgebet ab und legte sich schlafen.

Auch an diesem Tag war Gunther wieder im Wald unterwegs. Er folgte einem kleinen Flusslauf, der mit vielen Biegungen und Stromschnellen Richtung Norden tiefer in die Šumava führte. Er musste daran denken, dass Jan auf seiner Flucht durch die Šumava über die Lichtung seiner Klause an die Donau gekommen war. Also musste es auch in die entgegengesetzte Richtung funktionieren. Gunther hatte sich die fixe Idee in den Kopf gesetzt, dass er Godehard davon überzeugen könnte, ihn länger in der Einöde zu lassen, wenn er ihm einen klaren Nutzen für das Kloster bot. Es hatte früher bereits die Idee gegeben, einen Saumpfad von Niederaltaich aus anzulegen, nur war sie nie umgesetzt worden.

Deshalb versuchte Gunther, so lange der Winter noch nicht die Wanderungen zu gefährlich werden ließ, möglichst weit in die Šumava vorzudringen und einen sichere, mit Pferden begehbaren Strecke zu finden. Dieser Fluss erschien ihm als eine gute Orientierung für den späteren Wegeverlauf.

Vor ihm verengte sich das Flussbett so stark, dass er einen kurzen Umweg um die großen Felsbrocken am Ufer machen musste. Als er wieder von der kleinen Anhöhe herunter zum Fluss stieg, hörte er plötzlich Stimmen.

Er hatte sich früher als Ritter und auf der Jagd oft genug angeschlichen, weshalb es ihm nun nicht allzu schwer fiel, ungesehen hinter einen kleinen Holunderbusch zu gelangen, von wo aus er die Menschen sehen und hören konnte.

„Sieh mal, was ich für einen Fang gemacht habe", rief der eine gerade freudig aus und hielt eine große Forelle hoch, in der anderen Hand hatte er einen spitzen Stock.

„Das wird wahrlich ein Festmahl geben", stimmte ihm der andere zu und stieß einen spontanen Freudenschrei aus, „du wirst schon sehen, alles wird wieder gut."

„Mit vollem Magen lebt es sich einfach besser", scherzte der Jüngere der beiden, dessen strohblondes Haar verfilzt und dreckig war.

„Ich wusste gar nicht, dass du ein Gelehrter bist", neckte ihn der andere.

Gunther betrachtete die beiden genau. Ihre Kleidung war verschlissen, ausserdem hatten die Männer kein Gepäck bei sich. Die Gefahren des Waldes fürchteten sie nicht, denn sonst wären sie nicht so laut gewesen. Gleichzeitig waren sie vorsichtig genug, ihre Waffen selbst im Wasser bei sich zu tragen. Gunther überlegte, was er machen sollte. Er hatte nie erwartet, dass er hier im Waldgebirge einem Menschen begegnen würde und nun traf er gleich auf zwei, die weder wie Räuber noch wie Säumer aussahen. Er konnte sich einfach zurückziehen, das war das sicherste. Aber seine Neugierde trieb ihn zu den beiden Männern hin. Ausserdem ermordete niemand einen einfachen Mönch!

„Langsam fange ich an", sagte gerade der Blondschopf, „diesen Wald zu mögen!"

Gunther war - immer noch unbemerkt - auf einen Felsen oberhalb der beiden Männer gestiegen.

„Kein Wunder, des Schöpfers wunderbare Natur muss man lieben", rief er von dort oben hinunter, was seine Wirkung nicht verfehlte.

Die beiden Männer schraken zusammen, zogen gleichzeitig ihre Waffen und sahen ihn dann staunend an.

„Was glotzt ihr so überrascht?", fragte Gunther ohne sich von der Stelle zu bewegen.

Zuerst wussten die beiden nichts zu sagen, sondern gingen vorsichtig rückwärts zum anderen Ufer zurück. Gunther stieg seinerseits zum Ufer hinab und so standen sie sich an den beiden Flussseiten gegenüber.

„Bist du ein Heiliger?", fragte der Ältere ängstlich und stellte sich schützend vor den Blondschopf, „was willst du von uns?"

„Fürchtet ihr die Heiligen?"

„Nun ja", antwortete der Ältere zögernd, „seit unserer letzten Beichte ist schon einige Zeit vergangen."

„Aber gerade jetzt könnten wir einen Heiligen sehr gut gebrauchen", fügte der Jüngere schnell hinzu, worauf er einen bösen Blick seines Kameraden erntete.

„Keine Angst, ich bin kein Heiliger, sondern aus Fleisch und Blut wie ihr", beruhigte sie Gunther milde lächelnd. „Trotzdem interessiert es mich, was euch zwei in die Šumava bringt!"

„Das gleiche könnten wir dich auch fragen. Wer weiß, ob du überhaupt ein Mönch bist", entgegnete der Ältere misstrauisch.

„Ich werde eure Fragen gerne beantworten, aber ihr zuerst, denn ich habe euch entdeckt und nicht ihr mich!"

Die beiden überhörten den Vorwurf nicht, der in diesen Worten mitschwang.

„Ich heiße Arnold", antwortet der Ältere betreten, „das hier ist Hermann. Wir haben uns verlaufen und suchen seit Tagen nach einem Weg an die Donau!"

Gunther sagte weiter nichts, aber er nahm sich vor, später noch weitere Fragen zu stellen, denn Arnold hatte ihm nicht gesagt, warum sie in der Šumava waren.

„Gut. Nennt mich Gunther. Ich bin Mönch und lebe in einer Klause in dieser Richtung." Dabei wies er mit der Hand flussabwärts.

„Du wohnst hier? Mitten in der Wildnis!"

Hermann sah ihn entgeistert an.

„Wenn du schon so fragst, ich bin hierher gegangen, um Gott zu suchen!"

„Dann pass aber auf", fiel ihm Arnold ins Wort, „dass du nicht stattdessen dem Teufel begegnest!"

„Habt ihr ihn etwa getroffen?"

Arnold sah ihn lächelnd an. Er wusste Gunther Neugierde auszunützen.

„Das ist eine lange Geschichte. Wieso gehen wir nicht zu deiner Klause? Dort können wir dir alles in Ruhe erzählen!"

Gunther war sich im ersten Augenblick unsicher, aber dann fiel ihm ein, dass er den Männern auf jeden Fall den Weg zur Donau zeigen musste. Es war seine Pflicht, ihnen zu helfen. Deswegen konnte er sie auch ruhig zur Klause führen.

„Also gut, ihr habt in den letzten Tagen anscheinend einige schlimme Dinge erlebt. Aber bevor ihr meine Klause betretet, müsst ihr Buße tun!"

Betreten schauten sich die beiden Männer an. Ihnen war bewusst, dass sie dann ihr Versteckspiel aufgeben mussten. Aber die Aussicht auf eine warme Mahlzeit und den Weg in die Zivilisation zurück überstieg in diesem Augenblick die Furcht vor der Strafe Gottes.

***

„Verdammt", raunte der eine Räuber, „wer ist dieser Mönch?"

„Ich habe ihn hier noch nie gesehen", antwortete der zweite. Der dritte rümpfte die Nase.

„Egal wer er ist, er scheint sich mit den beiden Vögeln gut zu verstehen und das gefällt mir nicht!"

Die drei Räuber waren vom Wikinger losgeschickt worden, seine ehemaligen Jäger doch noch aufzuspüren. Obwohl er ihnen einen gehörigen Schrecken eingejagt hatte, fürchtete er doch noch ihre Rache. Nur ihr Tod konnte ihn davor schützen, dass nach ihnen neue Häscher kamen, denn sie kannten nun ungefähr sein Versteck.

Nach tagelangen Suchen und Pirschen hatten die drei endlich eine Spur gefunden. Nun waren sie so dicht an ihrem Ziel, da tauchte plötzlich der unbekannte Mönch auf.

„Kommt", sagte der erste und zog seine Waffe, „die holen wir uns!"

„Bei der heiligen Familie! Du wirst dich nicht an einem Mönch vergehen wollen!"

„Den Mönch lassen wir in Ruhe, wir fangen nur die zwei Strolche."

„Nein! Sie stehen unter seinem Schutz. Damit wanderst du ins ewige Fegefeuer!"

„Als ob wir jetzt davon so weit entfernt sind!"

„Lass es sein", mischte sich nun der dritte ein, „er hat schon recht. Wir haben noch nie Geistlichen etwas getan und das soll auch so bleiben. Wir verfolgen sie weiter und schauen, wohin sie gehen!"

„Meinetwegen."

Leise verließen sie ihren Platz und folgten dem Mönch und seinen neuen Begleitern in sicherem Abstand.

***

Das Wirtshaus war wie jeden Abend gut gefüllt, aber eine rechte Stimmung wollte nicht aufkommen. Vom Langhaus her kam ein junger, gut gekleideter Mann herüber und trat nach kurzem Zögern ein.

Er setzte sich mit einem freundlichen Gruß an einen Tisch, wo bereits vier Säumer bierseelig saßen. Sie musterten den neuen Tischnachbarn misstrauisch und neugierig zugleich, aber als er sie zu einer Runde Bier einlud, waren alle Zweifel vergessen. Vor allem der Mann ihm gegenüber interessierte sich für ihn.

„Wie heisst du?"

„Mstis und ich komme aus der Nähe von Prag!"

„Prag? So weit bin ich noch nie gekommen", staunte er, „aber wieso kommst du hierher? Ich dachte immer, in Prag wäre alles viel besser. Jedenfalls wenn man dem Kaufmann glaubt."

„Welchem Kaufmann?"

„Na, Marek, dem Kaufmann", erklärte der Säumer ungeduldig, „er wohnt drüben im Langhaus!"

„Das Langhaus gehört einem Kaufmann?", stellte sich der Fremde unwissend, „dann muss der aber sehr reich sein!"

„Zu reich, wenn du mich fragst!"

„Pssst! Nicht so laut", raunte ihm sofort sein Nebenmann zu und sah sich vorsichtig in der Gaststube um. Mstis bemerkte, dass die Säumer wirklich Angst vor Marek hatten.

„Ist schon gut", erwiderte der Säumer gleichgültig, „sollen sie mich doch beim nächsten Mal ausrauben."

Sein Gegenüber sah ihn überrascht an.

„Du sprichst für mich in Rätseln! Wer soll dich ausrauben?"

„Ach Fremder", wehrte der Säumer ab, „Mstis, so war dein Name, nicht wahr? Du musst das gar nicht verstehen, aber du solltest auch nicht zu lange hier in Klatovy bleiben. Das ist noch keinem gut bekommen."

„Ich bin auch nur auf der Durchreise", erklärte Mstis ungeniert.

Der Säumer brach in schallendes Gelächter aus und mit ihm die anderen Männer am Tisch, die das Gespräch mitverfolgt hatten.

„Durchreise! Reist du von Prag hierher und wieder zurück, oder wie?"

„Nein, ich möchte zur Donau", entgegnete Mstis, der so tat, als würde er die Aufregung der anderen nicht verstehen.

„He, Vladja", rief der Säumer nun durch die Gaststube, „komm mal her! Ich muss dir jemanden vorstellen!"

Ein Mann stand auf und kam herüber. Er war um die vierzig Jahre alt und vom Leben gezeichnet, aber seine wachen Augen und die breiten Schultern zeugten von einem starken Lebensgeist.

„Schau mal Vladja: Das ist Mstis, er ist auf der Durchreise und will an die Donau!" In den Augen des Säumers leuchtete der Schalk nur geradezu auf. Vladja musterte den Fremden zuerst eingehend.

„Soso", brummte Vladja dann und setzte sich neben ihn.

„Warum willst du an die Donau?"

„Ich will einen guten Freund besuchen."

„Das ist ein weiter und gefährlicher Weg", erklärte Vladja trocken und die Männer um sie herum nickten zustimmend.

„Deswegen bin ich auch hier", fuhr der Fremde unbeirrt, „ich suche jemanden, der mich durch die Šumava bringt. Ich kann auch gut dafür bezahlen!"

Augenblicklich wurde es ruhig in der Gaststube und Mstis sah einige Männer, wie sie sich wortlos miteinander absprachen. Sein Angebot lockte so manchen Säumer, doch er hatte sich zu früh gefreut.

„Nein", antwortete Vladja bestimmt, „wir bringen Waren durch die Šumava, aber keine Menschen. Hier wirst du niemanden finden!"

Sein Wort hatte Gewicht unter den Säumern, denn alle drehten sich wieder ab und fuhren in ihren Gesprächen fort, als sei nichts geschehen.

„Dann mach ich dir einen anderen Vorschlag", fing der Besucher von neuem an, „ich schreibe einen Nachricht für meinen Freund und du bringst sie ihm."

„Auch dazu sage ich nein", blieb Vladja hart.

„Wieso", rief Mstis verständnislos aus, „was ist daran auszusetzen?"

„Hör zu Bürschchen", machte ihm Vladja deutlich zu verstehen und sah ihm dabei direkt in die Augen, „es ist zu gefährlich, zu dieser Jahreszeit noch in die Šumava aufzubrechen! Deine Nachricht kommt erst nächsten Frühling an die Donau!"

Bretislav musste sich zurückhalten, um nicht aus seiner Rolle auszubrechen. Wenn dieser Säumer doch wüsste, dass der Sohn des Herzogs neben ihm saß. Dann würde er nicht solche Sprüche reißen! Aber er sah ein, dass er sich einen anderen Weg suchen musste, um Jan zu benachrichtigen. Er überlegte kurz, ob er Vladja nicht in einem Gespräch unter vier Augen einweihen sollte, schließlich war er Jans bester Freund gewesen. Aber wer wusste schon, wie sich die Fronten verändert hatten?

Bretislav trat langsam den Rückzug an. Er wechselte das Thema, plauderte mit den Säumern über belanglose Dinge, wobei er aber immer wieder Fragen einstreute, die ihn interessierten. Auf diese Weise erfuhr er die Anzahl der Märkte in Klatovy, die Größe der Kirche und Namen der umliegenden Dörfer. All das musste er wissen, um die Angaben später in Prag mit den Urkunden zu vergleichen. Er hatte den leisen Verdacht, dass er schnell auf Unregelmäßigkeiten stoßen würde.

Kurz vor Mitternacht verabschiedete er sich von den Säumern, denn er wollte noch in der Nacht die Stadt verlassen. In Horažďovice wartete Jitka auf ihn und er konnte es kaum erwarten, sie wiederzusehen. So sehr er es bereute, aber es schien wirklich keine Möglichkeit zu geben, Jan noch in diesem Jahr eine Nachricht zukommen zu lassen.

***

Zu dritt war es sehr eng in der kleinen Klause, aber die beiden Flüchtlinge freuten sich über den warmen Linseneintopf, den Gunther für sie noch einmal aufgewärmt hatte, während er selbst nur wenig aß.

Arnold und Hermann hatten davor Gunther ihre Sünden gebeichtet und die ganze Geschichte erzählt, wie sie in die Šumava gekommen waren. Gunther schien nicht wenig überrascht, dass man den Wikinger umbringen lassen wollte. Er berichtete nun seinerseits, was er über den Mann wusste, der seit Jahren als Räuber in der Šumava lebte, wobei er sich vor allem auf Jans Erzählungen stützte.

„Man hätte besser eine ganze Armee nach ihm suchen lassen", rief Hermann aus, nachdem er erkannt hatte, wie sehr sie ihr Opfer unterschätzt hatten.

„Aber selbst so viele Soldaten sind ihm hier im Wald unterlegen", gab Gunther zu bedenken, der trotzdem Gefallen an diesen Überlegungen fand, wenngleich ihm sein Gewissen es verbat. Er war schließlich Mönch und kein Ritter mehr.

„Man kann ihn nur mit seinen eigenen Waffen schlagen", wandte Arnold nachdenklich ein.

„Oder Gott richtet über ihn", ergänzte Gunther mit einem vielsagenden Blick nach oben.

„Uns hat Gott jedenfalls eine Lektion erteilt", meinte Hermann lächelnd.

„Was wollt ihr eigentlich machen", fragte nun Gunther, „wenn ihr diesem Wald endgültig entkommen seid?"

Beide antworteten nicht. Darüber hatten sie sich keine Gedanken gemacht, doch beide wussten, dass sie nicht nach Regensburg zurückgehen konnten. Dort trachtete man ihnen sicher nach dem Leben.

„Ich könnte heimgehen zu meinen Eltern", überlegte Hermann laut, „aber ich weiß nicht, ob sie mich wieder aufnehmen. Sie haben mich vom Hof gejagt, weil ich ein Nichtsnutz war!"

„Bei mir sieht es nicht viel besser aus", erklärte Arnold, enttäuscht über sich selbst, „das einzige Werkzeug, mit dem ich umgehen kann, ist mein Schwert. Ich bin nicht für viel zu gebrauchen."

„Wenn das so aussieht", gab Gunther ihnen einen Ratschlag, den er schon die ganze Zeit aussprechen wollte, „dann geht doch zum Kloster Niederaltaich! Dort brauchen sie kräftige Hände. Ihr könnt vorerst als Laienbrüder anfangen. Die Versuchungen des Teufels sind dann in weiter Ferne und euer neues Leben wächst auf einem gesunden Boden. Seht mich an! Ich war früher auch ein Haudegen und Soldat, aber jetzt brauche ich mein Schwert nicht mehr!"

In diesem Augenblick klopfte es plötzlich an die Tür. Alle drei sprangen auf. Hermann sah Gunther entsetzt an und schaute danach zu Arnold, der bereits seine Waffe gezogen hatte. Aber Gunther wies ihn mit einer Handbewegung an, das Schwert wieder in die Scheide zu stecken.

Er wunderte sich, wie viele Menschen es doch in dieser Wildnis gab, aber auch darüber, dass sie alle gerade zu seiner Klause kamen.

Langsam öffnete er die Tür, durch die er nur gebückt hinausgehen konnte. Als er sich wieder aufrichtete, traute er seinen Augen nicht. Draußen war es heller als in seiner Hütte, obwohl schon tiefe Nacht war. Die ganze Lichtung war umringt von Fackeln. Es mochten gut fünfzig oder sechzig Männer sein, die jeweils eine Fackel trugen. Einige

Meter von seinem Eingang entfernt sah Gunther eine kleine Gruppe von sechs Männern, von denen ebenfalls zwei eine Fackel hielten.

Es brauchte keinen Herold, um zu wissen, dass der Wikinger Gunther seine Aufwartung machte. Doch Gunther wollte sich nicht einschüchtern lassen. Er schloss hinter sich die Tür, damit seine beiden Gäste nicht auf dumme Gedanken kamen.

„Gott zum Gruß, ihr sündigen Menschen", wandte er sich dann mit kräftiger Stimme an den Wikinger, so dass es alle Räuber hören konnten.

„Wer bist du, Mönch?", fragte der Wikinger unumwunden, denn ihm stand der Sinn nicht nach Floskeln.

„Hör zu, du Sünder", erwiderte Gunther zornig anstatt einer Antwort, „ist es sittsam, einen Menschen des Nachts aus seiner Hütte zu holen, um ihn zu fragen, wie er heißt? Ich wohne hier und habe daher das Hausrecht! Verrate du mir erst einmal, wer du bist!"

In die steifen Fackelträger kam etwas Bewegung und man hörte den einen oder anderen tuscheln. Wie würde ihr Anführer darauf reagieren?

„Lass uns nicht über Rechte streiten", antwortete der Wikinger mit scharfem Ton, „denn die Rechte des Königs zählen hier nicht! Hier zählt das Recht des Stärkeren. Also beantworte meine Frage!"

„Aber Gottes Gebote zählen überall! Darin heißt es: Du sollst nicht töten!"

Die letzten Worte klangen im Wald nach, was ihnen noch mehr Bedeutung verlieh.

„Aber was ich über dich, Francis d'Arlemanche, gehört habe, sagt mir, dass Gott dich einst schwer strafen wird für deine Vergehen!"

Wieder wurde es unruhig. Statt schüchtern klein beizugeben, bot dieser Mönch dem gefürchteten Räuber standhaft Paroli!

„Siehst du den Unterschied, Mönch?", rief der Wikinger mit überheblicher Stimme zurück. „Ich muss mich nicht vorstellen, denn du kennst mich. Ich bin weit und breit bekannt und gefürchtet!"

Seine Männer fielen in zustimmende Rufe ein, aber der Wikinger hieß sie sofort wieder schweigen.

„Ja, ich kenne dich! Das letzte Mal, als ich dich gesehen habe, da hast du jämmerlich am Boden gelegen und um Erbarmen gefleht!"

Gunther machte eine Pause, um seinen Worten eine noch stärkere Wirkung zu verleihen.

„Es war der Tag", fuhr Gunther mit lauter Stimme fort, „an dem du deine rechte Hand verloren hast! Damals wolltest du dich wie heute an wehrlosen Menschen vergehen! Aber ich schwöre dir und jedem deiner Räuber, wenn ihr den beiden Männern, die in meiner Klause sind, nur eine weitere Schramme verpasst, dann werdet ihr dafür die schlimmsten Höllenqualen leiden!"

„Du bist ein schamloser Lügner", beschimpfte ihn der Wikinger nun, „damals war weit und breit kein Mönch dabei! Du kennst nur die Erzählungen und trägst nun dick auf!"

„Dein Hirn ist nicht größer als das eines Spatzen, wenn du dir nicht vorstellen kannst, dass man sich auch verändern kann! Als ich dich damals am Boden wimmern sah, war ich ein Ritter des Königs und ich hätte dich zu gerne umgebracht für deine feige Tat. Heute bin ich Mönch und ich kann nur dafür beten, dass du deine Fehler erkennst!"

„Bete lieber dafür, dass dir nichts zustößt", drohte der Wikinger beinahe hilflos, „die Šumava steckt voller Gefahren und man sieht oft nicht, woher sie kommen!"

„Ich fürchte dich nicht, Wikinger", antwortete Gunther ruhig, „denn mich beschützen die Heiligen und die Engel Gottes!"

Mit diesen Worten drehte sich Gunther um und ging in die Klause zurück. Es machte keinen Sinn, noch länger zu streiten und er hatte alles gesagt. Nun mussten sie hoffen und beten, dass ihnen nichts passierte. Während die beiden Flüchtlinge verängstigt an der Wand saßen und durch kleine Ritzen nach draußen spähten, kniete Gunther vor dem Altar nieder und betete.

Auf der Lichtung rührte sich lange nichts. Die Räuber standen abwartend auf ihren Posten. Einige von ihnen hatten ein schlechtes Gefühl dabei, einen Mönch anzugreifen, andere dagegen hatten keine Skrupel. Doch sie warteten alle auf ein Zeichen des Wikingers. Der aber stand am Rand der kleinen Gruppe und starrte noch immer zur Tür.

Er konnte nicht fassen, was gerade passiert war. Das schlimme war, dass er bei diesem Mönch ein Gefühl der Machtlosigkeit hatte. Er fühlte sich ihm unterlegen, obwohl der Mann keine Waffe trug! Er konnte es drehen und wenden wie er wollte, an diesem Tag hatte er seine erste Niederlage in der Šumava einstecken müssen. Er gab das Zeichen zum Aufbruch und die Räuber zogen schweigend von dannen.

„Sie ziehen ab! Sie ziehen wahrhaftig ab", jubelte Hermann und fiel Arnold um den Hals.

„Gott sei Dank", seufzte Gunther erleichtert, nachdem er sich vom Altar erhoben hatte, „morgen früh brecht ihr auf und geht nach Niederaltaich."

Neuland

Von Regensburg nach Niederaltaich dauerte es zu dieser Jahreszeit nicht länger als vier Tage, doch selbst das kam Abt Godehard wie eine Ewigkeit vor. Er hatte den Winter in Hersfeld verbracht und seine Reformen dort mit Erfolg weitergeführt. Nun war es Frühling geworden, die Baumkronen schmückten sich langsam mit hellgrünen Blättern und Godehard sehnte sich nach Niederaltaich zurück, kaum dass die Wege wieder ein sicheres Reisen ermöglichten.

An diesem Morgen war er zusammen mit drei Mönchen in Regensburg aufgebrochen, die auch nach Niederaltaich wollten. Gemeinsam wanderten sie auf der alten Handelsstraße die Donau stromabwärts und mit jedem Schritt wuchs Godehards Freude auf die Rückkehr in seine Heimat und die altbekannten Menschen, auch wenn er wusste, dass er nicht nur gute Nachrichten überbrachte.

Auf seiner Reise hatte er einen Aufenthalt in Bamberg eingeplant, um beim König ein gutes Wort für Jan einzulegen. Immerhin war seit dem Vorfall mehr als ein Jahr vergangen, die eigentlichen Verräter waren überführt worden und im Reich waren alle von der Königsherrschaft Heinrichs überzeugt. Man sprach sogar schon von der Kaiserkrone!

Aber der König ließ sich nicht erweichen. Er beharrte darauf, dass man ihm handfeste Beweise, am besten die gestohlenen tausend Silberstücke selbst liefern musste, bevor er in dieser Sache ein Urteil fällen würde. Selbst gutes Zureden von Königin Kunigunde, die Godehards Anliegen sehr viel mehr Verständnis entgegenbrachte, konnte die Haltung des Königs nicht verändern. Unverrichteter Dinge und enttäuscht musste Godehard seine Reise fortsetzen, aber er wusste, dass sich Jan damit nicht zufriedengeben würde.

In seine Gedanken versunken lief Godehard einige Schritte vor den drei anderen Mönchen her, die respektvoll Abstand hielten. Sie bemerkten zuerst die beiden streitenden Feldarbeiter, die sich wütend beschimpften und kurz davor waren, einander zu prügeln, wenn sich nicht einer der Mönch, ein stämmiger Franke aus Lothringen, zwischen die beiden Streithähne gestellt hätte. Godehard winkte die beiden Streithähne zu sich.

„Was streitet ihr", fragte er streng, „und arbeitet nicht friedlich nebeneinander?"

Beide sahen Godehard etwas verlegen an, aber er war für sie nicht mehr als ein einfacher Mönch, da er wie immer nur eine schlichte Leinenkutte trug. Darum sprachen sie offen und ohne Furcht.

„Mein Bruder behandelt mich wie einen Tagelöhner", beklagte sich der eine, der hoffte, den Mönch auf seine Seite zu ziehen.

„Hör nicht auf ihn", warf der andere ein, „er ist faul und möchte immer besser behandelt werden, als die anderen Knechte!"

„Ihr seid Brüder?", forschte Godehard nach, worauf beide nickten. Godehard machte eine Pause, weshalb der zweite eine Erklärung einschob, die seine Position unterstreichen sollte.

„Ich bin der ältere von uns beiden und habe im letzten Jahr den Hof des Vaters geerbt. Mein Bruder darf weiter auf dem Hof bleiben, aber er ist ein Knecht wie alle anderen."

Godehard wurde einiges klar. Es war altes Recht, dass ein Bauernhof dem ältesten Sohn vermacht wurde, während die nachfolgenden Geschwister meist leer ausgingen, mit einer geringen Beigabe in ein Kloster geschickt wurden oder sich als Knecht verdingen mussten. Oftmals führte das zu Streitereien wie in diesem Fall, wenn alle an einem Ort waren und plötzlich der Bruder seinen Geschwistern Befehle gab.

„Er würde mich am liebsten vom Hof jagen", erwiderte der andere, „aber so lange der Vater noch lebt, traut er sich nicht!"

„Wenn er ordentlich und fleißig arbeitet, dann bin ich ja zufrieden, aber er tut nichts! Gerade habe ich ihn erwischt, wie er hier geschlafen hat, anstatt die Steine aus dem Feld zu sammeln."

„Ich habe mich nur kurz ausgeruht", protestierte der jüngere Bruder und sah Godehard hilfesuchend an.

Doch der ließ sich nicht beeinflussen.

„Ihr hört jetzt beide einmal zu", mischte er sich schlichtend ein.

„Kein Knecht kann sich erlauben", wandte er sich zuerst an den Jüngeren, „einfach auf dem Feld zu liegen. Erst recht nicht der Sohn des alten Bauern. Du solltest ein Vorbild für die anderen sein und nicht immer daran denken, dass dein Bruder der Bauer ist und du nicht!"

Geknickt nickte der jüngere Bruder mit dem Kopf, der Ältere verschränkte zufrieden und zustimmend die Arme, doch auch ihn wies Godehard zurecht.

„Du bist auch nicht ohne Fehler", warnte er ihn, „deinen Bruder sollst du gerecht behandeln, wie jeden anderen Menschen auf deinem Hof auch. Vergiss nicht, er ist dein Bruder! Wenn du ihm Unrecht tust, wird das für dich schwere Folgen am Jüngsten Tag haben!"

Die Warnung blieb nicht ohne Wirkung, denn der Bauer bekreuzigte sich sogleich vor Schreck und nuschelte ein kurzes Gebet.

„Jetzt geht beide wieder an eure Arbeit und lebt in Frieden miteinander!"

Danach wandte sich Godehard ohne weiteren Gruß ab und ging wieder auf den Weg zurück, aber er behielt die Begegnung in seinem Kopf.

Das Kloster war bestens auf die Rückkehr des verehrten Abtes gerüstet. Jeder wartete gespannt und entfernte sich nicht zu weit vom Kloster, um bei der Ankunft dabei zu sein. So kam erste Aufregung auf, als zwei junge Novizen in den Klosterhof rannten und einen einzelnen Reiter von Norden kommend meldeten. Eilig wurden alle Mönche auf den Klosterhof gerufen und die große Unruhe fand erst ein Ende, nachdem jeder Mönch den ihm zugewiesenen Platz eingenommen hatte.

Kurz darauf trabte der Reiter durch das große Tor, doch statt Freude war Verwunderung auf beiden Seiten. Der Reiter war über den Empfang so überrascht, dass er sein Pferd zu streng an die Zügel nahm, und es sich aufbäumte. Die Mönche dagegen standen wie eine Allee von Statuen nebeneinander und gafften den Reiter an, der nicht ihr Abt war, sondern ein schlichter Bote!

Nachdem sich die erste Aufregung wieder gelegt hatte, rief der Sakristan den Boten zu sich.

„Verzeih diesen Aufzug", entschuldigte er sich, „aber wir erwarten unseren Abt in diesen Tagen zurück!"

„Er wird sich sicher freuen", entgegnete der Bote verschmitzt, „mir hat euer Empfang jedenfalls gefallen!"

„Was bringst du für Nachrichten?", fragte der Sakristan, um nicht weiter auf die vorherigen Geschehnisse eingehen zu müssen.

„Ich habe eine Nachricht an Jan, den Säumer. Man hat mir gesagt, dass ich ihn hier im Kloster finden werde!"

„Das ist richtig. Du kannst ihm die Botschaft selbst übergeben, denn er steht gleich dort drüben!"

Der Sakristan deutete in Jans Richtung, der an eine Stallmauer angelehnt den Empfang Godehards hatte verfolgen wollen. Er hoffte auf Nachrichten aus Bamberg. Als der Sakristan nun auf ihn zeigte, verließ er seine bequeme Haltung und ging auf den Boten zu.

„Du hast eine Botschaft für mich?", fragte er hoffnungsvoll.

„So ist es", nickte der Bote und überreichte ihm ein klein gefaltetes Papier, das mit einem Siegel verschlossen war.

Ohne das Siegel genauer zu betrachten, öffnete Jan den Brief. Er war nicht wenig überrascht, als er die Schrift seines alten Freundes Bretislav erkannte, der ihm einen verschlüsselten Brief schrieb.

Jan überflog die paar Zeilen. Bretislav hatte den Brief so geschrieben, dass ein Außenstehender nicht erkennen konnte, von wem der Brief war und an wen er gehen sollte. Statt der eigentlichen Nachricht hatte er eine Bibelstelle genannt, da er wusste, dass Jan im Kloster eine Bibel zur Hand hatte.

Jan dankte dem Boten kurz und rannte sofort in die Bibliothek. Dort suchte er eine Bibel und schlug das Buch Hosea auf.

Die Zeit der Vergeltung ist gekommen.

Die Nachricht war mehr als deutlich. Jan dachte sofort darüber nach, was er nun alles zu tun hatte, um Bretislav möglichst bald zu treffen, denn im Brief war kein Treffpunkt angegeben. Er war so sehr mit seinen Gedanken beschäftigt, dass er den erneuten Trubel auf dem Klosterhof nicht bemerkte, denn diesmal traf Godehard wirklich ein und wurde mit großer Freude empfangen.

Jan traf den Abt nicht vor dem nächsten Morgen, als Godehard ihn zu sich rief. Was er dort erfahren musste, ließ seine Pläne wie ein Kartenhaus zusammenstürzen. Sollte er wirklich für ewig in diesem Kloster gefangen sein? Verdrossen begab sich Jan in seinen geliebten Kräutergarten und sah zu den entfernten Bergen hinüber. Er spürte, wie alles in ihm nach den Bergen, den rauschenden Wäldern und klaren Bächen drängte. Obwohl er sich in den letzten Jahren anders verhalten hatte und auch immer auf Abt Godehard gehört hatte, wurde ihm nun bewusst, dass er einen neuen Weg einschlagen musste. Zu lange hatte er darauf gehofft, dass sich die Dinge von selbst lösten.

Er musste Bretislav bald treffen, auf welche Art und Weise auch immer. Da Bretislav jedoch Böhmen nicht verlassen durfte, war es nur auf der anderen Seite der Šumava möglich. Deshalb schickte Jan noch am gleichen Tag heimlich einen Reiter zu Levi nach Passau. Jan hatte bei ihm noch immer eine beträchtliche Summe Geld hinterlegt, ein gutes Pferd stand für ihn bereit sowie Kleidung und Waffen für die Šumava. Er hatte dies in der Voraussicht getan, eines Tages doch wieder Säumer zu werden. Er trug dem Boten auf, das Pferd und das andere Gepäck zusammen mit reichlich Lebensmitteln in zehn Tagen abends zur Furt südlich von Niederaltaich zu bringen. Keiner der Mönche sollte etwas von seinem Vorhaben erfahren.

***

Auch auf der böhmischen Seite der Šumava hielt der Frühling prächtig Einzug. Einige Büsche blühten, andere zauberten aus den braunen Ästen leuchtende Blätter, die so zart waren, dass die hellen Sonnenstrahlen durch sie hindurchscheinen konnten. Božena war gerade dabei, einige Leinentücher zum Trocken im Hof aufzuhängen, als der Wikinger auf das Langhaus zugeritten kam. Sie beobachtete ihn von Ferne und es kam ihr vor, als sei er in den letzten Monaten stark gealtert. Er sprühte nicht mehr den Elan früherer Jahre aus, seine Stimme war ständig belegt, weshalb Božena annahm, dass er im Winter eine schwere Erkältung gehabt hatte, von der er noch nicht vollständig genesen war. Fast erweckte er ihr Mitleid, aber dann erinnerte sie sich, dass er es gewesen war, der ihren Vater ermordet hatte und in ihr wuchs wieder der alte Groll. Noch bevor er sie erreicht hatte, ging sie ins Haus zurück, um ihn nicht begrüßen zu müssen.

Den Wikinger störte Boženas Verhalten nicht weiter. Er hatte von klein auf damit zu leben gelernt, dass die meisten Menschen ihn hassten, weshalb er gar nicht mehr darauf achtete, welche Meinung andere Menschen von ihm hatten. Ohne weiter an Božena zu denken, band er sein Pferd an einem Gitter fest und ging geradewegs in Mareks Zimmer.

Er fand den schwergewichtigen Kaufmann am Fenster stehend vor. Zuerst rührte sich Marek gar nicht, nachdem Francis eingetreten war, weshalb dieser sich kurz räusperte.

„Ich habe schon bemerkt, dass du eingetreten bist", wies ihn Marek zurecht, „nur hatte ich noch keine Lust, mich umzudrehen."

Während er sprach, blieben seine Augen auf ein gegenüberliegendes Haus fixiert. Francis trat einige Schritte vor, um Mareks Blicken folgen zu können. Er sah gerade noch, wie sich eine Frauengestalt vom Fenster entfernte, nachdem sie Francis bemerkt hatte. Missmutig drehte sich Marek um.

„Du kannst einem wirklich jede Freude vergrätzen", brummte er, während er sich auf seinen Stuhl fallen ließ.

„Ich verstehe dich nicht", entgegnete der Wikinger, „du hast eine wunderschöne Frau, aber wirfst deine Angel immer wieder nach neuen Fischen aus!"

„Eine wunderschöne Frau, die trocken ist wie ein dürrer Ast", wehrte Marek ärgerlich ab.

„Es ist eine Kunst, die Frauen zu verführen", säuselte Francis mit einem vielsagenden Blick, „da hilft das Geld alleine nicht!"

„Erzähl du mir nichts von Zärtlichkeiten! Was willst du hier überhaupt?"

„Nun, es ist Frühling, das neue Jahr beginnt und wir sollten darüber reden, wie wir das Geschäft dieses Jahr aufteilen", erklärte der Wikinger sachlich.

„Willst du schon wieder mehr haben", entrüstete sich Marek und auf seiner Stirn bildeten sich durch die Aufregung die ersten Schweißperlen.

„Bevor du dich unnötig ärgerst, solltest du dir erst einmal in Ruhe anhören, was ich zu sagen habe", wies ihn Francis zurecht. Dann nahm er sich einen Stuhl, setzte sich Marek gegenüber und schenkte sich einen Becher Wein ein, der auf dem Schreibtisch stand.

„Ich werde das Gefühl nicht los", fuhr er nach einem ordentlichen Schluck fort, „dass wir dieses Jahr mit viel mehr Schwierigkeiten rechnen müssen!"

Marek widerten diese Unterhaltungen an. Ihn interessierten die Probleme des Wikingers nicht.

„Ich höre dauernd ‚wir', dabei geht es doch nur um dich", warf er Francis wütend vor, „nur weil man dich einmal bis vor dein Versteck verfolgt hat und jetzt ein einzelner Mönch sich in deinem Revier aufhält, willst du plötzlich alles absichern! Für mich gibt es jedenfalls keine neuen Gefahren und deshalb wird auch über die Anteile nicht diskutiert!"

„Sei vorsichtig mit deinen Sprüchen", warnte ihn Francis, „ohne mich würdest du nicht hier sitzen, träge und fett!"

„Du dagegen wärst alleine schon längst verhungert", entgegnete Marek bissig, „du kannst ja zu deinem neuen Nachbarn, dem Mönch, gehen und ihn um Nahrung bitten!"

„Hoffentlich findest du es immer noch komisch, wenn sich die Zeiten auf einmal ändern!"

„Wenn du solche Angst hast, dass der Mönch uns stört, dann bring ihn um", empfahl Marek lapidar, „früher warst du auch nicht so zimperlich!"

Der Wikinger sah ein, dass er bei Marek nichts erreichte. Deshalb stand er einfach auf und verließ den Raum, ohne sich zu verabschieden. Einen Mönch zu ermorden, das sagte sich leichter als getan! Er wusste, dass bereits einige seiner Männer heimlich zu dem sonderbaren Mönch schlichen, um ihre Sünden zu beichten. Wollte er weiterhin die Šumava für sich behalten, dann musste er etwas unternehmen. Nachdenklich bestieg er sein Pferd und verließ Klatovy in Richtung Šumava, wohin bereits die ersten Säumer unterwegs waren.

***

In den letzten Tagen war Jan damit beschäftigt gewesen, seine Reise vorzubereiten. In der Bibliothek studierte er Karten der Region, um die Richtung ungefähr bestimmen zu können. Er rechnete nicht damit, sich an Stellen zu erinnern, an denen er vor Jahren bei seiner Flucht aus Klatovy vorbeigekommen war. Heimlich hatte er sich einige Lederstücke und Felle besorgt, aus denen er sich in seiner Kammer wetterfeste Kleidung schneiderte, denn obwohl der Frühling im Tal schon Einzug gehalten hatte, konnte es oben in den Bergen noch ziemlich kalt werden, wenn nicht sogar schneien. Jan wusste, wie heimtückisch die Šumava war und er wollte sich nicht überrumpeln lassen.

Er plante, zuerst bei Gunther vorbeizugehen und zu sehen, wie der Mönch den strengen Winter überlebt hatte. Seit die beiden Männer von Gunther nach Niederaltaich geschickt worden waren, hatte es keinen Kontakt mehr gegeben. Niemand wusste, ob er überhaupt noch am Leben war, aber die Mönche beteten jeden Tag eine Messe für ihren einsamen Bruder. Es waren noch genau drei Wochen, bis die Frist von sechs Monaten abgelaufen war und Gunther ins Kloster zurückkehren sollte.

Godehard genoss die Zeit in Niederaltaich und blühte nach den schweren Tagen in Hersfeld förmlich auf. Seine blasse Haut wirkte wieder gesünder, er spazierte täglich im Kreuzgang, wobei er sich mit jungen Mönchen unterhielt und ihnen ihre Fragen beantwortete. Das Kloster war so gut organisiert, dass er sich kaum um die täglichen Belange kümmern musste, sondern sich ganz dem Bibelstudium, der Bibliothek und vor allem dem Gebet widmen konnte. Trotzdem entging ihm nicht, dass Jan in den letzten Tagen sehr geschäftig war, ohne viel zu arbeiten und immer wieder im Klostergarten saß, um die fernen Berge zu betrachten. Als ihm der Bibliothekar erzählte, dass Jan sich Karten der Gegend angesehen hatte, dämmerte ihm, was der junge Säumer im Schilde führte.

Obwohl er diese Fluchtpläne nicht gutheißen konnte, hatte Godehard auch Verständnis für Jan, denn er verband Jans Pläne mit der entmutigenden Nachricht aus Bamberg. Jedoch wollte er mit Jan persönlich darüber reden und rief ihn deshalb nach etwas mehr als einer Woche zu sich. Jan trat zögernd ein. Wie ein kleiner Junge, der fürchtete, von seinem Vater bestraft zu werden, stellte er sich innerlich verkrampft neben die Tür.

„Komm doch näher", forderte ihn Godehard freundlich auf und wies auf einen Schemel, „ich möchte mich mit dir unterhalten."

Wortlos nahm Jan Platz und sah Godehard erwartungsvoll an. Er wollte auf keinen Fall ein Wort zuviel sagen und so seine Pläne verraten!

„Seit ich hier bin haben wir uns kaum gesehen", begann Godehard.

„Ihr habt viel zu tun und die Mönche freuen sich, ihren Abt wieder bei sich zu haben", entgegnete Jan nüchtern.

„Früher hast du dich trotzdem öfter bei mir sehen lassen!"

„Damals war ich noch nicht so sehr beschäftigt."

„Genau darüber möchte ich mit dir sprechen", nahm Godehard Jans Worte auf und lenkte das Gespräch in eine neue Richtung. „Du bist ständig unterwegs, aber man sieht dich kaum an deinem Arbeitsplatz. Ich habe mich erkundigt!"

„Man kann auch arbeiten, ohne immer am gleichen Fleck zu sein!"

„Keine Angst! Ich werde nicht mit dir über die Arbeit sprechen. Mir geht es nur darum, was du sonst mit deiner Zeit anfängst!"

„Was man eben als Laie in einem Kloster macht", gab Jan beleidigt zurück.

Godehard schüttelte den Kopf.

„Jan", wiederholte Godehard geduldig, „ich werde dir keinen Vorwurf machen, aber ich bin besorgt um dich. Ich weiß, dass du die Karten in der Bibliothek studiert hast und dir heimlich Waldkleidung schneiderst. Warum wollen wir also nicht offen miteinander reden?"

Jan ließ den Kopf hängen und wagte nicht, den Abt anzusehen. Sein Plan war bekannt! Jetzt würden sie ihn festhalten und alles war umsonst gewesen!

„Warum sollen wir noch offen reden", antwortete er zermürbt, „wenn Ihr die Wahrheit schon kennt!"

„Ich will mit dir reden, weil ich versuchen will, dich umzustimmen!"

„Das wird Euch sicherlich gelingen – in einem Kellerverlies bei Wasser und Brot", spottete Jan.

„Denkst du etwa", fragte Godehard belustigt, „dass ich dich einsperren werde?"

Jan antwortete mit einem Schulterzucken.

„Du willst dich dem Urteil des Königs widersetzen", sprach Godehard ruhig weiter, „weil du dich von ihm ungerecht behandelt fühlst, was ich vollkommen verstehe. Ausserdem willst du zurück in deine Heimat, wo du gebraucht wirst. Ist es nicht so?"

„Ja", stimmte Jan zu und fasste neuen Mut, „ich glaube, die Zeit ist gekommen, dass ich mich der Verantwortung stelle. Ich kann nicht länger hier sitzen und warten, dass der König einmal genug Zeit hat, um über meinen Fall nachzudenken. Dann bin ich lieber vogelfrei!"

Jan war sich bewusst, dass seine Flucht ihn zum Gesetzesbrecher machte, aber wen störte in Böhmen ein Urteil des Kaisers? Deshalb schwang in den letzen Worten Trotz und Stolz mit.

„Genau das gleiche habe ich mir gedacht", entgegnete Godehard nun zu Jans großer Verwunderung, „wenn du so überzeugt bist, dass du das Richtige tust, dann wird dich auch kein Kellerverlies davon abhalten, aus dem Kloster zu fliehen. Schließlich sind wir kein Schuldturm!"

Godehard beendete den Satz mit Nachdruck, wenn gleich diese Worte eher an den König gerichtet waren. Er ging kurze Zeit im Raum herum, bevor er seine Gedanken zu Ende führte.

„Ich heiße deinen Entschluss nicht gut, aber ich werde dich nicht daran hindern. Ich habe dich heute nur gerufen, um zu verhindern, dass du hier entwischt, ohne dass wir uns verabschiedet haben! Es wäre ja nicht das erste Mal gewesen!"

Bei den letzten Worten schmunzelte Jan, aber vor allem war er darüber erstaunt, wie ungezwungen der Abt ihm seine Meinung sagte.

„Ihr werdet mich nicht an meinem Plan hindern?", fragte Jan ungläubig.

„Ich werde keine Wachen vor deine Tür stellen, aber das Tor wird auch die nächsten Nächte geschlossen bleiben. Alles ist so wie es all die letzten Jahre gewesen ist, in denen du auch nicht ausgebrochen bist. Solltest du eines Morgens fehlen, dann werde ich drei Tage warten, bis ich es dem König melde. Der Vorsprung sollte ausreichen!"

Jan blickte den Abt noch immer fassungslos an.

„Nun steh auf", fuhr Godehard fort und in den Worten schwang Wehmut mit, „bevor du gehst, möchte ich dich unter den Segen Gottes stellen."

Jan stellte sich vor den Mönch, der ihm sanft die Hand auf die Stirn legte und einen lateinischen Segen sprach.

„Sei vorsichtig, mein Sohn", sagte er danach, „du bist ein bemerkenswerter Mensch, und ich hoffe, dass du dich nicht von der Rache leiten lässt, sondern von Vernunft und Gottvertrauen!"

„Ehrwürdiger Vater", antwortete Jan mit belegter Stimme, „ich weiß gar nicht, wie ich Euch für all das danken soll, was Ihr für mich getan habt! Ich verspreche Euch, so bald ich kann, eine Nachricht zu senden!"

Damit umarmten sie sich kurz und Jan verließ eilig das Zimmer. Godehard blieb alleine zurück und ihm war, als hätte er einen Sohn verloren.

Nur wenige Stunden später, die Sonne war seit einer Stunde untergegangen, öffnete sich eine schmale Luke im Dachfirst der Getreidescheune. Jan passte gerade noch hindurch, aber anschließend war es ein wahrer Balanceakt, sich auf dem schmalen Balken des Flaschenzugs zu halten. Vorsichtig ertastete er im Dunkeln das Seil, mit dem sonst das Getreide nach oben gezogen wurde. Als er bis auf halbe Höhe hinunter geklettert war, begann er, mit seinen Beinen Schwung zu holen. Erst langsam, dann immer stärker schwang das Seil wie ein Pendel hin und her. Jan hatte sich alles bei Tageslicht mehrfach genau angesehen, um nun zu wissen, wann er genug Höhe erreicht hatte, um auf die nahe Mauer zu springen.

Schließlich ließ er das Seil am höchsten Punkt angelangt los und riss die Arme nach vorne. Sein Körper prallte heftig gegen die Mauer und es raubte ihm kurz den Atem, aber er hatte es geschafft, sich mit den Armen festzuhalten. Behende zog er sich nach oben und schwang sich über die Mauer.

Nachdem er auf der anderen Seite auf dem Boden gelandet war, blieb er für einen Augenblick im Gras liegen. Nicht, dass er befürchtete, jemand verfolgte ihn, aber er wollte den Moment genießen. Nun war er frei! Gleichzeitig hatte er sich mit diesem Sprung zum Vogelfreien gemacht und jeder Mensch konnte ihn ungestraft töten!

Aber das störte ihn in diesem Augenblick nicht. In einem Tag war er in der Šumava, wo jeder den gleichen Gefahren ausgesetzt war - geächtet oder nicht.

Der helle Klang der Klosterglocke riss Jan aus seinen Gedanken. Die Mönche wurden zur Nocturne gerufen, während er mit einem lachenden und einem weinenden Auge dem Kloster Lebewohl sagte und sich aufmachte, den Boten aus Passau an der vereinbarten Weggabelung zu treffen.

Die Donau floss ruhig in ihrem Bett und der wolkenverhangene Himmel spiegelte sich matt auf den leichten Wellen. Jan näherte sich vorsichtig dem Treffpunkt. Er wollte sich auf keinen Fall zu früh zu erkennen geben, weshalb er einige Zeit hinter einem Gebüsch versteckt wartete.

Schließlich löste sich aus der Dunkelheit eine Gestalt, die ein Pferd hinter sich führte und nun an der Kreuzung stehen blieb. Dort band er das Pferd an einem Busch fest. Dann drehte er sich um und sah sich in der Dunkelheit um. Jan vergewisserte sich noch eine kurze Zeit, dass der Mann auch wirklich alleine war, bevor er aufstand und auch auf den Weg trat.

Als der Bote ihn sah, kam er direkt auf ihn zu. Erst als sie sich direkt gegenüberstanden, erkannte Jan, dass der Mann nicht der Bote war, den er vor zehn Tagen nach Passau geschickt hatte.

„Levi", rief er überrascht, alle Vorsicht vergessend, als er seinen alten Freund in die Arme schloss, „was machst du denn hier?"

„Meinst du ich lasse dich einfach so in dieses Abenteuer ziehen", antwortete Levi leicht gekränkt, „ohne dass du dich von mir verabschiedest?"

„Dann bist du heute schon der zweite! Abt Godehard hat mir auch schon Lebewohl gesagt. Er hatte meinen Plan durchschaut."

„Aber er hat dich trotzdem nicht festgehalten?", wunderte sich Levi.

„Ein Mann Gottes ist ein schlechter Gefängniswächter", witzelte Jan schulterzuckend. „ich glaube, er wusste, dass ich das Richtige tue!"

„Davon bin ich ja nicht wirklich überzeugt", meldete Levi seine Bedenken an, „findest du es nicht ein bisschen gefährlich, alleine deinem Vetter gegenüberzutreten? Er mag vielleicht nicht mehr ganz so mächtig sein, wie noch vor ein paar Jahren, aber er verfügt noch immer über einige Haudegen und hat genug Geld, um sich weitere gefügig zu machen!"

Jan lächelte Levi an.

„Du warst schon immer der Vernünftigere von uns. Aber hier geht es nicht um einen Handel oder einen Vertrag, wo man eines gegen das andere aufwiegt. Es ist ein Kampf, der nur mit einem starken Willen gewonnen wird. In dieser Hinsicht bin ich Marek überlegen, denn er fürchtet mich, aber ich ihn nicht. Aber um dich zu beruhigen will ich dir sagen, dass auf mich auch einige Helfer warten."

„Mir geht es nicht darum, mich zu beruhigen", erwiderte Levi, „sondern ich wollte dich eigentlich überreden, nicht nach Klatovy zu gehen, sondern nach Passau zu kommen. Rahel, die Kinder und ich überleben es nicht, wenn wir in diesem Jahr nach Gerhild noch einen lieben Freund verlieren!"

„Nach Passau", wiederholte Jan, „du vergisst, dass ich ab jetzt vogelfrei bin, da ich das Kloster verlassen habe!"

„Das ist kein Problem", wies Levi den Einwand mit einer Handbewegung ab, „der Bischof schuldet mir noch einen Gefallen. Er kann dich freisprechen!"

„Siehst du", warf nun Jan ein, „jetzt denkst du schon wieder wie ein Kaufmann! Einen Gefallen gegen den anderen aufwiegen! Aber ich will das nicht mehr! Ich brauche endlich Klarheit in meinem Leben. Ich weiß, ich bin ein Säumer aus Klatovy und ich werde so lange keine Ruhe finden, bis ich dorthin zurückgekehrt bin. Danach komme ich vielleicht auf dein Angebot zurück!"

„Ich sehe schon, ich kann dich nicht umstimmen. Dann lass uns den Abschied kurz machen. Das Pferd wird dir hoffentlich gute Dienste erweisen. In den Beuteln findest du reichlich Nahrung, außerdem einen neuen Bogen und viele Pfeile, dein altes Schwert habe ich ebenso eingepackt wie einen Dolch und ein leichtes Kettenhemd, damit du gewappnet bist!"

„Wenn ich dich nicht hätte", dankte Jan und umarmte Levi nochmals. „Jetzt muss ich aber losziehen, um bald die Šumava zu erreichen. Der Abt gibt mir drei Tage, bevor er meine Flucht meldet!"

„Das wird eher ein Spaziergang, als eine Flucht", ulkte Levi und stieß Jan leicht auf die Brust.

„Vielleicht geht es so weiter", fügte Jan gleichgültig an, „zuerst werde ich Gunther in seiner Klause aufsuchen."

„Dann grüß ihn auch von mir. Jetzt mach dich aber auf den Weg", drängte Levi, der spürte, wie ihn die Gefühle übermannten.

„Lebwohl, Levi!"

„*Shalom*!"

Jan band das Pferd los und folgte dem Weg in Richtung Norden. Bald hatte die Dunkelheit ihn verschluckt und es war nur noch das ferne Klappern der Hufe zu hören.

„Shalom, mein Freund", wiederholte Levi noch einmal leise, bevor er sich auf den Weg zu seinem Pferd machte, dass er etwas abseits festgebunden hatte. Er war sich sicher, dass bald wieder große Taten von Jan, dem Säumer, zu hören sein würden.

***

„Mein Geliebter", rief Jitka vor lauter Freude, als sie Bretislav im Burghof begrüßte. Ohne auf die Menschen um sie herum zu achten, warf sie sich ihm an den Hals und gab ihm einen leidenschaftlichen Kuss, den er nur allzu gern erwiderte.

Gleichzeitig fühlte er sich auch schlecht, da er ihre Liebe für seine Zwecke ausnutzte. Durch seinen Besuch behielt er Sudivoj im Auge und verhinderte damit, dass er Marek zu Hilfe eilen konnte, wenn die Landsknechte aus Prag eintrafen. Schon jetzt schmerzte ihn der Gedanke an den Augenblick, wenn Jitka erfuhr, dass er ihren Vater verraten hatte!

Doch bis dahin war noch viel zu tun, auch war der Ausgang seines Plans völlig ungewiss. Zwar hatte er in den letzten Jahren gelernt, Krieg zu führen, aber hier standen sich keine zwei Heere gegenüber, sondern es handelte sich um eine Strafaktion gegen einen herrschsüchtigen Kaufmann und einen treulosen Langvogt.

Bretislav hatte im Winter genug Zeit gehabt, in den Archiven und Bibliotheken in Prag die alten Rechte von Klatovy zu überprüfen. Dabei war deutlich geworden, dass die Stadt seit Jahren zu wenig Abgaben zahlte und noch dazu gegen herzögliches Recht verstieß, weil sie mehr Märkte abhielt, als ihr zugestanden worden waren.

Mit diesem Wissen konnte er seinen Vater davon überzeugen, ihm die Erlaubnis zu erteilen, die Verhältnisse wieder zu ordnen. Der Herzog hatte ihm eine Schar Landsknechte zugesprochen, sowie dreißig Ritter, eine außerordentlich große Mannschaft für solch ein Unternehmen. Bretislav wusste, dass es seinem Vater mehr darum ging, ihn zu schützen, als das Risiko für diesen Feldzug zu verringern, aber ihm konnte das egal sein.

Sein Plan sah vor, dass er von Horažd'ovice aus versuchte, mit Jan Kontakt aufzunehmen, der hoffentlich seine Nachricht erhalten hatte. Die Ritter sollten den Velmos auf der Burg festhalten, während Bretislav mit den Landsknechten in Klatovy die alte Ordnung wieder herstellte, indem ein herzöglicher Amtsmann bestimmt und ein Bürgerrat eingesetzt werden sollte, während gleichzeitig Marek festgenommen wurde. Der neue Bürgerrat sollte dann über dessen Schicksal entscheiden. Die allfällige Entschädigung des Herzogs sollte aus Mareks Vermögen bestehen, das Bretislav vollständig beschlagnahmen wollte.

Soweit der Plan, doch die Ausführung stand noch bevor. Am schwierigsten war es, Jan eine Nachricht zukommen zu lassen, ohne zu wissen, wo er sich aufhielt. Eine Idee hatte Bretislav bereits umgesetzt: Er hatte eine Nachricht an Jan bei dessen Bruder Karel in Sušice hinterlegen lassen in der Hoffnung, dass sich Jan zuerst dorthin wenden würde. Später wollte er erfahrene Späher an den Rand der Šumava schicken, wobei er wusste, das alles vergebens war, sollte einer der Späher in die Hände des Wikingers geraten.

Doch daran wollte er vorerst nicht denken. Was nun zählte, war vor Jitka und ihrem Vater die Maske des sehnsüchtigen Liebhabers zu wahren, was ihm schon schwer genug fiel. Er war sich durchaus bewusst, dass er Jitka eines Tages fallen lassen müsste, sollte sie sich nicht schon vorher von ihm abwenden, wenn er ihren Vater ins Verlies gesperrt hatte.

Das Abendessen verlief in ausgelassener Stimmung. Sudivoj präsentierte sich als großzügiger Gastgeber, Bretislav erzählte spannende Geschichten von seinen Feldzügen im Osten und Jitka sang mit ihrer wunderschönen Stimme ein paar Lieder, die Bretislav verzauberten.

Nachdem sich alle zu Bett begeben hatten, konnte er es deshalb kaum erwarten, bis sich endlich seine Tür leise öffnete und Jitka sich zu ihm legte. Liebevoll schmiegte sie ihren weichen Körper an seinen und kraulte ihm durchs Haar. Bretislav wollte diesen Augenblick nie enden lassen, doch war er müde von der langen und anstrengenden Reise.

„Bretislav, mein Geliebter", flüsterte Jitka in die Dunkelheit, als sein Kopf langsam zu Seite kippte. Doch Bretislav murmelte unverständlich ein paar Worte.

„Was hast du gesagt", fragte Jitka nach, ohne mit ihren Liebkosungen aufzuhören.

„Müssen Kaufmann fangen...", faselte Bretislav zusammenhangslos.

„Wen?"

Jitka sprach nicht mehr flüsternd, sondern sah mit offenen Augen neugierig Bretislav an.

„Marek... ist ein Betrüger..."

„Woher weißt du das?"

Doch nun bekam sie keine Antwort mehr. Bretislav war endgültig eingeschlafen, aber was er gesagt hatte, beunruhigte Jitka so sehr, dass sie die ganze Nacht wach lag. Sie wagte nicht, sich zu bewegen, obwohl sie nur zu gerne weggelaufen wäre. Auf einmal fürchtete sie sich vor Bretislav. War er tatsächlich gekommen, um Marek zu verhaften? Wenn dem so war, dann war er auch ihrem Vater auf die Schliche gekommen! Jitka überlegte krampfhaft, was sie machen sollte. Nicht, dass sie Marek mochte - im Gegenteil, sie war immer dagegen gewesen, dass sich ihr Vater mit dem Kaufmann eingelassen hatte.

Aber sie wollte ihren Vater nicht im Stich lassen. Andererseits konnte sie ihm nichts von dem Erlauschten erzählen, denn sonst würde es mit Sicherheit zu einem Kampf zwischen ihrem Vater und Bretislav kommen. Nun verstand sie auch, warum Bretislav diesmal mit einem so großen Aufgebot angereist war. Eigentlich hatte sie gedacht, dass er ihr damit imponieren wollte. War seine Liebe überhaupt echt?

Sie musste sich jemandem anvertrauen, der die Situation verstand. Nachdem sie lange nachgedacht hatte, ohne auf eine passende Person zu stoßen, fiel ihr schließlich Božena ein. Sie hatte Mareks Frau ein paar Mal getroffen, wenn ihr Vater sie mit nach Klatovy genommen hatte und sie hatten sich vom ersten Augenblick an gut verstanden.

Erst war sie sich über ihre Wahl nicht so sicher, aber je länger sie darüber nachdachte, desto mehr Vorteile kamen ihr in den Sinn. Erstens konnte sie sich mit einer Frau leichter und unverdächtiger treffen, als mit einem Mann, zweitens würde auf diese Weise Marek gewarnt werden, ohne dass ihr Vater davon erfuhr. Jitka beschloss, ihren Vater vor Bretislav zu beschützen, wenn der Augenblick gekommen war.

Nun musste sie es nur schaffen, Božena unauffällig zu treffen. Doch auch dazu fiel ihr bald eine Lösung ein, denn Božena verbrachte jeden ersten Samstag im Monat bei ihren Großeltern, die in einem Dorf lebten, das nur wenige Wegstunden von Horažďovice entfernt lag.

Nachdem sie ihren Plan gefasst und hundertmal durchdacht hatte, sah sie wieder zu Bretislav hinüber, der seelenruhig neben ihr schlief, einen Arm um sie geschlungen.

***

Die Lichtung lag in dichtem Nebel, als Jan sie endlich erreicht hatte. Er hatte schon befürchtet, durch die schlechte Sicht vom Weg abgekommen und an der Lichtung vorbeigelaufen zu sein, doch sein Orientierungssinn hatte ihn nicht im Stich gelassen. Er band sein Pferd so an einem Baum fest, dass es noch gut das Gras am Boden fressen konnte.

Die Klause war von seinem Standort aus nur schemenhaft zu erkennen, aber Jan ging direkt darauf zu. In der schattenreichsten Ecke der Lichtung lag noch etwas Schnee und ein Baum war durch die schwere Schneelast im Winter umgefallen und ragte nun am Boden liegend in die Lichtung hinein. Jan wunderte sich, als er daran vorbeiging, dass Gunther sich noch nicht daran gemacht hatte, den Stamm zu entasten. Doch er dachte nicht länger darüber nach, denn er freute sich vor allem darauf, den Mönch wiederzusehen.

Inzwischen konnte er die Klause gut erkennen. Er erinnerte sich unweigerlich an das erste Mal, als er diese Lichtung betreten hatte. Gerhilds Hütte war ungefähr gleich groß gewesen, schätzte Jan und überlegte gleichzeitig, aus welcher Richtung genau er damals gekommen war.

Er war mit seinen Gedanken schlagartig wieder in der Gegenwart, als er vor sich eine Ruine sah, die nur aus den Hauptstützen der ehemaligen Klause und ein paar wenigen Querverstrebungen bestand. Durch den Nebel war es Jan zuerst nicht aufgefallen, aber nun reagierte er umso schneller. Blitzartig warf er sich zu Boden und kroch auf allen Vieren zurück zu dem umgestürzten Baum. Dort zog er sein Schwert und schlich am Stamm entlang zurück in den Wald.

Auch wenn er lange Zeit nicht im Wald gewesen war, so hatte er dennoch nicht verlernt, sich lautlos durch das Unterholz zu bewegen. Mit aufmerksamen Augen suchte er den Wald um die Lichtung herum ab. Erst nachdem er sie einmal umrundet hatte, ohne etwas Auffälliges zu finden, ging er wieder auf die Klause zu.

Fieberhaft suchte er in den Trümmern nach einem menschlichen Körper oder einer Leiche. Als er nicht fündig wurde, lehnte er sich erleichtert an einen der noch stehenden Pfeiler und betrachtete den Schutthafen um sich herum genauer.

Jan brauchte nicht lange, um festzustellen, dass hier nicht nur die Naturgewalten gewütet hatten. Die herumliegenden Holzbalken waren übersät mit Spuren von Axthieben und Hammerschlägen. Da aber das Grundgerüst noch stand, folgerte Jan, dass die Zerstörer nicht sehr gründlich gewesen waren. Während ihn diese Feststellung nicht unbedingt beruhigte, keimte wieder Hoffnung in ihm auf, als er keine Pfeileinschüsse oder Blutspuren fand.

Doch wo war Gunther? Jan durchsuchte den Platz mehrmals, um irgendwelche Hinweise zu finden, aber das Rätsel blieb bestehen. Ihm fiel auf, dass er keine Kleider oder andere persönliche Sachen von Gunther fand. Die Räuber hatten anscheinend nichts zurückgelassen!

Unentschlossen sammelte Jan ein paar kleine Hölzer zusammen und machte ein Feuer. Es war zwar nicht wirklich kalt, aber die bange Frage nach Gunthers Verbleib ließ ihn frösteln.

„Es gibt zwei Möglichkeiten", sprach Jan laut zu sich selbst, „entweder ist Gunther verhungert und die Räuber haben danach die Klause zerstört, damit nicht noch jemand auf die Idee kommt hier zu wohnen, oder sie haben ihn überfallen, verschleppt wenn nicht sogar getötet. Auf jeden Fall haben sie sich an einem Mönch und seinem Eigentum vergangen und damit Gott gelästert!"

Zornig schmiss er ein weiteres Scheit ins Feuer. Er war wütend wegen der zerstörten Klause, was ihn aber rasend machte, war der Vorwurf an sich selbst, dass Gunther nur durch seinen Vorschlag hierher gekommen war!

Anstatt sich aber in Selbstmitleid zu ergeben, wuchs in Jan der Hass auf Francis und seine Räuber an. Über all die Jahre hinweg hatten ihn die Machenschaften des Bastards verfolgt und sein Leben bestimmt. Damit sollte nun ein für allemal Schluss sein!

Es war an der Zeit, sich von diesem Fluch zu befreien. Trotzig fertigte er aus zwei Holzstücken ein hüfthohes Kreuz und stellte es mitten unter den Trümmern auf. Dann kniete er vor dem Kreuz nieder und bat Gott um Beistand für sein Vorhaben. Danach blieb er nicht länger an diesem traurigen Ort, sondern verließ die Lichtung Richtung Norden in die dichten Wälder der Šumava. Wegen des anhaltenden Nebels entgingen ihm die kleinen Kreuze, die in zwei Baumstämme am Nordrand geritzt waren, zwischen denen ein schmaler Pfad begann.

Die Suche

Für Božena waren ihre Ausflüge zu den Großeltern immer der monatliche Höhepunkt. Sobald sie Klatovy hinter sich gelassen hatte, fühlte sie sich frei und voller Energie, so dass sie schon öfter darüber nachgedacht hatte, einfach nicht zurückzukehren. Aber Marek schien das gespürt zu haben, denn er schickte ihr immer zwei seiner Männer mit - als Schutz, wie er zu sagen pflegte.

Wie gewöhnlich war die Zeit auch diesmal viel zu schnell vergangen, zumal sich auch noch ein unerwarteter Besuch eingestellt hatte. Jitka, die Tochter des Velmos Sudivoj von Horažd'ovice war am frühen Nachmittag plötzlich im Dorf aufgetaucht, um Božena zu sprechen.

Was Božena dann erfahren hatte, brachte sie in einen schweren Gewissenskonflikt. Einerseits war sie seltsam erleichtert, dass jemand gegen ihren eigenen Mann vorging, andererseits dachte sie, dass sie ihre Pflicht als Ehefrau verletzte, wenn sie ihn nicht rechtzeitig warnte. Mit diesen Gedanken war sie beschäftigt, als ihre beiden Begleiter auf einen einzelnen Wanderer aufmerksam wurden, der abseits des Weges im hellgrünen Frühlingsgras lag.

„Du, Wandersmann", rief einer von ihnen, „ist bei dir alles in Ordnung?"

Der Wanderer hob überrascht den Kopf, schaute sich um und nickte der kleinen Reisegruppe freundlich zu, nachdem er sie entdeckt hatte.

„Danke für deine Fürsorge, aber ich fühle mich bestens", antwortete er lachend, „es ist ein wunderschöner Tag!"

„Wohin führt dich dein Weg, oder willst du hier Wurzeln schlagen?"

„Ich bringe etwas auf den Markt, um mir ein Zubrot zu verdienen, aber das hat ja keine Eile!"

Dabei hielt er ein ordentlich verschnürtes Bündel aus Leinen hoch, dessen Inhalt man nicht erkennen konnte.

„Das trifft sich gut. Wir sind auch auf dem Weg dorthin. Wenn du so gute Laune hast, dann begleite uns doch", rief Boženas Begleiter unnachgiebig, „wir können etwas Unterhaltung gut gebrauchen!"

Der Wanderer ließ sich noch mehrmals bitten, bis er schließlich aufsprang, sein Bündel über die Schulter warf und sich den dreien anschloss. Božena kam es verdächtig vor, dass sich ein Mann mitten am Tag in die Wiese legte, wo er doch eigentlich auf dem Markt etwas verkaufen wollte. Aber als sich ihre Blicke trafen, sah sie der Wanderer freundlich und ehrlich an. Trotzdem wurde sie den Eindruck nicht los, dass der Mann etwas mit Jitkas Bericht zu tun hatte. Zu oft hatte in den vergangenen Jahren Jan hinter plötzlich auftauchenden Fremden gesteckt – warum nicht auch dieses Mal.

„Wo kommst du her?", fragte sie deshalb neugierig.

„Aus Treblice", antwortete der Wanderer prompt, ohne überlegen zu müssen.

Der Weg führte tatsächlich an diesem Dorf vorbei, das auf der anderen Seite der Burg Horažďovice lag.

„Und was verkaufst du?", stellte Božena gleich die nächste Frage.

„Dies und das. Ich habe heute wunderbaren Honig dabei. Willst du mir vielleicht einen Topf abkaufen?", antwortete der Mann geschäftstüchtig.

„Ich werde mir deine Ware in Klatovy ansehen, wenn wir dort sind", wehrte Božena ab und sah demonstrativ auf die andere Straßenseite. Sie wusste nicht, wie sie mehr von dem Mann erfahren konnte und wollte ihn lieber abwimmeln, bevor er noch aufdringlicher wurde.

Der Wanderer wandte sich nun den beiden Begleitern Boženas zu, mit denen er ein oberflächliches Gespräch begann, das bis Klatovy anhielt.

Als sie die Stadt erreicht hatten, war Božena überzeugt, dass sie zu misstrauisch gewesen war und kaufte dem Mann aus innerem Schuldeingeständnis heraus einen Topf Honig ab.

„Ich bedanke mich und richte deinem Mann meinen Gruß aus", verabschiedete sich der Wanderer mit einer tiefen Verbeugung, „hoffentlich ist er deiner würdig!"

Überrascht sah Božena ihn an und glaubte, nun doch ein verdächtiges Augenzwinkern gesehen zu haben, aber sie war sich nicht sicher. Bevor sie sich vergewissern konnte, war der Mann auch schon in einer Seitengasse verschwunden.

Er hatte ein gefährliches Spiel gespielt, aber es war ihm wohl gelungen, dachte der Soldat bei sich, nachdem er in die Seitengasse entschwunden war. Er wollte eigentlich ungesehen in die Stadt kommen, aber so hatte es auch funktioniert. Nicht einmal die Frau hatte etwas bemerkt. Bretislav, sein Dienstherr, hatte ihn wirklich gut auf diese Aufgabe vorbereitet!

Nun aber musste er schnell den Auftrag erfüllen. Zu seiner eignen Sicherheit holte er den kleinen Dolch, den er in seinem Bündel versteckt hatte, heraus und befestigte ihn an seinem Gürtel. Dann ging er zurück auf den Marktplatz, wo ein geschäftiger Trubel herrschte. Niemand achtete auf ihn, als er geradewegs auf das Gasthaus der Säumer zusteuerte. Dort sollte er einem Säumer namens Vladja heimlich eine Nachricht übergeben. Die Schwierigkeit war, dass der Mann nichts davon wusste und er selbst den Säumer noch nie gesehen hatte.

In der Wirtsstube war eine stickige Luft und durch die kleinen Fenster fiel nur wenig Licht. Während er auf einen der hinteren Tische zuging, sah sich der Soldat im Raum um. Es waren nur wenige Gäste anwesend, die alle in kleinen Gruppen an verschiedenen Tischen saßen. Nachdem er sich ein Bier bestellt hatte, betrachtete er jeden einzelnen Gast, aber keiner passte auf die Beschreibung, die man ihm gesagt hatte. Es blieb ihm nichts anderes übrig, als zu warten.

Daheim herrschte die gleiche Leere, die Božena schon seit Jahren empfand. Seit ihrem ersten Tag im Langhaus hatte sie sich nach dem Haus ihrer Eltern gesehnt, das inzwischen zum Stall geworden war. Sie stellte den Honig in der Küche ab und füllte einen Krug mit Wein, um nach Marek zu sehen.

Ihr Mann stand in seinem Zimmer und sah aus dem Fenster hinaus, als Božena eintrat. Erschrocken drehte er sich um.

„Verdammt, was fällt dir ein, einfach hier hereinzuplatzen", fuhr er sie wütend an, doch Božena ließ sich nicht einschüchtern.

„Du vergisst wohl, dass ich deine Frau bin", antwortete sie trotzig, „sei froh, wenn wenigstens ich noch hier auftauche."

„Stell dich nicht so an! Ich könnte dir einfach befehlen, zu mir zu kommen", erwiderte Marek zornig und hielt ihr wortlos seinen Becher hin.

„Über all die Jahre war ich viel zu gutmütig zu dir", schimpfte er weiter, nachdem sie ihm eingeschenkt hatte, „mein Vater, Gott hab ihn selig, hat mich schon vor langer Zeit gewarnt, dass du mir eines Tages auf den Nase herumtanzen wirst."

„Du bist ungerecht", verteidigte sich Božena, „ich habe immer zu dir gestanden, welche Dummheit du auch begangen hattest!"

Kaum hatte sie den Satz zu Ende gesprochen, als ihr Marek den Wein ins Gesicht schüttete.

„Dummheiten?", rief er wütend, „ich habe Dummheiten gemacht? Schau, dass du weg kommst, ich will dich heute nicht mehr sehen!"

Damit drehte er sich ab und sah wieder zum Fenster hinaus. Božena verließ schnell den Raum und rannte in ihre Kammer, wo sie sich schluchzend auf ihr Bett warf und wütend auf das Kissen einschlug. Sie war sich nicht sicher gewesen, ob sie Marek von den Plänen gegen ihn erzählen sollte. Nun aber war sie überzeugt davon, ihn ins offene Messer laufen zu lassen, was auch immer mit ihm passierte.

Es dämmerte bereits, die Gaststube hatte sich mehr und mehr gefüllt, als endlich ein Mann eintrat, der auf die Beschreibung passte. Was den Soldaten in seiner Annahme bestätigte waren die Reaktionen der anderen Säumer. Sie begrüßten den groß gewachsenen Mann mit viel Respekt und jeder schien seine Autorität anzuerkennen.

„Vladja, setz dich zu uns", rief ein Säumer durch den Raum, woraufhin Vladja auf den Tisch geradewegs zusteuerte, wo man ihm bereitwillig Platz machte. Der Wirt brachte ihm sofort einen Krug Bier und Vladja zog ihn kurz zu sich hinunter, um ihm etwas ins Ohr zu flüstern. Die verstohlenen Blicke des Wirtes verrieten dem Soldaten, dass sie über ihn sprachen, aber er ließ sich nichts anmerken. Im Grunde war ihm das nur recht, denn nachdem er den Namen des Säumers gehört hatte, wusste er, dass es der richtige war. Aber er musste sich noch eine ganze Weile gedulden, bis sich endlich die Gelegenheit bot, Vladja anzusprechen. Einige Säumer hatten das Gasthaus bereits verlassen und gerade waren zwei der Männer an Vladjas Tisch dabei, sich zu verabschieden, als der Soldat Vladja mit einer Handbewegung zu sich rief.

„Was willst du", fragte Vladja misstrauisch und setzte sich ihm gegenüber an den Tisch.

„Gehen wir an einen ruhigen Ort."

Vladja sah sich kurz um und antwortete dann in einer Weise, die keine Widerrede zuließ.

„Hier ist niemand mehr, für den deine Nachricht nicht bestimmt sein könnte."

Der Soldat sah ihn zweifelnd an, aber schließlich fügte er sich.

„Also gut. Mich schickt Bretislav, Sohn des Herzogs von Böhmen", begann er flüsternd, „ich soll dir dies hier von ihm geben."

Damit legte er die linke Hand flach auf die Tischplatte und schob Vladja etwas zu. Es war ein kleiner Beutel mit reicher Verzierung, die aber deutlich abgegriffen war. Der Beutel hatte gewiss einmal schöner ausgesehen und Vladja konnte sich auch noch sehr gut an diese Zeiten erinnern, denn er erkannte sofort Jans alten Salzbeutel.

„Woher hast du den?", fragte er in der ersten Überraschung.

„Wie ich sehe, weißt du, was es damit auf sich hat", fuhr der Soldat erleichtert fort, „Bretislav trägt dir auf, es seinem Besitzer zurückzugeben."

„Es ist deinem Herrn bewusst, dass..."

Vladja stockte kurz, denn er hätte beinahe Jan beim Namen genannt, aber das schien ihm doch zu riskant.

„dass der Besitzer irgendwo in Passau lebt und das ist weit weg von hier!"

Es war der letzte Aufenthaltsort, der Vladja bekannt war.

„Du irrst", belehrte ihn der Soldat, „mein Herr hat ihn benachrichtigt. Er ist auf dem Weg hierher."

„Das macht die Sache nicht einfacher", erwiderte Vladja nachdenklich, „wie soll ich ihn finden, wenn er selbst unterwegs ist. Ich kann schlecht Richtung Passau laufen. Es gibt zu viele Pfade und Wege!"

„Es ist viel leichter, als du denkst."

Wieder schob der Soldat dem Säumer etwas zu, diesmal war es ein Stück versiegeltes Papier, doch Vladja nahm es nicht einmal in die Hand.

„Ich kann nicht lesen."

Der Soldat war verlegen, denn mit dieser Antwort hatte er nicht gerechnet.

„Ich auch nicht", antwortete er ratlos und wollte den Brief schon wieder wegstecken.

„Halt! Lass ihn mich trotzdem öffnen. Vielleicht ist dein Herr ja schlauer, als wir beide denken."

Mit einer vorsichtigen Handbewegung brach er das Siegel und breitete das Papier umständlich auf der Tischplatte aus. Es war das erste Mal, dass er einen Brief öffnete.

„Nicht dumm", sagte er nur, nachdem er das Papier eingehend betrachtet hatte.

Auf dem Papier waren einige Punkte eingezeichnet, dazwischen ein dichter Wald, durch den verschiedene Linien liefen.

„Das ist die Šumava", erklärte Vladja dem Soldaten, der mit der Karte nichts anfangen konnte, und deutete auf den Wald, „hier ist Deggendorf und die Kirche weiter unten, dass muss das Kloster Niederaltaich sein. Auf der anderen Seite des Waldes sind wir, hier in Klatovy. Und die Burg..."

„...ist Horažďovice", beendete der Soldat den Satz und betrachtete fasziniert die Zeichnung. „Dort befindet sich mein Herr zurzeit. Er wird bald nach Klatovy kommen und den Kaufmann gefangennehmen."

Der Soldat hatte sich so weit zu Vladja hinüber gebeugt, wie möglich und flüsterte nur noch. Vladja sah ihn mit großen Augen an.

„Dazu kommt er also wieder zurück", folgerte er sofort und meinte damit Jan. „Ich soll ihn finden und ihm alles erklären!"

Der Soldat nickte zur Antwort.

„Er soll nur sicher in Klatovy ankommen, bis dahin ist alles andere schon passiert."

„Dann lass uns auf ein gutes Gelingen anstoßen", prostete ihm Vladja zu und am liebsten hätte er vor lauter Begeisterung alle anderen gleich eingeweiht. Aber er wusste, dass es dazu noch zu früh war, auch wenn sich unter den Säumern einiges verändert hatte.

***

Es war noch dämmrig, als die ersten Vögel mit ihrem fröhlichen Lied den neuen Tag begrüßten. Nach den harten Wintermonaten erwachte die Šumava langsam zum Leben. Erste Blätter bildeten sich an den kahlen Ästen der Laubbäume und die Eichhörnchen sprangen munter durchs Geäst.

Unter einem Felsvorsprung glühten die letzen Holzscheite eines kleinen Feuers, neben dem ein längliches Knäuel aus Fellen und Wolldecken auf einer dicken Schicht von Fichtenreisig lag. Auch wenn der Frühling unaufhaltsam die Täler des Gebirges eroberte, waren die Nächte noch immer bitterkalt.

Die erste Nacht war für Jan eine Qual gewesen, da er nicht mehr daran gewöhnt war, im Freien zu schlafen. Ihn störte die Feuchtigkeit, die sich durch alle Ritzen ihren Weg bahnte, er vermisste das weiche Heulager, auf dem er die letzten Jahre geschlafen hatte und ihm fehlte zur seiner eignen Überraschung das nächtliche Schlagen der Glocke. Doch schon bald hatte sich sein Körper wieder an die kalten und feuchten Nächte gewöhnt und nun schlief er immer tief, bis ihn das Vogelgezwitscher weckte.

Seit er Gunthers zerstörte Klause hinter sich gelassen hatte, war es sein festes Bestreben, den Mönch zu finden. Seine Rückkehr nach Klatovy und auch sein Treffen mit

Bretislav waren für ihn in den Hintergrund gerückt. Er fürchtete um Gunthers Leben und hoffte, ihm rechtzeitig zur Seite zu stehen. Die Übermacht der Räuber beunruhigte ihn nicht.

Auf seiner Suche streifte er durch die weiten Wälder, folgte den Bächen und bestieg die baumfreien Gipfel, um sich zu orientieren. Seit drei Tagen hatte er so weite Strecken zurückgelegt, ohne einen Hinweis auf Gunther oder andere Menschen zu finden. Mit jedem Schritt schwand seine Hoffnung, den Mönch jemals zu finden.

Er stieg gerade eine leichte Anhöhe hinauf, als er auffällige Geräusche in nicht allzu weiter Entfernung hörte. Trockene Äste knackten und das noch nicht verrottete Laub am Boden raschelte.

Jan stellte sich hinter einen Felsen und lauschte eine Weile. Er überlegte, ob es vielleicht eine Rotte von Wildschweinen war, die im frostfreien Boden nach Eicheln suchten, oder ob ein Hirsch sich an einem Baum schabte. Dabei fiel Jan ein, dass er nun schon seit drei Tagen nichts anderes mehr gegessen hatte, als die Vorräte, die Levi ihm mit dem Pferd gegeben hatte. Vor lauter Eile hatte er sich nie die Zeit genommen, etwas Wild zu jagen. Doch nun schien sich eine wunderbare Gelegenheit für eine schnelle Jagd zu ergeben.

Schnell band er das Pferd an einem Baum fest und nahm seinen Bogen zur Hand. Gebückt setzte er vorsichtig einen Fuß vor den anderen, um das Wild nicht durch einen unvorsichtigen Tritt zu warnen. Immer wieder blieb er stehen, damit er sich der Geräusche versichern konnte. Sie kamen aus einem lichten Bestand von Eichen, von dem Jan nur noch durch ein kleines Dickicht verdeckt war.

Bevor er noch näher ging, legte er einen Pfeil in die Sehne. Dann schlich er am Rand des Gebüschs entlang. Mit jedem Schritt konnte er ein Stück mehr der freien Fläche unter den Eichen einsehen, aber noch sah er kein Tier. Trotzdem hörte er die Geräusche, zu denen jetzt, da Jan sehr nah war, noch ein schweres Schnaufen hinzukam.

Jan hielt den Bogen schußbereit vor sich und beugte sich nach vorne.

Ihm fiel ein kleiner Baumwipfel auf, der heftig von einer Seite zur anderen wankte. Jan freute sich bereits auf einen Hirschbraten, als er zu seiner Überraschung zwei Männer entdeckte, die sich an dem Baumstamm zu schaffen machten. Mit vereinten Kräften versuchten sie, den Baum zu entwurzeln, wobei ihnen das entsprechende Werkzeug fehlte.

Jan überdachte die Situation einen Augenblick lang. Von seiner Position aus konnte er schnell einen Mann mit dem Bogen erschießen, doch dann würde der zweite fliehen und Jan konnte keine Informationen bekommen. Also musste er sich auf einen Kampf gegen die zwei Männer einlassen, doch davor scheute er sich nicht. Seine Gegner waren erschöpft von ihrer Arbeit und er konnte den Moment der Überraschung für sich nutzen.

Rasch legte er den Bogen zur Seite, zog sein Schwert und rannte geradewegs auf seine Gegner zu. Die waren derart mit dem Baum beschäftigt, dass sie Jan erst viel zu spät bemerkten. Bevor einer der beiden seine Waffe zur Hand nehmen konnte, war Jan bei ihnen und schlug den ersten mit der Breitseite seines Schwerts bewusstlos. Der zweite Mann hatte zuerst geschickt ein paar Schritte rückwärts gemacht, um Jans Waffe zu entgehen.

Nun stand er kampfbereit mit dem Schwert in der rechten und einem kleinen Dolch in der linken Hand Jan gegenüber. Er wunderte sich, woher der ungestüme Angreifer plötzlich aufgetaucht war, denn sonst kannte er die Menschen der Šumava. Schließlich war er einer der ersten gewesen, die sich dem Wikinger angeschlossen hatten.

Sollte ihn nun die Strafe für all seine Verbrechen ereilen, die er in den vergangenen Jahren begangen hatte? Doch er wollte sich nicht kampflos ergeben.

„Was willst du von uns", fragte er, um etwas Zeit zu gewinnen. Er hatte bereits den Herbst des Lebens erreicht und der junge Baum war hartnäckiger gewesen, als er gedacht hatte.

„Deine Seele gehört bereits dem Teufel", erwiderte Jan provozierend, „und dein Leben ist auch nichts wert. Aber was ich wissen will, das werde ich dir noch aus dem Kopf quetschen."

„Eine Predigt brauche ich nicht, dafür gibt es bessere Menschen als dich", widersprach der alte Räuber zynisch. Er versuchte noch immer, seinen Gegner einzuschätzen. Die Kleidung war die eines Säumers, aber kein Säumer wagte sich, alleine zwei Männer des Wikingers anzugreifen. Er wollte noch etwas Zeit gewinnen, aber bevor er den nächsten Satz sprechen konnte, musste er einen schnell ausgeführten Schwerthieb abwehren.

Jan wollte nicht länger diskutieren. Er wusste nicht, ob außer den beiden Männern noch mehr Räuber in der Nähe waren. Je schneller er beide überwältigte, desto besser. Außerdem konnte der Mann am Boden auch wieder zu Bewusstsein kommen und einen Kampf mit zwei Haudegen auf einmal wollte Jan vermeiden.

Er schlug mit dosierten Kräften zu, um den Mann nicht mehr als nötig zu verletzen, aber seine Angriffe kamen gezielt und folgten schnell aufeinander. Sein Gegner wehrte sich nach Kräften, wobei er geschickt Schwert und Dolch einsetzte. Während er Jans Paraden mit dem Schwert zur Seite ablenkte, stieß er mit dem Dolch nach. Einige Male verfehlte er Jan nur um Haaresbreite.

Keiner der beiden Gegner schaffte es, den anderen zu täuschen. Die harten Eisenklänge hallten durch den Wald und die Kämpfer trieben sich gegenseitig über die Lichtung. Jan fragte sich, wie lange es wohl dauerte, bis andere Räuber sie entdeckten.

Schließlich forcierte er die Härte seiner Schläge, woraufhin der andere die Wucht des Aufschlags nicht mehr abfangen konnte und strauchelte. Aber der Räuber schaffte es, rechtzeitig wieder auf die Beine zu kommen. Seinen Dolch hatte er inzwischen weggeworfen, weil er beide Hände benötigte, um das Schwert zu halten.

Seine Kräfte schwanden und er sehnte das Ende des Kampfes herbei. Als Jan einmal kurz auf den Boden sah, weil ihn eine Wurzel irritiert hatte, fasste der alte Räuber all seinen Mut zusammen und griff Jan mit einem gewaltigen Schlag an.

Das Eisen blitzte in der Sonne, als der Räuber ausholte. Jan bemerkte das reflektierte Licht und machte intuitiv einen Schritt zur Seite. Das Schwert sauste durch die Luft, doch es verfehlte sein Ziel. Dadurch verlor der alte Mann das Gleichgewicht und fiel vorne über.

Sofort stand Jan über ihm und setzte ihm die Schwertspitze an die Kehle.

„Wenn du dich bewegst", drohte Jan, „stoße ich zu."

Schwitzend lag der Räuber unter ihm und nickte eingeschüchtert.

Jan hatte einige Riemen in seiner Gürteltasche, mit denen er nun seinen besiegten Gegner fesselte und zu dem Baum zurück schleppte. Dort lag der zweite Räuber noch immer regungslos am Boden.

Bevor sich Jan näher mit den beiden beschäftigte, betrachtete er zuerst den Baum, dessen Wurzel standfester gewesen war als die beiden Räuber. Zuerst konnte er nichts Auffälliges entdecken. Erst als er einmal um den Stamm herum gelaufen war, fiel ihm ein kleines Kreuz auf, das in die Rinde eingeritzt worden war.

„Was soll dieses Zeichen bedeuten?", fragte er den gefesselten Mann.

„Welches Zeichen?", fragte der unschuldig zurück.

„Du bist nicht in der Situation, um freche Sprüche zu machen", warnte ihn Jan und unterstrich seine Warnung mit einem Stoß in die Rippen.

„Es ist ein Kreuz", antwortete der Mann nach Luft schnappend, „wir wissen nicht, was es zu bedeuten hat."

Jan wusste, dass er angelogen wurde, aber er hatte keine Zeit, um den Mann gesprächiger zu machen. Auch überlegte er, was er überhaupt mit seinen Gefangenen anstellen sollte. Mitnehmen konnte er sie auf keinen Fall, aber wenn er sie freiließ, hatte er in wenigen Stunden eine ganze Meute von Räubern hinter sich.

Deshalb beschloss er, ihnen einen Denkzettel zu verpassen.

„Das glaube ich dir nicht", sagte er laut und band dem Mann einen langen Strick um die Hände. Den warf er dann über einen starken Ast und zog auf der anderen Seite so lange, bis der Mann eine Handbreit über dem Boden schwebte. Erschrocken brüllte der Mann auf, woraufhin Jan ihm einen Knebel in den Mund steckte.

Danach wandte sich Jan dem zweiten Räuber zu, der noch immer nicht bei Sinnen war. Ihn band er nach seiner gewohnten Art um einen Baumstamm herum an Händen und Füßen fest.

„Willst du mir immer noch nicht sagen", fragte Jan den aufgehängten Räuber erneut, „was dieses Zeichen bedeuten soll?"

Nun nickte der Mann fleißig und gab Jan mit wilder Mimik zu verstehen, dass er sprechen wollte. Aber Jan nahm ihm den Knebel nicht mehr ab, da er befürchtete, dass der Mann dann wieder schreien würde.

„Hat das Zeichen vielleicht ein Mönch gemacht?", stellte er stattdessen eine weitere Frage, denn inzwischen war ihm ein Gedanke gekommen.

Ein zustimmendes Kopfnicken bestätigte seine Vermutung. Gunther war also weiter in die Šumava vorgedrungen, wahrscheinlich wollte er sich vor dem Abt verstecken, um nicht wieder ins Kloster zu müssen.

„Lebt der Mönch noch?"

Der Gefangene nickte wieder.

„Ist er euer Gefangener?"

Diesmal verneinte der Räuber und versuchte wieder, Jan dazu zu bewegen, ihm den Knebel aus dem Mund zu nehmen. Jedoch Jan reagierte nicht. Was er gehört hatte, beruhigte ihn und er war sich auch sicher, dass der Räuber die Wahrheit sagte. Gunther war noch am Leben und wenn Jan den Kreuzen folgte, dann kam er direkt zu Gunther.

„Sag deinem Anführer, dass er sich in Acht nehmen soll. Seine Zeit ist abgelaufen!"

Dann wandte sich Jan um und verließ die Lichtung in die entgegengesetzte Richtung, als der, aus der er gekommen war. Hinter ihm strampelte der Räuber verzweifelt und versuchte, mit den Füßen den Boden zu erreichen, aber das Seil gab nicht nach, sondern schnürte sich nur noch fester um seine Hände.

In einem großen Bogen erreichte Jan das Pferd, band es los und lief den Rest des Tages unermüdlich weiter, um möglichst weit weg von der Kampfstelle zu kommen. Unterwegs stieß er auf zwei weitere in Rinde geritzte Kreuze. Die Räuber hatten wohl versucht, Gunthers Weg zu vertuschen, indem sie die Kreuze vernichteten. Dabei konnten sie natürlich keine Werkzeuge benutzen, denn ein abgesägter Baumstamm war zu auffällig.

Abends fiel ihm ein, dass es für die Räuber ein leichtes war, ihn zu verfolgen, da die Pferdespuren ihn verrieten. Deshalb schlupfte er dem Pferd feste Leintücher über die Hufe, um die Abdrücke zu verwischen und wanderte noch während der Nacht weiter, auch wenn das in der Šumava wegen des schlechten Untergrundes und den geringen Orientierungsmöglichkeiten sehr gefährlich war.

Nachdem er nun mehr über Gunthers Verbleib wusste, wollte er auf schnellstem Weg nach Klatovy kommen. Den Mönch wollte er später besuchen, wenn alles wieder im Lot war.

Der Morgen versprach einen schönen Tag, dennoch war die Stimmung denkbar schlecht. An den Feuerstellen bereiteten die Frauen Essen vor, während einige der Männer damit beschäftigt waren, die Schäden des Winters an einer Hütte auszubessern.

Im Lauf der Jahre hatte sich eine kleine Siedlung um die Höhle gebildet, welche die erste Behausung der Räuber gewesen war. Doch konnte man nicht von Häusern sprechen, wenn man die windschiefen Hütten betrachtete. Da es vor allem ein Versteck war, hatte man nie begonnen, rundherum den Wald zu roden, um etwas Getreide anzubauen. Lediglich ein paar Schweine lagen in einem verschlammten Gehege. Die Lage des Verstecks war so gut gewählt, dass man es nur aus der näheren Umgebung sah, doch zuvor hatten die Räuber jeden Eindringling erspäht.

In den Hütten lebten inzwischen auch Frauen, die zum Teil freiwillig gekommen, zum Teil aber auch hierher verschleppt worden waren. Auch Kinder hatten hier das Licht der Welt erblickt und kannten nichts anderes als die trostlosen Hütten im unwegsamen Wald.

Es schien eine eigene Welt zu sein, doch in der letzten Zeit kam eine schlechte Nachricht nach der anderen. Angefangen hatte alles noch im letzten Jahr mit den Häschern, die den Wikinger ermorden wollten. Danach hatte man den widerspenstigen Mönch entdeckt, der sich nicht von ihnen einschüchtern ließ, sondern sogar noch näher zu ihnen gekommen war. Außerdem warteten sie noch immer auf das Geld, das ihnen der Wikinger vollmundig versprochen hatte, ohne Taten folgen zu lassen.

Die letzte Hiobsbotschaft war am Vortag eingetroffen, als man zwei der ihren ins Lager gebracht hatte, die von einem unbekannten Mann überwältigt und gefesselt worden waren.

Der Wikinger hatte ihnen viele Fragen gestellt über das Aussehen des Mannes, seine Sprache und den Grund, warum er sich in die Šumava wagte. Die beiden Männer berichteten von einem Säumer, der nach dem Mönch gefragt hatte und auch den Wikinger kannte. Die Antworten schienen ihren Anführer nicht beruhigt zu haben, denn er schickte sofort einen jüngeren Slawen los, der im Kloster Niederaltaich etwas ausspähen sollte. Gleichzeitig ließ er seine Gefolgsleute in kleineren Gruppen in den Wald ausschwärmen, um den einzelnen Säumer ausfindig zu machen und ihn lebend gefangen zu nehmen.

Jetzt warteten sie auf die Rückkehr der Männer, aber jeder hatte seine Zweifel. Wie konnte es sein, dass ein einzelner Säumer zwei kampferprobte Männer besiegte? Hatten die anderen dann eine Chance, ihn zu fangen?

In diese Stimmung kam eilig ein Bursche angelaufen, der am Vortag mit einer der Gruppen aufgebrochen war.

„Wir haben ihn", rief er schon von weiten und sofort sammelte sich eine kleine Menschentraube, die neugierig auf seinen Bericht wartete. Aber der Bursche begann erst, als der Wikinger aus der Höhle gekommen war und ihn aufforderte zu berichten.

„Es war gestern abend", begann der junge Räuber hastig, „wir sind den Saumweg entlang Richtung Klatovy gelaufen. Plötzlich hörte ich ein Rascheln im Unterholz."

Er machte eine Pause, um seine Leistung besser hervorzuheben.

„Wir umstellten das Dickicht und zwei von uns gingen hinein. Bald darauf gab es einen Kampf, aber ich konnte nicht sehen, was genau passiert ist. Jedenfalls haben wir den Säumer überwältigt und ich wurde vorausgeschickt, um euch zu benachrichtigen!"

„Das hast du gut gemacht", lobte ihn der Wikinger. „Nimm dir zwei andere mit, damit ihr die anderen Gruppen zurückholt!"

Im ganzen Wald hatten die Räuber Plätze eingerichtet, wo sie versteckte Nachrichten hinterlegten. Auf diese Weise konnten sie sich verständigen, ohne zu wissen, wo die anderen gerade waren.

***

„Geh in Frieden, deine Sünden sind Dir vergeben!"

Gunther verabschiedete den bußfertigen Mann und ging wieder in seine kleine Klause zurück. Es war in dieser Woche schon der dritte Gefolgsmann des Wikingers gewesen, der bei ihm beichtete. In den ersten Monaten, als er noch in seiner Klause am Ranziger Berg lebte, hatten ihm die Räuber immer wieder nächtliche Besuche abgestattet, bei denen sie seinen Kräutergarten verwüsteten, Brennholz stahlen oder ein Feuer in der Nähe der Klause legten. Die Schäden sah Gunther als eine Prüfung Gottes an, sich auf ihn zu verlassen und er ließ sich nicht einschüchtern. Trotzdem fürchtete er nicht nur einmal um sein Leben.

Die Tage verbrachte er damit, seinen Pfad nach Norden fortzusetzen. Bald war er so weit vorgedrungen, dass er nicht am gleichen Tag wieder zur Klause zurückkehren konnte. Deshalb richtete sich etwas tiefer im Wald einen Lagerplatz in einer Höhle ein. So konnte er bis zu den ersten Schneefällen noch ein Stück weiterkommen.

Nachdem die schwersten Wintertage vorüber waren und die Schneeschmelze eingesetzt hatte, setzte er seine Arbeit fort und erreichte bald darauf einen weiten Talkessel, in dessen Senke eine Lichtung lag, die bereits vom Schnee befreit war. Glücklich über diesen Anblick aufkeimenden Lebens beschloß Gunther, auf einem kleinen Berg in der Nähe eine zweite Klause zu errichten.

Er kehrte noch einmal zu seiner alten Klause zurück und nahm seine wenigen Habseligkeiten mit. Sein Versprechen, im Frühling nach Niederaltaich zurückzukehren hatte er zwar nicht vergessen, aber er hoffte auf ein Wunder.

Jetzt lebte er bereits zwei Monate an dem neuen Ort und seitdem hatte sich auch das Verhältnis zu den Räubern verändert. Seit sie eingesehen hatten, dass sie ihn nicht vergrätzen konnten, suchten sie das Vorteilhafte an seiner Anwesenheit.

Bald schon kam der erste Wegelagerer, um seine Beichte abzulegen, die ihm Gunther auch zusprach. Inzwischen kamen sie auch in kleinen Gruppen und Gunther predigte zu ihnen und riet ihnen, vom falschen Weg umzukehren. Er hoffte, so auch irgendwann den Wikinger zur Umkehr zu bewegen, denn der Anführer hatte sich noch nie blicken lassen. Gunther nahm an, dass die Männer heimlich zu ihm kamen und dem Wikinger verschwiegen, dass er tiefer in die Šumava gezogen war.

Wenn er nicht gerade seine Gebetszeiten hielt oder einem seiner seltenen Besucher die Beichte abnahm, dann baute Gunther an einer kleinen Kapelle neben seiner Klause. Aber die Arbeit war hart und beschwerlich und er kam nur langsam voran. Täglich betete er, dass er lange genug in der Šumava bleiben durfte, um diese Kapelle fertigzustellen.

Er war gerade dabei, einen Baum zu fällen, als aus dem Wald ein junger Räuber erschien, der beinahe regelmäßig Gunther aufsuchte, um zu beichten und mit ihm zu reden. Er hieß Pavel und kam aus Sušice, wo er vor ein paar Monaten einen Händler bei einer Schlägerei getötet hatte. Nur durch die Flucht in die Šumava konnte er sein Leben retten. Gunther hatte das Gefühl, dass Pavel, ein grundgütiger Mensch mit zuviel Kraft in den Armen, nach einem Ausweg aus dem Räuberdasein suchte.

Wenn er sonst Gunther besuchte, half er ihm zuerst bei der schweren Rodungsarbeit, wo er seine Kraft die Bäume spüren ließ. Danach bot ihm Gunther Essen und frisches Wasser an und sie begannen zu reden.

Diesmal hatte er keine Zeit für die Arbeit, sondern redete wie ein Wasserfall auf Gunther ein, wobei er mit Händen und Füßen nachhalf, wenn ihm das passende Wort nicht einfiel.

„Sie haben den Säumer gefangen! Der Wikinger wollte ihn lebend haben. Ich war auch dabei, aber ich habe nicht viel gemacht!"

„Welchen Säumer", fragte Gunther und versuchte Pavel etwas zu beruhigen. Grundsätzlich war es nichts besonderes, dass ein Säumer gefangen genommen wurde oder gar getötet.

„Einen Säumer von Klatovy", erklärte Pavel eilfertig, „er soll guter Kämpfer sein, aber wir hatten kein Problem mit ihm. Der Wikinger hat Angst vor dem Säumer, glaube ich."

Gunther wurde hellhörig.

„Weißt du den Namen des Säumers?"

„Nein, habe nicht danach gefragt", antwortete er und war selbst enttäuscht, dass er Gunther keine besseren Hinweise geben konnte.

„Wie sah der Säumer aus? War er jung oder schon älter", drängte Gunther unruhig.

„Schon älter. Wollte nach Klatovy, hat der Wikinger gesagt", ergänzte Pavel und wurde plötzlich nachdenklich.

„Ist Jan auf dem Weg nach Klatovy?", überlegte Gunther laut und achtete nicht weiter auf Pavel, der sich verlegen am Kopf kratzte. „Wenn der Wikinger Jan gefangen hat, dann Gnade ihm Gott! Dieser Sturkopf aber auch!"

Gunther versuchte, einen Weg zu finden, wie er Jan am besten helfen konnte, aber was sollte er alleine schon unternehmen? Früher hätte er sein Schwert genommen und wäre losgeritten, doch jetzt war er ein Mönch! Sollte er wirklich nur beten? Weit und breit war kein Mensch, den er um Hilfe bitten konnte!

„Der Wikinger hat gelogen", sagte da Pavel mitten in Gunthers Überlegungen hinein.

„Wie meinst du das", wunderte sich Gunther und befürchtete, dass Pavel nun ein religiöses Gespräch anfangen wollte und den Ernst der Lage nicht verstand.

„Der Wikinger hat gesagt", erklärte Pavel langsam, um seine eigenen Gedanken zu verstehen, „dass der Säumer nach Klatovy geht. Aber das stimmt nicht. Der Säumer ist aus Klatovy gekommen. Es ist die falsche Richtung!"

Pavel sah Gunther mit Stolz geschwellter Brust an, aber der Mönch war von dieser Feststellung nicht so überzeugt. Jan konnte bereits in Klatovy gewesen sein und sich nun auf dem Rückweg nach Niederaltaich befinden. Andererseits wäre Jan sicherlich bei ihm vorbeigekommen. Aber da fiel Gunther ein, dass er selbst auch nicht mehr dort war, wo ihn alle vermuteten und Jan ihn vielleicht nicht gefunden hatte. Gunther überlegte hin und her, ohne eine befriedigende Antwort zu bekommen. Pavel hatte sich inzwischen etwas beruhigt und saß schweigend auf einem Baumstumpf.

Schließlich fasste Gunther einen Beschluss, obwohl er wusste, dass er sich damit selbst in größte Schwierigkeiten brachte.

„Pavel, ich werde nach Klatovy gehen und mich umhören. Einem Mönch vertrauen die Menschen und ich kann vielleicht Näheres erfahren! Hilf mir, ein Bündel für unterwegs zu packen!"

Schnell waren die Vorbereitungen getroffen, denn Gunther brauchte nicht viel für seine Reise. Er spürte ein ungutes Gefühl, seine Klause so allein zurückzulassen. Er wusste, was der Wikinger mit seiner alten Klause gemacht hatte, kaum dass er ausgezogen war. Aber was blieb ihm anderes übrig. Er wollte nicht tatenlos im Wald sitzen, während um ihn herum ein unsichtbarer Kampf tobte.

„Mach nicht so ein Gesicht", heiterte Gunther Pavel auf, der ihn unsicher ansah, „ich werde nicht lange unterwegs sein. Geh zurück zu den anderen, aber erzähl niemandem, dass du bei mir warst."

„Ich gehe nicht zurück", widersprach Pavel tonlos, „ich habe Angst."

„Du hast Angst", fragte Gunther ungläubig, „du bist ein starker Mann! Wovor hast du denn Angst?"

„Ich fürchte mich vor dem Wikinger. Er wird merken, dass ich fehle!"

Gunther verstand sofort, was Pavel befürchtete. Es war Pavels sicherer Tod, wenn der Wikinger herausfand, dass er ihm von der Gefangennahme erzählt hatte. Aber Gunther hatte schnell eine Idee parat.

„Du brauchst nicht zurückzugehen", beruhigte er Pavel, „ich habe einen Auftrag für dich!"

Dankbar sah ihn Pavel voller Erwartung an. Gunther stellte sein Bündel wieder ab, ging zurück in seine Klause und kam nach einigen Minuten wieder heraus. In der Hand hielt er ein zusammengerolltes Stück Leder. Er hatte in Windeseile mit wenigen Worten einen Brief an Abt Godehard geschrieben, in dem er ihm mitteilte, dass er sich auf die Suche nach Jan machte. Gunther hoffte, dass der Abt das verstehen würde.

„Hier", wies er Pavel an und drückte ihm den Brief in die Hand, „bring dieses Leder ins Kloster Niederaltaich und sage, es ist für Abt Godehard!"

„Gerne, Pater, aber ich kenne den Weg nicht!"

„Siehst du das Kreuz dort in den Baumstamm geritzt", fragte Gunther, während er auf einen Stamm wies, „folge immer diesem Zeichen, dann wirst du bis an die Donau kommen. Von dort kannst du die Türme des Klosters bereits sehen. Beeile dich und lass dich nicht fangen!"

Mit den letzten Worten gab er ihm einen kleinen Stoß, um ihn aus seiner Lethargie zu wecken. Pavel nickte kurz und verschwand dann im Wald.

Gunther selbst sah ihm noch einen Augenblick nach, bevor er sich selbst auf den Weg machte. Er hatte sich von Pavel eine Beschreibung zum Saumpfad geben lassen, wo er sich dann einem Saumzug anschließen wollte.

Wiedersehen

Im Lager wurden die erfolgreichen Häscher mit Jubelrufen begrüßt. Schon lange nicht mehr hatte es solch eine Einheit unter dem bunt gewürfelten Haufen von Verbrechern, Taugenichtsen und Haudegen gegeben.

In der Mitte der gefeierten Schar stolperte ein groß gewachsener Mann mit, dem man einen Sack über den Kopf gezogen hatte, damit er den Weg zum Versteck nicht wiederfand, sollte er es jemals wieder lebend verlassen. Seine Kleidung war gezeichnet vom Kampf, an einigen Stellen war das Wams zerrissen und dreckverschmiert. Am Arm klaffte eine offene Wunde, an der sich der Stoff festgeklebt hatte. Die Füße waren wundgelaufen, denn die Sieger hatten ihm als Strafe für seinen erbitterten Widerstand die Schuhe ausgezogen.

Auch die Räuber waren nicht ohne Blessuren geblieben. Einer hatte eine Wunde an der Stirn und sein linkes Auge war geschwollen. Ein Zweiter hatte einen Schwerthieb am Bein abbekommen und konnte nur gestützt auf einen anderen Mann laufen.

Der Wikinger stand vor dem Eingang der Höhle und erwartete die Ankömmlinge. Als sie ihn erreicht hatten, stieß einer den Gefangenen von hinten, so dass der auf die Knie fiel.

„Wir haben ihn allein in der Nähe des Saumpfads gestellt", bestätigte der Anführer der Gruppe den Bericht der Burschen.

Aber der Wikinger schien etwas enttäuscht zu sein, denn nachdem er den Gefangenen genau betrachtet hatte, runzelte er zweifelnd die Stirn.

„Zieht ihm den Sack vom Kopf", befahl er und stellte sich genau vor den Gefangenen hin.

Der gefesselte Mann blinzelte einige Male mit den Augen, bis er sich an die Helligkeit gewöhnt hatte. Er war nicht besonders überrascht, den Wikinger vor sich zu sehen. Stattdessen überprüfte er die Wunde am Arm und versuchte vorsichtig, den Stoff etwas zu lösen. Dafür sah ihn der Wikinger etwas ratlos an.

„Was machst der gute Vladja alleine in der Šumava?", redete er laut zu sich selbst.

„Warum nimmst du mich einfach gefangen", erwiderte Vladja trotzig, „was habe ich dir getan?"

„Das Schicksal will es manchmal so, dass einem überraschende Dinge widerfahren", philosophierte der Wikinger, „aber in diesem Fall glaube ich nicht an Schicksal. Du bist aus einem ganz bestimmten Grund alleine in Šumava unterwegs."

Vladja sah ihn nur zornig an. Wieviel wusste der Wikinger?

„Das ist er überhaupt nicht", rief nun ein älterer Mann, der sich gerade durch den Kreis der umstehenden Kämpfer gedrängt hatte, an seinen Handgelenken waren Fesselspuren zu erkennen.

„Da erzählst du mir nichts Neues", nahm der Wikinger den Einwand gelassen zur Kenntnis, „der hat in seinem ganzen Leben noch nie viel Mut gezeigt!"

Wütend wollte Vladja auf den Wikinger losgehen, aber ein Schlag von hinten ließ ihn zu Boden stürzen.

„Aber dank ihm weiß ich jetzt sicher, wen wir suchen", fuhr der Wikinger fort, nachdem sich die Runde etwas beruhigt hatte. Vor allem die stolzen Fänger fühlten sich betrogen.

„Vladja wollte sich mit einem alten Bekannten treffen, nicht wahr?"

Vladja antwortete nicht, sondern blickte stumm zu Boden. Sein Kopf dröhnte vor Schmerzen.

„Die Säumer hoffen auf ihren Messias und wir werden ihm einen angemessenen Empfang bereiten."

Mit fragenden Gesichtern sahen die Räuber ihren Anführer an. Es war einer dieser Momente, wo ihnen bewusst wurde, dass vor ihnen nicht ihresgleichen stand, sondern ein gefallener Adeliger.

„Hört mir zu", wandte der Wikinger sich nun ihnen zu, „ihr müsst ab jetzt sehr aufmerksam sein, denn wir haben es mit einem gefährlichen Gegner zu tun."

„Gefährlich", fragte einer zynisch, „was ist an einem einzelnen Mann schon gefährlich. Wir legen ihm einen Hinterhalt und er ist erledigt."

„Dein Hirn werf ich ihm gleich vor die Füße, wenn du weiter so dummes Zeug schwatzt", brüllte der Wikinger wütend und alle zuckten angstvoll zusammen. Vladja war erstaunt, wieviel Respekt die Männer vor ihrem Anführer hatten. „Der Mann, der in unseren Wald eingedrungen ist, ist Jan Säumer!"

Nun kam einige Unruhe auf. Die einen waren überrascht, dass Jan überhaupt noch lebte, anderen fielen die alten Geschichten wieder ein, um den jüngeren zu erklären, um wen es sich bei dem ungebetenen Gast handelte.

Der Wikinger zog sich in die Höhle zurück, denn er wollte nachdenken. Mit Vladja hatte er ein gutes Pfand in der Hand, da er wusste, wie eng die beiden Säumer befreundet waren. Als er an Vladja dachte, fiel ihm ein, dass er keinerlei Anweisung gegeben hatte, wie mit dem Säumer zu verfahren sei.

Eilig lief er aus der Höhle und kam gerade noch rechtzeitig, um Vladja vor dem Schlimmsten zu bewahren. Die Meute hatte sich so in Rage geredet, dass sie schließlich wutentbrannt auf den gefesselten Säumer eingeschlagen hatte. Von allen Seiten prasselten Fäuste, Füße und Knüppel auf Vladja nieder, der vergeblich versuchte, sich zusammengerollt am Boden zu schützen. Doch bald wurden die Schmerzen unerträglich, die Schläge aber nicht schwächer. Schließlich verlor er die Besinnung.

„Lasst ihn leben", brüllte der Wikinger und warf sich zwischen seine eigenen Männer, wobei auch er von einigen Schlägen getroffen wurde, „wir brauchen ihn noch als Geisel!"

Als sich alle beruhigt hatten, befahl er, den bewusstlosen Säumer in eine Hütte zu legen und am Leben zu halten. Drei Männer trugen den schwer gezeichneten Körper davon.

***

Jan hatte die Šumava seit dem kleinen Kampf ohne weitere Schwierigkeiten durchquert. Zwei Tage später hatte er mittags den altbekannten Saumweg erreicht, dem er nun in Richtung Klatovy folgte.

Der Wald hatte sich verändert, seit er ihn zum letzten Mal durchwandert hatte, aber Jan kannte den Verlauf des Saumpfades noch immer so genau, dass er schnell vorwärts kam. In Gedanken an sein Vorhaben achtete er nicht auf die Umgebung oder den Weg. Sein Pferd trottete ihm artig an der losen Leine hinterher, doch war es aufmerksamer als sein Herr.

Plötzlich blieb es stehen und Jan glitt durch den Ruck die Leine aus der Hand.

„Komm schon", sagte er drängend, „wir haben es eilig."

Aber das Pferd ließ sich nicht bewegen, sondern schnupperte mit den Nüstern am Boden. Jan trieb es mit einem Ausruf an und zog noch einmal an der Leine, aber wieder sträubte sich das Pferd und antwortete mit einem lauten Wiehern.

„Dummer Gaul", schimpfte Jan und streichelte es am Hals, „du verrätst uns noch! Was hast du denn?"

Jan beugte sich zum Boden und fuhr mit der Hand über das verrottete Laub. Zuerst waren ihm die dunklen Flecken nicht aufgefallen, aber nun strich er mit zwei Fingern darüber, die sich rot färbten.

„Blut."

Jan schluckte. Als er sich genauer umsah, fand er Kampfspuren. Der Boden war von den vielen Fußspuren zerwühlt, an einigen Büschen waren Äste abgehauen und einem Baumstamm fehlte ein Stück Rinde. Stattdessen war an der Stelle der Einschlag von einer Axt oder einem Schwert zu erkennen.

„Braves Pferd", lobte Jan nun, als er das Tier an einem Ast festband, um sich näher umzusehen.

Da das Blut noch feucht gewesen war, konnte der Kampf noch nicht zu lange her sein. Jan versuchte, aus den Fußspuren zu erkennen, wie viele Männer an dem Kampf beteiligt waren, aber das einzige, was er sicher sagen konnte, war, dass eine Gruppe hoch überlegen gewesen war. Jan suchte den Boden weiter ab.

Er fand kleine Stofffetzen und ein kurzes Seil, dass einer der Kämpfer verloren haben musste. Doch dann fiel ihm ein weißer Fleck auf, der von einem Farnkraut verdeckt wurde. Jan erkannte sofort, dass es Salz war, aber wie war es auf den Waldboden gekommen? Die Antwort lag noch etwas tiefer im Farnkraut versteckt.

Dort lag ein kleiner Lederbeutel, der sich geöffnet hatte. Als Jan den Beutel aufgehoben hatte und genauer betrachtete, stieß er vor Schreck einen Schrei aus.

„Das ist ja mein Beutel!"

In seiner Hand hielt er den kleinen, schön verzierten Lederbeutel, den ihm sein Vater einst geschenkt hatte.

„Bretislav", schoss es ihm durch den Kopf. War Bretislav in die Šumava gegangen, um ihn zu treffen? Wusste jemand von ihren Plänen? Aber ein Herzogssohn konnte unmöglich alleine in so ein gefährliches Gebiet gehen, beruhigte sich Jan, doch blieben ihm Zweifel.

Wer sonst sollte diesen Lederbeutel haben? War es eine Falle?

Jan zog sein Schwert und spähte in den dichten Wald. In diesem Augenblick hörte er ein Pferd wiehern, wenn auch von fern. Trotzdem bekam Jan plötzlich Panik. Er rannte zu seinem Pferd, machte es los und führte es tiefer in den Wald, wo er es hinter einem Dickicht so festband, dass es sich nicht bewegen konnte.

Dann kehrte er zum Saumpfad zurück und suchte sich einen Platz oberhalb des Weges, von wo aus er eine gute Übersicht hatte. Vorsichtshalber legte er sich seinen Bogen zurecht.

Er brauchte nicht lange warten, bis er einen Saumzug sehen konnte, der nach Böhmen unterwegs war. In einer langen Reihe folgten fünfzehn Säumer mit ihren Pferden den vier Soldaten, die sie zu ihrem Schutz begleiteten. Jan zog ärgerlich eine Grimasse. Die Soldaten hatten in den letzten Jahren nichts gelernt. Sie liefen so nah zusammen, dass sie eine leichte Beute waren für Bogenschützen und eine Horde Räuber, die aus dem Hinterhalt angriffen! Am Ende des Zuges liefen wieder zwei Soldaten.

In gemächlichem Tempo kamen sie näher an Jans Versteck. Während sie an ihm vorübergingen versuchte Jan, ein bekanntes Gesicht zu erkennen, doch bei den ersten fünf hatte er kein Glück gehabt.

Die nächsten zwei waren in eine heftige Diskussion vertieft, wobei einer der Männer den anderen immer wieder mit herrischer Geste unterbrach. Jan brauchte einen Augenblick, bis er bemerkte, dass der Wanderer gar kein Säumer war, sondern ein Mönch!

Nun konnte ihn nichts mehr halten.

„Gunther", rief er freudig auf und rannte vor Begeisterung den Hang hinunter. Die verdutzten Soldaten glaubten an einen Überfall, als sie den einzelnen Waldläufer mit einem Bogen in der Hand bemerkten. Doch sie reagierten nicht weiter, als auch der Mönch losrannte.

„In der Šumava treiben sich lauter verrückte Menschen herum", brummte ein Soldat missmutig.

Nachdem sie sich herzlich begrüßt hatten, klärten Gunther und Jan die Situation auf, wobei jedoch Jan seinen Namen nicht erwähnte. Es war sein Glück, dass es ein Saumzug aus Sušice war, wo ihn keiner persönlich kannte.

Da der Tag schon fortgeschritten war, entschied sich der Zug für eine Rast. Jan und Gunther setzten sich etwas abseits, um in Ruhe sprechen zu können.

„Dann hat es also gestimmt", begann Gunther kopfschüttelnd, „du bist wieder ein Säumer und auf dem Weg nach Klatovy. Das Warten auf das Urteil des Königs hat sich also gelohnt!"

„Nicht ganz", druckste Jan, „ich bin von Niederaltaich geflohen, weil ich nicht mehr länger warten konnte. Bretislav erwartet mich in Klatovy!"

„Aber dann bist du jetzt geächtet!"

„Ruf es noch lauter", murrte Jan, „gerade von dir hätte ich so eine Bemerkung nicht erwartet!"

„Entschuldige", antwortete der Mönch kleinlaut, „ich wollte dich nicht verletzen. Aber wie stellst du dir das vor?"

„Mein Plan war, dass ich mich mit Bretislav treffe. Er muss etwas wissen, was mir hilft, sonst hätte er mich nicht benachrichtigt."

Jan erzählte Gunther von dem Inhalt des Briefes und was er danach getan hatte.

„Kurz bevor ihr gekommen seid, habe ich diesen Beutel hier im Farn gefunden", schloß Jan seinen Bericht und zeigte Gunther den Beutel. „Es war ein Geschenk meines Vaters und ich habe ihn immer bei mir getragen, bis ich ihn vor zwei Jahren Bretislav gegeben habe."

„Du hast ihn in der Šumava gefunden?", unterbrach ihn Gunther neugierig und besorgt zugleich.

„Ja. Er lag zwischen lauter Kampfspuren und ich habe auch ein paar Blutstropfen gefunden, die noch feucht waren."

Es herrschte ein kurze Pause, in der beide nachdenklich auf den Boden sahen.

„Aber was machst du eigentlich hier?", fragte Jan nach einiger Zeit.

„Ich war auf der Suche nach dir!"

Nun war es an Gunther, zu erzählen, was er erlebt hatte. Als er von Pavels Bericht sprach, wurde Jan immer nachdenklicher.

„Du sagst, er war alleine", unterbrach er Gunther.

„Pavel hat das so gesagt und darauf kann man sich verlassen", erwiderte der Mönch, „die einfältigen Menschen können nicht lügen."

„Bretislav würde nie alleine in den Wald gehen. Das kann er sich als Sohn des Herzogs nicht erlauben!"

„Pavel meinte, es war ein Säumer, der aus Klatovy gekommen ist", fuhr Gunther fort. „Deshalb wollte ich dorthin gehen, um mehr zu erfahren. Ich hatte Angst, du wärst durch die Šumava gegangen, ohne mich zu besuchen!"

Dabei zwinkerte er Jan zu, um ihn etwas aufzuheitern.

„Hoffentlich finden wir dort eine Antwort", seufzte Jan.

***

Es war der erste wirklich warme Tag des Jahres. Die Kinder tollten über den Burghof und ein paar faule Knechte sonnten sich auf dem Burgwall.

Bretislav spazierte zusammen mit Jitka über die Verteidigungsmauer. Er war nun schon seit fast zwei Wochen wieder in Horažďovice, aber es war nicht mehr wie früher. Jitka kam zwar noch jede Nacht zu ihm, aber sie wirkte steif und gezwungen. Bretislav wollte dem auf den Grund gehen. Vielleicht war sie das Spiel leid, im Auftrag ihres Vaters den Köder zu spielen.

„Was ist mit dir, Jitka", begann Bretislav vorsichtig, „du bist auf einmal so anders!"

Jitka antwortete nicht sofort und sie liefen ein paar Schritte schweigend nebeneinander her.

„Was hast du mit meinem Vater vor?", brach es dann plötzlich aus ihr heraus und ihre Augen blitzten Bretislav zornig an.

„Wie soll ich das verstehen", fragte Bretislav unschuldig, aber gleichzeitig überlegte er, wie sie etwas bemerkt hatte.

„Stell dich nicht so dumm an", beschimpfte ihn Jitka, „sonst bist du immer nur mit einer kleinen Gefolgschaft erschienen, aber diesmal hast du ein halbes Heer dabei!"

„Dreißig berittene Soldaten ein halbes Heer", erwiderte Bretislav lächelnd, „du übertreibst ein wenig."

„Deine dreißig Ritter können es leicht mit der gesamten Besatzung dieser Burg aufnehmen, weil sie viel besser ausgebildet sind!"

Bretislav fühlte eine innere Erleichterung. Sie wusste also nichts von den Landsknechten bei Pilsen. Hatte einer seiner Ritter zuviel geredet?

„Sag mir bitte", fuhr er selbstbewusst fort, „warum ich etwas gegen deinen Vater haben sollte. Er hat mich bisher immer gut behandelt!"

„Umso schlimmer ist deine Absicht", schrie ihn Jitka an, die sich nicht beruhigte, „du hast ihn nur benutzt, du niederträchtiger Nichtsnutz!"

Wie aus dem Nichts traf ihn ihre Hand hart im Gesicht. Bretislav packte blitzschnell ihren Arm und warf sie zu Boden. Seine Wange brannte.

„Hör mit gut zu, bevor du dich um deinen aufgeblasenen Kopf redest", fauchte er sie an, während sie wütend versuchte, sich aus ihrer Lage zu befreien.

„Dein Vater hat es sich selbst zuzuschreiben, wenn ihm etwas zustößt. Ich kann ihn verschonen, auch wenn er nicht ganz ohne Strafe ausgehen wird. Wenn du ihn jetzt aber gegen mich aufwiegelst, dann kann ich für nichts garantieren."

„Das ist Erpressung", keifte Jitka zurück, „hol dir doch den Kaufmann, wenn du noch kannst. Ich habe ihn nämlich gewarnt!"

Wütend sprang Bretislav auf und Jitka brachte sich schnell aus seiner Reichweite.

„Deinen Vater auch?", fragte er hastig.

„Nein, ich hatte Angst, er würde etwas Unüberlegtes unternehmen!"

„Gut. Damit hast du ihm vielleicht das Leben gerettet!"

„Nein, ich habe dein Leben gerettet", antwortete sie trocken.

„Wann hast du den Kaufmann gewarnt?"

Bretislav sah die Mühen seines Plans ins Leere laufen.

„Schon letzte Woche. Ich habe es seiner Frau erzählt!"

Bretislav musste schmunzeln. Es gab noch Hoffnung, denn vielleicht hatte Božena ihrem Mann nichts davon gesagt.

„Ich hoffe für dich, dass ich mein Ziel trotzdem noch erreiche. Sonst Gnade dir Gott", drohte Bretislav zornig, aber Jitka ließ sich nicht beeindrucken.

Mit einem hochmütigen Blick ging sie an ihm vorbei zur Treppe, die von der Mauer führte. Auf der ersten Stufe drehte sie sich um.

„Das nächste Mal, mein starker Ritter", säuselte sie mit süßer Stimme, „schlaft und redet nicht zur gleichen Zeit!"

Damit warf sie den Kopf in den Nacken und kehrte mit aufreizendem Schritt zum Wohnhaus zurück.

Bretislav trat vor Wut gegen eine Mauerzinne. Er selbst hatte seinen Plan verraten! Sein Augenmerk war immer nur auf Sudivoj gerichtet gewesen, dabei hatte sein Gegner neben ihm im Bett gelegen.

„Ich liebessüchtiger Hornochse", schalt sich Bretislav.

Als er sich beruhigt hatte, beschloss er, möglichst schnell zu handeln. Es machte keinen Sinn mehr, länger in der Burg zu warten und dabei eine Farce zu spielen, die längst durchschaut war. Trotzdem musste er Sudivoj unter Kontrolle halten.

Er rief drei seiner Ritter zu sich. Einem gab er den Befehl, die Landsknechte zu benachrichtigen, damit sie nach Klatovy vorrückten. Der zweite sollte mit zehn Mann in der Burg bleiben und aufpassen, dass Sudivoj weder die Burg verbarrikadierte, noch selbst die Flucht ergriff. Auf Jitka sollten sie ein besonderes Augenmerk haben. Bretislav traute ihr alles zu. Der letzte Ritter sollte die anderen alarmieren und zum Aufbruch bereit machen.

„Wir müssen zügig handeln", erklärte Bretislav seinen Gesinnungswandel wortkarg, „weil man unsere Plänen durchschaut hat!"

* * *

Ein wunderschöner Frühlingstag hatte gerade begonnen, auf dem Marktplatz bauten die Händler noch ihre Stände auf, während sich die ersten Säumer auf den Weg zur Šumava machten. Niemand in Klatovy erwartete etwas besonders an diesem Tag, vor allem nicht Marek, der in einem seiner Lagerräume die Güte des Salzes überprüfte, denn es passierte immer wieder, dass ein Fass undicht war und das Salz dadurch feucht wurde.

Seine Knechte vermieden es, in seine Nähe zu kommen, denn er hatte seit Tagen schlechte Laune, wofür es mehrere Gründe gab. Zum einen kamen dieses Jahr auffallend wenige Händler aus Pilsen nach Klatovy. Bisher hatte Marek an die anderen Händler sein ganzes Salz verkaufen können, aber wenn erst einmal mehr Saumzüge pro Tag in Klatovy eintrafen, waren nicht genug Abnehmer da. Aber niemand kannte den Grund für das Ausbleiben der Händler, weshalb Marek vor zwei Tagen einen Knecht los geschickt hatte, um Nachforschungen anzustellen.

Der nächste Grund war nicht ganz so offensichtlich. Marek wartete oder hoffte vielmehr auf eine Nachricht von Francis. Ihm war unwohl wegen der versteckten Bilder, für die sie letztendlich doch kein Geld bekommen hatten. Wenn man im Königreich sogar einen Herzog und seine Helfer deswegen abgesetzt hatte, was würde dann mit einem einfachen Kaufmann geschehen, sollte man ihm auf die Schliche kommen! Marek hatte in den letzten Wochen oft Albträume gehabt, in denen immer wieder Boženas Vater erschien und viele andere Menschen, denen er ihm Lauf der Jahre Leid zugefügt hatte.

Zuletzt litt seine Laune unter dem Fastengebot, das ihm Božena auferlegt hatte. Seit sie das letzte Mal bei ihren Großeltern gewesen war, wirkte sie so entspannt wie seit Jahren nicht mehr und trat ihm selbstbewusst entgegen, was sie früher nie getan hatte. Ihre letzte Entscheidung betraf seine Mahlzeiten. Um abzunehmen bekam Marek nur noch einmal pro Tag eine warme Mahlzeit und dazu abends etwas Brot. Was ihn besonders beschäftigte, war ihre Begründung für diese Einschränkung gewesen: „Du solltest dich daran gewöhnen, weniger zu essen!"

Wie hatte sie das gemeint? Diese Worte hatten ihn beunruhigt. War es eine Warnung gewesen oder doch bloß Sorge um seine Gesundheit?

Mitten in seine Gedanken platzte der Knecht, den er nach Pilsen geschickt hatte. Verstaubt vom langen Ritt, völlig außer Atem und übermüdet lehnte sich der Bote gegen einen Pfeiler.

„Sag schon, was bringst du für Neuigkeiten", forderte ihn Marek ungeduldig auf.

„Soldaten", schnaufte der Knecht, „viele Soldaten sind auf dem Weg hierher!"

Marek fiel vor Schreck ein Fass Salz zu Boden und der kostbare weiße Inhalt bedeckte den schmutzigen Boden.

„Es sind Landsknechte, die in Pilsen auf ihren Befehl gewartet haben. Jedem Händler wurde die Weiterfahrt verweigert, wenn er nach Klatovy wollte. Jetzt sind die Landsknechte aufgebrochen. Ich konnte gerade noch rechtzeitig losreiten."

„Wer schickt sie?", erkundigte er sich mit belegter Stimme.

„Der Herzog persönlich und sie werden befehligt von seinem Sohn Bretislav."

„Wieso hat Sudivoj mich nicht gewarnt", überlegte Marek und ballte seine Fäuste, „für was habe ich ihm all die Jahre einen Anteil gezahlt?"

„Sudivoj weiß nichts von den Soldaten", erklärte der Knecht, der seine Aufgabe gründlich erledigt hatte, „er wird auf seiner Burg von Bretislav festgehalten. Von dort ist mit keiner Hilfe zu rechnen!"

Erschöpft setzt ließ sich Marek auf einem Fass nieder.

„Was soll ich machen? Warum kommt der Herzog gerade jetzt?"

Verzweifelt grub er sein Gesicht in die Hände ein. Ruckartig fuhr er wieder hoch und sah den Knecht an, der noch immer an den Pfeiler gelehnt wartete.

„Reite schnell zum Wikinger und warne ihn", befahl er ihm hastig, „er soll mit seinen Räubern hierher kommen und gegen die Soldaten kämpfen!"

„Mein Herr", wand der Knecht vorsichtig ein, „was sollen ein paar Räuber gegen gut ausgebildete Landsknechte ausrichten?"

„Widersprich mir nicht", fuhr ihn Marek an, „wer soll sonst mit ihnen kämpfen? Jetzt raus mit dir!"

Gehorsam machte der Knecht kehrt, doch kaum war er aus dem Haus, als er kopfschüttelnd auf sein Pferd stieg und zur Šumava ritt. Er fürchtete, dass er sich umsonst auf den Weg machte, denn Francis d'Arlemanche würde nie sein Leben für einen Kaufmann riskieren. Erst recht nicht, wenn er in seiner Schuld stand!

Als am frühen Nachmittag desselben Tages die Fahnenwimpel der Landsknechte auf den Feldern Klatovys auftauchten, meldeten einige erschrockene Bauern, die ihre Felder bestellt hatten, die nahende Gefahr. Sofort brach Panik in der Stadt aus. Niemand konnte sich erklären, wer Soldaten gegen Klatovy schickte und warum. Die Menschen rannten in ihre Häuser, Marktstände wurden umgestoßen und Kühe liefen frei durch die Straßen. Die Torwächter vergaßen vor Schreck, die Tore zu schließen, sondern verließen stattdessen ihre Posten, um bei ihren Familien zu sein. Einige Unverbesserliche folgten dem kalten Klang der Alarmglocke und fanden sich beim Langhaus ein, es waren aber nur zwei Dutzend. Diese Männer zogen mit Sensen, Heugabel und ein paar Bogen bewaffnet zu den Stadttoren.

Die Truppen des Herzogs hatten sich inzwischen der Stadt bis auf eine Meile genähert. Als Bretislav sah, dass die Tore doch verschlossen wurden, ließ er seine Soldaten anhalten.

„Mstislav", rief Bretislav seinen besten Missus, „reite um die Stadt herum und halte nach den Räubern Ausschau. Wenn sie kommen, gib mir Bescheid, damit wir sie stellen, bevor sie die Stadt erreichen!"

Der Bote nickte kurz, schwang sich auf sein Pferd und preschte davon.

Bretislav runzelte nachdenklich die Stirn, als er wieder zur Stadt blickte. Es war ein Irrsinn, wegen einiger Vergehen gegen das Marktrecht eine Stadt zu belagern. Aber er musste etwas unternehmen, damit seine Soldaten nicht unruhig wurden. Je länger sie auf einen Erfolg waren mussten, desto größer war ihr Durst auf Vergeltung. Aber Bretislav wollte verhindern, dass sie Klatovy plünderten.

Bisher hatte alles gut geklappt, trotz seines eigenen Unvermögens. Die Landsknechte waren von Pilsen in zwei Eilmärschen nach Klatovy gekommen und er hatte sich ihnen einige Wegstunden zuvor mit seinen Rittern angeschlossen.

Vorerst ließ er die Soldaten rasten, um sich mit den Hauptmännern zu beraten.

„Wir wollen Verluste verhindern, denn dieser Kaufmann ist es nicht wert, dass auch nur ein Soldat wegen ihm stirbt", begann Bretislav und setzte damit den Rahmen für die Beratungen.

Über der Stadt lag eine gespenstische Ruhe. Die Gasthäuser waren geschlossen, niemand wagte sich auf die Straßen. Marek ging unruhig im Innenhof auf und ab, nachdem es ihm in seiner Arbeitskammer zu eng geworden war. War noch Hoffnung?

Dann sah er das Licht in der Küche, wo Božena mit den Mägden beschäftigt war, eine Mahlzeit für die Wächter auf der Stadtmauer zuzubereiten. Als ihm der Geruch von warmen Linseneintopf in die Nase stieg, fielen ihm wieder Boženas Worte ein und auf einmal erkannte er den Zusammenhang.

Rasend vor Wut schlug er die Küchentür auf.

„Du unglückseliges Weib", brüllte er und schlug Božena ins Gesicht, so dass sie zu Boden fiel. Die Mägde rannten ängstlich aus der Küche und ließen die beiden alleine zurück.

Božena lag zitternd am Boden und sah ihre letzte Stunde gekommen. In den Augen ihres Mannes lag blanker Hass.

„Du hast es gewusst", fauchte er mit zusammengepressten Lippen. „Seit wann?"

Bevor sie antwortete, richtete sie sich vorsichtig wieder auf. Ihr Kopf dröhnte vor Schmerz und sie fühlte sich schwindelig.

„Was tut das noch zur Sache", antwortete sie mit fester Stimme, „du kannst jetzt nichts mehr ändern. Dein Schicksal ist besiegelt."

„Bei allen Heiligen! Meine eigene Frau hat mich hintergangen. Welcher Dämon hat mich bloß geritten, als ich dich zur Frau genommen habe?"

„Ich kann dir genau sagen", entgegnete Božena, auch wenn Marek keine Antwort erwartet hatte, „wer die treibenden Geister waren. Der Neid und die Gier! Du musstest mich haben, weil du es Jan nicht gegönnt hast, dass er mich heiratet. Die Ehe war Berechnung, von Anfang an bis jetzt. Aber diesmal werde ich mich auszahlen lassen!"

„Ha! Du wirst mit mir gehen, wohin mich dieser Bastard von Bretislav auch schicken wird. Mein Schicksal ist auch dein Schicksal!"

„Deine Zeit ist abgelaufen", antwortete Božena mit zusammengekniffenen Augen.

Marek brauste auf und wollte sie wieder schlagen, als mit einem dumpfen Schlag die Eingangstür aufgestoßen wurde. Ein Dutzend Soldaten stürmte den Innenhof und drängte die verängstigten Knechte zusammen.

Božena nutzte die kurze Verwirrung und brachte sich aus der Küche heraus in Sicherheit. „Warte, lass mich jetzt nicht allein", rief ihr Marek mit letzter Verzweiflung nach, während er erschöpft niederkniete.

In diesem Augenblick wusste Marek, dass er verloren hatte. Alles, was sein Vater aufgebaut hatte, war verloren. Er wollte gar nicht an seine eigene Zukunft denken. Niedergeschlagen und kraftlos zog er sich in sein Arbeitszimmer zurück.

* * *

Jan hörte das schwere Schnaufen des Mönchs in seinem Rücken. Sie waren den ganzen Tag gelaufen, ohne ein längere Pause zu machen. Am Vormittag hatten sie den Saumzug verlassen, der nach Sušice wollte und hatten den Pfad nach Klatovy eingeschlagen. Nun war es schon dunkel, aber die Sehnsucht trieb Jan immer weiter. Er wollte Gewissheit darüber haben, wer von den Räubern gefangen genommen worden war.

„Komm, Gunther", munterte er seinen Wegbegleiter auf, „wenn wir diesen Hügel bestiegen haben, können wir in der Ferne die Stadt bereits sehen!"

„Ich bin weiß Gott kein schlechter Wanderer", entschuldigte sich Gunther schnaufend, „aber mit dir kann heute niemand mithalten. Dich treibt die innere Unruhe!"

„Du hältst dich wacker", beruhigte ihn Jan, „außerdem ist es viel angenehmer, zusammen zu reisen!"

Sie waren kaum zehn Schritte weitergegangen, als sich ihnen ein Ritter zu Pferd in den Weg stellte. Das Pferd stand quer über den schmalen Weg, so dass Jan und Gunther ihm nicht ausweichen konnten. Das Kettenhemd des Ritters schimmerte im Mondlicht und sein Gesicht war nicht zu erkennen, denn ein kleiner Lappen des Kettenhemds war an einem Haken des Nasenschutzes festgehängt und verdeckte so Mund und Wangen. Er war bewaffnet mit einer Lanze und einem Schild, sein Schwert hing auf der Seite.

„Hier hört deine Reise aber vorerst auf", rief er Jan zu.

Die beiden Wanderer sahen überrascht den Ritter an.

„Was willst du von uns", fragte Jan, „haben wir etwas Unrechtes getan?"

„Wo kommt ihr her", stellte der Ritter eine Gegenfrage, ohne auf Jan einzugehen.

„Wir haben die Šumava durchquert und sind auf dem Weg nach Klatovy, um einen Freund zu treffen", antwortete Jan wahrheitsgemäß.

„Ich kann euch nicht weiterziehen lassen", teilte ihnen der Ritter im Befehlston mit, „niemand darf nach Klatovy, schon gar nicht, wenn er aus diesem Wald kommt."

Dabei deutete er mit seiner Lanze in Richtung Šumava.

„Hör zu", versuchte Jan ihn umzustimmen, „ich sehe an den Farben deines Schilds, dass du ein Ritter des Herzogs bist. Ich muss so schnell wie möglich Bretislav treffen, der sich in Klatovy aufhält."

Auch wenn er nichts erkennen konnte, so spürte Jan, wie seine Antwort den Soldaten nachdenklich machte.

„Woher sollte ich wissen, dass Bretislav hier ist, wenn er es mir nicht selbst gesagt hat", legte er ein weiteres Argument nach.

Aber der Soldat ließ sich nicht überzeugen.

„Wer weiß schon, wie du das in Erfahrung gebracht hast", antwortete er lapidar, „vielleicht hat es dir der Teufel persönlich gesagt!"

„Wage du es, einen Gottesmann zu beschuldigen", mischte sich nun Gunther mit strenger Stimme ein, „er stände im Bund mit dem Teufel und ich prophezeie dir das ewige Fegefeuer!"

Jedes seiner Worte war wie ein Schwerthieb gegen den Ritter. Unerschrocken ging Gunther auf den Ritter zu und drohte ihm mit der Faust.

„Der Säumer hat die Wahrheit gesagt und er muss schnell zu Bretislav. Wenn du unter deinem vielen Eisen nicht zuviel Rost angesetzt hast, dann setz dich in Bewegung und bring uns zu deinem Herrn. Er wird es dir sicher nicht verübeln!"

Aber der Ritter hatte den ersten Schreck nach dem furchterregenden Auftreten des Mönchs und der Androhung des Fegefeuers bereits überwunden und richtete nun seine Lanze gegen Gunther, der direkt vor der Spitze stehenblieb.

„Ich kenne dich nicht, Mönch", wandte der Soldat, „und ich richte meine Waffe sonst auch nicht gegen einen Mann Gottes, aber ich habe einen Befehl zu befolgen. Ihr dürft nicht weiterziehen!"

Die Stimme klang jetzt nicht mehr so hart, stattdessen warb er vielmehr um Verständnis. Aber hätte er gewusst, dass vor ihm ein ehemaliger Reichsgraf und begnadeter Ritter stand, wäre er wohl nicht so leichtsinnig gewesen.

Blitzartig riss Gunther dem verdutzten Ritter die Lanze aus der Hand und hielt den Spieß gegen die Brust des Pferdes.

„Es wäre besser gewesen, wenn du deinem Grundsatz treu geblieben wärst", sagte Gunther ruhig. „Lass uns nun vorbei oder ich werde dein Pferd töten!"

Ein Ritter ohne Streitross war nur noch eine halb so wirksame Waffe, besonders gegen zwei Gegner, die mehr waren, als sie vorgaben. Denn Jan hatte den Überraschungseffekt genutzt, um sein Schwert zu ziehen.

„Wir wollen dir nichts tun und wir sind auch keine Räuber", erklärte Gunther in einem freundlicheren Ton, „aber du musst uns unbedingt zu Bretislav bringen."

Der Ritter erkannte den Ernst der Lage und hoffte, vielleicht später eine Chance für eine Revanche zu bekommen. Deshalb willigte er ein und stieg von seinem Pferd herab.

Zusammen setzten sie ihren Weg fort. Nach einer Weile konnte der Ritter seine Neugierde nicht mehr zügeln.

„Wie kommt es", begann er zögernd, „dass ein Mönch derart gut mit Waffen umgehen kann?"

„Das ist ein lange Geschichte", schmunzelte Gunther, „aber bis wir in Klatovy sind, habe ich sie dir erzählt. Wie heißt du, mein Freund?"

„Mstislav."

„Freut mich, deine Bekanntschaft zu machen", antwortete Gunther und streckte ihm die Hand hin, „mein Name ist Gunther und mein junger Freund heißt Jan Säumer."

Der Ritter rieb sich verlegen den Nacken, als er die Namen hörte. Sie waren ihm nur zu gut vertraut aus Bretislavs Erzählungen während ihren gemeinsamen Feldzügen im Osten.

Es dämmerte bereits, als sie Klatovy endlich erreichten. Von ihrer Seite aus zeigte sich Klatovy den drei Männern wie eine friedliche Stadt. Erst als sie die Stadt umwandert hatten, konnten sie das Feldlager sehen, das die Soldaten vor den Toren gerade errichteten. Ein paar Kinder tollten zwischen den Zelten und spielten die Szenen der vergangenen Nacht nach.

Einige Landsknechte brachten gerade einen Karren voll Lebensmittel für die Verpflegung der Soldaten aus der Stadt. Es war das Recht des Siegers, sich an dem Besiegten schadlos zu halten. Sicher würde auch Bretislav eine Schadenssumme für den Herzog fordern, überlegte sich Jan, als sie das Feldlager betraten.

Die drei Männer erregten schnell Aufmerksamkeit, denn was hatten ein Mönch, ein Ritter und ein Säumer gemeinsam im Feldlager verloren?

Mstislav rief einen der Landsknechte und erkundigte sich, wo Bretislav zu finden war.

„Ihr findet unseren Herrn in der Stadt", antwortete der Landsknecht sofort, „er hat sich im Langhaus einquartiert."

Als Jan dies hörte, überkamen ihm fast die Tränen. Sollte es wirklich wahr sein, dass Marek nicht mehr im Langhaus lebte und damit auch keinen Einfluss mehr in der Stadt hatte? Aber was werden sie mit ihm anfangen, fragte sich Jan. Die Gedanken nagten an seiner Geduld, während er den beiden anderen mit beklemmenden Gefühlen in die Stadt folgte.

Seit Jahren hatte er immer wieder in verschiedenen Varianten von diesem Tag geträumt, an dem er wieder nach Klatovy zurückkehrte. Einmal war es eine umjubelte Rückkehr des Helden, das andere Mal die heimliche Rache in der Nacht und wieder ein andermal die Maske einer neuen Identität. Aber nie hatte er es sich so vorgestellt, wie er es nun erlebte.

Er betrat eine besetzte Stadt, die ihn gar nicht wahrnahm, weil sie viel größere Probleme und Ängste hatte. Er hatte nichts mit dem Ende seines Cousins zu tun, sondern es war fast eine Laune des Schicksals, dass er gerade an diesem Morgen die Stadt betrat. War es wirklich Zufall? Verstohlen blickte er zu Gunther hinüber, als ob er im Gesicht des Mönches die Antwort ablesen konnte.

Jan war froh, als sie endlich den Marktplatz erreichten und die ersten Menschen zu sehen bekamen. Vor dem Langhaus hatten sich die wichtigsten Bürger und Handwerker Klatovys eingefunden, um mit Bretislav über den Preis zu verhandeln, den sie für den Abzug der Truppen bezahlen mussten.

Ihm fiel auch der große Brunnen in der Mitte des Platzes auf, den er noch nicht kannte. Um das Becken herum saßen einige niedergeschlagene Männer mit gefesselten Händen. Die beiden Wachen standen etwas abseits und putzten gelangweilt ihre Waffen, die nicht einmal zum Einsatz gekommen waren.

Jan blickte hinüber zum alten Gasthaus der Säumer und fragte sich, wer ihn von dort aus jetzt beobachtete. Vielleicht waren ja alle Säumer geflohen? Da fiel ihm Vladja ein, nach dem er sich bei Bretislav erkundigen wollte.

Das großzügige Fenster des Raumes bot einen guten Blick über den gesamten Marktplatz hinaus bis zum Feldlager vor dem Stadttor, wo im Gegensatz zur Stadt rege Geschäftigkeit herrschte. Die ersten Sonnenstrahlen fielen in das ordentlich eingerichtete Zimmer, das über viel Jahre hinweg der Ausgangspunkt für größere und kleinere Verbrechen gewesen war.

Bretislav hatte nicht die Muße, aus dem Fenster zu blicken, sondern war damit beschäftigt, die Papiere zu sichten, die auf dem Schreibpult gelegen hatten. Er fand eine genaue Auflistung der eingelagerten Waren und staunte nicht schlecht, als er allein den Wert des vorhandenen Salzes abschätzte. Was für eine Summe an Abgaben war seinem Vater hier in den letzten Jahren wohl entgangen und wie einfach war es gewesen, die Situation zu ändern!

Bretislav dachte noch einmal an die Ereignisse der Nacht.

Im letzten Licht der Dämmerung war er an der Spitze seiner Ritter auf das Nordtor zugeritten, nicht in Schlachtformation, sondern in geordneter Reihe. Zwar hatte die Stadtwache das Tor verschlossen, jedoch waren sie beim Anblick der gut gerüsteten Ritter in ihre Häuser geflohen oder hatten sich in den Scheunen beim Vieh versteckt. Sie wussten, dass weder Mareks Geld, noch seine Verschlagenheit etwas gegen diese Übermacht ausrichten konnte.

Der Sohn des Herzogs kam sich etwas lächerlich vor, als er seinen Tross vor dem Tor halten ließ, während zwanzig Fußsoldaten das Tor mit einem Baumstamm einschlugen. Noch vor einem Jahr hatte er schwere und ruhmreiche Kämpfe gegen die aufständischen Adeligen im Osten geführt, doch nun jagte er einen kleinen Händler aus seinem goldenen Käfig!

In der Stadt herrschte gespenstische Ruhe. Alle Häuser waren verschlossen, die Fenster mit Brettern notdürftig verschlagen. Niemand war zu sehen.

Bretislav rückte mit seinen Reitern bis zum Langhaus vor, wo ihn eine sonderbare Situation erwartete. Im Eingang des Hauses stand Božena. Sie hielt ein Bündel mit ihren Habseligkeiten in der Hand und hatte nur auf Bretislav gewartet, um ihm die Hausschlüssel zu übergeben, die sie als Hausherrin an ihrer Schürze getragen hatte.

Als sie in ihm den unbekannten Wanderer erkannte, der durch die Sumava wollte, schüttelte sie schmunzelnd mit dem Kopf.

„Kein Wunder, dass Ihr Euch mit Jan verstanden habt. Ihr habt die gleichen Methoden wie er!"

Dann holte sie die Schlüssel hervor und hielt sie Bretislav entgegen.

„Der Weg in die Sumava ist frei und diesmal findet Ihr auch sicher jemanden, der Euch begleitet. Ich habe doch gesagt, dass Ihr Euch bis zum Frühling gedulden müsst!"

„Das nächste Mal werde ich sofort auf dich hören, gute Frau", antwortete Bretislav und verbeugte sich ebenso galant wie damals. Es tat ihm leid, die Frau aus ihrem Haus zu vertreiben.

Den Ehemann, der an allem Schuld war, fanden sie in jenem Raum im Obergeschoß, in dem sich Bretislav nun befand. Hier saß der ehemals stolze Kaufmann wie ein Häufchen Elend in einer Ecke, neben sich einen Krug Wein. Neben ihm lag ein reich verzierter Dolch, doch Marek hatte nicht den Mut gehabt, sich selbst zu töten.

„Willkommen in meinem Haus", hatte er den Herzogssohn begrüßt, „wollt Ihr zum Essen bleiben?"

Er hatte sich so betrunken, dass er nicht einmal mehr laufen konnte. Zwei kräftige Soldaten waren nötig um den fettleibigen Mann aus dem Zimmer zu schaffen.

„Du bist verhaftet", hatte Bretislav emotionslos entgegnet.

Er hatte überlegt, wo er ihn unterbringen sollte, denn er wollte ihn nicht in ein Verlies stecken. Božena kam ihm einer Entscheidung zuvor, denn sie schickte einen Knecht zum Langhaus zurück, nachdem sie die Wohnstube im alten Haus von Mareks Familie wieder bewohnbar gemacht hatte und bat darum, sich um ihren Mann kümmern zu dürfen. Auf einem Karren brachte man ihn zu Božena und Bretislav befahl drei Landsknechten, das Haus scharf zu bewachen.

Obwohl die Stadt unter seiner Kontrolle war, fürchtete er noch immer einen Überfall der Räuber, aber bis jetzt zum Morgengrauen war es ruhig geblieben. Bretislav spürte, wie sein Körper nach Schlaf verlangte, schließlich hatte er schon zwei Nächte lang nicht mehr geschlafen. Er wollte gerade den Kopf auf die Tischplatte legen, als die Tür aufgerissen wurde und Jan im Türrahmen stand.

Beim Anblick des alten Freundes war alle Müdigkeit wie weggeblasen. Bretislav sprang vom Stuhl auf und sie umarmten sich herzlich.

„Willkommen daheim", begrüßte er Jan, dem die Tränen in den Augen standen.

„Ich kann noch immer nicht glauben", stammelte Jan und wischte sich eine Träne von der Wange, „dass ich wirklich wieder hier bin."

Gunther betrat den Raum nach Jan und wurde ebenso herzlich von Bretislav umarmt, was dem überraschten Mönch sichtlich peinlich war.

„Komm, ihr werdet sicher hungrig sein", forderte sie Bretislav auf, „die Vorratskammer ist prall gefüllt mit guten Leckereien und muss unbedingt geleert werden! Wir wollen unser Wiedersehen gebührend feiern!"

„Außerdem müssen wir auf deinen Sieg anstoßen", fügte Jan hinzu, „wenn du so weitermachst, wirst du noch ein berühmter Feldherr!"

„Eine wehrlose Stadt einzunehmen, ist keine ruhmreiche Tat."

„Das würde ich so nicht sagen", wandte Gunther verschmitzt ein, „die Belagerer des alten Roms sind sogar an ein paar Gänsen gescheitert!"

Der Mönch hatte sich bereits wieder etwas von der anstrengenden Reise erholt und freute sich auf eine deftige Mahlzeit.

Es wurde ein heiteres Mahl mit vielen Späßen und Geschichten. Vor allem aber interessierte jeden, was der andere in den letzten Tagen erlebt hatte. Schließlich kam Gunther auf den unbekannten Gefangenen der Räuber zu sprechen, der genau genommen der Grund dafür war, das sich Gunther und Jan in der weiten Sumava getroffen hatten.

Zuerst fiel auch Bretislav keine Lösung ein, denn er hatte sich in den letzten Tagen vor allem auf die Stadt konzentriert. Doch dann kam ihm ein schrecklicher Gedanke.

„Wartet einen Augenblick hier", wies er Jan und Gunther an, bevor er mit schnellen Schritten aus der Küche lief. Die beiden sahen sich verwundert an.

Es dauerte mehr als eine halbe Stunde, bis Bretislav wieder zurückkehrte. Niedergeschlagen setzte er sich an den Tisch und rieb sich verlegen die Hände.

„Was hast du gemacht?", fragte Jan neugierig.

„Ich habe nach Vladja suchen lassen", antwortete Bretislav tonlos, „und habe ihn nicht gefunden."

„Vielleicht ist er ja zu Hause in seinem Dorf", versuchte Jan, sich selbst zu beruhigen.

„Nein. Ich hatte Vladja eine Nachricht zukommen lassen", begann Bretislav langsam, als ob ihm jedes Wort Schmerzen bereitete, „dass du auf dem Weg hierher bist. Er sollte dich empfangen, damit wir zwei Kontakt aufnehmen können. Er muss..."

Er konnte nicht weiter sprechen. War am Ende doch noch ein Mensch für diesen Sieg gestorben?

„Jetzt verstehe ich", folgerte Jan aus dem, was er gerade gehört hatte und kramte aus seiner Tasche den kleinen Lederbeutel heraus, in dem nur noch wenig Salz war, „du hast ihm den Beutel gesandt, damit er wusste, um wen es sich handelt. Ich habe ihn in der Sumava gefunden, dort, wo sie ihn gefangengenommen haben!"

„Er muss sich heftig gewehrt haben", fügte Gunther Jans Bericht hinzu, „denn Jan hat Blutspuren gefunden."

Betroffen saßen die drei Männer um den Tisch. Plötzlich spürten sie alle die Müdigkeit in ihren Knochen und eine große Leere in ihrem Kopf.

„Nun denn. Es ist noch nicht beendet", befand Bretislav schließlich ernst und atmete tief durch, „uns bleibt nichts anderes übrig, als in die Sumava zu ziehen und die Räuber zu stellen. Doch ich muss euch warnen: Ich kann mit meinen Soldaten nicht in das Grenzgebiet ziehen!"

„Was soll das heißen", widersprach Jan entrüstet, der sich in Gedanken bereits einen Plan zu Recht gelegt hatte. „Du willst uns gerade jetzt im Stich lassen, wo das Ziel so nahe ist?"

„So meint er es nicht", kam Gunther Bretislav zuvor, „aber er muss als Sohn des Herzogs vorsichtig sein. Auf der deutschen Seite könnte der Vorstoß einer solchen Streitmacht schnell missverstanden werden und zu einem richtigen Krieg führen!"

„Du musst mich verstehen", erklärte Bretislav besorgt, „aber es würde zuviel auf dem Spiel stehen, wenn ich mich nicht an den Auftrag meines Vaters halte."

„Aber was sollen wir dann machen", beschwerte sich Jan, „du hast ja gesehen, was für Hasenfüße hier leben!"

„Das ist alles nur eine Frage der Einstellung", versuchte Bretislav ihn zu aufzumuntern.

„Ihr müsst mit List arbeiten", meldete sich Gunther zu Wort, der bewusst ihr gesagt hatte, weil er fürchtete, dass ihn der Kampfgeist erfasste, wenn er sie begleitete. Ihm lag noch die Überlistung des Ritters schwer auf dem Gewissen, weil er eine Waffe angefasst hatte. Strategien zu entwerfen hielt er dagegen nicht für verwerflich.

„Zwar kann Bretislav dich nicht begleiten, aber was spricht gegen dreißig Soldaten, die wie zwei gewöhnliche Saumzüge aussehen?", fragte er verschwörerisch und warf dabei Bretislav einen prüfenden Blick zu. Bevor der etwas sagen konnte, erläuterte Gunther seinen Plan.

„Die kommen, ohne Verdacht zu erregen, bis in die Sumava. Die beiden Gruppen dürfen sich nicht zu weit voneinander entfernen. Wenn die Räuber einen der Saumzüge angreifen, dann kommt ihnen der andere zu Hilfe. Die Räuber werden Augen machen, wenn sie anstatt von stumpfen Säumerdolchen plötzlich von gut geführten Soldatenschwertern getroffen werden!"

„Das klingt sehr einfach und gut", wandte Jan ein, „aber das sind Räuber und keine Soldaten, die denken anders. Bretislav hat die ganze Nacht einen Gegenangriff der Räuber erwartet, aber nichts ist passiert. Der Grund ist sehr einfach: Räuber sind feige! Sie kommen nur aus ihrem Versteck heraus, wenn sie sich sicher sind, zu gewinnen. Ich nehme an, dass Marek sie benachrichtigt hat, weil er auf ihre Hilfe hoffte. Deshalb wissen sie, dass die Gegend von Soldaten nur so wimmelt. Nun werden sie so lange in ihrem Versteck bleiben, bis die Gefahr vorbei ist. Wie ein Fuchs in seinem Bau!"

„Dann musst du dich eben etwas gedulden", bemerkte Bretislav trocken, „Lass den Fuchs in seinem Bau zappeln, bis er ungeduldig wird!"

„Wie willst du das machen?", wunderte sich Jan.

„Warum muss gleich der erste Saumzug die Falle sein", erwiderte Bretislav achselzuckend, „lege einfach Köder aus, bis dem Fuchs das Wasser im Mund zusammenläuft!"

„Und wenn er sich wieder sicher fühlt, dann schnappt die Falle zu", beendet Jan den Gedanken. Er war inzwischen vom Erfolg des Plans überzeugt und wollte sich sofort an die Umsetzung machen.

„Ich werde den Säumern diese Jagd schon schmackhaft machen. Zuerst aber suche ich mir ein paar gute Männer und mache mich auf die Suche nach Vladja!"

Bei den letzten Worten mischten sich Grimm und Erschöpfung in seinen Gesichtszügen zu einer harten Maske.

Entdeckungen

Ein aufgescheuchter Hirsch sprang in wenigen Sätzen über eine Lichtung, über die kurz darauf auch zwei Männer liefen. Sie rissen ihre Beine hoch, um schneller durch das hohe Waldgras zu kommen. Sie hatten es so eilig, weil sie eine überraschende Entdeckung gemacht hatten, die den Wikinger interessieren würde, wie sie annahmen.

Im Lager angekommen liefen sie geradewegs zum Eingang der Höhle, wo sie erst einmal verschnaufen mussten.

„Was gibt es?", fragte der Wikinger ungeduldig.

„Wir waren...", begann der eine, aber er konnte vor lauter Anstrengung noch immer nicht normal reden, „wir waren bei der Klause. Der Mönch ist weg!"

„Warum seid ihr euch so sicher?"

„Er hat alles verschlossen, was er sonst nicht getan hat, wenn er nur wenige Tage unterwegs war."

„Sind euch auf dem Weg Soldaten begegnet?", fragte der Wikinger weiter.

„Soldaten", wunderte sich der Räuber, „wir haben nicht einmal einen Saumzug gesehen! Wenn da kein Saumzug ist, dann sind auch keine Soldaten in der Umgebung."

Der Räuber hielt seine Überlegung für schlüssig, jedoch schickte ihn sein Anführer mit einem abfälligen Fingerzeig weg.

„Macht, dass ihr wegkommt, ihr Schmalhirne", schimpfte er.

Dann rief er einen seiner engsten Vertrauten zu sich.

„Rolf, sorg' dafür, dass alle hierher ins Lager zurückkommen, wo immer sie sich auch gerade befinden! Wir müssen jetzt sehr vorsichtig sein!"

Rolf nickte zur Antwort und machte sich an die Arbeit. Es war nicht einfach, alle Räuber zu erreichen, denn die Männer waren manchmal tagelang in der Sumava unterwegs, überfielen einen kleinen Bauernhof am Rand des Gebirges oder raubten eine Reisegesellschaft aus. Schon lange hatte der Überfall von Saumzügen alleine nicht mehr für die große Anzahl an Räubern gereicht. Francis wusste nicht einmal genau, wie viele Männer in seinem Namen raubten und stahlen.

Vor zwei Tagen war ein Bote bei ihm eingetroffen, der ihm von der Belagerung Klatovys berichtet und ihm Mareks Bitte um Hilfe überbracht hatte. Francis hatte im ersten Augenblick gelacht über die Naivität des Händlers, wenn er annahm, dass die Räuber auf offenem Feld gegen gut ausgerüstete Soldaten kämpfen würden. Es zeigte sich einmal mehr, dass der Sohn nie die Gerissenheit des Vaters besessen hatte. Mit Miloš wäre das alles nicht so weit gekommen!

Für Marek war es zu spät, aber er selbst konnte sich noch retten, überlegte Francis. Vielleicht würden die Soldaten gar nicht in die Šumava vordringen und wenn doch, wollte er sich nicht kampflos geschlagen geben. Vor allem wollte er Jan besiegen.

Glücklicherweise hatte er dafür noch ein gutes Pfand in seiner Hand: Vladja, Jans alten Freund.

***

Pavel war vor Ehrfurcht erstarrt, als er vor Abt Godehard stand. Er war ein Mörder, Räuber und Dieb und ihm gegenüber stand ein hoher Mann Gottes. Schon mit Gunther war es ihm schwer gefallen, ein normales Gespräch zu führen, aber nun hatte er Angst, aus den dunklen Augen des Abtes würden ihn Feuerblitze treffen, sobald er nur ein Wort sagte.

„Was hast du mir zu sagen?", fragte Godehard freundlich. Er wusste lediglich, dass der kräftig gebaute Mann am Vormittag aus der Šumava gekommen war. Er ahnte, dass es mit Gunther zu tun hatte, der bald ins Kloster zurückkehren sollte, aber warum schickte er einen fremden Mann, der noch nicht einmal den Mund aufbekam?

Auch auf die Frage antwortete Pavel nicht, sondern starrte scheu zu Boden.

„Hör zu", änderte Godehard seine Strategie, „ich werde dir jetzt ein paar Fragen stellen und du wirst mir mit Kopfnicken und Kopfschütteln antworten. Hast du mich verstanden?"

Er dauerte einen Augenblick, aber dann nickte Pavel sachte mit dem Kopf.

„Gut", ermunterte ihn Godehard und atmete erleichtert auf. „Kennst du den Mönch Gunther?"

Pavel nickte.

„Lebt Gunther noch?"

Godehard wollte zuerst sein eigenes Gewissen beruhigen, denn er hatte sich während der Wintermonate schwere Vorwürfe gemacht, dass er Gunther in dieser Jahreszeit in das rauhe Gebirge ziehen ließ. Das folgende Kopfnicken war eine große Erleichterung für den Abt.

„Was kannst du mir über Gunther sagen?"

Es kam keine Antwort, stattdessen hob Pavel seinen Kopf und sah den Abt hilflos an.

„Verzeihung, ich habe die Frage falsch gestellt", bemerkte Godehard seinen Fehler. „Hast du eine Nachricht von Gunther?"

Wieder nickte Pavel.

„Was hat er gesagt?"

Godehard wusste, dass die Frage nicht stumm beantwortet werden konnte, aber er war das Spiel leid, zu groß war die Neugierde.

Zu seiner großen Überraschung, fasste sich Pavel ins Wams und zog das Stück Leder heraus und hielt es Godehard in sicherer Entfernung hin. Vor lauter Angst, vom Abt berührt zu werden, öffnete er seine Hand zu früh und der Brief fiel auf den Boden.

Erschrocken kniete sich Pavel hin, hob den Brief auf und hielt ihn dem Abt nochmals hin.

„Du brauchst keine Angst vor mir zu haben", versuchte Godehard erneut, den Mann zu beruhigen, „dir geschieht nichts!"

Dann widmete er sich dem Brief. Die ins Leder geritzten Buchstaben konnte man nur schwer lesen, aber nach einer Weile hatte Godehard den Sinn der Nachricht verstanden. Vordergründig half Gunther Jan, was dem Abt nur recht war, denn er fürchtete um Jans Leben nicht weniger als um das des Mönches. Aber die eigentliche Nachricht hatte Godehard schon verstanden, als an Gunthers Stelle nur der stumme Bote kam. Gunther wollte nicht ins Kloster zurückkommen.

Wieder einmal brachte der dickköpfige Mönch ihn in Entscheidungsprobleme. Was sollte er tun? Einerseits fürchtete er, an Autorität zu verlieren, sollte er Gunthers Willen nachgeben, andererseits war Gunther in der Šumava bestens aufgehoben und konnte wirklich gute Dienste für das Kloster leisten. In den letzten Jahren waren so viele Mönche nach Niederaltaich gekommen, dass die Gebäude aus allen Nähten platzten. In dieser Situation war ein Filialkloster im Grenzgebirge eine gute Lösung. Abt Godehard beschloss, die Entscheidung dem Capitel zu überlassen, auch wenn er sich damit aus der Verantwortung stahl.

Erst jetzt dachte Godehard an Jan, der anscheinend in Schwierigkeiten steckte, wenn Gunther es für nötig hielt, ihn zu suchen. Für Godehard war es unerträglich, tatenlos abzuwarten, wie sich fern ab das Schicksal der Menschen entwickelte, die ihm über Jahre hinweg so vertraut gewesen waren.

***

Der neue Tag hieß die Welt mit hellen Sonnenstrahlen willkommen. Nur wenige Wolken waren am Himmel zu sehen und auf den Wiesen glänzten die Tautropfen. In Klatovy begannen die Menschen wieder, ihr normales Tagewerk zu vollbringen. Die Soldaten des Herzogs hatten nicht geplündert, sondern sich mit Nahrungsmitteln zufrieden gegeben und der Sohn des Herzogs schien kein Interesse daran zu haben, die Stadt über Gebühr zu bestrafen. In Verlauf des Vortages hatte er einige Bürger zu sich gerufen und einen Bürgerrat errichtet, in dem neben den Händlern und Handwerkern auch die Säumer vertreten waren.

Eine Strafe für die Vergehen gegen die Marktrechte sollte ein Gericht des Herzogs feststellen. Bretislav bestand lediglich darauf, dass die Stadt seine Soldaten verpflegte. Die Gefahr war also vorüber, weshalb sich die Menschen wieder aus ihren Häusern trauten. Einige Bauern aus dem Umland brachten ihre Waren in die Stadt und die Handwerker nahmen ihre Arbeit auf. Einzig die Säumer mussten sich noch gedulden, da sie sich an Jans Plan halten mussten. Um von Vladjas Befreiung abzulenken, waren am Morgen zwei Saumzüge aufgebrochen. Sie sollten den Anschein erwecken, dass die

Normalität in Klatovy zurückgekehrt war und ausserdem den Comeatus von Jans Vorhaben unterrichten.

Jan war an diesem Tag schon früh aufgestanden und schlenderte durch die Gassen. Die Erkenntnis, das Vladja wegen ihm in Gefangenschaft geraten war, hatte ihn keinen Schlaf finden lassen. Umso entschlossener war er, ihn zu befreien. Am frühen Nachmittag wollten sie los reiten, um in der Dämmerung die Šumava zu erreichen.

Er wusste nicht wie, aber plötzlich stand er vor dem alten Handelshaus, indem Miloš mit seiner Familie eingezogen war, als sie damals aus Prag nach Klatovy gekommen waren. Jan blieb eine Weile lang vor dem Haus stehen, denn eine innere Kraft hielt ihn fest. Die Tür war verschlossen und die Fenster waren mit Brettern vernagelt, da lange Jahre niemand in dem Haus gewohnt hatte. Anscheinend wollte Marek nicht, dass ihn jemand in dieser Situation sah.

Als Jan seine Gedanken endlich von dem Haus loseisen konnte und er einige Schritte die Gasse hinab gegangen war, hörte er, wie sich hinter ihm eine Tür öffnete. Neugierig sah er über die Schulter zurück und sah Božena, die mit den Händen vor der Schürze verschränkt im Türrahmen stand.

Sie kam ihm vor wie eine Statue, so ruhig und blass sah sie ihn an. Einige Strähnen ihres dunklen Haares, die im Wind vor dem Gesicht tänzelten waren das einzige Lebendige an ihr.

Zuerst sahen sie sich nur an und keiner traute sich, ein Wort zusagen.

„Du bist zurück", begrüßte ihn Božena schließlich, aber ihre Worte klangen nicht sehr fröhlich.

„Der Augenblick ist wohl etwas unpassend", entgegnete Jan verlegen.

„Nein, im Gegenteil", antwortete Božena, „komm doch kurz herein. Ich bin nicht gerne hier draußen, weil ich Angst vor den anderen Menschen habe."

Jan nickte verständnisvoll, aber er zögerte, einzutreten. Auf der einen Seite wollte er gerne mit Božena reden, auf der anderen Seite hatte er keine Lust, Marek zu begegnen.

„Mach dir keine Sorgen", redete ihm Božena zu, die seine Gedanken erahnte, „Marek schläft noch."

Wortlos trat Jan ein und Božena verschloss die Tür wieder hinter ihm. Dann standen sie sich in dem kleinen Innenhof gegenüber, in dessen Mitte noch immer der alte Brunnen stand, aber er war mit ein paar Brettern zugedeckt.

„Warum kommst du erst so spät?", fragte Božena und es klang mehr nach Sorge um ihn, als nach einer Anklage.

„Ich wusste nur, dass etwas passiert", verteidigte sich Jan, „aber ich wusste nicht wann."

„Es ist zum Glück nichts Schlimmes passiert. Dein Freund, dieser Bretislav, hat sehr weise gehandelt."

Jan schaute verlegen zur Stallwand, denn er taute sich nicht, Božena in die Augen zu sehen.

„Woran denkst du?", fragte sie, nachdem er das Gespräch nicht fortgesetzt hatte.

„Weißt du", begann Jan zögernd und sah ihr nun doch in die Augen, „es tut mir leid für dich, dass du das alles mitmachen musstest."

Auch wenn Božena älter geworden war und die schwierigen Jahre nicht spurlos an ihr vorübergegangen waren, strahlte aus ihren Augen noch immer dasselbe Leuchten, wie damals beim Sonnwendfeuer, als er sie zum ersten Mal gesehen hatte. Ihre Augen nahmen ihn gefangen. Vorsichtig griff er nach ihrem Arm und wanderte langsam hinunter, bis sich ihre Hände berührten.

„Mach dir um mich keine Sorgen", erwiderte Božena mit fester Stimme, „ich bin froh, dass alles vorbei ist. Verglichen mit den Schwierigkeiten der letzten Jahre waren die vergangenen Tage eine Erlösung."

Nach diesem Worten lächelte sie schwach.

Jan überlegte gerade, ob er sie in den Arm nehmen sollte, als ihre gegenseitige Vertraulichkeit jäh unterbrochen wurde.

„Sieh an, sieh an! Das Wild ist erlegt und nun kommen die Aasfresser und holen sich die besten Stücke!"

Schuldbewusst zogen Božena und Jan gleichzeitig ihre Hände zurück. Hinter ihnen stand Marek in der Eingangstür zum Wohngebäude. In seinen Augen lagen Hass, Verachtung und Eifersucht.

Jan war vor Schreck einen Schritt zurückgegangen. Er hatte Marek das letzte Mal vor fast zehn Jahren gesehen, als er noch ein ansehnlicher und gut gebauter Jüngling gewesen war. Jetzt stand er einem feisten, aufgedunsenen Mann gegenüber, dessen Wangen vom vielen Alkohol blutunterlaufen waren. Angewidert musterte Jan seinen Vetter, der ihm nun wirklich nicht mehr ähnlich sah.

„Dieser Anblick muss dich doch freuen", höhnte Marek, der Jans Blicke bemerkte, „dein alter Konkurrent ist ein Wrack, dem selbst die Frau bei der erstbesten Gelegenheit davonläuft!"

Dabei warf er Božena zornige Blicke zu.

„Guten Tag, Marek", erwiderte Jan steif. Er wusste nicht, wie er sich verhalten sollte. Eigentlich hatte er sich überlegt, Gunther beim ersten Treffen mit Marek mitzunehmen, um einen Rückhalt zu haben. Er hatte keine Ahnung warum, aber die Gedanken an Marek ängstigten ihn noch immer.

„Nicht so förmlich", fuhr Marek in seinem lapidaren Stil fort, „wir sind doch schließlich eine Familie!"

Er spreizte seine Arme einladend auseinander und ging schwankend auf Jan zu.

„Leider ist von der Familie nicht mehr viel übrig", entgegnete Jan und verschloß demonstrativ die Arme vor der Brust.

Marek war bis zum Brunnen gekommen, an dem er nun schwer atmend Halt suchte. Er war nur noch wenige Schritte von Jan entfernt.

„Es waren wirklich keine guten Jahre für unsere Familie", stimmte ihm Marek zu, „aber warum?"

Marek klammerte sich an den halb vermoderten Brettern fest, die das Brunnenloch abdeckten.

„Hat nicht das ganze Unheil mit deiner Aufmüpfigkeit begonnen. Du wolltest dich nicht einordnen in die Hierarchie der Familie, sondern immer der Beste sein. Nicht einmal auf deinen Vater hast du gehört, der daran zugrunde gegangen ist."

Mareks Worte hallten wie Peitschenhiebe über dem kleinen Innenhof und Jan wurde zusehends unruhiger.

„Das ist genug", mischte sich Božena ein, „du sollst dich nicht so aufregen, Marek. Wenn schon, dann hattet ihr beide Schuld!"

„Stellst du dich jetzt auch noch auf seine Seite", keifte Marek seine Frau an.

„Lass sie in Ruhe. Sie hat all die Jahre zu dir gehalten!"

Mareks Augen weiteten sich drohend. In schnellen Atemzügen durch den Mund japste er vor Aufregung nach Luft.

„All die Jahre? Du Heuchler! Wie oft habt ihr euch hinter meinem Rücken getroffen? Meint ihr, ich hätte das nicht bemerkt? Ich will gar nicht wissen, womit ihr die Stunden verbracht habt, aber dafür werdet ihr noch bezahlen!"

Jan wusste später nicht mehr woher, aber plötzlich hatte Marek einen Dolch in der Hand.

„Erinnerst du dich", zischte Marek beschwörend, „hier an diesem Brunnen haben wir unsere Feindschaft begonnen. Damals hast du mich verprügelt, aber dein Vater hat sich auf meine Seite gestellt!"

Triumphierend sah Marek ihn an. Jan ging vorsichtig einige Schritte zur Seite, um sich so zwischen Marek und Božena zu bringen. Sein Blick war immer auf den Dolch gerichtet.

„Jetzt bringen wir es an gleicher Stelle zu Ende. Jedoch diesmal unter anderen Vorzeichen. Du bist vielleicht stärker, schlanker und auch geschickter im Umgang mit Waffen, aber du hast ein zu weiches Herz, um mich zu töten!"

Jan versuchte, sich von den Worten nicht beeindrucken zu lassen, aber in seinem Unterbewusstsein machten sich trotzdem Zweifel breit. Hatte Marek nicht etwa Recht? Jan wollte ihn nicht töten, obwohl er oft davon geträumt hatte und es sich genau ausgemalt hatte. Jetzt aber empfand er nur Mitleid für ihn.

„Du hast sehr viel Ausdauer bewiesen und immer daran geglaubt, eines Tages wieder hierher zurückkehren zu können", provozierte ihn Marek weiter. „Jetzt hast du es geschafft und kannst es nicht einmal einen Tag lang genießen."

„Marek, sei vernünftig. Du verspielst dein Leben, wenn du mich tötest."

Jan hob beschwichtigend die Hände, ohne dabei den Dolch aus den Augen zu lassen.

„Von welchem Leben redest du? Hier als Gefangener sitzen, ohne Achtung bei den Menschen und ohne Geld?"

In diesem Augenblick stolperte Marek leicht über einen Stein und sah für einen Augenblick auf den Boden. Dies nutze Jan und warf sich ihm entgegen. Mit einer Hand fasste er Marek am Arm, um sich vor dem Dolch zu schützen und dann stieß er ihn mit aller Wucht nach hinten. Marek konnte vor Überraschung nichts entgegensetzen und wurde durch den Aufprall gegen die niedrige Brunnenwand hinter ihm gestoßen. Er verlor das Gleichgewicht und fiel mit dem Rücken auf die Bretter über dem Wasserloch. Jedoch brachen die morschen Bretter unter dem schweren Gewicht zusammen. Marek versuchte noch, einen Halt zu finden, aber er rutsche an den glitschigen Steinen ab und fiel mit einem entsetzlichen Schreckensschrei in das Loch hinein.

Jan konnte sich gerade noch an der Brunnenmauer abstützen, sonst wäre er hinterher gefallen. Außerdem hatte ihn Božena geistesgegenwärtig am Wams gepackt.

„Marek", rief Jan und starrte auf den leblosen Körper, der zur Hälfte im Wasser lag.

„Los", drängte Božena, „wir müssen ihn da rausholen!"

„Marek", rief Jan nochmals, „lebst du noch."

Langsam bewegte Marek den Kopf und sah nach oben.

„So schnell werdet ihr mich nicht los!"

Jan stellte sich auf und rannte in den Stall, um ein Seil zu besorgen. Božena hatte den Hof verlassen, um Hilfe zu holen, denn alleine konnte Jan den schweren Körper kaum aus dem Loch ziehen.

Es dauerte fast eine halbe Stunde, bis Marek aus seiner misslichen Lage befreit war. Er hatte wegen des kalten Wassers blaue Lippen bekommen und hustete bedenklich. Fürsorglich nahm sich Božena seiner an.

Jan machte sich schwere Vorwürfe, weil er nicht einfach an dem Haus vorbeigegangen war. Doch dann zwang er sich, an Vladja zu denken und sich auf den Ritt in die Sumava zu konzentrieren. Er verabschiedete sich kurz von Božena, die zusammen mit zwei Mägden Marek versorgte. Dann traf er nochmals Bretislav, der mit dem Heer nach Prag aufbrechen musste. Bretislav überließ ihm zwölf seiner besten Männer, mit denen Jan bald darauf in die Šumava aufbrach.

***

Der Saumzug hatte die letzten Lichtungen vor der Šumava erst vor wenigen Stunden passiert und war gerade dabei, das Nachtlager aufzuschlagen, als sie plötzlich von einem dichten Ring von Räubern umstellt wurden. In der ersten Überraschung und Unruhe gelang es einem Säumer noch, den Hund von der Leine zu lassen. Zwischen den beiden Saumzügen hatte man vereinbart, dadurch die anderen Säumer bei Gefahr zu warnen. Der Hund sprang geschickt durch die Räuber hindurch und verschwand im dichten Unterholz.

Jan hatte die Säumer auf die Gefahr ihres Auftrages hingewiesen, und sie wussten, was sie nun zu tun hatten. Mit gezogenen Waffen stellten sie sich dicht zusammen in einem Kreis auf. Von den Räubern bewegte sich niemand, bis schließlich der Wikinger durch den Ring von Räubern hindurch auf die Säumer zu trat.

Lange hatte Francis überlegt, wie er handeln sollte. Er konnte sich eingraben wie ein Fuchs in seinem Bau oder selbst die Initiative ergreifen. Schließlich entschied er sich für die zweite Lösung, da er wenig reelle Chancen sah, das Versteck der Räuber zu verteidigen, sollten sie ihn wirklich suchen. Und er machte sich keine Illusionen, dass alle seine Männer bedingungslos hinter ihm standen und nicht gegen einen Batzen Geld das Versteck verrieten.

Darum beschloss er, die meisten Räuber auf die bajuwarische Seite des Gebirges zu schicken und nur die vertrauensvollsten und besten Männer bei sich zu halten, um „sein" Territorium gegen die Soldaten zu verteidigen. Vladja behielt er bei sich - vielleicht konnte er ihm von Nutzen sein.

Als seine Späher ihm am Vormittag einen Saumzug aus Klatovy gemeldet hatten, dachte er sofort an eine Falle. Es waren sicher verkleidete Soldaten, denen eine weitere Schar folgte. Zu seiner Überraschung machten die Späher lediglich einen zweiten Saumzug aus, nicht mehr verdächtig, als der erste. Der Wikinger beobachtete den ersten aus der Nähe und ließ ihn vorbeiziehen, als er die bekannten Gesichter echter Säumer erkannte. Sollte der Herzogssohn gar kein Interesse an ihm haben, wunderte sich der Wikinger.

Da der erste Zug aus Säumern bestanden hatte, musste der zweite Zug aus Soldaten bestehen, die die vorangegangenen Säumer beschützen sollten. Deshalb beschloss er, entgegen aller Vernunft, diese Gruppe am Abend zu überraschen und zu schlagen.

Nun stand er wenige Meter von der Gruppe entfernt und war nicht weniger überrascht als sie selbst: Wieder erkannte er einige der Gesichter! Nun wunderte er sich nicht mehr, vielmehr war er verärgert. Man hatte keine Soldaten nach ihm ausgesandt, dabei war er viel gefährlicher als Marek!

„Wo sind die Soldaten?", wandte er sich mit scharfem Ton an den nächststehenden Säumer.

„Die sollten heute nach Prag aufbrechen", entgegnete der ängstlich, „aber als wir aufgebrochen sind, waren sie noch in Klatovy."

„Erzähl mir, was passiert ist!"

Auf die Aufforderung hin begann der Säumer ausführlich zu erzählen, um Zeit zu schinden.

Jan lief so schnell durch den Wald, wie er und die Soldaten konnten, ohne sich dabei durch die Geräusche zu verraten. Die einsetzende Dämmerung erschwerte ihr Fortkommnen aber zusehends. Sie konnten jedoch nicht mehr weit entfernt sein vom zweiten Saumzug. Jan hoffte, in dessen Nähe einen Späher des Wikingers aufzugreifen, um das Versteck zu erfahren.

In einiger Entfernung vor ihnen erkannte er am Fuß einer Anhöhe den unruhigen Schein eines Feuers. Er wies die Soldaten an, sich zu verstecken und schlich alleine weiter, um möglichst wenig Lärm zu machen. Geschickt erklomm er den Hügel und hatte bald einen übersichtlichen Blick auf die Gruppe am Feuer.

Sein Gesicht erhellte sich zu einem Grinsen, als er die Szenerie vor ihm verstanden hatte. Dort unten waren die Säumer umringt von einer Horde Räuber und dazwischen stand der Wikinger, während ein Säumer ausschweifende Reden hielt. Es verlief zwar nicht nach seinem Plan, aber Jan war es so noch lieber. Vielleicht konnte er zwei Fliegen mit einer Klappe schlagen: Vladja befreien und den Wikinger festnehmen!

So leise wie zuvor schlich er zurück zu den Soldaten und beratschlagte mit ihnen, wie sie die Überraschung für sich am besten nutzen konnten. Sie beschlossen, sich zu teilen und von drei Seiten anzugreifen. Das sollte ihre schwache Anzahl etwas vertuschen, denn nach Jans Schätzung kamen drei Räuber auf jeden von ihnen.

Als der Säumer seinen Bericht endlich abgeschlossen hatte, brummte der Wikinger nachdenklich. Die Geschichte hörte sich zu glatt an. Niemand hatte Widerstand geleistet, nicht einmal Marek und der Herzogssohn reiste gleich wieder ab, so als ob er nur zu einem Besuch dagewesen wäre. Er wollte dem Säumer noch eine weitere Frage stellen, als plötzlich hinter ihm einer seiner Männer schmerzerfüllt aufschrie. Kaum hatte er sich umgedreht, als an zwei anderen Stellen dasselbe passierte.

„Verteidigt euch", rief er seinen Räubern zu und wandte sich wieder dem Säumer zu. „Warte du Schwätzer, ich werde dir deine Zunge rausreissen!"

Voller Grimm ging er auf den Säumer los, der vor Angst sofort in die Knie ging und die Hände faltete.

„Feigling", rief Francis verächtlich und stieß ihm sein Schwert in die Brust. Noch während er sich mit einem Fuß gegen den toten Körper stemmend seine Waffe wieder herauszog, versuchte er zu erkennen, wie viele Angreifer es waren. Doch in dem großen Tumult und dem schwachen Feuerschein bekam er keinen Überblick.

Mit wilden Schwerthieben bahnte er sich einen Weg zwischen den kämpfenden Säumern, Räubern und Soldaten hindurch. Um ihn herum keuchten, stöhnten und jammerten die verbissenen Kämpfer. Als er aus dem wildesten Getümmel heraus war, stellte er sich auf einen Baumstumpf. Ein kurzer Blick genügte ihm, um zu wissen, dass seine Männer zwar in der Überzahl waren, aber gegen die gut ausgebildeten Kämpfer trotzdem keine Chance hatten. Es war kein Zweifel, man hatte doch Soldaten nach ihm geschickt!

Schließlich erblickte er auch Jan, der auf der anderen Seite des Feuers gerade mit zwei Räubern gleichzeitig kämpfte. Für einen Wimpernschlag trafen sich ihre Blicke. Der Wikinger war unschlüssig, was er machen sollte. Einer der Säumer kam mit gestreckter Waffe auf ihn zu gerannt, doch Francis machte im richtigen Augenblick einen Sprung auf den Mann zu und traf ihn mit der flachen Seite des Schwertes am Kopf. Der Säumer sank sofort zu Boden. Er erkannte, dass es keinen Sinn machte, hier weiter zu kämpfen und beschloss zu fliehen. Dabei half ihm, dass seine Räuber die Soldaten noch für eine Zeit lang beschäftigen würden. Mit schnellen Schritten war er auf die Anhöhe gelaufen und sah sich ein letztes Mal um.

„Verdammt", entfuhr es ihm, als er feststellen musste, dass Jan seinen Plan durchschaut hatte und ihn entdeckt hatte.

Jan wunderte es nicht, dass der Wikinger floh, aber ihn ärgerte, dass er ihm nicht sofort folgen konnte, denn noch leisteten die Räuber heftigen Widerstand.

Erst nach einer weiteren halben Stunde gaben die letzten fünf Räuber auf, als sie bemerkt hatten, dass ihr Anführer nicht mehr bei ihnen war. Von den Säumern hatte keiner den Kampf überlebt, dafür war es den Räubern nicht gelungen, einen der Soldaten zu töten. Zwei von ihnen hatten sich schwere Verletzungen zugezogen, der Rest aber war mit Schnittwunden und Schrammen davongekommen. Jan überließ die Gefangenen den Soldaten und machte sich auf, den Spuren des Wikingers zu folgen.

***

Durch das kleine Fenster fielen die Sonnenstrahlen in die Schlafkammer, jedoch war die Atmosphäre gegensätzlich zu dem Frühlingserwachen rundherum. Der Hauch des Todes lag über dem schmalen Bett, in dem Marek lag.

Bereits abends nach seinem Sturz in das kalte Brunnenwasser hatte er eine Erkältung bekommen. Während der Nacht kam noch Fieber dazu und seitdem hatte sich sein Zustand immer weiter verschlechtert. Božena versuchte nach besten Kräften, ihrem Mann zu helfen, aber bisher hatten keine Kräuterbrühe oder andere Hausmittel geholfen.

Marek ruhte in einem Dämmerzustand, aus dem er ab und an erwachte, dann aber immer nur für wenige Augenblicke. In ihrer Verzweiflung hatte Božena Gunther zu Hilfe gerufen. Der Mönch, der sich in der Stadt überflüssig fühlte und viel lieber in seine Klause zurückgekehrt wäre, kam sofort zu dem alten Handelshaus und betrat allein das Zimmer des Kranken. Vorsichtig setzte er sich auf einen Schemel neben dem Bett. Da Gunther dachte, dass Marek schlief, begann er leise einige Gebete zu sprechen.

„Glaubst du", unterbrach ihn Marek, ohne sich zu bewegen, „dass deine Gebete noch helfen?"

Seine Stimme war schwach und tonlos. Jedes Wort kostete ihn viel Anstrengung, weshalb er nach dem Satz die Augen erschöpft schloss.

„Für Gott ist es nie zu spät", erklärte Gunther freundlich, „er freut sich über jeden Sünder, der umkehrt. Selbst wenn es auf dem Sterbebett passiert."

„Ich dachte, du betest für meine Heilung", flüsterte Marek und neigte seinen Kopf zu Gunther.

„Was ist wichtiger? Deine körperliche oder deine seelische Heilung?"

„Mir ist nicht danach. Mein Vater hat mir nie beigebracht, um etwas zu bitten."

„Es ist oft der unbequemste Weg, bitte zu sagen. Aber was zählt, ist die Gewissheit danach, richtig gehandelt zu haben."

Marek versuchte zu lächeln, aber mehr als eine Grimasse war es nicht.

„Sieh her, hinter mir liegt ein Leben voller Fehler und Verbrechen. Ich war bei der Ermordung meines eigenen Schwiegervaters dabei und habe meinen Vetter Jan nach dem Leben getrachtet. Für mich hat immer nur das Geld gezählt und nicht Gott."

„Trotzdem hört dir Gott jetzt zu, so wie ich es auch mache", ermunterte ihn Gunther.

Marek war zu erschöpft, um zu antworten und musste erst wieder Kräfte sammeln. Gunther blieb mit gefalteten Händen neben ihm sitzen und sah ihn an.

„Gut. Dann will ich es wagen", antwortete Marek schließlich, „und sehen, ob Gott mir zuhört."

Daraufhin nahm ihm Gunther die Beichte ab und segnete Marek. Gunther schloss mit einem Pater Noster und sah Marek danach erwartungsvoll an.

„Wo ist Jan?", fragte der unvermittelt.

„Er ist mit den Soldaten in der Sumava und sie suchen den Wikinger!"

„Jetzt hat für diesen Dämon auch die letzte Stunde geschlagen", sagte Marek grimmig, „er war von Anfang an ein Fluch."

„Warum hast du nach Jan gefragt?", hakte Gunther nach, der Marek von seinem Hass ablenken wollte.

„Jan. Einerseits bin ich froh, dass er mich nicht in diesem Zustand sieht, andererseits wollte ich ihm noch etwas sagen."

„Ich kann es ihm ausrichten", bot sich Gunther an.

Marek sah ihn mit einem prüfenden Blick an.

„Du bist sein Freund, nicht wahr?"

„Wir kennen uns seit ein paar Jahren sehr gut, daraus ist eine Freundschaft entstanden."

„Für mich war Jan immer nur ein Konkurrent. Von Anfang an. Er konnte immer alles besser, mein einziger Trumpf war das Geld meines Vaters. Deshalb habe ich ihm geschadet, wo ich nur konnte."

Er machte eine kurze Pause, um wieder Kräfte zu sammeln. Er sprach nur noch sehr undeutlich und Gunther musste sich vorbeugen, um ihn zu verstehen.

„Jetzt gehe ich von der Welt und hinterlasse ein Trümmerfeld. Meine Frau wird in dieser Stadt nicht mehr leben können und ich habe keine Verwandten mehr außer Jan. Sie haben sich einmal geliebt. Es ist mein Wunsch, dass Jan sich um Božena kümmert, besser, als ich es je getan habe."

„Mach dir nicht so viele Gedanken über diese Welt, die für dich bald keine Rolle mehr spielen wird. Freu dich auf den Himmel!"

Marek lächelte Gunther an.

„Danke, du bist ein guter Mönch. Ich werde jetzt an den Himmel denken."

Damit schloss er erschöpft die Augen. Gunther blieb noch eine Weile bei ihm sitzen und betete. Er war überzeugt, dass Marek wirklich Reue gezeigt hatte und nun bereit war für das himmlische Reich Gottes.

Schließlich stand er leise auf und ging zur Tür. Aber bevor er sie öffnen konnte, rief ihn Marek wieder zu sich.

„Ich habe dir noch etwas anzuvertrauen", sagte er heiser.

Neugierig setzte sich Gunther wieder auf den Schemel neben dem Bett.

„In meinem Arbeitszimmer gibt es ein Versteck im Boden, direkt unter der schweren Truhe neben der Tür. Dort liegt ein wertvolles Paket, dessen rechtmäßigen Besitzer ich gar nicht kenne, aber es muss aus dem Königreich stammen. Von dort hat es der Wikinger mitgebracht."

Gunther wartete, aber Marek hatte die Augen wieder geschlossen und sagte nichts weiter. Vorsichtig stand er auf, verließ das Zimmer und macht sich sofort auf den Weg zum Langhaus.

***

Wie einen fernen Schock spürte Vladja das kalte Wasser in seinem Gesicht. Noch immer spürte er die Schmerzen der vielen Schläge. Die Wunde am Arm war inzwischen eitrig geworden und er fieberte. Er wusste nicht, wie lange er schon gefangen war oder wo er sich genau befand. Die meiste Zeit hatte er bewusstlos verbracht, weil ihn die starken Schmerzen immer wieder übermannt hatten.

Mit dem kalten Wasser löste sich das verkrustete Blut in seinem Gesicht ein wenig. Vorsichtig öffnete er die Augen, jedoch konnte er nicht viel erkennen. Sein linkes Auge war zugeschwollen und mit dem anderen sah er zuerst nur in die Sonne. Nachdem sich sein Auge an die Helligkeit gewöhnt hatte, erkannte er vor sich eine Person, um sie herum war Wald.

Auf ein Handzeichen der Person spürte er ein schmerzhaftes Ziehen in seinem ganzen Körper. Seine Arme waren über dem Kopf zusammengebunden und er wurde jetzt an diesem Seil nach oben gezogen, bis seine Füße den Boden nicht mehr berühren konnten.

Vladja wollte schreien, aber er war zu schwach und es wurde nicht mehr als ein klägliches Wimmern. Er wünschte sich den Tod herbei, um diesen Qualen endlich zu entrinnen.

***

Jan kroch den Hügel hinab. Schon von weitem konnte er das höhnische Lachen des Wikingers hören. Langsam schlich er sich vorwärts, um sich nicht zu früh zu verraten. Er war fest davon überzeugt, dass er gewinnen würde, aber dafür musste er vorsichtig vorgehen.

Er glitt unter einem gefällten Baumstamm hindurch, wobei ihn verwunderte, dass der Baum von einem Menschen geschlagen worden war. Doch er verschwendete keine weiteren Gedanken daran. Vor sich konnte er durch Gestrüpp und Laub den Wikinger und einen weiteren Räuber erkennen, die nach ihm Ausschau hielten.

Jan bog ein paar Äste zur Seite und erkannte dann auch den zweiten Räuber. Es war Rolf, der schon in Deggendorf für Francis die Drecksarbeit erledigt hatte. Jetzt hing neben ihm Vladja kopfüber halb bewusstlos an einem Seil von einem Baum herab. Bereits aus der Entfernung konnte Jan erkennen, dass es um den alten Säumer nicht gut bestellt war. Der Anblick erfüllte ihn mit Hass und am liebsten wäre er wütend auf den Wikinger losgelaufen. Doch darauf hoffte der Haudegen, denn ein Feind der sich von Gefühlen leiten lässt, ist leichter berechenbar. Das hatte Jan auf der Domschule in Bamberg gelernt und zwang sich deshalb, ruhig und besonnen zu bleiben.

Der Wikinger wartete auf ihn, aber er konnte sich nicht sicher sein, ob Jan nicht mit Verstärkung kommen würde. Deshalb hatte er Vladja als Geisel mitgenommen. Gleichzeitig war er nicht weiter geflohen, sondern suchte den Kampf. Jan vermutete, dass er auf ein Duell gegen ihn zusteuerte. Ihm sollte es recht sein!

Er nahm seinen Bogen zur Hand, legte einen Pfeil ein und zielte auf den Wikinger. Doch der stand zu nah bei Vladja, sodass Jan Angst hatte, aus Versehen den Säumer zu treffen. Er wanderte mit gespannten Bogen zum zweiten Räuber hinüber, der noch immer das andere Ende des Seils hielt, an dem Vladja aufgehängt war.

Bevor er die Sehne vorschnellen ließ, schloss er die Augen und atmete tief ein, um sich zu konzentrieren. Dann zischte der Pfeil durch die Luft. Während der Wikinger das Surren des Pfeils sofort bemerkte und sich schnell duckte, war sein Begleiter zu langsam und der Pfeil traf ihn im Hals.

Der Schmerzensschrei des Mannes ging schnell in ein leises Röcheln über und er kippte nach vorne. Das Seil hatte er gleich nach dem Treffer losgelassen, weswegen auch Vladja wieder Boden unter den Füßen hatte. Aber er war zu schwach, um sich zu halten und sackte ins Gras.

„Komm raus, du Feigling", rief der Wikinger Jan zu, während er sich geschickt hinter einem Felsen vor weiteren Pfeilen schützte.

Langsam trat Jan aus seinem Versteck heraus, eine Hand bereits am Schwertknauf, in der anderen hielt er den Bogen und einen einzigen Pfeil, der ihm noch geblieben war. Jan bemerkte, dass sie sich auf einer Lichtung befanden, auf der eine kleine Hütte stand, neben der mit ein paar Balken bereits der Anfang für ein zweites Gebäude gemacht worden war.

Der Wikinger bemerkte Jans staunende Blicke.

„Wie du siehst, die Sumava verändert sich", sagte er laut, während er hinter dem Felsen aufstand und sich Jan gegenüber postierte.

„Das ist die bescheidene Bleibe des neuen Herrn der Šumava", fuhr er fort und wies mit seinem rechten Arm auf die Hütte. Jan fiel einmal mehr der Stumpf am Ende des Arms auf.

„Wer wohnt hier?", fragte Jan, obwohl er sich denken konnte, wessen Wohnstätte es war.

„Dein Freund, der Mönch", antwortete Francis. „Er wird ab jetzt bestimmen, was in der Šumava passiert, denn vor seiner Ausstrahlung habe selbst ich kapitulieren müssen. Jetzt werden immer mehr Menschen hierher kommen, den Wald roden und das Land urbar machen. Damit sind auch die ruhigen Zeiten der Säumer vorbei!"

„Die Zeiten sind schon vorbei, seit du dich hier eingenistet hast", entgegnete Jan und fixierte seinen Blick auf Francis.

„Schade, dass der Mönch nicht hier ist", fuhr Francis fort, ohne auf Jan einzugehen, „er war damals dabei, als ich meine Hand verlor. Heute werde ich die Rechnung begleichen und dabei ist ein neutraler Richter sehr hilfreich."

„Gib auf, Francis", rief Jan grimmig zurück, „wo willst du noch hin? In deutschen wie in böhmischen Landen wartet der Tod auf dich!"

„Mein Leben ist mir gleich", schimpfte der Wikinger, „ich wurde als Bastard geboren, als ungewolltes Kind. Ich habe mein Leben noch nie geachtet!"

„Dann Gnade dir Gott, wenn du bei Petrus anklopfst!"

„Warum reden wir nur von mir", wich der Wikinger nun aus, denn es war ihm trotz allem unwohl, über den Tod zu reden, „dein Leben ist auch kein Vorbild! Du bist immer weggelaufen, wenn es gefährlich wurde. Nie hast du dich dem Kampf gestellt! Wo warst du, als wir das Haus deines Vaters zerstört haben? In welcher Klosterzelle hast du gesessen, als dein Freund Bretislav in Bamberg festgehalten wurde, weil du in eine Falle getappt warst? Wo warst du jetzt, als ein halbes Heer Klatovy genommen hat? Aber nun wird die Rechnung beglichen."

„Schweig", rief Jan vor Wut, „ich werde dir beweisen, dass ich kein Feigling bin!"

„Aber warte nicht zu lange", neckte ihn Francis, „sonst kommt wieder einer deiner Freunde, ohne die du hilflos bist. Alleine bist du viel zu schwach und ängstlich!"

Jan krallte vor lauter Zorn seine Hand in den Schwertgriff.

Gleichzeitig zogen sie ihre Waffen. Jan griff sofort mit einer Reihe von harten Schlägen an, die der Wikinger jedesmal elegant abwehrte. In all den Jahren hatte Francis immer seine Schwertübungen fortgeführt und war auch mit seiner linken Hand ein ausgezeichneter Fechter geworden.

Jan tänzelte um ihn herum. Er konnte die Narbe zwischen dem Bart erkennen, die in so vielen seiner Alpträume erschienen war.

Francis übernahm nun die Initiative und trieb Jan bis in die Mitte der Lichtung. Jan musste sich konzentrieren, um die schnellen Schläge des Wikingers abzuwehren. Der Räuber kämpfte weniger mit Härte, als mit Schnelligkeit. Jan dagegen musste seine mangelnde Technik durch hart geführte Schläge ausgleichen, die viel Kraft kosteten.

Er wehrte einen schlechten Schlag des Wikingers ab und wollte den Fehler für sich nutzen, aber zu spät erkannte er, dass er auf eine Finte reingefallen war. Kaum hatte er das Schwert des Wikingers auf die Seite geschlagen, als der einen Schritt auf ihn zu machte, sein Schwert unter Jans Waffe hindurch führte und einen geraden Stich setzte. Jan konnte sich mit einem Sprung auf die Seite retten, aber die Waffe streifte ihn dennoch am Arm. Sofort war sein Ärmelkleid voll Blut. Francis setzte sofort nach und ließ seine Waffe auf Jan niedersausen, der sich am Boden weg rollte, um dem Schlag zu entgehen.

Zu seinem Glück blieb der Wikinger in einer Wurzel stecken und so hatte Jan genug Zeit, um wieder aufzustehen.

Im Gegensatz zu Jans Schwert, das an der Spitze abgerundet war, hatte die Waffe des Wikingers eine scharfe Spitze, mit der man auch zustoßen konnte, während Jan lediglich seitwärts schlagen konnte.

Nach dem ersten Fehler war Jan darauf eingestellt und achtete nun besser auf die Spitze der Waffe. Gleichzeitig spürte er den Schmerz in seinem linken Arm.

Grimmig stand ihm der Wikinger gegenüber und ließ Jan nicht zur Ruhe kommen. Immer wieder deckte er ihn mit einer Serie von kurzen Schlägen ein, die es Jan nicht erlaubten, selbst anzugreifen.

Jan spürte, wie seine Kräfte langsam nachließen, aber er durfte keine Blöße zeigen. Der Wikinger spürte die Müdigkeit seines Gegners und wollte getrost warten, bis Jan so müde war, dass ihm Fehler unterliefen, die er ausnutzen konnte. Deshalb beschränkte er sich darauf, in regelmäßigen Abständen anzugreifen und sonst nur Jans Schläge abzuwehren.

Doch dann verschätzte er sich, als Jan seine Waffe seitwärts auf seinen Körper zuführte.

Gerade konnte er noch sein Schwert zwischen sich und die Waffe bringen, aber durch die Wucht des Aufpralls taumelte er rückwärts. Jan holte kurz in die andere Richtung aus und führte die Waffe wieder nach vorne. Francis hatte inzwischen wieder einen festen Stand gefunden, diesmal brachte er sein Schwert jedoch nicht mehr in die richtige Position. Die beiden Klingen schlugen aufeinander, Jans Waffe rutschte am Schaft hinunter und drang tief in das rechte Bein des Wikingers ein.

Mit einem Schmerzensschrei wich der Räuber zurück. Aus der Wunde trat viel Blut aus und nun lief die Zeit gegen den Wikinger. Er selbst wusste nicht, wie lange er sich noch auf den Beinen halten konnte.

„Komm schon", provozierte er Jan, „bringen wir es zu Ende!"

Jan ging wieder auf den Wikinger los, der versuchte, sich wenig zu bewegen. Das wollte Jan ausnützen. Innerlich legte er sich einen Plan zurecht. Es war das erste Mal, dass er einen Kampf gedanklich vorbereitete. Bisher hatte er stets aus seinen Gefühlen heraus gekämpft, da er sich immer nur verteidigt hatte, aber nie seine Gegner töten wollte. Doch nun spürte er eine innere Ruhe und Abgeklärtheit, die ihm selbst Angst machte.

Mit Heftigkeit schlug er auf den Wikinger ein, jedoch ließ er seine Paraden immer schwächer werden. Der Wikinger spürte, wie die Kraft im Bein immer weniger wurde und suchte das Ende des Kampfes.

Mit einem entschlossenen Schlag griff er an, aber Jan war darauf gefasst. Er wehrte den Angriff über seinem Kopf ab, drehte sich an Francis vorbei und stand dann in dessen Rücken. Nun musste er nur noch ausholen und seine Klinge ging nicht nur durch das Lederwams hindurch, sondern traf auch noch die Knochen, die durch den Aufprall brachen.

Francis stürzte nach vorne. Er machte noch zwei Schritte, dann kroch er auf allen Vieren, bis er zusammenbrach. Er röchelte noch, aber dann biss er vor Schmerz ins Gras.

Jan beugte sich vor und nahm Francis' Waffe an sich. Beim Anblick des verstümmelten Körpers überkam ihn die Übelkeit und er wandte sich ab.

Er lief zu Vladja, der noch immer an der gleichen Stelle lag, wo er zuvor hingefallen war. Mit großer Sorge stellte Jan fest, dass er nur noch schwach atmete. Er kniete sich hin und zog Vladjas geschundenen Körper zu sich heran.

So fanden ihn die sechs Soldaten, die seinen Spuren gefolgt waren. Wortlos bedeckten sie die beiden Leichen notdürftig mit Laub und bauten eine Trage für Vladja.

Epilog

Auf der Lichtung blühten die Sommerblumen, Vögel sangen ihr unbeschwertes Lied und das satte Grün des Waldes breitete sich unendlich über die Täler und Berge aus. Mitten in diesem Grün aber hatte sich eine kleine, folgenschwere Veränderung vollzogen. Aus der einstigen Klause von Gunther hatte sich in den letzten zwei Jahren ein Rodungskloster entwickelt. Nachdem die Mönche des Klosters Niederaltaich beschlossen hatten, Gunther seinen Willen zu lassen, schickte Abt Godehard einige Ordensbrüder zu Gunther, damit sie ihm halfen, eine Kirche und weitere Unterkünfte zu bauen. Gunther akzeptierte die Anwesenheit der anderen Mönche und stellte strenge Verhaltensregeln auf. In langsamer und beschwerlicher Arbeit breiteten sich die Mönche Stück für Stück aus. Die Anwesenheit der Mönche nahm die Ehrfurcht vor der Sumava und das kleine Kloster wurde schnell zu einem beliebten Rastplatz der Säumer. Besonders der neue Saumpfad von Niederaltaich her war für die Mönche sehr wichtig, denn so erfuhren sie immer alle Neuigkeiten und waren trotz ihrer Abgeschiedenheit nicht völlig abgeschnitten.

Unweit des Klosters gab es eine zweite, kleinere Lichtung, auf der ein einzelnes Haus stand. Es war etwas stabiler gebaut als die Mönchsklausen und um das Haus herum konnte man erste Versuche von Ackerbau erkennen. Der kleine Bauernhof gehörte Jan, der es trotz der neuen Ordnung nicht lange in Klatovy ausgehalten hatte.

Marek war bereits tot und begraben gewesen, als sie damals aus der Sumava zurückgekehrt waren. Gunther hatte für Jan zwei Überraschungen parat, als er ihm von seinem Gespräch mit Marek erzählte. Zunächst berichtete er ihm von den kostbaren Zeichnungen, die umgehend zu Bretislav gesandt wurden. Der rehabilitierte sich damit am Hof in Bamberg. Die zweite gute Neuigkeit war Mareks letzter Wille, dem Jan nur zu gerne nachkommen wollte. Gemeinsam bezogen Božena und er ein kleines Haus in Klatovy und Jan arbeitete wieder als Säumer. Jedoch spürten sie ständig die Blicke der anderen Bewohner. Von Jan hatten viele mehr Verantwortung erwartet, die er nicht übernehmen wollte und Božena wurde von den anderen Frauen geschnitten.

Also brachen sie eines Tages auf und nahmen Gunthers Angebot an, ein kleines Gehöft in der Nähe des Klosters zu errichten. Von dort aus konnte Jan ab und an einen Saumzug begleiten, vor allem aber versorgte er nun die Saumzüge mit Nahrung und half so dem Salzhandel.

Gunther kam jede Woche einmal vorbei, unterhielt sich mit ihnen oder erzählte ihnen Neuigkeiten aus Niederaltaich.

So auch an diesem Sommertag. Gemeinsam saßen sie nach dem Essen noch vor dem Haus. Božena war schwanger und das Kind sollte noch in diesem Jahr zur Welt kommen.

„Bevor es so weit ist", schlug Gunther vor, „sollte Božena besser nach Niederaltaich gebracht werden. Dort kann man ihr bei der Niederkunft helfen."

„Ich glaube, das lassen wir lieber sie selbst entscheiden", entgegnete Jan schnippisch, „was wissen ein Mönch und ein dummer Säumer schon über die Geburt!"

Božena gab ihm als Antwort einen Stoß in die Rippen und ging trotzig ins Haus.

„Ihr beiden habt wirklich keine Ahnung. Aber das ist das Los von uns Frauen!"

„Habe ich dir schon erzählt, dass der Abt wieder in Niederaltaich ist?", wechselte Gunther ungelenk das Thema.

„Godehard ist aus Italien zurück", fragte Jan begeistert, „was hat er alles erlebt?"

„Ich habe nur einen kurzen Brief von ihm erhalten", wehrte Gunther ab, „denn er wollte wissen, wie es uns hier oben im Wald geht."

„Aber er wird doch einen kurzen Bericht geschrieben haben", empörte sich Jan.

„Keine Angst", beschwichtigte ihn Gunther, „das Wichtigste hat er natürlich geschrieben. Heinrich ist vom Papst in Rom zum Kaiser gekrönt worden. Damit ist er jetzt unbestritten der Herrscher in diesem Reich."

„Kaiser Heinrich", sinnierte Jan, „das klingt gut. Wie lange regiert er jetzt eigentlich schon?"

„Es ist das zwölfte Jahr seiner Regierungszeit. Hoffen wir, dass noch viele mehr kommen!"

„Naja, ich bin da nicht ganz so überzeugt wie du", erwiderte Jan.

Obwohl Godehard noch zweimal bei Heinrich vorgesprochen hatte und auch Bretislav ein gutes Wort für ihn einlegt hatte, indem er von seiner Rolle beim Auftauchen der verschollenen Kunstwerke berichtet hatte, blieb Kaiser Heinrich bei seiner Entscheidung, was Jan betraf. Zumal Jans Flucht aus Niederaltaich für den König ein schweres Vergehen gegen seine Entscheidung darstellte. Deswegen war Jan noch immer geächtet, wenngleich ihm Godehard auf dem Gebiet des Klosters Schutz gewährte.

„Es ist schon sonderbar", sagte Jan, nachdem sie schweigend nebeneinander gesessen hatten, „ich bin geächtet und bin nur hier in der Šumava sicher. Aber trotzdem habe ich mich an keinem Ort freier gefühlt!"

E·N·D·E

Nachwort

Ein historischer Roman bewegt sich immer auf einer Gratwanderung zwischen Fiktion und Fakten. Bei der Einbettung einer erfundenen Erzählung in die (überlieferten) historischen Begebenheiten muss man immer wieder Kompromisse schließen, sei es zugunsten der historischen Plausibilität, des Spannungsbogens, oder der besseren Lesbarkeit.

In Bezug auf Letztere stellt sich immer wieder die Frage, wie historisch „eingefärbt" die Erzählweise des Romans sein soll. Abgesehen von wenigen Fachbegriffen (z.B. im Kloster) habe ich eine moderne Sprache gewählt, die das Lesen erleichtert und die Konzentration auf die Erzählung erhöht. Deshalb sind die modernen Orts- und Flurnamen verwendet worden (z.B. Bamberg statt Babenberg). Bei Niederalteich wurde die noch heute gültige Schreibweise der Abtei Niederaltaich gewählt, da es sich ja im Buch auch um das Kloster handelt.

Schon damals war der Böhmerwald die Sprachgrenze zwischen der deutschen und slawischen Sprache. Dies wird im Buch dadurch zum Ausdruck gebracht, dass die Orte östlich des Böhmerwaldes mit ihren heutigen tschechischen Namen bezeichnet werden und der Böhmerwald zur Šumava (sprich: [ʃumava]) wird, die im Tschechischen weiblich ist. Die deutsch sprechenden Personen nennen das Gebirge Nordwald, was der damals gültigen Bezeichnung entspricht.

Im Buch treten viele historisch belegte Personen auf, beginnend mit Kaiser Heinrich II., der zum Zeitpunkt der Erzählung noch König Heinrich war. An dieser Stelle sollen nur ein paar bewusst gewählte Abweichungen von den Fakten erwähnt werden. Ansonsten bleibt es dem Leser überlassen selbst zu erforschen, welche der Personen historisch belegt sind. Heinrichs Widersacher Heinrich von Schweinfurt wird zur besseren Unterscheidung zu Hermann von Schweinfurt (es gab auch einen Konkurrenten Hermann von Schwaben, der jedoch im Buch nicht vorkommt). Godehard wird heute wahlweise auch Gotthard genannt (St.-Gotthard-Pass), aber die weichere Aussprache gab hier den Ausschlag. Bretislav ist als unehelicher Sohn von Udalrich/Oldřich von Böhmen belegt, jedoch ist er erst 1005 geboren und wurde also zeitlich vorverlegt. Seine Frau hieß tatsächlich Judith/Jitka, war aber eine deutsche Herzogstochter und nicht die eines tschechischen Landvogts.

Historisch und linguistisch bewanderte Personen bitte ich, diese kleineren Ungereimtheiten zu entschuldigen und wünsche allen Leserinnen und Lesern viel Vergnügen und Spannung bei der Lektüre.

Basel, im November 2009

Georg von Schnurbein

Der Autor

Georg von Schnurbein wurde 1977 in Regen geboren und wuchs in Schlossau bei Regen auf. Nach dem Schulbesuch in Regen, Zwiesel und Deggendorf studierte er Betriebswirtschaftslehre mit Nebenfach Politikwissenschaften an den Universitäten in Bamberg, Freiburg/Schweiz und Bern.

Im Anschluss an das Masterstudium arbeitete er an der Universität Freiburg/Schweiz als wissenschaftlicher Assistent und promovierte 2007 zum Dr.rer.pol.

Seit Oktober 2008 ist er Assistenzprofessor für Stiftungsmanagement und Leiter des Centre for Philanthropy Studies (CEPS) der Universität Basel.

An Geschichte generell – und Heimatgeschichte im Besonderen – war Georg von Schnurbein seit seiner Kindheit interessiert. Schon in der Grundschule faszinierten ihn der Heilige Gunther und die Salzsäumer und seine Facharbeit zum Abitur schrieb er über „Fremdarbeiter im Landkreis Regen".

Während der Studienzeit in Bamberg belegte er neben BWL auch Vorlesungen zur Geschichte des Hochmittelalters.

„Der Salzsäumer" ist sein erster Roman.